JULIE MARS

Die Stunde der Glühwürmchen

W0473753

Buch

Ellen Kenny, 46 Jahre, Ex-Hippie, kann ihre Zunge schwer im Zaum halten. Der Grund, aus dem sie gerade gefeuert wurde. Entschlossen, das Beste aus der unverhofften freien Zeit zu machen, startet sie von New York nach Montreal, um ihre Schwester zu besuchen. In der Mitte von Nirgendwo erblickt sie das Farmhaus, von dem sie schon lange träumt, ein wenig heruntergekommen zwar – aber sie kauft es spontan mit ihrer Kreditkarte.

Ihr Mann ist fassungslos und ungehalten, und so beschließt Ellen, gleich den ganzen Sommer auf dem Land zu verbringen. Eigentlich möchte sie dringend zu sich selbst finden und darüber nachdenken, was in ihrem Leben wirklich wichtig ist, doch stattdessen kümmert sie sich um zwei ausgesprochen skurrile Nachbarn, einen schlafsüchtigen Hund und das Kind ihrer Schwester, das leider nur Französisch spricht. Aber wahres Glück offenbart sich meist auf eine ganz unverhoffte Art und Weise …

Autorin

Julie Mars lebt in Albuquerque, New Mexico, und hat schon mehrere Bücher in den USA veröffentlicht. Sie wurde für ihre Werke mit verschiedenen Preisen ausgezeichnet und arbeitet neben dem Schreiben als Lehrerin für *Creative Writing*.

Julie Mars

Die Stunde der Glühwürmchen

Roman

Aus dem Englischen
von Holger Hanowell

blanvalet

Die amerikanische Originalausgabe erschien 2008 unter dem Titel
»Anybody Any Minute«
bei St. Martin's Press, New York.

FSC
Mix
Produktgruppe aus vorbildlich
bewirtschafteten Wäldern und
anderen kontrollierten Herkünften

Zert.-Nr. SGS-COC-001940
www.fsc.org
© 1996 Forest Stewardship Council

Verlagsgruppe Random House FSC-DEU-0100
Das FSC-zertifizierte Papier *Holmen Book Cream* für dieses Buch
liefert Holmen Paper, Hallstavik, Schweden.

1. Auflage
Deutsche Erstausgabe September 2010 bei Blanvalet,
einem Unternehmen der Verlagsgruppe
Random House GmbH, München.
Copyright © der Originalausgabe 2008 by Julie Mars
Copyright © der deutschsprachigen Ausgabe 2010 by
Blanvalet Verlag, München,
in der Verlagsgruppe Random House GmbH
Dieses Werk wurde im Auftrag von St. Martin's Press, L.L.C.,
durch die Literarische Agentur Thomas Schlück GmbH,
30827 Garbsen, vermittelt.
Umschlaggestaltung: © HildenDesign, München,
unter Verwendung eines Motivs von Willem Dijkstra / Shutterstock
Redaktion: Kristina Lake-Zapp
NB · Herstellung: sam
Satz: Uhl + Massopust, Aalen
Druck und Bindung: GGP Media GmbH, Pößneck
Printed in Germany
ISBN: 978-3-442-37353-6

www.blanvalet.de

Meiner Schwester Shirley gewidmet,
die offiziell betonen möchte,
dass sie bestimmten Teilen nicht zustimmen konnte

1

»Du hast *was? Was* hast du?« Tommys Stimme, die er normalerweise nie erhob, war so laut, dass Ellen den Telefonhörer des Münzfernsprechers so weit es ging von ihrem Ohr entfernt hielt.

»Beruhige dich, Tommy«, sagte sie.

»Du rufst mich an und sagst, du hast mit deiner Optima-Karte ein Haus gekauft, und dann erzählst du mir, ich soll ruhig bleiben? Also ehrlich, Ellen, ich …«

»Es war ein *billiges* Haus«, unterbrach sie ihn. »Du glaubst gar nicht, wie preiswert Immobilien hier oben sind.«

»Ja, weil niemand, der einigermaßen bei Verstand ist, dort lebt. Du bist übergeschnappt, Ellen. Gibt's da ein Landeskrankenhaus in der Nähe? Geh und lass dich sofort einweisen. Nein, bleib, wo du bist. Ich rufe besser die Staatspolizei, dass sie dich abholt.«

Ellen ließ für einige Sekunden Schweigen durch die Telefonleitung rauschen, dann fragte sie: »Bist du fertig?«

»Was ist bloß in dich gefahren?«, wollte Tommy wissen, aber seiner Stimme fehlte bereits die Hitze. Ellen konnte sich lebhaft vorstellen, dass er die Neuigkeiten bis zum nächsten Nachmittag ausschlachten würde, was das Zeug hielt. Sie sah ihn schon mit seinen Juristenkumpels von der Pflichtverteidigung in einer Nische von Michael's Pub sitzen. »Stellt euch vor, was meine Frau gemacht hat!«, würde er sagen und dabei das Eis in seinem Whiskey-Ginger Ale klirren lassen. »Sie haut also für eine Woche ab, um ihre Schwester in Montreal zu besuchen, okay? Und bevor sie dort überhaupt ankommt, kauft sie mit ihrer Kreditkarte ein bescheuertes *Haus.*« Sie konnte fast hören, was Bill Foster antworten würde: »Weiter so, Ellen!«, würde er skandieren und die Faust recken, wie er es fünfundzwanzig Jahre zuvor in der Black-Power-Bewegung getan hatte: »Weiter so, Baby!« Sie schmunzelte. Die Vorstellung, dass sie mit ihren sechsundvierzig Jahren noch in der Lage war, etwas derart Empörendes zu tun, ging ihr unter die Haut, und sie spürte, wie sie von einer warmen Welle der Selbstliebe durchflutet wurde. »Oh, Tommy, es wird dir gefallen. Es ist bloß ein bisschen heruntergekommen. Jahrelang hat da niemand gewohnt, aber ich wollte doch immer schon einen Biobauernhof haben, und ...«

»Hal-*lo*, Hal-*lo*«, bellte Tommy. »Entschuldigung, aber könnten Sie mich bitte wieder mit meiner Frau verbinden? Ellen Kenny?« Ellen hörte auf zu sprechen und trommelte mit ihren Fingern auf die Metallablage im Telefonhäuschen. »Entschuldige, Ellen«, fuhr er fort, »aber das ist das erste Mal, dass ich von deinem lebenslangen Wunsch höre, eine *Biobäuerin* zu sein. Das ist für mich der reinste Schock.«

»Versteh doch, Tommy, es ist klar, dass wir jetzt nicht darüber reden können. Ich rufe dich in ein paar Tagen wieder an ... dann hast du etwas Zeit, dich damit anzufreunden.«

»Leg nicht auf, Ellen.« Seine Stimme klang wie eine Warnung.

»Gekauft ist gekauft. *Bye*, Tommy.«

»Leg nicht auf, Ellen.« Diesmal kam noch der Singsang-Rhythmus seiner Stimme hinzu, der sie stets ärgerte.

»Ich rufe dich von Karen aus an. Ich liebe dich. *Bye*.«

Sie wollte auflegen. Durch den Hörer konnte sie gerade noch »Ellen? Ellen! Ellen!« hören, bevor sie die Gabel niederdrückte und es still wurde. Seufzend verließ sie das Telefonhäuschen und blickte die Hauptstraße von Lamone im Staat New York rauf und runter. Dies mochte mal eine prosperierende Gegend gewesen sein, damals in den 1890ern, als die meisten der Gebäude errichtet worden waren, aber nun waren viele halb abgebrannt, mit Brettern verschlagen und standen leer. In einiger Entfernung entdeckte sie ein flaches, fast zwei Meter hohes Eishörnchen aus Holz und ging darauf zu, weil sie sich dort einen Kaffee erhoffte. Der Tag war bisher so verrückt gewesen, dass sie einen Kaffee brauchte.

Ellen spähte durch die Tür der Eisdiele, aber die piependen, schwirrenden und mit lauten Roboterstimmen sprechenden Videospiele im Innern stießen sie ab. Ernüchtert ging sie zurück zu Newberry, wo ein riesiges Schild, auf dem in leuchtendem Neonorange »Räumungsverkauf« stand, über das Schaufenster geklebt war. Sie öffnete die Tür und schob sich am Tresen auf einen der kunstledernen Hocker, so weit wie möglich von dem einzigen anderen Gast entfernt. Ein Raucher, der Speck mit Eiern aß.

»Nur einen Kaffee«, sagte sie zu der Kellnerin.

»Normal?«

»Mit Süßstoff und Sahne«, erwiderte sie. Schon bald stand die Tasse vor ihr. Dankbar nippte Ellen daran. Tommy nannte das ihren »Koffeinschuss mit weißem Tod und fetten Kalorien«. Beim Gedanken an ihren Mann musste sie lächeln. Sie waren seit siebzehn Jahren verheiratet. Ihre Ehe war in der Zeit zweimal beinahe zerbrochen, aber sie hatten es beide Male – gemeinsam – geschafft, aus den Trümmern zu taumeln. Als Realistin schätzte Ellen ihre Beziehung als durchschnittlich bis überdurchschnittlich ein, zumindest für Leute, die schon so lange verheiratet waren. Nicht großartig, falls es das überhaupt gab, aber weitaus besser als der trübe Ehesumpf, in dem viele Paare steckten. Sie mochte

Tommy, und Tommy mochte sie. Sie waren immer noch froh zusammen zu sein, und auch wenn Sex bei ihnen zu einem außergewöhnlichen Ereignis geworden war, nahmen sie diesen Verlust relativ gelassen und schoben es auf ihr mittleres Alter.

Aber plötzlich durchzuckte es Ellen. Was würde sein, wenn ihre Aktion, die sie eigentlich für eine nette Idee hielt, nach hinten losging und Tommy die Nase voll hatte und sich scheiden ließ? Eines wusste sie ganz sicher: In einer Ehe konnte alles der berühmte letzte Tropfen sein. Und falls tatsächlich alles zusammenbrach: Würde sie in ihrem Alter wirklich als Biobäuerin glücklich werden? In einem heruntergekommenen Cottage, in einer Bruchbude am Hang einer Stadt in den Bergen, die im ganzen North Country berühmt war für ihre arktischen Wintertemperaturen und einen übermäßig hohen Bevölkerungsanteil an Mücken im Sommer? Sie fühlte eine Blase von Hysterie in sich aufsteigen, bestellte noch einen Kaffee, und nur durch reine Willensanstrengung gelang es ihr, ihren Tunnelblick wiederherzustellen. Sie konnte es sich nicht erlauben, sich durch solche nebensächlichen Ängste und Zweifel von ihrem bescheidenen Ziel abbringen zu lassen, einfach sie selbst zu sein. Für eine Frau ihres Alters und ihrer Erfahrung klang das nach nicht besonders viel, aber das war es, und sie war fest entschlossen, auf dieses Ziel hinzuarbeiten. Mit einem Plastiklöffel rührte sie derartig heftig in ihrem Kaffee, dass sich in der Mitte ein Strudel bildete. Wie hypnotisiert starrte Ellen hinein. Ihre Gedanken schweiften zurück in die späten Sechziger, als sie in Somerville, Massachusetts, lebte, in einem Haus, das von so vielen Blumenkindern bewohnt wurde, dass ihr Anteil an der Miete lediglich zwanzig Dollar betrug. Damals war sie Soziologiestudentin an der Tufts University, aber die Anzahl ihrer Kommilitonen wurde immer geringer, je mehr die außeruniversitären Aktivitäten zunahmen. Dazu zählte, dass man mit einer aufblasbaren Insel auf dem Walden Pond dahintrieb und Romane von Colette oder Henry Miller las oder in einem Keller-Jazzclub mitten in Boston kellnerte.

Eines Nachts stand sie an der Massachusetts Avenue, um über den Fluss nach Cambridge zu trampen. Ein verbeulter 62er Plymouth Valiant hielt an, und sie stieg ein. Es stank nach Haschisch und Bier.

»Wohin?«, fragte der Fahrer.

»North Cambridge. Porter Square«, antwortete Ellen. Von da aus war es zu Fuß nicht weit bis zu ihrem Haus.

»Liegt genau auf meinem Weg«, sagte er und fuhr los.

Ellen stützte sich am Armaturenbrett ab, denn ganz offensichtlich war der Fahrer, ein langhaariger Hippie mit Lederweste und ohne Hemd, total bekifft. Aber damals sahen alle bekifft aus, und gleichzeitig waren sie irgendwie gegen Unfälle immun. Er starrte wie versteinert auf die Lichter des Central Square, verwarf hoch konzentriert die Abzweige und Tunnel des Harvard Square und heulte auf vor Freude darüber, dass aus der *Wee Bit O'Gloucester Bar* im ersten Obergeschoss des *Quality Motor Inn* plötzlich die *I Did It My Way Lounge* geworden war. Er bestand darauf, sie bis zur Haustür zu fahren, doch als er die Massachusetts Avenue verließ und in die labyrinthartigen Straßen von Somerville einbog, schien er die Kontrolle zu verlieren. Er schlenkerte nach rechts und schrammte an einem parkenden Auto entlang.

»Scheiße«, fluchte er leise, während Ellen laut aufschrie. Er starrte nun so gebannt durch die Windschutzscheibe, als führen sie mitten durch einen Schneesturm anstatt durch eine klare Sommernacht. Dann machte er eine zu große Linkskurve in die Lowell Street und rammte ein Auto auf der anderen Seite des Blocks.

»Scheiße«, fluchte er wieder leise und fuhr langsam den Hügel hinauf. Ellen stieg auf halbem Weg aus, geradezu schwindelig vor Freude, wieder sicher zu Hause zu sein. Sie blickte ihm noch hinterher, wie er links in die Highland Avenue einbog und verschwand.

Aus irgendeinem Grund fühlte sie sich durch die Erinnerung an diesen Fahrer inspiriert: wie er immer nur geradeaus gestarrt hatte und wie das Chaos, das er anrichtete, hinter ihm ins Nichts verschwand. Diese Erinnerung wurde für sie zu einer geheimen und privaten Quelle innerer Stärke. Und irgendwie, das fühlte sie, war der Kauf des Cottage Teil ihrer Strategie, die Augen auf ihr Ziel gerichtet zu halten und ganz sie selbst zu sein, egal, wie sehr Tommy maulte oder wie ängstlich sie sich plötzlich am Tresen von Newberry fühlte. Das musste wohl so sein.

Das war es, woran sie glauben musste.

2

Aber wie war es dazu gekommen?

Ellen holte einen Stift aus ihrer Tasche, um ihren Tag Revue passieren zu lassen. Ordnung ins Chaos zu bringen war ihre liebste Freizeitbeschäftigung, und sie riss eine Papierserviette aus einem übervollen Spender und schrieb darauf in Großbuchstaben **Erster Schritt**. Während sie nachdachte, wärmte sie ihre Hände an der Kaffeetasse.

Erster Schritt: Sie hatte Tommy am Frühstückstisch zum Abschied geküsst, war in die East Eleventh Street gelaufen, um ihren Honda zu holen (den sie immer wieder woanders abstellten, um nicht falsch zu parken), und hatte dann die Stadt verlassen, um ihrer jüngeren Schwester Karen, die ein Café in der Rue Saint-Paul in der Altstadt von Montreal führte, den üblichen halbjährlichen Besuch abzustatten.

Zweiter Schritt: Fünf Stunden und zweihundertfünfzig Meilen später war sie spontan auf einen Rastplatz gefahren, um auf die Straßenkarte zu sehen. Es gab einen geraden Weg nach Montreal über die Route 87, aber dieser Tag mitten im Mai erstrahlte unter einem unvergleichlich blauen Himmel: Die Bäume waren voller Knospen, und sie verspürte plötzlich das Bedürfnis, langsamer zu werden und durch die Städtchen der Adirondack-Berge zu mäandern, um zu sehen, wie die Wäsche draußen auf den Leinen hing und die Kinder mit ihren Bobby-Cars durch die Gegend kurvten. Mit dem Finger verfolgte sie eine Route, die sie durch Keene Valley, Lake Placid, Saranac Lake, Lamone und Trout River führen würde, dann über die Grenze nach Quebec hinüber, durch Huntingdon, Ormstown, Mercier und Chateaugay nach Montreal. Sie faltete die Karte wieder zusammen und legte sie auf den Beifahrersitz. An der Ausfahrt 30 setzte sie den Blinker rechts und verließ die Autobahn.

Dritter Schritt: Völlig euphorisiert, was vermutlich am Frühling lag, schlängelte sie sich die Serpentinen rauf und runter, vorbei an Flüssen, die noch stark angeschwollen waren vom Schmelzwasser, und Wäldern, die so dicht waren, dass kaum ein Sonnenstrahl hindurchdrang. Sie drehte das Autoradio auf, wählte einen Oldie-Sender und sang lauthals mit. Sie kannte den Text von sämtlichen Liedern, selbst den von »Alvin's Harmonica« von Alvin and the Chipmunks, doch als die ersten Akkorde von Smokey Robinsons »I Second That Emotion« erklangen, rief sie: »Ja! Ja! Mein Lieblingslied!«

Die präzisen Tanzschritte der Miracles kamen ihr in den Sinn, die Art und Weise, wie sie perfekt aufeinander abgestimmt in dieselbe Richtung schlenderten oder sich gleichzeitig drehten. Dazu trugen sie hochgeschnittene Hosen und Schuhe mit hohen Absätzen. Als sie daran dachte, merkte sie, dass sie nichts sehnlicher wünschte, als ihre eigenen Beine auszustrecken und ein wenig herumzutänzeln, weshalb sie einen Parkplatz an der Hauptstraße von Lamone ansteuerte, der zufällig in der Nähe von LaFleurs Immobilienmakler lag. Das Büro befand sich in einem alten Backsteingebäude direkt neben dem Fluss, der mitten durch den Ort ging. *Pittoresk,* dachte Ellen, als sie auf die Stromschnellen tief unter sich blickte. *Und so friedlich.*

Vierter Schritt: Ellen war neugierig geworden und blieb vor dem Schaufenster von LaFleurs stehen, um sich die Polaroidfotos anzusehen. Die Preise – große, alte Häuser mit Grundstücken für dreißigtausend Dollar oder weniger – waren verblüffend niedrig. Sie hatte in den Achtzigern in New York gelebt, als wahre Bruchbuden für sechsstellige Summen verkauft wurden. Dahingegen schienen die Preise hier aus einer längst vergangenen und vergessenen Zeit zu stammen. Am rechten Schaufensterrand bemerkte Ellen das verschwommene Foto eines kleinen Bauernhauses. Es war leuchtend rot umrahmt und befand sich unterhalb eines Schildes mit der Aufschrift »**Schnäppchen!! Renovierungsbedürftig! Für Heimwerker!**« Aufgeregt ging sie so nah wie möglich heran. Seit zehn Jahren hatte sie einen immer wiederkehrenden Traum, in dem sie einem engen, verwilderten Feldweg bis zu einer Lichtung folgte, auf der genau dieses Cottage stand. Zu seiner Blütezeit mochte es reizvoll gewesen sein, aber in ihrem Traum und auf dem Foto sah es eher danach aus, als wolle es sich für immer zu dem wuchernden Unkraut gesellen. In ihrem Traum ging sie weder in das Haus hinein, noch betrat sie jemals die brüchige Veranda.

»Du hast eben ein Faible für verlassene Häuser«, hatte

Tommy gesagt, als sie ihm zum ersten Mal von ihrem Traum erzählte.

»So, habe ich das?«, fragte sie verwirrt.

»Ja, jedes Mal wenn wir auf der Schnellstraße sind und an der Ausfahrt Suffern vorbeikommen, zitierst du das Gedicht von Joyce Kilmer ›Wann immer ich nach Suffern laufe, entlang den alten Indianerpfaden‹.«

»So, tue ich das?«, fragte sie wieder. »Jedes Mal?« Sie liebte dieses Gedicht nun mal, hatte es schon immer geliebt, seit sie es mit sieben oder acht Jahren freiwillig auswendig gelernt hatte.

Geh ich am armen, alten Bauernhaus vorbei, rezitierte sie in Gedanken weiter, *mit seinem kaputten, schwarzen Dach … Zwar hab ich's hundertmal gesehn, dennoch halt ich stets … und schaue auf das Haus, das tragische Haus, in dem niemand mehr lebt.* Die sieben Verse hatten sich in ihr Langzeitgedächtnis eingebrannt.

»Haben Sie etwas gesehen, das Ihnen gefällt? Mein Name ist Roger LaFleur.« Er hatte lange Beine, weißes Haar und trug einen Bart wie die Amischen. Geistesabwesend zeigte Ellen auf das Bild im Fenster.

»Das?«, fragte er. »Das ist oben in Eagle Beak. Haus plus fünf Hektar Land für elftausendfünfhundert. Mehr nehmen sie nicht.« Er machte eine Pause, und als Ellen lächelte, fügte er hinzu: »Schöner Tag heute. Möchten Sie schnell mal hinfahren?« Ellen sah auf ihre Uhr. Zwanzig nach drei. Sie war nur fünfundsechzig Meilen von Montreal entfernt. Warum also nicht? Sie würde eine Stunde rumkriegen und noch den Berufsverkehr umgehen.

Während der zehn Meilen, die es den Berg hinaufging, erläuterte Roger, was es mit den jeweiligen Verkaufsschildern auf sich hatte. »Das da? Die Kinder sind erwachsen, und das Haus wurde zu groß. Und das? Der Besitzer ist im Altenheim.« Ellen nickte freundlich, aber insgeheim fühlte sie sich schwindelig, so als habe man sie hoch in die Luft gehoben, und der obere Teil ihres Magens, gerade unter den Rippen, zitterte.

Fünfter Schritt: Roger bog in die Zufahrt ein. Ellen sah, dass die Farbe am Haus abblätterte und die Gardinen hinter den welligen Fensterscheiben schier zerbröselten. Ihr wurde ziemlich übel. »Achten Sie auf die Stufen«, mahnte Roger, während er mit geübten Fingern den Schlüsselbund durchging. Aber Ellen machte sich keine Gedanken darüber, dass sie durch die verrotteten hölzernen Planken brechen oder sich den Fuß verstauchen könnte. Sie ging so sicher, als würde sie den Ort bereits genau kennen.

»Wie lange hat es zum Verkauf gestanden?«, fragte sie und folgte Roger ins Haus.

»Seit Viola de Beer gestorben ist«, antwortete Roger. »Das müsste 1988 gewesen sein.«

Sieben Jahre also, dachte Ellen und subtrahierte im Kopf dreißig Prozent vom verlangten Preis. Sie drehte eine flüchtige Runde durch die drei kleinen Räume im Erdgeschoss und die beiden Schlafzimmer unterm Dach. Das Ganze dauerte nicht länger als zehn Minuten. »Es ist alles mit drin, sogar die Trockentücher und das Silberbesteck. Alles, was Sie noch benötigen, ist ein feiner Kamm«, bemerkte Roger hinter ihrem Rücken, als sie das Haus verließen und über die Veranda gingen. Ellen hörte kaum hin.

»Sicher, es ist ein bisschen heruntergekommen«, gab er etwas kleinmütig zu, während sie in sein Auto stiegen. Ellen schwieg. Abgesehen von seiner Stimme war es herrlich ruhig hier oben auf dem Berg. Roger bog in den nicht gepflasterten Landwirtschaftsweg ein. »Außerdem gibt's noch einen Brunnen, und die Kerosinbrenner halten es im Winter hübsch warm.« Danach schien ihm die Puste auszugehen. Auf dem Weg nach unten hielt Ellen freundlicherweise die Konversation aufrecht. Und dann, als Roger schließlich in die Stadt hineinfuhr, bat sie ihn, an der Key Bank zu halten. Er blickte sie kurz an, seine weißen Augenbrauen hoben und senkten sich wie die oberen Bögen von Fragezeichen, aber er sagte nichts außer: »Kein Problem.«

Sechster Schritt: Ellen marschierte hinein und holte beide Kreditkarten, die Optima und MasterCard, aus einem Seitenfach ihrer Brieftasche. Sie hatte eine ganze Reihe von Kreditkarten angesammelt, die ein großes Überziehungspotenzial aufwiesen. Tommy lachte immer, wenn sie wieder einmal ein »Ja« auf einem Kreditkartenantrag ankreuzte, der im Briefkasten lag und Kredit ohne Bedingungen versprach, und wie sie dann den Rückumschlag schnell zuklebte und postwendend zurücksandte. In seinen Augen war das verrückt, denn eigentlich lebte sie bescheiden. Nie gab sie Geld für sich selbst aus, und ständig hielt sie eine ausufernde Predigt, die Tommy »Wie Amerika wegen der Kreditkarten zusammenbrach, von Ellen Kenny« genannt hatte. Doch sie fand nun mal Gefallen an der Möglichkeit, schnell an Geld heranzukommen. Als sie nun in einer Reihe hinter einem Bauern in kniehohen Gummistiefeln stand, der nach Kuhdung roch, berauschte sie sich an der Vorstellung, dieses Geld tatsächlich einmal in Anspruch zu nehmen. Sie kam sich wie ein Turmspringer vor, der am Ende des Bretts auf und ab federt. Entschlossen ging sie bis zur Kasse vor und sagte: »Ich möchte eine Auszahlung.« Dann schob sie ihre Optima-Karte mit einem Limit in Höhe von zehntausend Dollar unter dem dicken Glas hindurch. »Achttausendfünfhundert bitte!« Der Kassierer benötigte nicht einmal die Zustimmung des Filialleiters.

Siebter Schritt: Sie stopfte das Bündel Geldscheine in ihre Brieftasche und setzte sich wieder zu Roger ins Auto. Er fuhr zwei Blöcke weiter und parkte auf dem kleinen

Stellplatz neben seinem Büro. Selbstzufrieden betrachtete sie ihn von der Seite. Ob er wohl etwas ahnte? Ob er frisches Geld riechen konnte?

»So«, sagte er, als sie am Schaufenster angekommen waren, »kann ich Ihnen noch etwas anderes zeigen?«

»Lassen Sie uns erst hineingehen«, erwiderte sie und ging ihm voraus in sein staubiges Büro. Sie ließ sich in einen Drehsessel fallen. »Achttausendfünfhundert Dollar in bar. Entweder oder.«

»Was?«, stotterte Roger. »Soll das ein Angebot sein?«

»Genau das.«

»Nun, Donnerwetter, lassen Sie mich erst mal telefonieren.« Er blätterte durch einen prall gefüllten Rolodex und gluckste verhalten. »Hoffentlich ist Violas Taugenichts von Sohn zu Hause. Müsste er eigentlich. Rodney hat noch nie in seinem Leben gearbeitet. Könnte sein, dass er bewusstlos in einem Graben liegt oder sich gerade in einer Ausnüchterungszelle befindet.« Er riss eine alte Visitenkarte heraus und hielt sie wie eine Trophäe hoch: »Hier ist sie!«

Ellen ließ sich in den Sessel zurückfallen. Sie fühlte sich plötzlich entspannt, so als befände sie sich bereits auf der vom Wetter arg mitgenommenen Veranda und lauschte dem Summen der Kolibris, die sich über die Fliederbüsche hermachten. Verträumt schloss sie die Augen, ihr Kinn sackte nach unten, aber als Roger den Telefonhörer auf die Gabel knallte und »Er macht's!« rief, da erwachte sie ruckartig.

»Lassen Sie mich schnell noch einen Kaufvertrag heraussuchen«, sagte er und kramte in seinem Schreibtisch herum. Dann, ohne Vorwarnung, zog er aus der untersten Schublade eine Kamera und drückte auf den Ausleser. »Ich mag diese Schnappschüsse«, erklärte er und zog das Polaroidbild heraus, »damit Sie immer wissen, wie Sie ausgesehen haben, als Sie das Cottage gekauft haben. War nicht ernst gemeint, ist bloß ein Maklerwitz.‹

Während Roger sich um den Papierkram kümmerte, wartete sie darauf, dass ihr Bild allmählich auftauchte. Als es erschien, konnte sie nicht anders und musste laut auflachen. »O Gott, Ellen«, rief Roger. Er schaute über ihre Schulter. Ihren Vornamen hatte er soeben von ihrem Führerschein abgeschrieben. »Sie sehen aus, als hätte man Ihnen einen Holzprügel über den Kopf gehauen!«

Er hatte recht. Sie legte das Bündel Geldscheine auf den Tisch und schob es zu ihm hinüber. Er lächelte so süffisant, dass sie sich an die berühmten Worte von P. T. Barnum erinnert fühlte: »Keine Minute, in der nicht ein Leichtgläubiger geboren wird.« Sie musste heftig schlucken.

Dies brachte sie zum **Achten Schritt**: es Tommy erzählen. Das war relativ schmerzlos über die Bühne gegangen, aber sie war davon überzeugt, dass sie bei Karen mindestens drei wütende Nachrichten von ihm zu erwarten hatte.

Sie schob die halb ausgetrunkene dritte Tasse Kaffee beiseite, hob ihre Brieftasche auf und blickte noch einmal heimlich auf das Foto, das Roger zusammen mit der Quittung über den Kaufpreis an das Verkaufsangebot geheftet hatte. Er hatte ihr den Namen eines örtlichen Notars gegeben, den sie von seinem Büro aus angerufen hatte. Der Notar bekam die Nummer ihrer MasterCard für die Anzahlung seiner Gebühr. Weil es sich um eine Barzahlung gehandelt habe, sei der Rest in einem Monat fällig, spätestens.

»Schön, schön«, sagte sie und legte auf.

»Nun«, sagte sie in Rogers Richtung.

»Nun, willkommen im North Country«, antwortete er und reichte ihr die Hand. Sie schüttelte sie und fühlte sich dabei, als habe sie ein Diplom bekommen, ohne es verdient zu haben.

3

Karen hatte sie gebeten, im Duty-free-Shop zwei Stangen Craven-A-Zigaretten und Jack Daniels zu kaufen. Sie ließ die Einkäufe vorne im Wagen liegen und fuhr zum kanadischen Zoll. »*Bonjour*«, sagte der Zollbeamte, der wie ein Baby in Uniform aussah. »Ihr Wohnort?«

»Eagle Beak«, antwortete sie ohne zu zögern.

»Was ist der Grund Ihres Aufenthaltes in Kanada?«

»Ich fahre nach Montreal, um meine Schwester zu besuchen.«

»Okay, fahren Sie weiter.«

Ellen drückte aufs Gaspedal. »Eagle Beak?«, wiederholte sie erstaunt. »Warum habe ich das gesagt?« Doch es kam ihr so natürlich vor, als wären die zwei Jahrzehnte in New York einfach verschwunden. Nichts ändert sich so schnell, überlegte sie, aber dann bemerkte sie, dass die Straßenschilder in Französisch geschrieben und die Geschwindigkeitsbegrenzungen in Kilometern pro Stunde angegeben waren. Sie blickte in den Rückspiegel. Da war Amerika, siebzig Meter hinter ihr, zusammen mit einem Schild für Hot Dogs und einem Wahlplakat an einem Telefonmast, auf dem WÄHLT JIM JACKSON ZUM SHERIFF stand. Sie zuckte die Schultern. Wer wusste schon, wie schnell sich alles ändern konnte? Oder warum oder wann, oder ob es nicht völlig egal war?

Die Straße nach Montreal verlief parallel zu einem Fluss, der sich durch grünes Ackerland und kleine Orte mit den Namen von Heiligen schlängelte. Ellen war glücklich, dass sie die ausgetretenen Pfade verlassen und die wirkliche Welt gefunden hatte. Dennoch machte ihr einiges daran

Angst, zum Beispiel der blutende Jesus Christus, den sie in einem Vorgarten in einem Sarkophag aus Plexiglas entdeckte, und die zornigen Plakatwände, die übersät waren mit Bildern von Skalps und Tomahawks und auf denen gegen die Polizeipräsenz im Kahnawake-Indianerreservat protestiert wurde. Und als sich ihr Honda die Auffahrt zur Mercier-Autobahnbrücke hocharbeitete, schien der St.-Lorenz-Strom unter ihr schwarz vor Wut darüber, dass man ihn für den Transport von Gütern gezähmt hatte.

Ellen war immer noch freudig erregt. Sie wechselte auf die Spur Richtung Stadtmitte und steuerte einen Tunnel an, der sie nur einen Steinwurf von Karens Café entfernt wieder ausspucken würde. Ihre Schwester war dreizehn Jahre jünger als sie und dazu eine natürliche Schönheit, die das Fläschchen ihres Babys im Gürtel ihres Stretch-Minirocks stecken hatte. Ihr Sohn Olivier war gerade achtzehn Monate alt geworden. Ellen hatte für ihn Kinderkleidung besorgt, dazu zwei pädagogisch wertvolle Spiele, die die Auge-Hand-Koordination stärkten, sowie eine gelbe Stoffente. Für Karen brachte sie eine Flasche voll orangefarbener Badekugeln mit Lavendelblüten mit, ein Fotoalbum vom Metropolitan Museum of Art und einen Angorapulli, den sie aus einer Laune heraus gekauft hatte, nachdem sie mit Tommy aus dem brüllend komischen Film *Ed Wood* gekommen war.

Ellen liebte es, wenn Karen hinter dem Tresen ihres Cafés stand, Milch für Cappuccinos aufschäumte und mit ihren Gästen auf Französisch schäkerte. Sie liebte ihr blondes Haar, das sie auf klassische Weise, aber sexy, nach oben gesteckt trug. Sie mochte auch Karens Geschäftspartnerin, Regine-Marie, Schlagzeugerin einer Blues Band, die man sechs Monate im Voraus buchen musste. Sie bewunderte einfach alles, wenn sie in Montreal zu Besuch war, nicht zuletzt, dass man immer einen Parkplatz in der Straße bekam, meist nicht weiter als einen halben Block vom Café L'Alibi entfernt. Sie hüpfte aus dem Auto, ging zum Café, trat ein und wurde zunächst von der Dunkelheit überwältigt.

»Ellen!«, rief Karen und kam sofort hinter der Espresso-Maschine hervorgeschossen. »Ellen!« Ellen rechnete bereits mit Karens französischer Begrüßung – zweimal vor und zurück, vier kleine Wangenküsschen – und schaffte es, die richtige Choreografie einzuhalten. Als es endlich vorbei war, schnappte sie sich ihre kleine Schwester und umarmte sie kräftig. Karen fühlte sich so zerbrechlich an, nichts als zarte Knochen und ein Hauch von ihrem Lieblingsparfüm: ein Eau de Cologne, das sich »Rain« nannte und tatsächlich nach Regen duftete.

»Du siehst großartig aus!«, sagte Karen und trat einen Schritt zurück. »Ich freue mich so, dich zu sehen.«

Ellen lächelte. Sie wusste, dass sie in den Augen ihrer Schwester großartig aussah. Vermutlich verspürte sie aus diesem Grund die wärmsten Gefühle für Karen. Wie von einer eigenen Schutzhülle umgeben war sie durch die Achtziger gesegelt, in denen ansonsten alles den Bach runterging, ohne dass sie für ihre Schwester an Wert verloren hatte. Karen und ihr Lebensstil – lange Nächte, Wunschkind, Wohnen im schicken Apartment – versetzten Ellen jedes Mal zurück in die Sechziger nach Somerville, in eine Zeit, als die »Schönheit« einer Person nach dem Inneren und nicht dem Äußeren bemessen wurde.

Ellen war sich durchaus darüber im Klaren, dass ihr Aussehen nach den Standards der Mittneunziger kaum großartig genannt werden konnte. Die Schwerkraft hatte alle wichtigen Körperteile mit der gleichen Präzision herabgezogen, wie ein Abschleppwagen ein Fahrzeug vor der Werkstatt herunterließ. Nasolabiale Furchen, auch Marionettenfalten genannt, wie sie mal in einer spätabendlichen

Sendung über plastische Chirurgie gehört hatte, hatten sich von der Nase bis zu den Mundwinkeln in ihr Gesicht gegraben. Ihre Haare, einst kastanienbraun mit einem kräftigen Kupferton, waren zu irgendeiner Nichtfarbe verblichen, und keine fünfzig Sit-ups pro Tag konnten den Bauchspeck im Zaum halten.

»Von Babyspeck zu einem Bierbauch zu einem vierzig Jahre alten Bauch«, hatte sie eines Abends schluchzend zu Tommy gesagt, als sie in einem geblümten Badeanzug vor dem großen Spiegel stand. »Mein Leben ist vorüber, und ich habe noch nie einen Bikini getragen.«

»Wenn ich mich richtig erinnere«, hatte Tommy mit einem unmerklichen Lächeln festgestellt, »hast du dich dein ganzes Leben lang geweigert, überhaupt Badesachen zu tragen.«

»Das ist etwas völlig *anderes*«, keifte sie, »und lass gefälligst Truro aus dem Spiel. Immer versuchst du, Truro an den Haaren herbeizuziehen.«

Tommy, aufrecht gegen eine Wolke aus Kissen gelehnt, legte sein Buch zur Seite. »Ich versuche nicht immer, Truro an den Haaren herbeizuziehen«, entgegnete er. Er sah amüsiert aus, so als freue er sich, dass dieser Augenblick mal wieder aufgefrischt wurde. Der Strand von Truro, an der Ostküste von Cape Cod am Atlantik gelegen, hatte in ihrer Ehe gewissermaßen eine mythische Symbolkraft gewonnen. Jeden Augenblick konnte er aus dem Gedächtnis hervorgekramt werden, um zu beweisen, wie unwahrscheinlich verschieden oder wie exakt gleich Tommy und Ellen waren. Truro war wie ein Feuerzeug: Entweder konnte man damit die Flamme entzünden und den anderen wärmen oder, was genauso möglich war, ihn verbrennen. Das alles rührte von ihrem ersten offiziellen Date her, wobei damals weder das Wort *offiziell* noch das Wort *Date* in Gebrauch war.

Es war am 31. Juli 1970, an Ellens einundzwanzigstem Geburtstag. Sie saß allein und deprimiert auf einer Parkbank auf dem Universitätsgelände von Cambridge und hörte sich das Trommeln der Konga-Spieler an. Deren Kraft und Ausdauer hatten sie schon immer angeregt und brachten ihr Blut zum Pulsieren, doch an diesem Tag bewirkten die unbarmherzigen Schläge und Wirbel, dass ihre Kopfschmerzen, die sie schon hatte, seit sie morgens um elf Uhr aufgestanden war, noch verstärkt wurden. Schließlich ging sie halb unbewusst zu Brigham am Harvard Square, um sich dort ein Schoko-Frappé zu gönnen. Da saß sie also und war gefährlich nah dran, vor Selbstmitleid in Krokodilstränen auszubrechen.

»He«, sagte jemand, »warum so traurig?«

Sie schaute nicht mal auf. »Ich habe heute Geburtstag«, brummte sie in ihr Schoko-Frappé. »Meine Freunde haben drüben am Cape eine Party für mich organisiert, aber ich habe verschlafen und nicht mal genug Geld für den Bus.«

Nach einer kurzen Pause sagte die Stimme: »Was soll's, ich habe ein Auto, lass uns fahren.«

Da hob sie die Augen, und vor ihr stand Tommy: der attraktivste Typ, der ihr je begegnet war. »Wow«, stöhnte sie, und er warf seinen Kopf nach hinten und lachte. Ellen wusste gar nicht, wo sie zuerst hingucken sollte: auf seine perfekt weißen Zähne, seine langen und tiefen Grübchen oder auf seine verträumten, dunklen Augen, die es wohl wert waren, dass sie einen Versuch wagte.

In den könnte ich mich verlieben, dachte sie, als sie in seinem VW Käfer über die Route 3 sausten. Irisch, Arbeitermilieu, Sohn eines New Yorker Feuerwehrmanns. Der Erste seiner weit verzweigten Familie, der einen höheren Schulabschluss besaß. Dafür hatte er allerdings sechs Jahre gebraucht, weil er Vollzeit als Trockenbauer gearbeitet hatte. Und dann war das schier Unmögliche passiert:

eine Zulassung zur Harvard Law School. Ein Stipendium »... und ein schöner Sommer mit einer schönen Perle. Perfekt. Was soll ich sagen?« Er drehte sich zu ihr um, eine sexy dunkle Brille auf der Nase, und lächelte wieder. Ellens Herz machte einen großen Hüpfer. Und als er dann spontan ihre Hand nahm und sie auf seinen kräftigen Oberschenkel legte, war sie selig. *Das ist es*, dachte sie. *O Mann*.

Und dann kamen sie nach Truro.

Tommy verließ die Autobahn und folgte Ellens Anweisungen, bis sie ihn schließlich an einer Düne in Newcomb's Hollow parken ließ. Schnell war er ums Auto herumgelaufen, um sie von hinten betrachten zu können, als sie sich vorbeugte, um ihre Badetasche vom Rücksitz zu holen. Dann erklommen sie gemeinsam die Düne, Hand in Hand. Noch Jahre später, wenn Tommy die Geschichte wieder einmal zum Besten gab, gestand er jedes Mal, er habe sie eigentlich in den Arm nehmen und küssen wollen, doch für einen Augenblick sei er vom Anblick des Meeres abgelenkt worden. Als er sich schließlich nach ihr umdrehte, war sie soeben aus ihren Jeans und ihrem roten Slip gestiegen und zog nun ihr T-Shirt hoch, sodass die schönsten Brüste der Welt zum Vorschein kamen.

»He, ich habe heute Geburtstag«, sagte sie lachend, »da kann ich genauso gut nackt herumlaufen.« Tommy dachte offensichtlich, er hätte den Jackpot geknackt. Aber dann, als sie ihre Sachen in die Tasche packte, bemerkte er auf der linken Seite eine Bewegung. Ein Mann kam auf sie zugelaufen. Sein Penis, nicht mehr als ein sonnenverbranntes Würstchen, hüpfte in der Brise auf und ab. »Ellen!«, rief er. »Hi!« Tommy wirbelte herum, und plötzlich, als hätte er ein Fernglas scharf gestellt, wurde ihm alles klar.

»Dies ist ein *FKK-Strand*«, stotterte er.

»Erraten«, erwiderte sie leichthin, als ihr Freund, der

nackte Mann, bei ihnen ankam. Ellen stellte ihn als »Fettucine Alfredo« vor, woraufhin er lachte und »Alfie« sagte.

»Dies ist ein *FKK-Strand*«, wiederholte Tommy, als müsse er diesen Satz erst noch einüben.

»Sieht man doch«, sagte Alfie und an Ellen gewandt: »Hast du den Stoff dabei?«

»Könnte ich's vergessen?« Sie griff in ihre Tasche und holte eine geschnitzte, hölzerne Schachtel hervor, die sie ihm reichte. Er öffnete sie. Darin war ein Päckchen Marihuana. Alfie kramte weiter in der Schachtel und fand einen Joint. »Ah, gut, da ist schon einer gerollt.« Er zündete ihn an, klemmte sich die Schachtel unter den Arm und marschierte los. »Komm, wir warten schon auf euch.«

Ellen sprang hinterher. Tommy folgte und hielt sie am Arm fest.

»Du hattest *Pot* in meinem Auto?« Seine dunklen Augen blitzten verärgert. »Wie konntest du so dämlich sein?«

»Komm runter, Mann«, sagte sie und riss sich los.

»Ich bin ein *Jura*-Student. Du hättest damit mein Leben ruinieren können. Daran hast du wohl nicht gedacht?«

Ellen schwieg. »Du machst Witze, ja?«, fragte sie schließlich.

»Nein, ich mache keine Witze!«, schrie er. »Ich habe mir für das Studium den Arsch aufgerissen und, tut mir leid, wenn es dir nicht cool genug ist, ich meine es ernst damit. Du verstehst das vielleicht nicht, da du anscheinend kein Fünkchen Ernsthaftigkeit in dir hast. Für deine Zukunft sehe ich echt schwarz.« Sein Nacken hatte sich karmesinrot verfärbt.

Ellen fühlte sich getroffen. Natürlich war es ihr nicht in den Sinn gekommen, ihm gegenüber das Marihuana zu erwähnen, aber musste er gleich einen auf moralisch machen? Und was ihre Zukunft anbelangte: Insgeheim hatte sie riesige Angst vor der Zukunft, die sich seit ihrem einundzwanzigsten Lebensjahr wie ein leeres ausgedörrtes Feld vor ihr erstreckte. Und falls sie überhaupt über sich nachdachte, hielt sie sich eher für zu ernst, so ernst sogar, dass sie nicht weit von einer Depression entfernt war. Ein paar Sekunden hielt sie den Atem an. »Ich will dir was sagen: Es ist mein Geburtstag, und ich habe keine Lust, mich aufzuregen. Danke fürs Bringen. Und viel Glück bei den Juristen.« Sie wandte sich ab.

»Leck mich«, sagte er.

»Arschloch«, entgegnete sie und ging. Das Letzte, was Tommy von ihr sah, war die langstielige Rose, die auf ihre linke Pobacke tätowiert war.

Erst acht Jahre später trafen sie sich zufällig wieder: In der Rushhour, Linie 6, Manhattan, wo sie sich nebeneinander an die Halteschlaufen klammerten. »Entschuldigen Sie, Miss«, sagte Tommy über ihre Schulter hinweg, »aber haben Sie nicht eine Rose auf Ihrem Hintern tätowiert?«

Sie wirbelte herum.

Und da war Tommy.

Dasselbe Lächeln.

In den könnte ich mich verlieben, dachte sie.

Als der Zug an der Eighth Street hielt, stiegen sie gemeinsam aus.

4

Karen brachte Ellen einen Café au Lait in einem großen Glas. Eine Erdbeer- und eine Kiwischeibe waren auf einen langen Plastiklöffel gespießt, auf dem auf der einen Seite »*Vous avez toujours un Alibi*« stand und auf der anderen »Sie haben immer ein Alibi«. Ellen saß an einem kleinen Tisch in der Ecke und wartete auf ihre Schwester, die noch die letzten Handgriffe ihres Arbeitstages erledigte. Wieder hier im Café zu sein, war ein Hochgenuss für Ellen. Um sie herum flirteten Männer mit zotteligen Locken mit mürrisch dreinblickenden Frauen. Man rauchte und las Kafka.

»Okay, alles erledigt. Lass uns Olivier abholen«, sagte Karen. »Du glaubst nicht, wie groß er geworden ist.« Als sie auf die Straße kamen, hakte sich Karen bei ihr unter. Ellen drückte den Arm ihrer Schwester gegen ihre Hüfte, und so liefen sie zum Auto. Sie entluden den Kofferraum und bogen um eine Ecke in das Kopfsteinpflastergässchen, wo Karen, Olivier und dessen peruanischer Vater Cocho in einem Granithaus aus der ersten Bebauungsphase von Montreal in den 1780ern wohnten. Von ihren Fenstern im obersten Stock konnten sie einen Block weiter bis zum Fluss sehen.

Wenn Cocho, ein Musiker, unterwegs war wie jetzt, blieb Olivier tagsüber bei einer vietnamesischen Familie im Erdgeschoss. Sie betrieben einen kleinen Obst- und Gemüseladen, auf den sich die Bewohner der umliegenden Apartmenthäuser verließen, wenn sie in letzter und oft genug in erster Minute Lebensmittel brauchten. Olivier und die beiden Kinder der Familie Ng spielten fröhlich Verstecken oder Dosenrollen im Lagerraum, inmitten von riesigen Leinensäcken voller Reis und Bohnensprossen in unterschiedlichem Reifegrad.

Weil der Gang so eng und weil Ellen mit Paketen und ihrem Koffer beladen war, wartete sie auf dem Gehweg. Sie beobachtete, wie Karen sich zu ihrem kleinen, dunkelhäutigen Jungen hinabbeugte, sein Gesicht mit Küssen bedeckte und ihn auf ihre Hüfte setzte, die wie maßgeschneidert für ihn war. Dann sagte Großmutter Ng noch etwas auf Vietnamesisch, und Olivier erwiderte etwas und wand sich, weil er vom Arm herunterwollte. Als Karen ihn auf den Boden stellte, lief er auf seinen stämmigen O-Beinen ins Lager und kam schließlich mit einer grünen Kochbanane zurück. Karen musste lachen und nahm ihn wieder hoch.

»Und hier ist Tante Ellen«, sagte Karen zärtlich. Ellen, die nicht wusste, was auf sie zukam, stellte ihre Pakete ab und breitete die Arme aus, in die der Kleine kichernd fiel. Voller Dankbarkeit vergrub sie ihre Nase in seinen Nackenfalten. Der Duft eines kleinen Kindes – sie liebte ihn. Sie liebte Kinder, Punkt. Aber sie und Tommy hatten keine bekommen können. Es war ihre Schuld, wenn man überhaupt von Schuld sprechen konnte. Doch sie hatte starke Schuldgefühle entwickelt und darum gebettelt, ein Kind zu adoptieren. Aber Tommy war dagegen gewesen. Ohne Kind lässt es sich doch ganz gut leben, hatte er immer behauptet.

Sie stiegen die Treppen hinauf und betraten die Wohnung, wo Ellen hinter der Tür das Gepäck abstellte. Olivier war sofort auf und davon. »Mach dir keine Sorgen um ihn, bei uns ist alles kindersicher«, rief Karen, die sich auf die riesige, alte Couch fallen ließ und ihre modischen Riemchensandalen wegkickte. »Nun sag schon, Ellen. Was ist passiert?«

Ellen war reichlich aufgeregt. Es war immer eine unglaubliche Erleichterung, mit Karen zu reden. Ihre Schwester hörte stets mit größter Aufmerksamkeit zu, als wolle sie jedes Wort in sich aufsaugen, was Ellen manchmal beinahe unheimlich war. Plötzlich verspürte sie einen inneren Widerwillen, ihrer Schwester von dem Haus zu erzählen, das sie erst zwei Stunden zuvor gekauft hatte. Sie hatte das Gefühl, ein Geheimnis auszuplaudern, das sie auf ewig für sich behalten wollte.

»Du hast einen lustigen Gesichtsausdruck«, meinte Karen. »Die Katze, die den Kanarienvogel verspeist hat.«

»Ich bin gefeuert worden«, platzte Ellen heraus, und Karen lachte.

»Ist das alles? Was war los?«

»Was war *nicht* los?«, entgegnete Ellen und fuchtelte widerstrebend mit den Armen.

»Eins nach dem anderen. Seit du PBS gesagt hast, sie könnten dich mal gerne haben, habe ich nie wieder eine Kündigungsgeschichte von dir gehört.«

Ellen spürte, wie es überall um ihren Mund herum zuckte. Sie liebte diese Geschichten auch, besonders jene Höhepunkte, wie sie in ihrem Arbeitsleben immer wieder aufgetaucht waren, wenn die Spannungen und unterschwellige Unzufriedenheit sich derartig zugespitzt hatten. Wenn alles nur noch falsch war, alles in den Hintergrund trat und sie, wie ein halb verrückter biblischer Prophet in Leinenlumpen, ihre eigene, klare Stimme vernahm, die jedem, der es hören wollte, die reine Wahrheit verkündete. Es war so einfach. An einem bestimmten Punkt brach es aus ihr heraus, ganz plötzlich, wie bei einer Revolution, und wie bei jeder Revolution rollten Köpfe. Einer der Köpfe war immer ihr eigener.

»Also, wir saßen in diesem sogenannten kreativen Mitarbeiter-Meeting«, begann Ellen.

»Oh, das ist gut«, jauchzte Karen, »ein Mitarbeiter-Meeting!«

»… und Reginald zog wieder seine kleinkarierte Tyrannenmasche ab. Erst lästerte und meckerte er über die Schüler, die Praktika für Kulturmanagement machen, und terrorisierte sie geradezu damit. Dann, aus welchem Grund auch immer, kam er auf… auf die *Sache* mit dem Kopierapparat in seinem Büro. Es war wie mit Captain Queeg und seinen Erdbeeren in *Die Caine war ihr Schicksal.*«

Ellen kam richtig in Fahrt, als sie die Geschichte erzählte. Jahrelang hatte sie in leitender Position für Reginald Eubanks gearbeitet, einen hoch angesehenen, unabhängigen Producer-Director für politische Studien. Das klang beeindruckend, und die Leute machten o und ah, wenn sie von Ellens Arbeit erfuhren, aber sie selbst hatte für ihre Karriere vor allem Zynismus übrig. Wenn sie den Stress, den es bedeutete, einem mächtigen Manisch-Depressiven Bericht zu erstatten, gegen ihr lumpiges Gehalt aufwog, zog sie immer den Kürzeren.

»Wir sitzen also alle mit eingezogenem Kopf um den runden Tisch, den Reginald aus Burma oder sonst wo hat, und er lässt sich endlos darüber aus, dass der Kopierapparat nie funktioniert, wenn er mal eine Kopie braucht, weil einer von uns Schwachköpfen offenbar nicht in der Lage ist, den richtigen Knopf zu drücken. Dann verlangt er von uns, dass wir alle am nächsten Morgen um sieben antreten, um einen ›internen Kurs‹, wie er es nennt, über die Bedienung des Kopierers zu absolvieren. Und das nach einer fünfundvierzigminütigen Tirade, nicht zu vergessen. Anschließend macht er eine lange, dramatische Pause, um mit herablassender Stimme fortzufahren: ›Und ich werde nicht dabei sein. Möchten Sie wissen, warum?‹«

Karen stand die gespannte Erwartung ins Gesicht geschrieben. »Und da hast du gesagt …«

»Ich sagte: ›Weil Sie ein verdammtes Arschloch sind, Reginald.‹«

Plötzlich jaulte Ellen laut auf und musste so heftig lachen, dass ihr die Tränen nur so herunterliefen. Olivier kam neugierig ins Zimmer gelaufen. »Das Team hat mich nachher zum Champagner eingeladen«, beendete sie ihre Geschichte in einer Mischung aus Euphorie und Hysterie. Sie wusste, dass ihr Lachen eine andere Ursache hatte: Die Hysterie war ein Teil von ihr, der durch Zufall in Erscheinung trat. Sie liebte es, wenn es passierte – wenn sie auf diesen Teil, der voller Lachen war, zurückgeworfen wurde, selbst wenn er etwas Verrücktes und Manisches an sich hatte.

Sie schüttelte den Kopf.

Wieder gefeuert.

Karen strahlte sie liebevoll von der Couch aus an.

»Und auf dem Weg hierher habe ich gehalten und per Kreditkarte ein Haus gekauft«, fügte sie hinzu, erschöpft und irgendwie ernüchtert.

Karens Augenbrauen schnellten hoch. »Oh. Und was sagt Tommy-der-Bär zu dem Ganzen?«

»Weiß ich nicht. Vielleicht sollten wir mal deinen Anrufbeantworter abhören.« Ellen kicherte. Karen stand auf und ging ans andere Ende des Apartments. Sie kam mit zwei kalten Labatt-Bieren zurück. »Keine Nachrichten«, sagte sie und reichte Ellen eins.

Ein schlechtes Zeichen, dachte Ellen und wischte mit dem Handrücken eine einzelne Träne vom Gesicht.

5

Ellen war kurz davor zusammenzubrechen, als sie schließlich aufgab und zu Bett ging. Am anderen Ende der Wohnung war Karen noch immer in ein Gespräch mit einem Paar vertieft, das überraschend kurz nach Mitternacht aufgekreuzt war. Ellen konnte sich kaum erinnern, wann an ihrer und Tommys Tür in New York zuletzt jemand erschienen war. Vielleicht niemals. Und sie konnte an einer Hand abzählen, wie oft sie im vergangenen Jahr so lange aufgeblieben war. Der französische Tonfall, unterbrochen von kurzem Gelächter, wirkte beruhigend auf sie. Sie kuschelte sich unter die leichte Flanelldecke, die Karen über ihre Schulter gezogen hatte. Die Decke roch angenehm nach einer Mischung aus Rauch und Gewürzen.

Im Halbschlaf fragte sie sich, nach welchen Gesichtspunkten die Gene in einer Familie verteilt werden. War das rein zufällig, wie sie vermutete? Sie stellte sich einen betrunkenen Bauern vor, draußen auf der schwarzen Erde eines wohl bestellten Ackers. Ins silberne Licht des Mondes getaucht, griff er in einen Leinensack voller Samen, den er weit verstreute. Am Morgen würde er mit einem Kater aufwachen (ein seltener Vorfall in seinem harten Leben) und allmählich begreifen, dass die hübsch ordentlich geplanten Reihen von Gemüse so nicht entstehen würden. In diesem Jahr würden sich Korn und Erbsen miteinander verschlingen, und die roten Tomaten würden aus den Gurkenbeeten wachsen. *Das ist ein Beispiel für Zufälligkeit,* dachte Ellen: Aussehen, Gehirn, Talent, Vorlieben – der ganze Samen, zufällig in Mutter Erde geworfen. Keiner könnte vorhersagen, was daraus erwuchs.

Karen zum Beispiel war von Geburt an ruhig gewesen. Sie war vorausschauend, ordentlich und ließ sich durch keinerlei Versuchungen von ihrem Pfad abbringen. Sie hatte ein renommiertes Stipendium für das Bennington College erhalten, wo sie im Hauptfach Romanische Sprachen und im Nebenfach Musik studierte. Danach, und ohne sich den Kopf darüber zu zerbrechen, verpflichtete sie sich dreimal für jeweils zwei Jahre beim Peace Corps, einer amerikanischen Entwicklungshilfeorganisation, und arbeitete in einem Flüchtlingslager in Honduras. Tagsüber schuftete sie auf den Feldern, und abends leitete sie den Lagerchor, den sie selbst gegründet hatte. Leute, die den Chor singen hörten, glaubten an ein Wunder. Und dann nahm sie ihre drei Fünftausend-Dollar-Schecks für die jeweils zwei Jahre, und eröffnete mit Regine-Marie das Café, die sie kennengelernt hatte, als diese in Honduras einen längeren Winterurlaub gemacht hatte. Wieder zwei Jahre später, als Karen und Cocho erfuhren, dass sie schwanger war, verging sie schier vor Glück.

Im Gegensatz dazu war Ellen stets ein unruhiges Kind gewesen, das man schon als Baby jeden Abend lange herumfahren musste, bevor es einschlief. Sie entwickelte sich zu einem kratzbürstigen und wütenden Teenager, und am College wechselte sie fünfmal das Hauptfach und brauchte neun Jahre für ihren Abschluss. Ihr Leben schien aus lauter Hürden zu bestehen, die umso höher lagen, je älter sie wurde. Sie fühlte eine ungeheure, von Moment zu Moment wechselnde Spannung in sich, und es würde sie nicht wundern, wenn ein einziger Funke genügte, alles mühsam Errichtete bis auf den Grund abzubrennen. Zum Beispiel ihre Karriere: Dreißig Jahre lang hatte sie nonstop gearbeitet, und was hatte sie vorzuweisen? Zuletzt nur das »Machen Sie, dass Sie rauskommen« von Reginald. Seine Abschiedsworte waren wie Sprengladungen, geistige Sprengladungen. Es bräuchte eine lange Zeit, sie aus ihrer Psyche zu verbannen, egal, wie fröhlich ihr Lachen vor anderen klang. Und sie fühlte sich nicht mal ganz unschuldig. Was sie zu Reginald gesagt hatte, war ungeheuerlich. Es zählte nicht, dass sie auch recht damit hatte.

»Warum glaubst du, dass sich irgendjemand um die Wahrheit schert?«, hatte Tommy mal bei einem ähnlichen Vorfall gefragt.

Ellen war erstaunt. »Ich traue meinen Ohren nicht.«

»Wieso?« Tommy war verwirrt.

»Diese Respektlosigkeit gegenüber der Wahrheit. Gerade du als Anwalt solltest dich der Wahrheit verpflichtet fühlen.«

»Die Arbeit als Anwalt hat nichts mit der Wahrheit zu tun«, entgegnete Tommy. »Übrigens befinden wir uns nicht vor Gericht, Ellen. Wir reden hier über das Leben. Und falls du es noch nicht bemerkt haben solltest: Die meisten Leute versuchen, im Leben voranzukommen, was die Wahrheitsfindung von vornherein ausschließt.«

Dass er recht haben könnte, war für Ellen sehr deprimierend. Sie wollte weiter an der Wahrheit als dem einzigen festen Bezugspunkt im Leben festhalten. *Wer die Wahrheit kennt,* dachte sie, *bleibt gesund.* Wer wachsam auf der Suche danach blieb, war für sie automatisch ein wertvoller Mensch. Wer die Wahrheit mied, war geistig oder moralisch schwach. Darüber hinaus glaubte sie, dass die Wahrheit Heilkräfte besaß und ein einziges grelles Aufleuchten von Wahrheit körperliche und seelische Schmerzen lindern konnte. Sie liebte die Wahrheit mit großer, verzehrender Leidenschaft.

»Und überhaupt«, fügte Tommy hinzu, »wer hat dich eigentlich zum brennenden Busch der Wahrheit berufen?«

Ellen versuchte, sich zusammenzureißen. »Die Menschen brauchen die Wahrheit, Tommy«, sagte sie mit einer Stimme, die mehr einem Knurren glich.

»Warum?«, fragte er beinahe zärtlich.

»Weil die Menschen sich daran orientieren können.«

»Wenn sie also verloren geht oder auch nur bedroht ist«, überlegte er, »dann kommst du und posaunst sie hinaus. Damit die Menschen nicht verwirrt werden.«

»Genau. Ein öffentlicher Dienst.«

»Du bist verrückt«, sagte er und zog sie zu sich herüber. »Vielleicht hast du sogar recht. Denk aber daran, wie es den Überbringern von Nachrichten in den meisten Fällen ergeht.« Er hob ihre welligen Haare hoch und küsste sie in den Nacken. »Lass dich nicht von ihnen umbringen, Ellen«, flüsterte er. »Ich kann ohne dich nicht leben, Liebling.«

Ellen wachte auf und tastete nach Tommy. Er war nicht da. Sie öffnete die Augen und erkannte gar nichts. Aber dann sah sie Olivier in seinem gelben Schlafanzug. Sie machte aus der Sommerdecke ein Zelt, und er kam hereingekrochen. Begeistert begannen sie Kuckuck-wo-bin-ich zu spielen. Ellen fiel auf, dass er jedes Mal vor Glück jauchzte, wenn die Dunkelheit verschwand.

Das konnte sie gut verstehen, denn obwohl sich für sie jeden Augenblick gleich mehrere neue Welten auftun konnten, verspürte sie dennoch unausweichlich die beinahe unerträgliche Dunkelheit um sie herum: keine Arbeit, Tommys Schweigen, ihre Kreditkartenschulden und – was am schlimmsten war – dieses fremde, aber nicht zu leugnende Gefühl, dass sie müde geworden war, zu müde, um weiter gegen die Flut anzukämpfen. Was wäre, wenn dieser Kampf sie von allem wirklich Wichtigen weit, weit abbringen würde?

»Das ist, als würde ich auf einem Eisberg aufs offene Meer hinaustreiben«, gestand sie Karen beim Frühstückscroissant, »und … nun … es wird immer wärmer.«

Karen sah sie eindringlich an. »Was ist mit dir los, Ellen?«

Darauf wusste Ellen keine fertige Antwort. »Hast du dich mal mit Eriksons Stufenmodell der psychosozialen menschlichen Entwicklung beschäftigt?«, fragte sie schließlich. »Ich glaube, ich bin vorzeitig in die letzte Phase geschleudert worden: Ich-Integrität versus Verzweiflung. Eigentlich ist man erst mit siebzig für diese Phase vorgesehen.«

»Kann so was passieren?«, fragte Karen.

»Falls es überhaupt jemandem passieren kann, dann mir. Und ich meine das durchaus humorvoll.« Ellen glaubte, dass sie wie die meisten Hippies der Sechziger unter anderem durch die Einnahme von Halluzinogenen bereits als junge Erwachsene in eine Midlife-Crisis geworfen worden war, wie sie normalerweise erst für reife Fünfundvierzigjährige typisch ist. Zurückblickend bedauerte sie es oft, dass ihr zerbrechliches, junges Ego so unbarmherzig mit Sinnfragen konfrontiert worden war, die außerhalb ihrer Reichweite gelegen hatten. Sie hatte natürlich erwartet, das Leben im Laufe der Zeit leichter meistern zu können. Nun waren aber Jahrzehnte vergangen, und sie befand sich in einem Nebel aus Zweifel und Verwirrung. Gerade in den letzten fünf Jahren war er besonders dicht geworden. Ellen fand es gemein, dass sie ausgerechnet dann ihren Halt verlor, als sie ein leichteres Leben vor sich wähnte. *Irgendwie war das komisch*, dachte sie. Die Unvorhersehbarkeit des Lebens. Alles konnte passieren. Jedem. In jedem Augenblick.

»Habe ich dir jemals erzählt, wie ich Mama und Papa zu ihrem vierzigsten Hochzeitstag besucht habe?«, fragte sie plötzlich.

»Nein«, sagte Karen. »Wo war ich da?«

»Du warst in Honduras«, erklärte Ellen, die ein besseres Gedächtnis als Karen hatte. »Vierzig Jahre!«, fuhr sie fort. »Das ist ein Meilenstein! Deshalb fuhren Tommy und ich am Abend davor bei ihnen vorbei, um mit ihnen schön essen zu gehen. Wir waren ein bisschen spät, und als wir auf die Veranda kamen, konnten wir durch das Wohnzimmerfenster sehen, wie sie in ihren Fernsehsesseln eingenickt waren. Papas Kopf war vornübergesackt, als wäre sein Nacken ausgehakt, und Mamas Kopf war genau entgegengesetzt gegen den Sessel gelehnt, und ihr Mund stand weit offen.«

Sie sahen so unglaublich verletzlich aus, hatte sie damals gedacht. Allein im Haus, schlafend vor der Glotze. Ihre Mutter trug einen knielangen gesteppten Morgenrock und gehäkelte Slipper mit Pompons über den Zehen. Ihr Vater war wie immer angezogen: dunkle Hose, kariertes Hemd, Strickjacke. Ellen war von einer Welle der Zärtlichkeit erfasst worden. Sie ergriff Tommys Hand und schloss sie um ihre Finger.

»Wie dem auch sei, im Prinzip sagten sie nur Hallo und gingen schnurstracks zu Bett. Am nächsten Tag, dem eigentlichen Festtag, schlief Tommy lange, und als ich herunterkam, taten die beiden so, als wäre nichts Besonderes. Nach einer Weile stellte ich Mama in der Küche zur Rede. Sie sagte, Papa habe ihr gar nichts geschenkt: keine Karte, keine Blumen, nicht mal Herzlichen Glückwunsch habe er gesagt. Daraufhin ging ich zu ihm in die Garage, wo er vor sich hin bastelte. ›Papa‹, fragte ich ihn, ›hast du euren Hochzeitstag vergessen?‹ Rate mal, was er sagte!« Ellen machte eine Pause und lehnte sich nach vorn.

»Ich habe keine Ahnung«, erwiderte Karen vorsichtig.

»Er sagte: ›Was mich persönlich anbelangt, bin ich nicht verheiratet.‹«

Karen machte große Augen. »Ehrlich?«

»Ja. Und als ich fragte: ›Aber wenn du nicht verheiratet bist, was hast du dann vierzig Jahre lang mit Mama gemacht?‹ Papa sah vom Rasenmäher hoch, den er in Ordnung brachte, und erwiderte – ich erinnere mich, als wäre es gestern gewesen –: ›Ich bin durch eine Wüste gewandert.‹ Dabei blickten seine Augen so traurig, dass ich nur noch aus der Garage gerannt bin.«

Karen schwieg.

»Als ich wieder im Haus war, fragte Mama, was er gesagt habe. Ich wollte es erst mit einer Lüge versuchen, aber ich konnte nicht, sondern sagte: ›Er meint, was ihn anbelange, so sei er nicht verheiratet.‹ Das mit den vierzig Jahren Wüste unterschlug ich lieber. Daraufhin trocknete sie ihre Hände ab – sie war beim Spülen – und brach am Küchentisch fast zusammen. Sie klammerte sich mit beiden Händen an eine Zuckerdose, sah mich an und sagte: ›Es gab nicht einen Tag in dieser Ehe, an dem ich nicht hätte gehen wollen.‹«

Karen drückte sich vom Tisch ab, als bräuchte sie mehr

Platz, um die Worte ihrer Schwester aufzunehmen. »Gott, ein doppelter Volltreffer«, sagte sie. »Warum hast du mir nie davon erzählt?«

»Oh … warum solltest du es wissen?«, fragte Ellen.

»Aber es ist so …«

»Das war echt surreal«, seufzte Ellen. Beide schwiegen für einige Sekunden.

»Und? Seid ihr noch mit ihnen essen gegangen?«

»Du weißt doch, dass Mama wegen der Happy-Hour-Angebote gerne bei Sizzler aß. Wir gingen also hin, aber keiner erwähnte den Hochzeitstag. Am Ende sprachen wir über Meeresfrüchte. Welchen Fisch jeder mochte, wer die großen Kammmuscheln und wer die kleinen. So ungefähr. Noch Wochen später ging es mir schlecht.«

Karen holte tief Luft. »Haben sie sich gehasst?«

Ellen zuckte mit den Schultern. »Ich glaube nicht. Sie waren nur so unfassbar ehrlich.«

Die beiden Schwestern starrten auf den Schaum in ihren Kaffeetassen. »Vermisst du sie eigentlich?«, fragte Karen schließlich.

»Nicht besonders.« Sie wurde melancholisch. »Warum? Du etwa?«

»Jeden Tag«, gab Karen zur Antwort, »jeden Tag.«

Wie war das möglich?, fragte sich Ellen. Ihre Eltern waren seit Jahren tot. Joyce starb zuerst, 1990, an starker Hirnblutung, Norman sieben Monate später aus keinem anderen Grund, als dass sein Herz einfach aufhörte zu schlagen. Zweimal trafen sich Ellen und Karen in White River Junction, Vermont, um ihre Eltern zu begraben. Und als es vorbei war, konnte keine der Schwestern schnell genug wegkommen. Nachdem das alte Haus verkauft war und alle Rechnungen bezahlt waren, blieben von Joyce und Norman Hart nach sieben Jahrzehnten auf dem Planeten Erde ganze dreitausendachthundert Dollar. In ge-

genseitigem Einverständnis zahlten Karen und Ellen diese Summe auf ein gemeinsames Konto ein. Diesem Familien-Fonds konnte jede von ihnen ohne Angabe von Gründen im Notfall Geld entnehmen. Bei großartigen 1,5 Prozent Zinsen war die Summe inzwischen auf fast viertausend Dollar angewachsen.

Alles in allem war Ellens Hauskauf in Eagle Beak sogar noch irrationaler. Falls dies überhaupt möglich war, konnte Eagle Beak noch weniger eine Stadt genannt werden als White River Junction, das immerhin eine Hauptstraße besaß und zwei lebendige Häuserblocks im Zentrum. Eagle Beak hingegen hatte nur ein winziges Postamt und einen kleinen Gemüseladen mit einer Zapfsäule. Im Umkreis von fünfundsiebzig Meilen gab es nicht ein einziges chinesisches Restaurant oder ein Kino, das Dokumentarfilme von Leuten wie Reginald Eubanks zeigte. Noch am Tag ihres Schulabschlusses war Ellen in das aufregende Leben von Boston geflohen. Aber Boston war ihr nicht groß genug gewesen, weshalb sie ihre Sachen gepackt hatte und nach New York gezogen war. Aber nun wandte sie Big Apple – für sie noch immer die Mitte des Universums – aus keinem ersichtlichen Grund den Rücken zu, um sich vierzehn Morgen Land voll mit Gebüsch und Biberteichen zu widmen sowie einem Traumgebilde, über das sie sich immer noch nicht im Klaren war.

Und was die Sache noch verwirrender machte: Sie musste damit rechnen, dass sie auch Tommy den Rücken zugewandt hatte. Und warum? Wofür? Alle Ehen verloren ihren Reiz. Alle Eheleute sahen nicht mehr das Wunderbare im Partner, sondern spürten immer wieder mal die kalten Finger der Entfremdung in ihrem Nacken.

Oder?

6

Am Freitag, dem 9. Juni, nicht ganz vier Wochen nach dem launenhaften Kauf, kam Ellen bei ihrem neuen, alten Haus an. Der Honda war vollgestopft mit allem Nötigen, angefangen beim Ghettoblaster und einer Schachtel mit Blues-Kassetten bis hin zu Lebensmitteln aus Asien und dem Mittleren Osten. Auf der langen Fahrt von der Stadt hier herauf hatte ihre Stimmung geschwankt zwischen absolutem Horror, allen möglichen bösen Vorahnungen und einem wohligen inneren Frieden, der sie zu einer Kassette mit Patsy Cline greifen und laut mitsingen ließ. Als sie jünger war, wäre sie gerne Background-Sängerin gewesen, mittlerweile wäre sie lieber ein Star wie Diana Ross oder Smokey Robinson und sänge aus vollem Herzen vor einer riesigen Menge. *Lieber Gott,* dachte sie, *in meinem nächsten Leben werde ich meinen Wunschzettel einreichen.*

Ellen kicherte vor sich hin, als sie auf der Schnellstraße nach Norden sauste. Immer wenn sie bei Gott einen Wunschzettel einreichte, bezog sie sich auf ihr nächstes Leben, als sei ihr jetziges eine Niete und bereits abgeschrieben. Dennoch hatte sie für dieses Leben zwei konkrete Erwartungen an Gott: Die erste war, einen Zustand zu erreichen, den die alten Griechen ›Ataraxie‹ nannten. Übersetzt hieß das so viel wie ›Unerschütterlichkeit‹, was Ellen als einen Zustand interpretierte, in dem man am meisten man selbst war, aber sie wusste, dass die alten Griechen, als sie den Parthenon erbauten oder am Hang saßen, um Sophokles' neuestes Stück anzuschauen, die ›Ataraxie‹ als höchste Stufe menschlicher Entwicklung ansahen. Und da man keine besondere, teure Ausstattung benötigte und womöglich auch keine Anleitung bekam über das Wie, hatte Ellen dies zu ihrem liebsten Fernziel erklärt und Gott gebeten, sie auf diesen Pfad zu bringen. Ihre zweite Bitte war, spontan zu verbrennen, wenn es an der Zeit für sie war zu sterben.

»Schau dir das Bild an!«, hatte sie mal zu Tommy gesagt und ihm ein Buch, so groß wie ein Couchtisch, auf den Schoß geworfen. »Ich habe das nicht erfunden.« Endlich gab es einen sichtbaren Beweis. Neben einer Toilette steckte der Fuß eines alten Mannes in einem Pantoffel. Sein Rollator aus Aluminium war umgekippt, die Wände waren verbrannt. »Siehst du? Er ging ins Badezimmer, und *Bumm!* war er weg. Nichts blieb übrig als sein Fuß. Spontane Verbrennung.« Sie griff über die Schulter ihres Mannes und blätterte eine Seite weiter. »Siehst du? Da ist noch ein Bild. Eine alte Frau saß im Sessel, und dann *Bumm!* Weg. Nichts mehr da außer einem verbrannten Fleck und ein bisschen Asche auf den Spitzendeckchen.«

»Ellen«, sagte Tommy, »hör auf, immer *Bumm!* in mein Ohr zu brüllen.«

Ihre Augen strahlten wie ein Leuchtturm. »Das passiert anscheinend nur alten Menschen. Das muss was Biochemisches sein.« Sie warf das Buch auf die Couch, setzte sich auf Tommys Schoß und legte die Arme um seinen Hals. »Oh, Tommy«, sagte sie, »ich hoffe, das wird mir auch so ergehen. Was für ein Abgang.«

»Vielleicht tut es aber weh«, meinte er.

»Nee, das kann nicht sein«, antwortete Ellen. »O Gott, stell dir vor, wie du dann in der anderen Welt ankommst, falls es eine gibt.«

»Nicht mit einem Winseln, sondern mit einem Knall«, bemerkte Tommy trocken.

»Hm-m«, machte Ellen träumerisch.

Wie oft war sie wohl im Lauf der Jahre auf Tommys

Schoß geklettert?, fragte sie sich. Für eine erwachsene Frau war das im Grunde genommen völlig verrückt, und doch liebte sie die Stärke seiner Schenkel unter ihr, wie Eisenträger. Manchmal, wenn sie so auf seinen Beinen saß, hielt sie Tommy für die Rahmenkonstruktion, auf der ihr ganzes Leben aufgebaut war – ein Gedanke, der beruhigend wirkte und gleichzeitig Angst machte.

Es gab aber keine Schoßsitzerei, als sie ihm von ihrem Plan erzählte, für den Sommer nach Eagle Beak zu ziehen. Als sie nach New York zurückgekommen war, hatte Tommy ihren Hauskauf mehr oder minder als erledigt betrachtet. »Was du mit deinem Geld machst, ist deine Sache«, sagte er an ihrem ersten Abend, »aber ich will nichts damit zu tun haben. Ich habe keine Lust, meinen Urlaub als Zimmermann zu verbringen. Da bist du auf dich selbst angewiesen, Liebling.« Für Ellen war das eine Erleichterung. »Falls Karen und Cocho mal aus der Stadt raus wollen, können sie dahin gehen«, sagte sie vernünftig, »es liegt so nah bei Montreal.«

»Was auch immer«, entgegnete Tommy.

In der darauf folgenden Woche erledigte sie halbherzig einige Anrufe, um den entsprechenden Leuten mitzuteilen, dass man sie anstellen könne. In der Tiefe ihres Herzens wünschte sie sich jedoch gar keine neue Stelle. Sie kontrollierte ihre Konten – Sparbücher und Girokonten – und rechnete alles durch. Wenn sie vorsichtig war, glaubte sie, bis Oktober auskommen zu können. Sie lag im Wohnzimmer auf der Couch, flach auf dem Rücken, ihre Lieblingsposition zum Nachdenken, und ließ ihre Gedanken schweifen. Sie dachte an Eagle Beak und das winzige weiße Haus, das sie gerade gekauft hatte. Sie sah sich selbst mit einem großen Strohhut, wie sie im Garten pflanzte, wässerte oder auf einer Verandaschaukel Erbsen pulte.

Sie stand auf, ging zum Wohnzimmerfenster und sah

auf die Straße hinunter, und sie wusste, dass in diesem Augenblick ihr Herz nicht in der Stadt war. Sie erinnerte sich an eine Szene von vor einigen Monaten, wie sie weinend aus der U-Bahnstation Ecke First Avenue und Fourteenth Street gekommen war, weil sie den unglaublichen Lärm da unten nicht mehr ertragen konnte. Schon seit Längerem stand sie nicht mehr auf bestem Fuß mit New York. Sie wollte abhauen. Sie wusste nicht genau, warum, aber dieses Wort drang immer wieder in ihr Bewusstsein. Abhauen. Schließlich erzählte sie Tommy, dass sie den Sommer über weg wolle. Sie müsse mal raus, sagte sie.

Er schwieg, band seine Krawatte ab, legte das Jackett ab und hängte es sorgfältig wie immer in den Schrank. Er zog sein Hemd aus und stopfte es in die Tasche, die immer zur chinesischen Wäscherei an der Ecke gebracht wurde. Dann schlüpfte er in seine graue Jogginghose und setzte sich auf den Rand des Futons. »Ellen«, sagte er, »willst du mich verlassen?«

Plötzlich erinnerte sich Ellen an die Worte ihrer Mutter: Es gab nicht einen Tag in dieser Ehe, an dem ich nicht hätte gehen wollen. Konnte es sein, dass Tommy auch so fühlte? War dies deshalb seine erste Frage?

»Möchtest du, dass ich dich verlasse?«, fragte sie ängstlich.

»Ich möchte nur wissen, ob es das ist. Ob es der Anfang vom Ende ist.«

Ellen war wie gelähmt vor Panik.

»Möchtest du, dass es zu Ende ist, Tommy?«

»Verdammt noch mal«, explodierte er, »hör auf so zu tun, als hätte ich meinen Abgang angekündigt. Ich möchte eigentlich nur wissen, was hier gespielt wird, okay? Hör also auf, mir alles im Mund herumzudrehen.«

Ellen fing an zu weinen.

»Oh, großartig, hier kommen die Tränen.« Angewidert

schnappte sich Tommy ein Sweatshirt aus dem Schrank. »Ich geh raus«, brummte er und knallte die Tür hinter sich zu.

»Was hab ich bloß gemacht?«, fragte Ellen in die Leere hinein. Sie war verwirrt und sauer. Verwirrt, weil sie nicht verstehen konnte, dass Tommy ihr unschuldiges, kleines Sommerabenteuer als eine verschleierte Aussage über ihre Ehe interpretierte. Er wusste doch, dass sie bei Eheproblemen schonungslos ehrlich war. Und sauer, weil sie an seiner Reaktion merkte, dass die Welt allgemein nicht bereit war, jemanden er selbst sein zu lassen. Am liebsten würde sie noch in dieser Minute mit dem Packen anfangen. Vielleicht sollte sie alles, was sie besaß, einfach einpacken. Bloß raus.

Zwei Stunden später kam Tommy zurück. Wie nicht anders zu erwarten, hatte er getrunken. Ellen stellte sich schlafend, obwohl es erst halb zehn war. Tommy zog sich aus und stieg ins Bett, dann nahm er sie in den Arm, während sie noch so tat, als würde sie langsam aufwachen. »Ich möchte keine Scheidung«, flüsterte er in ihr Ohr.

»Wer sagt etwas von Scheidung?«, fragte sie. »Hier geht's nicht um uns, Tommy. Hier geht's um mich.«

»Tut mir leid«, sagte er. »Ich werde dich vermissen.« Ellen drehte ihren Kopf zur Seite, um seinem Atem zu entgehen, der nach saurem Bier roch. Im Laufe der Jahre hatte sie ihm im Streit sogar vorgeworfen, er habe sein irisches Erbe noch nicht überwunden, und in letzter Zeit hatte sie sich schlichtweg geweigert, ihm irgendwelche Spirituosen zu kaufen, wenngleich sie sich scheinheilig vorkam, wenn sie sich selbst welche kaufte. Angespannt und regungslos lag sie neben ihrem Mann und wartete darauf, dass sein Atem lauter und schwerer wurde. Sie liebte Tommy, gewiss. Aber in letzter Zeit stimmte ihr Timing nicht mehr Die Zylinder arbeiteten nicht mehr so, wie sie sollten. Sie wünschte sich, sie könne ihren Mann aufregend finden, stattdessen nervte er sie. Er arbeitete zu lange. Er hielt sie für selbstverständlich. Er trank zu viel. Er weigerte sich, über ihre Beziehung zu sprechen. »Wenn's nicht kaputt ist, reparier es nicht«, hatte er gesagt, als sie ihm kürzlich einen Neuanfang in der Ehe vorgeschlagen hatte: feste Zeiten zum Sex, einen Kurs für das Kommunizieren auf einer höheren Bewusstseinsebene, eine Paarunterweisung in der Kunst sinnlicher thailändischer Massage. Sie brauchten eine romantische Generalüberholung.

In den zwölf Tagen, bevor sie ging, spielte Ellen in diese Richtung. Wenn Tommy früh genug von der Arbeit kam, flanierten sie Hand in Hand wie zwei verliebte Kinder in der Nachbarschaft herum oder saßen am Hundeauslauf im Tompkins Square Park und sahen den kleinen Hunden beim Herumtollen zu. Ellen spürte so viel Zärtlichkeit für Tommy, dass es schon wehtat. Er versuchte, alles richtig zu machen, das wusste sie. Versuchte, ihren Alltag aufzupolieren, damit er schön glänzte, wenn sie aus der Ferne darüber nachdachte. Es berührte sie, dass er sich so viel Mühe gab, doch sie spürte intuitiv, dass das auch nichts half. Jeder vermochte den nervösen, halb verzweifelten Aktionismus von der täglichen Tretmühle zu unterscheiden. Dabei hatte sie nicht vor, während ihres Landaufenthaltes ihre Ehe unters Mikroskop zu legen. Das nicht. Aber selbst als sie die Hände über dem Tisch im indischen Restaurant in der East Sixth Street verschränkten, spürte sie eine namenlose und hoffnungslose Angst, und sie wusste: Was war, das war.

An dem Morgen, an dem sie aufbrach, blieb Tommy zu Hause. Sie überraschte ihn damit, dass sie ihm die Decke wegzog und seinen morgendlichen halben Ständer mit ihrer Zunge aufweckte. »Zeit für deinen jährlichen Blowjob«, witzelte sie und kraulte seine Hoden.

»Jährlich?«, murmelte Tommy. »Ich glaube, wir haben ein paar Jahre ausgelassen.«

Ellen lachte, obwohl sie wusste, dass es der Wahrheit entsprach. Warum war dieser kleine Liebesbeweis einfach so weggefallen, wie eine Radkappe, die zum Straßenrand kullerte und im Dreck liegen blieb, während das Auto davonsauste und verschwand?

Ellen hatte sicherlich tausend Theorien über Sex. In ihren frühen Jahren war Sex ihre ganze Welt gewesen: ihr Labor, ihre Universität, ihre Kirche. Sie hatte ruhmreiche Pfade durch die unterschiedlichsten Landschaften der Sexualität geschlagen, und sie bereute keinen einzigen. Immer war sie bereit gewesen zu experimentieren: So einfach war das. Sie hatte sogar mal einer Gruppe verklemmter Frauen Instruktionen über die Kunst des Blasens gegeben. »Zuerst einmal müsst ihr den Penis anbeten«, hatte sie gesagt. Selbst jetzt, nach all den Jahren, fühlte sie sich inspiriert, als sie Tommy auf Touren brachte. Sein dümmlicher Gesichtsausdruck spornte sie nur noch mehr zu einer Top-Performance an. Sie war stolz, als Tommy stöhnend zum Höhepunkt kam. Als sie ihren Kopf auf seinen Bauch legte, fuhr er ihr mit seinen Fingern zärtlich durchs Haar.

»He, Tommy, erinnerst du dich an meine japanische Phase?«, fragte sie plötzlich.

»O ja. War ich froh, als das ausgestanden war.« Seine Stimme klang etwas gereizt.

»Warst du?« Ellen reckte sich hoch. Sie glitt an seinem Körper hinauf und schob sich unter seinen Arm. »Warum?«

»Es war ganz schön schräg, Ellen«, sagte er. Er war schläfrig und kurz davor wegzuschlummern.

Ellen kuschelte sich in seine Achselhöhle und kicherte. Wie lang war das her? Zehn Jahre? Zwölf? Im Verlauf eines Forschungsprojekts war sie auf ein Buch mit japanischen Erotika gestoßen. Die Zeichnungen hatte sie ziemlich scharf gefunden, aber es war etwas ganz anderes, das ihre Fantasie gefangen hielt. »Nachdem der Akt vorbei ist«, besagte der Text, »ist für den weiblichen Partner die Formulierung ›Worte vermögen nicht die Tiefe meiner Dankbarkeit auszudrücken‹ üblich.« Ihre erste Reaktion darauf war feministische Wut. Aber dann schaute sie sich die Illustrationen noch einmal an. Die Frauen hatten offensichtlich ihren Spaß. Was, wenn da etwas dran ist?, fragte sie sich. Was war, wenn das hinter den umständlichen Worten liegende Prinzip sie zu neuen erotischen Erfahrungen führte, zu einem Verständnis, das die Geschlechtergrenzen transzendieren würde?

Das versuchte sie mit Tommy.

»Hä?«, machte dieser nur.

»Worte vermögen nicht die Tiefe meiner Dankbarkeit auszudrücken«, wiederholte sie.

»Ja, es war gut, aber übertreib es nicht gleich«, sagte er. Nachdem sie die Worte ein drittes Mal wiederholt hatte, verlangte er eine Erklärung.

»Und wie fühlst du dich, wenn du das hörst?«, fragte sie ihn, nachdem sie ihm das Buch gezeigt hatte.

Er dachte eine Weile nach. »Ich denke, du führst irgendetwas im Schilde«, sagte er schließlich und wuschelte ihr Haar. Aber Ellen bestand darauf. Sie suchte in sich den Ort, von wo aus sie diese Formulierung ganz wahrheitsgemäß benutzen konnte, und Tommy tolerierte es bestenfalls. Schließlich gab sie auf. Und nun, mehr als ein Jahrzehnt später, erfuhr sie von Tommy, dass er froh gewesen war, als sie damit aufhörte. Ihr Experiment mit der Passivität war – ein Flop.

Tommy schnarchte. Sie war es gewohnt und hatte sogar einen eigenen Namen dafür erfunden: PPDI oder Postpartum-Deprivation der Intimität. Sie atmete langsam und tief und sog den Moschusduft seines Körpers ein. Dann stieg sie aus dem Bett und packte. Als er wach wurde, war sie bereit zu gehen.

Siebeneinhalb Stunden später bog sie in ihre eigene Zufahrt ein und stellte ihren Wagen mit dem Gefühl größter Selbstverständlichkeit ab. Egal, was sie bisher gemacht hatte, das Schicksal hatte das Seine getan, sie hier und jetzt an diesen Ort zu bringen.

Das Haus machte einen bewundernswerten Eindruck. Mehrere kleine Gruppen von Osterglocken standen in voller Blüte, und die dünnen Fliederbüsche an der Tür wurden von herrlichen, violetten Knospen gekrönt. Gelb und Violett, die Osterfarben, bildeten den symbolischen Farbcode der Natur für die Wiederauferstehung. Im North Country waren sie einen Monat zu spät. In der Stadt waren Osterglocken und Flieder schon längst verschwunden. *Dieses Jahr erlebe ich den Frühling zweimal*, dachte sie, als sie aus dem Auto stieg und sich streckte. Ein Mückenschwarm umschwirrte ihren Kopf. Sie versuchte, ihn zu vertreiben, indem sie wie verrückt mit den Armen wedelte, aber das störte die Mücken nicht. Bis sie die Tür erreichte und ins Haus ging, hatte sie zwei von ihnen im Ohr zerquetscht, eine weitere war in ihren Mund geflogen und hatte sich auf ihre Zunge gesetzt. »Macht, dass ihr rauskommt!«, schrie sie die Wolke von Insekten an, die ihr vom Auto aus gefolgt war. Als sie die Tür zuknallte, traf es sie wie ein Schlag: Das waren dieselben Worte, die sie aus New York getrieben hatten.

Das Haus roch alt, modrig und stickig. Am liebsten hätte sie die Fenster geöffnet, aber die Mücken, die Mücken. Sie ließ sich auf einen hölzernen Stuhl im Esszimmer fallen. Er knackte und schwankte unter ihrem Gewicht. Plötzlich fühlte sich Ellen allein und aus ihr unbekannten Gründen ins Exil getrieben. Sie sah sich schon für Monate in dieser klammen Krypta von einem Haus gefangen, ohne frische Luft, aber mit Millionen von Mücken, die gegen die Fensterscheiben prasselten.

Nun, dachte sie und schob diese Vorstellung zur Seite, *ich mache einfach eine Liste, was ich so brauche*. Normalerweise verbesserte das Erstellen von Listen ihre Laune. Sie ging zur Wand und knipste das Deckenlicht an. Nichts. Sie hatte zwar vorher veranlasst, dass der Strom wieder angeschaltet würde, aber offensichtlich war das noch nicht geschehen. Seufzend zog sie ihr Notizbuch aus ihrer Handtasche und schlug eine leere Seite auf. Kerzen, schrieb sie, Fliegengitter, Insektenspray, Glasreiniger. Sie sah sich um. Es war schäbig, sehr schäbig sogar. Womit konnte sie anfangen? Ihr prüfender Blick flog durch Esszimmer und Küche und blieb an einem samtigen, schwarzen Klecks oben an der Decke hängen. Ellen musterte ihn genauer. Sie wollte nicht wahrhaben, was sie bereits wusste: Es war eine Fledermaus. Sie hing kopfüber von der Küchenstuckleiste wie Bela Lugosi.

Ellen legte ihren Kopf auf den Tisch und weinte.

7

Folter. Es war die reinste Folter, das Auto zu entladen und sich einen Weg durch die Moskitos zu bahnen, beide Arme voll mit elektrischen Geräten, die sie nicht mal anschließen konnte. *Keine Musik heute Abend*, dachte sie, als sie ihren Kassettenrekorder auf dem Wohnzimmerfußboden abstellte, kein Kaffee am Morgen. Und auch kein Delikatessengeschäft um die Ecke. Wie besessen rannte sie erneut zum Auto, um einen weiteren Arm voll zu holen. Sie wollte den Wagen leer räumen und schnell nach Lamone fahren. »Vorräte anlegen«, sagte sie laut und kam sich vor wie ein Pionier. *Vorräte* war ein Wort, das sie während all der Jahre in der Stadt vermutlich noch nie benutzt hatte, nicht ein einziges Mal. Aber hier, wo man auf eine Wand aus Bäumen sah und wo das Unterholz sich immer näher an das Haus heranschob, schien es zu passen.

Im Wohnzimmer wuchs ihr persönliches Hab und Gut zu einem wahren Berg an, bevor sie sich eine Trinkpause gönnte. Es war ein erhebendes Gefühl, vertraut und gemütlich, in die alte Speisekammer voller Marmeladengläser zu gehen. Als sie aber einen Wasserhahn aufdrehte und nichts geschah, musste sie sich schon sehr zusammenreißen. Sie marschierte zum Tisch und nahm einen Stift. Wasser, schrieb sie in großen Buchstaben auf ihre Liste. Zinkoxyd-Lotion fügte sie hinzu und kratzte an einem riesigen roten Flatschen auf ihrem Unterarm. Alkohol.

Dann begann sie eine zweite Spalte mit der Überschrift »Noch zu erledigen«. Die Elektrizitätswerke anrufen. Telefonanbieter anrufen. Einen Klempner finden, um das Wasser zum Laufen zu bringen. Sie guckte auf die Uhr. Es war halb sieben – zu spät für Geschäftliches. Und bis Montag war es noch lang. Dann erinnerte sie sich an den kleinen Laden in der Kurve neben dem Postamt und rannte zum Auto. Am Ende ihrer Zufahrt musste sie so stark bremsen, dass sie nach vorne flog. Dann verschwand sie in einer Wolke aus Staub.

Ein Hund in der Größe eines Bären lag vor dem Eingang zum Gemischtwarenladen von Eagle Beak. Da er keine Anstalten machte sich zu bewegen, musste Ellen einen Riesenschritt über ihn hinweg machen, gleichzeitig am Türknauf rütteln und sich durch die Tür drücken. Beinahe hätte sie die Balance verloren und wäre in den Stand mit Süßigkeiten gefallen. Ein Mann mit einem Bart wie die Smith Brothers und einem T-Shirt mit der Aufschrift »Stell mir keine Fragen, dann erzähl ich dir keine Lügen« sah von dem Magazin auf, das er vor sich ausgebreitet hatte.

»Großer Hund«, meinte Ellen, um einen nachbarschaftlichen Ton bemüht.

»Nutzlos«, sagte der Mann. »So heißt er.«

»Muss ja gut für seine Selbstachtung sein«, spöttelte sie.

»Der gute alte Nutzlos kann's vertragen. Im Faulsein hat er Karriere gemacht.« Der Mann richtete die Augen wieder auf den Katalog über das Fliegenfischen.

Ellen nahm das Allernötigste aus den halb leeren Regalen. Sie war erstaunt, was sie da zur Kasse transportierte: Weißbrot, Erdnussbutter, Traubengelee, ein Sechserpack Budweiser und Tortilla-Chips. War das die Art, wie sich Amerika ernährte?, fragte sie sich. Sie konnte sich an die roten und blauen Ballons auf der Weißbrotverpackung ihrer Kindheit erinnern, aber sie hatte sie seit mehr als zehn Jahren in keinem Laden mehr gesehen. Sie bemerkte eine Schachtel mit Batterien und schnappte sich zwei Hände voll. So würde sie wenigstens Musik hören können.

»Wohnen Sie drüben am See?«, fragte der bärtige Mann an der Kasse.

»See? Nein«, antwortete Ellen. »Ich habe vor Kurzem Viola de Beers Haus gekauft.«

Die Finger des Mannes hielten über den Tasten inne. Er blickte sie nun mit größerem Interesse an. »Sie sind das also«, sagte er.

Ellen lachte und meinte: »Das klingt ja nicht gerade gut.«

»Ich heiße Baldy«, sagte der Mann und gab ihr die Hand.

Ellen überwand den inneren Impuls, seinen Haaransatz, der bis zu den Augenbrauen unter einer Baseballkappe verborgen lag, genauer unter die Lupe zu nehmen. »Ellen Kenny«, sagte sie, »freut mich, Sie kennenzulernen.«

»Wir werden sehen, ob Sie das in ein paar Monaten auch noch sagen werden«, erwiderte Baldy trocken. Er raschelte unter der Theke, dann zauberte er eine zerknüllte Papiertüte hervor, in die er ihre Einkäufe packte und ein Exemplar des *Free Trader* für ihr Lesevergnügen dazulegte.

GRÖSSTE AUFLAGE IM NORTH COUNTRY brüstete sich das Blättchen. Ellen zahlte, kletterte über Nutzlos hinweg und ging. *Ich werde ein Candlelight-Dinner zu mir nehmen,* dachte sie fröhlich, während sie die zwei Meilen zurück nach Hause fuhr. *Vielleicht trinke ich das ganze Bier und pinkele in die Büsche.*

Am Abend hatte Ellen jedoch Angst, vor die Tür zu treten. Die unglaubliche Stille und die schon obszön wirkende Dunkelheit riefen in ihr Bilder von Axtmördern und aus Inzucht geborenen Perversen hervor, die sie wie ein Schwein quieken lassen würden, während sie sich an ihr vergingen. Sie legte eine Kassette nach der anderen ein: Otis Redding, Elvis, Aretha Franklin, aber die Musik wirkte irgendwie dünn und blechern, so als sei sie zu schwach, um gegen die Stille anzukommen. Und über ihrem Kopf hörte Ellen das unablässige Trippeln von Mäusefüßen, die im Obergeschoss hin und her wetzten. Sie hatte zwar die Küchentür geschlossen, damit die dort wohnende Fledermaus nicht in ihrem Haar nisten konnte, doch so ganz geheuer war es ihr immer noch nicht, wie sie bei Kerzenschein gierig ihr Budweiser trank, obwohl sie dieses Bier am wenigsten mochte. Jedes Mal, wenn die Angst in ihr hochsteigen wollte, nahm sie einen Schluck.

Was ist bloß mit mir los?, fragte sie sich, während sie immer tiefer in Viola de Beers erbsengrünem Ohrensessel versank. Mit den Fingern zeichnete sie das Muster der handgehäkelten Schonbezüge nach, von denen manche Brandlöcher von Zigaretten hatten. Warum bin ich so aufgewühlt? Vom Alkohol benebelt hatte sie plötzlich eine Antwort: prätraumatisches Stress-Syndrom. Sie musste laut lachen. Das war es wohl: ein Zustand reiner Angst, hervorgerufen durch die Gewissheit, dass der Stress, der sie am Ende zerstören könnte, noch bevorstand. Aber er war nah.

Prätraumatisches Stress-Syndrom.

Plötzlich fühlte sich Ellen glücklich. Sie fand es herrlich, sich neue psychische Störungen auszudenken. Sie erhob sich vom Stuhl und wollte schon die steile Treppe zum Bett hochsteigen, doch das Gehen machte sie schwindelig, weshalb sie sich auf die durchgesessene Couch am anderen Ende des Raumes fallen ließ und dort in einen tiefen, betrunkenen Schlaf versank.

Als sie die Augen öffnete, tanzten Tausende winziger Staubkörnchen in einem Sonnenstrahl, der über ihren Kopf hinweg bis zum Boden reichte und dort die breiten Kieferndielen erwärmte. *So viel Mist in der Welt,* dachte sie wütend, selbst hier, mitten im Nirgendwo. Da sie aber kein Morgenmuffel war, wollte sie das Beste aus dem Tag machen. Trotz ihres ausgeprägten Katers hüpfte sie von der Couch und durchwühlte ihren Koffer, bis sie ein Sweatshirt mit V-Ausschnitt gefunden hatte. Sie hielt ihren Kopf so, dass das V unter dem Kinn klemmte und ihre Haare vollständig verdeckt blieben, dann verknotete sie die Ärmel über dem Kopf. So schob sie sich in die Küche, um das Fischnetz zu holen, das sie dort am Holzregal gesehen hatte. Direkt daneben fand sie ein Paar lederner Arbeitshandschuhe. Zuletzt grub sie ihre Ray-Ban-Sonnenbrille aus ihrer Handtasche aus, setzte sie auf und war bereit und wild entschlossen, den Kampf mit der Fledermaus aufzunehmen, die immer noch teilnahmslos von der Stuckleiste in der Küche hing.

Furchtlos machte sie sich auf den Weg und zog dabei einen zerbrechlichen Stuhl hinter sich her. Als sie hinaufstieg, schwankte er zwar, aber er hielt ihr Gewicht, und mit einem schnellen Stoß fiel auch die Fledermaus ohne Widerstand zu leisten in ihr Netz. Ellen sprang vom Stuhl, flitzte durch das Wohnzimmer und warf sie mitsamt Netz durch die Fliegengittertür.

Gute Arbeit, dachte sie stolz, als sie sich von den Handschuhen, der Brille und ihrer Sweatshirt-Kapuze befreite. Sie öffnete eine Pepsi light, machte sich Brote mit Erdnussbutter und Traubengelee und setzte sich an den Esszimmertisch. Nach ein paar Bissen und weil sie keine Zeitung wie die *New York Times* oder die *Washington Post* vor sich hatte, griff sie schließlich nach dem *Free Trader*, den Baldy ihr eingepackt hatte.

Ellen las die ersten Seiten voller Annoncen für Roast-Beef- oder Schinkenvespern von verschiedenen Kirchen mit dem Interesse einer Kulturanthropologin, die Feldforschung betreibt. Sie las von »anonymen« Gruppen, welche sich gerade hier auf dem Lande regelmäßig trafen: Das Spektrum reichte von Fettsüchtigen und Schuldnern bis zu Frauen, die zu viel liebten. Und sie staunte über die große Zahl von Ferkeln, die zum Verkauf standen, über Felder voller Gras, das darum bettelte, geschnitten zu werden, und Wohnwagen, die man mieten konnte.

Nach gut der Hälfte von Seite achtzehn stieß sie auf eine Annonce, bei der sie sich fast an ihrem Sandwich verschluckte. »Verkaufe«, stand da, »eine komplette Sammlung Bierdosen und eine Motorradkluft Größe 56. Tel. 483-7978.« Sie schob ihren Stuhl vom Tisch weg und spekulierte über den Annoncenschreiber. War er plötzlich gewachsen? Versagte er sich das Biersaufen? Gefiel ihm die Farbe seiner 56er-Motorradkluft nicht mehr? Befand er sich in einer Midlife-Crisis? Und was das betraf: Befand sie sich in einer? War dies eine verwandte Seele, die mithilfe des *Free Trader* ihre Arme nach jemandem ausstreckte, der sie von der Vergangenheit befreien konnte? Sie blickte zum Tellerregal, das um das ganze Esszimmer herum reichte. Wie viel Platz benötigte wohl so eine Bierdosensammlung? Wie groß genau war so eine 56er-Motorradkluft?

Sie umrandete die Annonce mit ihrem roten Filzstift, faltete die Zeitung, wie man es in der New Yorker U-Bahn macht – auf ein Achtel Größe –, und legte sie zur Seite. Dann steckte sie die Liste vom vorigen Abend in ihre Handtasche und beeilte sich, nach Lamone zu kommen, um ihren Geschäften nachzugehen.

8

Um sich zu orientieren, vollführte Ellen mit der Präzision eines Militärstrategen eine Ost-West- und eine West-Ost-Aufklärungsrunde durch die Main Street, bevor sie auf einen Parkplatz beim Mega-Supermarkt fuhr. Sie hatte angenommen, sie sei früh dran, was sie gemessen an der Großstadt auch war, aber hier, auf dem Land, wo die Leute bei Sonnenaufgang aufstanden, geriet sie mitten ins morgendliche Gedränge und musste erst einige Runden drehen, bevor sie einen Platz für ihren Honda gefunden hatte. Mit großer Freude ließ sie ihn unabgeschlossen, und auch die Fenster blieben unten.

Ah, das Landleben, dachte sie und atmete tief ein. Sie konzentrierte sich so stark auf die süße, frische Morgenluft, dass sie zunächst nicht bemerkte, wie verpestet die ganze Atmosphäre war. Würgend zog sie sich den Ausschnitt ihres T-Shirts über die Nase und blickte sich suchend nach dem Verursacher dieses schrecklichen Gestanks um. Bald hatte sie ihn auf der anderen Straßenseite ausfindig gemacht: Ein Trecker fuhr langsam über die große, schwarze Ackerfläche und verteilte suppigen Kuhmist.

Ellen drängte schnell in den Laden und sog gierig den recycelten Sauerstoff der Klimaanlage ein. Dann verirrte sie sich in den breiten Gängen des Mega-Supermarktes. Ihren überdimensional großen Einkaufswagen manövrierte sie um Dutzende von Frauen herum, die mindestens doppelt so breit waren wie sie. In der Stadt war sie gefährlich nah daran, als inakzeptabel dick zu gelten, hier dagegen war sie die Fitness in Person und ein Vorbild an Selbstkontrolle. Selbstbewusst und stolz steuerte sie an den Gebäckregalen, den Hostess Twinkies und Chips Ahoy vorüber. Sie erledigte ihre Telefonanrufe von der öffentlichen Telefonzelle vor dem Laden und erhielt die Zusagen für Licht, Telefonanschluss und Gas bis Montagmittag.

Ellen wollte noch Tommy anrufen, aber es erschien ihr unfair, ihn am frühen Samstagmorgen um 8 Uhr 35 aus dem Schlaf zu reißen. Wenn er allein war, stand er am Wochenende normalerweise erst gegen zehn Uhr auf und machte sich feierlich einen Cappuccino oder Latte mit der edlen Espressomaschine, die er sich selbst zum neunundvierzigsten Geburtstag geschenkt hatte. Ellen hatte zwar große Augen gemacht, als sie das Preisschild sah, doch sie hatte den Kauf auf eine kleine Midlife-Crisis geschoben und Gott insgeheim dafür gedankt, dass es nicht ein apfelgrüner Sportwagen war oder, noch schlimmer: eine junge Geliebte. Während sich Tommy jeden Samstag von der anstrengenden Arbeitswoche ausschlief, ging sie zum Hot Bagel in der Fourteenth Street und kaufte ihm sein Lieblings-Bagel zum Kaffee: Knoblauch und Zwiebel mit einer Gemüse-Käse-Creme.

Was machte er bloß, da sie ihm dieses kleine kulinarische Vergnügen nun nicht bieten konnte? Sie malte sich aus, wie er barfuß und mit Ringen unter den Augen nach der weißen Bagel-Tüte griff, die sie üblicherweise neben seine persönliche Kaffeetasse stellte. Sie beschloss, nach einem Bistro Ausschau zu halten und erst einmal für sich selbst einen Kaffee zu besorgen, bevor sie ihn anrufen würde. Es würde zwar immer noch etwas früh für ihn sein, aber sie konnte es kaum noch erwarten, ihm von ihrem Triumph über die Fledermaus zu erzählen. Sie konnte beinahe schon hören, wie er anerkennend das *Batman*-Motiv summen würde.

Als sie aber fünfundvierzig Minuten später wieder in der Telefonzelle stand und ihre Nummer in New York wählte, nahm keiner ab. Selbst der Anrufbeantworter war abgestellt. Ellen wählte die Nummer noch einmal und ließ es achtmal klingeln, was gemessen an dem kleinen Apartment absurd war, aber Tommy war offensichtlich nicht zu Hause.

»Hm«, schnaubte sie, als sie den Hörer auflegte. In einem irrationalen Anflug von Zorn ballte sie die Hände zu Fäusten. Wo mochte Tommy stecken? Kaum war sie einen Tag weg, da hatte er schon begonnen, lebenslange Gewohnheiten zu ändern und ihr den Boden unter den Füßen wegzuziehen. Natürlich merkte sie, dass ihre Reaktion in keiner Relation zum Ereignis stand. Und während sie parallel zum Salmon River fuhr, der in die entgegengesetzte Richtung strömte, nahm sie sich selbst, wie Tommy sagen würde, ins Kreuzverhör. »Du hättest Koch im Schnellrestaurant werden sollen«, hatte Tommy mal gesagt. »Du haust mal eben entweder dich selbst oder jemand anders in die Pfanne.« Aber sie musste die Wahrheit rauskriegen.

Die Wahrheit jedoch war schmerzhaft: Offensichtlich war sie viel zu abhängig von Tommy. Ein einziges Mal war er nicht ans Telefon gegangen, und sie war sich bereits sicher, dass er sie betrog. Ihr Blut kochte, und aus den Randbezirken ihrer Fantasie sprangen Zweifel an seiner Treue wie Schachtelteufel hervor.

Ellen war überaus enttäuscht von sich selber. Und das Schlimmste war, dass es ein uraltes Thema war, ein Thema, mit dem sie sich ihr ganzes Leben lang herumgeplagt hatte. All diese Situationen, in denen sie vergeblich versucht hatte, ihre tief sitzende Unsicherheit zu überwinden, waren vertraute Wegmarken in ihrer Psyche. Mit einem tiefen Seufzer quittierte sie ihre Reaktion auf den morgendlichen Anruf bei Tommy als jüngstes in einer langen Kette von Versagen. Sie war ernsthaft deprimiert, als sie in ihre Zufahrt einbog. Beim Aussteigen hörte sie ein mysteriöses Geräusch – ein schwaches *Tschiep-Tschiep* –, das von der Fledermaus stammte, die, gefangen in den Maschen des Fischnetzes, im prallen Sonnenschein lag. Ellen war schockiert, als sie feststellte, wie beeindruckend das Tierchen von Nahem aussah: das samtene Schwarz des Körpers und der Flügel, die scharfen Zähne, das kleine Herz, das sichtbar in der Brust schlug, während es mit dem Fischnetz kämpfte. Ellen befreite die Fledermaus und setzte sie in den Schatten eines Fliederbusches, ohne auch nur an eine Kopfbedeckung oder Handschuhe zu denken.

»Es tut mir so leid«, flüsterte sie, kniete sich hin, beugte sich vor und brach das kleine Genick.

9

Ellen beschwor die heilende Tatkraft von Meister Proper und begann wie wahnsinnig zu schrubben. Stundenlang umwehte sie eine Wolke chemischer Desinfektions- und anderer Reinigungsmittel. Stückchen für Stückchen verschwand der Schmutz von den Fenstern, die Spinnweben lösten sich auf, Generationen toter Hausfliegen wurden von den Fensterbänken entfernt. Natürlich wäre es mit fließendem Wasser besser gegangen, aber Ellen wollte nicht über Dinge klagen, die sie im Moment nicht ändern konnte.

Sobald sie die Kontrolle hatte und die Resultate ihres Tuns sichtbar wurden, fühlte Ellen sich besser. Sie mochte klare, erreichbare Ziele, die sie eins nach dem anderen von ihrer geistigen Checkliste streichen konnte. So wirbelte sie durch alle Schränke und Kammern und sortierte den Inhalt in drei großen Stapeln: Waschmaschine, Müll und »Schaun-wir-mal«. Am späten Nachmittag konnte sie befriedigt feststellen, dass ihr kleines, schäbiges Cottage im Stolz seiner Besitzerin erstrahlte.

Dennoch konnte sie nicht aufhören. Sie lud ihren Wagen voll mit Wolldecken, Bettlaken und Handtüchern und fuhr erneut den Berg runter nach Lamone. Dort hatte sie zwei Waschsalons gesehen, und da sie an diesem Samstagabend nichts Besonderes vorhatte, wollte sie sechs Ladungen Wäsche waschen, um alle Spuren der vorigen Hausbewohner zu beseitigen. Außerdem wollte sie gern die neuesten Klatschblätter lesen. Und wahrscheinlich gab es da auch ein Telefon.

Aber Tommy ging nicht ran. Ellen schaute auf die Uhr.

Beinahe halb sieben. Vielleicht war er gerade an die frische Luft gegangen. Es gab keinen Grund für sie, sauer auf ihn zu werden. Energisch schnappte sie sich die warmen Bettlaken, faltete sie und legte sie in eine blaue Plastiktasche. Tommy war in New York, dem Zentrum des Universums, und es gab mindestens tausend Dinge, die er dort gerade tun könnte.

Und sie war in Eagle Beak und fegte Mäusedreck weg.

»Warum bin ich hier?«, fragte sie sich laut, als sie bei schummrigem Kerzenlicht in Viola de Beers altem Ohrensessel saß. »Warum warst *du* hier, Viola?«, fragte sie plötzlich das leere Haus. Sie hielt den Atem an, rechnete beinahe mit einer Antwort, doch es kam keine. Dann erinnerte sie sich: Viola hatte einen Sohn großgezogen. Möglicherweise hatte sie ihren Lebensunterhalt dem Boden abgerungen und die Hälfte der Zeit mit dem bloßen Kampf ums Überleben zugebracht. Das war es, was Ellen brauchte: weniger Zeit zum Nachdenken, weniger Zeit, um in ihrem eigenen geistigen Öl zu braten. Egal, was passierte, sie beschloss, sich am nächsten Tag den Garten vorzunehmen. Sie würde klein anfangen und alles von Hand machen, mit der Sonne aufstehen und im Schweiße ihres Angesichts gesunde Feldarbeit verrichten. Ellen Kenny, ein Naturmädchen. Eine Frau, die mit den Wölfen heulte.

Sie erklomm die Stufen zur Schlafkammer unterm Dach und kuschelte sich unter einen frisch riechenden Patchwork-Quilt, der wunderbarerweise sowohl die Wäsche als auch das Schleudern überlebt hatte. Obwohl es bereits nach neun Uhr war, war es noch nicht richtig dunkel, und Mücken und Frösche, so vermutete sie jedenfalls, gaben draußen vor ihrem Fenster ein fröhliches Konzert. In dieser Wildnis fühlte sie sich nicht entspannt, aber zumindest nicht mehr so sturzbesoffen wie am Abend zuvor. Sie wusste, dass sie sich noch sicherer fühlen würde, wenn das simple Klacken eines Schalters den Raum mit Licht erfüllte und die Toilette auf Kommando funktionierte.

Bis Montag würde sie es schon noch aushalten. Und sie wollte es nicht noch einmal bei Tommy probieren, bevor sie den Anruf nicht bequem und ohne Publikum von ihrer Küche aus tätigen konnte. An seinem Kein-Kontakt-Spiel konnten auch zwei Spieler teilnehmen. Kaum hatte sie diesen Gedanken zu Ende gedacht, arbeitete sich bereits eine Träne aus ihrem Augenwinkel und rann die Wange hinunter. »Ich vermisse dich, Tommy«, flüsterte sie. »Ehrlich.« Und dann wurde sie von einer Woge des Schlafes davongetragen, die sie sicher bis zum Morgen brachte.

Obwohl sie sich fest vorgenommen hatte, mit der Sonne aufzustehen, verschlief Ellen die Dämmerung, weil eine Flotte dunkler Sturmwolken jeden Sonnenstrahl erfolgreich abwehrte. Die Luft wurde so kalt wie im Spätherbst in der Stadt. Durch einen Schleier aus Schlaf vernahm Ellen ein wütendes Grollen, das sie an die Linie A erinnerte, die unter der Erde ankündigte, dass sie soeben in die West Fourth Station einfuhr. Komme ich zu spät zur Arbeit?, fragte sie sich schlaftrunken und war in ihrem Traumzustand dankbar dafür, dass sie einen bequemen Sitzplatz gefunden hatte, um auf ihre U-Bahn zu warten. Aber dann bekam sie einen nassen Spritzer ins Gesicht, und ihr Gehirn lieferte sofort das schlimmste Szenario: Ein Perverser hatte ihr ins Gesicht gewichst. Das war einmal ihrer Arbeitskollegin Carol passiert, als sie auf einer Bank an der Thirty Third Street in ein Buch vertieft gewesen war, und weder Carol noch Ellen waren über diesen Vorfall je hinweggekommen. Er begründete eine gänzlich neue Art von Großstadtterror – ein Terror, der auf einer Ebene rangierte mit der Angst vor Vergewaltigung, Mord oder Entführung durch einen falschen Taxifahrer.

»Nein!«, schrie Ellen, fuhr senkrecht in ihrem Bett hoch

und schlug wie rasend auf ihre anstößig feuchte Wange ein. »Nein!«, schrie sie erneut, als könne die Stärke ihres Ekels die Geschichte umschreiben. Aber plötzlich wurde ihr bewusst, wo sie sich befand, und sie nahm ihre Schlafkammer unter dem Dach mit den verblichenen Reihen violetter Blumen, Zierbändern und Schleifen auf den Tapeten wahr. Ein weiterer kalter Tropfen fiel auf ihre Stirn. Ellen sah nach oben. An der Zimmerdecke hing ein ganzer Kreis dicker Tropfen am Rande eines Wasserflecks. Draußen vor dem Fenster bildete der Regen eine undurchsichtige, silberne Wand.

Mit einem gewaltigen Schrei sprang Ellen auf und schob das eiserne Bett mitsamt dem frisch gewaschenen Bettzeug aus der Gefahrenzone. Sie lief die Treppe nach unten, um Behälter zu suchen, mit denen sie die Tropfen auffangen konnte. Zu ihrem Entsetzen bemerkte sie überall neue undichte Stellen. Als sie entweder einen Topf, eine Pfanne oder eine Schüssel unter die zahllosen kleinen Kaskaden gestellt hatte, waren die Geschirrregale leer, und das Haus erinnerte an einen Hindernis-Parcours. Der Regen prasselte weiter, ein silbern wallender Schleier vom Himmel bis zur Erde, der nicht gerade dazu einlud, dass man ihn durchbrach.

Ellen rückte Violas Ohrensessel von den undichten Stellen weg und fing an, sich Gedanken über die Feuchtigkeit im Haus zu machen. Kein Wunder, dass es so modrig roch. Wahrscheinlich war an den Rändern jeder einzelnen Diele grüner Schleim, und unter den Tapeten wimmelte es von brokkoliförmigen Mikroben. Das Dach musste definitiv in Ordnung gebracht werden. Sie würde Violas Sohn Rodney verklagen, das Ganze zu bezahlen, da er nicht auf die Mängel hingewiesen hatte.

Allmählich beschlugen die Fenster. Wie lange konnte sie im Ohrensessel sitzen und nichts tun, bevor sie ihren

Verstand verlor? Wie lange dauerte ein Gewitterregen an? Eagle Beak befand sich schließlich nicht in den Tropen. Es lag praktisch an der Grenze zu Kanada, wo man erwarten durfte, dass die Luft frisch und trocken war.

Alle halbe Stunde leerte Ellen die Behälter, die sich in der Zwischenzeit gefüllt hatten. Auf einer dieser Touren kam es ihr in den Sinn, das Wasser zu Recycling-Zwecken zu sammeln. Das würde jedenfalls ein Pionier tun. Sie erinnerte sich an den riesigen, robust wirkenden Mülleimer unter der Arbeitsplatte in der Küche. Gestern noch hatte sie ihn mit leeren Reinigerflaschen gefüllt, nun aber zog sie den Mülleimerbeutel heraus und schleppte den Eimer zur Esszimmertür. Sie wollte ihn draußen unter die Dachtraufe stellen, wo das Wasser in Strömen herabfloss.

Sie holte tief Luft, öffnete die Tür und trat ins Freie. Es war kühl, und binnen Sekunden war sie bis auf die Haut durchnässt. Zu ihrer Überraschung fühlte es sich gut an, und plötzlich drang in ihr Bewusstsein, wie schmutzig sie sich im Grunde genommen fühlte. Normalerweise nahm sie zweimal am Tag ein langes, luxuriöses Bad – eins für den Auftritt, eins für den Abgang. Sie ließ das Fass stehen, lief ins Haus, um Seife und Shampoo zu holen, zog ihre nasse Kleidung aus und warf sie in die Badewanne.

Kichernd wie ein Kind stellte sie sich unter den kalten, frischen Schwall Regenwasser, der vom Dach stürzte, und seifte sich ein. Sie rasierte sogar ihre Beine und Achselhöhlen und wusch sich zweimal die Haare. Das herunterlaufende Wasser war stärker als jeder Duschkopf und bescherte ihr so gute Laune, dass sie den unwiderstehlichen Drang verspürte, vor dem Haus herumzutollen. Vielleicht war ihr die Sauberkeit zu Kopf gestiegen, oder es lag an dem Geräusch der Regentropfen, die sich in den aufgeweichten Boden unter ihren Füßen bohrten: Jedenfalls bemerkte sie das Rumpeln eines Autos auf ihrer Zufahrt erst, als sie annehmen musste, dass der Wagen zwischen ihren beiden großen alten Ahornbäumen um die Ecke biegen würde. In Panik sprintete sie zur Tür. Sie nahm an, dass man sie bei dem Regen nicht sehen konnte, und die Sicherheit des Hauses war bloß zehn Meter entfernt. Als sie aber die drei Stufen hochsprang und hineinstürzen wollte, musste sie feststellen, dass die Tür verschlossen war. Sie war wohl vom Wind zugefallen.

Durch die Regenschleier konnte sie soeben die Umrisse eines Pick-ups am Ende ihrer Zufahrt erkennen. Die Regentonne, dachte sie. Ein Zweihundert-Liter-Versteck! Wenn so ein Ding groß genug war, um darin einen Mafioso für eine Fahrt ohne Rückfahrkarte in die Biscayne-Bucht unterzubringen, dann war es auch groß genug für sie. Sie krabbelte über den Rand und duckte sich, da wurde auch schon eine Autotür zugeschlagen, und Schritte stürmten nur anderthalb Meter an ihr vorbei. Mit dem Kinn auf den Knien hockte sie in der Tonne und bemerkte erst jetzt, wie das Wasser an ihre Genitalien schwappte. Das Wasser stand bereits ganz schön hoch und stieg rasant an. *Ich hoffe, ich muss hier nicht allzu lange ausharren,* dachte sie voller Angst, *sonst ertrinke ich noch.* Das wäre der Gipfelpunkt eines gut geführten Lebens: ertrunken in einer Regentonne an ihrem ersten Wochenende irgendwo in der Pampa. Sie konnte es bereits vor sich sehen – wie sie ganz unzeremoniell ausgekippt wurde, nackt und wegen der Leichenstarre auf ewig in der Kanonenkugel-Position.

Sie hörte ein lautes Pochen an der Tür, dann eine Männerstimme. »Mrs. Kenny?«, rief jemand. »Sind Sie da?« Das war nicht Baldy vom Lebensmittelladen und auch nicht Roger LeFleur – ihre einzigen männlichen Anhaltspunkte im ganzen North Country. »Sind Sie da?« Er ließ nicht locker. »Ich bin's, Rodney de Beer.«

Violas Taugenichts von einem Sohn! Ellen verkroch sich

noch tiefer und hielt den Atem an, wobei das Wasser weiter in das Fass hineinströmte und der Regen wie Miniatur-Schrotkugeln auf ihren Kopf prasselte.

»Dachte nur, Sie könnten den Kerosinbrenner gebrauchen«, rief er, »und zum Dach wollte ich Ihnen auch was sagen!«

»Ja, Bursche, da wirst du einiges zu erklären haben«, grummelte Ellen leise – dachte sie jedenfalls, bis sie ihn sagen hörte: »Was? Ist da jemand? Wo stecken Sie?«

Ellen überlegte schnell, welche Optionen ihr blieben: Wenn sie sich still verhielt, würde er vermutlich eine Suche starten. Sie saß in der Falle. Da sie sich ohnehin verraten hatte, könnte sie sich einfach melden. Sie fror, ihre Zähne klapperten. Vielleicht schaffte er es, den Kerosinbrenner in der Küche zum Laufen zu bringen, sodass sie sich aufwärmen konnte.

»Wo sind Sie?«, fragte er wieder, diesmal etwas lauter.

»Ich stecke in der Regentonne«, bekannte sie.

»In der Regentonne?« Er war offensichtlich verwirrt. »Was machen Sie da in der *Regentonne*?«

»Ich habe mich ausgesperrt.«

»Nun, dann kommen Sie raus. Ich beiße nicht. Außerdem haben wir noch einen Reserveschlüssel unterm Dachziegel hier.«

»Ich kann nicht herauskommen«, musste Ellen gestehen. »Ich habe keine Kleidung an.«

»Sie sind *nackt*?«

»Genau.«

Für den Bruchteil einer Sekunde machte Rodney eine Pause, dann sagte er: »Jedem das Seine.«

»Ich habe noch einen Poncho in dem Verschlag vor der Küche. Könnten Sie ihn holen und mir zuwerfen?«

»Okay.«

Sie spähte über den Rand des Fasses und konnte seine

Umrisse kaum vor dem Hintergrund der Tür erkennen, aber sie hörte, wie er der verzogenen Tür einen ordentlichen Stoß gab und eintrat. Einen Moment später kam er zurück. »Soll ich ihn rüberwerfen?«

»Bitte, und dann drehen Sie sich um.«

Rodney warf den olivgrünen Poncho knapp neben das Fass, und Ellen kletterte steif heraus und zog ihn über. Anschließend nahm sie all ihre Würde zusammen und ging zur offenen Tür. Zum Glück hatte sich Rodney in der Küche über den Kerosinbrenner gebeugt, sodass er ihr den Rücken zukehrte, als sie um die Ecke flitzte und die Treppe hinaufrannte, wobei sie sich vorkam wie eine entfernte Verwandte jenes Nackten, der 1974 bei der Verleihung des Academy Awards allen die Show gestohlen hatte.

10

Trocken und mit Jeans und einem warmen Sweatshirt bekleidet, stieg Ellen die Treppe hinab, um Rodney de Beer offiziell zu begrüßen. Es hatte keinen Sinn, so zu tun, als habe sie nicht fünf Minuten zuvor noch nackt in einer Regentonne gesteckt, und dementsprechend rechnete sie damit, bis zum Abend zum Gespött der Leute in Eagle Beak oder vielleicht sogar in Lamone zu werden. Aber sie kam damit klar. Es war nicht das erste Mal in ihrem Leben, dass sie ins Fettnäpfchen getreten war.

Aber der Schock, den sie beim Anblick von Rodney bekam, neutralisierte ihre Angst. Unbewusst hatte sie angenommen, der verrufene Taugenichts sei unzweifelhaft ein Rebell, ein kräftiger Kerl in den Zwanzigern mit einem Gefängnisbart und einer Packung Camels ohne Filter in der

Hemdtasche, doch Rodney sah eher aus, als hätte er die fünfundsechzig bereits überschritten. Seine Schultern hingen, und seine dritten Zähne bewiesen ohne jeden Zweifel, dass in der Welt der Gebisse mehr als eine Einheitsgröße sinnvoll ist. Seine Augen waren in tiefen Falten vergraben, die wie Vorhänge von den Augenbrauen herabhingen, und was von seinem stahlgrauen Haar übrig geblieben war, hatte er sich von der einen Seite über den kahlen Scheitel geworfen und mit irgendeinem Haargel festgeklebt. In seinen Augen entdeckte sie kein belustigtes Funkeln, das ihr verraten hätte, dass er doch heimlich einen Blick riskiert hatte, als sie an ihm vorbeigehuscht war. Alle Gedanken an die Regentonnenepisode verloren an Bedeutung. Mit ausgestreckter Hand ging sie auf ihn zu.

»Sieht so aus, als hätten Sie ein paar undichte Stellen«, sagte er ohne jede Ironie.

Ellen ließ ihre Hand sinken. »Das ist ja wohl die Untertreibung des Jahres.«

»Schauen Sie, das Problem ist, dass der Regen von Nordwest kommt. Kommt normalerweise nicht so stark aus dieser Richtung.«

Ellen, die ein bisschen mehr erwartete, musste plötzlich an einen alten Freund aus den Sechzigern in Somerville denken. Er kam notorisch zu spät, und seine Unpünktlichkeit war zu einem heißen Eisen zwischen ihnen geworden. Während in so einer Situation ihr Blutdruck stieg und sie mit einem Fuß auf den Boden klopfte, zuckte er lediglich mit den Schultern und sagte: »Ach, Baby, wer weiß, ob die Zeit wirklich richtig geht?« Sie hatte beides gehasst: die Anspannung und die vergebliche Hoffnung auf eine aufrichtige Antwort. Jetzt fühlte sie sich genauso. Aber was konnte Rodney eigentlich sagen? Dass der Regen nicht richtig war? Wer weiß, ob es überhaupt regnet? Bitterer Zynismus stieg in ihr hoch.

»Das Dach hält dicht, es sei denn der Regen kommt von Nordwest«, erklärte Rodney.

»Und warum ist das so?«

»Im Winter geht der Wind unterm Dach durch und lockert die Pfannen. Wenn's warm wird, sagen wir in ein paar Wochen, dehnt sich der Teer wieder aus, und die Pfannen sind dicht. Es ist eine verdammte Schande, dass der Regen in diesem Jahr so früh kommt.«

Ellen ließ sich diese Information durch den Kopf gehen. Es klang irgendwie logisch, aber logisch klang auch: »Wer weiß, ob die Zeit wirklich richtig geht?« Sie war entschlossen, sich von diesem kauzigen Typen nicht hinters Licht führen zu lassen. Dies war nicht *Green Acres*, und sie war nicht Eva Gabor.

»Sie müssen mir Geld zurückzahlen, Rodney«, sagte sie. Ihre Stimme klang neutral, ohne jedes Anzeichen von Feindseligkeit. »Sie haben mich nicht über den Schaden aufgeklärt. Darüber hinaus gefällt mir ganz und gar nicht, dass Sie den Reserveschlüssel nicht erwähnt haben. Sie hätten jederzeit hereinspaziert kommen können.«

»Ich hätt schon noch gesagt, wo er ist«, verteidigte er sich. »Sind ja gerade mal zwei Tage hier. Und überhaupt: Wozu sollte ich denn reinkommen?«

»Das ist nicht der Punkt«, sagte Ellen und merkte, dass sie selber kein richtiges Argument vorbringen konnte. Wie ein Triebtäter oder Einbrecher sah er nun wirklich nicht aus. Er schien total verwirrt zu sein, wie er so dasaß mit der rosa durch die Haarsträhnen schimmernden Kopfhaut. Seine Gummischuhe hinterließen zwei Pfützen auf ihrem Küchenlinoleum. Immerhin war er ja bei sintflutartigem Regen gekommen, um für sie Feuer zu machen. Trotzdem hielt sie es für klug, ihre einmal eingeschlagene Richtung beizubehalten.

»Das werden wir die Rechtsanwälte regeln lassen«, sagte

sie abweisend und fügte dann hinzu: »Ich würde Ihnen ja eine Tasse Kaffee anbieten, aber der Ofen funktioniert nicht, und Strom gibt es auch nicht.«

»Sie könnten etwas Wasser auf dem Kerosinbrenner erhitzen«, versuchte es Rodney.

Ja, dachte Ellen, Kaffee. Schnell füllte sie einen kleinen Topf mit Mineralwasser und stellte ihn auf den Brenner, während Rodney die Feinheiten erläuterte, wie man ihn anbekam. Dazu zählte, dass man im Holzverschlag einen Zwanzig-Liter-Kanister eine Leiter hinaufhieven und in einen Benzintank umschütten musste, den Rodney an der Wand befestigt hatte – von dem letzten Auto seiner Mutter, einem 63er Oldsmobile.

Ellen hörte nicht richtig zu, das war ihr einfach zu hoch. Um den fünfundsiebzig Jahre alten Brenner in Gang zu setzen, sollte sie irgendwohin gehen und Kerosin kaufen, dann das Zeug mal hierhin, mal dahin schleppen, dann lange Zündhölzer besorgen und dann auch noch das Kreosot aus dem Abzug kratzen? Hatten die Leute hier oben noch nie was von Thermostaten gehört? Zur Orientierung wollte Rodney mit ihr noch eine Runde machen: wie man die Wasserpumpe anschmiss, wie Pferdemist in die Klärgrube geworfen wurde und wie man die Waschbären aus dem Kriechgang über der vorderen Veranda verscheuchte.

»Können wir das nicht ein anderes Mal machen, Rodney? Ich bin bereits überlastet und kann nichts mehr aufnehmen.«

Er sah sie neugierig an. Wahrscheinlich hielt er sie für eine verzogene Göre, eine privilegierte New Yorkerin, die es sich leisten konnte, jemanden für die alltäglichen Arbeiten zu bezahlen. Als ihr bewusst wurde, dass er so falsch nicht lag, schämte sie sich und wollte das Thema wechseln.

»Erzählen Sie mir von Ihrer Mutter«, sagte sie plötzlich und stellte den Kaffee, Kaffeesahne und Rohrzucker neben zwei fleckigen Kaffeebechern auf die Anrichte.

»Sie war eine alte Hexe«, sagte er. »Als sie starb, war sie runzelig wie eine Backpflaume und wog nicht mehr als achtundachtzig Pfund, aber es gab in Eagle Beak nicht Mann, nicht Frau, nicht Kind, die keine Angst vor ihr hatten.« Er setzte sich ächzend an den Esszimmertisch, als sei es eine Erleichterung für ihn, nicht mehr stehen zu müssen.

»O Herr«, kommentierte Ellen lahm.

»Ihr ganzes Leben lang war sie gemein wie eine Schlange«, fügte Rodney hinzu. »Nicht ganz richtig im Kopf.«

Ellen sah sich um. Angefangen bei den gehäkelten Deckchen bis zu den durchsichtigen Gardinen, vom Tafelgeschirr mit den Rosenblüten bis zum Nähkasten mit Fingerhütchen und einem Nadelkissen in der Form einer Erdbeere: Das Haus, das Viola de Beer acht Jahre zuvor verlassen hatte, hatte genau den weichen, femininen Touch, zu dem normalerweise selbst gebackene Plätzchen und viele kleine Umarmungen gehörten.

»Niemand außer mir wagte es, den Fuß über die Schwelle zu setzen, nicht mal die Nonne von der St.-Helen-Gemeindekirche.«

Zum Glück hatte das Wasser gerade zu brodeln begonnen, und Ellen konnte sich damit ablenken, die Kaffeemenge mit Teelöffeln abzumessen und alles zum Tisch zu bringen. »Das erste Tässchen Kaffee in meinem neuen Haus«, verkündete sie stolz und stellte den Becher vor Rodney hin. Er hob ihn und prostete ihr zu: »Alles Gute«, dann stießen sie mit ihren Kaffeetassen miteinander an.

So unbegründet es auch sein mochte, es reizte Ellen, Genaueres über Violas Tod zu erfahren. Vielleicht hatte es eine spontane Verbrennung gegeben, geradewegs aus ihrem erbsengrünen Ohrensessel heraus, achtundachtzig Pfund menschliches Dynamit. Vielleicht war Ellen aus diesem Grund auf mystische Art und Weise hierhergelangt, wie ein Pilger zu einem weit entfernten Tempel. »War sie vor ihrem Tod längere Zeit krank gewesen?«, fragte sie taktvoll.

»Wer?«

»Ihre Mutter«, antwortete Ellen entnervt.

»Nein.« Rodney machte nicht den Eindruck, als wolle er mehr Details preisgeben, und Ellen kam sich teuflisch penetrant vor.

»Ich glaube, ich bin einfach nur neugierig, was Ihre Mutter angeht«, bekannte sie und wollte das Thema damit auf sich beruhen lassen. »Wissen Sie, wenn man in ihrem Haus lebt, ihre Tassen benutzt und unter den Quilts schläft, die sie gemacht hat, dann beginnt man Fragen zu stellen. Das ist alles.«

Rodney stellte seinen Kaffee auf den Tisch. Seine blassen blauen Augen bohrten sich in ihre braunen. »Wenn man in den Abgrund blickt«, sagte er in einem klaren, aber ruhigen Ton, »dann blickt auch der Abgrund in einen selbst hinein. Denken Sie daran.«

Ellen hätte beinahe ihren Becher fallen lassen. Rodney de Beer zitierte Nietzsche! Oder war es Goethe? Sie nahm sich vor, das Zitat nachzuschlagen.

»Mein Gott, Rodney«, sagte sie, »wie tiefschürfend Sie sind.« Einige Sekunden saßen sie schweigend da, bevor sich Ellen wieder an ihre guten Manieren erinnerte. »Möchten Sie noch ein bisschen Kaffee?«

»Nein, ich mach mich besser vom Acker«, sagte er. »Der Regen soll irgendwann in der Nacht aufhören. Für morgen wird Sonne gemeldet.«

»Nun, wegen des Daches werden Sie von meinem Anwalt hören«, sagte sie im Geschäftston und stand auf. Sie wollte nicht, dass Rodney glaubte, er käme ungeschoren davon, nur weil er mit ihr eine Tasse löslichen Kaffee getrunken hatte.

»Wie auch immer«, erwiderte er und schlüpfte in seinen gelben Regenmantel mit dem passenden Hut.

»Danke, dass Sie es warm gemacht haben«, fügte Ellen hinzu. Sie war doch ein wenig traurig, dass ihr Besuch ging. Nachdem Rodney im prasselnden Regen verschwunden war, amüsierte sie sich damit, die Behälter zu leeren, die während seines Besuchs vollgelaufen waren. Dann machte sie sich eine zweite Tasse Kaffee und stellte sich Viola als die böse Hexe vor, als die Rodney seine Mutter beschrieben hatte. Oder, um korrekt zu sein: Rodneys subjektive Beschreibung seiner Mutter. Nicht dass sie seine Darstellung anzweifelte. Er machte den Eindruck eines Mannes ohne Allüren, der vermutlich nicht gerade mit Fantasie gesegnet war, außerdem wäre es ein Leichtes, seine Geschichte zu überprüfen, falls sie sich jemals dazu entschlösse – was sie wahrscheinlich tun würde, denn sie war eine unnachgiebige Detektivin. Sie mochte es, eine Spur bis zum Ende zu verfolgen. Wie ein Pitbull konnte sie ihre Zähne in eine Sache graben und nicht mehr loslassen, egal, wie unbedeutend sie war. Das machte sie zu einer außergewöhnlichen Rechercheurin. Aber normalerweise wandte sie ihre Talente anspruchsvolleren Aufgaben zu, anstatt das Leben und die Umstände der verstorbenen Viola de Beer zu dokumentieren.

Sie starrte hinaus in den gleichbleibend strömenden Regen und erkannte mit Schrecken, dass sie vor lauter Aufregung beinahe die Verzweiflung einer Borderline-Persönlichkeit entwickelte. Damit hatte sie nicht gerechnet. Vor ihrem geistigen Auge hatte es sich beim Landleben irgendwie immer um Frieden, Ruhe und Schönheit gedreht. Was sie bisher vorgefunden hatte, waren Aufregung, Anspannung und ein zehrendes Gefühl, das an Panik grenzte. Sie fürchtete ernsthaft, dass sie sich, einmal aus ihrem New Yorker Stundenplan und ihrem anspruchsvollen Arbeitsleben entlassen, langsam ins Nichts auflösen würde. Und sie hatte lediglich zwei Tage gebraucht, um zu dieser Erkenntnis zu gelangen! Das musste der Weltrekord sein im Aufstieg und Fall eines weiblichen Ego am Ende des Millenniums.

Am Montag erklärte sie sich offiziell für geistesgestört. Der sintflutartige Regen hatte sich zwar in ein lang anhaltendes Nieseln verwandelt, aber der Matsch bildete eine enorme Saugglocke, die sie von ihren Reeboks befreite, als sie einen Fuß in ihren potenziellen Garten setzte. Es war völlig ausgeschlossen, jetzt irgendetwas auszusäen, und sie konnte nicht mal mit ihrem Honda über die unbefestigte Straße jagen, weil sie den Telefonmenschen um kurz vor fünf Uhr erwartete.

Er kam um halb fünf. Mit angehaltenem Atem wartete Ellen auf seine Diagnose. Insgeheim hatte sie den Verdacht, er müsse am nächsten Morgen wiederkommen, weil irgendein kleines, aber wichtiges Teil für die Telefonanlage fehlte und keins mehr in seinem Kastenwagen vorhanden war. Innerhalb von fünfzehn Minuten hatte sie aber ein Freizeichen. Schnell tippte sie Tommys Büronummer, ohne die günstigere Rate in fünf Minuten abzuwarten. Edna, die Sekretärin, teilte ihr mit, Tommy sei nicht im Büro. Er habe sich krank gemeldet. Weil Ellen nicht wollte, dass Edna erfuhr, wie wenig Kontakt sie zu ihrem eigenen Mann hatte, legte sie schnell auf. Dann rief sie bei sich zu Hause in der Tenth Street an. Der Anrufbeantworter sprang an.

»Tommy? Bist du da?« Keine Antwort. »Nein? Ich wollte dir nur eben meine neue Telefonnummer geben.« Sie gab sie durch. »Ich habe es erst bei dir auf der Arbeit probiert«, fügte sie hinzu, »aber Edna hat gesagt, du hast dich abgemeldet. Bist du krank? Ruf mich an, okay? Ich liebe dich.«

Die Luft war raus, und sie legte den Hörer auf. Sie musste etwas tun, jetzt. Unbedingt. Mit den Fingern trommelte sie auf die Tischplatte. Sie betrachtete sie eingehend und war schockiert, wie aggressiv der Rhythmus der aufgestauten Energie war. Als sie den roten Fleck unter ihrer Hand bemerkte, dachte sie, sie würde bluten, und hob entsetzt ihre Finger. Aber dann entdeckte sie den Kreis, den sie mit dem roten Stift um die Anzeige im *Free Trader* gezogen hatte.

Die Bierdosensammlung! Die 56er Motorradkluft!

Ohne zu zögern, wählte sie die Nummer.

11

Nach vier Ruftönen hörte Ellen eine männliche Stimme: »Ja?«

»Hi«, begann Ellen fröhlich und enthusiastisch. »Ich rufe wegen Ihrer Anzeige im Free Trader an.« Da die Stimme nichts erwiderte, musste sie wohl genauer werden: »Wegen der Bierdosensammlung?«

»Ich habe Dosen mit konischem Deckel, mit flachem Deckel und mit Abreißring. Ausländische und welche von hier«, zählte er auf.

»Nun, ich möchte sie sehen.« Im Hintergrund vernahm sie Country- und Westernmusik, eine weibliche Stimme, die von einem gebrochenen Herzen plärrte. Der Mann holte lang und tief Luft, als zöge er an einer Zigarette.

»Sie wissen, wo Porkerville ist«, fragte er.

»Porkerville?«, wiederholte sie, wobei sie sich sehr wunderte, dass sich eine Stadt mit nur etwas Respekt so einen Namen geben konnte. »Tut mir leid, keine Ahnung.«

»Von wo kommen Sie?«

»Eagle Beak.«

»Porkerville ist fast nebenan. Sie folgen einfach der Hauptstraße und halten sich dann nach zehn Kilometern an der Gabelung links. Habe vorne einige LKW-Reifen aufgestapelt und orange angestrichen. Können Sie gar nicht verfehlen.« Er zog noch mal an der Zigarette. »Kommen Sie jetzt?«

Es war eigentlich eine lächerliche Geschichte, aber sie fühlte sich verpflichtet. »Wenn es Ihnen passt.«

»In Ordnung.« Er legte auf.

Ellen wusste sehr genau, dass sie keine Bierdosensammlung kaufen würde. Sie war nicht an Bierdosen interessiert, und Sammlungen, egal, worum es sich dabei handelte, beunruhigten sie eher. Denn Sammler horteten nur und waren Geizhälse, die den freien Kreislauf der Waren blockierten, wobei sie keine Steuern zahlten und ihren niederen Geiz gewissermaßen weißgewaschen bekamen. Die Gesellschaft akzeptierte Sammler, bestaunte gar deren Leidenschaft und Kennerschaft. Aber Bierdosen waren keine impressionistischen Meisterwerke oder präkolumbianischen Schätze, die man den Mayas geraubt hatte.

Sie entdeckte die Reifen und machte eine scharfe Rechtskurve auf eine enge Zufahrt, die zwischen zwei Reihen großer Kiefern eine Schneise bildete. Der Honda hüpfte über die Reifenspuren bis auf eine Lichtung, wo ein abgewrackter Airstream-Wohnwagen auf Betonblöcken aufgebockt war. Vier Schalensitze, die offenbar aus einem Muscle-Car, einem aufgetunten Mittelklassewagen, stammten, standen in einer Reihe links neben den Eingangsstufen. Vor einem Verschlag, der vollgestopft war mit unidentifizierbaren Maschinenteilen, inmitten eines Kreises aus Kieselsteinen, thronte eine riesige Satellitenschüssel. Das Dach des Verschlages war mit einer königsblauen Plane bedeckt, die ebenfalls mithilfe von Reifen befestigt war.

Ellen stieg aus dem Wagen. »Hallo«, rief sie, »ist jemand da?«

Ein riesiger Deutscher Schäferhund kam um die Ecke des Wohnwagens geschlurft. Er hatte einen übergroßen Kopf, die typische Maske über den Augen und spitze, gen Himmel zeigende Ohren, doch sein Körper war so unprofessionell geschoren, dass es aussah, als trüge er fleckige Unterwäsche. Ellen musste lachen. Hoffentlich wurden die Gefühle des Hundes durch ihr Kichern nicht verletzt. Er zeigte jedoch keinerlei Aggression und nicht mal Interesse, als er an ihr vorbeilief und sich neben ihrem Hinterrad auf die Erde sinken ließ.

»He, du«, rief sie, als der Hund die Augen schloss und anfing zu schnarchen.

»Hat jetzt keinen Zweck, mit ihm zu sprechen«, kommentierte eine Stimme. »Er hat die Schlafkrankheit. Narkolepsie.«

Ellen drehte sich nach dem Sprecher um. Durch die kaputte Fliegengittertür kam ein Mann, der etwa Anfang vierzig war. Wäre sie jünger gewesen, hätte sie angenommen, er sei älter, aber Ellen hatte sich an das Aussehen der Über-Vierziger gewöhnt und war nicht mehr überrascht, wenn sie Schmerbäuche, Hamsterbacken, weiße Koteletten oder Modebarbareien zu sehen bekam. Es lag vor allem daran, wie eine Person gelebt hatte, und dieser Kerl hatte es offensichtlich schwer gehabt.

»Ich wusste gar nicht, dass Hunde Narkolepsie bekommen können«, sagte sie und nickte leicht in Richtung des schlafenden Hundes.

»Mutley ist kein Hund. Er ist ein Raketenforscher.«

Der Mann war die zwei Stufen von seinem Wohnwagen

herabgestiegen. Er trug ein schwarzes T-Shirt mit abgerissenen Ärmeln, auf dem quer über die Brust schwer zu entziffernden Worte »Party machen bis zum Kotzen« standen. Sein schütteres, braunes Haar hing in leichten Strähnen bis zu den Schultern, und seine Jeans waren bestenfalls drittklassig.

Ellen reichte ihm die Hand. »Ellen Kenny aus Eagle Beak«, sagte sie.

»Rayfield Geebo aus Porkerville«, antwortete er, und sie mussten beide lachen. Das war der erste Augenblick reiner Freude, den Ellen bisher im North Country erlebt hatte, und sie fühlte sich gleich fünf Pfund leichter. Dann, plötzlich, bekam sie wieder einen ihrer Lachanfälle, der mit unkontrollierbarem Kichern begann und schnell zu einem schallenden Gelächter ausartete. Rayfield Geebo hielt ihre Hand weiterhin locker fest, als ob er spürte, dass sie eine Art Anker brauchte.

»Tut mir leid«, stotterte sie. Tränen begannen, ihre Sicht zu verschleiern. Rayfield sagte nichts, aber er beobachtete sie genau und ohne Scheu. Er schien durch ihren Ausbruch weder eingeschüchtert noch beleidigt zu sein. Als ihr Anfall vorbei war, ließ er ihre Finger los, und sie wischte die letzten Tränen weg. »Pfff«, machte sie. »Ich glaube, das hab ich gebraucht.«

Rayfield zögerte. »Sie sehen nicht wie eine Bierdosensammlerin aus«, bemerkte er.

»Und Sie sehen nicht wie ein Typ aus, der seine Bierdosensammlung verkaufen möchte.«

»*Touché*«, sagte er achselzuckend und fügte hinzu: »Nun, wenn Sie die Sammlung sehen wollen, sie ist hinten.« Er ging um den Wohnwagen herum. Ellen folgte ihm. Er führte sie zu einem Nebengebäude aus Aluminium, einer Art Wellblechhütte. Ihr fiel auf, dass die ganze Welt dieses Rayfield Geebo aus Leichtmetall gebaut war: sein Haus, sein Bierdosenmuseum, die Bierdosen selber. Würde sie ihn besser kennen und sich für ihn als Person interessieren, würde sie beiläufig die Forschung erwähnen, die die Alzheimer-Erkrankung in Zusammenhang mit Aluminium bringt. Ohne Hintergedanken, versteht sich.

Die Tür zur Hütte war verschlossen. Rayfield hob einen Schlüsselbund hoch, der mit einem Spiralkabel aus Plastik an einer Gürtelschlaufe befestigt war. Er steckte den passenden Schlüssel ins Schloss, und dann betraten sie andächtig die Wellblechhütte. Drinnen standen Regale vom Boden bis zur Decke und ließen gerade mal genug Platz, um sich bequem umzusehen. Rayfield hatte einen Scheinwerfer mithilfe eines orangefarbenen Verlängerungskabels mit dem Wohnwagen verbunden. Als der Schalter klackte, spiegelten die verschiedenen Bierdosen das Licht wider.

Ellen hatte keine Ahnung, was das Protokoll vorsah. Sollte sie nach vorne gehen und sich jedes einzelne Etikett ansehen? Ihre Finger über die Dosenränder gleiten lassen, als würde es sich um feine Antiquitäten aus Holz mit Alterspatina handeln? Dann fiel ihr ein: Sie konnte Fragen stellen.

»Wie viele Dosen haben Sie genau?«

»Über tausenddreihundert«, kam die Antwort von Rayfield.

»Hmmm«, erwiderte Ellen und lehnte sich nach vorn, so als wolle sie die einzelnen Dosen ins Auge fassen. »Wie lange sammeln Sie schon?«

»Seit ich angefangen habe, Bier zu trinken. Und das war mit etwa zwölf.«

»Hmmm«, sagte Ellen. »Ich sehe, Sie haben sogar eine Olde Frothingslosh hier.« Sie hatte keine Ahnung, ob die Dose, die sie ausgesucht hatte, selten oder ziemlich verbreitet war. Das war ins Blaue geredet, ein Bluff.

»Hab ein paar davon«, sagte Rayfield. Er war zur Tür gegangen, lehnte am Rahmen und sah zu, wie Ellen an den Regalen entlangging.

»Wie viel möchten Sie für die ganze Sammlung haben?«

»Ich möchte so viel, wie sie wert ist.«

»Und wie viel ist das, Ihrer Meinung nach?«

»Wie viel ist es nach Ihrer?«

Für sie errechnete sich der Wert nach der Anzahl der Dosen multipliziert mit dem Pfand in Höhe von fünf Cent, das war alles. Aber sie wagte es nicht, das Rayfield Geebo aus Porkerville zu sagen, dem die Bierdosensammlung sogar ein eigenes Nebengebäude wert war.

»Nun«, erwiderte sie ausweichend, »ich muss mal sehen, was Sie hier so haben.«

»Ich habe eine Iron-City- und eine Hamms-Keg-Dose«, sagte er.

»Hmmm«, machte Ellen wieder.

»Hab noch eine Schaeffer-Olive-Drab für's Militär aus dem Zweiten Weltkrieg.«

»Hmmm«, machte sie noch einmal.

»Und dann noch das erste Budweiser Gold.«

»Tatsächlich?« Ellen hatte sich selbst in die Ecke gedrängt, und es gab keinen Weg zurück. Rayfield versperrte im wahrsten Sinne des Wortes den einzigen Ausweg. Er war ein großer Mann, stellte sie nun fest, mindestens eins fünfundachtzig. Ein Biertrinker und ein Biker. Wie hatte sie sich bloß freiwillig in seine Falle begeben können, irgendwo im Niemandsland?

»Sie können Spinat nicht von Kuhscheiße unterscheiden, wenn's um Bierdosen geht, stimmt's?«, sagte Rayfield im normalen Gesprächston.

»Nein, nicht im Geringsten«, gab sie mit schwacher Stimme zu.

»Warum sind Sie überhaupt gekommen?«

Für Ellen bedeutete das einen Wendepunkt. »Ich wollte

meinen Horizont erweitern, mal etwas vollkommen Neues kennenlernen«, hätte sie improvisieren können. Oder sie konnte die Wahrheit sagen. Sie wandte sich ihm zu: »Weil mich Ihre Anzeige im *Free Trader* neugierig gemacht hatte. Ich wollte den Kerl kennenlernen, der seine Bierdosensammlung und seine Motorradkluft verkaufen will.« Sie wusste, dass es riskant war, aber im Grunde hatte sie keine schlechten Erfahrungen mit Bikern gemacht. Einmal, damals in Somerville, war sie zu einer in der Nachbarschaft gelegenen Tankstelle gefahren, die von einer Biker-Gang betrieben wurde. Die Temperaturanzeige in ihrem 67er Chevrolet Malibu Cabrio war im roten Bereich. Sie hatte die Motorhaube geöffnet und sich vornübergebeugt, um zu sehen, ob es ein sichtbares Leck im Kühler gab. Sie trug eine knallig rosa Cordhose und zwei übergroße Bandanas, die sie wie die Hippies zu einem Oberteil zusammengeknotet hatte. Ein Biker, der unter dem Namen Ratte bekannt war, half ihr.

Plötzlich hörte sie das laute Röhren einer Maschine, und eine noch lautere Stimme rief: »He!« Ellen richtete sich auf und drehte sich nach dem Big Kahuna der Biker um, wie er auf seiner Harley mit den glänzenden Auspuffrohren hockte. »Darf ich dich vernaschen?« Die Ratte jauchzte begeistert auf.

»Arschloch«, rief Ellen. Aber am Ende wurde der große, böse Biker ihr Freund. Er verkaufte ihren kaputten Malibu und tauschte ihn gegen einen Dodge Dart aus, der ihr noch ganze zehn Jahre treu diente. Über diese erste Begegnung musste sie noch häufig lachen. »Was? Hat das vorher noch nie jemand zu dir gesagt?«, hatte er dann gefragt.

Sie sah Rayfield gerade in die Augen. »Und außerdem«, fügte sie hinzu, »dachte ich, ich würde noch meinen Verstand verlieren, wenn ich nicht irgendwohin gehe oder irgendetwas unternehme. Ich bin zwar erst seit drei Tagen hier, aber ich bin schon halb durchgedreht. Nichts klappt. Die Moskitos fressen mich bei lebendigem Leib. Im Haus habe ich kein Wasser. Das Dach ist undicht. Mein Mann geht nicht ans Telefon und …«, sie hörte auf, weil sie nicht anfangen wollte zu heulen.

Rayfield Geebo erwiderte einige Sekunden lang nichts. Dann fragte er: »Woll'n Sie'n Bier?«

»Ja, danke«, sagte Ellen.

Kleinlaut verließ sie nach ihm die Wellblechhütte. Es war lange her, dass ihr ein Mann ein Getränk angeboten hatte. Vermutlich würde er sie dafür bezahlen lassen. Doch selbst wenn: Ellen fühlte sich merkwürdig berührt von seiner freundlichen Art. Seine Nähe war wohltuend, trotz des Biker-Outfits und seiner vorpubertären Alkoholgeschichten.

»Pflanzen Sie sich hier hin, ich hole ein paar Kühle.« Er deutete auf die Schalensitze neben dem Wohnwagen. Ellen setzte sich. Wegen der Lage der Sitze befanden sich ihre Knie auf Augenhöhe und versperrten die Sicht auf den Platz, der den Vorgarten darstellen sollte. Sie hätte sich gerne noch mehr umgesehen, aber dann hätte sie die Beine weit spreizen müssen, was sie einfach nicht fertigbrachte. Ihre katholische Erziehung hatte ihr eingetrichtert, dass Mädchen ihre Beine fest zusammenpressen, damit Jungen nicht auf dumme Gedanken kommen.

Rayfield kam mit zwei Dosen Milwaukee's Best zurück, die im Sechserpack nicht mehr als zwei Dollar kosteten. Er reichte Ellen eine Dose und ließ sich auf den Sitz direkt neben ihr plumpsen.

»Jawoll, das Leben ist beschissen«, sagte er und riss seine Dose auf.

»Und dann stirbt man«, erwiderte Ellen.

»Zum Wohl«, sagte Rayfield. Sie stießen mit ihrem Bier an und tranken. Rayfield zündete sich eine Zigarette an.

Für die Asche benutzte er den eingebauten Aschenbecher des Sitzes. Er blies einen großen Ring aus Rauch, ganz wie sie es von ihm erwartet hatte. Bevor der Rauch davonschwebte, steckte er einen Finger hindurch: »Kann ihn nicht als Jungfrau sterben lassen.« Danach schwiegen sie eine Zeit lang, aber es war eine lockere und überraschend angenehme Stille.

»Und wo ist Ihr Mann gerade?«, fragte Rayfield schließlich.

»In New York. Ich nehme jedenfalls an, dass er in New York ist. Seitdem ich hier bin, habe ich ihn noch nicht ans Telefon bekommen. Dann habe ich es auf der Arbeit probiert, die sagten aber, er sei nicht gekommen. Also wer weiß? Vielleicht hat er sich aus dem Staub gemacht. Oder er hat sich auf eine Aerobic-Trainerin mit Silikonbrüsten eingelassen. Ich weiß es nicht.«

»Vielleicht ist er zur französischen Fremdenlegion gegangen«, schlug Rayfield vor. »Oder er ist schwul geworden und hat sich einen Freund mit Namen Bubba gesucht.«

»Alles ist möglich«, sagte Ellen und nahm einen kräftigen Schluck. »Das ist das Einzige, was ich wirklich weiß.«

»Genau das hab ich gerade herausgefunden«, seufzte Rayfield und fügte mit einem bestimmten Unterton hinzu: »Junge, Junge, das hab ich.«

Ellen spitzte die Ohren. »Was war denn los?«

Rayfield formte einen neuen Rauchring und schaute zu, wie sich dieser auf seiner Reise zu den Kiefernspitzen allmählich auflöste.

Er sah sie von der Seite an. »Jemals was von der Peyronie'schen Krankheit gehört?«

»Nein, was ist das? Eine Art Krebs?«

»Das können nur Männer kriegen. Es macht einen Donut aus deinem Schwanz.«

»Was?«, fragte sie dümmlich.

»Es macht einen Donut aus deinem Schwanz«, wiederholte er.

Zum ersten Mal wollte Ellen nicht mehr ausschließen, dass Rayfield verrückt war. Er hielt seinen Hund für einen Raketenforscher und glaubte, sein eigener Schwanz sei ein Donut. Wahrscheinlich gab es einen Terminus technicus für seine Verrücktheit.

»Man kriegt so Knorpel darin, wissen Sie? Sie fangen an zu wachsen, und wenn sie groß genug sind, hat der Doktor gesagt, dann ›ändern sie die Richtung der Erektion‹. Er wird krummer und krummer, bis er schließlich ein Kreis ist – Penisverkrümmung halt.«

Rayfield machte diese Enthüllungen mit einem Pokerface, offenbar ohne dass es ihm peinlich war, so als würde er an einer Gemeindeschule kreationistischen Biologieunterricht erteilen. Ellen war schockiert, welchen Verlauf diese Peyronie'sche Krankheit nahm, falls die Beschreibung der Wahrheit entsprach, aber viel eigenartiger fand sie es, dass ein Mann derart abgeklärt von seinem kostbaren Penis sprechen konnte und wollte. Rayfield blies wieder einen Rauchring, deflorierte ihn und fuhr fort: »Kann man nicht heilen.«

Ellen suchte angestrengt nach einer passenden Reaktion. Sie entschied sich für eine Frage: »Hat das einen Einfluss auf das Urinieren?«

»Oh, ich kann pissen wie ein Rennpferd«, sagte er. »Wahrscheinlich vom Bier, das ich trinke. Aber ich bin dreiundvierzig Jahre alt. Jetzt kommen wahrscheinlich die Probleme mit der Prostata.«

»Nun, mein Mann ist fast fünfzig«, wollte sie ihn trösten, »und er kann immer noch urinieren.« Tommy hatte ihr mal erzählt, dass die meisten Kerle in seinem Alter bereits Witze darüber machten, wie sie an den Urinalen warteten, dass die Party endlich anfing.

»Wie auch immer, es hat sich ausgesext«, sagte Rayfield nüchtern, »und meine Frau hat mich verlassen, weil ich's nicht mehr gebracht habe. So eine Scheiße, dass sie das Wort ›bringen‹ benutzt hat, hat mich mehr umgehau'n als die Tatsache, dass es nicht mehr klappte. Aber was soll's, beschissen ist beschissen. Noch'n Bier?«

»Klar«, sagte Ellen. Rayfield stemmte sich aus dem Schalensitz und ging in den Wohnwagen.

Wie um Himmels willen bin ich bloß hierhergekommen?, fragte sich Ellen. Was hatte sie in die Lebensgeschichte von Rayfield Geebos Familienjuwelen, seinem Stolz und seiner Freude katapultiert? Die Geebos von Porkerville, um genau zu sein. Aber sie konnte nicht darüber lachen. Rayfield tauchte wieder aus dem Airstream auf, in jeder Hand eine Dose Bier. Er platzierte sich neben sie, und beide starrten geradeaus, als würden sie darauf warten, dass jeden Augenblick ein Kinofilm begann.

»Sie haben einen schweren Stand, nicht wahr?«, fragte sie.

»Oh, sehr witzig.«

Ellen war verlegen. Sie hatte keine Wortspielerei im Sinn gehabt. »Ich meinte nicht...«, fing sie an, aber Rayfield unterbrach sie: »Glauben Sie mir, es wäre viel schlimmer, wenn ich nicht drauf scheißen würde.«

Und wie sollten sie nun weitermachen? Was machte man, wenn man bereits eine lockere Konversation über die größten Intimitäten geführt hatte? Über das Wetter reden? Ellen erinnerte sich an ihre Freundin Kathleen, die ihr mal anvertraut hatte, sie habe den Mann ihrer Träume getroffen, nur auf Romantik müsse sie wohl vergeblich warten. »Wenn du dich gleich beim ersten Mal von ihm fesseln lässt«, seufzte sie, »was bleibt dann noch für später? Ihm in einem Kühlhaus zwischen Schweinehälften einen zu blasen?« Auf diese Fragen gab es keine einfachen Antworten. Die Liebe ihres Lebens meldete sich nie wieder, und Kathleen verfiel gegen ihre eigentliche Natur auf eine Kennenlernstrategie, bei der sie stets die Zügel in der Hand behielt.

»Kannten Sie Viola de Beer?«, fragte Ellen leichthin. »Ich habe gerade ihr Haus gekauft.«

»Ich hoffe, Sie kennen einen guten Exorzisten«, sagte Rayfield.

Vor Ellens innerem Auge tauchten plötzlich Bilder einer gealterten Viola auf, deren Kopf sich um dreihundertundsechzig Grad drehen konnte, während grüner Schleim aus ihrem Mund troff. »Glauben Sie, sie war besessen?«, fragte sie.

»Na klar.«

Ellen spürte eine irrationale Panik in sich aufsteigen, zwang sich aber, ruhig zu bleiben. »Rodney behauptet, seine Mutter sei eine alte Hexe gewesen«, sagte sie.

»Kennen Sie Rodney?«

»Ich habe ihn einmal getroffen.«

»Schon mal seine Skulpturen gesehn?«

»Er ist Bildhauer?«, staunte Ellen.

»Der beste Kettensägenmann im ganzen North Country.«

»Tatsächlich?« Ellen hätte nicht mal gedacht, dass man mit Kettensägen Figuren machen konnte. »Ich werde mir seine Arbeiten bei Gelegenheit mal anschauen«, sagte sie höflich.

»Fahrn Sie doch zu seinem Haus rüber«, sagte Rayfield. »Möchten Sie eine Wegbeschreibung?«

»Nein, ich kann nicht. Ich habe jede Menge zu tun. Ich gehe jetzt besser. Danke für das Bier.« Sie schob sich zum Sitzrand vor und stand mit einem Hauruck auf.

»Ich nehme an, Sie wollen mir kein Angebot für die Bierdosen machen?«

»Lassen Sie mich darüber nachdenken«, sagte Ellen. »Ich melde mich.« Sie ging zu ihrem Auto, drängte Mutley zur Seite und fuhr los. »Tut mir leid, das mit Ihrem Donut-Problem«, rief sie noch aus dem Fenster. Sie war etwas beschwipst von den zwei Dosen Bier kurz hintereinander, aber sie fühlte sich entspannter als vor ihrer Begegnung mit Rayfield Geebo aus Porkerville.

12

Es war bereits Sonnenuntergang, als Ellen die Kurven der schmalen Straße zu ihrem neuen Haus meisterte. Ein rotes Wolkenband erstreckte sich über den Bergen, und auch das obere Viertel der flammenden Sonnenscheibe versank schnell hinter dem Horizont. Es war atemberaubend schön, und Ellen fuhr an den Straßenrand und stieg aus, um sich das Naturschauspiel anzusehen.

Sie trat ein paar Schritte zur Seite. Die feuchte, grüne Stille um sie herum und die intensiven Farben über ihr stimmten sie ehrfürchtig. Beschwipst, wie sie war, hob sie die Arme, spannte sie weit auseinander und warf ihren Kopf in den Nacken, sodass sich ihre Brüste wie zwei Berge vor ihr erhoben. Sie besaß kein Zeitgefühl mehr, allein das gleichmäßige Pochen ihres Herzens bestimmte ihren Rhythmus.

Aus dieser Stimmung wurde sie gerissen, als sie plötzlich einen funkelnagelneuen Pick-up hörte, der mit quietschenden Bremsen neben ihr hielt. Sie nahm die Arme herunter. Der Fahrer kurbelte sein Fenster nach unten. Die ganze Landschaft, die sich darin gespiegelt hatte, verschwand und machte einer dunklen Leere Platz. Ellen wartete gespannt und erkannte schließlich Baldy. »Waren Sie nicht kürzlich in so einem netten Regenfässchen?«, rief er und johlte über seinen eigenen Witz.

Was konnte Ellen antworten? Sie wollte sich nicht verteidigen. Es verletzte sie, dass Rodney de Beer von ihr erzählt hatte, aber das konnte sie nun auch nicht mehr ändern. »Ihr New Yorker seid doch alle durchgeknallt«, sagte Baldy, winkte, kurbelte das Fenster hoch und fuhr davon. Nun, dachte Ellen, als sie zum Auto zurückging, das war völlig unnötig – und sogar grausam. Das erwartete man vielleicht in New York, wo die Einheimischen berüchtigt dafür waren, einander auf vielerlei Art unflätig zu beschimpfen. Aber hier, in Gottes Landschaft, erhoffte man mehr.

Betrübt stieg sie wieder in ihren Honda und fuhr deutlich langsamer als erlaubt nach Hause. Das Cottage war natürlich unbeleuchtet, als sie auf die Zufahrt bog. Der Elektriker war auf morgen verschoben worden, und eine weitere lange Nacht lag vor ihr. Die Ablenkung durch Rayfield Geebo hatte nicht lange angehalten. Das bisschen Licht, das diese Episode auf ihre dunkle Einsamkeit geworfen hatte, verblasste wahrlich schnell.

Aber dann, als sie den Schlüssel ins Schloss steckte, geschah ein Wunder. Das Telefon läutete. Hastig drehte sie den Schlüssel um und öffnete die Tür. Sie lief zum Telefon und nahm ab.

»Hallo«, rief sie atemlos.

»Ellen.«

»Tommy?«

»Du bist ja völlig außer Atem.«

Ellen setzte sich, drehte die Telefonschnur um ihren Finger und lächelte wie eine Idiotin. »Ich bin gerade erst hereingekommen, das ist alles. Wie geht's dir?« Sie zögerte. »Wo bist du?«

»Gut. Zu Hause. Und wie geht's?«

Ellen wollte nicht weinen. Sie wollte ihm nicht erzählen, dass sich erst vor wenigen Minuten der einzige Händler vor Ort an der Straße über sie lustig gemacht hatte. Sie wollte von ihm keine Erklärung verlangen, wo er gewesen war, als sie ihn angerufen hatte, und warum er nicht zur Arbeit gegangen war. Seitdem sie ihrem Impuls gefolgt und nach Eagle Beak gezogen war, kämpfte sie mit Schuldgefühlen, als befinde sie sich im Hinblick auf Tommy auf dünnem Eis. Sie wollte nicht, dass es zerbrach und sie im dunklen, kalten Wasser versank.

»Es ist herrlich«, sagte sie und versuchte, ihren Worten Schwung zu verleihen. »Wie sieht's bei dir aus?«

»Ausgezeichnet«, sagte er. Ein kurzes Schweigen folgte.

»Ich habe mehrmals versucht, dich anzurufen«, sagte Ellen im besten Konversationston. »Keiner war da.«

»Ja, ich habe mir das ganze Wochenende freigenommen. Ich glaube, deine *Freiheit-für-alle*-Kampagne hat mich angesteckt.« Ellen bemerkte, dass seine Stimme heiter klang und eine kaum verborgene Aufregung erahnen ließ. Eine Furcht begann an ihren Lungenflügeln zu zerren, was ihr das Atmen schwer machte.

»Und wo warst du nun?«, fragte sie.

»Auf den Bermudas!«

»Auf den Bermudas!«, wiederholte Ellen. Tommy war auf die *Bermudas* geflogen.

»Ja. Am Freitag auf dem Rückweg von der Arbeit hab ich diese Reiseplakate in der U-Bahn gesehen. Du weißt doch: die unberührten Strände, das tiefe blaue Meer …«

Ja, ergänzte Ellen in Gedanken, die postadoleszente Göttin im String-Bikini ohne die Spur von Cellulitis an Po und Oberschenkeln.

»… egal, ich dachte, warum nicht? Sobald ich zur Tür rein war, hab ich das Reisebüro angerufen, und schon saß ich im Taxi zum Kennedy Airport, und das alles innerhalb von neunzig Minuten.«

Selbst wenn man ihr ein prätraumatisches Stress-Syndrom zugutehielt, gab es keinen echten Grund, ihren Mann danach zu fragen, ob er alleine auf die Bermudas geflogen sei. Also kämpfte sie den Drang, ihn zu verhören, nieder. Und überhaupt: War ihr Hauskauf nicht aus einer ähnlichen Laune heraus entstanden? Hatte sie nicht den Nachmittag damit zugebracht, über den Penis eines fremden Mannes zu diskutieren?

»Und wie war es?«, fragte sie.

»Fantastisch! Du wirst es nicht glauben, Ellen, aber ich war tatsächlich surfen. Natürlich war ich der älteste Kerl da draußen und bin auch nie ohne Hilfe zur Küste zurückgekommen, nicht ein einziges Mal, aber ich hab's verdammt noch mal probiert. Ich wollte schon immer einen Versuch wagen.«

»Ehrlich?« Davon hatte sie nichts geahnt.

»Nun, das war kein dringendes Bedürfnis, aber ja, surfen wollte ich schon immer.«

»Gut für dich«, sagte Ellen und meinte das auch so. »Was hast du noch so gemacht?«

»Das Übliche. In der Sonne gelegen, geschwommen, im Vier-Sterne-Restaurant gegessen, tropische Getränke mit Früchten am Glasrand getrunken.«

»Hört sich großartig an.« Wahrscheinlich hatte sich Tommy gerade dann mit Sonnenöl eingecremt, als sie sich in der kalten Regentonne versteckte. Er hatte eine glänzende, achtseitige Menükarte studiert, während sie sich einen Instantkaffee auf dem Kerosinbrenner gekocht hatte.

»Bin sogar noch einen Tag länger geblieben. Hab mich einfach krankgemeldet. Warum nicht?«

»Ja, warum nicht?«, echote Ellen.

»Ich fühle mich wie eine Million Dollar.«

Ellen, die sich eher wie zehn Cents fühlte, konnte nur seufzen.

»Und was ist mit dir?«, fragte er. »Wie schlägst du dich im North Country so als *Nanuk, der Eskimo*?«, scherzte er.

»Ganz gut«, sagte sie vorsichtig.

»Das klingt nicht gerade enthusiastisch.«

»Es gibt da ein paar Probleme mit dem Haus.«

»Zum Beispiel?«

Warum sollte sie die ganze Litanei aufzählen? Wozu? »Lohnt sich nicht, damit anzufangen«, sagte sie kurz angebunden. Stattdessen erzählte sie ihm lieber, wie sie sich ausgeschlossen hatte, nackt, wie Gott sie schuf. Sie erwähnte, dass einige der Einheimischen glaubten, das Haus beherberge noch Teufelchen der verstorbenen Viola de Beer. Einer habe sogar zu Exorzismus geraten. Tommy brüllte vor Lachen. Für Ellen klang es wunderschön.

Aber sie erwähnte nichts von einem Rayfield Geebo, einer Bierdosensammlung oder gar davon, dass es auf der Erde so etwas gab wie die Peyronie'sche Krankheit. Die Geschichte würde sie sich für später aufbewahren, wenn es in einem Gespräch mal eine Pause gab.

»Wie dem auch sei, ich bin gerade erst gekommen und sterbe vor Hunger.« Tommy wollte auflegen.

»Wo willst du hingehen?«, fragte Ellen, um noch nicht Schluss zu machen.

»Vielleicht zum Thailänder.«

»Tommy?«

»Ja?«

»Glaubst du, du könntest mal für ein Wochenende hier raufkommen?«

»Sicher«, sagte er, »wie wär's mit dem 4. Juli?«

Da lagen noch Wochen dazwischen.

»Klingt gut. Also dann, guten Appetit!« Behutsam legte Ellen den Telefonhörer auf.

Tommy war auf die Bermudas geflogen, während sie in Eagle Beak verrottete. Sie war drauf und dran aufzugeben. Aber was? Die Chance herauszufinden, wer sie war, wenn man die Ehe und ihre Karriereambitionen abzog? Die Gelegenheit, der Erde verbunden und bona fide ein Naturkind zu sein? Und was war mit der *Ataraxie*? War sie ein Mensch oder eine Maus? Erschöpft stieg Ellen die Treppe zu ihrem Schlafzimmer unter dem Dach empor. Acht Uhr war genau die richtige Zeit, um schlafen zu gehen.

Am Morgen schien die Sonne mit einem Glanz, dass sie ihre Ray Bans aufsetzen musste. Ellen trottete zum Honda, um noch schnell zur Gärtnerei zu fahren. Es wurde Zeit, im Garten zu pflanzen – ein bisschen spät zwar, aber für dieses Jahr musste es eben reichen. Sie wirbelte wie ein Taifun durch die Gänge und fegte Samenpackungen, zarte Tomatenpflänzchen, eine Gießkanne und einen Strohsombrero in den Einkaufswagen. Gartenschlauch und Naturdünger! Werkzeuge zum Graben und Hacken! Rucola-, Endivien-, und Portobello-Pilz-Samen! Ellen hatte vor, ihre eigenen Gourmet-Lebensmittel zu ziehen. Sie wollte ein gesundes Leben führen und direkt von der Scholle essen. Der Schock kam allerdings, als die Kasse mehr als zweihundert Dollar anzeigte. Sie holte mehrere Zwanziger aus dem Portmonnaie und unterdrückte ihren Ärger. Die Welt war voller Möglichkeiten! Vielleicht konnte sie eine eigene Produktlinie aufziehen. In der Stadt könnte sie für Rucola mit Sicherheit einen hohen Preis verlangen.

Sie sprühte sich mit Insektenschutz ein, suchte die Gartengeräte zusammen und machte sich auf den Weg, um einen geeigneten, flachen Platz zu finden. Nicht lange, und sie hatte den perfekten Ort gefunden. Leider war das Gras bereits gut zwanzig Zentimeter hoch gewachsen, was das erste Beackern kompliziert machen würde. Sie rechnete mit harter Arbeit, doch davon ließ sie sich nicht abschrecken. Sie ließ ihr Gerät zu Boden fallen und drückte die Schaufel mit der Spitze in die Erde. Ein Taumel ergriff sie, als wäre sie gerade wie ein großes Schiff bei der Taufe von einer teuren Champagnerflasche getroffen worden. »Jetzt leg ich los!«, rief sie dem Universum entgegen. Sie setzte einen Fuß auf den Spaten und drückte mit ihrem ganzen Gewicht. Die Spitze bewegte sich ein paar Zentimeter und blieb stecken. *Muss Felsen sein,* dachte Ellen und ging ein bisschen nach links. Sie versuchte es erneut. Keine Chance.

Vielleicht muss ich erst das Gras ausreißen, überlegte sie. Dann zog sie ihre Arbeitshandschuhe an. Wenn es sein musste, wurde sie eben zu einem menschlichen Rasenmäher. Sie ließ sich auf die Knie fallen und zog an den Grasbüscheln, die kaum nachgaben. Aber Ellen ließ nicht locker und holte sie Zentimeter für Zentimeter heraus. Sie hatte kaum einen Quadratmeter geschafft, da spürte sie auch schon ihre geschundenen Knie. Ihr Kreuz schmerzte. Als sie versuchte aufzustehen, kam sie sich vor wie ein Neandertaler, der den großartigen Einfall hatte, sich aufzurichten und ein Zweifüßler zu werden. Wozu das Ganze? Es war viel einfacher zu krabbeln.

Ellen strich sich über die Augenbrauen und verscheuchte die Wolke von Moskitos, die über ihrem Abwehrschild aus Insektenspray summte. Sie versuchte es mit dem Spaten an einer anderen Stelle und schaffte es tatsächlich, einen Stich umzudrehen. Fette Nacktschnecken, die Ellen an blau geäderte Wiener Würstchen erinnerten, wimmelten im feuchten Dreck. Ellen, die für die Desorientierung der Tierchen verantwortlich war, versuchte, nicht so genau hinzusehen.

Bis die Sonne hoch am Himmel stand, hatte sie eine Fläche von ungefähr neun Quadratmetern geschafft. Ihre Handflächen bekamen auch in den Arbeitshandschuhen

Blasen, und sie verspürte einen ungeheuren Durst. Mit dem Gefühl, etwas geschafft zu haben, ließ sie den Spaten auf die Erde fallen und ging zum Haus. Die alte Schaukel auf der vorderen Veranda lockte sie. Ellen hatte sich eine Erholungspause verdient.

Die Päckchen mit Samen warteten bereitwillig auf dem Esstisch, und Ellen konnte sich vorstellen, mit welcher Erleichterung sie sie in die Erde säen würde: ein Teil des Ganzen, der Kreislauf des Werdens. Das Einzige, was sie in der Stadt hatte wachsen sehen, war die Anzahl der Obdachlosen, die sich im Park unter ihrem Fenster versammelten. Seufzend machte sie es sich auf der Schaukel gemütlich. Sie war erschöpft, und ihre Augen fielen fast zu. *Sie bringen Dunkelheit,* dachte sie, als ein gewaltiges Gähnen tief aus ihrem Innern nach oben drängte. Sie riss ihren Mund weit auf. Dieses Gähnen schien von einer ganz besonderen Qualität zu sein, ein Gähnen wie noch nie in ihrem ganzen vorherigen Leben. Sie riss ihren Mund immer weiter auf, als würde sie von einer unsichtbaren Welle negativer Energie durchströmt. Das Bild *Der Schrei* von Edvard Munch kam ihr in den Sinn, und wie zum Scherz hielt sie die Hände an die Seiten ihres Gesichts und stellte sich vor, auf der Brücke einer eintönigen europäischen Hauptstadt zu stehen. Dann war der Augenblick vorüber, und sie nahm die Hände herunter. Aber als sie versuchte, ihren Mund zu schließen, passierte gar nichts. Der Kiefer steckte in dieser weit geöffneten Position fest, als habe irgendein Soziopath einen Stock ins Getriebe gesteckt.

Ellen saß kerzengerade. Sie fingerte an der Aufhängung ihres Unterkiefers herum. Es schmerzte nicht, und sie konnte nichts Auffälliges ertasten, aber trotzdem: Ihr Kiefer war aus der Bahn geworfen. »Beruhige dich! Um Himmels willen! Beruhige dich!«, befahl sie sich selbst, aber es half nichts. *Kinnklemme!,* dachte sie. Das war ihre größte

Angst im Alter von fünf bis zwölf gewesen. Und jetzt war sie dazu verdammt, die verbleibenden Jahre so herumzulaufen, dass jeder ihre Mandeln einsehen konnte. Und Edvard Munch dachte, er hätte einen Grund zu schreien!

Zu allem Überfluss hörte sie Motorengeräusch. Als sie aufstand, bog der Elektriker mit seinem umgebauten Brotlaster in ihre Zufahrt ein. Sie konnte ihn durch die Windschutzscheibe sehen. Anscheinend musste er stehen, um fahren zu können. Seine große rollende Kiste war mit gemalten Blitzen übersät, unter denen der handgeschriebene Name **BOYEA UND BOYEA ELECTRIKER** stand. Der Elektriker sprang aus seinem Laster und lief zur Esszimmertür. Bevor sie ihn empfing, machte Ellen vor dem welligen alten Spiegel eine Pause, um schnell einen Blick hineinzuwerfen.

Falls es befremdlich auf den Elektriker wirkte, dass er von einer Frau im mittleren Alter begrüßt wurde, die ihren Mund weit geöffnet hatte, so ließ er es sich nicht anmerken. »Ich bin Fred Boyea, der Elektriker«, sagte er, als sie an der Tür erschien. »Hab lange genug gebraucht, um herzukommen, stimmt's?«

»Ich kann nich hrechen«, brachte Ellen mühsam hervor und deutete lebhaft auf ihren Mund. »Hein Hund heckt heht.« Außer im Zahnarztstuhl hatte sie noch nie versucht, mit einem bis zum Äußersten aufgerissenen Mund zu sprechen. Das »m« ging überhaupt nicht, genauso wenig das »s« und das »p«.

»Was?«, fragte Fred Boyea.

»Hein Hund heckt he-heht«, versuchte es Ellen erneut. »Ich huch hun Krankenhauh.«

»Ihr Mund steckt fest?«, sagte Fred. »Wie ist das passiert?«

Ellen winkte ab. »Ho ih hah Krankenhauh?«, fragte sie.

»Das Krankenhaus?«, wiederholte Fred.

Ellen nickte. »Ich fahre sie hin«, erklärte Fred. »Sie sind meine letzte Kundin für heute.«

Ellen nahm ihre Handtasche und zog die Tür hinter sich zu. Wegen der Moskitos presste sie beide Hände vor den Mund und rannte zum Laster. Der Beifahrersitz war so hoch, dass ihre Füße nicht mal den Boden berührten.

Fred ließ den Motor an. »Ich habe noch nie gehört, dass jemandem der Mund feststeckt«, meinte er während der Fahrt. »Und Sie?« Er schaute zu ihrer Seite des Lasters hinüber, der breiter als ihr Badezimmer in der Stadt war. Sie schüttelte den Kopf.

»Nun, einmal ist immer das erste Mal, würde ich sagen«, bemerkte er nüchtern. Als sie aufhörte, darüber nachzudenken, kam es ihr gar nicht mehr so schockierend vor, dass sie mit weit aufgerissenem Mund in einem umgebauten Brotlaster durchgeschüttelt wurde. Sie hatte weiß Gott ihren Anteil an den absonderlichsten körperlichen Vorkommnissen abbekommen. Als sie geboren wurde, hatte sich die Nabelschnur um ihren Hals gewickelt, sodass ihre Haut blau-lila gewesen war. Die ersten zwei Wochen hatte sie in einem Brutkasten gelegen und versucht ihre Körpertemperatur zu halten. Wenn sie müde war, begann sich ihr linkes Auge selbstständig zu machen. Sie hatte Senkfüße, und ihre Fußgelenke waren nach innen gebogen. Vor zwei Jahren wollte sie eine Spesenabrechnung auf Reginald Eubanks Zettelspießer stecken. Dabei verkalkulierte sie sich und rammte sich den Spieß durch die Hand. Die Sekretärin musste ihn wieder herausziehen. Und einmal, sie war vierundzwanzig Jahre alt und einen Monat lang durch Costa Rica gereist, stach sie ein Moskito und deponierte dabei Eier der tropischen Dasselfliege in ihren Schenkel. Einen Monat später gebar sie eine ein Zoll große Larve, die völlig unbemerkt in ihrem Fleisch herangewachsen war und sich nun einen Weg durch die Haut gebohrt hatte.

Ein aufgerissener Raubtierrachen war nichts im Vergleich zu diesem Erlebnis, das sie beinahe umgebracht hätte. Es vergingen fünf Jahre, bis sie es tief unten im Archiv ihres Bewusstseins vergraben hatte.

Sie fuhren und fuhren, den Berg runter, am Fluss entlang, bis nach Lamone. Fred ließ sie an der Notaufnahme aussteigen, lehnte es aber ab mitzukommen. Doch er versprach, auf dem Parkplatz so lange zu warten, bis er von ihr hörte.

»Was haben wir für ein Problem?«, fragte eine Schwester, die einen babyblauen Hosenanzug als Uniform trug.

»Hein Hund heckt heht«, sagte Ellen und zeigte auf ihren Mund.

»Du meine Güte«, erwiderte die Schwester. Sie reichte Ellen ein Klemmbrett. »Wenn Sie bitte das Formular ausfüllen würden, der Doktor kommt gleich zu Ihnen.«

Ellen befand sich in einem Alter, da sie besonders darauf achtete, kein Doppelkinn zu zeigen, und die Position ihres Kiefers war nicht gerade schmeichelhaft. Zum Glück waren lediglich zwei weitere Patienten da, und der Doktor kam nach fünfzehn Minuten. Ein ernster Inder mit einem weißen Turban untersuchte sie, drückte hier und da und verkündete, er müsse ihr vermutlich den Kieferknochen brechen, sollten die Muskelentspanner, die er spritzen werde, nicht wirken. Der Kiefer würde dann für sechs Wochen verdrahtet bleiben.

Das kann doch nicht wahr sein, dachte Ellen. Ein Mensch hat nur ein begrenztes Leidenskontingent. Der Doktor verpasste ihr eine Spritze und verließ den Untersuchungsraum. Stumpf starrte sie auf die mintgrünen Wände und stellte sich vor, wie er mit einem Gummihammer zurückkam: ein schneller Schlag auf den Knochen und vierundvierzig aufeinanderfolgende Tage in Metallklammern. Tränen des Selbstmitleids tropften ihre Wangen hinunter in ihren Mund. Ein gebrochener Kieferknochen. Sie müsste Eagle Beak definitiv verlassen, um sich in New York zu erholen, und ihr verrückter Traum von einem Biobauernhof wäre für immer aus und vorbei.

Sie fühlte sich etwas mitgenommen und fing an, ihre Kieferknochen zu massieren. Sie begann mit dem Rand der Wangenknochen, drückte mit den Daumen gegen ihre Zähne und fuhr an der Unterseite des Knochens entlang, der vom Oberkiefer zum unteren Ohr reichte. Sie hatte weder Anatomie noch Akupressur studiert und besaß keine Anhaltspunkte. Der Kieferknochen war mit dem ... mit welchem Knochen verbunden?, fragte sie sich. Sie versuchte, das genaue Arrangement der Knochen durch die Haut zu spüren.

Mitten in ihren Selbstuntersuchungen spürte sie ein Klicken, auf das ein deutliches Nachlassen der Spannung folgte. Sie probierte, ob sich der Mund ein kleines bisschen schließen ließ. Tatsächlich, er bewegte sich. Langsam schloss Ellen den Mund. Ihr Kiefer schmerzte zwar, aber eine wilde Begeisterung strahlte in jede Zelle ihres Körpers. Als der Doktor wieder den Raum betrat, rannte sie auf ihn zu und umarmte ihn, als wäre er ein lange verloren geglaubter Bruder.

»Er hat sich ausgehakt!«, rief sie. »Noch gerade rechtzeitig, hm?« Sie konnte die Erleichterung in seinen Augen lesen. Das war verständlich, denn kein Arzt, der etwas auf sich hielt, freute sich darauf, einem verzweifelten Patienten mit einem Hammer das Gesicht zu zertrümmern. Ellen schwebte zum Empfangsbereich. Sie kam sich vor wie eine triumphierende Miss America auf dem Laufsteg. Beinahe hörte sie Bert Parks, den Showmaster, im Hintergrund schmachten. Aber ein Lächeln wagte sie dennoch nicht.

»Mrs. Kenny?«, rief die babyblaue Schwester. »Fred hat

mir erzählt, er müsse noch Besorgungen machen. Er dachte, Sie wären noch einige Zeit hier gebunden. Meinte, bis drei Uhr sei er wieder da.« Ellen schaute auf die Uhr an der Wand. Zehn vor zwei. Sie trat durch die Tür der Notaufnahme hinaus ins Sonnenlicht: Ihr ging es gut. Sie hatte noch eine Stunde Zeit. Ohne ein Ziel zu haben, schlenderte sie die Allee entlang. Auf beiden Seiten standen alte viktorianische Häuser mit Schaukelstühlen auf den Veranden und Hängekörben voller Blumen. Diese Perfektion empfand sie als angenehm, als ob die Fertigkeit, den Mund wieder schließen zu können, sie gleichzeitig befähigte, die Welt mit anderen Augen zu sehen.

An der Ecke befand sich die Stadtbibliothek, ein hübsches Gebäude mit Sprossenfenstern. Wie magnetisiert stieg Ellen die Marmorstufen hinauf und öffnete die stattliche hölzerne Tür. Als Rechercheurin für Dokumentarfilme hatte sie endlose Stunden in Bibliotheken jedweder Art verbracht. Sie liebte die hölzernen Schubladen der alten Kataloge, die gut gefüllten Regale in den Magazinen und die Dezimalklassifikation von Dewey. Selbst die Staubwolken begeisterten sie. Wie vom Autopiloten gesteuert, ging sie zu den Computerterminals mit Internetzugang.

»Peyronie'sche Krankheit«, tippte sie.

Der Computer fand schnell das Passende, und Ellen überflog, was dort stand. Sie war natürlich beeinträchtigt, weil sie weder Notebook und Kugelschreiber noch ihre Brille dabeihatte. Aber während sie sich durch die versammelte Weisheit über die Peyronie'sche Krankheit scrollte, einem Fluch des zwanzigsten Jahrhunderts, der Rayfield Geebos Schwanz in einen Donut verwandeln würde, da fühlte sie sich wieder stark. Ellen Kenny war eine geborene Rechercheurin.

Bevor sie die Bibliothek verließ, hatte sie das Wichtigste

über die Peyronie'sche Krankheit herausgefunden und war sich darüber hinaus sicher, dass Viola de Beer, entgegen ihrer schändlichen Reputation, niemals verhaftet und im Staate New York in ein Irrenhaus eingeliefert worden war und auch niemals an irgendeiner Art politischer Rebellion teilgenommen hatte.

13

»Es werde Licht«, verkündete Fred theatralisch, als er den Schalter im Esszimmer betätigte. Plötzlich erwachte die antike Lampe über Violas Tisch, die Ellen mit übernommen hatte, zu neuem Leben. »Es werde Wasser«, fuhr er fort, ging zur Spüle und drehte am Wasserhahn. Ein spuckendes Geräusch, ein paar Zuckungen des Ventils, und ein Wasserstrahl in der Farbe gut durchgezogenen Tees schoss hervor.

»Hurra!« Ellen freute sich.

»Das Wasser wird klarer, wenn Sie es erst mal eine Weile laufen lassen. Wenn nicht, muss ich mit einem Matschsauger wiederkommen.«

»Matschsauger?«, fragte Ellen, während sie Fred in bar bezahlte. Er versprach, in zwei Tagen noch einmal vorbeizuschauen. »Und danke, dass Sie mich ins Krankenhaus gebracht haben«, rief sie, als er schon bei den Stufen war.

»So hatte ich 'ne Entschuldigung, mitten am Nachmittag in Hucks Bar zu sitzen. Hab ich schon seit sechs Monaten nicht mehr gemacht.«

Ellen lachte. Die kleinen Freuden des Lebens.

Da sie gerade davon sprach – sie hatte Licht! Wasser! Telefon! Wärme! Es war, als hätte sie einen Zeitsprung gemacht und wäre schließlich in der Gegenwart angekommen. Mit einem Gefühl von Liebe betrachtete sie ihr bescheidenes Reich. Dann erinnerte sie sich an das Dach und machte sich eine kurze Notiz, gleich am nächsten Morgen ihren Rechtsanwalt anzurufen. Rodney de Beer würde für die Reparatur aufkommen müssen. Wenn das erledigt wäre, säße sie fest im Sattel.

Das rief nach einer kleinen Feier. Sie könnte zum Laden fahren, hatte aber keine Lust, Baldy zu begegnen. Sie war nicht in der Stimmung, wieder zur Zielscheibe für schlechte Witze zu werden. Dann erinnerte sie sich an ein Wirtshaus, an dem sie auf dem Weg zu Rayfield Geebo vorbeigefahren war. Versteckt unter Tamarak-Bäumen warb es mit einem gemalten Schild, auf dem Yogi-Bärs Kumpel Boo-Boo Bär zu erkennen war, von dem jedoch die Farbe abblätterte. **BOO-BOO'S BAR – BEI UNS TANZT DER BÄR** stand darauf.

Eine Frau ohne Begleitung, eine ländliche Spelunke in der Wildnis: Das konnte ein Rezept für ein Desaster sein. Aber eine Errungenschaft ihres mittleren Alters war ihre Unsichtbarkeit. Was sicher doppelschneidig war. Insgeheim vermisste sie manchmal das Johlen und Pfeifen der Bauarbeiter und die gierigen Blicke von Fremden auf der Straße – was sie in ihrer besten Zeit auf hundertachtzig gebracht hatte. Aber inzwischen war sie kaum mehr als ein Mauerblümchen, und die Wahrscheinlichkeit, richtigen Ärger zu bekommen, ging gegen null. Sie zog eine Bürste durchs Haar, band es zu einem lockeren Pferdeschwanz zusammen und machte sich auf den Weg zu einem guten Glas Wein.

Zwei Pick-ups und ein alter Ford Escort standen auf dem Parkplatz vor Boo-Boo's. Sie schlüpfte in die Rolle »Ich-gehe-jetzt-in-eine-Bar« und betrat einen kleinen, dämmrigen Raum, in dem nicht weniger als ein Dutzend ausgestopfter Hirschköpfe an der Wand prangten, nicht zu vergessen die nach oben weisenden Hirschbeine, die als Garderobenhaken fungierten. Hinter der Theke befanden sich noch ein Waschbär, ein kleiner roter Fuchs und eine große gehörnte Eule. Der Anblick all der wilden Tiere, die zu Dekorationsartikeln degradiert waren, ließ Ellen beinahe eine Kehrtwende machen. In letzter Sekunde beschloss sie jedoch, auf ein Glas zu bleiben. Ein einziges nur.

Die Wirtin, eine ältere Frau mit flammendrot gefärbten Haaren, beugte sich herüber. Da Ellen annahm, dass der Wein bei Boo-Boo's in einem Kanister mit eingebautem Zapfhahn angeboten wurde, entschied sie sich für einen Wodka Tonic, wofür sie glatt zehn Dollar hinlegen musste. Doch die Atmosphäre war alles andere als feierlich. Die Wirtin guckte auf einem sechs Zoll kleinen Fernsehapparat Glücksrad, und bei dem einzigen weiteren Gast in der Spelunke handelte es sich um einen übergewichtigen blonden Mann mit rosigem Gesicht, der anscheinend über die Gesetze der Eiswürfelschmelze meditierte. Nach zehn Minuten Schweigen, das nur durch die Vorschläge der Kandidaten in der Spielshow unterbrochen wurde, räusperte er sich und sagte: »Du kannst mir mal 'nen Hamburger unterschieben, Alice, okay?«

Ellen stellte sich vor, wie dieser Typ sich über einen riesigen Fleischfladen schob, während von oben eine gigantische Brötchenhälfte auf ihn herabsank. Nur seine Hände und Füße lugten noch zwischen den Salatblättern hervor. Alice kletterte vom Hocker und steckte einen gefrorenen Hamburger in eine Backform, die sie zu einem Ofen trug, der hinter einer Abtrennung verborgen war. Nach kurzer Zeit erfüllte der Geruch von gebratenem Fleisch die Luft. Ellen leerte ihr Glas und warf verschämt fünfunddreißig Cent Trinkgeld auf den Tresen. Dann ging sie. So viel zum Thema Triumphe feiern.

Sie fuhr vom Parkplatz und bog rechts ab in Richtung Porkerville. Sie fühlte sich nicht so stark von Rayfield Geebo angezogen, dass sie seinetwegen diese Richtung einschlug. In dieser Hinsicht hatte sie sich unbarmherzig durchleuchtet. Sich angezogen fühlen würde schließlich, offen oder verdeckt, den Wunsch nach Sex implizieren. Der Gedanke an Sex mit Rayfield jagte ihr jedoch kalte Schauer über den Rücken. Alles an ihm, angefangen bei seiner »Party machen bis zum Kotzen«-Mentalität bis zum Rauchen, empfand sie als komplett abstoßend. Im Übrigen, selbst wenn er (oder sie) es gewollt hätte, wäre kein Geschlechtsverkehr mit ihm möglich gewesen.

Nein, mit Romantik hatte das nichts zu tun. Rayfield verkörperte vielmehr ein Projekt, an dem man arbeiten konnte. Vielleicht konnte sie ihm helfen. Ellen, die eine altruistische Ader hatte, zog große Befriedigung daraus, etwas Gutes zu tun: Für die Benachteiligten zu kämpfen, an einer Revolution teilzunehmen, es niemals beim bloßen Nein zu belassen – das waren ihre Stärken. Und Rayfield war sicherlich ein Verlierer. Ein Mann, der nicht in der Lage war, mit einem erigierten Penis da zu sein, wo die Musik spielte, war so etwas wie der Oberverlierer. Der unterste Kerl am Totempfahl. Sozialer Abschaum.

Im Grunde genommen mochte sie ihn einfach.

Sie erblickte die orangefarbenen Reifen und setzte den Blinker. Auf der Zufahrt hielt sie geradewegs auf das Herz des Geebo-Anwesens zu. Mutley schlief unten vor den Stufen und wachte nicht eher auf, bis sie die Autotür zuschlug. Dann hob er relativ desinteressiert den Kopf und ließ ihn genauso schnell wieder fallen.

»Rayfield!«, rief Ellen. »Sind Sie da?«

Sie gewahrte eine kleinere Bewegung im Wohnwagen, dann erschien eine Figur im Türrahmen. Rayfield kam heraus. Er trug eine waldgrüne Jogginghose, die auf Kniehöhe abgeschnitten war, mehr nicht. Ellen war ein wenig schockiert über seine behaarte Brust und seinen Bierbauch, der nach einer Schwangerschaft im letzten Stadium aussah. Seine Beine, von den Knien abwärts, waren so weiß wie ein Fischbauch und hatten nichts, was nach Muskeln ausgesehen hätte.

»Ich bin's, Ellen Kenny«, sagte sie. »Wir sind uns vor ein paar Tagen begegnet.«

»Um Himmels willen, Ellen, ich weiß, wer Sie sind«, meinte Rayfield. »Ich hab noch ein paar graue Zellen.«

Er kam die hölzernen Stufen herunter und stieg mit der Grazie eines Balletttänzers über Mutley hinweg.

»Hören Sie, ich glaube, ich habe Ihnen noch nicht von meinem Job in New York erzählt. Ich stelle da so Forschungen an«, sagte sie stotternd. »Eine Art Leidenschaft von mir. Und nachdem wir miteinander gesprochen hatten, war mein Interesse geweckt, und ich bin in die Bibliothek gegangen, um noch mehr über die Peyronie'sche Krankheit zu erfahren.«

Rayfields Gesicht blieb ausdruckslos. Er sagte nur: »Ja, und?«

»Aus bloßer Neugierde. Aber ich habe da ein paar Hinweise, und ich möchte Ihnen helfen, wenn ich kann. Kostenlos.«

Rayfield verlagerte sein Gewicht von einem Fuß auf den anderen.

»Vielleicht kann man da was machen«, fügte sie hinzu.

»Heilige Mutter Gottes, Ellen«, sagte er. »Es ist furchtbar nett und alles, aber Sie sollten sich nicht zu große Hoffnungen machen. Ich meine, selbst wenn das funktionieren sollte, Sie sind wirklich nicht mein Typ. Ich steh auf dicke Frauen.«

Zuerst verstand Ellen gar nicht, was er sagte. Als es schließlich bei ihr klingelte, wurde sie von einer merkwürdigen Mischung aus Wut und Ausgelassenheit ergriffen. »Sie glauben, ich würde das machen, um von Ihnen *auf's Kreuz gelegt* zu werden?«, stieß sie hervor. »Von *Ihnen?* Sie müssen verrückt sein!«

Rayfield war perplex. »Weshalb sollten Sie sich sonst darum kümmern?«

»Ach, vergessen Sie's«, sagte Ellen. »Sehen Sie, Rayfield, ich möchte Ihnen nicht an die Wäsche, okay? Vertrauen Sie mir. Möchten Sie, dass ich Ihnen helfe, oder nicht?«

»Sicher, wenn Sie es umsonst machen.«

»Na schön«, sagte sie und fühlte sich irgendwie gekränkt. Was hatte sie erwartet? Dass Rayfield ihr den Hintern küssen würde? »Ich melde mich.« Mit diesen Worten stieg sie ins Auto und wendete in drei Zügen. Sie sah noch, wie Rayfield im Wohnwagen verschwand, ohne sich auch nur ein einziges Mal nach ihr umzusehen.

Die ganze Absurdität ihres Schlagabtausches wurde ihr zwei Meilen später bewusst, und sie musste kichern. *Ich habe nicht die geringste Chance bei Rayfield Geebo,* dachte sie. Es war in der Tat eine seltene Erfahrung, als zu knöchern zurückgewiesen zu werden. Es fühlte sich gut an, dass sie, zumindest in Rayfield Geebos Kosmos, als Fliegengewicht eingestuft wurde. Dabei hatte sie einen Hüftumfang von über einem Meter! Einen Korb bekommen zu haben, hatte sich noch nie so gut angefühlt.

Zu Hause genoss sie den Luxus von elektrischem Licht und ließ den ereignisreichen Tag Revue passieren. Sie hatte beim Biogarten den Grund gelegt, hatte wie die ersten Pioniere die Erde mit der Hand umgegraben. Sie hatte ihren Kiefer ausgehakt, verfügte nun endlich im ganzen Haus über Strom und Wasser, selbst wenn es braun war. Sie hatte ein neues medizinisches Forschungsprojekt angestoßen und war in Viola de Beers Vergangenheit vorgedrungen. Sie hatte die Stadt verlassen und mal eben einen neuen Freund besucht. Und schon bald würde sie zu ihrem ersten offiziellen Bad in die eiserne Badewanne steigen, selbst wenn es so aussehen würde, als säße sie in einer Tasse voll Kaffee. Es war ein großartiger Tag gewesen.

Natürlich war alles relativ. Ein großartiger Tag in New York könnte so aussehen: fünfzig Anrufe erledigen, eine Mittagspause mit Essen und Gymnastik verbringen, sechs Taxifahrten machen und am Abend eine Avantgarde-Interpretation von *Hamlet* ansehen, in der Hamlet von einer Frau gespielt wird und aus der der berühmte Monolog mit »Sein oder Nichtsein« gestrichen ist. Ein großartiger Tag in Mexiko war gewesen, ein frisches Brötchen in einer Bäckerei zu bekommen und bei Mondschein in einem Gezeitenbecken zu schwimmen. In Somerville war es der morgendliche Joint und ein Fick, das Trinken am Nachmittag und ein Fick, später dann Miles Davis live bei Paul's Mall, gefolgt von einem Essen in Chinatown um drei Uhr in der Früh, am besten mit einem der Musiker der Band, und ein Fick. Man passte einfach die Definition dessen, was einen großartigen Tag ausmacht, den Gegebenheiten an und blickte nicht zurück. Jedenfalls nicht, wenn man geistig gesund bleiben wollte.

»Aber wer weiß, ob die geistige Gesundheit wirklich das Richtige ist?«, fragte sie sich plötzlich laut. Oder wie ihr großartiger Tag in Eagle Beak im Vergleich zu irgendeinem anderen Tag letztendlich abschnitt? Und wer beurteilte das überhaupt? Und was *genau* gab es da zu beurteilen? Gedankenversunken betrachtete Ellen ihre Hände in dem Lichtkreis, den Violas Messingflurlampe aussandte. Ein paar kleine Bläschen hatten sich an den Innenflächen gebildet – das Ergebnis ihrer morgendlichen Arbeit. Schmutz steckte unter ihren Fingernägeln, die bereits rau waren, und ihr Ehering kam ihr vor wie ein Gürtel, den man zu fest um den Ringfinger geschnallt hatte. Ein paar der braunen Flecken auf ihren Handrücken waren größer geworden.

Das Telefon klingelte, ein zudringliches Echo in der Stille. Ellen rannte hin, um es daran zu hindern, eine zweite Schockwelle auszusenden.

»Hallo?«

»Ellen? Bill.« Bill Foster war Tommys Kollege bei den Pflichtverteidigern, war es seit beinahe zwei Jahrzehnten.

»Bill? Was für eine nette Überraschung!«

»Wie geht's dir denn? Was machst du da oben auf dem Teufelsacker?«

»Ich sitze hier bloß und gucke, wie meine Haut altert«, antwortete Ellen.

»Hört sich ganz nach einer Party an«, sagte er lachend.

»O ja«, erwiderte sie und wünschte, ihr fiele die witzige Antwort ein, die sie beide erwarteten. »Egal, was verschafft mir die Ehre deines Anrufs?«

»Ich werde morgen Nachmittag in Lamone sein«, sagte Bill. »Ich muss einen Zeugen abladen, einen Kerl, der in der Franklin-Justizvollzugsanstalt einsitzt. Ich hab's Tom gegenüber kurz erwähnt, und da sagte er mir, dass Lamone unmittelbar in deiner Nähe ist. Lass uns essen gehen und einen heben.«

»Gott, das wird toll, dich zu treffen.«

»Möchtest du, dass ich dir irgendwas aus New York mitbringe?«

Das Einzige, das ihr einfiel, waren Käse-Tortellini vom italienischen Lebensmittelladen am Ende des Blocks auf der Tenth Street, aber sie konnte wohl kaum erwarten, dass Bill so kurzfristig eine Kühlbox besorgte, damit die hausgemachten Tortellini die dreihundertfünfzig Meilen unbeschadet überstanden.

»Nicht dass ich wüsste.«

»Okay, ich rufe dich an, wenn ich Näheres weiß. Dann suchen wir uns was. Es wird später Nachmittag, früher Abend.«

»Ich bin begeistert.«

Sie legten auf. In Gedanken durchlief Ellen Lamone. War sie an irgendeinem Restaurant vorbeigekommen, das keine schmierige Absteige war? Gab's da was mit weißen Tischdecken und Kellnern, die die Extras auswendig wussten? Sie musste ein Restaurant auftreiben, wo sie Stunden verbringen konnte ohne Unbehagen oder Schuldgefühle, weil sie zu zweit einen Tisch zur besten Dinner-Zeit blockierten. Sie konnte es gar nicht abwarten, all ihre leidvollen Erfahrungen der ersten Tage in Eagle Beak loszuwerden. Bill Foster war jemand, der gut zuhören konnte und ein Talent besaß, den Vernünftigen zu spielen, wenn sie ihre spontanen Komödienszenen zum Besten gab. Er war immer gut für ein herzhaftes Gelächter. Ellen wusste, dass sie ihre Abenteuer in Eagle Beak so verpacken konnte, dass er unterm Tisch liegen würde.

Sie, Tommy, Bill und seine erste Frau, eine koreanische Schönheit mit dem Namen Soyeon, die ihn letztlich wegen einer anderen Frau verlassen hatte, hatten jahrelang an zwei Wochenenden im Monat eine Vierergruppe gebildet, die in den unterschiedlichsten Kombinationen funktionierte. Sie kamen immer noch einmal im Jahr zu einem Dinner im Windows of the World zusammen. Bills zweite Frau, Marta, eine Modern-Dance-Tänzerin, hielt ihn an einer wesentlich kürzeren Leine, sodass ihre Freundschaft mehr auf zufälligen Treffen beruhte, doch seit fünf Jahren war Bill wieder Junggeselle, und ihre Beziehung war so locker, dass es sich mehr nach Familie als nach Freundschaft anfühlte. Sein Überraschungsbesuch war ein Bonus, auf den sie nicht zu hoffen gewagt hätte. Sie nahm ein Bad und ging schlafen, glücklich und voller Erwartung, was der neue Tag, der hinter den Bergen von Eagle Beak dämmerte, wohl bringen mochte.

Bis zur Mitte des nächsten Nachmittages hatte Ellen die Größe ihres Gartens verdoppelt und die Hälfte ihrer Pflanzen in ordentlichen Reihen in den Boden gesetzt. Die Tomatenpflanzen, jede mit einem eigenen Stock und Schutzdraht umgeben, standen stolz in der Sonne, und zwei Gurkenhügel erhoben sich wie die Miniaturgipfel der Adirondacks. Steine, die der Frost vieler Jahre entzweigebrochen hatte, reihte sie entlang der Gartengrenze auf, der Beginn einer handgemachten Mauer wie aus einem Robert-Frost-Gedicht. Mit ihrer Gießkanne und dem Strohhut kam sie sich wie ein Abziehbild auf einer Blechdose im Landhausstil vor.

Sie rief ihren Immobilienanwalt an, den sie noch nie gesehen hatte, und berichtete ihm, Rodney habe ihr den Zustand des Daches verheimlicht. Dann sprach sie noch mit einem Teilzeitbeschäftigten bei der örtlichen Handelskammer wegen eines ansprechenden Restaurants. Als Bill um fünf Uhr anrief, war sie bereit. Zwei Stunden später fuhr sie auf den Parkplatz des Super-8-Motels. Sie trug ein Leinenkleid in modischem Aubergine, dazu Sandalen, die es irgendwie schafften, elegant zu erscheinen, ohne auf das Gütesiegel der Fußorthopädischen Vereinigung zu verzichten. Bill öffnete die Tür und umarmte sie sogleich wie ein Bär.

»Hier ist sie ja«, sagte er, »die Dschungelkönigin«, und ließ sie wieder los, noch bevor sie den Körperkontakt genießen konnte. »Du bist braun geworden.«

»Stimmt das?«, fragte Ellen. »Das muss an den Rückständen in meinem Brunnenwasser liegen.«

»Egal, woran es liegt, du siehst *prächtig* aus. Ich glaube, die Landluft tut dir gut. Hast du Hunger?«

»Ich könnte schon was vertragen.«

»Also los. Du fährst.« Er nahm sein Jackett vom Stuhl und ließ Ellen unbeabsichtigt Zeit, an ihm zu bewundern, was ihre Mutter seinen Körperbau genannt hätte. Bill war stolz darauf, sich in Form zu halten. Zweimal wöchentlich machte er ein Workout im Fitnessstudio bei Gleason's, und an jedem Arbeitstag joggte er fünf Meilen am East River entlang. Er und Marta hatten am Strand wie ein Götterpaar ausgesehen, wohingegen Ellen und Tommy zur Tarnung übergroße T-Shirts getragen hatten. Aus irgendeinem Grund stimmte sie diese kurze Erinnerung traurig und drückte ihre Laune. Selbst wenn Rayfield Geebo Ellen für zu knochig hielt, genügte ein Blick auf Bill Foster, um sie daran zu erinnern, dass die Selbsterhaltung in den Vierzigern harte Arbeit bedeutete. Und in Fitnessdingen war sie einfach nachlässig geworden.

»Seit Albany habe ich kein einziges schwarzes Gesicht gesehen«, sagte Bill, als sie die Hauptstraße entlangfuhren.

»Wette, das Gefängnis ist voll davon.«

»Da hast du recht.«

Es war Ellen noch gar nicht aufgefallen, dass diese Stadt ungefähr so viel ethnische Vielfalt bot wie ein Westchester Countryclub in den Fünfzigern, und sie schämte sich ein bisschen. Weiße Schuld. Deshalb registrierte sie umso deutlicher die heimlichen Blicke der anderen Gäste im Restaurant, eine renovierte Scheune, die vor allem mit Kutschrädern und Lederkummets dekoriert war.

»Und? Was hältst du von Tommys Trip auf die Bermudas?«, fragte Ellen, nachdem die zweite Runde mit Getränken gekommen war. Ihr war bewusst, dass sie in verbotenen Gewässern angelte.

»Du hättest ihn sehen sollen, als er am Dienstag wieder ins Büro kam. Er sah fünf Jahre jünger aus.«

»Ich glaube, es ist für jeden wichtig, mal nur dem inneren Impuls nachzugeben«, erklärte sie mit neutraler

Stimme, obwohl sie am liebsten geschrien hätte: »Wirkte er ohne mich etwa glücklicher? Glaubst du, dass er ohne mich aufblüht und noch vor September die Scheidung einreicht?«

»Apropos Impulse: Bist du glücklich über den Kauf deiner Ponderosa-Ranch? Mann, was hab ich gebrüllt, als Tom uns erzählt hat, dass du dafür deine Kreditkarte genommen hast.«

»Ich dachte mir, dass du so reagieren würdest«, sagte Ellen. Kurzes Schweigen folgte. Paradoxerweise war das eine direkte Kommunikation, und Bill war geübt darin, den Subtext zu lesen.

»So schlecht, hm?«

»Es ist … komplex«, sagte Ellen.

»Was ist nicht komplex?«

Ellens Gesicht spiegelte sich in der Fensterscheibe. Sie sah scheußlich aus. Bill streckte seinen Arm über den Tisch, um ihre Hand zu berühren. Sie hielt sich am Wodka Martini fest, als hinge ihr Leben davon ab. »Haben wir etwa eine Midlife-Crisis?«, fragte er mit der Stimme einer alten Dame.

»Bekommen Frauen so etwas?«

»Mit Sicherheit.« Er zog seine Hand zurück, was sie schade fand.

»Ist das so, als ob dir jemand den Teppich unter den Füßen wegzieht und du landest mit dem Hintern auf dem Boden, und das vor den Augen von lauter Spießern? Und diese Spießer sind alle Teile deines Selbst, die mehr von dir erwartet hätten?«

»Auf diese Art könnte man es beschreiben.« Er lachte nicht. Der Ernst in seinen braunen Augen beunruhigte sie, und sie wechselte lieber das Thema.

»He! Lass mich hier nicht rührselig werden!«, sagte sie und erstattete lebhaft Bericht über ihr Leben in Eagle Beak.

Sie ließ kein Highlight aus und erzählte selbst von ihrem ersten Besuch bei Rayfield Geebo in Porkerville.

»Was hat Tom für eine Größe? Du solltest ihm die Lederkluft kaufen«, meinte Bill. »Ich glaube, wir werden gerade Zeuge, wie eine lange unterdrückte Seite seiner Persönlichkeit hervorbricht.«

Wieder fühlte Ellen, wie sich die kalten Finger der Angst in ihren Nacken krallten. Alle Straßen dieses Gesprächs endeten am selben Ort: Tommy würde ohne sie zu neuen Ufern aufbrechen, und sie würde ihn verlieren. Plötzlich – später gab sie den drei Martinis die Schuld, die sie getrunken hatte, noch bevor die gebratenen Mozzarella-Stäbchen für sie bestellt waren – ertappte sie sich dabei, wie sie alle ihre gut gehüteten Geheimnisse (aber nicht Rayfields) ausplauderte.

Falls es ein ordnendes Prinzip gab, dann war es der Verlust ihres jüngeren Selbst – ein Selbst, dessen Brüste den Bleistifttest überstanden, ein Selbst, das die Macht hatte (und manchmal einsetzte), Kontrolle über Männer auszuüben, ein Selbst, das zweimal ohne Angst durch das ganze Land getrampt war oder das an einem Dienstag um sieben wegen einer Tasse Kaffee das Haus verließ und nicht vor Freitag zurückkehrte. Ihr jüngeres Selbst war unwiderruflich dahin, und sie fand keinen Halt mehr.

»Es ist alles vorbei«, lamentierte sie mit Tränen in den Augen. »Die eine Hälfte meines Lebens habe ich damit zugebracht, mich vor dem Spiegel zu fragen, wie mein Kopf auf den Körper meiner Mutter gekommen ist, in der anderen Hälfte war ich damit beschäftigt, meinen Bauch in der Öffentlichkeit einzuziehen. Es kommt mir so vor, als sei ich über die Klippen ins Mittlere Alter gefallen. Ich bin eben nicht mehr attraktiv. Und ich habe meinen Charme verloren.«

»Deinen Charme? Verloren? Du weißt nicht, was du

sagst, Ellen. Du bist immer noch eine attraktive Frau. Du bist halt eine ältere attraktive Frau.«

»Versuch nicht, mich aufzuheitern«, jammerte sie. »Lass es mich anders formulieren: Wäre ich ein Futterhäuschen, würde nicht ein einziger Vogel hineinhüpfen.« Sie selber hatte Spaß an dem Vergleich, und Bill lachte sofort drauflos.

»Erinnerst du dich, Ellen«, fragte Bill, »waren wir nicht sogar im Finale beim olympischen Fickathon 1978?«

Ellen zuckte zusammen. »Ja«, sagte sie mit schwacher Stimme.

»Siehst du! Und, würde ich dich anlügen?«

Sie gab keine Antwort.

»Das würde ich verdammt noch mal nicht tun. Und ich sage dir: Du hast es immer noch. Vergiss also deine Depression, meine Liebe. Du wirst den Berg früh genug hinter dir haben. Hab etwas Geduld.«

Plötzlich fühlte sich Ellen besser. Sie entschuldigte sich und ging zur Toilette, um sich frisch zu machen. Sie ließ kaltes Wasser in ihre hohle Hand laufen und spritzte es sich ins Gesicht. Ihre Augen, rot und angeschwollen, verlangten nach kühlen Gurkenscheiben. Unter dem Neonlicht sah ihre Haut fleckig aus. Sie starrte ihr Spiegelbild an.

»Reich den Stab weiter, Ellen«, sagte sie. »Gib einfach auf.«

Sie wollte aber nicht. Sie wollte dranbleiben oder gar die Zeit zurückdrehen und wieder von vorne anfangen, aber ohne jenes Gefühl von Angst, das sie oft genug daran gehindert hatte, die wesentlichen Momente in ihrer Jugend zu genießen. Nach ihrer Rechnung, und das war sehr vorsichtig gerechnet, hatte sie wegen dieser Angst in ihrem Leben mehr als ein Viertel an Freude eingebüßt, und das Traurige daran war, konnte man den Berichten ihrer

Freundinnen trauen, dass sie – immer noch – mehr Spaß gehabt hatte als die meisten von ihnen.

Als sie sich das Gesicht mit einem kratzenden Papiertuch trocken wischte, erinnerte sie sich an den Tag und die Nacht, die sie vor siebzehn Jahren mit Bill Foster verbracht hatte. Sie war reichlich geschockt gewesen, als er das Thema beim Abendessen wieder aufgewärmt hatte. In all den Jahren hatten sie nicht ein einziges Mal darüber gesprochen, und sie hatte gewissermaßen die Datei von ihrer geistigen Festplatte gelöscht.

Es war ungefähr einen Monat nach ihrer zufälligen Wiederbegegnung mit Tommy in der Linie 6 gewesen. Sofort danach war sie mit ihm etwas trinken gegangen. Über die Situation an ihrem Geburtstag in Truro konnten sie nur noch lachen, ansonsten genossen sie ihre gegenseitige heftige Zuneigung. Tommy, in dunklem Anzug mit Krawatte, erschien ihr etwas exotisch auf seinem Weg nach oben, sie repräsentierte mehr das Schrille. Sie wurden ein unzertrennliches Paar, das sich am Morgen wie ein Klettverschluss voneinander trennte und am späten Nachmittag, wenn Tommy seine Arbeit bei Gericht beendet hatte, wieder aneinanderhaftete. Ellen wartete üblicherweise im City Hall Park, bis Tommy schließlich eintraf. Und plötzlich wurde die Stadt ganz aufregend.

An einem dieser Tage traf sie Bill Foster.

Jung, begabt, schwarz, dachte sie, als sie zum Dinner nach Chinatown schlenderten. Der Ausdruck war auch damals schon veraltet, aber er passte. Ellen durchsuchte im Geiste ihr Telefonregister, um nach einer Single-Frau zu suchen, die einen Mann verdient hatte, der sexy und redegewandt war und gut verdiente. Außerdem besaß er eine aktuelle Musiksammlung, die das Beste aus Jazz, Rhythm and Blues, Samba und Calypso vereinte sowie Moderne Klassik der letzten vierzig Jahre.

Ellen hatte gerade mal genügend Geld für eine eigene Stereoanlage zusammengekratzt – die erste, seitdem ein durchgeknallter Freund die vorige in einem Anfall von Eifersucht vom Dach des Hauses in Somerville geschmissen hatte. Da sie nur halbtags arbeitete und gerade mal ihre Miete bezahlen konnte, war an eine anständige Plattensammlung nicht zu denken, jedenfalls nicht, bis Bill ihr freien Zugang zu seinen Platten und seiner erstklassigen Stereoanlage anbot. Sie arrangierten, dass Ellen nachmittags in sein Loft an der Manhattan Bridge in Brooklyn gehen durfte. Innerhalb von drei Tagen hatte sie dreiundvierzig Kassetten aufgenommen.

Am vierten Tag war sie so in sein Musikparadies versunken, dass sie noch da wahr, als Bill von der Arbeit kam. Er betrat genau in dem Augenblick das Loft, als die ersten Takte von »Girl from Ipanema« die ganze Wohnung erfüllten. Ellen, die lang ausgestreckt auf der Couch lag, sah ihn im Samba-Rhythmus hereintänzeln, wobei er so süß und so anmutig seine Hüften bewegte, dass sie wie die Jungen am Strand von Ipanema nicht anders konnte als laut »Aaaahhh« zu stöhnen. Bill zog sie auf die Tanzfläche. Mit seinen Fingern zog er sie selbstbewusst und mit einer schwungvollen Drehung zu sich hin, sodass die Bewegung Wange an Wange endete. Bald fingen sie an zu kichern. Dann wurde die Platte gewechselt und die erste Flasche Bordeaux geöffnet, und dann wurden die Hüftbewegungen beim Tanzen immer eindeutiger.

Und schließlich küssten sie sich.

Man benutzt Wörter wie *Hunger* oder *Gier* oder *Lust*, um sexuelles Verlangen zu beschreiben, aber keines traf auf Ellen und Bill zu. Ihre Körper fielen einfach in schenkender Raserei übereinander her, außerhalb aller bekannten Schranken und Definitionen.

»Ich brauch's«, flüsterte er.

»Ich weiß, ich weiß«, hauchte sie.

Sie liebten sich auf jeder horizontalen Fläche seines Lofts und in der Küche auch noch im Stehen. Zwischendurch tanzten sie. Bill hatte Hunger auf chinesisches Essen und lief zehn Blöcke weiter zum Straßenrestaurant, um es zu holen. Nackt und mit schweißglänzender Haut und schmerzenden Muskeln schliefen sie ein, die Haare klatschnass. Als dann aber anderthalb Stunden später die Alarmglocken läuteten, weil sie ja schließlich in Tommy verliebt und Bill sein bester Freund war, schworen sie sich, das Vorgefallene zu vergessen, es niemals und unter keinen Umständen zu erwähnen, es niemals wieder dazu kommen zu lassen und niemals mehr daran zu denken, niemals.

Woran sie sich gehalten hatten.

Bis zu diesem Abend.

Nun war das Tabu gebrochen, und Ellens einzige Lüge Tommy gegenüber (durch Nichterwähnung) schwebte frei durchs Universum. Würde sie einen Weg durch die Gitterstäbe vor dem Schlafzimmerfenster in der Tenth Street finden? Würde es ihr schwerer fallen, Tommy in die Augen zu sehen, wenn er sie bald am Unabhängigkeitstag besuchte?

Seufzend ging sie zurück zum Tisch.

»Ich wollte schon das Sondereinsatzkommando holen«, sagte Bill. Mit einem Stück Knoblauchbrot wischte er die letzte Tomatensoße von seinem Teller.

Ellen lächelte. »Musste mich nur wieder sammeln.«

Als sie ihn zum Motel zurückbrachte, bat sie ihn rundheraus, Tommy nichts davon zu erzählen, dass ihr erträumtes Leben in Eagle Beak – bisher – eine Pleite war. Bill versprach es. Jetzt teilten sie zwei Geheimnisse miteinander. Noch auf der Fahrt den Berg hinauf zu ihrem Haus war Ellen sehr aufgewühlt.

14

Ellen wachte mit pochenden Kopfschmerzen auf. Zu viele Martinis und zu viele Gefühle. Sie kletterte aus dem Bett, tastete sich vorsichtig ins Badezimmer und nahm drei Aspirin und ein bisschen kaltes, braunes Wasser für ihr Gesicht. Sie hatte einen Mordshunger auf Kartoffelchips mit Salz und Essig.

Schnell zog sie sich an, beschloss, das Vergangene vergangen sein zu lassen, und fuhr zu Baldy. Nutzlos lag wie immer quer vor der Eingangstür, und Ellen musste sich am Türpfosten festhalten, um über ihn hinwegsteigen zu können. Baldy saß auf einer Art Fernsehsessel hinter der Theke. Die Beinstütze war hochgeklappt, ein Becher Kaffee dampfte neben seinem Arm. Sonst befand sich niemand im Laden.

»Aspirin?«, fragte er.

»Kartoffelchips wären mir lieber.« Vor dem entsprechenden Regal blieb sie stehen.

»Es ist das Salz«, bemerkte Baldy. »Das Beste in der Welt, wenn man einen Kater hat.«

»Sie scheinen sich auszukennen«, erwiderte Ellen gereizt.

»Ich kann einen Kater auf eine Meile erkennen«, sagte er. Er war nicht einmal von seinem Sessel aufgestanden, um den Preis einzugeben. Deshalb riss sie einfach die Tüte auf und stopfte sich ein paar Chips in den Mund.

»Ich hab's gestern wohl ein bisschen übertrieben«, sagte sie wie zur Verteidigung.

»Geht mich nichts an«, antwortete Baldy, als er schließlich doch aufstand und nach Wechselgeld suchte. Ellen klemmte sich die Jumbotüte Chips unter den Arm und lief kauend zum Auto. Als sie auf ihr Haus zufuhr, sah sie, wie Rodney de Beer dabei war, eine lange hölzerne Leiter von seinem Laster abzuladen. »Rodney, was machen Sie da?«, rief sie. Sie klammerte sich an ihre Tüte Kartoffelchips wie ein Quarterback an den Football.

»Hab 'nen Anruf von Ray Dufus bekommen. Er sagte mir, Sie würden mich wegen dem Dach verklagen. Also bin ich hier, um es zu reparieren.«

»*Sie* wollen das reparieren?«, fragte Ellen. »Ist das wirklich eine Arbeit für einen – einen Mann in Ihrem Alter«, wollte sie sagen, doch sie hatte nicht vor, ihn zu beleidigen – »für … nur eine Person?«

»Ist billiger, als wenn's jemand anders macht.« Er schleppte die Leiter an ihr Ziel und balancierte sie aus.

»Nun, wissen Sie auch, was Sie da tun?«

»Zufällig hab ich auch dieses Dach draufgemacht!«

»Es ist aber undicht«, sagte sie. »Oder täusche ich mich?«

»Es ist nur dann undicht, wenn –«

»Ich weiß. Wenn der Regen von Nordwesten kommt.«

»Ray sagte nur, ich müsste es reparieren. Er sagte nichts davon, dass ich es nicht selbst machen dürfte.«

Ellen ging es zu schlecht, um zu streiten. Es spielte auch keine Rolle. Sollte Rodney es doch versuchen, wenn er unbedingt wollte. »Kartoffelchips?«, fragte sie im Vorbeigehen.

»Nein, danke. Ich bin mehr ein Popcorn-Typ.«

Ellen machte eine Kanne voll Kaffee, während Rodney, der einen Overall über einem kurzärmeligen Hemd trug, mit seiner wackeligen Leiter zur Hausecke wanderte und verschwand. Ein paar Minuten später kam er zurück. Er trug mehrere Kübel mit Teer und dazu einen Werkzeuggürtel, wie sie ihn vorher nur bei den Village People gesehen hatte. Er schien zu alt und zu schwach zu sein, um ihn zu tragen, aber er befestigte ihn an bunten Hosenträgern, schnallte ihn um die Hüften und lehnte sich in die Fahrerkabine seines Pick-ups, um sich eine Baseballkappe zu holen, auf der vorne »Ich trinke Milch« in Kursivschrift geschrieben stand.

Es dauerte keine zehn Minuten, da begann er, ausdauernd auf dem Dach zu hämmern. Bei ihrem Kater war das schlimmer als die chinesische Wasserfolter. *Bumm! Bumm! Bumm!* Dazu kam der scheußliche Gestank von Teer, der bald die Luft erfüllte. Noch bevor Ellen die erste Tasse Kaffee getrunken hatte, wusste sie, dass sie es nicht aushalten würde. Also machte sie sich frisch, schnappte sich die Autoschlüssel und machte sich auf, den Morgen in der Bibliothek zu verbringen und über die Peyronie'sche Krankheit zu recherchieren. Wenn die Sonne allmählich nachließ, würde sie die restlichen Samen aussäen.

Auf dem Weg zum Auto drehte sie sich noch mal um, damit sie die Situation auf dem Dach in Augenschein nehmen konnte. Sie bekam fast eine Herzattacke, als sie Rodney auf dem steilen Teerdach balancieren sah, nur gehalten von einem Vierkant, den er selbst eingeschlagen hatte.

»Wie geht's Ihnen da oben?«, rief sie. Plötzlich tat es ihr leid, dass sie wegen des Daches so einen Aufstand gemacht hatte.

»Den Umständen entsprechend«, rief er zurück. »Wo wollen Sie hin? Treffen Sie sich wieder mit dem Farbigen?«

Ellen war sprachlos. »Wir sagen heutzutage Afroamerikaner, Rodney«, korrigierte sie ihn dann doch. »Was macht ihr Leute hier oben eigentlich? Sendet ihr den Klatsch immer noch per Morsezeichen von einem zum andern?« Sie brüllte bereits. »Im Übrigen finde ich es ganz und gar nicht amüsant, dass Sie Baldy gleich die Sache mit der

Regentonne auf die Nase gebunden haben!« Sie wollte sich bremsen, um nicht die Haltung zu verlieren, aber sie konnte einfach nicht. »Warum haben Sie das getan, Rodney? Wozu?«

»Mein Gott, Ellen«, rief er, »war halt lustig.« Er hatte sich umgedreht und saß nun auf dem Dachfirst. »Es war einfach eine lustige Geschichte. Haben Sie die nicht selbst jemandem erzählt? Ihrem Mann, dem farbigen Kumpel? Oder ist das Ihr Mann?«

Er hatte recht. Sicher. Es war eine lustige Geschichte, und sie hatte sie bereits zweimal erzählt. Zudem wusste sie, dass Tommy die Anekdote jedes Mal zum Besten geben würde, bei jedem Dinner und jeder Cocktailparty, wenn das Thema Landhäuser aufkam. Und sie würde es genießen. Und was Rodneys Gebrauch des Wortes *farbig* anbetraf, nun, es hatte sich in den letzten fünfzig Jahren in Eagle Beak so gut wie nichts verändert. Wie konnte sie da erwarten, dass Rodney de Beer politisch korrektes Vokabular verwendete? Warum sich über stinkende Stinktiere aufregen?

»Der Afroamerikaner, mit dem ich gestern Abend essen war, ist ein enger Freund der Familie und gerade geschäftlich hier oben«, sagte sie hochmütig.

»Sah nicht so aus, als wäre nach den Martinis noch viel Geschäftliches gelaufen.«

»Woher wissen Sie das?«

»Ich hab doch an der Bar gesessen. Ich habe gewinkt, aber Sie sind an mir vorbeigerauscht.«

»Ich habe Sie nicht gesehen«, bekannte sie.

»Nun, dafür hab ich *Sie* gesehen.«

Er strich klebrigen Teer auf eine Schindel und nagelte sie fest. Das sah nach harter Arbeit aus. Und die Sonne stach bereits. Ellen wandte sich um und ging. »Das Haus ist offen, falls Sie eine Pause machen möchten.«

»Danke.«

Die kühle, ruhige Luft in der Bibliothek war wie Balsam auf entzündeter Haut. Innerlich ruhig setzte sie sich an den Computerterminal und begann mit ihrer Suche nach der Peyronie'schen Krankheit. Ihre Finger flogen nur so über die Tasten. Fotos und medizinische Illustrationen von Penissen, die eine gewisse Ähnlichkeit mit Donuts hatten, je nach dem Grad ihrer Krümmung, erschienen auf dem Bildschirm. Ellen las alle Bildunterschriften, achtete aber darauf, dass sie dem versteinert dreinblickenden Bibliothekar die Sichtachse versperrte. Sie hatte nicht vor, aus moralischen Gründen der Bibliothek verwiesen zu werden.

Wie viele andere Krankheiten auch, war die Peyronie'sche Krankheit ein Rätsel. Obwohl bestimmte Urologen an einer Lösung arbeiteten, war der Fortschritt minimal. Einige stellten eine Verbindung zu großem Stress her. Ellen hielt Rayfield nicht gerade für ausgebrannt, aber wer wusste das schon? Er hatte erwähnt, dass ihn seine Frau verlassen hatte, und er schien arbeitslos zu sein. Vemutlich war sein Leben ein Scherbenhaufen.

Akupunktur könnte helfen, dachte Ellen. Sie scrollte auf und ab, als führe sie einen italienischen Sportwagen, und drückte wieder und wieder die **PRINT**-Taste, selbst bei einem Preis von fünfzehn Cent pro Seite. Die nächstgelegenen alternativen Ärzte gab es jenseits der kanadischen Grenze in einem Ort, der Cornwall hieß und von Lamone nicht so weit entfernt zu sein schien. Eine Erkundungstour dahin ginge wohl in Ordnung. Am besten wäre es, sie besorgte für Rayfield und sich einen Termin. Sie konnte eine Akupunktur-Auffrischung gut gebrauchen, denn zweimal im Jahr ließ sie ohnehin ihren Körper auf diese Art generalüberholen.

Sie schaute auf die große Uhr im Lesesaal und überlegte, ob sie noch an diesem Tag einen Termin bekommen würde. Es war kurz nach elf. In der Bibliothek gab es kein Telefon. Also ging sie nach draußen in die schwüle Luft und lief die Main Street hinunter. Dies war das zweite Mal, dass sie diesen Weg ging; sie fühlte sich beinahe heimisch.

Nach dem zweiten Läuten ging Rayfield ans Telefon. Er stimmte einem Trip nach Cornwall zu, vorausgesetzt, die Behandlungskosten lägen unter fünfundzwanzig Dollar. Sie versprach ihm, das herauszufinden und ihn in wenigen Minuten wieder anzurufen. Ein schneller Anruf in Cornwall bestätigte, dass die Meldung, dass Dr. Yi, ein Koreaner mit geringen Englischkenntnissen, Zeit hatte, zwei neue Patienten gegen halb drei anzunehmen. Ellen, die an New Yorker Verhältnisse gewöhnt war, wo Alternativmediziner Honorare in der gleichen Höhe wie zugelassene Hirnchirurgen forderten, war überrascht, dass die Kosten innerhalb von Rayfields Budget lagen. Also rief sie schnell zurück und bat ihn, sie in einer halben Stunde vor der Bibliothek zu treffen.

»Wo ist die?«, fragte er.

»Sie wissen nicht, wo die *Bibliothek* ist?«

»Nee.«

»Mein Gott, Rayfield!«, rief sie. »Das ist ein großes Steingebäude in der Elm Street, nicht weit von der Main Street. Sie können es nicht verfehlen. Kommen Sie rein, und ich zeige Ihnen ein paar Sachen über die Peyronie'sche Krankheit, die Sie wissen sollten.«

»Nee, danke. Ich warte lieber draußen.«

Sie legten auf. Ellen fragte sich, ob er wohl mit dem »Party machen bis zum Kotzen«-T-Shirt und in seiner abgeschnittenen Jogginghose auftauchte. Oder im Biker-Outfit, überlegte sie kichernd, ein letztes Hurra, bevor der richtige Käufer dafür gefunden war. Aber egal, wie er aussah, egal, was er trug, es hätte nichts mit ihr zu tun. Das musste sie sich in Erinnerung rufen. Das Letzte, was sie gebrauchen konnte, war, dass sie sich noch persönlich verantwortlich für sein Aussehen fühlte. Im Übrigen würde sie selbst keinen Modepreis gewinnen können: Sie trug ein Paar türkisfarbene Segeltuchschuhe mit rot-weißer Verzierung, eine schwarze Stretchhose mit Grasflecken an den Knien und eins von Tommys T-Shirts mit einer Landkarte von Italien: »Das Land der Pizza«. Kleine Pizzas markierten die verschiedenen Städte: Eine dickkrustige stand für Sizilien, eine Calzone für Florenz und so weiter. Sie überlegte, ob sie nicht besser umkehrte, um sich umzuziehen. Als sie sich umsah, musste sie jedoch feststellen, dass sie keineswegs schlechter gekleidet war als die anderen Frauen mittleren Alters in der Main Street. Was half es, in Rom zu sein, wenn man sich nicht so verhalten konnte wie ein Römer?

Vor der Bibliothek setzte sie sich auf eine verzierte Eisenbank unter einer Ulme. Hier wartete sie auf Rayfield. Mit geschlossenen Augen zählte sie die Tage, die vergangen waren, seit sie New York verlassen hatte. Am nächsten Tag würde es eine Woche sein, und doch hatte sie das Gefühl, als hätten ihre Zellen bereits die Erinnerungen verloren, die sie mit ihrem früheren Selbst verbanden. Die Zeit: Vielleicht ging sie doch nicht richtig? Es dauerte nicht lange, da erschien Rayfield mit seinem lärmenden Pick-up. Er parkte im Schatten, schlenderte auf Ellen zu und sah recht ordentlich aus mit einem sauberen, weißen T-Shirt, seiner Pseudojeans und den Gummilatschen.

»Am besten, wir nehmen Ihr Auto. Mein Auspufftopf hat ein Loch.«

»Das habe ich gehört. Klar. Kennen Sie den Weg nach Cornwall?«

»Werde uns schon hinbringen.«

Sie gingen zum Honda. Rayfield musste sich wie ein Zirkusclown in ein Miniaturauto quetschen. Seine Knie reichten bis zum Kinn, und sein Kopf berührte fast das Dach. Er kurbelte das Fenster herunter und ließ seinen fleischigen Arm darauf ruhen. Er dirigierte sie zur Route 37, dann sausten sie durch die Landschaft. Die Straße wurde von üppigen, grünen Feldern gesäumt.

»Sie wissen noch immer nicht genau, was die Ursache der Peyronie'schen Krankheit ist«, begann Ellen die Konversation, »aber es könnte einen Zusammenhang mit Stress geben.« Sie machte eine bedeutungsschwangere Pause, die von Rayfield nicht gefüllt wurde. »Haben Sie in letzter Zeit verstärkt unter Stress gelitten?«, hakte sie nach.

»Wenn ich noch weniger Stress hätte, würde ich jetzt schlafen«, sagte er. Ellen lachte in sich hinein. Stress war eine Berufskrankheit, wenn man in New York lebte. Sie konnte sich keinen einzigen New Yorker vorstellen, der sich frei davon fühlte.

»Aber ist nicht vor Kurzem Ihre Ehe zerbrochen? Das muss doch stressig gewesen sein.«

»Fühlte sich nicht stressig an.«

»Wirklich nicht? Ich wäre am Boden zerstört, wenn meine Ehe zerbräche.«

»Wenn Sie so eine Angst davor haben, warum haben Sie ihn verlassen und sind hierhergekommen?« Er hielt eine Zigarette in der Hand, hatte aber noch nichts unternommen, sie anzuzünden, wofür Ellen sehr dankbar war. Sie hoffte, gar nicht erst in die Situation zu kommen, Rayfield Geebo das Rauchen im Honda verbieten zu müssen.

»Ich habe keine Ahnung«, gab sie zur Antwort, und sie meinte es ehrlich.

»Wahrscheinlich wissen Sie's erst, wenn Sie hier wieder abhauen. Dann seh'n Sie's im Rückspiegel.«

»Genau«, sagte Ellen.

Sie fuhren viele Meilen, ohne etwas zu sagen. »Im Res würd ich gern mal anhalten und eine rauchen«, meinte Rayfield schließlich.

»Das Res?«

»Das Indianerreservat.«

Ellen hatte nicht gewusst, dass sie da durchfahren würden. Sie richtete sich auf, denn interkulturelle Erfahrungen hatten sie schon immer neugierig gemacht. Aber als sie ankamen, sah es genauso aus wie der Rest vom North Country, abgesehen von den Bingo-Spielhallen mit hohen Einsätzen und dem günstigen Benzinpreis. Ellen betankte den Honda, während Rayfield hineinging und mit drei Stangen Zigaretten zurückkam. Sie stiegen wieder ein und fuhren los.

»Ist nicht so, als würd ich sie nicht vermissen«, erklärte Rayfield plötzlich. »Die gute alte Double-Wide und ich hatten schon 'ne gute Zeit.«

»Double-Wide?« Sie wusste, dass in der Gegend ein bestimmter übergroßer Wohnwagentyp mit diesem Namen populär war.

»So hab ich sie genannt.«

»Muss ihr gefallen haben.«

»Normalerweise habe ich sie Schwertransporter genannt«, fügte er in nostalgischem Ton hinzu. »Ich hab's nicht bös gemeint. Sie war eine dicke Frau, aber ich hab ihre Maße gemocht, und das wusste sie.«

»Wie schwer war sie denn?«

»Vermutlich so um die zweihundertfünfzig, zweihundertfünfundsiebzig Pfund.«

»Himmel«, sagte Ellen. »Das ist wirklich schwer.«

»Hab mich wie ein Klecks Butter auf einem großen, heißen Plätzchen gefühlt.« Sein Ton war noch schwermütiger geworden. Eine Sekunde lang glaubte Ellen, Rayfield würde weinen. »Egal, bei uns stand's sowieso auf der

Kippe, schon lange bevor sie mich verlassen hat. Hatte mich wohl zu sehr daran gewöhnt.« Er zeigte auf eine Brücke über den St.-Lorenz-Strom. »Kostet zwei Dollar, um nach Kanada zu kommen.«

Ellen kramte in ihrer Tasche, während sie auf die Brücke fuhr. An einer ungewöhnlich großen Mautstation hielt sie und warf dem Uniformierten zwei zerknüllte Dollarscheine hin.

»Was ist damit?«, wollte er wissen.

»Das sind zwei Dollar.«

»Madame, dies ist das kanadische Zollbüro.«

Ellen schoss einen dolchartigen Blick zu Rayfield hinüber, der ein feistes Grinsen im Gesicht hatte. »Tut mir leid«, sagte sie und nahm sofort ihre Sonnenbrille ab. »Ich dachte, dies wäre die Mautstation.«

»Würden Sie bitte aussteigen?«

Ellen schnallte sich ab und sah sich schon über die Motorhaube gebeugt, Arme und Beine gespreizt, und abgetastet, wie man es in den TV-Polizeiserien sieht.

»Was ist mit ihm?«, fragte sie und zeigte durch das geöffnete Fenster auf Rayfield. Wenn sie schon fiele, dann würde sie Rayfield mitreißen. »Verstehen Sie doch, dies ist das erste Mal, dass ich über die Brücke fahre. Ich dachte, es wäre die Mautstation. Ich wollte nicht respektlos sein.« Sie sah zerknirscht zu Boden.

»Haben Sie etwas zu verzollen?«

»Nein, nichts.«

Er beugte sich hinunter und schaute durch das Fenster. »Ich sehe, Sie haben ein paar Zigaretten.«

»Die gehören mir nicht. Sie gehören *ihm*! Ich rauche nicht. Und ich kann Leute, die rauchen, nicht ausstehen.« Ellen fühlte, wie die Wut auf Rayfield Geebo in ihr hochkochte. Der saß eingeklemmt auf dem Vordersitz und guckte unschuldig.

»Sind das Ihre Zigaretten, Sir?«, fragte der Zollbeamte.

»Nee«, erwiderte Rayfield, ohne Ellen auch nur anzugucken.

»Rayfield! Du Lügner!«, kreischte Ellen. Sie schob sich durch das Autofenster und schnappte die Zigaretten. »Hier!«, sagte sie und warf sie dem Beamten zu. »Nehmen Sie die.«

Der Beamte musterte sie. »Madame, würden Sie bitte mitkommen? Wir machen eine Alkoholkontrolle.« Die vier Martinis, die sie am Abend zuvor getrunken hatte, schossen wie eine psychedelische Diashow der Sechziger in ihr Bewusstsein. Hätte sie noch so viel Restalkohol im Blut, dass das Gerät ausschlagen würde? Sie wusste, dass selbst die Mohnsamen auf einem Bagel reichten, um bei einer Urinprobe auf Drogen positiv getestet zu werden. Nervös folgte sie dem Beamten ins Innere. Rayfield, der fröhlich aus dem Auto geklettert war, lehnte unterdessen am Kühler und zündete sich eine Zigarette an.

»Das ist ein Missverständnis«, sagte sie. »Ich bin nicht betrunken. Mein Mitfahrer hat behauptet, die Maut betrage zwei Dollar, und ich habe mich bloß in der Station geirrt. Wir wollten nach Cornwall, um einen Doktor aufzusuchen, da hat er im Indianerreservat Zigaretten gekauft. Er will sie wieder mit nach Porkerville nehmen, er hat gar nicht vor, sie in Kanada zu verkaufen.«

Der junge Beamte hielt die Lippen fest verschlossen, als hätte er etwas gegen ihre Stimme. Kleinmütig unterzog sie sich dem Alkoholtest und war erleichtert, dass das Gerät nicht anschlug. Der Beamte begleitete sie zum Honda und händigte ihr sogar die Zigaretten aus. »Das nächste Mal kaufen Sie die Zigaretten auf dem Rückweg«, sagte er.

»Aber sicher doch, Officer«, sagte Ellen, ließ den Motor an und fuhr davon. Am liebsten hätte sie Rayfield rausgeschmissen, aber sie wollte auf der Brücke keinen Aufruhr veranstalten. Etwa dreißig Meter nach dem Zollbüro tauchte plötzlich die Mautstation auf. Warum hatte sie das nicht vorher bemerkt? Sie zahlte zwei Dollar und fuhr weiter. In der Luft stank es, als ob Fabrikabgase aus Millionen Schloten in die Luft geblasen würden.

»Erinnere mich daran, dass wir nie wieder was Kriminelles zusammen machen«, war Rayfields Kommentar. »Du bist mir vielleicht ein Partner!« Ellen drehte sich nach ihm um und bekam, schockiert wie sie war, den Mund nicht wieder zu. »Das sind *seine* Zigaretten!«, imitierte er sie mit völlig überzogener Stimme. »Das sind *seine* Zigaretten!«

»Ja, du hast einfach nicht die Wahrheit gesagt«, stotterte sie.

»Ich musste dir eine Lektion erteilen«, sagte Rayfield, »wie man ein richtiger Partner wird.«

Sie fuhr langsamer, damit sie die Augen von der Brücke abwenden konnte. Sie hatte nicht vor, in den Fluss zu stürzen. »Ich bin nicht dein gottverdammter Partner, du Schwachkopf«, rief sie. Dann sah sie sein breites Grinsen, und bevor sie wusste, wie ihr geschah, brachen beide in brüllendes Gelächter aus.

»Ich dachte schon, die würden mich ausziehen und abtasten«, sagte sie bebend.

»Beine spreizen, Lady«, johlte Rayfield, und sie lachten noch lauter.

»Ich meinte doch nicht, dass du die zwei Dollar dem Zolltypen geben sollst, aber, Mist, es war einfach zu lustig. Hast du sein Gesicht gesehen?«

»Hast du auch meins gesehen?« Sie johlten weiter, bis der Anfall vorüber war.

»Mist«, sagte Rayfield noch einmal. Ellen konnte sich gut vorstellen, dass Rodney de Beer seine Freude an der Geschichte haben würde. Sie nahm sich vor, ihm davon zu erzählen, als Geste der Versöhnung.

Nach der Digitaluhr am Armaturenbrett waren sie beinahe eine Stunde zu früh dran. Aus ihr unbekannten Gründen fühlte sie sich für den weiteren Verlauf des Tages verantwortlich, als ob sie, allein wegen ihres Geschlechts, automatisch und lebenslang ein Mitglied im Club der liebenswürdigen Hausdamen wäre.

»Soll ich auf eine Tasse Kaffee anhalten?«, fragte sie.

»Klar. Wir müssen noch Zeit totschlagen.«

Ellen hasste diesen Ausdruck, aber sie ließ ihn durchgehen und fuhr lieber direkt vor dem kanadischen Äquivalent eines griechischen Restaurants in New York an den Straßenrand. Ohne Rayfield zu fragen, erkundigte sie sich nach einer Nichtraucherecke. Es gab allerdings keine.

»Du hast verloren«, sagte Rayfield. Sie setzten sich in eine Nische und bestellten zwei Tassen Kaffee. Selbstzufrieden zündete sich Rayfield eine Zigarette an, doch sie bemerkte, dass er den Aschenbecher an seine Tischkante zog und den Rauch aus einem Mundwinkel zur Seite wegblies. Ihr verrücktes Gelächter im Auto hatte sie beide überrascht, aber es brachte ihre aufblühende Freundschaft gleich mehrere Schritte voran.

»Rayfield«, fragte sie spontan, »was denkst du eigentlich von mir?«

»Ich denke gar nicht über dich nach. Nichts für ungut.«

»Ich frage ja bloß«, sagte sie. Es war ihr peinlich.

Nach einer kurzen Pause sagte er: »Ich glaube, du bist einsam und verzweifelt.« Die Worte versetzten ihr einen Stich, aber sie hatte es so gewollt. Am anderen Ende des Tisches straffte sich Rayfield und blickte zu Ellen hinüber: der ernsteste Kürbis im Kürbisfeld. Sie war gerührt.

»Was denkst du von mir?«, fragte er.

Ellen wollte vorsichtig sein. »Du kommst mir vor wie eine Figur aus dem Film.« Sie würde ihm niemals erzählen, dass es sich dabei um *Deliverance. Beim Sterben ist jeder der Erste* handelte, aber sie sah ein, dass ihre Antwort nicht genügte. »Du hast einen sehr guten Sinn für Humor, aber du scheinst jemand zu sein, der zu schnell die Flinte ins Korn wirft. Das ist nur ein Eindruck. Ich mag dich, Rayfield.« Schnell fügte sie hinzu: »Rein freundschaftlich, meine ich.«

Er dachte darüber nach und tupfte dabei mit einer Papierserviette einen Kaffeering weg. »Bist du eine von den Frauen, die streunende Hunde auflesen?«, fragte er.

Sie war etwas verwirrt. »Redest du von richtigen Hunden?«, fragte sie. »Ich habe nämlich noch nie einen Hund gehabt.«

»Ich wollte dir nur auf freundliche Art und Weise erklären, dass ich keiner bin, ein streunender Hund, meine ich. Egal, was du denkst. Nichts für ungut.«

Sollte sie sich beleidigt fühlen? Es schien ihr eher so, dass er derjenige sein müsste, der sich beleidigt fühlen sollte. Es wurde alles sehr verworren.

»Einsam und verzweifelt, ja?«, scherzte sie. »Ich sollte das auf meinen Grabstein meißeln lassen, gerade unterhalb von meinem Sternbild: Löwe.«

»Du bist Löwe?«, fragte er und zog die Augenbrauen hoch.

»Ja, und du?«

»Skorpion.«

»Feuer und Wasser«, war Ellens Kommentar. »Ein Dampfbad.« Rayfield nickte, als verstünde er exakt, was sie meinte.

»Ach, übrigens«, sagte sie und wechselte abrupt das Thema, »hast du schon mal einen Spezialisten für dein Problem aufgesucht? Einen Urologen?«

»Sicher. Da hab ich doch erfahren, was los ist.«

»Wie oft warst du danach bei ihm?«

»Bin nur einmal hingegangen.«

»Rayfield, warum bist du nicht noch mal hingegangen?

Man sollte immer eine Beziehung zu seinem Arzt aufbauen«, dozierte sie.

»Ich bin echt nicht voreingenommen, aber ich kann halt keine Beziehung zu einem Doktor aufbauen, der mit Vornamen Bippin heißt. Außerdem hab ich kein Wort von dem verstanden, was er gesagt hat. In den ersten fünfzehn Minuten dachte ich immer, er würde Pekannuss sagen statt Penis. Ich konnte mir zum Verrecken nicht zusammenreimen, was für'n Problem ich mit diesen blöden Nüssen haben sollte. Verdammt, ich esse keine Nüsse.«

Ellen lachte. Mal abwarten, welche Ladung er von Dr. Jin Gyoo Yi abbekäme. »Der Kerl, den du heute treffen wirst, stammt übrigens aus Korea«, sagte sie.

Rayfield verdrehte die Augen zur Decke hin und schüttelte den Kopf.

»He, die haben in der Medizin fünftausend Jahre Vorsprung. Lass uns gehen.«

Sie schlürfte den restlichen Kaffee aus der Tasse. Dann zahlten sie und parkten bereits wenige Minuten später an einer Parkuhr, nicht weit von Dr. Yis Praxis entfernt.

»Feuer frei!«, sagte Rayfield, als er sich aus dem Auto herauskämpfte.

Der Empfangsraum von Dr. Yis Praxis glänzte vor Sauberkeit und war im minimalistischen Stil eingerichtet. An den Wänden hingen bunte Tafeln vom menschlichen Köper, auf denen alle dreihundertvierundsechzig Akupressurpunkte verzeichnet waren. Ein Kabinettschrank mit Glasfront enthielt Taschen voller Zweige, Wurzeln und Beeren. Eine asiatische Frau mittleren Alters, vermutlich Mrs. Yi, begrüßte sie in gebrochenem Englisch und reichte ihnen ein Klemmbrett mit Stift. Darauf war eine Miniaturversion der Wandtafeln abgebildet – eine Vorder- und Rückansicht des menschlichen Köpers, des männlichen, auf dem die Meridiane in Blau und Rot angedeutet waren.

»Machen Markierung, wo Problem«, sagte Mrs. Yi. Ellen und Rayfield mussten kichern, als er einen dicken Kreis um den herunterhängenden Penis machte. Er gab Mrs. Yi das Klemmbrett zurück – sie zeigte keine Reaktion, führte Rayfield zu einem kleinen Untersuchungsraum und schloss die Tür. Ellen hatte das Gefühl, sie würde dort als Übersetzer gebraucht, aber man hatte sie nicht darum gebeten. Ein paar Minuten vergingen, dann kam Mrs. Yi wieder aus dem Raum heraus. Durch einen Türspalt konnte Ellen sehen, wie Rayfield auf einem Untersuchungstisch saß, in jeder Hand einen Metallstab, der durch ein Kabel mit einer Maschine verbunden war, die wie ein Geigerzähler aussah. Dr. Yi beobachtete die Anzeige und hörte auf die piependen Geräusche, während er einen weiteren Stab in immer neuen Positionen in Rayfield Geebos linkem Ohr bewegte.

»Ihr Mann?«, fragte Mrs. Yi beim Schließen der Tür.

»Nein«, sagte Ellen schnell. »Bloß ein Nachbar.« Sie hatte nicht mal das Wort *Freund* benutzt.

»Sehr fett. Nicht gut.« Mrs. Yi zeigte auf ihren eigenen Bauch.

»Oh, ja. Nun, man nennt es einen Bierbauch.«

Mrs. Yi nickte und reichte Ellen ein Klemmbrett mit einer weiblichen Figur darauf. Ellen nahm es, ohne daran gedacht zu haben, dass sie gar keine spezifischen Schmerzen oder Leiden hatte. »Kennen Sie das Wort *Depression*?«, flüsterte sie.

Mrs. Yi nickte mit gespitztem Mund.

»Ich habe eine Depression«, sagte Ellen. »Wo soll ich dafür einen Kreis machen?« Um den Kopf? Ums Herz? Gab es auf der Akupunkturtafel für Frauen ein Äquivalent für den menschlichen Geist? Mrs. Yi begleitete Ellen in den Raum neben Rayfield. Ellen nahm den Geruch von Moxakraut aus dem Nachbarraum wahr. Eine kleine Flamme der Hoffnung entzündete sich in ihrer Psyche.

Vielleicht konnte Dr. Yi Rayfield helfen. Vielleicht würde Rayfields Penis wieder gerade werden, sodass er mit seiner Double-Wide wieder zusammenleben und für immer glücklich sein könnte. Beim Gedanken daran musste sie lächeln. Sie legte sich auf den Untersuchungstisch und schloss die Augen. Mrs. Yi war schon dabei, ihr die dünnen Nadeln auf die Stirn und in die Hände und Füße zu stechen.

Sie hatte Mrs. Yi erzählt, sie habe eine Depression, ein Wort, das sie noch nie zuvor benutzt hatte, um eine Beschreibung von sich selbst zu geben, jedenfalls nicht laut.

Auf der anderen Seite der Wand schienen Rayfield und Dr. Yi in ein längeres Gespräch verwickelt zu sein. Obwohl sie es versuchte, konnte sie kein Wort davon verstehen. Schließlich widmete sie sich ganz der Entspannung. Sie stellte sich vor, wie das Chi wie eine Kavallerie an jeden Zellaußenposten ihres Körpers galoppierte. Als Dr. Yi hereinkam, befand sie sich schon halb im Traumzustand. Er verbrachte mehrere Minuten damit, ihre fünf Pulse zu kontrollieren, dann starrte er auf ihre Zunge, als sei er in Trance gefallen.

»Ihr Mann … sehr stark«, sagte Dr. Yi.

»Er ist nicht mein Mann«, erklärte Ellen mit Nachdruck. »Mein Mann ist Rechtsanwalt in New York City.« Sie wollte jede Gleichsetzung von ihr mit Rayfield im Keim ersticken. Aber Dr. Yi, immerhin ein Experte, hatte ihn stark genannt. Vermisste sie etwas? Und was ist mit *mir*?, wollte sie schreien. Ich bin hier doch richtig! Ich habe doch gerade erklärt, dass ich eine Depression habe! Scheiß auf Rayfield Geebo! Dr. Yi entfernte die Nadeln aus ihrem Körper und drängte sie, sich auf den Bauch zu legen. Er schob ihr T-Shirt hoch und fing an, entlang der Wirbelsäule zu pressen. »Ihr Herz Angst«, sagte er bei seiner Arbeit. »Sie müssen Herz öffnen.«

Zunächst wusste Ellen nichts zu sagen. Aber plötzlich strömte es aus ihren Augen, als hätten die Worte ihre privatesten Schleusen geöffnet. Sie fühlte sich so nackt, so verletzbar und so schlecht gerüstet für das, was da noch auf sie zukommen mochte, Gutes oder Schlechtes.

»Ich mache speziell Tee für Sie«, sagte Dr. Yi. Dabei ignorierte er die Tränenpfütze, die sich auf seinem Untersuchungstisch ausbreitete. »Sie müssen stark sein, damit Herz offen.«

Ellens Kehle verkrampfte sich. Dr. Yis Daumen, oder vielleicht seine Knöchel, bohrten sich in sie hinein, und die Tränen flossen unvermindert weiter.

Als es so weit war und sie vom Untersuchungstisch kletterte, fühlte sie sich wie ein Kriegsveteran: ausgelaugt, schwach, mutlos. Sie kam sich blass und wackelig vor, als sie ins Wartezimmer ging, wo Rayfield auf einem Stuhl mit kerzengerader Lehne saß. Dr. Yi stand vor dem Kabinettschrank und füllte Zweige, Beeren und Wurzeln in Gefrierbeutel. Als der Vierte voll war, hörte er auf. Sie waren alle für Ellen gedacht. *Schätze, man braucht viel mehr Medizin, um ein Herz zu öffnen, als man benötigt, um einen Schwanz zu richten,* dachte sie.

Auf dem Rückweg im Auto war Ellen zurückhaltend, Rayfield hingegen sichtlich belebt. »Hab mich wie ein verdammtes menschliches Nadelkissen gefühlt!«, quasselte er. »Erst hat er mich mit Nadeln gestochen, dann irgendein Puder darauf verbrannt, und ich musste immer *heiß* rufen, wenn's zu viel wurde. Von so einem Zeugs hab ich noch nie was gehört.« Er plapperte weiter, während Ellen mit ihren Gedanken woanders war. Sie fragte sich, wo und wann sie ihr Herz verschlossen hatte. Konnte es sein, dass sie so auf die Welt gekommen war? Ein Nebeneffekt, da sie in der wichtigen Beziehungsphase nach der Geburt in einem Brutkasten gelegen hatte? Oder war es nur immer dicker geworden, so wie eine Schwiele, die mit jeder kleinen Enttäuschung immer härter wird? Stimmte das überhaupt? Wer war Dr. Yi, dass er ihr sagen durfte, ihr Herz sei nicht offen? Immerhin war sie seit siebzehn Jahren verheiratet. *Das* schaffte man nicht mit einem kaputten Herzen.

Aber das stimmte natürlich nicht. Ellen hatte den Verdacht, dass mindestens die Hälfte der lang verheirateten Paare mit sich abgeschlossen hatten und aus dem Liebesgeschäft ausgestiegen waren. In den schwächeren Momenten der vergangenen fünf Jahre war sie von der Angst besessen, dass sie und Tommy nicht mehr aneinander hatten als eine bequeme Gewohnheit.

»Sollst du wiederkommen?«, fragte Rayfield.

»Wie?«

»Hat er dir gesagt, du sollst wiederkommen?«

»Ja, in zwei Wochen.«

»Bei mir möchte er, dass ich alle paar Tage komme, fünfmal insgesamt.«

»Und, wirst du's machen?«

»Weiß nicht.« Rayfield wartete einige Sekunden. »Er hat mir gesagt, kein Alkohol, kein Kaffee und kein Rauchen, zehn Tage lang.«

»Meinst du, du schaffst das?«, fragte sie. In ihrer Stimme schwang starker Zweifel mit.

»Wenn ich wollte, vermute ich.«

»Dr. Yi sagte, du wärst sehr stark«, sagte sie.

»So? Was meint er damit? Stark?«

»Das weiß ich nicht«, sagte sie. »Hatte er vorher jemals von der Peyronie'schen Krankheit gehört?«

»Schwer zu sagen. Sein Englisch ist nicht so gut. Ich musste mehr mit Händen reden.« Rayfield zeigte auf seinen Schritt und benutzte dann die Finger, um pantomimisch einen Penis darzustellen, der von einem schlappen in einen erigierten Zustand transformiert wird. Dann drehte er seine Hand um und rollte die Finger ein.

»Hat er das Bild verstanden?«

»Nehm ich an. Weiß es aber nicht.« Er schüttelte den Kopf.

Sie überquerten jetzt die Brücke nach den Vereinigten Staaten. Ellen wandte ihr Gesicht ab, als sie am kanadischen Zoll vorbeifuhren, damit sie nicht von dem Beamten gesehen wurde, der sie für eine betrunkene Schmugglerin gehalten hatte. Auf der US-Seite wurden sie einfach durchgewinkt.

»Wofür sind die ganzen Stöckchen, die er dir gegeben hat?«, fragte Rayfield.

»Um Tee zu machen.«

»Was für'n Tee?«

Wie sollte sie darauf antworten? »Ein Tee, der mich stärker machen soll«, sagte sie schließlich. Rayfield hakte nicht weiter nach, und Ellen gab keine Details preis. Als sie in Lamone ankamen, ließ sie ihn an seinem Pick-up aussteigen, sagte flüchtig Auf Wiedersehen und fuhr weiter den Berg hinauf nach Eagle Beak.

Als sie um fünf vor ihrem Haus ankam, war Rodneys Laster weg, doch die Leiter lehnte noch immer an einer Seite des Hauses; sein Dachdeckerkram lag überall verstreut herum. Sie füllte ihre Gießkannen am Außenhahn und schleppte sie in den Garten. Die Tomatenpflanzen ließen bereits ihre Blätter hängen, und die umgegrabene Erde sah ausgedörrt aus. Ellen musste sechsmal laufen, bis sie davon ausgehen konnte, dass der Rucola und die Gurken nach dem heißen Tag genug zu trinken bekommen hatten. Erst nach einer Stunde ging sie hinein, um sich einen Tee zu machen.

Sie stand am Herd und beobachtete gedankenverloren, wie das Wasser um die Stöckchen und Zweige brodelte.

Nicht identifizierbare Beeren, indigoblau, tanzten obenauf oder wurden gelegentlich nach unten gesogen. Ein unbekannter Geruch stieg hoch. Er erinnerte an tiefen Wald oder an feuchtes Moos.

Dr. Yi hatte gesagt, ihr Herz sei verschlossen.

War dieser Tee der Schlüssel, der es aufschloss? Sollte es überhaupt aufgeschlossen werden?

Vorsichtig goss sie den Tee durch Violas Teesieb. Dann setzte sie sich auf die Schaukel auf der Veranda und nippte an ihrem Heilmittel, das wie dreckiges Seewasser schmeckte. Sie beobachtete, wie die Schatten immer länger wurden und wie sich das Licht veränderte. Dann ging sie zu Bett und träumte, dass sie ihren Ehering in ein schickes, aber äußerst kleines Portemonnaie warf, das auf dem Küchentisch in der Tenth Street lag. Als sie ihn zurückholen wollte – im wirklichen Leben hatte Ellen den Ehering noch nie vom Finger gestreift –, verwandelte er sich in den Ring, den sie zum Highschool-Abschluss bekommen, aber nach drei Monaten wieder verloren hatte, als sie gemeinsam mit drei Fußballspielern nackt baden gegangen war. Der Traum verstörte sie ein bisschen. Sie wachte auf und fragte sich, ob irgendjemand in der modernen westlichen Welt eine siebzehnjährige Ehe »äußerst klein« nennen durfte.

15

Am nächsten Morgen erschien Rodney um acht, bereit für einen neuen Tag auf dem Dach. Er brachte eine Schachtel voller Schokoladen-Donuts mit, die er zu einer Pyramide auf einem der geblümten Teller aus der Vorratskammer seiner Mutter arrangierte. Ellen machte Kaffee, während Rodney im Esszimmer zwei Platzdeckchen aufdeckte und zu jedem einen *Free Trader* legte. Ellen amüsierte sich innerlich. Sie hatte diese Szene Millionen Male mit Tommy durchgespielt, nur dass sie die *New York Times* lasen und ihre Bemerkungen sich um Kultur, Politik und die neuesten Trends drehten und nicht um kirchliches Gemeindeleben, Garagenverkäufe und Pläne für das Feuerwehrfest.

Rodney war ein pingeliger Esser. Er benutzte die Gabel, um einen Donut auseinanderzubrechen, und betupfte nach jedem vierten Bissen seine Lippen mit einem Papiertuch. Er trug eine Lesebrille, wie man sie im Drogerieregal bekam. Manchmal machte er »hmm« bei einer Sache, aber genau wie Tommy las er nichts laut vor.

»Rodney, ich habe gehört, Sie sind Bildhauer«, platzte Ellen heraus.

Rodney hob den Blick und spähte über den Rand seiner Brille: »Das stimmt.«

»Wie lange machen Sie das schon?«

»Oh, so dreißig Jahre, würd ich sagen.«

Er schien nicht in der Stimmung zu sein, noch mehr zu erzählen, aber Ellen ließ nicht locker. »Wie kam es dazu?«

Rodney legte die Zeitung aus der Hand und setzte die Brille ab. »Es bahnte sich schon seit geraumer Zeit an«, fing er an. Ellen stellte sich für eine Sekunde vor, wie der künstlerische Impuls in Rodney de Beer weiter und weiter schwelte, bis er irgendwann Feuer fing und sich in einem ungeheuren Blitz zu kreativem Glanz entlud. »Aber eines Tages nahm ich es mir wirklich vor. Mit einer Kettensäge auf meine eigene Mutter loszugehen. Aber dann lief ich in den Wald, wo ein alter Baum stand – er war schon lange vorher von einem Blitz getroffen worden –, und fing einfach an, daran herumzusägen. Ich wusste nicht mal, was ich eigentlich machte, aber als es vorbei war, stand da einer von diesen Wasserspeiern, so wie drüben in Paris, der mir gerade ins Gesicht blickte.«

Ellen war so verzaubert, dass sie ihren Schokoladen-Donut vergaß. Ihr Verstand raste gleichzeitig in zwei verschiedene Richtungen: Zum einen hatte sie das Aussterben dieser merkwürdigen Kreaturen in der modernen Architektur schon immer bedauert. Und ausgerechnet hier, mitten im Niemandsland, ließ Rodney de Beer, ein einfacher Kerl vom Land, sie mit seiner Kettensäge wiederauferstehen. Zum anderen beschäftigte sie die Vorstellung, dass derselbe Rodney, dieser sanfte, pingelige Donut-Esser, kurz davor gewesen war, seine eigene Mutter in Wurstscheiben zu sägen.

»Himmel, Rodney«, sagte Ellen, »Sie müssen mich an Ihre guten Seiten erinnern.«

»Wie dem auch sei, ich konnte nicht mehr aufhören. Jeden Tag hab ich mich im Wald rangehalten. Es ging viel einfacher, als ich mir eine Säge mit einem 14-Zoll-Blatt kaufte. Jesusmaria! Ich hab mit einem 30-Zöller angefangen, das war heftig.«

»Stehen sie immer noch da? Die Statuen?«, fragte Ellen. Sie starrte aus dem Fenster und stellte sich einen Spaziergang durch ihren Wald vor, ein Mahnmal für Rodneys Dämonen.

»Einige schon. Aber die mich ernsthaft interessiert haben, hab ich gefällt und zu mir gebracht.«

»Haben Sie jemals eine verkauft?«

»Na klar. Davon lebe ich ja.«

»Tatsächlich!« Ellen war beeindruckt. Wie viele Künstler konnten in den Neunzigern von ihrer Arbeit leben? Dabei hatte Roger LaFleur gesagt, Rodney habe in seinem ganzen Leben noch keinen Tag gearbeitet. »Ich möchte sie gerne mal sehen.«

»Klar.«

»Wo wohnen Sie eigentlich?«

»Etwa vier Meilen von hier. Aber noch in Eagle Beak.«

Sie wollte ihm Fragen stellen zu Viola. Was konnte einen Mann dazu bringen, mit einer Kettensäge auf seine Mutter loszugehen? Aber entgegen ihrer sonstigen Art zögerte sie, mit der Frage herauszuplatzen. Vielleicht sollte sie den flatterhaften Rodney de Beer mit Handschuhen anfassen. Er war ohnehin wieder beim *Free Trader*, und Ellen tat es ihm gleich. Sie las eine Zeit lang. »Hören Sie mal hier!«, sagte sie. »Abzugeben: Deutscher Schäferhund. Kann Frisbee-Scheiben fangen.« Sie musste laut lachen, bis sie die nächsten Worte las: »Rufen Sie Rayfield an« und eine Telefonnummer.

Rayfield Geebo versuchte, Mutley loszuwerden, Mutley, den narkoleptischen Hund.

»Kennen Sie Rayfield Geebo?«, fragte sie Rodney.

»Jeder hier kennt Rayfield.«

»Warum sollte er sich plötzlich dazu entschließen, seinen Hund abzugeben?«

Rodney schaute nachdenklich drein. »Vielleicht ist er dabei, den Verstand zu verlieren«, sagte er.

»Vielleicht verliert er seinen *Verstand?*«, wiederholte Ellen. »Das ist die erste Erklärung, die Ihnen in den Kopf kommt?« Sie nahm einen Bissen von ihrem Donut. »Warum? Ist das schon einmal vorgekommen?«

»Nicht, dass ich wüsste.« Rodney blätterte die Zeitung um. Er war erst auf Seite drei. *Bei dieser Geschwindigkeit*, dachte Ellen, *wird er es kaum noch schaffen, aus dem Esszimmer hinaus und aufs Dach zu kommen*. Und da sich ein weiteres Gespräch über Rayfields geistige Gesundheit nicht abzeichnete, entschied sich Ellen dafür, ein gutes Beispiel für Arbeitsmoral abzugeben: »Ich geh schon mal nach draußen, zum Gießen und Unkrautrupfen«, sagte sie und sprühte Insektenspray auf ihren Sombrero. Rodney sah nicht mal hoch. Sie knallte absichtlich mit der Fliegengittertür, in der Hoffnung, Rodney aus seinen Gedanken zu reißen und ebenfalls zu motivieren.

»Ich kann nicht glauben, dass Rayfield seinen Mutley einfach abstoßen will«, murmelte sie, während sie die Gießkanne zum Erbsenbeet hin und wieder zurück schleppte. Was konnte einen Menschen veranlassen, seine Zuneigung wie einen Wasserhahn auf- und zuzudrehen? Wie war das mit der Bindung, dem berühmten Band zwischen ihm und seinem angeblich besten Freund?

Doch sie durfte nicht unfair sein, schließlich hatte sie nie wieder ein Haustier besessen, seit ihre schwarz-weiße Katze Lulu von einem UPS-Laster überfahren worden war, als sie zwölf oder dreizehn gewesen war. Ellen war völlig am Boden zerstört gewesen. Das hübscheste Mädchen der Klasse, Antoinette, hatte ihr auf den Rücken geklopft und gesagt, sie wisse genau, wie sich Ellen fühle, was einen erneuten Heulkrampf ausgelöst hatte. Sie litt so große Qualen, dass sie während des gesamten Unterrichts, egal, ob Religion oder Geschichte dran war, ihre Hand aufs Herz gepresst hielt, als würde sie einen Fahneneid schwören. Alle paar Minuten kontrollierte sie, ob ihre Hand mit Blut verschmiert war.

War das der Moment gewesen, als sich ihr Herz verschlossen hatte? War das alles wegen Lulu? Plötzlich stiegen ihr Tränen in die Augen. Lulu, Mutter von sechs Kätzchen, geliebtes Schoßtier. Lulu hatte nie um etwas gebettelt und doch so viel gegeben. Sie hatte die Hintertür geöffnet, um zur Schule zu gehen, und Lulu platt auf dem Pflaster liegen sehen – wie ein Miniatur-Bärenfell. Den Anblick würde sie niemals vergessen. Ihre Mutter hatte Lulu heroisch von der Straße geschält und sie im Vorgarten unter den Apfelbaum gelegt. Ellen hatte einen halben Schultag verpasst und bei Schwester Alphonsa von ihrer Mutter eine Entschuldigung vorlegen müssen. Danach hatte sie nie wieder ein Haustier gehabt und hatte auch nie wieder eins haben wollen. Ihre Tränen tropften auf die grünen Bohnen und auf die Paprikapflanzen. Warum wollte sich Rayfield von Mutley abwenden? Sie wusste nicht, wen sie mehr bedauern sollte – Rayfield oder seinen Hund.

Fünf Minuten nachdem sie mit dem Gießen und dem Unkraut fertig war, saß sie schon im Auto und sauste in Richtung Porkerville. In ihr kochten zu gleichen Anteilen Mitleid und kaltblütige Rachegelüste, und sie kam sich vor wie eine Kombination aus Sozialarbeiter und gekauftem Killer, eine Rolle für einen Schauspieler vom Kaliber eines Robert De Niro. Sie fühlte sich wie Bruce Willis.

Rayfield saß draußen auf dem zweitletzten Schalensitz. Ihr fiel auf, dass er weder Kaffee noch Bier trank. Angriffslustig ging sie auf ihn zu.

»Rayfield, warum willst du Mutley abgeben?«

»Ich hab ihn satt.«

»Was meinst du damit, du hast ihn satt?« Sie hatte sich wie ein Turm vor ihm aufgebaut, die Arme in die Seiten gestemmt.

»Ich mein, ich hab ihn satt. Mit dem Kerl stimmt doch was nicht.«

»Oder mit Ihnen, mein Herr. Glaubst du denn, Mutley würde *dich* abgeben?«

»Weiß nicht, geht mich auch 'nen Scheißdreck an. Was hast du überhaupt damit zu tun?«

Ellen wechselte abrupt die Methode, da die direkte Konfrontation bei Rayfield Geebo offenbar nicht funktionierte. Da kam ihr das Seminar über Sozialpädagogik am College gerade recht. Sie ließ sich in den Schalensitz neben Rayfield fallen. »Warum willst du mir nicht sagen, warum du solche Gefühle gegenüber Mutley hegst?«, gurrte sie sanft.

»Oh, um Gottes willen, Ellen, verschon mich mit dieser elenden Mitgefühlsnummer.« Seine Stimme war sanft, aber sie konnte deutlich heraushören, dass es ihm ernst war. »Was ist überhaupt los mit dir? Springst aus'm Auto und fällst über mich her, und eine Minute später sitzt du neben mir und spielst die Gemeindeschwester. Du bist mir vielleicht 'ne feine Schwester: Florence the Ripper.«

Ellen schnaufte. »Das ist gut, Rayfield. Florence the Ripper.« Aber dann, obwohl sie es eigentlich nicht wollte, merkte sie, dass es wirklich gut war. »Das ist gut«, wiederholte sie, diesmal gefolgt von einem anerkennenden Lachen.

»Mist, Rayfield. Geht das schon wieder los«, sagte sie lachend.

»Seh ich.«

»Warum willst du Mutley abgeben?« Zum ersten Mal wollte sie es wirklich wissen.

Rayfield zögerte. »Es ist der Hund. Mir geht's schlecht, wenn ich ihn seh.«

Ellen dachte darüber nach. »Und was ist, wenn ihn keiner haben will?«

»Ich bring ihn zum Tierheim runter. Die töten ihn da nicht, sie behalten ihn einfach.«

»Vielleicht bist du nur in einer bestimmten Phase. Ich meine, wirst du seine Gesellschaft nicht vermissen?«

»Was für 'ne Gesellschaft? Er schläft doch immer. Er nervt mich.«

»Zum Teufel, dann nehme ich ihn«, sagte sie aus einem Impuls heraus. »Nicht für immer«, fügte sie schnell hinzu. »Nur für ein paar Wochen, bis du dich entschieden hast, was du wirklich willst. Du könntest Double-Wide anrufen und mit ihr etwas ausmachen. Wo steckt sie überhaupt? Und wie heißt sie eigentlich?«

»Debbie«, sagte er versonnen. »Sie lebt drüben in Skerrie.«

Ellen konnte sich gut vorstellen, wie der Name Debbie sich zärtlich in Double-Wide verwandelt hatte, und schließlich in Wide-Load-Schwertransporter. Sie selbst hatte Tommy in allen denkbaren Variationen abgewandelt, von Tomko bis Thomassio, von Tomelog bis Tombosis. Aber sie schwor sich, Rayfields Ex in Zukunft nur noch Debbie zu nennen. Keine Frau sollte von einem Fremden »Schwertransporter« genannt werden.

In der Zwischenzeit war Rayfield um die Ecke seines Wohnwagens herumgegangen, um Mutley zu suchen. Es dauerte nicht lange, und sie kamen zurück. Mutley hatte sich verändert: Seine struppige Mähne war einem Bürstenschnitt gewichen.

»Reib ihn mit Skin-So-Soft ein, das hält die Moskitos von ihm ab. Ich geb dir ein bisschen mit«, sagte Rayfield. Er kümmerte sich! Ellen konnte sich gut ausmalen, wie die beiden in den gemeinsamen Tag starteten, indem Mutley liebevoll von Rayfield mit Skin-So-Soft eingerieben wurde.

»Nun komm, Mutley«, sagte Ellen. »Du wirst ein Weilchen bei mir wohnen. Nur *zwei Wochen*«, fügte sie laut und deutlich und mit einem Blick auf Rayfield hinzu. Sie öffnete für Mutley die Autotür, doch anstatt hineinzuklettern, warf er sich auf die Erde und schloss die Augen.

»O komm, Mutley, sei ein bisschen sportlich«, schimpfte Rayfield, doch zum Schluss bückte er sich, nahm den schlafenden Hund hoch und wuchtete ihn auf den Rücksitz des Honda.

»Wie viel wiegt er?«, fragte Ellen.

»Über fünfzig Kilo.«

Ellen war erstaunt. Sie bezweifelte, dass sie Mutley so stemmen konnte wie Rayfield. Dieser ging in den Wohnwagen, um Mutleys Näpfe, sein Futter und das Insektizid zu holen. Dann hob er die vor Schmutz starrende Schlafdecke vor den Stufen auf und brachte sie mit spitzen Fingern zum Auto. »So«, sagte er. »Pass auf, dass du ihm nur Magerkost gibst.«

»Du machst Witze, oder?«

»Ach, verdammt. Gib ihm, was du willst.« Rayfield warf die Tür vor Mutleys Nase zu. »Alles Gute, Mutley.« Ellen blieb nur noch einzusteigen und den Motor zu starten.

»Denk daran, Rayfield, zwei Wochen. Nur um mal runterzukommen«, rief sie durch das Fenster.

»Okay.« Da stand er, fett und unrasiert. Er trug seine abgeschnittene Jogginghose und ein T-Shirt mit der Aufschrift: *Komm zur Armee! Reise um die Welt! Besuche exotische Länder! Lern neue Leute kennen … und töte sie.* Seine rechte Hand umklammerte sein linkes Handgelenk. Ellen erinnerte sich an ein Interview mit John Wayne, in dem er gesagt hatte, seiner Meinung nach strahle diese Haltung das Wesen männlicher Schwäche aus. Der Duke hatte diese Pose in der letzten Szene von *Der schwarze Falke* eingesetzt. Und plötzlich sah Rayfield wie ein kleiner Junge aus, einsam und ängstlich in der großen, bösen Welt. Ein kleiner Junge, der zusieht, wie sein bester Freund aus der Nachbarschaft wegzieht.

»Sei nicht traurig, Rayfield!«, rief sie aus dem Fenster. »Ich passe gut auf ihn auf!«

Sie fuhr an dem »**SIE VERLASSEN PORKERVILLE**«-Schild vorbei weiter nach Eagle Beak, mit einem fünfzig Kilo schweren Hund mit Bürstenschnitt im Gepäck. Sie erinnerte sich schwach daran, dass sie irgendwo gelesen hatte – vielleicht in einem Abreißkalender mit Hunden in Reginald Eubanks Büro –, dass geschorene Hunde schnell einen Sonnenbrand bekamen. Sie sollte besser ein Sonnenschutzmittel für ihn besorgen.

Sie hielt vor dem Laden. Nutzlos, die Begrüßungsfußmatte, hob den Kopf und blickte zu Ellen hinüber, die die Stufen hochkam. Sie bückte sich, um ihn hinter den Ohren zu kraulen, was sie bisher noch nie getan hatte.

»He, Baldy«, rief sie. Baldy packte hinten im Laden Ritz-Cracker ins Regal.

»He, Ellen, wie geht's?«

»Okay, denk ich mal. Sieht so aus, als hätte ich einen Hund bekommen.«

»So'n Scheiß, wenn ich gewusst hätte, dass du einen Hund willst, hätt ich dir Nutzlos gegeben.«

Was war das denn? Wollten alle Hundebesitzer in Eagle Beak ihre Wauwaus an jeden Fremden abgeben, der um die Ecke kam? »Wie lange hast du ihn schon?«

»Acht Jahre.«

»Und du würdest ihn wirklich abgeben?«

Baldy hörte auf zu packen. »Ja, aber nur in gute Hände.«

Ellen lehnte sich gegen die Theke. »Ich kapier das nicht, Baldy. Wie könntest du nach so vielen Jahren deinen eigenen Hund weggeben?«

»Ach, verdammt, ich weiß nicht. Vielleicht weil man dann nicht so'n Druck hätte.«

Ellen blickte auf Nutzlos, der ihrem Gespräch mit traurigen Augen gelauscht hatte. Wie viel Druck kam wohl durch ihn in Baldys Leben? Bedeutete das Zusammenleben nicht mehr? Einen Webteppich der Gegenseitigkeit hatte Dr. Martin Luther King jr. es genannt, bei dem die geliebten Menschen als Unterstützung und nicht als Druck erfahren wurden? Sie besaß gerade mal seit fünf Minuten einen Hund, und schon wurde es für sie zu einer Sache von ewiger, bedingungsloser Liebe. »Von null auf hundert in weniger als einer Sekunde«, sagte Tommy häufig. »Oft im Unrecht, aber niemals im Zweifel«, sagte er ebenfalls häufig und: »Denk an was Schönes.« Egal, wie sehr sie es versuchte, sie konnte ihren Verstand nicht abstellen. Er produzierte einen laufenden Kommentar, der selbst Woody Allen vor Neid erblassen ließe. Ihr selber kam es vor wie eine Krankheit – hoffentlich keine tödliche.

»Habt Ihr Hundekekse von Milk-Bone?«

Baldy führte sie zu einem Regal, wo sie einen großen Kasten direkt vor ihm öffnete und Nutzlos einen davon gab, obwohl sie noch nicht zur Kasse gegangen war. Sie schnappte sich noch Sonnenschutzmittel von einem Ständer, der Waren wie Lippenbalsam und Sonnenbrillen zum Aufstecken anbot.

»Woher hast du den Hund?«, fragte Baldy.

»Es ist Rayfield Geebos Hund, Mutley.«

»Du meinst Debbies Hund.« Das war eine Aussage und keine Frage.

»Ich nehme es an. Aber egal, es ist nicht für immer. Ich passe nur so lange auf ihn auf, bis sich Rayfield und Debbie entschieden haben, was sie wollen.« Sie legte einen Zehn-Dollar-Schein neben die Kasse. »Du kennst Debbie also, hm?«

»Klar. Sie macht Gabelarmbänder. Ich verkauf die im Sommer, wenn die reichen Leute hier zelten. Dieses Jahr hat sie sich noch nicht blicken lassen, ist von Rayfield abgehau'n und alles.«

Seit den Sechzigern hatte Ellen keine Gabelarmbänder mehr gesehen, und sie verspürte einen nostalgischen Stich. Gabelarmbänder, Batik und Tagesdecken mit Indianermustern. Es war wunderschön gewesen.

»Gibt es eine große Nachfrage nach Gabelarmbändern?«

»Sie verkauft ein paar davon. Ich wollte ihr helfen.« Baldy blickte weg. »Jetzt, da du mich dran erinnerst, ich glaube, ich hab noch zwei vom letzten Jahr.« Zusammen gingen sie zu einem Regal weit hinten, wo Baldy belanglose Dinge wie Briefumschläge, Kerzen und ein paar veraltete Spielsachen aufbewahrte. Hinten im Regal befand sich ein Pappkarton, der mit Stanniolpapier ausgelegt war. Darin lagen noch zwei von Debbies Armbändern. Ihre Zinken waren nach hinten zu hübschen Schnörkeln gedreht, die Griffe zu einem Oval gebogen. Ellen probierte eins an. Es war nicht von Harry Winston, dem König aller Juweliere, aber es gefiel ihr. »Wie viel?«, fragte sie.

»Sie verlangt fünf Dollar.«

»Gekauft.«

Strahlend wie ein kleines Mädchen beim Verkleiden brachte sie die Hundesachen zum Auto. *Ich hätte noch Silberputzmittel kaufen sollen,* dachte sie auf dem Weg nach Hause, wo Rodney mit seinen Teerkübeln auf dem Dach werkelte. Es ging ein leichter Wind, aber Ellen wusste, dass ihn sein Werkzeuggürtel halten würde, wenn nicht gerade ein Tornado ums Haus fegte. Sie öffnete die Autotür. »Na los, Mutley«, sagte sie fröhlich. »Dies ist dein neues Zuhause. Los!« Der Hund öffnete die Augen, machte aber keine Anstalten aufzustehen. »Na los!«, rief Ellen mit Nachdruck. »Lass uns gehen!«

Er bewegte sich immer noch nicht. Sie ging um das Auto herum, öffnete die andere Tür und schob ihn von hinten. Er landete auf allen vieren und rührte sich nicht. Schnell nahm Ellen die Tube mit Sonnenschutzmittel und rieb ihm Rücken und Schultern ein. »Brav«, sagte sie. »Wie wär's mit einem Keks?« Sie griff in die Schachtel auf dem Vordersitz und bot ihm einen an. Er nahm ihn, hielt ihn aber so in der Schnauze, als wäre er zu erschöpft, um mit dem Kauen anzufangen. Nach ein paar Minuten trottete er zu einem schattigen Platz und kollabierte unter dem Ahorn.

Und damit hat es sich, dachte Ellen, während sie seinen Wassernapf füllte und ihn neben die Haustreppe auf den Boden stellte. Sie hatte angenommen, dass sich nun ihr ganzes Leben ändern würde, da sie die Verantwortung für

Mutley übernommen hatte, aber das schien nicht der Fall zu sein. Noch eine Hoffnung, die sie getrost beiseitelegen konnte. Seufzend ging sie ins Haus. Die Reste vom Frühstück lagen noch auf dem Tisch. Sie räumte die Sachen ab und steckte die zwei übrig gebliebenen Donuts zurück in die Schachtel.

Sie wollte mit Tommy sprechen. Es war kurz nach zwölf. Vielleicht konnte sie ihn im Büro erreichen, obwohl sie wusste, dass es nicht wahrscheinlich war. Das Telefon läutete dreimal, dann gab sie es auf. Beim vierten Mal würde Edna abnehmen, und Ellen hatte keine Lust, mit ihr zu reden. Sie merkte, dass ihre Stimmung wieder rasend schnell auf Talfahrt ging, und setzte sich auf die vordere Veranda, um ihrer Stimmung bei dieser Fahrt in die Tiefe zuzusehen.

Was war die Ursache dieser erratischen emotionalen Schwankungen? Im Laufe der Jahre hatte Ellen sie mit den unterschiedlichsten Dingen in Verbindung gebracht: zu viel Zucker, nicht genug Proteine, zu viel Alkohol, nicht genug Freude, zu viel Stress, zu wenig Sonnenschein, zu viel Idealismus. Und mit sechsundvierzig Jahren hatte sie sich an das ewige Auf und Ab ihrer Stimmungen irgendwie gewöhnt. Sie empfand sie wie psychische Wellen – Stürme oder Fluten über der astralen Ebene. Wäre ihr inneres Wetter auch außerhalb wirksam, müsste man sie wahrscheinlich zum Katastrophengebiet erklären, dem massive staatliche Hilfe zustünde. Es gab allerdings nichts, was sie daran ändern konnte. Sie konnte nur warten, bis es vorbei war.

Ellen lauschte dem *Bumm, Bumm, Bumm* von Rodneys Hammer über ihrem Kopf und beobachtete Mutley, der träumte, ohne die Mücken zu bemerken, die wie rasend um seinen Kopf herumschwirrten. Das Landleben war härter, als sie gedacht hatte. Schwärme von Insekten, Unkraut und Tage, die sich endlos vom frühen Morgen bis spät in die Nacht hinzogen. Kein Wunder, dass die Bauern bis zur Erschöpfung arbeiteten. Was sollten sie sonst tun? Eine Partie Solitär spielen?

»Ich habe keine Identität«, erklärte sie plötzlich. Das war ihr gerade hier und jetzt auf der Veranda klar geworden. Wenn ihr die alten, verlässlichen Markierungen – der Mann in der Stadt, das Stadtleben, die Arbeit in der Stadt – weggenommen wurden, dann trieb sie dahin wie ein köperloser Geist. Was noch hinzukam: Sie fühlte sich getrieben, sich mit ihrer Vergangenheit zu beschäftigen. Sie sah nicht mehr nach vorne, sondern zurück in die Sechziger. Lagen die Antworten dort? Da hatte sie ihre Zweifel. Zurzeit ergaben sich die Antworten jeden Tag neu. Und ganz gleich, ob sie welche fand, sie musste eben weitermachen mit dem Weitermachen.

Wie von Zauberhand erschien Rodney auf der anderen Seite des Fliegengitters. »Ist das Rayfields Hund?«

»Ja.«

»Trottel«, sagte Rodney.

»Ja«, gab sich Ellen geschlagen.

Rodney stand für einen Augenblick still. »Was ist los? Sie sehen so aus, als hätten Sie gerade Ihren letzten Cent verloren.«

Ellen seufzte. »Ich stecke in einer privaten Krise. Ich weiß, dass man von mir irgendetwas Bedeutendes erwartet, aber ich weiß nicht, was.«

»Wette, es bedeutet nicht, da auf der Veranda rumzuliegen und sich selbst zu bemitleiden.«

»Wohl kaum.« Sie konnte spüren, wie sein Blick sanft auf ihr ruhte. Man hatte ihr immer vorgehalten, ihre eigenen Blicke seien wie Laserstrahlen, die in das Innere anderer Leute hineinschnitten. Rodneys hingegen waren wie ein warmes Mineralbad.

»Ich muss nach Hause und 'nen neuen Kübel Teer holen. Kommen Sie doch mit. Bringt Sie auf andere Gedanken.«

Ellen stand auf. »Bin gleich wieder da.« Sie ging kurz ins Badezimmer, wo sie ihren Pferdeschwanz erneuerte und sich ein bisschen Brackwasser ins Gesicht spritzte. Rodney wartete im Auto. Er fuhr nicht eher los, bis sie sicher angeschnallt war.

»Wie kommt's, dass Sie nach dem Tod Ihrer Mutter hier nicht eingezogen sind?«, fragte Ellen ohne echtes Interesse, nur um ein Gespräch anzufangen.

»Zu viele schlechte Erinnerungen. Aber wissen Sie was? Seitdem Sie da sind, kommt's mir irgendwie fröhlich vor.«

»Wirklich? Ich war nicht gerade sehr fröhlich.«

»Nun, im Vergleich zu vorher ist es fröhlich«, sagte Rodney in einem vertraulichen Ton. »Können Sie mir glauben.«

Ellens Stimmung hob sich ein bisschen. »Was haben Sie dann gemacht? Ein eigenes Haus gekauft?«

»Es ist so: Da ich keinen Vater hatte, schloss ich Freundschaft mit einem alten Mann aus den Bergen, so eine Art Eremit. Hieß Leland. Er war gut zu mir, wie ein Ersatzvater. Schließlich zog ich zu ihm, da war ich nicht viel älter als dreizehn.«

»Wie alt war er?« Ellens Kindesmissbrauch-Warnsystem schlug Alarm.

»Alt. An die siebzig.«

»Wie kam's, dass Ihre Mutter Sie gehen ließ?«

»Ich glaube nicht, dass es sie interessierte. Als ich dann raus war, hat sie mich vermutlich vergessen. Ich hingegen hab sie nicht vergessen. Leland wollte das nicht. Ich besuchte sie jedes Wochenende. Machte die Arbeiten rund ums Haus.«

»Und als Leland starb, blieben Sie drüben?«

»Ja. Alles, was er hatte, hat er mir vererbt.«

»Wie lange haben Sie bei ihm gelebt?«

»Etwa zwölf Jahre lang. Als ich achtzehn war, bekam er eine Lebererkrankung. Ich hatte gute Aussichten, bei der Ice Capades Show mitzumachen, so ein super Eisläufer war ich, aber ich blieb bei ihm, um mich um ihn zu kümmern. Er starb sechs Jahre später. Das war vor vierzig Jahren, aber ich bin nie gegangen. Habe seitdem nicht mal die Ice Capades wiedergeseh'n.«

Sie fuhren am Postamt und dem Laden vorbei. »Das ist eine traurige Geschichte, Rodney«, sagte sie.

»Weiß ich auch.«

Sie musterte ihn verstohlen und sah, dass seine Augen trocken waren. Keine Anzeichen von Selbstmitleid. Sie rumpelten auf einem schmalen, unbefestigten Weg eine Steigung empor. Wolfsmilch und Brombeeren reichten bis zum Fenster des Pick-ups hoch. Ellen zog ihren Arm zurück, damit er nicht zerkratzt wurde. Dann, plötzlich, machte der Weg eine scharfe Rechtskurve und endete auf offener Lichtung.

»Oh, mein Gott! Oh, mein Gott!«, schrie Ellen. »Halten Sie an!«

»Was? Was ist?« Er trat voll auf die Bremse, sodass sie beide nach vorne schnellten.

»Ich muss das sehen.« Sie stieß die Tür auf und hüpfte hinaus. Von der Anhöhe aus lag das ganze North Country wie eine Miniaturwelt vor ihr ausgebreitet. Seen schimmerten im hellsten Sonnenlicht, und Bauernhöfe und Scheunen sahen aus wie auf die Landschaft getupft. Wildblumen, dunkle Schatten in Braunorange und Lavendel, ergaben ein Farbenmeer, wie man es sonst nur in den Kalendern der National Geographic Society sah.

Aber es war nicht die Landschaft, die Ellen den Atem stocken ließ.

Es waren die Skulpturen. Oder zumindest ihre ungeheure Menge. Denn bevor sich Ellen auf ein einzelnes Stück konzentrieren konnte, war sie beeindruckt von dem simplen Phänomen der Produktivität. Bären und Weißkopfseeadler, Indianerhäuptlinge und kleine Hasen. Es war, als hätten die Bäume des Waldes schlagartig ihr Aussehen verändert. Ganz offensichtlich hatte Rodney seit Jahrzehnten keinen Augenblick gefaulenzt. Es war unmöglich, dachte Ellen, dass man ein so umfangreiches Werk schaffen konnte, wenn man nicht absolut besessen war.

Oder den Wunsch hatte, seine Mutter umzubringen, ergänzte sie für sich.

Sie entfernte sich vom Weg und begab sich in Rodney de Beers Fantasiewelt. Wie Alice im Wunderland fiel sie in tiefe Trance. Ihre Schritte wurden von einer Kraft, die nicht die ihre war, gelenkt, und ihre Finger streckten sich dem ersten Stück entgegen, um zunächst einmal die Konturen zu erspüren.

»Die Adler da gehen super«, sagte Rodney, womit er den Zauber sehr effektiv unterbrach. »Ich komm kaum mit der Arbeit nach. Die hier sind schon verkauft. Ich lass sie nur noch ein bisschen weitertrocknen.«

Ellen drehte sich langsam um. Die Adler flogen oder saßen mit ausgebreiteten Schwingen da. Einige hatten kleine Tiere in ihren Krallen. Ein paar hockten friedlich auf Baumstümpfen. »Und das alles machen Sie mit einer *Kettensäge*?«, fragte Ellen erstaunt.

»Ja, aber bei den meisten benutz ich auch noch andere Werkzeuge. Hab mein Spektrum erweitert, als ich etwas Erfahrung hatte.« Weiter und weiter lief Ellen durch den Skulpturenwald. Sie hatte noch viele Fragen, aber Rodney blieb zurück und holte eine Packung Kaugummi hervor. In der Ferne, durch ein Meer von Statuen, konnte Ellen Rodneys Haus und Scheune erkennen. Ein gepflegter Garten, der vor Rosen, Tulpen und Cosmeen nur so überquoll, erstreckte sich um die Gebäude und den Pfad dazwischen. »Das ist ein Paradies«, sagte sie, obwohl Rodney zu weit weg war und es nicht hören konnte. Sie verließ den Sektor mit den uramerikanischen Symbolen und kam in den Bereich christlicher Überlieferung. Da gab es jede Menge lebensgroßer Kruzifixe, Kreuze mit Dornenkronen und blutende Herzen. Finstere Mönche mit rasierten Köpfen hielten Rosenkränze, und Engel, Hunderte von Engeln, von Cherubim bis Seraphim, lächelten auf sie herunter.

Ellen wurde plötzlich von dem tiefen Verlangen überwältigt, sich ins Gras zu legen und ein Nickerchen zu machen. Vielleicht lag es an der Ruhe und dem Frieden. Oder es lag an der extremen sinnlichen Fülle. Sie legte sich neben den Sockel einer betenden Jungfrau und schloss die Augen. Alles, was sie wahrnahm, war ein entferntes Zwitschern der Vögel und das Summen der Honigbienen. Ihre Gedanken glitten ab in ihre Kindheit, als sie besessen gewesen war von kleinen Plastikfiguren, die nicht größer waren als zwei Zoll. Sie nannte sie »die kleinen Leute« und hatte Schachteln über Schachteln voll damit in jeder Form und Größe: Südstaatensoldaten und elegante Damen, Bauern und Ballerinen. Jede Figur stand auf einem eigenen kleinen Sockel. Man sollte sie nur von vorne sehen, denn da sie zu Tausenden in Formen gepresst wurden, waren sie flach, und an den Rändern war das gehärtete Plastik ausgetreten. Ellen hatte ganze Städte mit ihnen aufgebaut und ihnen recht seltsame Geschichten angedichtet, wobei sie mit Tragödien nicht gespart hatte. Stierkämpfer wurden aufgespießt, Präsidenten aus der *Air Force One* herausgeschleudert. Alle Figuren waren blassrosa. In eine Schuhschachtel passten zweitausend.

»Ellen! Aufwachen!«

Sie öffnete die Augen. Über ihr kniete Rodney.

»Hi, Rodney«, sagte sie sanft. Sie fühlte sich, als hätte sie stundenlang geschlafen.

»Was machst du da? Hast du die Schlafkrankheit von Rayfields dusseligem Mutley abgekriegt?« Er beugte sich noch immer über sie, wie ein Sanitäter über einen Verletzten. Sie lag vollkommen ruhig im Gras, ein Abbild der Gelassenheit.

»Das macht dein Werk, Rodney.«

»Es lässt dich einschlafen?«

»Nein, es hat mich umgehauen.«

Rodney hockte sich hin. Ellen sah, wie die Gefühle über seine schlaffen hängenden Gesichtszüge huschten. »Ist das noch zu fassen?«, murmelte er.

16

Ellen blieb den ganzen Nachmittag bei Rodney. Er fuhr zwar wieder zurück, um am Dach weiterzuarbeiten, doch sie brachte es einfach noch nicht über sich, in seinen Wagen zu steigen und mit ihm wegzufahren. Glücklich wanderte sie von Skulptur zu Skulptur, stellte sich davor, umrundete sie und spekulierte darüber, wann er sie wohl geschaffen haben mochte. Und warum.

Sie erinnerte sich an einen anderen Besuch in einer offizielleren Outdoor-Kunstgalerie. Es war Ende der Sechziger, und sie fuhr gemeinsam mit einem Pianisten klassischer Musik, Jeff, von Boston nach New York. Für die Fahrt auf der Schnellstraße Richtung Süden hatten sie sich etwas Meskalin eingeworfen. Beide waren gut drauf, als sie das Schild vom Storm King Art Center erblickten. Ellen setzte den Blinker und nahm die Abfahrt bei Newburgh.

Obwohl es nur wenige Meilen waren, kam ihnen die Fahrt zur Kunstgalerie schier endlos vor. Schließlich, am Ende einer verschlungenen Straße, passierten sie ein Tor. Um sie herum standen massige Metallskulpturen auf kleinen Grashügeln.

Jeff und Ellen gingen auf die erste zu, die wie eine blankpolierte silberne Flugzeugtragfläche aussah. Ihr Glanz blendete Ellen, und sie senkte den Blick, bis er zufällig an hölzernen Stückchen hängen blieb, die um den Sockel herum verstreut lagen. Sie beugte sich hinunter, um eins aufzuheben. Die Farbabstufungen von Rot nach Schwarz und die schichtenweise Maserung des Holzes faszinierten sie. Sie reichte eins Jeff hinüber. »Sieh dir das mal an!«

Er drehte es um und um und sagte: »Gott, es ist wunderschön.«

Sie warfen sich auf den Bauch und begannen, jedes einzelne Stückchen Holz genau zu studieren, wobei sie es mit gehörigem Respekt von einem zum andern reichten. Da blieben sie, bis die Sonne und die Tragfläche sich verschworen und einen unerwarteten Schatten über sie warfen. Gleichzeitig kam ein Sicherheitsbeamter und warf sie hinaus. »Verdammte Hippies«, schimpfte er und schob sie zu Ellens Dodge. Kaum eine Stunde später waren sie sicher in New York angekommen. Ein paar der Holzstückchen steckten vorn unter ihren Sweatshirts, die wertvolleren waren in den Taschen versteckt. Ellen hatte sie später aufs Armaturenbrett gelegt, wo sie viele Jahre lang blieben.

Sie vermisste die Sechziger. Aber hier bei Rodney war es wie in einer Oase in den Neunzigern. Es machte ihr nichts aus, dass sie mehrmals einschlief, zumal sie jedes Mal mit einem Gefühl tiefer Zufriedenheit aufwachte. Schließlich streifte sie hinüber zu Rodneys Haus. Es war groß und rustikal. Alte Scheunenbalken, grau vom Alter; vorne befand sich eine geräumige Veranda mit drei alten Schaukelstühlen und Töpfen voller Blumen; eine Fliegengittertür, auf der *Welcome* in hölzernen Schnörkeln geschrieben stand.

Sie drehte am Türknauf, und die Tür öffnete sich.

Sie trat ein. Der Raum mochte hundert Quadratmeter groß sein, ganz aus Holz und mit dicken Balken unter der Decke. Ein alter, verzierter Holzofen stand in der Mitte, so als käme er geradewegs aus der *Country Living*. Alles war überaus gepflegt. In New York würde so etwas für achttausend im Monat gehandelt – und das ohne die antiken Einrichtungsgegenstände, deren Stil man neuerdings ehrfürchtig »auf alt gemacht« nannte. Ellen sah einen großen, hohen Bücherschrank von ungefähr fünf Metern Breite sowie mehrere Porträts, wahrscheinlich in Öl, die sie auf die Entfernung kaum erkennen konnte. Ob es da einen Leland gab? Eine Viola? Den »Blue Boy« von Gainsborough?

Obwohl es sie reizte, in Schubladen zu wühlen, in Kammern zu gucken und nach Notizbüchern zu suchen, trat sie doch schnell den Rückzug durch die Fliegengittertür an. Rodney war schließlich kein Forschungsobjekt. Tatsache war jedoch, dass sie ihn bis vor wenigen Stunden als nervend empfunden und für einen faulen, unkooperativen Kauz gehalten hatte.

Sie ließ sich in den erstbesten Schaukelstuhl auf der Veranda fallen und nahm sich vor, ihre Einstellung Rodney gegenüber zu revidieren. Er war keineswegs der Herumtreiber und Tunichtgut, für den sie ihn gehalten hatte. In Wahrheit war er ein Energiebündel.

Er sprudelte vor kreativer Energie, die er in seine breit gefächerte künstlerische Arbeit fließen ließ. Sie stellte sich vor, wie Rodney zum Broterwerb Weißkopfseeadler aus dem Holz sägte, während er in seiner freien Zeit afrikanisch aussehende Masken mit feinstem Sandpapier polierte und außerdem das Dach teerte, für den Fall, dass der Wind mal wieder aus Nordwest kam. Sie schämte sich so. Sie wusste, dass es richtig war, sich nicht unterkriegen zu lassen. Es hatte Jahre gedauert, bis sie diese bestimmte Einstellung entwickelt hatte, und sie war stolz darauf. Aber sie hatte sich ihm gegenüber mit der arroganten Hochnäsigkeit einer New Yorkerin verhalten, und nun saß sie sanft schaukelnd auf seiner Veranda und kam sich albern vor. Sie wäre froh, wenn Rodney das Dach fertig hätte und sie vergessen könnte, dass sie ihm jemals mit einem gerichtlichen Nachspiel gedroht hatte.

Sie hörte seinen Pick-up durch die Kiefern dröhnen und stand auf.

»Spring, ich bring dich nach Hause«, rief Rodney.

Ellen schnallte sich an, während er in drei Zügen wendete und zurückfuhr. »Verdammt heiß heute da oben auf dem Dach. Hab geschwitzt wie ein Schwein. Aber ich habe die eine Seite geschafft.«

Ellen war total überrascht, dass er kein Interesse und nicht mal die geringste Neugier zeigte zu erfahren, wie seine Kunstwerke auf Ellen wirkten. Sie kannte viele Künstler, gute und schlechte, weshalb sie es auch akzeptierte, dass es beinahe Hochverrat gleichkam, wenn einem nach der Betrachtung der letzten Meisterwerke zwei Wörter über die Lippen kamen, die zu einem anderen Thema gehörten.

»Rodney, ich möchte gern mit dir über deine Arbeit sprechen.«

»Um Gottes willen, Ellen, ich mache so schnell wie ich kann. Du weißt, dass ich nicht mehr der Jüngste bin.«

»Ich spreche nicht über *das Dach*«, sagte sie gereizt.

»Wovon dann?«

»Von deinen Skulpturen!« Sie schrie beinahe. »Deine Skulpturen!«

»Warum regst du dich so auf? Hör auf, mich anzubrüllen. Davon hab ich genug gehabt in meinem Leben.«

Ellen atmete tief ein. »Tut mir leid, Rodney. Aber es ist… Es geht an die Nerven. Da steht dein ganzes Werk, und du weißt nicht mal, wovon ich rede, wenn ich darüber spreche. Scheibenkleister. Tut mir leid, dass ich dich angebrüllt habe. Ich weiß nicht mal, warum ich gebrüllt habe.« Für einige Sekunden hielt sie den Atem an. Rodney schmollte.

»Möglicherweise aus dem gleichen Grund, aus dem du Rayfields Hund genommen hast«, sagte er schließlich.

»Und der wäre?«

»Weil du nicht mehr weißt, was du tust.«

Ellen starrte eine ganze Minute lang aus dem Fenster. »Lass uns das Gespräch noch mal von vorne anfangen, Rodney. Ich bin wirklich beeindruckt von deinem Werk. Woher nimmst du deine Inspirationen?«

»Aus Büchern«, erwiderte er kühl. Ellen wartete. »Leland besaß jede Menge Bücher«, fügte er schließlich hinzu. »Er hatte einen Hochschulabschluss, musst du wissen. Und er war durch die ganze Welt gereist, mit Handelsschiffen, bis er es leid war. Er lernte die ganze Zeit über.«

»War er ein Künstler?«

»Schönheit war ihm wichtig«, sagte Rodney sehr leise. »Und er glaubte, der Versuch, etwas Schönes zu schaffen, sei eine höhere Berufung.«

»Mochte er deine Skulpturen?«

»Er hat sie nie geseh'n. Er starb, bevor ich damit anfing.«

»Wie schade.« Sie meinte es ehrlich.

»Bist du in der Scheune gewesen?«

»Nein. Warum?«

»Da sind meine besten Sachen drin. Nächstes Mal riskier einen Blick, wenn du willst.«

»Du meinst, ich kann wieder vorbeikommen, selbst nachdem ich dich angebrüllt und damit fast wahnsinnig gemacht habe?« Sie bemerkte einen bekannten Ton in ihrer Stimme: den Klang der Versöhnung.

»Eine Menge Leute kommen vorbei und seh'n sich um. Wenn du auch kommen willst, ist das für mich in Ordnung.«

Sie legte eine Hand auf seinen Arm. »Danke, Rodney.«

»Nicht der Rede wert.«

Dann erinnerte sie sich daran, dass Rayfield ihr angeboten hatte, ihr den Weg zu Rodneys Skulpturenpark zu beschreiben. War Rayfield ein regelmäßiger Besucher? Das konnte man sich nur schwer vorstellen.

»Es war ein großartiger Tag«, sagte sie. »Einfach großartig.« Die düstere Stimmung vom Mittag, als sie in der Schaukel auf ihrer Veranda den schlafenden Mutley beobachtet hatte, war vergessen. Der schlief immer noch, als Rodney sie zu Hause absetzte.

»Ich seh dich morgen früh«, sagte er und legte den Rückwärtsgang ein. »Das heißt, falls es nicht regnet.« Er lächelte. Sie winkte und ging dann ins Haus.

Sie rief Tommy in der Wohnung an. Beim dritten Läuten nahm er ab.

»Hi, Tommy.«

»Ellen! Ich habe gerade versucht, dich anzurufen.«

»Ehrlich?« Sie war freudig überrascht.

»Ja. Wie geht's dir?«

»Gut«, sagte sie. »Alles unter Kontrolle.«

Tommy lachte. »Das wichtigste Ziel in deinem Leben.«

»Und bei dir?«

»Ich habe einen *Nordic-Track*-Ski-Trainer gekauft«, sagte er. »Er steht mitten im Wohnzimmer. Er ist riesig. Jeden Abend schalte ich die Glotze an und fahr mit Skiern über die Alpen.«

Mitten im Wohnzimmer? Das verhunzte wahrscheinlich ihre Inneneinrichtung, aber sie ließ es unkommentiert. Sie war schließlich nicht dort und brauchte nicht hinzugucken. »Wie bist du denn darauf gekommen?«

»Ich dachte jetzt oder nie. Es ist höchste Zeit, die Rettungsringe auf immer und ewig loszuwerden.«

»Du solltest hierherkommen, wenn du dich dünn fühlen willst. Die Hälfte der Leute sind wahre Tonnen.«

»Ja, hm, halb New York leidet an Magersucht, also gleicht sich das wieder aus. Aber egal, wen interessiert's?«

»Ja, wen interessiert's?« Ellen wurde bewusst, dass sie sich seit einer Woche nicht gewogen hatte. Zu Hause war es das Erste, was sie nach dem morgendlichen Toilettengang und vor dem ersten Glas Wasser erledigte.

»Bis du wieder nach Hause kommst, werde ich wie der verdammte Bodybuilder Charles Atlas aussehen.«

»Beine wie Baumstämme!« Ellen erinnerte sich an all die Anzeigen in den Magazinen ihrer Jugendzeit.

»Skilaufen am Matterhorn, bequem in Ihrem Wohnzimmer. Dabei sehen Sie sich die Wiederholungen von Sitcoms aus den Sechzigern an.« Tommy lachte. »Und? Was hast du so gemacht?«

Eigentlich sollte sie ihm von Rodney de Beer erzählen, aber sie hielt sich zurück. Sie würde Tommy einfach an dem Wochenende um den 4. Juli mit zu Rodney nehmen. »Ich habe einen Hund«, sagte sie.

»Einen *was*?«

»Einen Hund. Sein Name ist Mutley, und er leidet an Narkolepsie.«

»Was?«

»Hund. Mutley. Narkolepsie.«

»Himmel, Ellen, was sollen wir mit einem Hund anstellen? Wir wohnen im fünften Stock ohne Fahrstuhl, erinnerst du dich?« Er hörte auf zu reden, bis das Heulen der Polizeisirene auf der Straße vorbei war. Als es schwächer wurde, ergänzte er: »Ellen, ich sehe mich gezwungen, es für das Protokoll festzuhalten: Ich möchte keinen Hund.«

»Ich weiß, Tommy. Du hast ja auch keinen. Ich habe einen.«

»Dann lass mich deutlicher werden. Ich möchte keinen Hund in unserer gemeinsamen New Yorker Wohnung.«

»Und ich möchte keinen *Nordic-Track*-Ski-Trainer im Wohnzimmer.« Sie konnte beinahe sehen, wie Tommy erstarrte. »Ich hab's nicht so gemeint, Tommy«, sagte sie schnell.

»Doch, du hast es so gemeint.«

»Nun, ja, hab ich, aber jetzt nicht mehr. Ich nehme es zurück, okay? Ich freue mich, dass du dir einen Ski-Trainer gekauft hast. Stell ihn hin, wo du willst. Ich bin ja nicht mal da.«

»Ich möchte immer noch keinen Hund.« Seine Stimme war fest.

»Du sollst auch keinen haben. Mutley ist nur für zwei Wochen hier.«

»Gut.«

Es schien ihr nichts anderes übrig zu bleiben, als aufzulegen und an einem anderen Tag von vorne anzufangen. Seufzend betrachtete Ellen den Kalender an der Küchenwand, ein Geschenk von Baldys Laden. Noch achtzehn Tage bis Tommys Besuch. Bis dahin würden sie noch mehrmals miteinander telefonieren. Und Mutley würde längst wieder weg sein. Da sie gerade von ihm gesprochen hatte: höchste Zeit, ihn zu füttern. Ellen brachte das Hundefutter nach draußen. Mutley döste noch immer unter dem Baum. Als sie zu ihm ging und sich ins Gras setzte, öffnete er langsam die Augen. Ellen legte seinen Kopf auf ihren Schoß und begann mit einer systematischen Kopfmassage. Sie kratzte an seinen Ohren und zog an der Haut, die unter seiner Schnauze hing. Seine Lefzen, dachte sie. Sie war erstaunt, dass sie sich so viele Kleinigkeiten aus Reginalds Abreißkalender über Hunde gemerkt hatte. Mutley veränderte seine Position, damit sie einen besseren Zugang zu seiner Schulter bekam. Tief aus seinem Innern stieg ein leiser Brummton herauf.

»Sing den Blues, Mutley«, sagte sie, und das tat er. Je mehr sie ihn rieb, desto länger wurde sein Brummen. Die ganze Geschichte der Hunde, angefangen bei der Domestikation bis zur routinemäßigen Kastration, lag in Mutleys Stimme. Darin lag mehr Gefühl, als sie es je bei diesem Hund bemerkt hatte. »Sing für mich«, flüsterte sie und sah tief in Mutleys tiefbraune Augen, die im Abendlicht beinahe violett wirkten. Versuchsweise imitierte sie seine Laute, was ihn nur noch mehr anstachelte. Schon bald improvisierten sie beide zusammen ein gefühlvolles Duett. Am Ende stemmte sich Mutley hoch und schwankte wie betrunken zu seinem Futternapf.

In Rayfields Anzeige im *Free Trader* hatte gestanden: »Kann Frisbee-Scheiben fangen«. Ellen versuchte zum ersten Mal sich das vorzustellen: Mutley in vollem Galopp, die wellenförmigen Bewegungen seiner Muskeln unter dem schimmernden Fell. *Rayfield lügt*, dachte sie. Dieser Hund würde ebenso wenig einer Frisbee-Scheibe nachjagen wie er im Wohnzimmer herumfliegen würde. Sie machte sich im Geist eine Notiz, dass sie bei Kmart anhalten und die beste Frisbee-Scheibe kaufen würde, die man für Geld bekommen konnte. Und falls Mutley kein Interesse zeigen sollte, würde sie Rayfield Geebo eine Vorlesung über die Moral des Inserierens halten.

Sie war so in ihren Tagträumen verloren, dass sie die vielen Moskitos nicht bemerkte, die um ihren Kopf herumschwärmten. Als sie den ersten Stich spürte, haute sie fest auf ihre Stirn und trat den Rückzug ins Haus an. Dann rief sie nach Mutley. Sie wollte verhindern, dass er draußen bei lebendigem Leib gefressen wurde. Sie schüttelte seine Schlafdecke auf, um ihm ein bequemes Bett zu machen, und versprach ihm, dass sie ihn noch bevor sie zu Bett ging nach draußen lassen würde, damit er sein Geschäft erledigen konnte. Mutley erklomm die Verandastufen, ließ sich auf seine Decke fallen und fing an zu schnarchen.

17

Beim ersten Tageslicht stand Ellen auf, damit sie das Gießen erledigen konnte, bevor die Sonne zu hoch gestiegen war. Sie ließ Mutley von der Veranda und füllte ihre Kannen. Zu ihrer Überraschung begleitete der Hund sie durch den Vorgarten, dann den schmalen Pfad entlang durchs Gestrüpp bis zu ihrem Garten. *Er ist dabei, eine Beziehung aufzubauen,* dachte sie und verspürte eine interessante Mischung aus Panik und Stolz.

Mutley saß am Rand des Gartens, während sie die Reihen entlangging. Sie besprengte die spindeldürren Tomatenpflanzen und die winzigen grünen Schösslinge, die bereits an verschiedenen Stellen durch den Boden lugten. Schon bald würde sie ein Festmahl halten mit Lebensmitteln, die sie selbst gezogen hatte, und das von einem Boden, den sie mit ihren eigenen Händen kultiviert hatte. Das entsprach durchaus dem Kaliber jenes Wunders, bei dem es um Brot und Fische ging. Ein *Etwas* aus dem Nichts.

Mit ihrer Gießkanne lief sie vor und zurück. Mutley folgte ihr. Ellen klopfte ihm auf den Kopf und schmierte ihn mit Skin-So-Soft ein, bevor sie ihre dritte Runde machte. Dann gab sie ihm einen Hundekuchen, den sie vorher für ihn eingepackt hatte. Dies veranlasste sie zu einer langen Meditation über die Sorge: Wenn man *für* jemanden *sorgte,* war man dann auch *um* ihn *besorgt*?

Sie ging ins Haus und sah das Wort in ihrem Taschenwörterbuch nach. Die ersten sieben Definitionen hatten alle mit Furcht, Angst und Verantwortung zu tun, aber die achte schien zu passen: jemanden mögen, jemandem zärtlich zugeneigt sein. Ellen starrte aus dem Fenster in den Wald. Sie liebte das Wörterbuch, aber es verwirrte sie auch. Wie bekamen Wörter eine Bedeutung? Wie bekam überhaupt etwas Bedeutung? Sie war so in Gedanken verloren, dass sie nicht mal Rodneys Pick-up ankommen hörte.

»Was machst du da?«, fragte er draußen vor der Fliegengittertür.

»Gott, hast du mich erschreckt. Komm rein. Ich habe nur ein Wort nachgeschlagen.«

Rodney ging direkt in die Küche, wo er den Kaffee aufsetzte. »Welches Wort?«

»Sorge. Sich sorgen.«

»Weißt du nicht, was das heißt?«

»Ich dachte, ich wüsste es, aber ich habe herausgefunden, dass es meistens etwas mit Befürchtungen, Furcht und Angst zu tun hat. Sieh mal.« Sie schob das Wörterbuch zu ihm hin, und Rodney setzte seine Brille auf und beugte sich darüber.

»Ich werd verrückt«, sagte er.

Ellen stand auf und holte die Donuts vom Vortag. »Errätst du, warum ich es nachgeschlagen habe?« Sie meinte, ihr Geheimnis sei reif und sie könne es ausplaudern.

»Warum?«

»Weil ich herausfinden wollte, ob ich mir etwas aus Mutley mache. Gestern saß ich unterm Baum und« – plötzlich spürte sie die ersten Vibrationen eines neuerlichen Lachanfalls –, »und ich habe ihn massiert und ihm ein Schlaflied gesungen und …« Sie lachte jetzt so heftig, dass sie kein Wort mehr herausbekam. Rodney stand ein paar Sekunden unschlüssig da, dann fing auch er an zu lachen. Mittendrin läutete das Telefon, und Rodney, der am nächsten stand, nahm ab.

»Hallo? Ja, bleiben Sie dran.« Er kicherte und reichte Ellen den Hörer.

»Wer war das?«, wollte Tommy wissen.

»Das war Rodney.«

»Was macht er da?«

»Wir machen hier eine Orgie. Reich mir bitte den Dildo, Rodney, sei so nett.« Rodneys Augenbrauen schossen in die Höhe, und er schlug eine Hand vor den Mund.

»Sehr lustig«, sagte Tommy. »Und ich dachte schon, du wärst einsam.«

»Ich hab es dir doch gesagt, er repariert das Dach.«

»Aha.«

Ellen war für einen Moment sprachlos. War das etwa so ein Männerding? Eine Art biologischer Kampf ums Territorium wie das Pinkeln an jeder Vorgartenecke? Oder war Tommy tatsächlich eifersüchtig?

»Ruf Karen an«, schnauzte er. »Sie ist hysterisch. Da ist irgendwas mit Cocho.«

Er legte auf. Ellen nahm nicht mal den Hörer vom Ohr. In den ganzen siebzehn Jahren hatte Tommy noch niemals einfach aufgelegt. Wie konnte er es wagen? Aber dann sickerten allmählich seine Worte durch, und ihre Wut verrauchte. Irgendwas mit Cocho? Karen war nicht der Typ, der hysterisch wurde. Schnell wählte sie Karens Nummer, aber es war besetzt. Sie versuchte es noch einmal. Besetzt. Dreimal drückte sie vergeblich auf die Wiederholtaste. In ihrem Bauch spürte sie ein schreckliches Ziehen.

»Ich fahre nach Montreal«, sagte sie zu Rodney. »Da stimmt was nicht bei meiner Schwester. Falls sie anruft, sag ihr, ich bin so gegen acht Uhr dreißig bei ihr.« Sie schnappte sich ihre Handtasche, rannte hinaus, quetschte sich mit dem Honda an Rodneys Auto vorbei und ließ

Eagle Beak in einer Wolke aus Staub hinter sich. Ihr Herz klopfte wie wild, und grauenhafte Bilder von Ermordeten schossen ihr durch den Kopf.

Schlimmste Befürchtungen. Angst. Furcht.

Sie machte sich Sorgen. Sie war um Cocho besorgt: in seinem Verhältnis zu Karen und Olivier, aber auch weil sie ihn selbst sehr gern mochte. Er war ein Kind der Sechziger, ein Freigeist, der nicht einsehen wollte, dass die Welt eine Art Gemeinschaftsunternehmen war.

Sie sauste den Berg hinunter. Die gleichen Straßen, die sie gefahren war, als sie vor weniger als fünf Wochen spontan das Haus gekauft hatte. In dieser kurzen Zeit schien sich ihr ganzes Leben verändert zu haben. Aber sie wusste, dass sie in der Sprache der Zwölf-Schritte-Programme lediglich einen geografischen Wechsel vorgenommen hatte. Den Ort gewechselt, aber nicht ihre Persönlichkeit.

Falls Cocho etwas zugestoßen war, würde diese Veränderung für Karen katastrophal sein. Ellen versuchte, ihre Befürchtungen loszuwerden und sich auf die Straße zu konzentrieren, aber es ging nicht. Alles konnte passieren. Jedem. In jedem Augenblick. Das war ihr bewusst, selbst als sie verzweifelt darauf hoffte, dass der wankelmütige Finger des Schicksals über Cocho hinwegzeigte. Immer weiter fuhr sie, die Finger fest ans Lenkrad geklammert. Um acht Uhr zwanzig stand sie auf der Straße unter Karens Fenster und rief ihren Namen. Karen erschien am Fenster im vierten Stock und warf einen roten Socken mit dem Schlüssel für die Haustür nach unten. Ellen, eine Fünfter-Stock-Veteranin mit zwölf Jahren Erfahrung, nahm immer zwei Stufen auf einmal und die Treppenabsätze in null Komma nichts. Karen erwartete sie an der Tür. Ihre Augen waren zu zwei Schlitzen verquollen, ihr Gesicht fleckig vor Aufregung.

»Was ist passiert?« Ellen raste auf ihre Schwester zu

und schloss sie in die Arme. Karen sackte in sich zusammen.

»Ein Autounfall.«

»Cocho? Ist er …?« Ellen brachte es nicht heraus.

»Er liegt im Koma.« Karen verbarg ihr Gesicht an Ellens Schulter. »Sie wissen nicht, ob er je wieder aufwacht.«

Ellen führte ihre Schwester in die Wohnung und schloss die Tür. Olivier sah von einem Haufen sehr großer Bauklötze hoch, die er zu einer Pyramide auftürmte. Er lächelte, als er Ellen sah, dann nahm er einen Holzlöffel und warf damit die obersten Klötze hinunter.

»Wo ist er? Du musst sofort zu ihm«, sagte sie.

»Er ist zu Hause in Peru. Es ist in den Bergen passiert, auf dem Rückweg von seinem Heimatort nach Lima. Sie … sie haben sechs Stunden gebraucht, um ihn in ein Krankenhaus zu bringen … Sie wussten nicht, wen sie anrufen sollten.« Karen wischte ihre Nase mit einem Ärmel ab. »Sein bester Freund ist ums Leben gekommen.«

»Du musst sofort zu ihm.« Das schien das Wichtigste zu sein, das, was sie selbst machen würde, wenn Tommy etwas zustoßen sollte, selbst wenn er in Timbuktu wäre.

»Ich kann Olivier nicht mitnehmen«, sagte Karen. »Und ich kann ihn nicht hierlassen.«

»Olivier kann bei mir bleiben. Es spielt keine Rolle, wie lange.« Ellens Stimme blieb stark und entschlossen. »Und jetzt nimm erst mal ein heißes Bad und lass mich die Fluggesellschaften anrufen.«

»Wirklich?« Karen war wie benommen. Sie lief den Flur entlang und stieß dabei immer wieder gegen die Wand. Noch nie hatte Ellen ihre Schwester so orientierungslos gesehen. Bei der Beerdigung ihrer Eltern war Karen stoisch und stark geblieben.

»Kommst du mit und bleibst bei Tante Ellen?«, fragte sie, beugte sich hinunter und küsste ihren Neffen auf den

Kopf. Er bot ihr seinen Holzlöffel an. Diese so zutrauliche Geste trieb Ellen die Tränen in die Augen, doch sie zwang sich, sie zu unterdrücken. Dann setzte sie sich auf den Stuhl neben dem Telefon.

Als Karen aus dem Badezimmer kam, hatte Ellen eine Reservierung für zwei Uhr vorgenommen und das Ticket mit ihrer eigenen Kreditkarte bezahlt. Jahrelang hatte all das Plastikgeld in den dunkelsten Fächern ihrer Umhängetasche geruht, und nun hatte sie zehntausend Dollar Schulden angehäuft. Aber daran konnte sie jetzt nicht denken.

Karen hatte sich ein wenig erholt. »Ich muss noch zur Bank gehen und auch im Café und bei Regine-Marie vorbeischauen«, sagte sie und band ihre Turnschuhe zu.

»Wir gehen alle zusammen«, sagte Ellen. Karen und Olivier waren noch keine Nacht voneinander getrennt gewesen, und Ellen wusste, dass ihre Schwester alle erdenklichen bösen Vorahnungen hatte. Aber sie konnte ihren Sohn nicht mitnehmen. Er hatte keinen Pass. Er brauchte Impfungen. Sie wusste nicht, wo sie wohnen und wie lange sie weg sein würde. Es gab eine Cholera-Epidemie in Peru. Ein Krankenhaus, eine Brutstätte für Keime, war der letzte Ort für ein Kleinkind. Karen wiederholte diese Tatsachen laut und immer wieder aufs Neue. »Geh zu Cocho und mach dir keine Sorgen um Olivier«, erwiderte Ellen jedes Mal.

Sie packten Karens alten Rucksack, klapperten ihre Stationen in der Stadt ab und fuhren zum Flughafen. Alles um sie herum schien zu verschwimmen. Olivier winkte seiner Mutter zum Abschied, als sie in der Gangway zum Flugzeug verschwand. Ellen und er beobachteten noch vom Fenster aus, wie sich der Jumbo Jet vom Gate löste und dann zu einer weit entfernten Startbahn rollte.

»Nun, da wären wir also, nur ich und du, mein Junge«,

sagte Ellen. Hand in Hand gingen sie den Korridor entlang zum Ausgang. Sie war bereits erschöpft und hoffte, Olivier würde ein Mittagsschläfchen machen, da sie unbedingt selber eins brauchte. Aber es sollte nicht sein. Regine-Marie kam und half Ellen, Oliviers Reisebett die Stufen hinunter und zum Auto zu schleppen. Sie befestigten den Kindersitz und luden noch eine Tüte mit verschiedenen Spielsachen, eine Riesenpackung mit Wegwerfwindeln sowie einen Kuschelbären, der halb so groß war wie Mutley, ins Auto. Ellen hatte Oliviers Geburtsurkunde bei sich und einen notariell beglaubigten Brief von Karen, der ihr erlaubte, Olivier aus Kanada mitzunehmen.

»Warum bleibst du nicht einfach hier?«, fragte Regine-Marie. »Du könntest dir hier eine schöne Zeit machen, und Olivier könnte zu Hause bleiben.«

»Ich habe einen Hund und einen Garten, für die ich sorgen muss«, antwortete Ellen und wunderte sich, dass sie damit die Wahrheit sagte. Plötzlich lebte sie den amerikanischen Traum: Haus und Auto, Baby und Hund. Alles, was sie ganze sechsundvierzig Jahre lang umgangen hatte, stürzte nun wie die vorbeifliegenden Trümmer eines Tornados auf sie ein. Ihr wurde schwindelig dabei.

Sie schloss Karens Apartment ab, ließ Olivier noch Auf Wiedersehen bei der Familie Ng im Gemüseladen sagen und wurde schon bald von den weißen Fliesen des Tunnels, der zur Mercier-Brücke und nach Hause führte, verschluckt. Es war das erste Mal, seitdem die Gesetzgebung in den Siebzigern Kindersitze verbindlich vorschrieb, dass sie allein mit einem Kleinkind im Auto fuhr. Ein merkwürdiges Gefühl, hinter sich Olivier angeschnallt zu wissen, ganz allein. Ab und zu warf sie einen Kontrollblick über die Schulter und gewöhnte sich ansonsten an den Strom des Kleinkindgeplappers.

Die große Liebe ihrer Schwester kannte sie so gut wie

gar nicht, hatte alles in allem vielleicht zehn Tage mit ihm verbracht, verteilt über mehrere Besuche. Selbst dann war Cocho ihr mehr wie ein Geist als wie ein Mensch aus Fleisch und Blut vorgekommen. Sogar die Musik, die er machte, hatte den zarten Klang von Blasinstrumenten aus Schilfrohr oder Holz. »Er sieht so aus, als könne er jeden Augenblick abheben und einfach so schweben«, hatte sie bei ihrem ersten Besuch zu Karen gesagt. Karen hatte vor Entzücken lachen müssen. »Nicht, dass er nicht sexy aussieht. *Oh, mein Gott*«, fügte Ellen hinzu und tat so, als habe sie etwas Heißes angefasst und müsse sich auf die Finger pusten. »Aber er ist so … ätherisch. So schwer zu fassen. Nicht so richtig mit den Füßen auf der Erde.«

Vielleicht war die Erde, trotz ihrer Schwerkraft und ihrer wilden Rotation im All, nicht stark genug, um Cochos Geist festzuhalten. Vielleicht würde dieser bald zurück in die Heimat fliegen und dabei einen Körper zurücklassen, der langsam zu Staub zerfiel. Er befand sich am Eingangstor, so viel stand fest. Wenn all das stimmte, was die Literatur in der Abteilung Populäre Psychologie in den Buchhandlungen über Nahtod-Erfahrungen schrieb, dann konnte es sein, dass er gerade den Tunnel in Richtung Licht durchlief, wo die Toten ihn anlächelten und ihn zu sich winkten.

»Cocho, geh nicht«, sagte Ellen. »Hörst du mich? Komm zurück. Bleib bei uns und zieh deinen Sohn groß.« Sie warf wieder einen Blick über die Schulter. Olivier schlief. Er war auf der einen Seite des Kindersitzes zusammengesackt, seine Unterlippe hing herunter. »Komm zurück, Cocho«, flüsterte sie erneut.

18

Ellen verspürte eine große Erleichterung, als sie auf der Schnellstraße kurz vor der starken Steigung nach Eagle Beak alles aus dem Motor ihres Honda herausholte. Sie fühlte sich wie ein kleiner Eisenspan, der unwiderstehlich von einem großen Magneten an der Spitze der Welt angezogen wurde. Und wie sie so dahinjagte, hatte sie den Eindruck, die Kiefern zu beiden Seiten der Straße nähmen auf subtile Weise ihre Rückkehr wahr, als wären sie besorgte Eltern, die spätabends auf das Geräusch der Haustür lauschen. Als das Auto schließlich das Ende der langen Steigung erreichte und sie vom Gas ging, weil die Straße in dem Schatten der Bergspitze auf einem Hochplateau flach vor ihr lag, da wurde Ellen von einem Gefühl tiefen Friedens ergriffen. Dabei entsprach das Örtchen mit seinen verwitterten Behausungen, der immer größer werdenden Anzahl von Wohnwagen und dem Fehlen jeglicher Art von Geschäftigkeit kaum ihren Vorstellungen von einem Paradies.

Mutley schlief unter dem Baum, als sie auf ihr Haus zufuhr. Im hohen Gras des Vorgartens war er kaum zu erkennen. Merkwürdigerweise hatte sie nicht ein einziges Mal daran gedacht, das Gras zu schneiden. Es war ihr wie ein Zauberteppich vorgekommen, der sich im Wind hin und her wiegte. Aber Olivier würde sich kaum hindurchkämpfen können. Sie konnte sich nicht erinnern, einen Rasenmäher gesehen zu haben. *Noch eine Sache, um die ich mich kümmern muss*, dachte sie, als sie den Motor abstellte.

Olivier wachte schreiend auf, und Ellen lief schnell ums Auto herum. Als sie die Tür öffnete, war sein kleines Gesicht dunkelviolett. Er warf sich im Kindersitz herum, machte die Beine steif, und seine Fäuste droschen auf den Gurt ein. »Ist ja gut, Süßer«, sagte sie, während sie am Verschluss fummelte und den Jungen dann hochnahm. »Alles okay.« Aber Olivier schien anderer Meinung zu sein. Er strampelte noch heftiger, bis Ellen ihn schließlich ins hohe Gras setzte, was ihn doch etwas zu überraschen schien.

»Lass uns mal nach dem Wauwau sehen«, sagte sie schwungvoll. »Wo ist der Wauwau?«

Es war keine Hilfe, dass Olivier kein Englisch sprach, seine Babysprache bestand aus französischen, spanischen und vietnamesischen Wörtern.

»Wo ist der Wauwau? Lass uns mal den Wauwau suchen«, wiederholte Ellen fröhlich. Olivier schrie weiter, selbst als sie ihn hochhob und durch das Gras zum Ahornbaum trug. Mutley hatte sich nicht bewegt, aber seine Augen waren offen. Jahrelang hatte sie die Titelseiten der *New York Post* gelesen; jetzt tauchten plötzlich Schlagzeilen vor ihrem inneren Auge auf: **DEUTSCHER SCHÄFERHUND TÖTET KLEINKIND, KIND VON SCHÄFERHUND VERSTÜMMELT, HUNDESTAFFEL DREHT DURCH**. Unversehens musste sie an etwas denken, das sie in ihrer Zeit bei Reginald gelesen hatte: »Babys senden einen Duft aus, der Hunde verwirrt und sie mitunter aggressiv reagieren lässt. Kleinkinder in der Nähe fremder Hunde sollten daher immer unter Aufsicht sein.« Und da kam sie und lieferte Olivier gleich dem Tiger aus. Mutley blieb jedoch bei seinem sanften Selbst, als Ellen ihren Neffen neben ihn auf den Boden setzte.

»He, Mutley«, sagte Ellen sanft. Olivier hörte auf zu schreien und begann stattdessen, Mutleys Kopf zu patschen und ihm den Ganzkörper-Bürstenschnitt zu zerwühlen. »Mutley ist ein braver Hund. Braver Mutley. Sei brav, Mutley«, fügte sie hinzu, obwohl es nicht nötig zu sein schien. »Bist du hungrig, Mutley? Lass uns gehen, Olivier. Lass uns gehen und Mutley füttern.« Der Hund stemmte sich hoch, und alle drei schleppten sich durch das hohe Gras zum Haus. Olivier riss sich von Ellens Hand los und watschelte ein paar Schritte voraus. Seine pummeligen Beinchen, an drei Stellen zwischen Knie und Hüfte eingekerbt, waren zwar stämmig, aber auf dem unebenen Gelände noch nicht sehr verlässlich. Er fiel in einen Grashaufen, der grüne Flecken auf dem Rücken seines sommerlichen Anzugs hinterließ. Mutley machte eine Pause und drehte sich nach Ellen um, wobei er ihr einen vielsagenden Blick zuwarf.

Auf dem Esszimmertisch lag eine Nachricht von Rodney. »Liebe Ellen«, stand da in einer schönen kursiven Schrift, »ich hoffe, es ist alles okay mit deiner Schwester – und mit dir. Heute Morgen warst du ja ganz außer dir. Nun, alles Gute Euch beiden. Ich werde für einige Tage nicht in der Gegend sein, da ich nach Albany reisen muss, um eine Schnitzerei abzuliefern. Rodney.«

Ellen traf ein kleiner Schlag der Enttäuschung. Es kam ihr so vor, als ob Rodney mit seiner gemütlichen Art, das Leben anzugehen, mit Kaffee und Donuts, bei ihr zu einer festen Institution geworden war, nicht viel anders als die Schaukel auf der Veranda oder die Geleegläser in der Vorratskammer. Er gehörte dazu, wie er auf dem Dach herumspazierte und hämmerte, nur gehalten von seinem Werkzeuggürtel, der ihm um die schmalen Hüften hing.

Hinzu kam, dass sie jemanden brauchte, um den Rasen zu mähen, und sie hatte insgeheim gehofft, Rodney diese Aufgabe zuschieben zu können. Nun, da sie auf sich selbst zurückgeworfen war, musste sie die Inititative ergreifen, doch das konnte bis zum nächsten Morgen warten. Sie musste auf ein Baby aufpassen, ein Auto entladen, einen

Garten gießen, einen Hund füttern und noch eine Kanne Öffne-dein-Herz-Tee kochen.

So müssen sich die Frauen der ersten Siedler gefühlt haben, dachte sie und musste an eine Recherche für Reginald Eubanks denken, bei der es um die Wasserrechte im Wilden Westen gegangen war. Siedlerfrauen starben häufig bei Geburten, und die Wahrscheinlichkeit war groß, dass nur das Baby überlebte, was aber auch nicht immer der Fall war. Damit verglichen waren das Schleppen von Gießkannen vom Haus bis zum Garten und das Umfüllen abgepackten Trockenfutters in den Futternapf ein Kinderspiel, insbesondere da sie wusste, dass es nur vorübergehend sein würde. Mutley würde an dem Ort unterkommen, für den sich Rayfield und Debbie entschieden. Karen und hoffentlich auch Cocho würden aus Peru zurückkehren und ihren Sohn mitnehmen. Das alte Haus würde abgeschlossen, und sie selbst würde wieder nach New York fahren, wo Überlebensfragen wie diese vollständig aus dem Bewusstsein der Massen verschwunden und von den anderen Themen abgelöst worden waren: Kleine Frauen etwa wurden in Selbstverteidigungskurse geschickt oder dazu ermuntert, immer Tränengas in ihren Manteltaschen bei sich zu tragen. Oder es hieß, der simple Vorgang des Atmens komme dem Rauchen einer ganzen Packung ungefilterter Zigaretten gleich.

»Und stell dir bloß vor! Wir befinden uns am Ende der Nahrungskette«, erklärte sie Olivier und merkte dabei, wie stark der Drang war, die Luft mit Worten zu füllen, selbst wenn er nichts davon verstand. Er saß auf der morschen untersten Stufe, während Mutley sich durch seine tägliche Mahlzeit schmatzte und Ellen zwischen Haus und Auto hin und her lief. Sie musste Tommy ans Telefon kriegen. Kaum war das Reisebett im Esszimmer aufgebaut, rief sie die Nummer in New York an. »Hallo?«, sagte er bereits nach dem zweiten Läuten. Er klang, als wäre er außer Atem.

»Und? Fährst du gerade Ski in den Alpen?«, fragte Ellen freundlich.

»Nee. Bin gerade zur Tür hereingekommen.«

»Tommy«, fing sie an. Sie wusste nicht so recht, was sie zuerst sagen sollte. »Cocho ist schwer verletzt. Kann sein, dass er's nicht schafft.«

Seine Stimme wurde weicher. »Was ist passiert?«

»Er hatte einen Autounfall. Er liegt im Koma.«

»Mein Gott.«

»Hat Karen dir nichts erzählt?«

»Sie hat nur eine hysterische Nachricht hinterlassen. Ich habe nicht mit ihr gesprochen. Es schien, als wüsste sie nicht, dass du da oben bist. Hast du sie nicht angerufen?«

Ellen schloss die Augen und biss die Zähne fest zusammen. Hatte sie wirklich mehr als eine Woche lang versäumt, Karen mitzuteilen, dass sie mehr oder weniger in der Nachbarschaft wohnte? Das war doch ganz und gar unmöglich. Aber sie wusste, dass sie sich gerne von anderen zurückzog, wenn ihr alles zu viel wurde.

»Ich vermute nein.« Sie hörte die Verzweiflung in ihrer Stimme. »Egal, sie ist am Nachmittag nach Peru abgeflogen. Ich habe Olivier bei mir.«

»Bist du in Montreal?«

»Nein. Zu Hause. Hier.«

»Ist mit ihm alles in Ordnung?«

»So weit schon.« Olivier hämmerte freudig mit Holzklötzen auf den Boden, aber Ellen ignorierte den Lärm. »Tommy«, sagte sie schließlich, »das Ganze mit Cocho … Ich möchte nur …« Plötzlich fing sie an zu weinen. »Ich möchte nur, dass du weißt, wie sehr ich in all den Jahren deine Freundschaft genossen habe.«

»Ellen, ich … tut mir leid, dass ich heute Morgen einfach aufgelegt habe.«

»Schwamm drüber«, sagte sie.

»Das hat mich so wahnsinnig gemacht, dass du noch vor acht Uhr einen Mann bei dir hattest, dass ich sogar die telefonische Scheidungsberatung angerufen habe.«

Ellen lachte. Über die Jahre hatte sie selbst die Nummer mindestens sechsmal gewählt. »Aber dann hast du dich plötzlich daran erinnert, dass du Rechtsanwalt bist«, sagte sie. Ihre Tränen trockneten wie eine Pfütze an einem sonnigen Tag.

»Nein, nicht ganz. Ich habe vielmehr festgestellt, dass ich es akzeptieren könnte, wenn da wirklich ein Mann bei dir wäre.« Es hatte den Anschein, als würde er jedes Wort mit extremer Vorsicht wählen. »Weil ich dir vertraue bei allem, was du tust, und …« Seine Stimme wurde brüchig: »Es war nie meine Absicht, dich an der Leine zu halten. Deshalb habe ich dich nicht geheiratet.«

Erneut kamen ihr die Tränen. »Ach Gott, Tommy«, sagte sie.

»Ich möchte nur, dass du weißt, dass ich dich bei allem unterstütze, von dem du meinst, dass du es brauchst, egal, um was es sich handelt.«

»Aber es war nichts, Tommy. Da war bloß Rodney, der das Dach reparieren wollte.«

»Darum geht's nicht.«

»Ich weiß. Aber ich bin froh über deine Worte.« Gab es wirklich so viel Raum in ihrer Beziehung? Doch wie dem auch sein mochte, seine Worte berührten sie im Innersten, und sie wollte sagen, dass sie ihn liebte, ihn immer lieben würde, aber ihre Kehle war wie zugeschnürt.

»Mein Gott, ich hoffe, Cocho kommt durch«, sagte Tommy.

»Ich auch.«

»Man weiß einfach nicht, was noch alles auf einen zukommt.«

»Da hast du recht.«

Wie es schien, war vorläufig alles gesagt. Außerdem fiel Ellen schlagartig ein, dass Olivier seit dem Mittag nichts mehr gegessen hatte. Sie sollte ihm etwas Gesundes kochen oder ihm wenigstens eine Banane geben. »So, ich glaube, das war's erst mal«, sagte sie und gab damit das Signal, dass sie auflegen wollte.

»Ja.«

»Dann rufe ich dich also bald wieder an.«

»Oder ich rufe an.«

Sie legten auf. Ellen war es am ganzen Körper warm, als wäre ihre Temperatur um drei Grad angestiegen. Das waren die Purzelbäume in einer Ehe. Morgens um acht wurde einem noch der Telefonhörer hingeknallt; ein paar Stunden später durchflutete einen die wahre Liebe wie ein heißer Strom. Und das Schönste dabei war: Wahrscheinlich meinte Tommy aufrichtig, was er gesagt hatte. Er wollte sie nicht kontrollieren, und das brauchte er auch nicht, doch während Tommy die großen Wenns und Abers im Leben einfach akzeptierte, hatte Ellen große Angst davor. Was sie aber nicht davon abhielt, sich mit dem Kopf voran in neue Herausforderungen zu stürzen.

»Wie wär's mit etwas Kartoffelbrei und dazu ein wenig sautiertes Gemüse?«, fragte sie Olivier und war schon dabei, mit Töpfen und Pfannen zu klappern. »Lass uns ein ausgiebiges Abendessen machen, so richtig mit Hinsetzen und Eiscreme als Nachtisch.« Olivier hörte ihr neugierig zu. In der Vorratskammer fand Ellen zwei Topfdeckel, die sie ihm gab, damit er sie wie Becken aneinanderschlagen konnte. Um ihn zu motivieren legte sie ein Band mit Otis Redding auf, und schon bald hockte Olivier auf ihren Knien und teilte sich mit ihr einen Teller voller Speisen, während Mutley auf seiner Schlafdecke auf der Veranda vor sich hinschnarchte.

Olivier weinte sich in den Schlaf. »Maman! Maman!«, hatte er immer wieder geschrien, als sie ihn in der Spüle gebadet und danach in einen blau-roten Superman-Schlafanzug gesteckt hatte. Sie ließ ihn auf ihren Knien reiten und lief mit ihm auf und ab, bis er schließlich kapitulierte. Ellen legte ihren Neffen in sein Reisebett, das eine Armlänge entfernt neben ihrem stand, und ließ sich erschöpft auf die Matratze sinken. In den letzten Sekunden, bevor sie in einen tiefen, traumlosen Schlaf fiel, hörte sie noch seinen süßen, flachen Atem.

19

Am Morgen rief sie Rayfield an.

»Rufst du nur so an, oder willst du Mutley wieder loswerden?«, fragte er.

»Eigentlich brauche ich einen Rasenmäher, und ich wollte fragen, ob du mir einen leihen kannst. Und ihn rüberbringen. Und den Rasen mähen«, sagte sie.

»Nehme an, du möchtest auch noch, dass ich dir fünf Dollar bringe.«

»Nur wenn du gerade flüssig bist.«

Rayfield war so still, dass sie kurz davor war, einen Rückzieher zu machen und lachend über ihren Wunsch nach Hilfe hinwegzugehen. Da fing im Hintergrund Olivier frustriert an zu schreien. Er wollte nach draußen gehen und bekam die Tür nicht auf.

»Du hast 'n Kind bei dir?«, erkundigte sich Rayfield.

»Der Sohn meiner Schwester.«

»Hört sich an wie ein Nebelwerfer aus dem Zweiten Weltkrieg.«

»Er ist ein tolles Kind«, sagte Ellen schnell. »Ich möchte ihn im Vorgarten spielen lassen, aber das Gras reicht ihm bis an die Hüfte. Deshalb muss ich es schneiden.«

»Verdammt, geht in Ordnung. Ich bring meinen alten rüber.« Ellen legte auf. Sie hatte Rayfield seit zwei Tagen nicht gesehen und nicht mal gefragt, ob er wieder zu Dr. Yi gehen würde. *Ich bin dabei, meine Grundsätze zu vernachlässigen,* dachte sie, wenn sie einen Mann bat, ihr den Rasen zu mähen und dabei nicht mal die Regeln der Höflichkeit beachtete. Zwanzig Minuten später kam er mit seinem Pick-up angedröhnt. Mit Olivier auf der Hüfte ging Ellen hinaus, um ihn zu begrüßen. »Guten Morgen«, rief sie.

»Wie du meinst«, erhielt sie als Antwort.

»Wie geht's dir?«

»Frag nicht.«

»Warst du wieder bei Dr. Yi?«

Rayfield riss die Heckklappe des Pick-ups nach unten und rollte einen antiken Aufsitzrasenmäher auf zwei langen Vierkanthölzern hinunter. »Was geht's dich an?«, fragte er.

»Oh, empfindlich, empfindlich«, sagte Ellen. Aber in Wahrheit fühlte sie sich ein bisschen verletzt.

Rayfield ließ den Rasenmäher mit einem Rumms zu Boden. »Das ist kein Gras; das ist Heu«, sagte er. Offensichtlich verstimmt, blickte er sich um.

»Komm doch rein und trink eine Tasse Kaffee«, schlug Ellen vor.

»Ich trinke keinen Kaffee. Und kein Bier. Und rauchen tue ich auch nicht.«

»Ich hatte auch nicht vor, dir morgens um neun ein Bier anzubieten. Irgendwelche medizinischen Fortschritte?«

»Himmel, Ellen, nichts passiert über Nacht.«

Das glaubst du, dachte sie. Die ganze Welt konnte sich im Bruchteil einer Sekunde verändern, und sie tat es sogar oft. Ellen verbannte Bilder von Cocho aus ihrem Kopf, der in einem Krankenhausbett an zehn verschiedenen Stellen an Schläuchen hing.

Olivier wand sich auf ihrem Arm, und Ellen stellte ihn ins Unkraut, das den Weg überwucherte. Sofort rannte er auf Rayfield zu und zog ihm in Kniehöhe an den Beinen.

»He, kleiner Kerl«, sagte Rayfield und beugte sich hinunter, bis sein Bierbauch flach auf den Oberschenkeln lag. »Du bist'n Junge, oder?«

»Sein Name ist Olivier. Wie Sir Laurence Olivier.«

»Gefällt dir der Pick-up, Ollie?«

Olivier schlug mit seinen Fäustchen auf die Stoßstange.

»Er versteht kein Englisch«, erklärte Ellen.

»Nicht? Woher kommt er denn? Kuba?«

Ellen lachte. »Wieso Kuba?«

»Guck dir doch nur seine Haare an. Steck ihn in einen Kampfanzug, gib ihm 'ne Zigarre, und du hast Fidel Castro.« Rayfield zog Olivier auf eine Art in die Höhe, dass Ellen verdutzt innehielt und sich fragte, ob er eigene Kinder hatte. »Hast du Milch?«, fragte er.

»Klar, komm rein.«

»Sieht 'ne Ecke sauberer aus als bei Viola«, meinte er, während er ihr folgte. »Rodney muss es ordentlich abgespritzt haben.«

Ellen spitzte die Ohren. »Du warst hier öfters zu Besuch?«

»Kann man so auch wieder nicht sagen.« Seine Stimme hatte einen merkwürdigen Unterton. Dann betrat er die Küche. »Wow! Wo hast du die denn her?«, fragte er plötzlich aufgeregt.

»Was?«

»Die Waschmaschine.«

Es handelte sich um eine alte elektrische Wasch- und Wringmaschine, die in der hintersten Ecke der Vorratskammer unter mehreren Kisten mit Einmachgläsern begraben gewesen war. Ellen hatte versucht, die Maschine hervorzuziehen, es aber nur bis zur Küche geschafft und es dann aufgegeben.

»Mensch, meine Mutter hatte so eine. Als Kind hab ich sie geliebt. Hab für meine Mutter immer die Socken durch den Wringer geschoben«, schwärmte Rayfield nostalgisch und inspizierte sie.

Ellen wusste nicht, was sie sagen sollte. Das war für sie eindeutig jungfräuliches Territorium. Rayfield hatte einen geistesabwesenden Blick. Plötzlich wandte er sich an sie: »Hast du irgendwo schmutzige Wäsche? Lass uns mal waschen.«

»Ich weiß nicht mal, ob sie funktioniert«, sagte sie abweisend.

»Nur so kann man's rausfinden.«

Die Vorstellung, dass ihre Wäsche in Brackwasser herumgeschleudert werden sollte, gefiel ihr überhaupt nicht, aber um kein Spielverderber zu sein ging sie nach oben und durchwühlte ihren Wäschehaufen. Rasch zog sie ihre Unterhose heraus und warf sie auf einen eigenen Haufen.

Als sie in die Küche zurückkam, saß Olivier auf der Arbeitsfläche, und Rayfield befestigte den Schlauch am Wasserhahn. Dann dehnte er das altersschwache Kabel, bis es in die einzige vorhandene Steckdose passte. Ellen schwante nichts Gutes, als sie ihre Wäscheladung in die Trommel warf. Den rückständigen Teil ihrer Persönlichkeit, der oft aus keinem ersichtlichen Grund vor etwas zurückschreckte und der auch anderen den Spaß an vorderster Front nicht gönnte, konnte sie selber nicht ausstehen.

Aber das Waschen einer Ladung Wäsche in der Küche entsprach nun mal gerade nicht ihrer Vorstellung von einer großen Gaudi. Sie füllte etwas Waschmittel in die Maschine.

»Jetzt geht's los«, sagte Rayfield. »Na komm, drück auf den Schalter.«

Ellen machte einen Schritt nach vorne und stellte die Maschine an. Ein Rinnsal braunen Wassers floss in die Trommel. »Sie läuft!«, rief Rayfield. »Siehst du das, Ollie?« Er schnappte sich Olivier und setzte die kleinen Füße auf den Rand der Waschmaschine. »Das ist Wasser. Wa-wa.« Und dann zu Ellen: »Sieht übel aus. Warum benutzt du keinen Filter?«

»Es wird immer klarer werden«, sagte Ellen entschuldigend. »Der Typ meinte, das würde etwa eine Woche dauern.«

»Wie du meinst.« Rayfield wandte sich wieder der Waschmaschine zu.

Es lag nicht in Ellens Natur, einfach nur danebenzustehen und zuzuschauen, wie sich die Maschine mit Wasser füllte. Das war ihr zu langweilig. Rayfield hingegen war wie gebannt, ungefähr so wie Reginald Eubanks, wenn er sich die Rohfassung seines neuesten Dokumentarfilms ansah. Heimlich musterte Ellen Rayfields Gesicht. Es hatte einen heiteren Ausdruck angenommen, als hätte sich seine Laune gebessert.

Die Waschmaschine knallte wie ein Schießgewehr, der Wasserzufluss versiegte, und die Trommel begann, sich zu drehen. Das Wasser schwappte vor und zurück und schlug Wellen, die sich an der Trommelwand brachen. Schon bald geriet die ganze Maschine durch das Gewicht des Wassers ins Schwanken.

»Zurück!«, schrie Rayfield voller Entzücken. »Die Kleine hier fängt an zu tanzen!«

Olivier johlte vor Freude, als Rayfield sich ihn schnappte und auf den Arm nahm. »Ich erinnere mich«, sagte er. »Meine Mutter tanzte dazu einen Shimmy wie beim Tabledance. Bap, bap, bap, bap, bap, *bap*!«, sang Rayfield und setzte seine Hüften in Bewegung. Nach weniger als drei Sekunden machte Ellen mit. Wie oft kam es wohl vor, dass jemand zu einer Waschmaschine tanzte? Sie hatte auch nichts gegen einen Schulter-Shimmy einzuwenden, der in einen Twist überging. Und es dauerte nicht lange, da ergriff Rayfield ihre Hand, und sie tanzten einen Jitterbug. Als sie an Rayfields ausgestrecktem Arm kreiste, gab er sie frei, und sie wirbelten noch ein paar Mal durch die Küche. Olivier kriegte sich vor Lachen nicht mehr ein, und Rayfield rief in unregelmäßigen Abständen »Oh, Mann!« dazwischen.

Als ihr schwindlig wurde, setzte sich Ellen auf den Boden, doch als die Maschine abrupt ins Spülprogramm wechselte, zog Rayfield sie wieder auf die Füße. Das sanfte Surren verlangte nach einem langsamen Walzer. Ohne Widerstand ließ sie sich von ihm in die Arme nehmen. Der Geruch nach abgestandenem Zigarettenrauch hing in seiner Kleidung. Rayfield führte sie wie ein rundlicher Fred Astaire durch die Küche.

»Du hast Übung«, stellte sie fest.

»Eins meiner vielen Talente«, erwiderte Rayfield und ließ sie tief nach hinten sinken. Rücklings über dem Linoleumboden, konnte sie sowohl Rayfields Mondgesicht als auch Oliviers lachenden Mund mit den kleinen Beißerchen sehen. Dann wurde sie plötzlich hochgerissen, und gemeinsam segelten sie in eine Ecke der Küche, wo sie eine abrupte Rechtsdrehung vollführten, damit sie nicht in das eingebaute Bügelbrett krachten. Als das Spülprogramm zu Ende ging, war sie geradezu enttäuscht, dass er sie wieder losließ. Und dann war alles vorbei. Die nasse Kleidung war an die Trommelwand gepresst, die Waschmaschine in ihren Ruhezustand zurückgekehrt.

»Zeit, die Sachen durch den Wringer zu schieben«, meinte Rayfield. Ein Stück nach dem andern schob er ihre Arbeits-Shorts und T-Shirts durch die alten, schwarzen Rollen. Sie fielen wie Pfannkuchen in Ellens Wäschekorb. »Hast du eine Wäscheleine?«, fragte Rayfield.

»Ich geh mal nach draußen und sehe nach«, sagte sie noch etwas benommen. »Komm mit, Olivier.« Sie bot ihm eine Hand, aber er blieb auf dem Boden sitzen. »*Où est maman?*«, fragte er. Ellen hatte von ihm bisher keinen ganzen Satz gehört.

»Sie kommt bald, Süßer«, sagte sie, ließ sich auf den Boden fallen und setzte ihn auf ihren Schoß. »Sie kommt bald.« Oliviers Augen füllten sich mit Tränen, die ihm über Wangen und Kinn rannen. »Ach, Olivier, mach dir keine Sorgen. Sei nicht traurig«, beruhigte sie ihn.

»Wo ist seine Mutter überhaupt?«, fragte Rayfield.

»In Peru.«

»Peru drüben bei Plattsburgh?«

Ellen blickte zu ihm hoch und war erstaunt, wie begrenzt Rayfields Universum war. »Nein, Peru ist in Südamerika. Ihr Freund hatte einen schweren Autounfall.«

»Sein Vater?« Rayfield machte eine Bewegung zu Olivier hin.

»Ja.«

»Armer Kleiner. Wann kommt sie zurück?«

»Keine Ahnung.«

»Dann solltest du ihm nicht sagen, dass sie bald kommt.«

»Mein Gott, Rayfield, er versteht doch kein Englisch.« Oliviers Schultern bebten, und sein Gesicht war fest an Ellens Brust gepresst. Sie streichelte über seine Locken und wiegte ihn in den Armen.

»Du solltest dem Kind die Wahrheit sagen.« Rayfield ließ nicht locker.

Ellen, die nicht wollte, dass ihr Neffe von ihrer Stimme erschreckt wurde, schwieg.

»Ollie!«, rief Rayfield plötzlich mit lauter und fröhlicher Stimme. »Komm, lass uns den Rasen mähen. Komm schon, mein Junge.« Rayfield zupfte an Olivier, der in Ellens Armen lag, und lief zur Tür. »Na los, *mon petit chou-chou*. Lass uns geh'n. *Allons-y*.« Olivier stieß sich mit den Händen von Ellen ab, rannte zu Rayfield und hielt sich an einem seiner Finger fest. »Lass uns den Rasen mähen, Kumpel.« Rayfield verschwand mit dem Kleinen durch die Tür.

Chou-chou? Allons-y? Wo hatte Rayfield das denn her?, fragte sich Ellen. Sie schloss die Tür und beobachtete die beiden, wie sie zu dem uralten Mäher gingen, der im hohen Gras auf seinen Einsatz wartete. Mutley, der für seine Verhältnisse ein großes Interesse zeigte, stand unter dem Ahorn auf allen vier Pfoten. Sein Schwanz wedelte in unregelmäßigen Abständen, und schließlich machte er sogar einen Schritt in Rayfields Richtung.

»Mutley, guter Kerl«, sagte Rayfield. Mutley leckte ihm die Finger und schlabberte obendrein einmal großzügig durch Oliviers Gesicht. »Wie behandelt dich das Leben?« Rayfield machte mit ihm einen Halbnelson wie bei den Ringern und drehte ihn auf dem Boden. Auf dem Rücken liegend, streckte Mutley seine Pfoten hoch in die Luft und ließ sich von Rayfield und Olivier den Bauch klopfen. Dann kletterte Rayfield auf den Mäher und setzte Olivier auf seinen Schoß. Gemeinsam drehten sie den Zündschlüssel. Mit einem gewaltigen Dröhnen erwachte der Mäher zu neuem Leben. Mutley hob den Kopf, überdachte die Lage und ließ sich prompt zu Boden fallen, um ins Traumland zurückzukehren. Rayfield legte Oliviers Hände ans Lenkrad, und schon knatterten sie aus Ellens unmittelbarem Gesichtskreis hinaus, wobei sie Wirbel geschnittenen Grases hinter sich ließen.

Ellen machte sich eine Tasse Instant-Kaffee. So also sah Familienleben aus: Der Mann saß auf dem Mäher und erledigte die groben Arbeiten. Dann gab es da noch den Hund, das Kleinkind, das Landhaus, das Gemüse im Garten, das Auto vor der Tür und das kochende Wasser, das für die Hintergrundgeräusche sorgte. Sie setzte sich an den Tisch, wie sie es unzählige Male bei ihrer Mutter gesehen hatte. »Kaffeepause« hätte ihre Mutter gesagt, als schuldete sie der Welt eine Erklärung.

Wäre ich dazu in der Lage gewesen?, fragte sie sich. Eine Familie zu versorgen, ein normales Leben führen, nicht so ein zusammengeflicktes, bei dem sie jeden Tag mindestens zwanzig Treppenabsätze zu bewältigen hatte? Hätte sie dann ein offeneres Herz? Müsste sie dann nicht dieses merkwürdige asiatische Gebräu trinken, wenn sie schon am Morgen ihre Liebe in selbst gemachte Bratkartoffeln kanalisiert hätte? Sie betrachtete Rayfield, der zu groß für den Mäher war und dessen Hinterteil auf beiden Seiten des Sitzes herabhing. Selbstverständlich würde kein Rayfield auf dem Mäher sitzen.

Aber mit Tommy war auch nichts daraus geworden, dachte sie traurig.

20

Als Rayfield mit dem Rasen fertig und wieder abgefahren war, roch die Luft nach frisch gemähtem Gras. Grasblut. Düstere Stimmung überkam sie, als sie im Garten Unkraut zupfte, das sie auf einen Haufen mit anderen Pflanzenleichen warf. Ihr Leben war nur deshalb so kurz, weil sie das Pech hatten, als Unkraut auf die Welt gekommen zu sein statt als Tomaten oder Gurken. Sie stand zwischen den Pflanzenreihen und ließ ihren Blick über den üppigen grünen Rasenteppich schweifen. An den Rändern erhoben sich die Sträucher und Bäume wie eine Wand und schienen jederzeit bereit, sie zu umfangen, sobald sie ihnen den Rücken zukehren würde. Die Mücken und Moskitos schwärmten über ihrem Kopf, abgewehrt allein von der widerwärtigen Schicht tödlicher Chemikalien, die sie sich auf jedes Fleckchen unbedeckter Haut geschmiert hatte. Sie wischte sich mit dem Arm über die verschwitzte Stirn. Im Haus läutete das Telefon. Sie schnappte sich Olivier und rannte in großen Sätzen zum Haus, wo sie den Hörer kurz nach dem vierten Läuten abnahm.

»R-Gespräch von Karen«, sagte eine weibliche Stimme. »Übernehmen Sie die Gebühren?«

»Ja«, rief Ellen, »ja.« Nach einer Reihe lauter Klickgeräusche wurde die Leitung frei, und Karens Stimme strahlte mit Echo von einem Satelliten herunter, der irgendwo zwischen Eagle Beak und Lima in Peru die Erde umkreiste. »Hallo?«, sagte sie.

»Karen, wie geht's dir? Was macht Cocho?« Ellen ließ Olivier nervös auf ihrer Hüfte hüpfen. Sein krauses, schwarzes Haar erinnerte sie an den Haarschnitt, den sie als Jugendliche so herbeigesehnt hatte, wann immer sie ihn in der alten Musiksendung *Soul Train* gesehen hatte: den Afro-Look.

»Maman?«, fragte Olivier.

»Sie tun alles, was sie können«, sagte Karen. »Seine Vitalwerte sind schwach.«

»Oh, Karen, es tut mir so leid. Ist denn mit dir alles okay?«

»Ich weiß nicht. Ich habe die Nacht bei ihm verbracht und ihm die Hand gehalten und ihm gesagt, wie sehr ich ihn brauche, wie sehr Olivier ihn braucht.« Ihre Stimme versagte.

»Olivier geht's gut«, sagte Ellen schnell. »Er hat für mich das Gras gemäht.«

Karen lachte. »Ein frühreifes Bürschchen. Ist er in der Nähe?«

»Grad auf meiner Hüfte.«

»Lass mich kurz Hallo zu ihm sagen.«

Ellen hielt den Hörer an Oliviers Ohr. »*C'est maman*«, sagte sie. Olivier hörte mit gespannter Aufmerksamkeit auf Karens Stimme. Er hielt seine Hand immer exakt an der gleichen Stelle am Hörer, als könnte eine Bewegung die kostbare Verbindung zu seiner Mutter unterbrechen. Seine zarte Stimme brachte das Wort *oui* gleich mehrere Male hervor. Dann begann er damit, mindestens zwei Sätze in Folge zu sprechen, in denen das Wort *chien* vorkam. Olivier sprach von Mutley! Ellen hätte nicht gedacht, dass Mutley eine so große Rolle im persönlichen Universum ihres Neffen spielte. *Wir verstehen nicht, was in anderen Menschen vor sich geht,* dachte sie voller Bedauern.

Olivier richtete seine Augen auf Ellen. Offenbar hatte Karen nach ihr gefragt.

»Kann ich jetzt mit Mama sprechen?« Sanft nahm sie ihm den Hörer wieder ab. Er streckte seine Hand danach aus und ließ sie darauf ruhen, solange Ellen den Hörer zwischen Schulter und Kinn eingeklemmt hielt. Diese Geste trieb ihr die Tränen in die Augen.

»Er hört sich gut an. Er sagt, du hast einen Hund.« Olivier begann um sich zu schlagen und nach seiner Mutter zu schreien. Ellen ließ ihn von ihrem Schoß gleiten. Sie bedeckte die Sprechmuschel, damit ihre Schwester ihn nicht hören konnte.

»Uns geht's gut, aber sei ehrlich, wie geht es dir?«

»Kommst du für 'ne Weile mit Olivier zurecht?«

»Ich liebe ihn«, sagte Ellen. Sie spähte ins Wohnzimmer, wohin Olivier entschwunden war. »Er ist mir schon ans Herz gewachsen.«

»Gut. Dann bleibe ich, bis … bis ich mehr weiß.«

Ellen erkundigte sich nach dem Namen des Krankenhauses und legte auf. Dann lief sie hinter Olivier her. Mit ausgestreckten Beinen saß er in einer Ecke und schluchzte. Ellen nahm ihn auf den Schoß und küsste ihn wieder und wieder. »Lass uns zu Mittag essen, Süßer«, sagte sie, nur um überhaupt etwas zu sagen. Ihr Herz schmerzte, während sie Sandwiches mit Erdnussbutter und Traubengelee bestrich. Da staute sich immer mehr auf: der Geruch des Grases, Cochos Vitalwerte, die kleine Hand am Telefonhörer, der arme heimatlose Mutley, Rodneys verrückte Mutter, das grüne Unkraut, das in allen Ecken wucherte.

Und Tommy. Wo war eigentlich Tommy? Warum war sie so weit weg von ihm?

Ellen spürte Wut in sich aufsteigen, als sie ihre eigene Frage beantwortete. Tommy arbeitete. Tommy arbeitete immer. Anfangs, nachdem er sich entschieden hatte, bei den Pflichtverteidigern zu bleiben, war sie stolz auf ihn gewesen. Stolz, dass er selbst nach einem Harvard-Abschluss die Werte der Unterschicht nicht verleugnete. Aber im Laufe der Jahre verwandelte sich der Stolz in Verdächtigungen und dann in Zynismus. Wenn sie ihn fragte, warum er nie versuchte, die nächste Sprosse der Leiter zu erklimmen, gab er immer dieselbe Antwort: »Ich liebe meinen Job. Irgendjemand muss sich um die armen Leute kümmern.« Aber sie glaubte ihm nicht mehr. Schließlich warf sie ihm vor, faul zu sein, ängstlich und unmotiviert. »Sieh mal einer an«, sagte Tommy. »Schau, Ellen, ich weiß, wer ich bin.

Falls es dir nicht gefällt, tu, was du tun musst, aber hör verdammt noch mal auf, mich damit zu triezen.«

Nach einigen Jahren gab sie auf. Bei Betriebsfeiern kamen die ganz Jungen, die gerade erst ihren Abschluss gemacht hatten, und erzählten ihr, was für ein Lokalmatador und welch eine Legende ihr Tommy doch sei, und sie nickte immer und versuchte zu verdrängen, dass all diese Jünglinge in nicht mal fünf Jahren mehr verdienen würden als ihr Tommy. Die ganze Angelegenheit war für beide ein ständiges Ärgernis. Und die Krönung des Ganzen war, dass sie sich selbst dafür hasste, dass sie als Ehefrau von einer typischen Bühnenmutter nicht zu unterscheiden war. Aber sie konnte nicht anders. Sein Verliererstatus in der Anwaltswelt war ihr ein Dorn im Auge.

Sie blickte auf den Kalender. Noch zwölf Tage bis zum 4. Juli. Ellen wusste, wie es in New York war. Wenn man ging, schloss sich die Stadt über der entstandenen Lücke. Schon bald erinnerte sich keiner mehr an einen. Die New Yorker blickten selten in die Vergangenheit, da sie sozusagen *en masse* um die gefährlichen Kurven der Gegenwart kreisten. Immer beschäftigt, riefen sie sich gegenseitig »Was guckst du so!« zu und mühten sich sechs Treppenabsätze hoch, bepackt mit frischen, handgemachten italienischen Tortellini. Tommy musste wahrscheinlich einen Fall bearbeiten. Das lange Wochenende hatte er vermutlich mit einem Drogenboss von den Washington Heights zu tun.

»Lass uns essen gehen«, sagte sie zu Olivier. »Wir müssen uns nur noch aufdonnern.« Sie warf die Sandwiches in den Müll und trug den Kleinen zum Umkleiden die steile Treppe hinauf. Dann machten sie sich auf den Weg den Berg hinunter, wobei sie die Kapellen, die der heiligen Mutter Maria gewidmet waren, rechts und links liegen ließen. Jedes zweite Haus besaß eine hochkant und halb in die Erde versenkte Badewanne im Vorgarten, die innen blau angemalt war und Assoziationen an ferne Grotten wecken sollte. Darin befand sich eine Gipsfigur der Jungfrau Maria, auf einem Globus oder einem Halbmond stehend. Typischerweise hielt sie die Arme leicht erhoben, die Handflächen der Welt zugewandt. Eine Geste, die Ellen vage an den Sänger Al Jolson erinnerte, wenn er die letzten Töne von »Mammy« schmetterte.

»Heilige Maria, Mutter Gottes, bitte für uns jetzt und in der Stunde unseres Todes, amen«, sagte sie plötzlich. Im Alter von sieben bis zehn hatte sie das Gebet mehr als eine Million Mal wiederholt. Nach Aussage der Nonnen ersparte einem jede Wiederholung dreißig Tage Fegefeuer, und Ellen wollte so viele spirituelle Gutscheine wie möglich ansparen. Als Kind wollte sie wirklich eine Heilige werden und wie die gespenstisch konservierte Mutter Cabrini in einem Glasschrein in einer New Yorker Kathedrale ausgestellt sein. Die Gedanken ans Fegefeuer und, Gott verhüte, an die Hölle raubten ihr schier den Atem. Für immer und ewig im Fegefeuer zu schmoren, kam einfach nicht infrage, aber für immer von allem Luxus des Himmelreichs ausgesperrt zu sein, nur weil man nicht im Voraus geplant hatte, war genauso schrecklich. Vor dem Schlafengehen hatte Ellen das »Gegrüßet seist du, Maria« stets mit so hoher Geschwindigkeit gebetet, dass, abgesehen vom großen Finale, dem Amen, keins der Wörter klar zu verstehen gewesen war. Und in der Wiederholung klang ihr Amen sogar ein bisschen wie »Olé!«. Sie zählte die Amen und schlief nicht eher ein, bis sie nicht mindestens fünfzig Jahre Fegefeuer eingespart hatte.

Eigentlich hatte Ellen nicht vor, nach Montreal zu fahren, aber die Vorstellung, sich aufzudonnern und dann in einer orangefarbenen Nische bei McDonald's zu landen, wo man kalte Pommes in eine Lache aus geronnenem Ketchup dippte, war einfach zu enttäuschend. Deshalb war sie über die Grenze gefahren und hatte den bukolischen Verlockungen beiderseits der Autobahn keine Beachtung geschenkt. Die Vision von Cappuccino, garniert mit einer Kiwischeibe, trieb sie an. Vielleicht würde sie ein Camembert-Sandwich mit Avocadostreifen auf Vollkorn-Pita nehmen, und Olivier würde im Café L'Alibi von Schoß zu Schoß wandern.

Ihre Muskeln verspannten sich, als sie in den Rückspiegel sah, um die Fahrbahnseite zu wechseln. Autos und Laster röhrten auf beiden Seiten, Sonnenlicht blitzte in der Ferne auf der Basilika des St. Joseph's Oratory. Im Radio, das auf einen französischen Sender eingestellt war, lief eine unbekannte Ballade über eine unglückliche Liebe. Im Vordergrund dominierte ein Akkordeon. Ellen bekam Lust, sich einen Bob schneiden zu lassen. Sie wollte Caprihosen und Stöckelschuhe tragen und große Kreolen. *Ich liebe das Stadtleben*, dachte sie, und ihr schwindelte bei diesem Ausbruch von Enthusiasmus. Zur Hölle mit dem Landleben und allem, wofür es stand.

Direkt vor dem Café setzte jemand aus einer Parklücke, sodass Ellen gleich hineinfahren konnte. Olivier, der hinten im Kindersitz geschlafen hatte, wachte auf. Ellen bemerkte, wie sein Gesicht vor Freude strahlte, als er die Steingebäude und die Betonbürgersteige seiner Heimatstadt wiedererkannte. Regine-Marie lehnte am Tresen und las in einem Magazin, als Ellen hereinkam. Sie blickte hoch, schnappte sich dann gleich Olivier und bedachte ihn überschwänglich mit Küsschen. Noch bevor Ellen sich setzen konnte, hatte eine große Kellnerin mit hüftlangen blonden Haaren und burgunderroten Lippen etwas Eiscreme für Olivier aus dem Behälter gelöffelt, dann tauchte ein Hochstuhl für ihn auf, und er war umringt von einer Schar langbeiniger Frauen, die zur Arbeit kurze Hosen trugen.

Regine-Marie führte Ellen zu einem Ecktisch und setzte sich zu ihr. »Und, wie ist es so als Mutter?«, fragte sie.

»So weit, so gut«, sagte Ellen. In Wahrheit zermürbte sie die ständige Forderung nach Aufmerksamkeit. Ihr war bewusst, dass sie immer ein Auge auf Olivier haben musste, außer wenn er in seinem Reisebett lag. Und wenn er schrie, fühlte sie sich total hilflos.

»Er ist ein wunderbarer Kleiner«, sagte Regine-Marie und sah Olivier mit großer Zuneigung an. »Gutmütig.«

»Ja, er ist ganz erstaunlich«, fügte Ellen hinzu und meinte es ehrlich.

»Was von Karen gehört?« Regine-Maries Augen nahmen einen sorgenvollen Ausdruck an.

Ellen wollte es eigentlich nicht sagen, aber sie zwang sich dazu: »Sieht nicht gut aus.«

Regine-Marie schob den Salzstreuer einen Zentimeter nach links. »Hoffen und beten«, sagte sie, ohne aufzuschauen.

»Hoffen und beten«, wiederholte Ellen. Heilige Maria, Mutter Gottes, bitte jetzt für Cocho und verschiebe die Stunde seines Todes um viele Jahrzehnte, amen.

»Habt ihr Hunger?«, erkundigte sich Regine-Marie.

»Bin halb verhungert. Ich wollte eigentlich nur runter nach Lamone zum Mittagessen, und jetzt bin ich hier.«

»Ein Werk des Schicksals.«

»Vermutlich.«

»Und dein grünes Kleid steht dir auch gut.«

Ellen lachte. »Es verdeckt jede Menge Sünden.« Sie dachte an ihre runden Hüften und die schwabbeligen Oberschenkel.

»Es gibt keine Sünden«, sagte Regine-Marie, »jedenfalls nicht in Montreal.«

»Deshalb bin ich hier.«

»Deshalb kommen alle hierher. Ich mache dir ein Sandwich.« Regine-Marie verließ den Tisch und ging in die Küche. Ellen machte es sich auf ihrem Stuhl bequem und bewunderte die ausgefallene Eleganz des Cafés. Hier konnte sie mitschwimmen, am Leben teilnehmen. Keine Sünden, dachte sie. Konnte das stimmen? Ihre Gedanken schweiften ab, bis sie auf eine Gedichtzeile stießen – John Ciardi: »Lass sie alle in den Himmel; ich schaffe die Hölle ab!«, hatte er geschrieben. Das war eine Philosophie, der Ellen aus vollem Herzen zustimmen konnte.

Regine-Marie kam mit einem stark riechenden Käse-Sandwich zurück. Es wurde von zwei Holzstäbchen gehalten, um das festliche Schnörkel aus scharlachrotem Papier gewunden waren. »*Merci*«, sagte Ellen. Regine-Marie setzte sich ihr gegenüber. Sie trug eine knappe, schwarze Bluse mit Spaghettiträgern, die den Blick auf ein verbleichendes Oberarm-Tattoo erlaubten: ein Herz, das von drei Schwertern durchstoßen wurde. Olivier malte fröhlich mit der Eiscreme auf dem Tischchen seines Hochstuhls herum.

»Hattest du Probleme damit, Karens Schichten zu besetzen?«, fragte Ellen.

»Warum? Suchst du einen Café-Job?«, erwiderte Regine-Marie.

Ellen lachte. »Nee. Ich habe im Moment wirklich alle Hände voll zu tun.«

»So? Du wirkst eher wie jemand mit viel Freizeit.«

»Ehrlich?« Ellen war erstaunt. »Wie kommst du darauf?«

»Du bist schon wieder in Montreal, gleich am nächsten Tag!«

»War ich erst gestern hier?«, fragte Ellen. Sie konnte es kaum glauben, dass sie vor weniger als vierundzwanzig Stunden ihren Honda gepackt und diese Stadt verlassen hatte. Sie hatte keine Ahnung, warum sie so schnell zurückgekehrt war. Es kam ihr viel länger vor. Und dann hörte sie sich selbst sagen: »Ich habe Angst.«

Regine-Marie beugte sich vor. »Wegen Cocho?«

»Wegen Cocho. Wegen Karen. Wegen Olivier. Wegen mir, dir, allem. Wegen der Erde. Das ist mir gerade so in den Kopf gekommen.« Ellen versuchte, darüber hinwegzugehen, aber es ging nicht. Regine-Maries Gesicht war nur ein paar Zentimeter von ihrem entfernt. Ellen konnte erkennen, wo sie die Lippenkonturen mit einem kastanienbraunen Stift nachgezogen hatte.

»Ich auch«, sagte sie.

Plötzlich wurde Ellen vom Geruch des Käses schlecht, und sie schob den Teller beiseite. Ihre Hände lagen weiß auf dem Tisch, als wären sie mit der italienischen Marmorplatte verschmolzen. Regine-Marie berührte sie mit warmer Hand, und Ellen konnte die Schwielen an ihren Fingern spüren. *Vielleicht brachte einen das Trommeln an den Puls des Lebens,* dachte sie, *an die Rhythmen, die ansonsten unbemerkt blieben, ignoriert oder gar vermieden wurden. Wie der Tod.* Ellen verspürte den starken Drang, wieder ins Auto zu steigen, den Zündschlüssel zu drehen und davonzujagen. Sie stand auf. »Ich brauche eine Zigarette«, sagte sie, obwohl sie nicht rauchte, niemals geraucht hatte und niemals rauchen wollte.

»Geh mal eine Runde um den Block«, sagte Regine-Marie.

Als Ellen das dämmrige Café verließ, trat sie wie in einen Ofen. Sie bewegte sich zu schnell durch die Hitze; Rinnsale aus Schweiß liefen zwischen ihren Brüsten herab. Schon bald fand sie sich vor Karens Haus wieder. Schnell ging sie hinein und lief die Treppe hinauf. Im Apartment selber tanzten Staubkörner im einfallenden Licht und setzten sich auf den Fensterbänken und den Tischplatten ab. Ellen blieb stehen und wartete auf Anweisungen. Die dunkelroten Ziegelsteine am anderen Ende des Zimmers sahen geordnet und solide aus, der hölzerne Boden, geschliffen und gewachst, hatte einen warmen Glanz, als ob tief darin verborgen ein Feuer brennen würde. Durch das Fenster konnte sie die Lastschiffe auf dem St.-Lorenz-Strom sehen sowie die Kräne, die entlang des Flussufers standen.

Sie ging zum Kühlschrank und nahm sich eine Limonade. Auf dem Küchentisch lehnte ein gerahmtes Foto an einer Blumenvase. Auf dem Bild waren Karen, Olivier und Cocho zu sehen, die lächelnd auf einer Parkbank im Mount Royal Park saßen, von wo aus sie die ganze Stadt überblicken konnten. Ellen sah sich genau an, wie Cocho Karens Schultern umschlang, die sich an ihn lehnte und ihm furchtlos in die Augen sah. Olivier, der an Cochos Seite stand, hielt einen türkisfarbenen Ball in der Hand. Auf seinem Lockenkopf trug er eine umgedrehte Baseball-Mütze. Ellen hob das Bild hoch und starrte, genau wie Karen, in Cochos dunkle Augen. Sie kamen ihr fremd und wie verschleiert vor.

Wie hatte es dazu kommen können, fragte sie sich, dass sie Karens Geliebten nur so wenig kannte? Das war falsch. Alles war falsch, unverzeihlich, aber wahr. Sie brachte das Bild ins Schlafzimmer und legte sich auf Karens und Cochos Bett. Tränen fielen auf das Kopfkissen, das nach Regen roch und ihre Tränen aufsog.

21

Ellen wachte auf und erschrak, weil sie eingenickt war. Ein Blick zum Wecker zeigte, dass sie etwas mehr als eine Stunde geschlafen hatte. *Gurkenscheiben*, dachte sie. In einem Heftchen an der Supermarktkasse hatte sie gelesen, dass Elizabeth Taylor mit eben diesem Wort jeden neuen

Tag begrüßte. Verständlicherweise gab es hier kein Hausmädchen, das die Gurke geschnitten und ihr die Scheiben auf die geschwollenen Augenlider gelegt hätte. Deshalb zwang sich Ellen, selber aufzustehen und im Gemüsefach nachzusehen. Sie fand eine große, frische Gurke und machte sich ans Werk.

Doch bevor sie sich die Scheiben auflegte, inspizierte sie ihr Gesicht im Spiegel. Ihre Augen spähten ihr aus zwei geröteten Hautwülsten entgegen, die Ähnlichkeit mit Fahrradschläuchen hatten. Mit einem Seufzer warf sie sich auf den Rücken und bedeckte die Augen mit zentimeterdicken Gurkenscheiben. Da sowieso niemand da war, der sie hätte essen können, hatte sie die Gurke komplett geschnitten. Schon bald war ihr ganzes Gesicht unter einer kühlen Gemüseschicht begraben. Wenn sie sich konzentrierte, vermochte sie sogar zu spüren, wie die Spannung, die sich in den Säcken unter ihren Augen aufgebaut hatte, langsam in das Gurkenfleisch gesogen wurde. Kein Wunder, dass sich Elizabeth Taylor, die ewig Junggebliebene, dies zur Gewohnheit gemacht hatte.

Das Nachdenken über Liz zauberte neue Bilder hervor: von Hollywood und Malibu Beach, wo Frauen mit perfekten Brüsten jeden Tag Volleyball mit gut gebauten Surfern spielten. Mit sechsundvierzig Jahren hatte Ellen schließlich akzeptiert, dass sie nicht dazu bestimmt war, ein Hollywood-Sternchen zu werden, doch von Zeit zu Zeit fühlte sie sich betrogen. Insgeheim glaubte sie, dass Hollywood sie brauchte, und war drauf und dran, ihre Gurken zu packen und dorthin zu gehen.

Aber dann kehrte die Realität ihr hässliches Gesicht hervor, und Ellen wurde klar, dass es Zeit war, die Gurkenscheiben, angefüllt mit psychischem Giftmüll, abzunehmen und zu ihr zum Café L'Alibi zurückzukehren, wo Olivier auf sie wartete. Im Gegensatz zu ihr hatte das arme

Kind keinen Mittagsschlaf gehabt. Sie konnte nur hoffen, dass die Zuckerflut der Eiscreme so lange vorhielt, bis Ellen die mütterliche Routine wieder aufnahm. Sie stopfte Karens Familienfoto in ihre Tasche und verließ das Haus.

Draußen war es unerträglich schwül, und die Haare, die sich aus ihrem Pferdeschwanz gelöst hatten, klebten in ihrem Nacken. Als sie ihr Spiegelbild in einem Schaufenster erblickte, schoss ihr plötzlich der Gedanke durch den Kopf, dass die langen Haare bei einer Frau ihres Alters lächerlich wirkten. Mit zwanzig hatte sie solche Frauen als »alte Mädchen« bezeichnet und sich geschworen, sich als Frau in den Goldenen Jahren würdevoll zu benehmen und sich nicht damit lächerlich zu machen, indem sie sich auf jugendlich trimmte.

Ellen stürmte in den erstbesten Schönheitssalon, an dem sie vorbeikam. Dort gab es Poster mit Frauen, deren Frisuren Kunstwerken gleichkamen, sowie eine Cappuccino-Maschine aus poliertem Kupfer. Zum Glück sprach die Stylistin, die ihr zugewiesen wurde, fließend Englisch. »Am Ende möchte ich bloß nicht aussehen wie Brunhilda, die Kugelstoßerin bei Olympia«, sagte sie mit brüchiger Stimme, »oder wie eine alte Jungfer.« Die Stylistin, Monique, eine Frau mit drei Nasenringen und magentafarbenen Strähnen in den schwarzen Locken, musste lachen. »Vertrauen Sie mir«, sagte sie und schäumte dabei Ellens Kopf mit einem Shampoo ein, das nach Gewürznelken roch. »Und auch nicht wie ein Backfisch«, fügte Ellen hinzu, während Moniques Finger ihre Kopfhaut massierten.

Beim ersten Schnitt fiel eine etwa dreißig Zentimeter lange Strähne zu Boden. Ohne erkennbaren Grund musste Ellen an all die Demütigungen denken, die sie unter Reginald Eubanks erfahren hatte, als genau dieses Haar gewachsen war. Dies war das Haar einer Rechercheurin, die für einen egoistischen Tyrannen mit Persönlichkeitsstörung geschuftet hatte. So wie die Liste ihrer arbeitsbezogenen Beschwerden immer länger geworden war, so war auch ihr Pferdeschwanz gewachsen und hatte sie nach unten gezogen, ohne dass es ihr bewusst geworden war. Ihr schwindelte, als sie ihn auf dem Boden liegen sah. Auf Wiedersehen, Reginald, sagte sie in Gedanken. Auf Nimmerwiedersehen, du Arschloch.

Fasziniert beobachtete sie Monique, die an ihrer neuen Identität modellierte. Zwanzig Minuten später stand sie mit locker fallenden Wellen auf. Auch ihre Augenbrauen waren frisch in Form gebracht: zwei kräftige Striche, wie vom freien Geist eines Jackson Pollock oder eines Anton Malevich hingeworfen.

Sie eilte zum Café L'Alibi, wo Regine-Marie und all die anderen Kellnerinnen sie umlagerten und ihr spontanes neues Styling enthusiastisch diskutierten. In ihrem grünen Kleid, mit neuer Frisur und neuen Augenbrauen fühlte sich Ellen unbesiegbar. *Du schaffst das!*, ermunterte sie sich selbst, als sie Olivier im Autokindersitz verstaute. *Du musst den Karren deines momentanen Selbstbewusstseins auf die Überholspur bringen!* Herzhaft biss sie in ihr Camembert-Sandwich, das Regine-Marie vorsorglich im Kühlschrank aufbewahrt hatte.

Als sie schließlich um die Ecke bog und auf ihr Haus zufuhr, war es beinahe dunkel. Das Surren der Moskitos übertönte das Zirpen der Grillen. Schnell kurbelte sie die Autofenster hoch und beugte sich nach hinten, um Olivier aus seinem Kindersitz zu nehmen. *Das arme Kind ist total erledigt,* dachte sie. Kein Wunder. Lebte es doch von Erdnussbutter, Traubengelee und Eiscreme und überquerte so oft die Grenze wie ein Mohawk-Schmuggler aus dem Akwasasne-Reservat. Ohne ihm die Windel zu wechseln, steckte Ellen ihn in sein Reisebett und schwor sich, eine bessere Ersatzmutter zu werden. Dann sank sie neben dem Bett auf die Knie und lauschte auf seine Atemgeräusche. Was für ein Phänomen, dieses Ein- und Ausatmen von Lebensodem! *Darin sind wir alle miteinander verbunden,* dachte sie. Sie stand auf, eilte die steilen Stufen hinunter, kramte Karens Familienfoto aus der Tasche und kam wieder herauf, um es auf das Nachttischchen zu stellen.

»Hör nicht auf zu atmen, Cocho«, sagte sie ruhig. Sie beobachtete weiter, wie sich Oliviers kleine Brust unter Violas Patchwork-Quilt hob und senkte. »Hör nicht auf zu atmen. Ich helfe dir.« Sie saß auf der Bettkante, atmete tief ein und aus und stellte sich vor, sie würde helfen, Cochos Lungen mit wertvoller Luft zu füllen. Dabei vergaß sie die Zeit und atmete für ihn die ganze Nacht hindurch. In ihren Träumen sah sie das weiße Cottage inmitten der Wildnis und inspizierte es genau. Es war Violas Haus, ihr Haus, aber warum war es in so einem schlechten Zustand? Warum sah es so verlassen aus, obwohl es in Wirklichkeit voller Leben steckte? Der Rasen war nun gemäht, und die Fleischtomaten wuchsen im Garten. Warum gab es vom Traumbild kein Update durch das Unbewusste – ein Wink aus der anderen Welt? Es war verwirrend, als befände sich das Haus in einem Kreislauf unaufhörlichen Zerfalls.

Sie war erleichtert, als sie durch den Lärm von Rodneys Hammer oben auf dem Dach geweckt wurde. Gerade stieg auch der Geruch von Kaffee durch die Ritzen der Dielen. Offensichtlich hatte Rodney den versteckten Hausschlüssel benutzt, um sich Einlass zu verschaffen. Warum sollte sie dagegen ankämpfen? Sie konnte genauso gut Rodney de Beer nachgeben und sich in die Gebräuche des Landlebens fügen. Wenn jemand ohne Erlaubnis in ihr Apartment in der Tenth Street eingedrungen wäre, hätte sie automatisch damit gerechnet, getötet zu werden. Blutiger Mord. Und bei ihrem Glück müsste dann ausgerechnet Tommy den Täter vor Gericht verteidigen.

»Komm, beeilen wir uns, Olivier. Ein neuer Tag liegt vor uns«, sagte sie, hob ihn aus dem Bettchen und wechselte seine Windel. Als sie die Treppe hinunterstieg, lag bereits ein Haufen frischer, mit Puderzucker bestäubter Donuts auf dem Tisch. Sie goss sich eine Tasse Kaffee ein, wobei sie sich für den Bruchteil einer Sekunde fragte, ob sie Rodney dazu bewegen könnte, mit einem Teller voller Gurkenscheiben die Treppe hochzukommen.

Sie und Tommy hatten das Sich-bedienen-Lassen zu einer Kunstform entwickelt. Sie wachten auf, stellten sich aber schlafend in der Hoffnung, der andere würde aufstehen und Kaffee kochen. Obwohl sie nie darüber gesprochen hatten, wussten sie genau, was im anderen vorging. Jeden Morgen gab es den Wettstreit, wer es länger aushalten würde. Noch den Luxus der Bettdecke zu genießen, während Tommy in der Küche Kaffeebohnen mahlte, erfüllte sie mit diebischer Freude. Nur mit Mühe konnte sie ihre Häme verbergen, wenn Tommy mit zwei dampfenden Kaffeebechern zum Bett zurückkehrte.

Sie sah auf den Kalender aus Baldys Laden. Bald würde Tommy für ein Wochenende kommen. Sie schwor sich, ihn von vorne bis hinten zu bedienen: ihm seinen Morgenkaffee zu bringen; ihm die Bettseite zu überlassen, wo weniger Sprungfedern durch die Matratze stachen; ihm gefüllte Paprika zu machen und ihm den besten Rotwein aus ganz Lamone zu servieren. Ellen fragte sich, ob er sie bereits vermisste. Im Lauf der Jahre hatte sie akzeptiert, dass sie und ihr Mann völlig verschieden waren. Er liebte Oldies als Hintergrundmusik, sie sehnte sich nach Stille. Er liebte dämmriges Licht, sie zog die strahlende Helligkeit einer Zweihundertwatt-Birne vor. Er gedieh noch im größten Durcheinander, sie hingegen brauchte zumindest eine oberflächliche Ordnung, selbst wenn das bedeutete, dass das Chaos lediglich in eine passende Schublade gestopft wurde.

Als sie ihren Donut in den Kaffee tunkte, schoss ihr die Liste unterschiedlicher Definitionen von Ehe durch den Kopf, die sie und Tommy im Laufe ihrer gemeinsamen Jahre erstellt hatten: »Es ist so, als machte man einen völlig Fremden zu seiner Familie«, hatte sie mal gemurrt, »das ist nett, solange man an Familie Gefallen findet, doch das tue ich nicht.« Ein anderes Mal hatte sie die Ehe damit verglichen, im selben Reisfeld herumzustapfen. Kurz vor ihrem zehnten Hochzeitstag hatte sie von ihrem Buch, das sie gerade im Bett las, hochgeschaut und gesagt: »Meine Güte, Tom! Stell dir vor – in ein paar Tagen werden wir ein ganzes Jahrzehnt gemeinsam verbracht haben.« Worauf er erwiderte: »Tu mir einen Gefallen, Süße. Wenn ich einschlafe, erstick mich mit einem Kissen.« Beide lachten darüber. In einer besonders stressigen Situation hatte Tommy sogar gesagt, er habe den Eindruck, dass die Hochzeitszeremonie eine unsichtbare, dritte Entität schaffe, die einem die Pistole an die Schläfe setze, wenn man sich davonstehlen wolle.

Ellen erkannte, dass der Versuch, die Ehe zu definieren, hauptsächlich aus der Frustration heraus entstand. Wenn es hart auf hart kam, fühlte sich die Ehe wie Treibsand an, der einen unbarmherzig immer weiter nach unten zog. In der übrigen Zeit ähnelte sie eher einer handgemachten Wiege, die einen in den Schlaf schaukelte. Aber selbst dieses süße Bild irritierte Ellen, weshalb sie sich bewusst dafür entschied, mit dem Thema erst einmal Schluss zu machen.

»Lass uns die Blumen gießen gehen«, sagte sie in Oliviers Richtung. Sie gab sich Skin-So-Soft auf die Handfläche und rieb sich und Olivier großzügig damit ein. Puderzucker bedeckte wie ein weißer Bart die untere Hälfte seines Gesichts. Mit seinem wuscheligen Haar sah er aus wie ein künstlich gealterter Jimi Hendrix.

»He, Rodney«, rief Ellen und schirmte ihre Augen vor den Sonnenstrahlen ab. »Wie steht's bei dir da oben?« Er lehnte sich gegen den Vierkant, den er sich als Stütze montiert hatte, und wandte sich ihr zu.

»Morgen, Ellen! Sieht so aus, als hättest du einen neuen Haarschnitt.«

Ellens Finger flatterten unruhig durchs Haar.

»Das macht dich gleich zehn Jahre jünger«, rief er.

»Zehn Jahre? Zehn *Jahre*?«, wiederholte sie. »Danke. Und Danke auch für den Kaffee und die Donuts«, rief sie laut zurück. Sie freute sich, Rodney zu sehen, obwohl es ihr etwas merkwürdig vorkam, ein morgendliches Gespräch anzufangen, bei dem sich beide Parteien aus Leibeskräften anbrüllen mussten.

»Wer ist dein kleiner Freund?«, schrie Rodney herunter.

»Mein Neffe Olivier. Er bleibt ein Weilchen bei mir.« Sie hatte plötzlich Angst, Rodney könnte Olivier ein »farbiges« Kind nennen.

»Hallo, kleiner Kumpel!«, rief Rodney ihm zu. »Ist bei deiner Schwester oben in Montreal alles in Ordnung?«

Ellen erinnerte sich, dass sie Rodney zuletzt vor zwei Tagen gesehen hatte. Sie war aus dem Haus gejagt, um möglichst schnell bei Karen zu sein.

»Kann ich so nicht sagen«, antwortete sie. »Ich erzähl's dir später. Wir müssen noch gießen und Unkraut rupfen.«

»Okay«, sagte Rodney und salutierte mit dem Hammer hoch über dem Kopf. Kurz darauf wurde die Luft wieder von heftigem Klopfen erfüllt. Der Himmel hinter Rodney war strahlend blau, aber in einer besonderen Schattierung, wie Ellen sie nie zuvor gesehen hatte. Ein paar Sekunden lang bewunderte sie diesen Anblick. Mutley rappelte sich unter seinem Baum hoch und entlockte Ellen einen kurzen beschämten Aufschrei. Sie hatte ihn vergessen und die ganze Nacht draußen bei den Moskitos liegen lassen. »Mutley! Es tut mir so leid! Ich habe dich vergessen«, sagte sie. Sie strich ihm durch den Bürstenhaarschnitt und rieb ihn mit der Lotion ein. Olivier klopfte an seine Seite und versuchte, seinen Namen auszusprechen.

Dann liefen sie zwischen Wasserhahn und Garten hin und her. Ellen achtete auf jede Bewegung, die Olivier machte, da sie fürchtete, er könnte sich einen Stein in den Mund stecken und daran ersticken, während sie pflichtbewusst das Unkraut rupfte oder die Reihen mit dem Gemüse wässerte. Dann machte sie sich daran, den Garten zu erweitern. Sie wollte einen großen Garten haben, einen riesigen Garten, selbst wenn das bedeutete, dass sie den ganzen Tag lang Wasser schleppen musste. Und selbst wenn es schon zu spät zum Aussäen war. Im nächsten Jahr würde sie einfach früher damit anfangen.

Nächstes Jahr? Dachte sie tatsächlich an ein nächstes Jahr in Eagle Beak? Unbewusst hatte sie angenommen, dass ihre Phase als Naturmädchen sich genauso schnell erledigen würde wie ihre übrigen Karrieren. Gut, hier konnte sie nicht gefeuert werden, was das Ganze in ein völlig neues Licht rückte. Und es war in der Tat sehr befriedigend, den Rasen getrimmt und die Pflanzen wachsen zu sehen. Sie grub weiter und häufte Steine auf der Mauer auf. Olivier half dabei. Ellen konnte nur hoffen, dass er sich keinen Bruch hob und keiner vorbeifuhr und sie wegen Kinderarbeit anzeigte.

Um halb elf kamen alle im Esszimmer zusammen. Ellen brühte ihren speziellen Öffne-dein-Herz-Tee auf und machte eine Kanne frischen Kaffee für Rodney. Der pingelige Rodney nahm Olivier mit in die Küche, wo er ihm den hart gewordenen Zucker mit einem karierten Taschentuch abrieb.

»Ich habe nie daran gedacht zu fragen, ob du Kinder hast, Rodney.«

»Verdammt, nein.«

»Gibt's dafür einen bestimmten Grund?«

Rodney stand auf und dachte offenbar ernsthaft über eine Antwort nach. »Nicht, dass es mich was angeht«, fügte Ellen hinzu. »Vergiss es. Ich sollte meine neugierige Nase nicht überall reinstecken.«

»Ich überlege nur, wie ich es ausdrücken soll«, sagte er. »Ich glaube, ich hatte Angst, die Kinder könnten krank im Kopf werden.«

»Sie wären schon nicht verrückt geworden, Rodney. Dafür bist du zu nett.«

»Du kennst mich nicht wirklich«, erwiderte er. »Ich habe so meine Probleme.«

»Erzähl mir eine Geschichte über Viola.« Ellen wusste nicht, warum ihr danach war. Im Prinzip fand sie es unmöglich, zu ihrem eigenen Vergnügen in der schmerzlichen Vergangenheit anderer Leute herumzustochern, doch in der Praxis tat sie es andauernd.

»Was für eine Geschichte?«

Sie wollte nicht morbid erscheinen. »Einfach die erste, die dir in den Kopf kommt.«

Rodney sah sich im Haus um, als ob ein visueller Reiz die entsprechende Erinnerung auslösen würde. »Nun«, fing er an, »sie nannte mich manchmal Kürbiskopf. Das war, als ich noch ein Junge war. Es war etwas merkwürdig, denn obwohl es ein Kosename sein sollte, klang es niemals so, wenn du verstehst, was ich meine. Dann, oh … das muss Jahre später gewesen sein, fragte ich sie eines Tages, wie das so ist, ein Kind zu gebären, und sie sagte: Das ist, als müsste man einen Kürbis scheißen.« Rodney verstummte und nippte an seinem Kaffee. Er schielte über den Rand seiner Tasse zu Ellen hinüber.

»Junge, das nimmt dem Ganzen aber auch jede Romantik«, sagte sie.

»Das hat mich krank gemacht, das kann ich dir sagen. Eines Tages kam ich zu der logischen Schlussfolgerung, dass sie mich Scheiße nannte, wann immer sie mich Kürbiskopf rief.«

»Mein Gott, ist das schrecklich«, sagte sie. Sie hätte ihn gerne berührt und ihm eine heilende Hand aufgelegt, aber das schien ihr unpassend zu sein. Schließlich hatte sie die Wunde gerissen.

»Ich bin drüber weggekommen«, meinte er.

»Wie?«

»Leland hat mir dabei geholfen.«

»Und wie hat er das gemacht?«

»Er hat mir erzählt, dass meine Mutter krank war und nicht wusste, was sie da sagte, bis ich es selbst glaubte.«

»Und das hat funktioniert?«

»Bei mir schon.«

Das ist die heilende Kraft der Liebe, dachte Ellen und eilte in die Küche, um Olivier einen Kuss auf den krausen Kopf zu geben. Außerdem drehte sie die Flamme unter ihrem Öffne-dein-Herz-Tee höher. Olivier hatte wieder einmal sämtliche Töpfe und Pfannen unter der Spüle hervorgezogen und haute aus Leibeskräften darauf herum. Ellen setzte sich zu ihm auf den Boden.

»Ich kann einfach nicht verstehen, wie sie so unglaublich schrecklich sein konnte und gleichzeitig all diese hübschen Deckchen und Patchwork-Quilts gemacht hat.«

»Das war ihr einziges Talent.« Rodney schob seinen Stuhl zurück, trug seine Tasse zur Spüle und spülte sie aus.

»Wie lange wirst du noch für das Dach brauchen?«, fragte Ellen.

»Vielleicht noch gute drei Tage, wenn ich Glück hab«, gab Rodney zur Antwort. Dann verschwand er durch die

Fliegengittertür. Er ging um die Hausecke und kam einige Sekunden später mit der Leiter zurück. Ellen beobachtete, wie er vor dem Küchenfenster Sprosse für Sprosse hinaufstieg und dann aus ihrem Blickfeld verschwand. Es wäre gut, wenn das Hämmern ein Ende nähme, aber es wäre schade, Rodneys Gesellschaft zu verlieren. Es war etwas ganz Besonderes mit ihm und seiner unkomplizierten Einstellung zum Leben. Er konnte aus dem Stegreif heraus eine herzzerreißende Geschichte erzählen. Außerdem schämte sie sich dafür, dass sie ihn dazu gezwungen hatte, das Dach zu reparieren. Wenn sie den seltenen Nordwestwind gegen das Bild eines alten Mannes, eines Künstlers, aufwog, der in der glühenden Sonne seine Kübel voll Teer auf dem Dach verteilte, ergab sich einfach kein Gleichgewicht.

»Lass uns ein bisschen rumfahren«, schlug sie ihrem Neffen vor. Bloß weg von diesem Lärm und dem Teergeruch. Sie hatte mal ein Schild gesehen, das auf einen öffentlichen Strand am Peak Pond hinwies. Es war die beste Zeit, um sich den mal näher anzusehen, selbst wenn es bedeutete, dass sie sich in ihren gefürchteten Badeanzug zwängen und sich vor aller Augen präsentieren musste.

22

Die unbefestigte Straße zum See war mit tiefen Schlaglöchern übersät. Ellen kam sich vor wie auf einem Hindernisparcours. Auf jeder Seite säumten große, spindeldürre Fichten den Weg, nur gelegentlich von Zufahrten unterbrochen. Auf der rechten Seite tauchte ein verlassenes Pfadfinderlager auf. »Ich vermute, die hiesigen Wölflinge sind mit Schall und Rauch untergegangen«, lautete ihr Kommentar an Olivier.

Zum Schluss endete die Straße in einer Sackgasse am See. Ein paar Autos parkten am Rand. Ellen verließ etwas der Mut, als sie Rayfields Pick-up darunter bemerkte. Sie hatte nicht damit gerechnet, sich hier vor einem Bekannten ausziehen zu müssen. Sie befreite Olivier aus seinem Kindersitz und suchte ihre Sachen zusammen: Strandtücher, Badetücher sowie Pfannen und Servierlöffel, die sie anstelle von Eimerchen und Schaufel mitgebracht hatte. Olivier hielt sich an ihren Fingern fest und watschelte wie hypnotisiert in Richtung Wasser, in dem ein paar Leute planschten. Die Umgebung bot einen spektakulären Anblick, wenn man nicht gerade auf den abgeholzten Berghang blickte, der aussah wie mit einer gigantischen Doppelklinge rasiert. Nur ein paar Stoppeln waren übrig geblieben.

Der sogenannte Strand, mit Badetüchern und Decken gefleckt, war nur ein bisschen breiter als die Straße, die zu ihm hinführte. Auf einer besonders großen Decke sah Ellen zwei gewaltige menschliche Fleischhügel. Bei dem einen handelte es sich offensichtlich um Rayfield. Selbst im blendenden Sonnenlicht erkannte Ellen seine abgeschnittene Jogginghose und den unverwechselbaren Umriss seines Bierbauchs. Sein Kopf war von Ellen abgewandt. Er war in ein Gespräch mit einer runden Frau vertieft, die neben ihm lag und ihren Kopf mit einem Arm abstützte, für den das Wort *fleischig* nur unzureichend zutraf.

Schwertransporter!, dachte Ellen. Dies war ein Bonus, mit dem sie nicht gerechnet hatte. Sie wollte nicht unbedingt zu den beiden hinüberstarren, aber da sie sehr miteinander beschäftigt waren, achteten sie nicht auf Ellen. Sie konnte gar nicht anders, als in den mehrere Zentimeter tiefen Ausschnitt an Debbies Strandkostüm zu blicken, das genauso viel Ähnlichkeit mit einem Minirock der Sechziger wie mit einem Badeanzug hatte. Mit Leichtigkeit hätte Rayfield seinen Kopf in der Spalte zwischen ihren Brüsten verbergen können. Weil sie auf der Seite lag, sah es so aus, als hätte sich Debbies Bauch von ihrem Skelett gelöst und läge wie ein riesiger Klumpen vor ihr; ihre Schenkel erinnerten an die von Sumo-Ringern. Dennoch besaß sie eine Schönheit, eine massige Präsenz, die verdeutlichte, warum in alten Kulturen tonnenförmige Fruchtbarkeitsgöttinnen bevorzugt wurden.

Ellen breitete ihre Decke außer Hörweite aus und schlüpfte – nun nicht mehr ganz so schamhaft – aus ihrem leichten Sommerkleid. Erstaunt stellte sie fest, dass sich bereits oberhalb der Knie, da wo ihre Shorts endeten, und an den Schultern eine Bräunung abzeichnete. Offensichtlich brachten ihr die Stunden im Garten das gesunde Aussehen, das paradoxerweise mit verbranntem Fleisch einhergeht. Olivier schien unsicher zu sein, was er als Nächstes tun sollte. Ellen fiel ein, dass dies vielleicht seine Jungfernfahrt zu einer Badestelle war. »Lass uns ins Wasser gehen«, sagte sie und half ihm aus seinem T-Shirt.

Die winzigen Wellen am Rande des Sees waren überraschend warm und riefen bei Ellen eine Flut lustvoller Gefühle hervor, wie sie ihre Zehen bedeckten und wieder freigaben. Olivier bückte sich und kicherte. Keine Sekunde später lag er mit dem Bauch im Sand und sah aus wie ein Schlamm-Mensch aus dem Amazonasbecken. Ellen rannte zur Decke zurück und holte die Sauciere, um Olivier zu zeigen, wie man sie mit Matsch füllte und zu einem perfekten Hügel auskippte. Begeistert machte sich Olivier ans Werk. Hier unter der sengenden Sonne, umringt von freundlichen Bergen, fühlte sich Ellen sicher und beschützt. In der Natur spielte die Zeit keine Rolle. Sie hätte auch eine Höhlenfrau sein können, die eine Pause beim Häuten eines Säbelzahntigers machte.

»He«, grunzte Rayfield. Er passte so recht in ihre prähistorische Fantasie. Ellen schaute auf. Vom Boden aus konnte sie die Unterseite seines behaarten Bauches sehen. Sie wollte gar nicht wissen, was er aus seiner Position sah.

»Rayfield? Wie geht es dir?«

»Wie würdest du dich fühlen, wenn dir deine Frau gerade erzählt hat, dass sie wieder heiraten wird?«

Ellen wagte einen schnellen Blick zu Rayfields Decke. »Das ist Debbie?«, fragte sie, um Zeit zu gewinnen.

»Bingo.«

»Mein Gott, Rayfield, ich weiß nicht, was ich sagen soll.«

Er ließ sich neben ihr in den Sand fallen. »He, Ollie«, sagte er matt und füllte eine Handvoll Matsch in seinen improvisierten Eimer. Ellen hatte Rayfield noch nie so apathisch gesehen. Eine Fliege landete auf seiner Nase, und er verjagte sie nicht mal.

»Wusstest du, dass sie sich mit jemandem trifft?«

»Ich hatte so ein Gefühl«, seufzte Rayfield.

Ellen vermutete, dass Debbie den neuen Mann während ihrer Zeit bei Rayfield kennengelernt hatte – möglicherweise nachdem die Peyronie'sche Krankheit ihr Sexleben über den Haufen geworfen hatte. Die Zeitspanne zwischen einer neuen Bekanntschaft und dem Weg in eine neue Ehe erschien ihr reichlich kurz. Soweit Ellen wusste, waren Rayfield und Debbie noch nicht einmal geschieden.

»Möchtest du, dass sie zu dir zurückkommt?«

»Wozu? Man kann schließlich niemanden zur Liebe zwingen.«

Ellen spürte, wie ihr der Geduldsfaden riss. »Warum kämpfst du nicht um sie?«, raunzte sie ihn an. »Taktiere! Verführ sie! Zeig ihr, dass kein anderer Kerl jemals Rayfield Geebo ersetzen kann!«

Rayfield starrte sie an. »Wide Load braucht jede Menge Sex, und den kann ich ihr nicht bieten«, schmollte er.

»Um Himmels willen, Rayfield, es gibt so viele Wege, einer Frau zu gefallen. Sei ein bisschen kreativ.« Sie kam sich sehr weise vor. Nach einer Sekunde wiederholte sie: »Du musst um sie kämpfen, wenn du sie liebst.« In Rayfields Augen blitzte wieder Hoffnung auf. Er blickte zu Debbie hinüber, die sich aus einer extra großen Tüte mit Tortilla-Chips bediente. Ihre kastanienbraunen Haare waren im Stil einer Kleopatra in Form gepresst und saßen wie ein Helm auf ihrem Kopf. Wegen des ganzen zusätzlichen Gewichts schien ihr Kinn im Winkel von fünfundvierzig Grad bis zu ihrem Solarplexus zu reichen. Ellen bemerkte, dass sie an jedem Handgelenk ein Gabelarmband trug, ein Tattoo von Yosemite Sam über dem Knöchel, auf dem »Verpiss dich!« stand. Debbie sah Ellen mit unverhohlener Neugierde an. Ellen hob die Hand, um ein kleines Winken anzudeuten, doch Debbie hatte sich bereits abgewandt.

»Ich weiß nicht«, sagte Rayfield. »Wir hatten unsere Chance, aber es hat einfach nicht geklappt.«

»Wie lange wart ihr überhaupt verheiratet?«

»Oh, ungefähr fünfzehn Jahre.«

Fünfzehn Jahre! Fast genauso lange wie bei Tommy und ihr. Ihr lief es kalt den Rücken runter. »Ich dachte, es wäre weniger gewesen«, murmelte sie. Würde Tommy um sie kämpfen, wenn sie Anstalten machte zu gehen? Wäre sie in der Lage, ihn zu halten, wenn er ihr plötzlich verkündete, er habe eine andere kennengelernt und sei kurz davor, mit seiner neuen Liebe durchzubrennen? Plötzlich klangen ihre Ratschläge an Rayfield hohl.

»Soll ich dich vorstellen?«

Ellen stand auf. »Klar.« Sie ließ Olivier bei seinem Spielzeug und lief einen halben Schritt hinter Rayfield quer über den winzigen Strand. Seine strähnigen Haare streiften über seine Schultern, und seine Hose war gefährlich nah auf seine Ritze gerutscht – etwas, das Ellen nun wirklich nicht sehen wollte, weder jetzt noch sonst.

»Debbie, das ist Ellen, die Verrückte, von der ich dir erzählt habe.«

Ellen boxte spielerisch auf Rayfields Oberarm. »He!«, sagte sie. »Ein bisschen mehr Respekt, bitte.« Dann wanderte ihr Blick zu Debbie. »Hi. Nett, dich endlich kennenzulernen.«

»Hi«, hauchte Debbie mit einer Stimme wie Marilyn Monroe oder Melanie Griffith. »Du bist diejenige, die Violas Haus gekauft hat, stimmt's?«

»Genau.«

»Und, wie gefällt's dir?«

Sie behielt Olivier weiterhin im Auge, setzte sich aber etwas verschämt an den Rand der Decke. »Ich habe es aus einer augenblicklichen Laune heraus gekauft, ohne wirklich zu wissen, warum«, sagte Ellen. Sie hatte noch keiner Menschenseele außer Tommy von ihrem Traum mit dem Haus erzählt. Die meisten Leute hielten so etwas für Quatsch, aber Ellen glaubte fest daran. In New York hatte sie einmal auf dem Weg zu einer wichtigen Besprechung ein überwältigendes Verlangen nach Tootsie-Rolls-Bonbons verspürt. Also war sie in den nächsten Süßwarenladen zu dem entsprechenden Regal gelaufen, aber es hatte keine Tootsie Rolls gegeben. Dabei hatte sie schon seit Jahren keine mehr gegessen und auch nicht nach ihnen verlangt. Vielleicht waren die Tootsie Rolls den gleichen Weg gegangen wie die Brown-Cow-Dauerlutscher und jene kleinen, farbigen Candy Dots, die auf einem langen Streifen aus weißem Papier lagen. Sie war zu ihrer Linie 6 geflitzt und hatte sich neben eine blonde Frau gequetscht, die eine dünne Mappe mit irgendeinem offiziellen Dokument auf dem Schoß liegen hatte. Heimlich hatte Ellen hinübergeschielt. Es handelte sich um einen Jahresbericht, und als die Frau eine Seite umblätterte, tauchten dort Zahlen von der Tootsie-Rolls-Aktiengesellschaft auf. Ellen hatte freudig aufgeschrien, woraufhin ihr die Frau einen kalten Blick zugeworfen und die Schulter zugedreht hatte.

Präkognition gab es wirklich, davon war sie überzeugt. Dasselbe galt für Phänomene wie übersinnliche Wahrnehmung, prophetische Träume, Déjà-vu-Erlebnisse und das Biegen von Löffeln durch die Kraft der Gedanken, wie Uri Geller es machte. Aber wie alle Mysterien offenbarten sie sich nur denjenigen mit dem rechten Glauben. Diese Gedanken wurden wie ein Stück geistiger Schichttorte in ihrem Kopf aufeinandergeschichtet, und sie war nah daran, Debbie ein Stück davon anzubieten. Nach allem, was sie wusste, hielt Debbie sie bereits für eine Verrückte. Sie wusste wahrscheinlich alles über die Regentonnen-Episode und auch über ihre Kiefersperre. Außerdem war es zur Abwechslung mal wieder nett, eine weibliche Stimme zu hören. Seitdem sie die Grenze zum mittleren Alter durchstoßen hatte, hatten die Mädchengespräche genauso ein Ende gefunden wie das Weglassen eines BHs in der Öffentlichkeit.

Es passte gut, dass Rayfield diesen Augenblick nutzte um zu fragen: »Was dagegen, dass ich Olivier mit ins Wasser nehme?«

»Nur zu. Aber sei vorsichtig.«

»Mein Gott, Ellen, was glaubst du denn? Dass ich ihn ins tiefe Wasser werfe?«

»Sie ist bloß ängstlich, Rayfield. Red also nicht so'n Mist«, sagte Debbie. Kopfschüttelnd zog Rayfield ab.

»Mein ganzes Leben habe ich mich vor der Verantwortung gedrückt«, beichtete Ellen. »Dann tauche ich hier auf, und noch bevor ich überhaupt weiß, wie mir geschieht, muss ich mich um ein Haus kümmern, der Garten braucht

Wasser« – sie wandte sich um, damit sie ein scharfes Auge auf Rayfield haben konnte –, »dann gibt es da noch einen achtzehn Monate alten Jungen, einen Hund …« Das war der perfekte Moment, um herauszufinden, was Debbie mit Mutley vorhatte, aber bevor sie sich die Worte zurechtlegen konnte, sagte Debbie mit wissendem Unterton: »Und einen Kerl.«

»Was?«

Debbie reckte ihr Kinn in Richtung Rayfield.

»Meinst du etwa *Rayfield?*« Dämliche Frage.

»Was ist so falsch an Rayfield?«

»Ich bin verheiratet, um Himmels willen«, stieß Ellen hervor. »Ich suche keinen *Kerl*. Warum? Hat Rayfield irgendetwas gesagt?« Sie würde ihm eins überbraten, falls ja.

»Nein, aber ihr beide seid ein hübsches Paar.«

Vielleicht war Debbie eifersüchtig. Ellen war hin und her gerissen, ob sie Debbies Fantasie im Keim ersticken oder sie weiter anstacheln sollte, in der Hoffnung, auf diese Weise zu einer Versöhnung zwischen Rayfield und seiner geliebten Wide Load beizutragen.

»Es ist rein freundschaftlich«, sagte sie geheimnisvoll. Sollte Debbie das interpretieren, wie sie wollte.

»Du scheinst ja verdammt ehrgeizig zu sein, was seinen … Zustand angeht.« Debbie ließ nicht locker.

»Versteh doch, ich betreibe professionelle Recherchen. Wenn ich einmal meine Zähne irgendwo reingebissen habe, dann kann ich nicht mehr loslassen.« Eine schwindelerregende Panik begann in ihr hochzusteigen. »Wie steht es im Übrigen damit? Irgendwelche Fortschritte?«, fragte Ellen hoffnungsvoll. Debbie sagte kein einziges Wort. Sie sah Ellen nur misstrauisch an.

»Lassen wir das. Wir fangen hier mit dem falschen Thema an«, sagte Ellen. »Sprechen wir über etwas anderes.« Sie machte eine kurze Pause. »Was sind deine Pläne in Bezug auf Mutley?«

»Was hast du damit zu tun?«

»Nun, ich habe durchaus damit zu tun«. Ellen war verblüfft.

»Warum?«

»Nun … weil Rayfield ihn mir überlassen hat.«

»Rayfield hat dir Mutley gegeben?« Das war offensichtlich neu für Debbie. Ihr Nacken wurde leuchtend rot. »Rayfield!«, bellte sie. »Komm hierher!«

Ellen war entsetzt über Debbies Ton. Sie klang wie eine dieser verabscheuungswürdigen liebsten Mamis, die ihre Kinder hinter sich her schleppten und ihnen dabei fast den Arm auskugelten. Sie und Tommy sprachen niemals in so einem Ton miteinander.

Rayfield schien es jedoch gelassen zu nehmen. Er ignorierte sie völlig.

»Warum lässt du ihn nicht in Ruhe?«, fragte Ellen ohne Aufregung. Beinahe hätte sie noch hinzugefügt: »Nimm dir einen in deiner Größe.« Aber Rayfield war mehr oder weniger vom selben Kaliber. Sie hatte nicht die leiseste Ahnung, warum sie weiter für Rayfield Geebo eintrat. Vielleicht um dafür zu büßen, dass sie in New York immer zu ängstlich gewesen war, wenn jene wütenden Mütter ihre Kinder misshandelten. Vielleicht auch, weil sie vor Debbie noch niemals eine Konversation betrieben hatte, die mit allen Regeln der Zivilisation brach. »Du hast doch Mutley im Stich gelassen. Es geht dich demzufolge gar nichts mehr an, was Rayfield mit ihm macht.«

»Oh, halt die Klappe«, sagte Debbie.

Ellen war völlig ratlos. Das Ganze wurde surreal. Sie war kurz davor, sich mit einer Frau zu prügeln, die sie erst seit zwei Minuten kannte. Noch schlimmer: Sie sehnte sich geradezu danach, den Kampf zu gewinnen und diesen Drachen zu erschlagen. Ein Augenblick aus den Sechzigern, damals in Somerville, brach wie ein Vulkan in ihrer Erinnerung aus. Auf einer Party hatte sie einen Kerl getroffen, der sie von Anfang an nicht leiden konnte und der jedes ihrer Worte als einen direkten Affront auffasste. Sie war verunsichert gewesen, und weil sie nicht wusste, wie sie damit umgehen sollte, hatte sie ihren Joint in dem Kartoffelsalat ausgedrückt, den dieser Mann gerade auf seinen Teller gehäuft hatte. Es war ihre Art gewesen, eine Demarkationslinie zu ziehen, aber ehe die Situation eskalieren konnte, wurde sie gewissermaßen kurzgeschlossen. Beide starrten sie verständnislos einen kurzen Moment auf den Marihuanastummel, der auf dem Kartoffelberg schmorte, dann brachen sie in ein befreiendes Gelächter aus, bis sie sich krümmten und gegenseitig auf den Rücken schlugen. Noch immer bekam sie jedes Jahr eine Weihnachtskarte von ihm.

Mit vorgestrecktem Kinn und funkelnden Augen starrte Debbie sie an. Das war ein deutliches Signal, wie auch das Tattoo an ihren Knöcheln, dass Ellen verschwinden sollte.

Ellen kam sich wie ein David vor, und Debbie war ihr persönlicher Goliath. Es brauchte Mut, eine verbale Schleuder zu laden, statt sich umzudrehen und wegzurennen. Mit ihren beiden Gabelarmbändern und ihrem gekräuselten Haar sah Debbie wie eine antike Zornesgöttin aus, die sieben Jahre lang Heuschrecken und Geschwüre regnen lassen konnte.

Unter der heißen Sonne des North Country starrten die zwei Frauen einander an. Mitten in diesem Kampf ohne Worte kam Rayfield angeschlendert. Er trug den tropfnassen Olivier auf der Armbeuge. »Du hast geläutet?« Er imitierte perfekt Maynard G. Krebs, den Beatnik-Typen aus dem Fernsehen der frühen Sechziger, der für Ellen der Held ihrer Jugend war.

»Sie sagt, du hast ihr Mutley gegeben.«

»Stimmt. Und?«

Ein Punkt für Rayfield, dachte Ellen.

»Und Mutley gehört verdammt noch mal mir.«

»He, du kannst froh sein, dass ich ihn genommen habe. Rayfield wollte ihn nämlich im Tierheim loswerden«, sagte Ellen, womit sie schamlos die Situation eskalieren ließ. Das war die Gelegenheit für sie, sich bei Rayfield für die Zigarettennummer auf der Brücke nach Kanada zu revanchieren.

»Ich hab getan, was ich getan hab«, sagte Rayfield und ignorierte Ellen.

»Ja, und was bitte schön habt ihr jetzt vor?« Ellen nahm Fahrt auf.

Debbies Stimme verhärtete sich. »Du gehst jetzt und holst Mutley. Und du bringst ihn nach Hause zurück.«

»Nein«, sagte Rayfield. »Du gehst und bringst ihn zu deinem neuen Freund.«

»Keiner holt Mutley«, sagte Ellen, ohne zu wissen, warum. Sie hockte sich auf ihre Füße und öffnete für Olivier die Arme. Warum kämpfte sie um Mutley? Sie wollte ihn nicht. Sie hatte sogar Angst, dass sie auf ihm sitzen bleiben würde. Es war verrückt.

»Mir reicht's. Macht das unter euch aus, Kinder«, sagte sie und ging weg. Dabei spürte sie, wie ihr Hinterteil wabbelte. Es wäre logisch gewesen, ihre Sachen zu packen und nach Hause zu fahren, aber sie war gerade erst angekommen und hatte nicht vor, sich den ganzen Tag Rodneys Gehämmer auf dem Dach anzuhören. Außerdem war sie es leid, immer dem Fluchtimpuls nachzugeben. Hätte sie diesbezüglich über mehr Selbstkontrolle verfügt, wäre sie nicht in Eagle Beak gelandet und hätte sich wohl auch nie mit einem weiblichen Schwergewicht angelegt. Dennoch kam es ihr falsch vor, ausgerechnet da vor Anker zu gehen, wo sie wahrscheinlich unerwünscht war. *Was soll's?*, dachte sie, als sie Olivier wieder am Uferbereich absetzte und ihm half, den Eimer mit neuem Sand zu füllen. Schließlich war das hier ein öffentlicher Strand. Hinter ihr sprachen Rayfield und Debbie leise miteinander. Ellen konnte nichts verstehen und traute sich nicht, über die Schulter zu blicken.

Sie wusste, dass lang verheiratete Paare über tief ausgefahrene Gleise der Kommunikation verfügten. Wahrscheinlich hatte Debbie über Jahre hinweg Rayfield kommandiert, von dem jedes Kommando abgeperlt war wie Wasser von einem Entenrücken. Egal, wie viel Spannung dadurch entstand, es war offensichtlich für beide erträglich. Oder genauer: fünfzehn Jahre lang erträglich, bis Debbie auf Dauer die Tür hinter sich zugezogen hatte. Waren damit jene Gleise unpassierbar, oder stolperten sie immer wieder hinein, sobald sie wieder zusammentrafen?

Und was war mit den ausgefahrenen Gleisen, in denen sie und Tommy sich bewegten? Oberflächlich gesehen lief alles glatt. Nur darunter fühlte es sich nicht mehr so gut an. Ellen war sich nicht einmal sicher, ob sie es genauer beschreiben konnte, aber sie nahm sich einen Moment Zeit, um eine Liste der Beschwerden, die ganz oben standen, zu erstellen. Sie hasste Tommys Trinken, aber sie ertrug es. Er war ein Workaholic, der zu viel Zeit im Büro verbrachte. Er war zum Wahnsinnigwerden beständig. Niemals probierte er etwas Neues aus. Oft war er emotional distanziert. Er war immer müde, und sein Verlangen nach Sex war auf einem Tiefstand. Sie musste den Tatsachen ins Auge sehen: Sie hatte sich wahrscheinlich schon vor langer Zeit Scheuklappen aufgesetzt und wegen dieses eingeschränkten Gesichtsfeldes nicht bemerkt, wie ausgefahren ihre Gleise in Wahrheit schon geworden waren. Jetzt, da sie sich selbst herauskatapultiert hatte, wollte sie auf keinen Fall wieder zurückfallen. Um zu vermeiden, dass man die gleichen Dinge immer wiederholte, musste man etwas verändern. Zum Beispiel indem man hier am Strand vom Peak Pond blieb und die Hitze von Debbies Zorn, Mutley betreffend, aushielt. Ellen schaute auf ihren Schatten vor sich im Sand. Ihre neuen, kurzen Locken bildeten einen unregelmäßigen Heiligenschein um ihren Kopf. »Ich schaffe die Hölle ab«, flüsterte sie. Sie bespritzte ihren Neffen mit warmem Wasser. »Lass sie alle in den Himmel.«

23

In dieser Nacht träumte Ellen von Viola de Beer. Sie war sicher, dass es Viola war, obwohl sie bisher weder ein Bild von ihr gesehen noch eine detaillierte Beschreibung von ihr gehört hatte. In dem Traum stand eine alte Frau mit tiefen Stirnfalten auf einem zugewucherten Feld, inmitten eines heftigen Unwetters mit Blitz und Donner. Obwohl der Regen auf die Erde prasselte, blieb die Frau trocken. Ihre stahlgrauen Haare waren zu einem kleinen Knoten hochgebunden. Sie trug ein einfaches, langärmeliges Kleid. Weil sie die Arme um den Leib geschlungen hatte, gewann man den Eindruck, sie trage eine dunkelbraune Zwangsjacke.

Plötzlich fing Viola an zu rennen. Ihre Beine unter dem tristen Kleid waren männlich. Ihre nackten Füße wurden blutig, während sie über spitze Felsen und durch Dornengestrüpp jagte. Jedes Mal, wenn es blitzte, zeichnete sich ihr Umriss neongelb vor der Dunkelheit ab. Weiter vorne konnte Ellen ein dunkles Loch erkennen, einen Höhleneingang, der jenem ähnelte, der zu einer verlassenen Eisenmine im Felsen der Eagle-Beak-Berge führte. Er sah abstoßend, kühl und gefährlich aus, wie ein Grab, und Viola lief unbeirrbar darauf zu. Vor Ellens Augen erreichte Viola den Eingang. Sie warf noch einen unbändigen Blick über die Schulter, der Ellens Herz beinahe zum Stillstand brachte, dann beugte sie sich nach vorn und ging hinein. Die Dunkelheit umfing sie, Donner krachte. Dann wurde es im Traum still und dunkel, und Ellen wachte angstvoll auf. Sie lag im Bett. Oliviers gleichmäßiges Atmen beruhigte sie. »Viola?«, flüsterte sie ängstlich. Sie zog sich den Patchwork-Quilt über die Schultern und legte sich auf die Seite. »Viola?«, wiederholte sie, bevor sie zurück in den Schlaf fiel.

Sie erwachte früh. Und diesmal, als Rodney kam, hatte sie seinen Kaffee und ihren Tee bereits gekocht, und die von gestern übrig gebliebenen Donuts standen an ihrem Platz. Sie stand wie eine Schwarze Witwe im Esszimmer und wartete darauf, dass er aus dem Auto steigen und zur Tür kommen würde.

»Du bist ja schon früh munter!«, rief er.

»Das passiert nur alle Jubeljahre«, entgegnete sie und war entschlossen, sich zurückzuhalten, bis Rodney am Tisch Platz genommen hatte. In der Sekunde, da sein Hinterteil den Stuhl berührte, sagte sie: »Ich hatte vorige Nacht einen Traum. Ich glaube, deine Mutter kam darin vor.«

»Wenn's kein Albtraum war, kann's meine Mutter nicht gewesen sein.« Rodney teilte den Donut in mundgerechte Portionen, wie er es am liebsten hatte.

»Es war verwirrend, aber ich würde es keinen Albtraum nennen«, meinte sie. »Die Frau, die ich gesehen habe, war sehr klein. Sie trug einen grauen Haarknoten, und ihre Haut war faltig und wettergegerbt. Hat deine Mutter so ausgesehen?«

»Welche alte Dame sieht nicht so aus?«, fragte Rodney. Offenkundig hatte Rodney noch keine der gut erhaltenen

Seniorinnen aus der Park Avenue oder dem Rodeo Drive zu Gesicht bekommen. Jene Siebzigjährigen, die sich mithilfe von Kollagen-Injektionen und halbjährlichen Faceliftings ihre jugendfrische Haut erhielten, die Haare wie Tina Turner trugen und fünfmal in der Woche Aquarobic machten.

»War deine Mutter sehr klein?«

»Mit tropfnassen Kleidern wog sie nicht mehr als neunzig Pfund.«

Ellen nippte an ihrem Tee. »Trug sie ihr Haar zu einem Knoten hochgesteckt?«

»Wenn's ihr zu lästig war, sich zu kämmen.«

Ellen fiel auf ihren Stuhl. »Rodney, ist das nicht irgendwie erstaunlich? Ich habe von deiner Mutter geträumt, ohne sie je zuvor gesehen zu haben – ohne auch nur ein Bild von ihr zu kennen.«

»Nun, ich träume manchmal von Robert de Niro, aber ich denke mir nichts dabei.«

»Das ist was anderes. Jeder weiß, wie der aussieht.«

Rodney pickte die Krümel von seinem Donut auf, indem er sie einzeln auf die Zinken seiner Gabel spießte.

»Zeigst du mir die Skulpturen im Wald? Die ersten, die du gemacht hast, damit du sie nicht umbringst.« Sie erinnerte sich genau daran, dass Rodney sie als Wasserspeier bezeichnet hatte.

»Was? Jetzt?«

»Was du heute kannst besorgen ...«, sagte sie fröhlich. Sie griff immer auf optimistische Klischees zurück, wenn sie etwas von älteren Personen wollte.

»Bin seit Jahren nicht mehr da gewesen.« Seine Stimme war voller Zweifel und böser Ahnungen, wohingegen ihre vor Enthusiasmus strotzte. »Ist wahrscheinlich alles überwuchert. Und nach dreißig Jahren vermutlich nichts mehr davon da.«

»Komm, Rodney. Sieh es als Feldforschung an. Eine Reise zu den Wurzeln.«

»Das ist das Letzte, was ich brauche.«

Auf so viel Widerstand war Ellen nicht vorbereitet. »Tu mir doch den Gefallen, Rodney, ja?«, bettelte sie.

»Okay, aber lass uns erst später geh'n, wenn ich auf dem Dach was geschafft hab.«

»Abgemacht!«

Rodney trank seinen Kaffee aus und ging. Ellen und Olivier wurstelten im Garten herum. Mutley schlief in der Nähe im Schatten. Ellen mochte ihn gar nicht ansehen. Sie wäre wie Debbie, wenn sie ihn im Stich ließe, dachte sie, nur um quitt mit ihr zu werden wegen der eingebildeten Affäre mit Rayfield. Andererseits: Es war Jahre her, dass man sie verdächtigt hatte, die Geliebte eines Mannes zu sein.

Der bloße Gedanke daran, anderen Frauen gefährlich zu werden, weckte in ihr das Verlangen, mit Tommy zu sprechen. Es bestand die geringe Wahrscheinlichkeit, ihn im Büro zu erreichen, weshalb sie die Nummer wählte.

»Thomas Kenny«, meldete er sich nach dem zweiten Läuten. Ellens Herz weitete sich, und sie war glücklich.

»Tommy«, sagte sie. »Ich musste nur mal deine Stimme hören.«

»Ellen?«

Wer sonst?, dachte sie.

»Wie geht's dir, Süße?«, fragte er.

»Gut. Und dir?«

»Beschäftigt. Ich muss in zwanzig Minuten im Gericht sein.«

»Dann hast du keine Zeit zum Sprechen«, stellte sie fest, obwohl es sie ihre ganze Kraft kostete, diese Worte zu formulieren.

»Was Neues von Cocho?«

»Nichts.«

»Das ist hart.«

»Ja.« Ein kurzes Schweigen. »Lass uns heute Abend noch mal telefonieren, Tom. Ich weiß, dass du jetzt losmusst.«

»Ich bin heute Abend noch spät unterwegs. Ich rufe dich am Morgen an.«

»Okay. Ich rede morgen mit dir.«

»Geht's dir gut, Ellen?«

»Bestens.« Das war eine Lüge.

»Weil ich jetzt gehen muss.«

»Gehe hin in Frieden«, sagte sie lachend. Sie wollte das Gespräch unbedingt in einem unbeschwerten Ton beenden. Sie legten auf. Tommy hatte unbeabsichtigt ein Loch in die Decke gerissen, die Ellen über ihre Sorgen in Bezug auf Cocho gebreitet hatte. »Atme weiter, Cocho«, sagte sie. Ihr magischer Spruch. Spontan rief sie die Nummer des Krankenhauses in Lima an, aber sie kam nicht durch.

Karen, nicht erreichbar. Tommy, nicht erreichbar. Selbst Rodney war nicht erreichbar, und ihr war nicht danach, Rayfield ausfindig zu machen. Wer blieb übrig? Sie besaß ein Telefonregister voller Namen, aber sie fühlte sich (und sie war) mit keinem verbunden. Schon lange bevor sie auf und davon nach Eagle Beak geflohen war, hatte sie ihr bisheriges Leben beendet und war in einen Isolationstank gestiegen. Nun war sie dreihundertfünfzig Meilen von ihrem eigentlichen Leben entfernt, egal, in welchem Zustand es sich gerade befinden mochte. Und wozu? Für was? Um von Viola de Beer zu träumen, einer bekannten Irren? Um ihre katholischen Gute-Nacht-Gebete wegen des armen, komatösen Cocho wieder auferstehen zu lassen? Um mit Fremden an öffentlichen Badestränden Streit anzufangen? Um ihren neuen besten Freund zu bedrängen, eine persönliche, aber schmerzliche Gabelung auf seinem Lebensweg wieder aufzusuchen, einen Ort, an dem er zum ersten Mal seine Wut in Kunst verwandelt hatte?

Vielleicht sollte sie sich wie alle anderen New Yorker auf Prozak setzen lassen. Wenn man alle oberflächlichen Ablenkungen wegnahm und als einziges Gefühl die Verzweiflung übrig blieb, dann tat man möglicherweise gut daran, sich dem erfolgversprechenden Motto Besser-Leben-durch-Antidepressiva anzuschließen. In den Sechzigern hatte sie die Drogen geliebt, weil sie Rebellion repräsentierten. Nun, da sie mittlerweile zum Alltag gehörten, lehnte sie Drogen ab. Sie würde sich lieber auf die Vier-Phasen-Atemtechnik verlassen, die der Dalai Lama propagierte, auch wenn sie keine Ahnung hatte, was das sein sollte oder wie man das machte. Vielleicht würde sie später einen Ausflug zur Bibliothek machen, um es herauszufinden. In der Zwischenzeit müsste sie ihr Selbst mit Öffne-dein-Herz-Tee stärken und versuchen, jede auftauchende schwierige Situation mit immer größerem innerem Abstand wahrzunehmen.

Als Rodney schließlich vom Dach herunterkam, zögerte Ellen, ihn um einen weiteren Gefallen zu bitten. Der Schweiß rann in salzigen Strömen über sein rotes Gesicht. Für den Tag hatte er genug getan. Aber im Laufe der Stunden hatte sich der Gedanke, seine ersten Kettensägen-Skulpturen wieder aufzusuchen, in ihm festgesetzt, und nun wollte er hingehen. Ellen sprühte sich und Olivier mit Insektenschutz ein und reichte Rodney die Flasche. Dann trotteten alle über den Pfad zum Wald und in Richtung des Felsengesichts der Eagle-Beak-Berge, das sich über ihnen abzeichnete. Selbst Mutley kam mit.

Abgesehen vom Rasen und dem Garten bestanden Ellens fünf Hektar Land vor allem aus einem Gewirr von Gestrüpp, Beerensträuchern, Felsen und Bäumen, Unkraut und einem uralten Stacheldrahtzaun, der halb zusammengebrochen am Boden lag. Da es keinen Weg gab, hob sie Olivier auf ihre Schultern, damit er sich nicht an den Dornen kratzte. Er wog eine Tonne. Es war nicht zu leugnen, dass ihr der Rücken ernsthaft wehtat, seitdem sie ihren Neffen in Obhut genommen hatte. Rodney ging voraus. Er folgte offenbar einem inneren Kompass. Entschlossen, ihn nicht aus den Augen zu verlieren, hielt sie sich zwei Meter hinter ihm. Wieder musste sie an ihren Traum denken, als ihre imaginäre Viola auf genau diesem Feld zum gähnenden Schlund der Höhle über ihnen gerannt war. Und wie sie in der Dunkelheit darin verschwunden war und einen kurzen, Gänsehaut hervorrufenden Blick zurück in die Zivilisation geworfen hatte.

»Liegt deine Mutter hier auf dem Grundstück begraben?«

»Die Gesetze lassen das nicht zu«, sagte Rodney mit ausgestreckten Armen, als würde er balancieren.

»Wo ist sie dann?«

»Sie wollte verbrannt und ins Meer gestreut werden. Warum, weiß ich nicht. Sie hat das Meer in ihrem Leben nie gesehen, außer auf Bildern. Mein Gott, hier ist alles zugewuchert.« Er drückte das Gebüsch zur Seite, damit sie hindurchgehen konnte.

»Und hast du gemacht, worum sie gebeten hatte?«

Rodney zögerte. »In gewisser Weise.« Er schien nicht mehr sagen zu wollen, und Ellen, die sich durch das Unterholz zwängte, konnte sich nicht genügend auf weitere neugierige Fragen konzentrieren. Einige Augenblicke später verkündete Rodney: »Ich glaube, wir sind bald da.«

Der alte Baumstamm stand auf einer kleinen Lichtung. Ellen setzte Olivier auf das Moos, das wie ein lebendiger Teppich über den riesigen, flachen Felsen wuchs. Wie nicht anders zu erwarten, legte sich Mutley auf die Seite und begann zu schlafen. Die obere Hälfte des Stammes war abgebrochen, offenbar durch Blitzeinwirkung, und verrottete auf dem Boden daneben. Doch die etwa zweieinhalb Meter, die noch standen, hatten viele harte Winter im North Country überstanden. Der Stamm wies zahlreiche, lange Spalten auf, und an manchen Stellen war die Rinde in länglichen, gebogenen Stücken abgefallen. Der ursprüngliche Wasserspeier war nur noch in Ansätzen erkennbar, ein Monster, dem die Zeit wie allen anderen Dingen zugesetzt hatte, um es in harmlosen Staub zu verwandeln.

»Das bringt natürlich die Erinnerungen zurück«, sagte Rodney. »Meine Mutter ist auf mich los, wieder und wieder, und bevor ich überhaupt wusste, was Sache war, hatte ich die Kettensäge in der Hand. Und so bin ich abgezischt und wollte endlich mal siegen. Ich bin den ganzen Weg hierher gerannt.«

Ellen drehte sich einmal um die eigene Achse. In jeder Richtung sah sie nichts als Wildnis. »Wir sind ziemlich weit weg vom Haus.«

»Damals war es einfacher, hierherzukommen. Da waren meistens Felder.«

Ellen untersuchte die Skulptur vor ihr. Sie hatte wirklich eine frappierende Ähnlichkeit mit jenen satanischen Bestien, die ganz Paris vom Turm der Notre-Dame-Kathedrale verhöhnten. War sie ein Abbild von Rodneys persönlicher Wut? Oder handelte es sich um eine Ausdrucksform, die man in periodischen Abständen in allen Ecken der Welt finden konnte? Und was noch wichtiger war: War es immer so, dass sie zerfielen und mit der Zeit verschwanden? Diese hier jedenfalls war zerfallen.

Rodney setzte sich auf einen Felsen und wischte sich mit einem Taschentuch die Stirn. »Für diese hier hab ich zwei Stunden gebraucht«, sagte er. »Ich war wie von Sinnen. Die halbe Zeit musste ich über Kopf arbeiten. Das ist ganz schön hart für die Armmuskeln, kannst mir glauben. Und ich hätte mit Sicherheit weitergemacht, aber ich hatte kein Benzin mehr.«

»Hattest du dich dann etwas beruhigt?«

»Ich habe meine Gedanken von meiner Mutter abgelenkt, verstehst du. Ich hatte so was ja noch nie gemacht. Hatte keine Ahnung, dass es in mir steckte. Und so änderte sich nachher mein Hauptinteresse. Ich begann darüber nachzudenken, was ich tun konnte, anstatt mir das Hirn zu zermartern, was ich alles nicht konnte.«

Ellen dachte eine Weile darüber nach.

»Hast du die Skulpturen jemals deiner Mutter gezeigt?«

»Verdammt, nein. Sie hatte so eine Art, einem die Dinge madig zu machen.«

Ellen entfernte einen Klumpen Moos aus Oliviers Mund. Er begann zu schreien. Sie zog ihn auf ihren Schoß, aber er riss sich wieder los und watschelte zu einem nahe liegenden Felsen, auf den er sich setzte.

»Und was hast du nun mit der Asche deiner Mutter gemacht?«, fragte sie schließlich.

»Oh ... Ich hab sie in den Hafen von Boston geworfen.« Er klang so, als wäre er mit den Gedanken ganz woanders.

Ellen gab ein kleines Lachen von sich. »Nun, da ist auch Meer.«

»Ich war auf einer dieser historischen Besichtigungstouren zu der berühmten Dreimastfregatte *USS Constitution*. Als keiner guckte, hab ich sie einfach über Bord geschmissen, mitsamt der Urne.«

Viola vom Offenen Meer und Ölteppich! Viola vom Giftigen Hafenwasser! Heilige Patronin Letzter Befreiung, die du dich mit den Überresten der Boston Tea Party vermischst! Amen für sie und für alles, wofür sie stand! Ellen kletterte auf einen kleinen Felsblock und observierte die Landschaft, um ihren Standort festzustellen. Von da oben konnte sie die dunkle Öffnung der Eagle-Beak-Eisenmine erkennen. »In meinem Traum lief Viola in die Höhle da drüben«, sagte sie und zeigte in die Richtung. »Hatte sie irgendeine bestimmte Bedeutung für dich?«

»Nicht, dass ich wüsste.«

Ellen spürte schlagartig die allzu bekannte Enttäuschung in sich. Sie hatte gehofft, eine Brücke zwischen der realen und der Traumwelt zu finden. Sie war eine Detektivin, die wusste, dass es überall versteckte Hinweise gab, aber aus irgendeinem Grund schaffte sie es nicht, sie zu erkennen.

»Es würde mir nicht in den Sinn kommen, meinen Kopf in die Höhle zu stecken«, sagte Rodney. »Es ist eine alte Eisenmine voller Schächte. Entweder man fällt in einen rein, oder man verläuft sich und findet nicht wieder raus.«

»Keine Sorge. Höhlen sind nicht mein Ding.« Als Viola im Traum hineinging, schien es irgendwie akzeptabel zu sein, dass sie nicht wieder herauskommen würde. Ellen kletterte vom Felsen herunter und setzte sich neben Olivier, der sich in voller Länge neben Mutley im Moos ausgestreckt hatte, um ebenfalls ein spontanes Nickerchen in der freien Natur zu machen. Ellen strich über seine Locken und beobachtete, wie seine Augenlider allmählich zufielen wie ein altmodisches Rouleau.

Sie wandte sich wieder der Kettensägen-Skulptur zu. Die spitzen Ohren der Bestie waren zu Stummeln verwittert, und seine Schnauze war vor langer Zeit bei einem Sturm abgebrochen. Trotzdem hörte Ellen förmlich das Brüllen der Kettensäge und sah, wie Rodney sie über seinem Kopf hielt und im Baumstamm versenkte. Jetzt war er ein alter Mann, der allein mit den Kreaturen seiner Einbildungskraft lebte. Sie bevölkerten die Felder an seinem Hang und seine Scheune. Sie standen verteilt in den Gärten und Vorgärten mehrerer Staaten. Er hauchte ihnen Leben ein, und sie gaben es ihm zurück.

Ellen fühlte ein Brennen in der Brust, so heiß wie damals in Mexiko, als die Sonne sie goldbraun gebacken hatte. Plötzlich meinte sie, die Umrisse ihrer inneren Organe unterscheiden zu können – ihre Leber und Gallenblase, Zwerchfell und Bronchien, Lunge und Pankreas. Das Herz. Es war ein heiliger Augenblick.

»Ich liebe dich, Rodney«, verkündete sie. Sie war über sich selbst schockiert.

»Was?«

»Ich liebe dich«, wiederholte sie ruhig. Was zum Teufel steckte bloß in Dr. Yis Tee? Liebestrank Nr. 9?

»Das hatte ich so verstanden.«

»Nur nicht nervös werden.« Ellen kicherte. »Ich spreche von der Liebe zu einer Person im Allgemeinen, nicht über die Liebe, die immer nur Probleme macht.« Sie war von gelassener Heiterkeit erfüllt. Olivier und Mutley schnarchten leise, und weiße Schmetterlinge taumelten auf sanften Luftströmungen. »Danke, dass du mich hierhergebracht hast«, sagte sie.

»Warum?«, fragte Rodney plötzlich, und für einen Moment konnte sich Ellen nicht daran erinnern, worauf er sich bezog. Stattdessen erinnerte sie sich an eine Zeit vor zwölf Jahren, als sie unter Hypnose von ihrem Hypnotherapeuten aufgefordert wurde zu erklären, warum sie ihren Mann liebe. »Weil er einfach so seines Weges geht, und dann schaut er ab und zu über die Schulter und fragt: Siehst du, wie ich hier entlanggehe, Ellen?«, hatte sie geantwortet. Es hatte so absurd geklungen, dass der Therapeut in sich hineinlachen musste und damit beinahe die Trance unterbrochen hätte. Ellen konnte sich lebhaft daran erinnern, nicht nur an die Worte, sondern auch an das ihnen zugrundeliegende Gefühl.

»Weil du einfach so deines Weges gehst«, sagte sie zu Rodney. »Egal, was passiert, du machst einfach so weiter.«

»Das macht doch jeder«, sagte er.

Dann lass sie alle in den Himmel, dachte Ellen, doch sie sagte: »Du hast Stil, Rodney.«

»Und du hast nicht alle Tassen im Schrank, Ellen«, erwiderte er lächelnd, als wolle er mit seinem Necken von ihrem Kompliment und ihrem Wohlwollen ablenken.

»Ich habe etwas Nettes zu dir gesagt. Jetzt gib es nicht gleich wieder an mich zurück«, fuhr sie ihn an.

Rodney blickte verwirrt und bedrückt drein und rückte ein paar Zentimeter von ihr ab.

Sogleich bereute sie ihre Worte. »Warte! Ich nehme das zurück! Tut mir leid, Rodney.«

Er stemmte sich hoch. »Fertig zum Abmarsch?«

»Okay.« Sie nahm Olivier hoch und legte ihn wie einen Sack importierter Kaffeebohnen über die Schulter, und schon schlugen sie sich durch dornige Sträucher nach Hause. Mit jedem Schritt bereute Ellen ihre verbale Attacke gegen Rodney. Sie konnte nichts rückgängig machen, sie konnte es aber auch nicht dabei bewenden lassen. Wenn sie jedoch zu lange darüber grübelte, würde es noch damit enden, dass sie sich nackt in ein passendes Dornengestrüpp warf, so wie es der heilige Franziskus von Assisi gemacht hatte. Es gab unendliche Möglichkeiten der Selbstkasteiung für den wahrhaft Bereuenden, aber es gab nichts, was sie tun konnte, um die Tatsache ungeschehen zu machen, dass sie Rodney de Beer mit ihren Worten zunächst gestreichelt und dann geohrfeigt hatte. Sie dachte an Schwester Monica, die für Ellen im Alter von acht Jahren der Inbegriff des Terrors gewesen war. Die Nonne hatte wütend vor der Klasse gestanden und irgendeinen Sünder, der die Antworten aus dem Katechismus nicht korrekt gelernt hatte, zu sich zitiert. Und wenn dann das arme Kind demütig und voller Angst zum Lehrerpult geschlichen kam, hatte sie »Geh mir aus den Augen!« gebrüllt.

Dies war Ellen so oft passiert, dass sie niemals wusste, ob sie gerade kam oder ging. Sie hatte sogar eine dramatische Kehrtwende entwickelt, die sie genau im richtigen Augenblick einsetzte, sodass die Münder der anderen Kinder zuckten, weil sie nicht lachen durften. Nun spielte sie Schwester Monica, und das Schlimmste daran war, dass sie selbst nicht wusste, warum.

Als sie am Haus ankamen, ging Rodney schnurstracks zu seinem Pick-up. »Puh, das geht an die Kondition!«, sagte er und zog die Kletten und Distelstacheln von seinen Socken. »War schon eine Ewigkeit nicht mehr in den Feldern.«

»Danke, dass du mich mitgenommen hast.«

»Nicht der Rede wert.«

»Rodney?«

»Ja?« Seine Hand hielt schon den Türgriff.

»Tut mir leid, dass ich so gereizt war.«

»Du machst aus einer Mücke einen Elefanten.«

»Ich wünschte dennoch, ich könnte es rückgängig machen.«

»Vergiss es. Ich seh dich morgen. Tschüss, kleines Kerlchen«, sagte er. Olivier winkte ihm hinterher, bis das Auto schon längst verschwunden war.

Sie war noch keine Sekunde im Haus, da rief sie auch schon Dr. Yi an. Es war zwar ein bisschen früh für die nächste Sitzung, aber sie wollte ihn zu seinem Öffne-dein-Herz-Tee ausquetschen, von dem sie sechs Tassen pro Tag trank. Wenn sie schon im Schatten eines Wasserspeiers Rodney ihre Liebe gestand, dann musste was dran sein. Auf der anderen Seite hatte sie ganz absichtlich eine Auseinandersetzung mit Wide Load heraufbeschworen. Möglicherweise war das eine oder andere der jüngsten Erlebnisse ein Rückschlag. Sie musste es einfach wissen.

Mrs. Yi ging nach dem dritten Läuten ans Telefon und gab ihr einen Termin für den kommenden Tag. Erst als sie schon aufgelegt hatte, fiel ihr ein, dass sie für Rayfield auch einen Termin hätte ausmachen können. Dann würden sie wieder gemeinsam rüberfahren, und er könnte im Wartezimmer auf Olivier aufpassen, während sie im Sprechzimmer wäre.

Sie wählte seine Nummer.

»Ja«, antwortete er.

»He, Rayfield, hier spricht Ellen.«

»Oh, großartig.«

»Dein Enthusiasmus rührt mich.«

»Ja, nun, ich weiß, du willst was. Worum geht's denn?«

»He, jetzt bin ich aber ehrlich beleidigt. Dies ist nur ein netter Anruf.«

»Verarschen kann ich mich selber!«, sagte er. »Komm zur Sache. Was willst du?«

Ellen war versucht, mit dem alten Hit »I Just Called to Say I Love You« herauszuplatzen, aber sie unterließ es. »Ich habe mich gefragt, ob ihr, du und Debbie, die Geschichte mit Mutley geklärt habt.«

»Was gibt's da zu klären?«

»Himmel, Rayfield, Mutleys Zukunft zum Beispiel.«

Rayfield zögerte gerade so lange mit einer Antwort, dass Ellen nervös wurde. »Ich sehe die Skyline von New York in Mutleys Zukunft.«

»Rayfield, untersteh dich.«

»Geschieht dir recht«, sagte er und lachte hämisch.

Ellen entschied sich dafür, im Moment nicht weiter darauf einzugehen. »Hast du noch vor, Dr. Yi aufzusuchen? Ich bin morgen dort und dachte, wir könnten gemeinsam fahren, wenn du noch Interesse hast.«

»Wann geht's los bei dir?«

»Ich habe für ein Uhr einen Termin gemacht. Möchtest du, dass ich noch mal anrufe, und gucke, ob sie für dich vorher oder nachher noch was frei haben?«

»Das erledige ich selbst. Wenn du nichts anderes von mir hörst, komm ich morgen um zwölf zu dir.« Er legte auf. Ellen setzte sich ins Wohnzimmer. Unbewusst glättete sie die Falten von Violas handgemachten Schonbezügen. Sie verspürte das dringende Bedürfnis, ihre Gedanken zu sortieren, aber die waren so zäh, als wäre ihr Verstand voll Kleister. Es war ihr unmöglich, sich auf einen bestimmten Gedanken, ein Gefühl oder eine Idee zu konzentrieren. So saß sie einfach nur da und sah Olivier zu, der seinen Spielzeuglaster über die Dielenbretter schob und dabei vor sich hin brabbelte.

24

Am nächsten Morgen, als Ellen darauf wartete, dass das Telefon klingelte, kam sie sich wie ein Teenager vor. Tommy hatte versprochen, sie anzurufen, und nun hoffte sie, seine Stimme zu hören, anstatt darüber nachzudenken, wo er die Nacht zuvor so lange gewesen war. Sie genoss die kribbelnde Vorfreude, als sie sich die neuen Locken aus dem Gesicht strich und in dem angelaufenen Spiegel über dem Badezimmerwaschbecken betrachtete. Eigentlich mochte Ellen die kleinen Krähenfüße – oder *Lachlinien,* wie sie die Alterungserscheinung zu nennen pflegte –, die sich allmählich um ihre Augen bildeten. Unweigerlich musste sie an die übertriebenen Lidstriche denken, die Kleopatra bevorzugte, und stellte sich vor, dass jedes Fältchen an einen Moment erinnerte, als sie so lange gelacht hatte, bis sie Seitenstechen bekam. Viel weniger gefiel ihr jedoch, dass die Haut der Kinnpartie nicht mehr so straff war. Schultern und Dekolletee sahen noch ganz gut aus, aber ihre Brüste senkten sich bereits auf den Rippenbogen. Wenn sie die BH-Träger so einstellte, dass die Brüste höher saßen, waren die Träger am Abend wieder in die ursprüngliche Position gerutscht. Sie hatte schon ernsthaft überlegt, die widerspenstigen Dinger festzunähen, vielleicht mit Zahnseide oder Angelschnur.

Ellen Kenny würde bald siebenundvierzig und raste so schnell durch die Jahrzehnte, dass sie sich kaum je eingestand, wie schwierig es doch war, das Leben im Blick zu behalten. Ihr gutes Aussehen, ihr Sexappeal, ihr Ehrgeiz – fort! Alles weg! Ihre Energie nahm ab, und bald schon würde sie unter einer trockenen Vagina zu leiden haben. Ihre Menstruation wurde immer unregelmäßiger; das rostrote Blut kam in einigen Monaten viel zu früh und manchmal gar nicht.

Die Frau, die sie aus dem Spiegelglas anschaute, war nicht Ellen. Ellen war eine alte Seele in einem jungen Körper, nicht umgekehrt. Haare und Haut, Wangen und Kiefer, Brüste, Knie und Pobacken – alles rutschte allmählich nach unten und schien gemäß des grausamen Plans von Mutter Natur wieder zur Erde zurückzukehren. »Selbst meine Ohren sind nach unten gesackt«, stellte Ellen fest, während sie die kleinen vertikalen Falten betrachtete, die sich genau da gebildet hatten, wo die Ohren mit dem Gesicht verwachsen waren. Das war absolut niederschmetternd. Sie versuchte, die Haut wieder zu straffen, nach oben, in Richtung Haaransatz, wie Sophia Loren es den reiferen Frauen angeblich in einem Hochglanzmagazin riet, aber ihr Gesicht rutschte immer wieder nach unten. Ellen begann zu weinen.

In diesem Augenblick klingelte das Telefon, doch jetzt wollte Ellen mit niemandem sprechen, nicht einmal mit Tommy. Sie warf sich auf das ungemachte Bett und zählte mit, wie oft es läutete. Jeder Ton war wie ein Angriff auf ihr Trommelfell. Das Klingeln durchbrach die Stille und hinterließ ein unangenehmes Echo in ihrem Kopf. Sie vermochte kaum noch zu sagen, wo das eine aufhörte und das andere begann. Noch siebenmal klingeln, dann herrschte heilige Stille. Ellen hatte den oberen Treppenabsatz verbarrikadiert, damit Olivier nicht die Stufen hinunterfiel, und ihn aus dem Reisebettchen gehoben. Sie konnte ihn im Nebenraum hören.

Das Bild von Viola, die in der schlundartigen Öffnung der dunklen Höhle verschwand, stand ihr wieder vor Augen. Der letzte unbändige Blick, den Viola noch über die Schulter geworfen hatte, hatte sich für immer in Ellens Unterbewusstsein eingeprägt und führte nun ein Eigenleben. Völlig unerwartet blitzte er nun in ihren Gedanken auf. Diese seltsame Mischung aus Schrecken und Frieden, Furcht und Aufgeregtsein erinnerte sie an den Ausdruck auf dem Gesicht einer Motte, die zur Flamme fliegt. Violas Miene im Traum hatte Ellens Blutdruck nach oben schnellen lassen, aber nun fühlte sie sich davon angezogen wie Richard Dreyfuss, der am Ende von *Unheimliche Begegnung der dritten Art* zum Raumschiff driftet, oder wie Kevin Costner in *Feld der Träume*, der in einem Maisfeld ein Baseball-Feld errichtet. Aber Dreyfuss musste in einer fliegenden Untertasse starten und Costner ein Rätsel aus seiner Vergangenheit lösen. Was mochte da auf Ellen zukommen?

Länger darüber nachzudenken, setzte die Abkehr vom Unglauben voraus, was nicht gerade zu Ellens Talenten zählte. Sie war ein skeptischer und kein gläubiger Mensch. Sie sah sich mehr als Rechercheurin und Realistin. Irgendwo hatte sie gelesen, dass sich das Leben der Frauen traditionell in drei Abschnitte auffächerte: Jungfrau, Mutter, altes Weib. Theoretisch war das erste Stadium voller Potenzial; dem zweiten Stadium sprach man mütterliche

Befriedigung zu. Das dritte aber war wie eine große, leere Fläche, es sei denn, man eignete sich die Art von Weisheit an, die den Verlust der Jugend kompensierte. Aber was war, wenn die Jungfräulichkeit wahllos einem Jungen geopfert worden war, den man nie wiedersah und auch nicht wiedersehen wollte? Was war, wenn man das zweite Stadium übersprungen hatte? Was, wenn Viola de Beer als altes Weib aus dem eigenen Unterbewusstsein aufstieg? Nur weil sie es bis zur Zielgeraden geschafft hatte und über die Reling der *USS Constitution* in den Hafen von Boston gestreut worden war, machte das sie noch lange nicht zum Vorbild. Viola war, den Berichten zufolge, eine lausige Zeitgenossin gewesen.

War es lausig, das Telefon so lange klingeln zu lassen und dadurch den Ehemann zu enttäuschen oder gar in Unruhe zu versetzen? Sie stellte sich vor, wie Tommy in der Küche der Tenth Street stand und den Hörer langsam wieder auf die Gabel legte. Bestimmt wäre er verdutzt, vielleicht fühlte er sich auch zurückgewiesen. Aber das war Ellen gleich. Sie hatte im Moment alle Hände voll zu tun und musste sich mit ihren erschlaffenden Gesichtskonturen abfinden. Tommy würde eben ohne sie auskommen müssen, während sie im Stillen ihre Wunden leckte.

Olivier tappte ins Zimmer und zog seine Lieblingsdecke wie einen Brautschleier hinter sich her. Schon nach wenigen Augenblicken hing ein übler Geruch in der Luft. »Oh, wieder mal die Windeln voll«, sagte Ellen und rümpfte die Nase. Sie hielt den Atem an, während sie Olivier den Po sauber machte. Er war ein hübscher kleiner Kerl, und jeden Tag liebte sie ihn mehr, aber der Job als Ersatzmutter war ermüdend. Sie hatte weniger Zeit für sich und vermisste ihre alte Freiheit. Mütter machten eine lange Durststrecke durch, kein Wunder also, dass die modernen Frauen lieber die Karriere vorantrieben und keine Kinder bekamen. Zu ihrem Erstaunen war Ellen froh, dass ihr die Erfahrung der eigenen Mutterschaft erspart geblieben war. Manchen Leuten verlangte Fürsorge zu viel ab. Vielleicht, so dachte Ellen, während sie dem Kleinen den Po puderte, gehörte sie zu diesen Frauen. Aber das machte sie nicht zu einem schlechten Menschen. Oder etwa doch?

»Gehen wir nach unten«, sagte sie und nahm Olivier auf die Hüfte. »Ich brauche jetzt meinen Tee, und du bekommst deinen Brei.« Übervorsichtig ging sie die Treppe hinunter und gelangte sicher ins Wohnzimmer, als Rodney in die Zufahrt einbog. »Da kommt Onkel Rodney«, sagte sie. Olivier begann zu zappeln und wollte zur Tür laufen.

»He, Rodney«, begrüßte sie ihn, als er hereinkam.

»Morgen, Ellen. Hast du schon Kaffee gemacht?«

»Läuft durch.«

Rodney setzte sich auf seinen Stammplatz am Tisch und öffnete die Papiertüte, in der er die Tagesration an Donuts aufbewahrte.

»Gibt's was Neues?«, wollte Ellen wissen. Seine Augen waren blutunterlaufen, und Ellen war sich ziemlich sicher, dass er nach Alkohol roch.

»Nicht, dass ich wüsste«, erwiderte er, fügte aber hinzu: »Doch, eins vielleicht. Nachdem du mir von deinem Traum erzählt hattest, fiel mir ein, dass ich noch jede Menge Bilder von meiner Mutter besitze. Also hab ich mich auf die Suche gemacht.« Er zog einen weißen Umschlag aus der Tasche seines Overalls und schob ihn über den Tisch.

Ihr psychisches Radar piepste wie wild. Es fiel ihr nicht schwer, das Bild zusammenzufügen: Sie hatte Rodney über Viola ausgequetscht und ihn gezwungen, einen Trip ins Niemandsland zu wagen. Dort, im Schatten seines Wasserspeiers, hatte sie ihm erst ihre Liebe gestanden und ihn dann verbal angefahren. Er war nach Hause geeilt und hatte nach Fotos seiner verstorbenen Mutter gesucht.

Offensichtlich hatte er auch angefangen zu trinken. Selbst jetzt holte er etwas umständlich einen Flachmann hervor und stellte ihn neben seine Kaffeetasse. Ellen sagte nichts dazu, griff aber auch nicht nach dem Umschlag. »Ich habe Angst, sie mir anzusehen«, bekannte sie.

»Du warst diejenige, die den Traum hatte«, sagte er. Ein leicht boshafter Ton schlich sich in seine Stimme. »Du hast danach gefragt.«

»Stimmt«, erwiderte sie ruhig, aber jetzt wollte sie die Wahrheit nicht an sich herankommen lassen. Da Rodney aber inzwischen aufgestanden war und sie seinen Atem im Nacken spürte, konnte sie nicht kneifen.

»Hör auf, auf Zeit zu spielen«, meinte er.

Ellen nahm den Umschlag und zog drei Fotos heraus. Zwei waren Schwarz-Weiß-Aufnahmen mit geschwungenem Rand, Abzüge, die schon vom Format her so alt waren, dass Ellen sich an ihre Kindheit erinnert fühlte. Das dritte Foto war in Farbe und glänzte. Sie legte die drei Bilder nebeneinander auf den Tisch.

»Die Schwarz-Weißen sind noch aus den Vierzigern«, erklärte Rodney. »Die habe ich gemacht.«

Ellen beugte sich über die Aufnahmen, um sich die erste näher anzuschauen. »Ist die hier am Haus gemacht worden?«, fragte sie erstaunt, denn sie sah nichts als sanft ansteigende, grasbewachsene Hügel und verstreut stehende Bäume. Die beiden Ahornbäume zu beiden Seiten der Zufahrt waren schon recht groß, und Viola lehnte an einem der Baumstämme. Sie trug eine Strickjacke, einen glatten Rock und Socken in Schnürschuhen.

»Genau vor dem Haus.«

»Es sieht so … gepflegt aus. Ich hätte es kaum wiedererkannt.«

»In fünfzig Jahren passiert viel«, sagte Rodney, ging in die Küche und schenkte sich Kaffee ein. Als er seine Tasse auf den Tisch stellte, machte er den Flachmann auf und goss einen guten Schuss Whiskey hinein.

»Du willst doch wohl heute nicht aufs Dach, oder?«, fragte Ellen.

»Deswegen bin ich hier«, erwiderte er ungerührt.

»Aber du trinkst. Ich möchte nicht, dass du stürzt.« Sie verspürte einen Anflug von Panik.

»Da mach dir mal keine Sorgen«, meinte er.

Unschlüssig, was sie tun sollte, konzentrierte sich Ellen auf das Foto, auf dem Viola de Beer zu sehen war. Auf dem Bild, das nicht nur verblichen, sondern auch ein bisschen verwackelt war, mochte sie Anfang dreißig sein. Violas Gesicht schien gleich zweimal da zu sein und blieb daher ohne scharfe Konturen. Es sah so aus, als schielte sie. Ihre ganze Erscheinung wirkte hager, das Kinn war spitz, und sie stand leicht gebückt, als spannte sich ihre Haut zu stark.

Das zweite Foto war offenbar am selben Tag geschossen worden. Diesmal saß Viola auf den Betonstufen, die vorne zur Veranda führten. Sie hatte die Knie zusammengedrückt und leicht vom Objektiv abgewandt. Auch diese Aufnahme war nicht ganz scharf, obwohl Violas langes, dunkles Haar, das sie mit Spangen zurückgebunden hatte, gut zur Geltung kam. Ihr Haar war auffallend glatt – glattes, langes Haar, das in der Modewelt Englands erst in den frühen Sechzigern Einzug gehalten hatte. »Was für eine Haarfarbe hatte deine Mutter?«

»Kackbraun«, antwortete Rodney.

»Sie sieht hübsch aus«, meinte Ellen, obwohl sie sich gar nicht zu dem Aussehen der Frau hatte äußern wollen. Aus einem unerfindlichen Grund sah sie sich genötigt, etwas zu sagen, als könnten die richtigen Worte zur richtigen Zeit die Spannung lösen, die Rodneys Erscheinen in ihrem Esszimmer hatte entstehen lassen.

»Ist sie die Frau, die du in deinen Träumen gesehen hast?«, wollte er wissen.

»Kann ich nicht genau sagen. Die Frau, die ich gesehen habe, war viel älter.« Ellen richtete ihre Aufmerksamkeit auf das dritte Foto und wurde bleich. »Du liebe Güte, Rodney! Ich glaube, *das* ist sie!« Sie hielt das Bild hoch und betrachtete es aus größerem Abstand. Violas Haar war schiefergrau, ihre Haut wirkte erhitzt. Sie saß an ebendiesem Küchentisch, vor ihr stand eine Tasse – vielleicht die gleiche Tasse, aus der Ellen immer trank. Sie las die Zeitung – offenbar ein Schnappschuss.

Es stimmt, dachte Ellen, *dass alle alten Leute mehr oder weniger gleich werden, wie Kleinkinder.* Und das Abbild in ihrem Traum war teils Comicstrip, teils Horrorfilm, aber die Frau, die durch die Felder in Richtung des dunklen Eingangs der Eagle-Beak-Höhle gerannt war, ähnelte Viola de Beer sehr. Beiden Frauengestalten wohnte eine Härte inne, und ihr Augenausdruck verriet eine große innere Unbändigkeit.

»Bist du sicher?«, fragte Rodney.

»Schwer zu sagen, aber …« Ellen merkte, dass ihr Mund ganz trocken geworden war. »Das macht mich noch wahnsinnig«, sagte sie und ließ das Bild fallen. Sie war von der fixen Idee besessen, dass sie unrechtmäßig in Violas Sphäre eingedrungen war, und jetzt wollte Viola nicht von ihr ablassen und verfolgte sie noch in ihren Träumen. Ihr drehte sich der Magen um. Bedingt durch ihre katholische Erziehung, lebte sie in der latenten Angst, besessen zu sein, und als sie dann 1972 *Der Exorzist* gesehen hatte, war sie in Panik geraten und hatte gedacht *Das könnte mir auch passieren!* »Was ist, wenn ich eine Art Medium für sie bin?«, fragte sie.

»Herrgott noch mal, so was gibt es doch nicht«, sagte Rodney und fügte seinem Kaffee einen weiteren Schuss Whiskey hinzu.

Ellen riss ihm den Flachmann aus der Hand, lief damit zur Spüle und kippte den Rest Alkohol in den Ausguss. »Hör mit dem Trinken auf. Es ist noch nicht mal acht Uhr morgens.« Rodney rührte sich nicht. Er sah Ellen nur mit glänzenden Augen an. Dann klingelte das Telefon, und Ellen riss förmlich den Hörer von der Gabel. »Tommy?«, sagte sie viel zu laut. »Bist du das?«

»Ellen, was ist los? Schlechte Nachricht von Karen?«

»Nein.« Als sie auf diese Weise an Cochos missliche Lage erinnert wurde, kamen ihr ihre eigenen Probleme mit einem Mal unbedeutend und dumm vor. »Ich habe nur Angst, von dem bösen Geist der Frau besessen zu sein, der früher dieses Haus gehörte.«

Schweigen am anderen Ende der Leitung. »Und das soll ich ernst nehmen?«

»Weiß ich nicht.« Sie war sich Rodneys Gegenwart bewusst, der wie eine Eule an seinem Stammplatz hockte und so etwas wie Streitlust in Ellen hervorrief. »Lass uns später darüber reden, wenn du Zeit hast«, sagte sie zu Tommy.

»Ich habe jetzt Zeit.«

»Aber ich nicht«, log sie.

»Na gut, dann …« Er schwieg wieder, wartete. Ellen hatte irgendwo gelesen, dass der Durchschnittsamerikaner in einer Unterhaltung nur vier Sekunden Pause ertrug, ehe er oder sie mit einer Bemerkung über das Wetter herausplatzte. Sie wollte das Gespräch beenden, ehe es dazu käme.

»Kann ich dich später anrufen?«

»Klar«, sagte er und legte auf.

Was war nur mit ihr los? Jede zwischenmenschliche Kommunikation missglückte ihr, und immer war *sie* es, der die Sicherung durchbrannte.

Rodney stand auf. »Ich muss dann mal an die Arbeit«,

sagte er. Er setzte seine Kappe auf, ging nach draußen und schlug die Fliegengittertür hinter sich zu. Ellen sank auf einen Stuhl, holte hörbar Atem und wandte sich Olivier zu. »Sollen wir wieder gießen?«, fragte sie den Kleinen, da sie das Gefühl hatte, irgendetwas Produktives machen zu müssen. Jeden Tag näherte sie sich ihrem kleinen Gemüsebeet mit einer Mischung aus Stolz und Furcht. Die Pflanzen sahen so anfällig aus; so vieles konnte ihnen widerfahren. Doch sie wuchsen tapfer. Sie sprach mit jeder einzelnen, während sie mit ihrer Gießkanne aus Plastik davorstand. »Hallo, du Schöne«, sagte sie halbherzig, aber als sie sich daranmachte, das Unkraut samt Wurzel aus dem Boden zu ziehen, wünschte sie, sie hätte Tommy am Telefon nicht so kurz abgefertigt. Doch jetzt war es zu spät. Zu spät.

Sie beendete ihre Gartenarbeit gerade rechtzeitig, um vor ihrem Besuch bei Dr. Yi noch ein luxuriöses Bad mit Olivier zu nehmen. Rayfield hatte sich noch nicht gemeldet, daher rechnete sie gegen Mittag mit ihm. Ellen entschied sich für das legere weiße Kleid, das vorne durchgehend geknöpft wurde. Dazu trug sie Ballerinas, und mit ihrem neuen Haarschnitt und der Bräune kam sie sich wie eine andere Person vor. Tommy würde sie nicht einmal erkennen, wenn sie ihn in ein paar Wochen am Flughafen Dorval in Montreal abholte.

Rodney machte gerade Mittag, als sie die Küche betrat. »He, gut siehst du aus. Gehst du auf eine Party?« Offensichtlich hatte er seine schlechte Laune überwunden. Und vielleicht hatte die Sonne den Restalkohol in seinem Körper verdunsten lassen.

»Nein, mein Termin bei der Akupunktur. Ich fahre zusammen mit Rayfield Geebo hin.«

»Holt er dich hier ab?« Ellen hörte den scharfen Unterton heraus.

»Ja, in ein paar Minuten.«

»Oh.« Rodney wandte sich wieder seinem Schinken-Sandwich zu, das er sich von zu Hause mitgebracht hatte. Er kaute extra bedächtig und mied Ellens Blick.

»Stimmt etwas nicht, Rodney?« Ungeduld wallte in ihr hoch. Rodney wurde allmählich so launisch wie sie. »Du wirkst angespannt.«

»Nein, überhaupt nicht«, wiegelte er ab, was offensichtlich eine Lüge war. Er flüchtete sich in einen großen Bissen von seinem Sandwich.

»Erzähl's mir«, forderte sie ihn auf.

Rodney schüttelte den Kopf und zeigte auf seinen vollen Mund. Als er schließlich wieder sprechen konnte, sagte er bloß: »Kommt Olivier mit?«

»Natürlich.«

»Dann musst du dein Auto nehmen, weil da der Kindersitz drin ist.«

»Stimmt.«

»Könntest du Rayfield sagen, er soll sich nicht vor mein Auto stellen? Ich bin bestimmt fertig, bevor du zurückkommst.«

Ellen setzte sich. »Stimmt etwas nicht zwischen dir und Rayfield? Konnte ich ja nicht ahnen, sonst hätte ich ihn wohl kaum gebeten zu kommen, solange du hier arbeitest.«

»Lass gut sein, Ellen.«

In diesem Moment wurden sie von einem Knattern aufgeschreckt, das von draußen kam. Rayfield parkte sein Auto an der Straße, machte den Motor aus und schlenderte kurz darauf über die Zufahrt zum Haus. Ellen verspürte ein Kribbeln. Würde es zwischen Rayfield und Rodney zum Showdown kommen?

»Komm, Olivier. Wir gehen zum Auto«, sagte sie zu ihrem Neffen, der bäuchlings auf dem Boden lag und mit einer Wollmaus spielte. »Gehen wir!«

Rayfield erreichte die Tür. »Klopf, klopf!«, scherzte er, als er die Tür öffnete und über die Schwelle trat. Rodney hatte sich nicht vom Fleck gerührt. »He, Ellen, he, Ollie. Ach, hallo, Rodney. Dachte ich's mir doch, dass das dein Wagen da draußen ist.«

»Hallo, Rayfield«, sagte Rodney.

»Bist du so weit?«, fragte Rayfield Ellen.

»Ja.«

»Dann lass uns fahren.«

Das war's schon?, dachte Ellen enttäuscht. Keine Rauferei? Keine lautstarke Auseinandersetzung mit den üblichen Beleidigungen? Sie hatte sich vorgenommen, die Angelegenheit – was es auch sein mochte – nach draußen zu verlegen und zwischen zwei potenziellen Streithähnen zu vermitteln, aber offenbar waren ihre Qualitäten als Schlichter gar nicht gefragt. Bliebe ihr also noch ein ganzer Nachmittag, um Rayfield auszuquetschen. Vermutlich war er leichter zu knacken als Rodney, der unter Wölfen aufgewachsen war.

Rayfield machte eine Kehrtwende und ging die bröcklige Betontreppe vor der Veranda wieder hinunter. Ellen nahm Olivier auf den Arm, steckte noch ihr Portemonnaie ein und sagte: »Sei vorsichtig da oben auf dem Dach, Rodney.«

»Ich komm schon klar.«

»Okay, bis später dann.«

Seine Stimme klang normal, scheinbar kein unterschwelliger Groll. Also blieb Ellen nichts anderes übrig, als sich mit einem Lächeln zum Gehen zu wenden. Sie platzte förmlich vor Neugierde. Sie wurde das Gefühl nicht los, dass es böses Blut zwischen den Männern gegeben hatte, aber was mochte der Grund dafür gewesen sein? Rodney hatte sich doch bestimmt nicht an Schwertransporter herangemacht, und selbst wenn, kam Rayfield ihr nicht wie ein Mann vor, der lange Groll gegen jemanden hegte.

Sie wartete noch, bis sie das untere Ende der Eagle-Beak-Anhöhe erreicht hatten, ehe sie sagte: »Also, was ist zwischen dir und Rodney? Und komm mir jetzt nicht mit ›Ach, weißt du, Ellen, da ist nichts‹.« Sie war selbst überrascht, mit wie viel Nachdruck sie ihm diese Frage gestellt hatte. Vielleicht hatte sie sich, ohne es richtig zu merken, eine Lektion in direkter Kommunikation von ihrem neuen Vorbild Wide Load abgeguckt.

»Ist 'ne lange Geschichte.«

»Dann fang mal an.«

»Bin jetzt nicht in der Stimmung für so was.«

Eine Weile fuhren sie schweigend weiter. Die malerische Unbeschwertheit der Landschaft, abgerundet durch gescheckte Kühe und fröhliche Farmer, kam ihr nun nicht mehr fremd vor, und Ellen fühlte sich längst nicht mehr wie eine Touristin. Sie wusste, dass es drei Wochen dauerte, bis man eine Gewohnheit ablegte; noch länger dauerte es, eine geistige Hürde zu nehmen. Offenbar hatten sich ihre Zellen neu geordnet und waren inzwischen auf friedliche Ruhe und nicht auf Menschenmengen, Gehwege und Großstadtlärm eingestellt.

»Ich vermisse die Stadt«, sagte sie plötzlich, mitten in ihrem bukolischen Tagtraum.

»Ach, ja? Warum?«

»Sie pulsiert. Ich bin dieses Pulsieren gewohnt.«

Rayfield drehte ihr das Gesicht zu, und aus den Augenwinkeln sah sie, wie sich die Umrisse seines Kopfes vor dem wolkenlosen Himmel jenseits des Fensters abzeichneten. »Du pulsierst immer noch, glaub mir«, meinte er. Ellen verschlug es den Atem. Sie konzentrierte sich auf den Highway, denn sie wollte die unterschwellige sexuelle Spannung, die plötzlich in der Luft lag, nicht wahrhaben.

»Okay, ich erzähl dir von Rodney«, sagte Rayfield. »Es war nach Violas Tod«, begann er. Aber mit einem Mal wollte Ellen nichts mehr davon hören. Rayfield stieß die Tür zu größerer Intimität auf, und Ellen befürchtete, in ein Labyrinth zu geraten, in dem sie sich verlief.

»Du brauchst mir das nicht zu erzählen, Rayfield.«

»Doch.« Er zog eine Zigarette aus der Packung, die in der Brusttasche seines T-Shirts steckte, und hielt sie in der Hand.

»Schau, alle hassten Viola, ich übrigens auch. Aber eines Tages, ich weiß auch nicht, warum, fuhr ich an ihrem Haus vorbei und verspürte das Verlangen, kurz anzuhalten. Ich hatte fast das Gefühl, in eine Art Trance geraten zu sein. Als würde mich eine unsichtbare Kraft zu ihrer Auffahrt ziehen.« Jetzt erst steckte er sich die Zigarette in den Mund. Sie hing in seinem Mundwinkel, als wäre sie dort festgeklebt. »Wie dem auch sei, ich hielt an und sah, dass die Tür offen stand.« Er machte eine Pause und schluckte hörbar.

»Ich rief ihren Namen, aber niemand antwortete. Das war im Oktober, und es war schon ziemlich frisch, daher war die offene Tür, du weißt schon, eine Art Wink.« Er nahm die Zigarette wieder aus dem Mund und rollte sie zwischen den Fingern. »Ich ging ins Haus.«

Ellen klammerte sich am Lenkrad fest und nahm eine Kurve mit hoher Geschwindigkeit.

»Du glaubst ja gar nicht, wie es da aussah! Überall lag Mist herum – Essensreste und verkrustetes Geschirr, schmutzige Klamotten. Zeitungen stapelten sich, und es stank erbärmlich.«

»Hör auf! Ich weiß schon, sie lag tot auf dem Küchenfußboden, und die Mäuse verspeisten ihre Augäpfel«, sagte Ellen.

»Schlimmer«, meinte er. »Ich ging von Raum zu Raum, suchte sie und rief ihren Namen, aber unten war sie nicht.«

»Das ist ein Horrorfilm«, wisperte Ellen.

»Ich ging die Treppe hinauf.« Seine Stimme war leiser geworden, als käme sie aus größerer Entfernung. »Ich fand sie in ihrem Bett. Sie war zu neunundneunzig Prozent tot, nur noch Haut und Knochen, und dann dieser schreckliche Gestank in dem Zimmer. Sie war nicht mehr klar im Kopf, stöhnte und seufzte. Zuerst bemerkte sie mich überhaupt nicht. ›Viola‹, sagte ich, ›kannst du mich hören?‹, und sie drehte mir ihr eingefallenes Gesicht zu und …«

»Und *was?*«, rief Ellen.

»Nun, sie sagte ›Rodney?‹ und streckte die Hand nach mir aus – na ja, eigentlich nach Rodney –, also ging ich zu ihr und nahm ihre Hand, denn das macht man ja so. Ich sagte: ›Ich hole Rodney, Viola‹, aber sie ließ meine Hand nicht los. Sie hatte ihre Finger in meine Handfläche gebohrt und zog mich zu sich herunter. Ihr Atem stank fürchterlich, als wäre sie von innen verfault.«

Ellen nahm die rechte Hand vom Lenkrad und legte sie auf Rayfields Schulter.

Die Zigarette wanderte wieder in seinen Mund. »Ich setzte mich auf die Bettkante und beugte mich über Viola. Du weißt ja, sie hielt mich für Rodney.«

»Was hat sie dir gesagt?«, fragte Ellen wie gebannt.

Rayfield schwieg, und die Spannung im Auto wuchs. »Was hat sie dir gesagt?«

»Sie sagte: ›Es tut mir leid.‹«

»Mehr nicht?« Ellen hatte mit rachsüchtigen Worten oder einer üblen Verwünschung gerechnet. »Das war doch gar nicht so schlimm«, fügte sie hinzu.

»Du hast es ja nicht erlebt. Glaub mir, es war furchtbar. Sie war wie eine sprechende Leiche. Aber ich wusste, dass es wirklich wichtig war, und deshalb sagte ich: ›Ist schon okay.‹ Und dann rannte ich aus dem Haus und raste zu Rodney, um ihn zu holen. Er arbeitete in seiner Scheune, und ich packte ihn nur, zerrte ihn ins Auto und fuhr mit ihm zurück zu Violas Haus. Aber als wir ankamen, war sie tot. Rodney hat mir bis heute nicht verziehen, dass ich sie in der Stunde ihres Todes allein gelassen habe.«

»Aber du wolltest ihn doch holen.«

»Hat nichts mit Logik zu tun.«

»Hast du ihm denn erzählt, was sie zu dir gesagt hat? Ihre letzten Worte?«

»Nun, ich hatte einen Kloß im Hals, und er war sauer und sagte, er hätte sie nicht allein sterben lassen. ›Wenn sie dich für mich gehalten hat‹, meinte er, ›dann hat sie einen falschen Eindruck von mir mitgenommen.‹ Er war richtig wütend und warf mir vor, nicht Manns genug gewesen zu sein, bis zu ihrem Tod an ihrem Bett zu sitzen. Seither hasst er mich. Zu der Zeit hat er auch mit dem Saufen angefangen. Das ist die ganze Geschichte.«

Ellen hatte das Gefühl, in einer luftdichten Kiste zu hocken. »Das ist nicht fair«, sagte sie schließlich. Rayfield starrte aus dem Fenster und nagte an seiner Unterlippe.

»Vielleicht hat er ja recht. Vielleicht war es ja nur eine Ausrede, zu ihm zu fahren. Aber damals hatte ich nichts anderes im Kopf, als ihn zu holen.«

»Ich denke, du musst dich an das halten, was du in jenem Moment gefühlt hast. Was nützt es jetzt noch, zurückzublicken?«

Ellen war über ihre eigenen Worte erschrocken – schließlich war sie es doch, die dauernd in die Vergangenheit schweifte und über das Leben reflektierte. Ständig kehrte sie zu den Weggabelungen ihres Lebens zurück und fragte sich, wo und warum sie falsch abgebogen war.

»Ich raufe mir deshalb nicht die Haare«, meinte Rayfield, »aber manchmal, wenn ich das alles noch mal durchspiele, sehe ich, dass es besser gewesen wäre, bei ihr zu bleiben. Keiner will allein sterben.«

»Wenn du mich fragst, ist das Geheimnis doch, warum

du überhaupt genau zu diesem Zeitpunkt bei ihr angehalten hast.«

»Das wird sich wohl nie klären«, sagte er. Ein paar Sekunden lang schaute er wieder aus dem Fenster. »Möchtest du einen Kaugummi?« Er kramte eine Packung Spearmint aus der Hosentasche.

»Gern.«

Er schob einen halb aus der Packung und hielt sie Ellen hin. Sie machte ihn mit einer Hand auf, steckte ihn in den Mund und begann zu kauen.

»Weißt du, was? Außer Wide Load bist du die einzige Person, der ich diese Geschichte erzählt habe.«

»Wirklich?«

»Ja.«

»Na, kein Wunder, dass du nie richtig damit fertig geworden bist. Ich habe mal irgendwo gelesen, dass man eine Story siebenundsechzig Mal erzählen muss, ehe sie die Psyche nicht mehr belastet. Zweimal hast du es schon hinter dir, bleiben noch fünfundsechzig Mal«, fügte sie scherzhaft hinzu.

»Und wenn ich die Belastung gar nicht loswerden will?«, fragte er ernst. »Das war vielleicht die wichtigste Sache, die ich erlebt habe. Was soll ich da machen? Dauernd davon plappern, bis es irgendwann aus dem Kopf ist?«

»So würde ich es wahrscheinlich machen«, trällerte Ellen mit einer verwirrenden Mischung aus Stolz und Scham.

»Ach, ja? Nun, was bleibt übrig, wenn du es dir von der Seele gequatscht hast?«

»Weiß ich nicht. Seelenfrieden vielleicht?«

»So ein Quatsch. Du bist nicht friedlich.«

Plötzlich glaubte Ellen, unter Anklage zu stehen. »Ach so? Nun, was hast du davon, wenn du es in dich hineinfrisst?«

Rayfield wurde nachdenklich. »Ich muss mich wohl der Frage stellen, wer ich bin, nehme ich an.«

Ellen hörte ein Klingeln in den Ohren. Es war dieser hohe Ton, den sie mit ihrem Nervenkostüm in Verbindung brachte, und nicht dieses niedrige Pfeifen, das sie auf ihre Blutdruckschwankungen zurückführte. »Die Frage kannst du dir doch dauernd stellen«, meinte sie.

»Nein«, widersprach Rayfield im Brustton der Überzeugung. »Diese Frage muss mit etwas ganz Konkretem zu tun haben, denn sonst ist sie bedeutungslos.«

»Da wären aber viele Philosophen anderer Meinung.«

»Ach, vergiss sie. Wir reden hier von *mir*.«

Ellen rang ihr Verlangen nieder, weiter mit ihm zu diskutieren.

»Rodney hat irgendwo recht«, wiederholte Rayfield.

»Okay, aber was hat er davon, seit … sieben Jahren stinksauer zu sein?«

»Vielleicht braucht er all das und noch mehr, um sich die Frage zu stellen, wer er ist.«

Ellen holte bewusst langsam Luft – eine Technik, die sie vor längerer Zeit entwickelt hatte, um ernste Momente aufzunehmen und für kommende Gelegenheiten im Gedächtnis zu bewahren. »Ich frage mich nur, warum du ausgerechnet *mir* das alles erzählt hast. Ehrlich, du kennst mich doch kaum.«

»Ich weiß es nicht.«

»Also, ich erzähle es keinem weiter.«

»Na, wer's glaubt, wird selig.«

Ellen malte sich jetzt schon ihr Schuldgefühl aus, denn sie konnte sich leider sehr gut vorstellen, Rayfields Story als Lückenfüller auf einer Cocktailparty in New York zum Besten zu geben, wenn es sich gerade so ergäbe. So etwas hatte sie schon einmal getan. Ihre Laune sackte in den Keller wie ein Aufzug, dessen Kabel durchtrennt wurden.

25

Während Rayfield bei der Akupunktur war, saß Ellen in Dr. Yis Wartezimmer, beschäftigte Olivier und dachte über das nach, was sich vor Jahren zwischen Rodney und Rayfield abgespielt hatte. Vielleicht wäre es ihr möglich, anhand dieser Geschichte die existenzielle Bestimmung der Menschen zu verstehen. Für Ellen hatte dieser Vorfall das Gewicht der Fragen, die Platon Sokrates stellen ließ, und stellte eine Lektion in christlicher Nächstenliebe und Vergebung sowie über die Einfachheit des alltäglichen Lebens dar. Dramatik und Mysterien steckten darin, Mitleid und Furcht, ansteigende Spannung, ein erschütternder Höhepunkt und eine herzzerreißende Auflösung. Es erstaunte sie, dass sich so etwas in Eagle Beak zugetragen hatte, im wirklichen Leben, und nicht auf den Seiten eines südamerikanischen Romans oder auf der Bühne eines Theaters in New York.

Es steckte auch eine Moral darin, dessen war sich Ellen sicher, aber wie Rodney und Rayfield traute auch sie sich nicht, zu schnell darüber zu befinden, wie diese nun genau aussah. Es war ihr Job, der natürlichen Versuchung zu widerstehen, Erfahrungen in Kategorien zu unterteilen und dann zu vergessen, wie Urnen mit menschlicher Asche, die in ein Mausoleum geschoben werden, um nie wieder hervorgeholt zu werden.

Als Rayfield aus dem Sprechzimmer kam, empfand Ellen Respekt für ihn. Rayfield Geebo, der Fackelträger des Mystizismus und der Wahrheit. Und die ganze Zeit hatte sie ihn wie eine Zirkusmonstrosität behandelt. Einmal, als sie noch für Reginald Eubanks arbeitete, hatte

Ellen einen Schlangenmenschen gesehen, der seine Beine um die Schultern legen konnte und sich dann rückwärts fortbewegte, den Kopf nur wenige Zentimeter über dem Boden. Ellen hatte diesem Künstler, der von Zirkus zu Zirkus tingelte und oft auf der Rückbank seines Ford Cobra schlief, mehr Respekt entgegengebracht als Rayfield. Als sie jetzt sah, wie er aus Dr. Yis Behandlungszimmer trat, und wusste, dass er darum kämpfte, wieder einen funktionierenden Penis zu haben, spürte sie Tränen in den Augen.

»Du bist dran«, sagte er. »Ich gehe derweil mal mit dem Kleinen um den Block.«

Ellen nickte. Während sie durch die Tür in das innere Heiligtum trat, traten Rayfield und Olivier auf die Straßen Cornwalls. Ellen entledigte sich ihrer Schuhe und kletterte auf den Behandlungstisch, wo sie sich entspannt ausstreckte. Dr. Yi betrachtete ihre Zunge mit einer Taschenlampe und fühlte eine volle Minute ihren Puls am Handgelenk. Diesen Teil der Behandlung liebte sie – die Einschätzung. *Sorgen Sie gut für mich,* dachte sie, als sie sich seinen Händen anvertraute.

»Sie trinken Tee?«, fragte er.

»Oh, ja, sechsmal am Tag.«

»Fühlen schon Veränderung?«

»Ich denke ja.« Sie wusste, dass Veränderungen in ihr vorgingen, aber mit Bekenntnissen dieser Art ging sie sparsam um.

»Herz kräftiger«, stellte er fest.

»Ich fühle mich offener«, sagte sie. Er stach ihr seitlich am Hals eine dünne Nadel durch die Haut. Wenn sie jetzt den Kopf zur Seite drehte, würde ihr Kehlkopf wie ein Hors d'œuvre aufgespießt. Ellen schloss die Augen. Als sie eine Stunde später aufstand, fühlte sie sich angenehm benebelt, aber die Nebelschwaden verflüchtigten sich in dem Augenblick, als sie ins Wartezimmer trat und feststellte, dass Rayfield und Olivier immer noch unterwegs waren.

Sie fragte sich, wo die beiden stecken mochten. Ein Gang um den Block dauerte doch nicht so lange. Sie trat hinaus in die schwülwarme Luft und schaute sich auf der Straße in beide Richtungen um. Keine Spur von einem Mann und einem kleinen Jungen. Und im Auto warteten sie auch nicht. Der Wagen parkte immer noch am Straßenrand, alle vier Reifen in einer Pfütze, als habe er sich genau diesen Ort ausgesucht, um nasse Füße zu bekommen.

Auf der anderen Straßenseite stand eine Parkbank unter einem schattigen Baum. Ellen kramte ihre Sonnenbrille aus der Handtasche und hielt auf die Bank zu. Sie holte ein Taschentuch hervor, wischte den Staub von der Sitzfläche und setzte sich mit ihrem hübschen weißen Kleid. Wieder ließ sie ihren Blick über die Straße schweifen. Kein Rayfield. Sie befürchtete schon das Schlimmste: Rayfield stand hinter einem Müllcontainer und belästigte ihren Neffen. Sie schüttelte den Kopf, um diese Bilder aus ihrem Kopf zu vertreiben, aber die Gedanken ließen sich nicht zurückdrängen. Was wusste sie wirklich über Rayfield? Woher sollte sie wissen, zu was dieser Mann fähig war? Moderne Eltern, zumindest die in New York, ließen ihre Kinder nie aus den Augen und begleiteten sie bis zur Schule – und selbst dann rüsteten sie die Kinder noch mit Piepern und Handys aus. In der Großstadt wuchs eine ganze Generation heran, die in Kindheit und Jugend niemals Unabhängigkeit und Freiheit erlebt hatte. Stattdessen war ihre Freiheit schon im Vorschulalter genauestens geplant, und konnte ein Termin einmal nicht eingehalten werden, erwarteten die Eltern, vierundzwanzig Stunden vorher davon in Kenntnis gesetzt zu werden.

Sie streckte die Beine aus, ließ den Kopf leicht kreisen

und hob dann ihr Gesicht der Sonne entgegen. Sie stellte sich vor, wie ihre ganzen Sorgen wie Schweiß aus ihren Poren traten, an den Wellen ihres neuen Haarschnitts entlangliefen und ins Nichts glitten.

Binnen Sekunden schienen sich die Geräusche der Stadt zu einem leisen Summen zu verdichten, als würden Bienen in einem nahegelegenen Rosenbusch ihr geschäftiges Treiben verrichten. Ellen hatte das Gefühl, in eine weiche Decke gehüllt zu sein, und sie konnte tatsächlich ihr Herz in jenem Sinusrhythmus schlagen hören, den ihr Biologielehrer auf der Highschool immer so gerne nachgeahmt hatte: bumm-bumm, bumm-bumm. In ihrem verträumten Zustand entsann sich Ellen eines Moments vor vielleicht zehn Jahren, als sie aus dem Schlaf hochgefahren war, kerzengerade im Bett gesessen und mit fremd klingender Stimme verkündet hatte: »Alles, was aus der universellen Substanz geschaffen ist, ist nicht dafür gemacht, Bedürfnisse zu haben.«

»Was?«, fragte Tommy, der sich schläfrig neben ihr reckte.

Ellen wiederholte die Worte, betont langsam, und sah Tommy im matten Licht des Schlafzimmers in die Augen. Noch nie in ihrem Leben hatte sie sich so ruhig gefühlt. Dann sank sie wieder in die Kissen und fiel sogleich in tiefen Schlaf. Tommy, den ihr Verhalten amüsierte, kritzelte ihren Satz auf einen Zettel auf dem Nachttischchen. Als er die Zeilen am Morgen beim Frühstück laut vorlas, war Ellen, die sich nur vage daran erinnern konnte, in der Nacht gesprochen zu haben, fasziniert.

»Was soll das bedeuten?«, fragte sie Tommy.

»Ist mir zu hoch«, erwiderte er.

»Aber es muss etwas bedeuten«, sagte sie und starrte auf Tommys Notizblock. »Alles, was aus der universellen Substanz geschaffen ist, ist nicht dafür gemacht, Bedürfnisse zu haben. Hm.« Den ganzen Tag über, während sie in der

Bibliothek saß und für einen Artikel Statistiken über Beschäftigungsverhältnisse von Frauen heraussuchte, musste sie an ihren rätselhaften Satz denken. Wann immer sie ihn im Stillen wiederholte, spürte sie, wie sich ihre Stimmung langsam, aber wahrnehmbar aufhellte. Später, als sie in die Linie 6 stieg und Richtung Downtown fuhr, war ihr ganz schwindelig von der Vorstellung, dass es kein wirkliches Verlangen im Universum gab. Mangel war eine Illusion, die deswegen entstand, weil so wenige Menschen ihre eigenen Bedürfnisse transzendieren konnten und das größere, kosmische Gesamtbild zu würdigen wussten. Noch zwei Wochen danach wiederholte sie ihr Mantra, immer wenn sie spürte, dass Anspannung oder Begehren ihr Verhalten in alte Bahnen lenkte. Dann fühlte sie sich unglaublich frei. Als das Gefühl nachließ, fühlte sie sich wie beraubt, denn nach wie vor, so gestand sie sich schließlich ein, hatte sie ein großes Bedürfnis – das Bedürfnis zu glauben. Doch bevor dieser neue Glaube in der Lage gewesen wäre, ihre ganze Persönlichkeit umzustrukturieren, war er verblasst. Die Worte, die sie in jener Nacht geäußert hatte, verloren ihre Bedeutung oder hatten zumindest keine Macht mehr über sie. Vielleicht hatte Rayfield recht. Wenn man immer alles offen aussprach, wurden wichtige Begebenheiten ihrer Bedeutung beraubt, Ereignisse gleichsam neutralisiert und leblos. *Was für eine Verschwendung*, dachte sie. Lektionen waren so schwer zu lernen. Man lernte immer zu spät hinzu, wenn der Schaden schon angerichtet und nicht mehr zu reparieren war.

Die Bank unter ihr vibrierte leicht, als Rayfield sich mit seinem ganzen Gewicht darauf niederließ. Olivier landete auf ihrem Schoß, und ihre Arme schlossen sich instinktiv um seinen kleinen Körper, ehe Ellen die Augen aufmachte. Sie hatte Schwierigkeiten, nicht über Rayfield herzufallen, weil er mit Olivier verschwunden war.

»Habe dem Kleinen ein paar Wörter beigebracht«, sagte er anstelle einer Begrüßung. »Olivier, was ist das?« Rayfield zeigte auf einen Pick-up, der in der Nähe parkte. Der Kleine strengte sich sichtlich an, das Wort Pick-up richtig auszusprechen. »Und was ist das?«, fragte Rayfield und zeigte nach oben. »Ogel«, antwortete Olivier. »Vogel«, verbesserte Rayfield ihn. »Ogel«, wiederholte der Kleine beharrlich.

Ellen lächelte. »Weißt du, was ich gelesen habe, als ich Literatur zusammengesucht habe? Babys haben von Geburt an die Fähigkeit, jeden Laut in jeder Sprache auszusprechen. Wenn sie größer werden, grenzen sie die Laute, die sie hervorbringen, auf die Laute ein, die sie in ihrer unmittelbaren Umgebung wahrnehmen, also auf die Laute, die in ihrer Muttersprache vorherrschen. Was für ein Verlust, findest du nicht? Ich meine, Olivier könnte eigentlich jede Sprache sprechen – Arabisch, Chinesisch, Russisch –, und das akzentfrei, wenn er jetzt in dem jeweiligen Land groß würde.«

»Wie ich schon sagte, einer sollte diesem Knirps was beibringen«, sagte Rayfield. »Ollie, wer bin ich? Wer bin ich, Ollie?« Olivier trommelte mit seinen Fäustchen auf Ellens Brust ein. »Komm schon, wer bin ich?«, wiederholte Rayfield. Ellen brach in Tränen aus, als Olivier sagte: »Papa.«

»Nein, das hab ich dir nicht beigebracht«, verteidigte sich Rayfield. »Komm schon, Ollie, sag Rayfield.« Der Kleine gluckste, als er versuchte, sich an der Bank hochzuziehen. Die Sonnenstrahlen, die durch die Kronen der Ulmenallee fielen, zauberten blaue bis purpurrote Lichtreflexe in Oliviers wuscheligen, schwarzen Lockenschopf, wie bei Cocho. Ellen drückte ihn an sich. Tränen sammelten sich an ihrem Kinn und tropften wie Frühlingstau hinab.

»Warum weinst du jetzt?«, wollte Rayfield wissen.

»Ich habe Angst um Cocho«, sagte Ellen. »Oliviers Vater. Er ist noch so jung. Und er hat noch so viel im Leben vor sich und …« Einen Moment lang konnte sie nicht weitersprechen und fügte seufzend hinzu: »Das ist einfach nicht fair.«

»Nichts ist fair im Leben«, sagte Rayfield, als hätte er schon lange über diese Aussage nachgedacht. »Komm her«, sagte er, legte ihr einen Arm um die Schulter und zog Ellen an sich. Seine große, massige Gestalt hatte einen tröstenden Effekt. Er war wie ein großes Kissen, auf das sie ihren Kopf betten konnte. Ellen schloss die Augen.

Atme weiter, Cocho, flehte sie im Stillen, aber mit jedem Tag, der verstrich, klangen ihre Gebete dünner. Die Vorstellung, dass Karen nun unten in Peru war, neben Cochos Bett saß und vielleicht dieselben Worte wie Ellen sprach, erfüllte sie mit finsterer Hoffnungslosigkeit, und daher weinte sie weiter, während Rayfield sein kratziges Kinn auf ihren Lockenkopf drückte und sie festhielt. Olivier hatte sich inzwischen von ihrem Schoß gewunden und stand jetzt auf der Bank. Rayfield hakte seine Finger in die kleine Schlaufe hinten an Oliviers Hosenanzug. Genau wie auf dem Familienfoto von Karen, Cocho und Olivier, musste Ellen denken und schluchzte umso heftiger.

Nach einer Weile trocknete Ellen ihre Tränen mit dem Ärmel und stand auf. »Gott«, sagte sie, »ich komme mir vor wie ein verheultes Mädchen.«

»Ruh dich aus«, schlug er vor. »Ich fahre uns zurück.«

Zuerst wollte Ellen widersprechen. Rayfield die Schlüssel auszuhändigen, erschien ihr gefährlich symbolträchtig. Anhänger C. G. Jungs, das wusste sie, bezeichneten Autos in Träumen als »persönliche Vehikel«. Wenn also jemand anders das eigene Auto fuhr, war es an der Zeit, nach dem Warum zu fragen. Natürlich glaubten die Jungianer, dass alle Personen im Traum einen Aspekt des Träumenden symbolisierten. Welchen Teil von ihr repräsentierte Rayfield? Ihren ziellosen inneren männlichen Gegenpart, gehandicapt durch einen Penis, der sich nicht richtig aufrichtete? Oder eher den Part von ihr, der es leid war, sich mit der zermürbenden Welt von New York City abzugeben, den Part, der sich am liebsten in einen Schalensitz schmiss, eine Bierdose aufriss und beim Rauchen Ringe in die Luft blies?

Sie warf einen zögerlichen Blick auf Rayfield, der gerade damit beschäftigt war, Olivier in den Kindersitz zu verfrachten. Vielleicht symbolisierte er aber auch den Aspekt ihres Selbst, der den Schwierigkeiten des Lebens mit einer Mach-dir-nichts-draus-Mentalität begegnete, anstatt eine Tragödie heraufzubeschwören, in der sie die gequälte Heldin spielte. Warum sollte sie ihn also nicht fahren lassen?, ging es ihr plötzlich durch den Kopf. Vielleicht eröffnete sich ihr ein anderer Weg, wenn Rayfield am Steuer saß.

Sie setzte sich auf den Beifahrersitz und lehnte den Kopf zurück, während Rayfield den Innenspiegel neu ausrichtete und den Fahrersitz so weit wie möglich zurückschob, damit sein Bierbauch hinters Lenkrad passte. In ihren Gedanken kehrte sie zu den Augenblicken auf der Parkbank zurück, als sie sich an ihn geschmiegt und ihrem Schmerz freien Lauf gelassen hatte. Jeder Vorübergehende wäre davon ausgegangen, dass Rayfield ihr Lebenspartner war. Hätte Tommy sie so gesehen, hätte er gleich voreilige Schlüsse gezogen. Sie übrigens auch, wäre die Situation anders herum gewesen und sie diejenige gewesen, die gesehen hätte, wie Tommy seinen Arm um Wide Load legte.

Aber wenn Tommy überhaupt jemandem Trost zusprach, dann vielleicht einer dürren Absolventin der Harvard Law School, einer blauäugigen Idealistin, die ihr Einjähriges im

Büro des Pflichtverteidigers machte. Ellen konnte sich gut vorstellen, dass dieses schlaue Püppchen keine Probleme damit hätte, sich das Haar bei Attila stylen zu lassen und an der Börse zu spekulieren, während ihre Klienten im Knast verrotteten. Warum sollte sie überhaupt darüber nachdenken?, fragte sie sich. Warum sich selbst quälen? Aber sie konnte nicht davon ablassen. Immer schon hatte Ellen befürchtet, dass Tommy sich mit irgendeinem Glamourgirl trösten würde, sollten sie sich aus irgendeinem Grund trennen, während sie sich mit einem Gammler wie Rayfield Geebo zufriedengeben müsste – falls sie überhaupt noch einen abbekam. In der Welt der Zweitehen würde Tommy in die oberen Ränge aufsteigen, und sie würde ins Bodenlose fallen.

Rayfield bog an der Brücke ab. Auf der Rückfahrt hatte er noch kein Wort gesprochen. Er hatte den linken Ellenbogen aus dem Fenster geschoben und hielt das Lenkrad lässig mit nur zwei Fingern der rechten Hand. Ellen schloss die Augen und war froh, ein paar kostbare Momente lang keine Verantwortung zu haben.

Das ist es, was mit Tommy nicht stimmt, wurde ihr mit einem Mal bewusst: Er ist zu vorhersehbar. Ellen wusste immer schon im Voraus, was er tat, wahrscheinlich noch bevor er es selbst wusste. Oder was er *nicht* tat, wie sie mit einem Schnauben hinzufügte. Einmal hatte Tommy ihr anvertraut, es mache ihm Spaß, abzuwarten, was geschehen würde. »Klingt ziemlich passiv«, antwortete Ellen. »Nichts zu tun, bedeutet, etwas zu tun«, erwiderte Tommy. »Klar, Tom«, sagte sie. Innerlich hatte sie nach dem Gespräch gekocht. Sie wollte einen Ehemann, der auch mal etwas riskierte, insbesondere bei der Arbeit. Sie wünschte, er würde die Erfolgsleiter erklimmen, aber er tat es nicht, weder aus Liebe noch des Geldes wegen.

Außerdem, so dachte Ellen für sich, trinkt er zu viel.

Selbst ein Kerl wie Rayfield konnte von seinem geliebten Bier lassen, die Zigaretten und den Kaffee ignorieren, ganz zu schweigen von seiner freiwilligen Entscheidung, sich von den Symbolen seines früheren Lebens zu trennen: von den Motorradklamotten und seiner Bierdosensammlung.

»Übrigens«, fragte Ellen verträumt, »hast du schon einen Interessenten für deine Bierdosensammlung gefunden?«

»Noch nicht.«

»Und wie steht's um dein Lederoutfit?«

»Das ist kein *Outfit*, Ellen. Das ist ein Bekenntnis.«

Das war amüsant. »Wirklich? Und was für eins?«

»Was denkst du denn?«

»Gott, was weiß ich? Der geborene Verlierer? Freiheit oder Sterben? Wilder und verrückter Kerl?«

»Etwas in der Art«, sagte Rayfield nachsichtig. Die Brise, die durch das offene Fenster hereinwehte, sorgte für Abkühlung, und sowie Ellen ihren Tommy aus ihren Gedanken verbannt hatte, fühlte sie sich so zufrieden und angenehm träge wie die Kühe, die gemächlich am Straßenrand wiederkäuten. Rayfield schien nicht sonderlich erpicht auf Konversation zu sein, was ihrer augenblicklichen Stimmung entgegenkam. Denken und Reden bedeuteten Arbeit. An diesem Tag wollte sie einfach zuschauen, wohin ihre Gedanken drifteten, ohne es jemandem mitzuteilen – nicht, dass es jemanden interessiert hätte.

Was war schon der Geist?, fragte sie sich. Als Reginald eine Dokumentation über vietnamesische Boatpeople gedreht hatte, war Ellen fasziniert gewesen von der Angewohnheit dieser Menschen, sich jedes Mal auf Herzhöhe an die Brust zu fassen, wenn sie das Wort *Geist* in den Mund nahmen. Amerikaner würden sich an die Stirn tippen, als existierte der Geist in der grauen Materie des Gehirns. Warum nur schienen Geist und Herz in der westlichen Welt miteinander im Clinch zu liegen?

Das war nicht das erste Mal, dass sie sich diese Frage gestellt hatte. Vor zwei Jahrzehnten, als sie Richtung Wall Street fuhr, hatte sie von dem Roman in ihrem Schoß aufgeschaut und festgestellt, dass in dem U-Bahnwagen nur Männer mit Anzügen und Krawatten waren. Nur ein paar Leute standen, und die Männer, die Plätze hatten, beugten sich zumeist vor, sodass ihre Krawatten über ihren Knien pendelten. Mit einem Mal sah sie, wofür diese Krawatten standen: Es waren Schlingen um den Hals, die die gestörte Kommunikation zwischen Kopf und Herz symbolisierten. Bald wurde ihr klar, dass alle Krawatten auf den Penis zeigten. Offensichtlich standen sie stellvertretend für den Phallus. *Deshalb hielt man Typen mit Fliegen wohl auch für Weicheier*, dachte sie.

»Ist es nicht verrückt, dass Frauen, die in Unternehmen arbeiten, oft anfangen, Krawatten zu tragen?«, fragte sie Rayfield. Er machte sich nicht die Mühe, darauf einzugehen. Stattdessen schaltete er das Radio ein und fand einen Sender mit Oldies. Ellen hasste Oldies, es sei denn, sie suchte den Sender selbst. Mit wachsendem Unmut hörte sie zu, als die Monkees ihren Erkennungssong trällerten. *»We're the young generation, and we've got something to say«*, sangen sie, und Rayfield summte mit.

»Das ist doch lächerlich«, warf Ellen selbstgefällig ein und öffnete die Augen, »dass die Monkees glaubten, sie hätten was zu sagen.«

»Ja, aber willst du hören, was noch viel dämlicher ist?«, erwiderte Rayfield. »Dass Caspar Weinberger meinte, als Reagans Verteidigungsminister hätte er etwas zu sagen.«

Ellen bog sich vor Lachen. »Nicht schlecht, Rayfield!«, rief sie. Lachen legte eine Weiche in ihren geistigen Gleisen um, und als die nächste Melodie anfing, trällerte sie fröhlich mit. Frank und Nancy Sinatra sangen im Duett, und Rayfield setzte genau passend ein. Als der Refrain kam, schmetterten sie zusammen: »*And then I go and spoil it all by saying something stupid like I love you*«, und sangen so übertrieben wie bei einem Las-Vegas-Auftritt. Dennoch, für Ellen nahmen die drei letzten Worte – ich liebe dich – langsam einen gewohnten Klang an.

26

Als Rodney die letzte Schindel annagelte und zum letzten Mal von der Leiter stieg, verspürte Ellen eine seltsame Mischung aus Freude und Niedergeschlagenheit. Seit Tagen hatte sie das ständige Hämmern auf dem Dach an den Rand des Wahnsinns getrieben. Jedes *Bumm, Bumm, Bumm* löste Eruptionen in ihren Nerven aus. Sie hatte das Gefühl, einen mentalen Schluckauf zu haben, der sich auf ihr ganzes Befinden auswirkte.

Andererseits schätzte sie Rodney als Menschen sehr. Als sie ihm ihre Liebe gestanden hatte, meinte sie es tatsächlich so, wie ihr später deutlich wurde. Wenn sie ihn so beobachtete, wie er seine Brille aufsetzte, um den *Free Trader* zu überfliegen, seinen Donut zurechtschnitt und sich noch Kaffee nachschenkte oder sich missmutig durch einen vom Brandy benebelten Morgen schleppte, verspürte sie dieses gewisse Prickeln. Das tägliche Beisammensein gab ihr Halt und vermittelte ihr das Gefühl von Sicherheit. Viele Jahre lang hatte Ellen mit der Illusion gelebt, dass Intimität sich in den hohen Gipfeln und tiefen Tälern der emotionalen Landschaft herausbildete. Sie hatte geglaubt zu wissen, wie Intimität zustande kam: nämlich immer dann, wenn Menschen wichtige Geheimnisse teilten, füreinander da waren, wenn Hoffnung sich in Verzweiflung verkehrte oder umgekehrt oder wenn sie im Angesicht eines Nervenzusammenbruchs zusammenhielten und dramatische Ereignisse verarbeiteten. Aber jetzt sah sie, dass auch dann Intimität entstand, wenn man mit jemandem zusammen war und nichts geschah, wenn die Routine einsetzte und die Langeweile um die nächsten Ecke lugte. Und das konnte man auch mit einem Partner erleben, der eben nicht der Seelenverwandte war, sondern jemand, der verschiedener nicht hätte sein können.

Ellen sagte Rodney nicht, dass Rayfield ihr die ganze Geschichte von Violas letzten Augenblicken auf Erden erzählt hatte. Gerne hätte sie dazu beigetragen, dass die beiden sich aussöhnten, aber das war nicht so wichtig wie ihre persönliche Weiterentwicklung, für die es, wie Ellen erkannt hatte, unerlässlich war, öfter mal den Mund zu halten. Manchmal beschlich sie das Gefühl, unehrlich zu sein. Sie ertappte sich wieder einmal dabei, Rodney zu beobachten, und fragte sich in solchen Augenblicken, warum dieser Mann seinen irrationalen Groll gegen Rayfield am Leben erhielt. Warum nährte er diesen Groll, obwohl Violas sterbliche Überreste schon seit nunmehr sieben Jahren wie ein Piratenschatz auf dem Meeresgrund ruhten? Was hatte Rodney davon? Die bessere Frage aber war vielleicht, was er dadurch vermied.

»Na, das war's dann«, sagte Rodney, während er sich die Hände wusch und einen riesigen Schokoladenkeks nahm, den sie ihm anbot. »Das Dach müsste jetzt dicht sein, egal, aus welcher Richtung der Regen kommt.«

»Vielen Dank, Rodney. Das war aber eine Menge Arbeit für dich.«

»Musste eben gemacht werden.«

»Ich frage mich, ob ich dich wirklich verklagt hätte.«

Rodney musterte sie. »Hättest du«, sagte er.

Ellen war beleidigt. »Was soll das heißen?«, fragte sie.

Da Rodney nicht gleich antwortete, fügte sie hinzu: »Das will ich jetzt wirklich wissen.«

»Du bist aggressiv, Ellen.«

»Ich? Aggressiv? Ich bin ein Schwächling.«

Rodneys Sehschlitze weiteten sich. »Du? Ein Schwächling?«

»Ganz recht.« Sie sah sich genötigt, das weiter auszuführen. »Weißt du, was Pablo Picasso einmal gesagt hat? Er sagte, es gäbe nur zwei Frauentypen auf der Welt – Göttinnen und Fußmatten. Ich bin von Natur aus eine Fußmatte. Ich musste erst Aggressionen entwickeln, quasi als Überlebenstaktik.«

»Also, wenn du mich fragst, hat der gute Pablo eine ganze Menge Kategorien ausgelassen.«

»Ach ja? Welche denn? Den Typ Männerverschlingerin?« Ihre Stimme klang plötzlich so, als habe jemand den Lautstärkeregler aufgedreht.

»Gott, Ellen, warum regst du dich auf einmal so auf?«

»Weiß ich doch nicht, verdammt.« Sie nahm einen großen Bissen von ihrem Keks. »Vielleicht befürchte ich einfach nur, dass ich dich nie wiedersehen werde, da das Dach jetzt repariert ist. Hast du jemals daran gedacht?«

Rodney sah wirklich verwirrt aus. »Was willst du?«, fragte er schließlich.

»Ich möchte, dass alles so bleibt, wie es ist. Ich möchte, dass du weiterhin zu mir kommst und am Morgen Donuts mit mir und Olivier isst.« Lieber hätte sie einen gereizten oder schmollenden Ton angeschlagen, wie es sich für eine Göttin gehört hätte. Aber da sie eine erstarkte Fußmatte war, klang sie im Augenblick nur herrisch.

»Könnte ich ja machen«, meinte er.

»Wirklich? Aber was ist mit deiner Arbeit? Deinen Skulpturen?«, fügte sie hinzu, da sie davon ausging, dass die Arbeit auf ihrem Dach ihn davon abgehalten hatte, sich seiner Kunst zu widmen, und dass er erpicht darauf wäre, sich schnell wieder seinem eigentlichen Interesse zuzuwenden.

»Ich schnitze meistens nachmittags. Morgens lasse ich es langsam angehen.«

»Es würde dir also keinen Strich durch die Rechnung machen, zu mir zu kommen?«

»Strich durch die Rechnung machen?«

»In deinem Leben. Deinem Tagesablauf«, sagte sie ungeduldig.

»Nein, absolut nicht.«

»Hurra!« Das war ein Sieg. Sie hatte eine gelungene zwischenmenschliche Kommunikation unter Erwachsenen geführt.

»Außerdem sind alle New Yorker aggressiv. Dafür sind wir bekannt«, fügte sie hinzu. »Wir sind sogar stolz darauf.«

»Jedem das Seine«, meinte Rodney und war binnen fünf Minuten verschwunden. Ellen legte sich zu Olivier auf den Fußboden und half ihm dabei, die Holzklötze aufzustapeln. Am meisten Spaß machte es ihm, die Stapel wieder einzureißen. Möglicherweise war das Verlangen, Dinge einstürzen zu sehen, ja in den Genen der menschlichen Spezies begründet.

An diesem Abend klingelte noch spät das Telefon. Von einem Adrenalinstoß aus dem Bett katapultiert, stürmte Ellen die steile Treppe hinunter. Inzwischen beherrschte sie diese selbstmörderische Stiege meisterlich, schaffte es aber erst zum Telefon, als es bereits zum sechsten Mal läutete.

»Hallo?«, rief sie in den Hörer, als könne sie den Anrufer allein durch schiere Lautstärke in der Leitung halten.

»Ellen?« Karens Stimme drang dünn durch das statische Rauschen.

»Karen? Wie geht es Cocho? Ist was passiert? Geht es dir gut? Irgendwas Neues?«

»Es sieht nicht gut aus. Er ist sehr schwach.«

»Und er ist noch immer nicht bei Bewusstsein?«

»Nein. Er liegt einfach nur da. Ich stehe fünfzigmal am Tag auf, um zu sehen, ob er noch atmet.«

»Du musst total fertig sein.«

»Bin ich auch.«

Ellen lauschte auf das Knacken in der Leitung.

»Ich muss immer wieder an den Tag seiner Abreise aus Montreal denken«, sagte Karen schließlich. »Sein Flieger ging am Nachmittag. Er kam im Café vorbei, damit ich ihn noch zum Flughafen bringen konnte. Als wir zum Auto gingen, meinte er, er wolle lieber nicht fahren, also fuhr ich. Er holte eine seiner Panflöten hervor und begann, sehr leise darauf zu spielen. Das war die traurigste Musik, die ich je gehört habe. Den ganzen Weg zum Flughafen hatte ich das Gefühl, mir würde das Herz brechen. Ich wollte ihn bitten, damit aufzuhören, aber … Ich konnte es nicht. Jetzt frage ich immer wieder, ob das vielleicht unser letztes Gespräch war. Nichts als traurige Musik.«

»Oh, Karen, lass nicht deine Fantasie mit dir durchgehen«, bat Ellen ihre Schwester.

»Ich bilde mir nichts ein. Es ist wahr.«

Es war Ellen, die sich wieder einmal ihrer Fantasie hingab, und sie wusste es auch. Sie malte sich ein glückliches Ende aus. »Hast du … auf der Fahrt zum Flughafen … hast du da gespürt, was er dir mit der Musik sagen wollte?«

»Nein, nicht genau. Es war unheimlich. Die Musik ließ mich nicht los. Noch Tage später hab ich die Melodie gesummt.« Sie schwieg. Einige Sekunden später fügte sie hinzu: »Er schrieb gerade an einem neuen Song. ›Spiel der Liebe‹ sollte er heißen.«

»Karen, du darfst die Hoffnung nicht aufgeben.«

»Ich weiß.«

»Ich bete für ihn.«

»Wirklich? Ich wusste nicht, dass du betest.«

»Ich habe damit angefangen.«

Karen musste lachen; willkommene Laute. »Wie geht es meinem Kleinen?«

»Er vermisst dich, aber es geht ihm gut. Er macht sich prächtig.«

»Ich vermisse ihn furchtbar. Ich hatte zwei Männer in meinem Leben, und jetzt ...«

»Sie sind beide noch da, Karen.«

»Ich weiß, aber ...«

Wieder herrschte langes Schweigen, ehe Karen sagte, sie müsse jetzt auflegen. Ellen brühte sich ihren Tee auf, saß im Dunklen auf der Veranda und trank in kleinen Schlucken. Ohne genau zu wissen, warum, dachte sie über Karens Worte nach, es gebe zwei Männer in ihrem Leben – ihren Geliebten und ihren Sohn. Auf irgendeine bedeutende Weise machten sie Karen zu einem Ganzen. Frauen und Männer, Männer und Frauen; es war ein einziges Rätsel.

Gewiss, der einzige Mann in Ellens Leben glänzte durch Abwesenheit. Und ihre beiden Ersatzmänner waren die seltsamsten Männer, die sie sich vorstellen konnte. Gab es irgendeinen Weg herauszufinden, wie das gehen sollte? Und was war mit dem kleinen aufblühenden männlichen Geist Olivier, den man in ihre Obhut gegeben hatte? Würde er in ihrer Psyche und in ihrem Leben Wurzeln schlagen und für sie nach jedem Frühlingsende neu erblühen? Hatte sie nun ein ganz anderes Verhältnis zu ihm, weil sie sich einen Sommer lang in Eagle Beak um ihn gekümmert hatte, in jenem Sommer, als seine Mutter an das Krankenlager seines Vaters in Lima eilen musste? Hätte Ellen ihr normales Leben im hektischen New York geführt, wäre ihr diese Zeit mit dem Kleinen nie vergönnt gewesen; sie hätte nicht für ihre Schwester da sein können, die so dringend Hilfe brauchte. Wäre sie weiter ihrer Arbeit nachgegangen, hätte Reginald ihr verboten, auf unbestimmte Zeit nach Montreal zu fahren.

Sie zog sich einen von Violas Patchwork-Quilts über die Schultern und streckte sich auf der Verandaschaukel aus. Überall in der modernen, industrialisierten Welt knackten zwischenmenschliche Beziehungen wie trockene Zweige. Großfamilien, Eingebundensein in die Gemeinde, Zeremonien, die man teilte – alles außerhalb der Thermopanefenster. Die Individualisierung des Westens hatte die Unabhängigkeit zu einem hohen Preis beschleunigt. Es gab keinen Raum mehr für Familiendesaster. Wenn sich eine Tragödie ereignete wie ein wütender Sturm auf hoher See, dann trieb jeder Einzelne allein auf dunklen Wassern und klammerte sich an sein oder ihr Überbleibsel der Katastrophe.

Als nacheinander ihre Eltern starben, waren sowohl Ellen als auch Karen an das Sterbebett geeilt. Beide waren sie zwölf Stunden vorher eingetroffen, benachrichtigt von einer Nachtschwester, die die potenziellen Hinterbliebenen auch mitten in der Nacht informierte. In den zehn Jahren vor ihrem Tod hatte Ellen ihre Eltern vielleicht nur acht Tage pro Jahr gesehen, meistens an Wochenenden, einmal pro Jahreszeit. Und selbst dann hatten sie sich wenig zu sagen gehabt. Ellen saß mit ihnen vor dem Fernseher, und ihre Eltern verließen ihre Wohnzimmersessel erst dann, wenn die Kiste ausgestellt wurde. Es machte Ellen fast wahnsinnig, langweilige Sitcoms in voller Lautstärke zu gucken und während der Werbeunterbrechungen Smalltalk zu betreiben.

In Asien, das wusste Ellen, fußte der Respekt gegenüber den Älteren nicht auf der Vergangenheit, sondern auf der Zukunft. Die Alten standen am Portal zum größten Mysterium im menschlichen Leben – zum Tod. Man schuldete ihnen Respekt, da sie jeden Augenblick abberufen werden konnten, ganz allein über die Schwelle treten mussten und nie wieder etwas von sich hören ließen. Als ihre Eltern alt wurden, wollte Ellen sie über ihre Lebensansichten und Ängste ausquetschen. Sie wollte unbedingt wissen, wie jemand, der fast alles hinter sich hatte, gleichzeitig das erlebte, was hinter ihm lag und was noch auf ihn wartete. Aber als sie ihren Mut dann schließlich zusammennahm und ihren Vater fragte, was er über den Tod dachte, sagte er bloß: »Gutes Heilmittel fürs Leben« und schaltete auf einen anderen Fernsehkanal. Da hatte sie aus ihrem an AIDS erkrankten Freund Harold viel mehr herausbekommen, der ungefähr so alt war wie sie und sich vor seinem Ableben selbst in der Abfertigungshalle eines kosmischen Flughafens gesehen hatte. Der Ausblick von dort, so sagte er, sei unglaublich. Und während Ellen Zeuge wurde, wie Harold sich der Tür zum Tod näherte, kam es ihr so vor, dass er sich vorzeitig in einen Engel verwandelte. Allein an seinem Sterbebett sein zu dürfen, war bereits ein erhebendes Gefühl. Und ein heilsames.

Vielleicht war Rodney sauer auf Rayfield, weil es Rayfield gewesen war, der die wichtigsten Worte hörte, die Viola de Beer je in ihrem Leben gesprochen hatte. Vielleicht war sein Du-hättest-bei-ihr-bleiben-müssen nur ein Vorwand, seine Eifersucht zu vertuschen. Ellen jedenfalls hätte Harolds letzte Worte nicht verpassen wollen. »Ich steige in den Computer und bringe alles durcheinander«, hatte er gesagt, wusste er doch, dass sie in diesem Jahr vor der Bundessteuerbehörde Rede und Antwort würde stehen müssen.

Violas letzte Worte gehörten in gewisser Weise zu den letzten Worten eines W.C. Fields: »Ich wäre lieber in Philadelphia«, oder denen des Raubmörders Gary Gilmore: »Lasst es uns tun.« Es handelte sich eben um kraftvolle, persönliche Aussagen. Natürlich, Rodney hätte Violas Entschuldigung gerne gehört. Wahrscheinlich hatte er sich sein ganzes Leben danach gesehnt, ein »Es tut mir leid« aus ihrem Mund zu hören, vor ihrem Tod und auch danach.

Ob Karen sich immer an Cochos letzte Worte würde erinnern können, an jene traurige Version des unvollendeten Songs ›Spiel der Liebe‹, die er auf der Fahrt zum Flughafen gespielt hatte? Karen hatte während der Fahrt gelitten. Wünschte sie nun, sie hätte es Cocho gesagt, es ihm ins Ohr geflüstert, ehe er über die Treppe ins Flugzeug stieg? Würde sie für immer bereuen, dass sie den Schmerz nur gefühlt, aber nichts dazu gesagt hatte?

»Atme weiter, Cocho«, flüsterte Ellen. »Bitte, ich flehe dich an.« Ein großer Frieden erfüllte sie in der Dunkelheit auf der Veranda, und sie fiel in einen beruhigenden, traumlosen Schlaf.

27

Zu den Maßnahmen, die Ellen vor Tommys Besuch am 4. Juli ergriff, gehörte, dass sie den Rasen mähte, das ganze Haus auf Hochglanz brachte und Blumen bei einem örtlichen Farmer frisch vom Feld kaufte. Die Blumen arrangierte sie in Violas Einmachgläsern und verteilte sie in jedem Zimmer. Sie jätete Unkraut, das viel zu schnell wuchs, fuhr mit dem Honda sogar durch die Waschanlage und gönnte dem Wagen die erste Schaum- und Rundumpflege überhaupt.

Tommy landete am Freitagabend um zehn nach sechs in Montreal, aber Ellen war mit Olivier schon um fünf am

Flughafen und hielt sich mit dem Kleinen im Ankunftsterminal auf, als Tommy sich am Flughafen LaGuardia in New York gerade erst den Sicherheitsgurt anlegte. Später stand sie mit Olivier an der großen Panoramascheibe und zeigte ihm, wie Tommy durch die Zollabfertigung ging. Er war gleich von der Arbeit zum Flughafen gefahren, denn er trug noch die Krawatte, die er allerdings gelockert und zudem den obersten Knopf seines Hemds geöffnet hatte. Er hatte eine Sporttasche und einen Aktenkoffer dabei. Als er in Gegenwart der Zollbeamtin ein breites Lächeln aufsetzte, war Ellen erstaunt, dass ihr Mann trotz der ausgeprägten, gequälten New Yorker Miene immer noch so attraktiv aussah. Beim Lächeln bildeten sich Grübchen in seinen Wangen, und selbst auf die Entfernung hatten seine Augen etwas teuflisch Charmantes. Freude blühte in ihrem Herzen auf, als sie sich einen Weg in Richtung Doppeltür bahnte, durch die er jeden Augenblick kommen musste.

»Wo ist Onkel Tommy?«, sagte sie zu Olivier. »Komm, wir suchen ihn.« Olivier schaute sich um, als wüsste er, wer Onkel Tommy war, obwohl er natürlich keine Ahnung hatte. Und als dann die Tür aufschwang und Tommy endlich kam, lief Ellen zu ihm und fiel ihm in die offenen Arme.

»Du hast eine andere Frisur«, bemerkte er. »Du siehst toll aus. Lass mich dich ansehen.« Ellen trat einen Schritt zurück und vollführte eine langsame Pirouette. Ihr Teint war dunkler, und ihre Locken verliehen ihr dieses freie und spritzige Aussehen, das sie mit Frauen in Verbindung brachte, die regelmäßige Menstruationszyklen hatten.

»Wow«, sagte Tommy, als er sie an sich zog und ihr einen schnellen Kuss auf die Lippen drückte. »Schön, dich zu sehen, Liebling«, sagte er. »Und da ist ja auch Olivier! Mein Großer, komm mal zu Onkel Tommy!« Tommy hielt dem Kleinen die Hände hin, und Olivier stürmte los. Als sie den Parkplatz betraten, stellte Ellen sich vor, sie stünden erst am Anfang ihrer Beziehung oder wären gerade ein paar Jahre verheiratet und Olivier wäre ihr Sohn. Hätten sie gleich ein Kind bekommen, wäre es inzwischen sechzehn Jahre alt und auf der Highschool. Aber die Zeit hatte für sie nicht haltgemacht.

»Was für eine Woche«, seufzte Tommy. »Ich bin völlig fertig. Wie weit müssen wir fahren?«

»Nur eine Stunde und zwanzig Minuten.«

»Können wir heute Nacht nicht in Montreal bleiben? Bei Karen? Ich liebe diese Stadt.«

Ellen fühlte eine irrationale Woge des Zorns in sich hochsteigen. Ihr Biogemüsehof interessierte ihn einen Dreck. »Ja, könnten wir machen«, sagte sie und versuchte, locker und unbeschwert zu klingen.

»Prima. Lass uns irgendwo was essen, und dann fahren wir morgen nach *Green Acres*.«

Damit wäre die Sache wohl entschieden, dachte Ellen verstimmt, als sie den Wagen aufschloss und Tommy die Schlüssel reichte. Es ergab natürlich Sinn. Er war müde und hungrig. Sie zwang sich, sich nichts anmerken zu lassen, und nahm auf dem Beifahrersitz Platz. Das letzte Mal, als sie dort gesessen hatte, war Rayfield gefahren, und sie hatte über die symbolische Bedeutung nachgedacht, dass jemand anders am Steuer ihres persönlichen »Vehikels« saß. Sie warf einen vorsichtigen Blick auf Tommy. Wenn sie zusammen waren, fuhr immer er. Davon gingen sie beide stillschweigend aus, wussten aber nicht, wann sich diese Gewohnheit eingeschlichen hatte.

»Dann lass mich mal schauen, ob ich noch den Weg zu Karen finde«, meinte er, als er aus der Parklücke setzte. Tommy hatte einen tollen Orientierungssinn und ein großartiges Gedächtnis für markante Orte. Ellen bezweifelte nicht, dass er sie direkt bis vor Karens Tür fahren würde, ohne auch nur einmal überlegen zu müssen oder falsch abzubiegen. Sie legte ihre Hand auf seinen Oberschenkel, wie sie es immer tat und immer schon getan hatte, seit der ersten Fahrt nach Truro vor fünfundzwanzig Jahren. Ein Vierteljahrhundert, wie sie sich mit einem unwillkommenen Schauer bewusst machte.

»Es ist nicht wirklich *Green Acres*«, meinte sie.

»Wie?«

»Der Ort. Mein Haus. Es gibt dort keine Grünflächen.«

Tommy lachte. »Wir werden ja sehen«, sagte er. »Hast du was mit deinen Augenbrauen gemacht? Sie sehen anders aus. Ein bisschen wie bei der jungen Lauren Bacall.«

»Alles an mir ist anders«, sagte sie geheimnisvoll. Sie wollte sich ihrem Mann langsam öffnen, aber wie sollte ihr das gelingen, wenn er sie so gut kannte, dass ihm selbst der Schwung ihrer Augenbrauen vertraut war? Sie hatte ihm so viel zu erzählen, aber sie wollte es vortragen wie ein Gedicht. Tommy, ein New Yorker, der alles auf den Punkt brachte, bevorzugte die Schlagzeilen. Er wollte die Story überfliegen und nicht mit jener respektvollen Ehrfurcht zuhören, die die Dichtkunst einfordert.

»Nun«, sagte Tommy, als er selbstbewusst die Spur wechselte, »machen wir da weiter, wo wir aufgehört haben, oder fangen wir noch einmal von vorne an?« Seine Flirtbereitschaft verlieh seinen Worten einen gewissen Unterton und schuf etwas zwischen den Zeilen, durch das Ellen sich festgenagelt fühlte wie ein Monarchschmetterling in einer schwarzen Samtschachtel. Er legte seine Hand auf ihren Oberschenkel und schob sie ein Stück unter ihren Rock. Ellen wusste nicht, ob sie ihre Schenkel nun etwas weiter öffnen oder schließen sollte.

»So kenne ich dich ja gar nicht«, entfuhr es ihr, woraufhin Tommy lachte und meinte: »Umso besser.« Er brauchte die Hand zum Schalten, und sie presste die Beine zusammen. Sie fuhren bereits in den Tunnel und würden bald die Ausfahrt Boulevard St. Laurent nehmen. Ellen ging alles zu schnell. Tommy steckte voller Kapriolen, ließ längst vergessene Versatzstücke aus der Vergangenheit aufflammen und drängte sie in die Defensive, was sie sich nicht erklären konnte. Sie hatte sich lange auf das Wiedersehen gefreut und konnte sich keinen Augenblick der Distanz oder Disharmonie leisten. Nicht nur das Wochenende, auch das Leben war zu kurz. Sie legte ihre Hand wieder auf seinen Oberschenkel und fasste den Entschluss, Tommy mit Liebe zu betrachten.

»Na los doch, Arschloch«, schimpfte er ungeduldig über einen Fahrer, der ihn auf seiner Spur schnitt. »Blöder Idiot!« Ellen hielt den Atem an. Wutanfälle auf der Straße waren normal in der modernen Welt und in Tommys Fall vollkommen harmlos. Er ließ nur Dampf ab. Aber Ellen sah keinen Grund für dieses Verhalten. Der arme Kerl vor ihnen musste vermutlich nur rechts abbiegen. War das schon ein Schwerverbrechen?

Vor Karens Haus riss Olivier in seinem Kindersitz seine kleinen Ärmchen hoch und gurrte wie eine Taube. Großmutter Ng stand vor dem Obst- und Gemüseladen und faltete Plastiktragetaschen. »Schau, er weiß, wo er ist«, sagte Ellen, als Tommy einparkte. Sowie Ellen den Kleinen aus der Sitzschale gehoben hatte, rannte Olivier zu ihr und schlang seine Ärmchen um ihre Knie. Großmutter Ng ging in die Hocke und schenkte ihm ein liebevolles Lächeln. Sie mochte Mitte sechzig sein, sah aber fünfzehn Jahre jünger aus. Karen hatte Ellen einmal erzählt, dass Großmutter Ng sich jedes graue Haar einzeln auszupfte. In Vietnam hatte das immer ein Kind aus der Nachbarschaft gemacht, das zu arm war, um zur Schule zu gehen. Als Gegenleistung hatte es ein bisschen Rechenunterricht erhalten. Hier riss ihre Tochter Ut die grauen Haare aus, wenn der Laden spätabends geschlossen wurde. Vielleicht fragte Großmutter Ng sich, warum eine Frau sich so gehen ließ, wenn sie Ellens Locken sah, in die sich die ersten grauen Strähnen schlichen.

Olivier machte sich wieder los und lief durch den schmalen Mittelgang in den hinteren Bereich des Ladens; Ellen hinterher. Er flitzte durch die Tür und erreichte den Lagerraum noch vor Ellen. Dort hob Ut ihn freudig hoch und drückte ihn an ihre Brust, ehe sie ihn wieder absetzte und sich ihren eigenen Kindern Bao und Thanh zuwandte.

»Cocho okay? Karen okay?«, fragte sie, und Ellen schüttelte traurig den Kopf.

»Wir wissen es nicht.«

»Traurig«, sagte Ut. Ellen wusste, dass Ut das Leid nachvollziehen konnte. Das Leben in Vietnam war hart gewesen, und ehe sie nach Kanada kam, hatte die Familie die Hölle eines Flüchtlingscamps auf den Philippinen durchmachen müssen. Karen wusste da mehr Einzelheiten, hatte Ellen aber nicht damit belasten wollen.

»Mein Mann und ich, wir werden heute Nacht in Karens Wohnung schlafen«, sagte Ellen. Sie schaute zurück zur Straße und sah, dass Tommy am Auto lehnte. Er hatte die Anzugjacke ausgezogen, sorgfältig gefaltet und auf die Motorhaube gelegt. Mit der Sonnenbrille sah er richtig sexy aus, wie ein Charakterdarsteller, der eine Szene bei Außenaufnahmen drehte. »Ut«, sagte Ellen plötzlich, »kann ich Olivier für eine Stunde bei dir lassen?«

»Natürlich«, erwiderte die Vietnamesin, »wir sind den ganzen Abend hier, kein Problem.«

»Danke.« Ellen drückte Olivier einen Kuss in den Haarschopf und flüsterte: »Tante Ellen kommt gleich wieder.« Er schien gar nicht wahrzunehmen, dass sie fortging, war er doch längst mit einem noch eingepackten Kaugummi und einer Warzenmelone beschäftigt.

»Ut kümmert sich eine Weile um den Kleinen«, sagte Ellen zu Tommy und zog dabei in leicht lasziver Manier eine Braue hoch. »Lass uns gehen.« Auf der Treppe nach oben kniff er ihr mehrmals in den Po. Ihr Körper schien bereit zu sein, und sie wollte die Gelegenheit nutzen. Sie schloss auf und betrat die Wohnung, Tommy folgte ihr. In den Räumen war es so heiß wie in einer Sauna, sodass ihnen fast die Luft wegblieb.

»Verdammt«, sagte Tommy und legte sein Jackett über den Stuhl, »ist ja schlimmer als in New York. Komm, reißen wir die Fenster auf, auch wenn das wenig helfen wird.« Er durchquerte den Raum und drückte gegen den aufgequollenen Fensterrahmen.

»Moskau im Winter, Bombay im Sommer«, sagte Ellen und wiederholte nur, was Karen oft über das Klima in Montreal sagte. Im Kühlschrank fand sie zwei kalte Bierflaschen, nahm sie mit ins Schlafzimmer, streckte sich auf Karens Bett aus und wartete auf Tommy. Als er schließlich ins Zimmer kam, stieß er auch hier zunächst die Fenster auf und trank sein Bier halb aus, und bei jedem langen Schluck hüpfte sein Adamsapfel, als wäre ein kleiner Vogel darin gefangen.

»Wusstest du, dass Menschen die einzigen Lebewesen sind, die ersticken können?«, fiel Ellen dazu ein. Tommy sah sie fragend an. »Das liegt an der Position des Kehlkopfes im Hals. Er sitzt an der Speiseröhre und kommt daher mit der Nahrung, die heruntergeschluckt wird, in Berührung. Deshalb kann uns Essen im Hals stecken bleiben. Natürlich können wir dank des Kehlkopfes auch Laute bilden, wodurch Sprache für die Hominiden überhaupt erst verständlich wurde, aber …«

»Du redest zu viel«, sagte er und ließ sich auf das Bett fallen. »Halt einfach den Mund und komm her.«

»Ich bin ein bisschen nervös.«

»Wir wollen doch nur ein bisschen spielen. Das haben wir schon mal gemacht«, sagte Tommy und küsste sie.

Manchmal wartet man auf Küsse, manchmal vermeidet man welche, und manchmal werden sie einem aufgedrängt. Speziell diese Küsse schienen jemand anderem zu widerfahren. Tommy ließ von ihren Lippen, knöpfte sein Hemd auf und zog es aus. Sekunden später sackte seine Hose auf seine Knöchel und bildete auf dem Boden eine kleine Insel, auf der er wie eine männliche Freiheitsstatue stand, die den Kranken und Bedürftigen eine Flasche Bier darbot.

Ellen setzte sich im Bett auf. »Tommy, mein Gott!«

Tommy präsentierte ihr seine Oberarmmuskeln wie Mr. Universum oder ein Diskuswerfer. Sein Penis hatte sich nach unten verlängert, als würde er ganz langsam von oben mit Beton gefüllt. Genau diesen Augenblick, wenn das Glied sich erst langsam aufrichtete, mochte Ellen ganz besonders.

»Dein *Nordic-Track*-Ski-Trainer?«, fragte sie verblüfft.

»Worauf du dich verlassen kannst.« Er drehte sich langsam um, damit sie seinen neu geformten Hintern bewundern konnte.

»Und das in nur drei Wochen?« Seine Rettungsringe waren fast ganz verschwunden.

»Ich hab das Trinken gelassen und halte mich jetzt auch von Junkfood fern.«

»Du trinkst nicht mehr?« Ellen wünschte, sie hätte ihm keine Flasche Bier angeboten.

»Ich habe beschlossen, dass das Fitwerden jetzt Priorität hat«, sagte er.

»Und es hat geklappt. Mensch, Tommy, ich bin wirklich beeindruckt. Du hast seit Jahren nicht mehr so fit ausgesehen.«

»Ja, ich fühle mich auch gut«, sagte er, als er sich wieder auf die Bettkante setzte. »Und jetzt wollen wir dich aus dem Kleid befreien.« Ellen kam seinen Bemühungen entgegen, indem sie die Arme über den Kopf streckte, damit er ihr das Kleid leicht abstreifen konnte. Er löste den Verschluss ihres BHs und zog ihr die Unterhose über die Hüfte.

Nackt, dachte sie. Splitternackt. Die nackte Wahrheit. Tommy stützte sich auf einem Ellbogen ab und sah ihr in die Augen. Seine Pupillen boten einen Punkt an, auf den sie sich konzentrieren konnte, und sie spürte, wie ihr Leben sich verengte, bis nur noch Tommy ihre Wahrnehmung bestimmte. Als er sich über sie beugte, um sie zu küssen, als seine Finger ihre Brustspitzen zu kleinen Pyramiden kneteten, als er ihre Schenkel mit seinen Knien sacht auseinanderzwängte, ignorierte sie den Schmerz, den das fehlende Gleitmittel hervorrief, und nannte ihn »Liebling« und »Geliebter«. »Fick mich«, wisperte sie, weil sie wusste, dass ihn diese geraunten Worte anmachten. »Oh, Baby, Baby«, stöhnte er, ehe er kam. Ellen fiel ein Witz aus einer Komödie mit Sally Field ein. »Mein Mann und ich sind schon so lange verheiratet, dass wir nicht wissen, wo der eine von uns beginnt und der andere aufhört. Das Problem ist nur, dass er immer gerade da endet, wenn ich erst beginne.« Ellen gluckste leise, als ihr Mann nach dem Sex in den Schlummer fiel, der so vorhersehbar war. Sie legte den Kopf an seine Brust und lauschte auf die Geräusche in seinem Körper – seine Lungen, sein Herz, auf den Atem und das Pochen und die periodisch wiederkehrenden Schnarchlaute. Sie musste daran denken, wie plattfüßig und unbeholfen sie beide doch in dem großen Tanz des menschlichen Lebens geworden waren. Aber wahrscheinlich war das normal. In einigen Jahren würde sie sich vermutlich gar nichts mehr aus Sex machen, und die Ehe wäre nicht mehr als ein leichtes Dahinsegeln. Es war eben nur dieses Durchgangsstadium, die Vierziger, die sie hinter sich bringen mussten. Sie schloss die Augen, atmete bewusst langsam und zwang sich, in einen sanften Schlaf zu fallen, ließ sich treiben wie ein leicht gebautes Floß auf einem träge dahinziehenden Strom. Aber als sie in ihrer Traumlandschaft um eine Ecke bog und Viola de Beer am Ufer erblickte, wachte sie auf, um der Nähe dieser Frau zu entkommen. Allein Violas Blick rief Ellen in Erinnerung, dass jemand in den Schatten ihres Unterbewusstseins lauerte, der nichts Gutes im Sinn hatte.

Sie schaute auf die Uhr. Mehr als zwei Stunden waren vergangen. »Mist«, sagte sie, sprang aus dem Bett und schlüpfte in ihr Kleid. Tommy regte sich und öffnete die Augen einen Spaltbreit. »Ich muss los und Olivier holen«, sagte sie und zog sich ihre Schuhe an. Tommy drehte sich auf den Bauch. Seine Schultern und Arme sahen kraftvoll aus auf Karens feinem Bettbezug.

Vor dem Gemüseladen drängten sich trendige Montrealer, und Ellen musste sich regelrecht ihren Weg durch die Menge bahnen, um in das Hinterzimmer zu gelangen, wo Olivier hockte und vor Großmutter Ngs Augen Reis mit den Fingern aus einer Schale aß. »Tut mir leid, dass ich so spät bin«, entschuldigte sich Ellen, steckte der alten Frau eine Zehn-Dollar-Note zu und hob Olivier hoch. Sie deutete eine Verbeugung an, bedankte sich mehrmals und verließ den Laden.

Olivier strampelte und wand sich auf ihrem Arm, bis Ellen ihn endlich auf dem vierten oder fünften Treppenabsatz herunterließ. Er hätte schon längst im Bett sein müssen, aber er schien noch einmal richtig aufzudrehen. Auf der steilen Treppe musste Olivier die kleinen Beinchen fast bis zum Kinn heben, um die Stufen zu meistern, aber Ellen half ihm und stützte ihn. Er musste sich sehr anstrengen, aber er schien gewillt zu sein, jede einzelne Stufe zu nehmen. Zunächst konnte sie sich seine Motivation nicht recht erklären, bis ihr auffiel, dass der Kleine mit leiser, erwartungsvoller Stimme »maman, maman« vor sich hin brabbelte.

»*Maman n'est pas ici*«, sagte sie, wobei sie ihr Highschool-Französisch aktivierte, wenngleich sie nicht mehr sicher war, ob sie alles richtig aussprach. »Mama ist nicht hier, Liebling«, fügte sie hinzu. Wie hatte sie nur vergessen können, welche Erwartungen dieses Haus in dem Kleinen wecken würde? »*Maman n'est pas ici*«, wiederholte sie und drückte ihn an sich, aber sowie sie die Wohnungstür aufmachte, stürmte der Kleine in den Flur und rief: »Maman! Maman!« Seine fröhliche Stimme brach Ellen schier das Herz. Sie folgte ihm, von Furcht erfasst, als er zunächst im Bad und dann im Schlafzimmer nach Karen suchte. Als er sah, dass jemand unter der Decke lag, stieß Olivier einen Jubelschrei aus und kletterte behände aufs Bett. Aber als sich niemand anders als Tommy müde aufrichtete, fing der Kleine an zu schreien. Binnen Sekunden war sein Gesichtchen rot angelaufen; Tränen liefen ihm die Wangen hinunter.

Da half kein Mittel auf der Welt. Olivier versteifte sich und brüllte. Tommy versuchte zwar noch, ein Kuckuck-wo-bin-ich-Spielchen hinter der Bettdecke zu spielen, aber auch das half nichts. »Was machen wir denn jetzt?«, fragte er, als er aus dem Bett stieg und zusammen mit Ellen verfolgte, wie der Kleine sich in einen wahren Schreianfall hineinsteigerte.

»Ich weiß es nicht.«

»Er soll aufhören«, wandte sich Tommy halb vorwurfsvoll an sie.

»Warten wir es einfach ab. Das wird nicht lange so gehen.«

»Früher oder später wird er aufhören, oder?«, fragte Tommy vorsichtig nach.

»Ich hätte dran denken müssen, dass er hier mit seiner Mutter rechnet. Wir hätten nach Eagle Beak fahren sollen. Vielleicht sollten wir jetzt noch aufbrechen. Auf der Fahrt beruhigt er sich meistens.«

»Dann ist unser Abendessen wohl in weite Ferne gerückt, wie?« Er klang enttäuscht. »Ich verhungere schon.«

»Du kannst dir unten etwas holen und dann im Auto essen«, sagte Ellen ein wenig scharf, bereute den Ton aber gleich wieder. »Oder du suchst dir ein nettes Lokal und isst was, und ich bleibe hier und versuche, Olivier in den Schlaf zu bekommen«, fügte sie hinzu und hoffte, den ersten verbalen Schlag abgemildert zu haben. »Schau, Tommy, das regt mich jetzt genauso auf wie dich«, versuchte sie es wieder, aber ihre Stimme klang kalt. Olivier schrie so laut und ununterbrochen, dass es einem in den Ohren schmerzte, und jeder Satz, den Ellen Tommy zurief, war wie eine Granate, die sie in seinen Fuchsbau warf.

»Ich geh dann mal duschen«, sagte Tommy.

»Maman! Maman!«, schrie Olivier aus vollem Halse. Ellen versuchte, ihn in die Arme zu nehmen, aber er wich zurück. Sie überlegte kurz, ob sie ihn einfach so, in Kleidung, unter die Dusche stellen sollte, um zu ihm durchzudringen, aber das käme wohl Kindesmisshandlung gleich. Hilflos setzte sie sich in Karens Schaukelstuhl und beobachtete Olivier, als wäre er die Hauptattraktion in einer Talentshow.

Auch im Auto hörte er nicht auf zu schreien. Tommy saß hinter dem Steuer, Ellen auf dem Beifahrersitz, und beide starrten sie durch die Windschutzscheibe, als verfolgten sie gerade einen spannenden Film im Drive-in-Kino, vielleicht sogar einen Horrorstreifen, für den Olivier den Soundtrack schuf. Wenn sie an Ampeln halten mussten, schüttelten die Leute in den Autos neben ihnen die Köpfe oder schauten argwöhnisch herüber, als überlegten sie, rechtliche Schritte gegen Eltern einzuleiten, die ihre Kinder derart vernachlässigten.

Ellen empfand das Ganze als unwillkommene Einmischung in ihre kostbare Zeit mit Tommy. Und da es inzwischen dunkel war, nutzte es auch nichts, Olivier mit Dingen abzulenken, die draußen zu sehen waren, wie etwa Schiffe auf dem St.-Lorenz-Strom oder Flugzeuge über der Stadt. In ihrer Verzweiflung drehte sie sich schließlich zu dem kleinen Schreihals um und sagte: »Olivier! Wo ist Mutley? Wir müssen Mutley suchen. Wo ist Mutley?«

Wie durch ein kleines Wunder verstummte Olivier. Es dauerte einige Sekunden, bis auch das Echo in Ellens Ohren abebbte. »Komm, wir suchen Mutley!«, wiederholte Ellen enthusiastisch. Argwohn zeichnete sich auf Oliviers verheultem Gesicht ab, und für einen Moment schien er sich nicht recht entscheiden zu können, ob er nun aufhören oder wieder losheulen sollte.

»Mutley, wir lieben dich«, sang Ellen zu der Melodie von *Der Farmer unten im Tal*. »Oh, Mutley, wir lieben dich; Mutley; Mutley; Mutley; Mutley, wir lieben dich.« Sie sah, dass sie Olivier für sich gewann, aber ein Seitenblick auf Tommy verriet ihr, dass ihr Mann sich nicht ganz sicher zu sein schien, ob nun Oliviers Geschrei oder doch eher Ellens Gesang das schlimmere Übel war. Sie erhöhte seine Qualen, indem sie einen neuen Song anstimmte. »*Mutley, Mutley had a Farm, ee i ee i o*«, sang sie, »*and on that farm he had a boy, ee i ee i o; with a wah-wah here and a wah-wah there; here a wah, there a wah; everywhere a wah-wah; Mutley, Mutley had a farm, ee i ee i o.*« Sie kam sich vor, als hätte sie nicht mehr alle Tassen im Schrank, als hätte sich Oliviers vorübergehender Anfall auf sie übertragen. Ihr Neffe lächelte jetzt, und ohne zu zögern trällerte sie eine weitere Strophe und stupste ihn bei jedem »wah« in die Rippen.

»Ich glaube, jetzt bin ich zu ihm durchgedrungen«, sagte sie zu Tommy.

»Gott sei Dank«, meinte er. »Viel mehr Strophen von deiner Old-McDonald-Version hätte ich auch nicht mehr ertragen.« Er klang wirklich deprimiert.

»Jetzt hat er sich gefangen.« Ellen drehte sich wieder nach vorne und lehnte sich erschöpft auf dem Beifahrersitz zurück.

»Wie weit ist es denn noch?«, fragte Tommy.

»Vielleicht eine Dreiviertelstunde.«

»Kann man sich auf dem Weg dorthin irgendwo etwas zu essen holen?«

Ellen überlegte. »Da gibt es eine Pommesbude in Huntington.«

»Pommes frites. Toll für die Hüfte. Und nahrhaft. Ich möchte meine tägliche Ration Friteusenfett nicht missen.«

»Und vergiss nicht, Poutine mit Cheddarkäse und Quark zu bestellen. Das ist wie Tapetenkleister und klebt dir die Pommes für immer in den Darm.«

»Genau das Richtige für den Cholesterinspiegel.«

Ellen wusste, dass er verstimmt war, weil die Dinge ein wenig aus dem Ruder gelaufen waren. Lieber hätte er sich in den schönen, pittoresken Straßen von Montreal nach einem Bistro umgesehen und dort einen *salade niçoise* und ein paar Gläser kühlen *vin blanc sec* bestellt. Stattdessen würde er mit Pommes frites in weißem Essig vorliebnehmen müssen, serviert in einer Papiertüte mit Fettflecken. Kein Wunder, dass er enttäuscht war. Sie wollte ihm mitteilen, dass sie seine schlechte Laune nachvollziehen konnte und mit ihm fühlte, aber sowie sie den Mund aufmachte, entfuhr ihr: »Schau, ein verzogener Bengel reicht mir schon, okay?«

Tommy klammerte sich ans Lenkrad und schwieg mit verkniffener Miene.

»Warum habe ich das gesagt?«, fragte sie. »Ich finde, Olivier ist gar kein verzogener Bengel. Er ist ein hübscher kleiner Fratz. Und ich finde es furchtbar schade, dass du so einen Hunger hast und müde bist und nichts richtig zu laufen scheint.« Tommy erwiderte darauf nichts. »Zumindest ist Olivier jetzt still«, fuhr sie fort. Als sie einen Blick über die Schulter warf, sah sie, dass der Kleine das Köpfchen anlehnte und jeden Moment einschlafen würde.

»Es wird mich schon nicht umbringen, wenn ich mal eine Mahlzeit auslasse.« Tommys Tonfall und Sprechrhythmus klangen unnatürlich.

»Ich koche dir zu Hause etwas Schönes«, stellte sie ihm in Aussicht und legte ihre Hand beschwichtigend auf seinen Oberschenkel.

Aber als sie endlich in Eagle Beak ankamen, sagte Tommy: »Ich bin vollkommen erledigt. Alles, was ich jetzt brauche, ist ein Bett.« Er verlor nicht ein Wort über das Haus, das in Ellens Augen recht einladend aussah. Das Licht auf der Veranda warf einen warmen Schein in der dunklen Nacht, und erst die ganzen Blumen, die sie mit so viel Mühe im Haus arrangiert hatte! Ellen trug Olivier die Treppe hinauf, und Tommy folgte ihr, wobei er sich zu allem Unglück einmal den Kopf an der Tür zur Treppe und einmal an der Tür zum Schlafzimmer stieß. Schweigend zog er sich aus, fiel ins Bett, ohne einen Kommentar zu der miserablen Matratze oder dem Federkopfkissen abzugeben.

Ellen lag noch lange neben ihm wach. Die Buddhisten sagen, alle Probleme begännen und endeten mit einem Wunsch, aber ihre Wünsche waren so minimal. Alles, was sie wollte, war ein schönes Wochenende mit dem Mann, den sie liebte, ihrem Ehemann, mit dem sie seit siebzehn

Jahren verheiratet war und den sie seit drei Wochen nicht gesehen hatte. War das denn zu viel verlangt?

Beide, Tommy und Olivier, schnarchten leise, aber Ellen konnte sich nicht entspannen. Das beleuchtete Zifferblatt ihrer Uhr auf dem Nachttischchen verriet ihr, dass es halb zwei war; als sie später hinsah, war es schon halb drei. Tommy war auf der ausgelegenen Matratze in die Mitte gerollt, und Ellen musste aufpassen, dass sie im Schlaf nicht auf ihn rollte. Als sie sich am Rand der Matratze festhielt und die Finger in den alten Bezug krallte, kam ihr der Gedanke, dass Viola vielleicht ausgerechnet auf dieser Matratze gestorben war. Von diesem Bett aus hatte sie die dürre Hand nach Rayfield Geebo ausgestreckt, in dem Glauben, Rodney vor sich zu haben, und hatte gesagt: »Es tut mir leid.« Vielleicht war ihr letzter Gedanke vor ihrem Tod gewesen, dass Rodney sie allein gelassen habe … dass er aus dem Zimmer gelaufen sei, um sie mit ihrem Schicksal allein zu lassen. Hatte Viola sich etwa genauso am Rand der Matratze festgehalten, als der Lichtkreis um sie herum abnahm und sie in die Dunkelheit entließ?

28

Als sie Rodney unten in der Küche hörte und das Aroma von frisch gekochtem Kaffee durch die Ritzen im Fußboden drang, wünschte Ellen, Rodney wäre nicht da. Dann schämte sie sich. Schließlich hatte sie ihn inständig darum gebeten, ihr beim Frühstück Gesellschaft zu leisten.

Schnell stand sie auf und zog sich ihre Arbeitssachen an. Olivier lag auf dem Rücken, hielt sich an seinen kleinen Zehen fest und gab gurgelnde Laute von sich, als Ellen ihn aus seinem Reisebettchen hob. Tommy brauchte Schlaf, und sie wollte nicht, dass Olivier ihn mit seinem Geplapper weckte, das meistens lauter wurde, wenn er erst einmal damit begonnen hatte.

Rodney saß bereits auf seinem Lieblingsplatz und hatte eine neue Ausgabe des *Free Trader* vor sich auf dem Tisch ausgebreitet. »He, Rodney«, grüßte Ellen und bemühte sich, fröhlich zu klingen.

Er schaute auf. »Morgen, Ellen. *Bonjour*, Olivier.«

»Gibt's was Neues?« Das war zu ihrer Standardbegrüßung geworden.

»Nun, die Vorbereitungen für das Feuerwehrfest laufen in der Stadt an.«

»In der Stadt?« In Ellens Augen entsprachen Baldys Laden und das winzige Postamt nicht gerade einer Stadt, und was Feuerwehrleute anbelangte, so bezweifelte Ellen, dass es im Umkreis von Meilen überhaupt eine Berufsfeuerwehr gab.

»Ja«, erwiderte er. »Was bringst du hin?«

»Was ich *hinbringe*?« Sie goss sich Tee ein, um ihren Gehirnzellen auf die Sprünge zu helfen, denn Rodneys Frage stellte sie vor eine große Herausforderung.

»Zum Verkaufen.«

»Verkaufen?«

»Mein Gott, ist hier ein Echo?«, fragte Rodney und sah sie über den Rand seiner Drogeriemarktbrille hinweg an.

»Was meinst du denn mit verkaufen?«

»Na, jeder bringt was mit, das er verkaufen möchte. Und der Erlös geht dann an die freiwillige Feuerwehr und die Rettungseinheit.«

»Ich stelle einen Scheck aus«, sagte Ellen mit einer abfälligen Geste, verspürte aber im selben Moment ein nagendes Schuldgefühl. Es sah einfach zu sehr nach Großstädter aus, der schnell sein Scheckbuch zückt, während alle Ortsansässigen etwas Persönliches mitbrachten. Vermutlich backten die Frauen Pasteten, und irgendein Boss aus Eagle Beak probierte sie alle und verlieh dann das blaue Band an eine Hausfrau mit mehlbestäubter Schürze.

»Und was machst du?«, fragte sie Rodney, während sie Olivier in das Hochstühlchen hob und ihm einen halben glasierten Donut gab.

»Das Gleiche wie jedes Jahr – eine Statue des amerikanischen Adlers.«

»Mann, Rodney, wie großzügig!«

»Wieso, denk doch mal nach. Im Ernstfall hast du immer noch die freiwillige Feuerwehr an deiner Seite. Als junger Mann hab ich auch dazugehört.«

»Habe ich noch gar nicht drüber nachgedacht.« In ihrer Welt gab es Feuerwachen mit gut bezahlten Feuerwehrmännern, nagelneuen Löschzügen und polierten Stangen, an denen der Feuerwehrmann in Windeseile nach unten rutschen konnte. »Ich frage mich, was ich zum Fest beitragen könnte.« Sie schaute sich um, aber nichts eignete sich als Spende.

»Geld ist schon okay«, sagte Rodney, doch inzwischen wollte Ellen einen persönlicheren Beitrag leisten, etwas, das volkstümlicher aussähe. Aus dem Gemüsegarten konnte sie nichts mitbringen, denn die einzigen Gemüsesorten, die überhaupt infrage kämen, waren ihre Rauke und der römische Salat. Endlich ergab sich die Gelegenheit, einer der Leute aus Eagle Beak zu werden, und sie wusste nicht, was sie machen sollte.

Ein lautes Rufen von oben riss sie jäh aus ihren Gedanken. »Kaaaffeee, Kaaaffeee!«, rief Tommy. Sie kannte dieses Ritual, hatte aber nicht damit gerechnet.

»Oh, hatte ganz vergessen, dass dein Mann kommen wollte«, sagte Rodney. »Hoffentlich haben wir ihn nicht geweckt. Man hört im ganzen Haus, wenn man sich hier in der Küche unterhält.«

»Ich werde ihm seinen Kaffee nach oben bringen. Bin gleich wieder da.« Ellen bereitete den Kaffee genauso zu, wie Tommy ihn mochte: ein Löffel Zucker, keine Milch. Tommy, eingezwängt von Kissen, hatte sich die Decke bis zur Hüfte gezogen, aber Ellen konnte immer noch den schwarzen Schatten seines Schamhaars sehen. Sein Körper hatte sich in den letzten Wochen verändert, als wäre er ein Klumpen Lehm in den Händen eines nordischen Rodins gewesen. Sie stellte die Tasse Kaffee auf das Nachttischchen. Tommy legte einen Arm um ihre Taille und zog Ellen an sich. »Ich hätte nichts gegen ein Nümmerchen am Morgen«, sagte er mit einem Grinsen.

»Pst, Rodney ist hier«, wisperte Ellen in Tommys Ohr. Doch da hatte er bereits die Bettdecke zurückgeschlagen und präsentierte ihr eine riesige Erektion.

»Brauchst dich bloß draufzusetzen, Baby. Komm schon, es dauert nicht lange.«

Ellen wusste, dass sie sich auf ihn senken könnte, und nach ein paar Kniebeugen wäre alles vorüber. Es wäre bestimmt nicht schlecht und irgendwie verboten, und Tommy hätte dann zwei Stunden lang dieses zufriedene Grinsen im Gesicht. Er schob den Daumen unter den Schaft und hob sein Glied an, damit Ellen es bewundern konnte. Ihr Atem beschleunigte sich. Sie hatte immer schon etwas für einen Steifen übrig gehabt, und die Beine ihrer kurzen Arbeitshose waren so weit geschnitten, dass sie die Shorts nicht einmal ausziehen müsste. Sie könnte sie einfach zur Seite schieben, eine Technik, die sie in den Hippietagen perfektioniert hatte, als lange Röcke und fehlende Unterwäsche Sex in der Öffentlichkeit ermöglichten. Man musste sich bloß auf den Schoß eines Typen setzen und das Stöhnen und die Bewegungen auf ein Minimum reduzieren.

»Komm schon, Süße. Lass uns die letzten Wochen nachholen.«

»Möchtest du nicht zuerst deinen Kaffee trinken?« Sie spielte auf Zeit.

»Nein, ich will dich.«

»Ich geh mal mit Olivier ein bisschen spazieren«, rief Rodney von unten. Ellen war sich sicher, dass er jedes Wort verstanden und aus reiner Höflichkeit beschlossen hatte, sich zurückzuziehen. Ihr war das ein bisschen peinlich, aber was machte das schon? Immerhin war Rodney der Mann, vor dem sie sich nackt in einer Regentonne versteckt hatte. Als sie hörte, wie die Tür mit dem Fliegengitter zuging, zog Ellen sich schnell aus und schlüpfte neben Tommy unter die Decke.

Es war nutzlos, auf ein Vorspiel zu hoffen, wenn Tommy schon von Anfang an eine solche Erektion hatte. Aus seiner Sicht musste schleunigst etwas dagegen unternommen werden. Er wollte einfach nur kommen, das wusste sie. Sie könnte die Sache nur dann hinauszögern, wenn sie ihn mit der Stimme einer Domina ermahnte, nicht seinen eigenen Gelüsten zu erliegen. Dann pflegte er eine Grimasse zu schneiden und seine Stöße zu verlangsamen, sodass sie ein paar Minuten mehr von ihm hatte. Aber Moment! Dies war nicht der rechte Augenblick, über sexuelle Gerechtigkeit nachzudenken, in ihrem Alter, und nach so vielen Ehejahren pflückte man dankbar eine Rose, wenn man eine sah, und stellte die Fragen erst später – dann, wenn der Ehemann schon schlummerte und man sich die Zeit damit vertrieb, die Risse an der Decke über dem Bett zu zählen.

Tommy schob sich auf sie. Ellen zuckte zusammen, als er sich zwischen ihren Schenkeln positionierte und in sie eindrang. Er hatte sie noch nicht einmal geküsst und tastete erst dann nach ihrer Brust, als er sicher war, schnelle

Befriedigung zu finden. Plötzlich musste Ellen kichern. Sie konnte nicht anders. Irgendwie war alles so absurd.

»Oh«, wisperte Tommy, »heute zum Lachen aufgelegt, wie?« Ihre Antwort war ein noch lauteres Lachen. »Nur weiter so, Baby, lach dich ruhig kaputt.« Er stieß weiter in sie hinein, doch er vergrub seinen Kopf in ihrer Halsbeuge und küsste sie dort, am Ohrläppchen und am Haaransatz.

»Tut mir leid«, sagte sie, bevor sie erneut anfing zu kichern. »Ist bestimmt eine Herausforderung, eine lachende Hyäne zu vögeln.«

»Ich vögle dich immer gerne, ganz gleich, was du machst«, erwiderte er mit einem heiseren Flüstern. »Ob du lachst, weinst, fröhlich bist, traurig, trübselig, abgelenkt…« Bei jedem Wort trieb er sich tiefer zwischen ihre Schenkel.

»Ich weiß, dass ich schwierig sein kann«, sagte sie, und ihr Kichern wurde leiser.

»Du bist unmöglich.«

Ellen küsste ihn in einem plötzlichen Ansturm der Leidenschaft.

»Du sexy Miststück«, sagte er.

Es erstaunte Ellen weniger, Miststück genannt zu werden als sexy.

»Sag das noch einmal«, befahl sie und musste feststellen, dass sie so scharf war wie ein Teenager in einem Autokino.

»Du kleines sexy Miststück«, wiederholte Tommy. Sein Gesicht schwebte unmittelbar über ihrem, mit der Zunge zeichnete er die Konturen ihrer Lippen nach. Ellen schlang die Beine um seine Hüften, folgte seinen drängenden Bewegungen und fand sich mit einem Mal am Rand eines großen Vulkans wieder und wünschte sich nur noch, dass Tommy in sie hineinstoßen würde, und genau das tat er.

Es war schön, sich mit ihm zu vereinigen, auch wenn der Weg dorthin voller Schlaglöcher und Furchen war. Einmal, in New York, war ein ganzer Abschnitt des Franklin D. Roosevelt Drive abgesackt, und ein Auto war hineingefallen. Erstaunlicherweise wurde niemand verletzt. Die Reporter von Kanal 7 erreichten den Unglücksort gerade, als der stoische Fahrer an einem Seil aus dem Spalt gezogen wurde. Wie oft hatten Tommy und sie sich schon gegenseitig aus den großen Löchern ihrer Ehe herausgezogen? Oder waren mit einem verrückten Lachen in eins hineingeschlittert?

»Ich liebe dich, Tommy«, sagte sie.

»Ebenso, Baby«, antwortete er. In ihrer Beziehung war das eine Art Runninggag. Einer der mundfaulen Ex-Lover ihrer Freundin Lorraine hatte mit diesen Worten geantwortet, als sie ihm zum ersten und einzigen Mal ihre Liebe gestanden hatte. Sie hatte den Kerl schnell fallen lassen, als er ihr zum Valentinstag einen Gutschein für eine Darmspülung überreichte. Heute aber reichte ihr das nicht.

»Sag es.«

»Ich liebe dich, Ellen.« Er sah ihr direkt in die Augen, und sie hatte keinen Grund, daran zu zweifeln. Als er in ihr kam, fühlte sie sich augenblicklich glücklich, als hätte sie soeben eine lebensrettende Infusion wichtiger Spurenelemente erhalten. Tommy schlief ein, und auch ihre Atemzüge wurden tiefer. Als sie sich kurz darauf aus seinen Armen wand und ihre Sachen vom Boden aufhob, war sie sich sicher, dass sich die Viertelstunde, die verstrichen war – wenn ihre Uhr auf dem Nachttischchen richtig ging –, hallzinatorisch in die Länge gezogen hatte, hervorgerufen durch die Lieblingsdroge ihrer wilden, ausgelassenen Jugend.

Sie schaute aus dem Fenster und sah, wie Rodney und Olivier Mutley streichelten, der jetzt, da sein Fell nachwuchs, endlich wieder wie ein Hund aussah und nicht wie ein Wesen aus einem Cartoon. Sie zog ihre Schuhe an, summte unbewusst eine Strophe aus »Mutley, Mutley had a farm« und eilte die Kamikazetreppe hinunter.

In ihrem Alter kam es ihr lächerlich vor, so etwas wie Befangenheit zu verspüren, wenn es um die sexuelle Beziehung mit dem eigenen Mann ging, aber Ellen spürte einen Stich Verlegenheit, als sie die Wiese überquerte. Sie nahm sich vor, auf alles gefasst zu sein, und als Rodney sagte: »Was, schon fertig?«, lächelte sie nur.

»Tut mir leid, wenn wir dich aus dem Haus gejagt haben, Rodney, aber ich hatte keine Wahl.«

»Ist schon okay«, meinte er.

»Da wir gerade beim Thema sind: Warst du eigentlich verheiratet?«

»Die Richtige hat mich eben nie gefunden«, erwiderte er.

Ellen lachte. »Nicht gerade die Auswahl in Eagle Beak, was?«

»Ach, das ist es gar nicht … nun … Ich hab da so meine Probleme.« Ellen fiel ein, dass er schon früh um sieben Uhr nach Alkohol roch. »Was für Probleme?«, fragte sie vorsichtig.

»Nicht alle auf der Welt wollen über ihre Probleme sprechen, weißt du«, sagte Rodney. »Manche Dinge sind persönlich.«

»Du glaubst es jetzt vielleicht nicht«, sagte Ellen schnell, »aber in New York sind persönliche Probleme öffentlich. Jeder hat seinen Seelenklempner oder geht zu irgendeiner anonymen Selbsthilfegruppe, damit er seine privaten Geschichten immer und immer wieder erzählen kann, selbst wenn er Geld auf den Tisch legen muss, damit ihm einer zuhört.« Sie wusste, dass dies nur Gerede war. »He, willst du wissen, wie es mir bei meinem einzigen Besuch in der Gruppentherapie ergangen ist?«

Als Therapieneuling hatte sie sich von ihrem Psychologen dazu überreden lassen, bei einer Gruppensitzung mitzumachen. Der Erste in der Runde, der zu reden begann – ein Trottel, der Ellens Einschätzung nach nur scharf darauf war, jemanden abzuschleppen –, hatte sich mit leiser Stimme beschwert, er habe Stunden vor der Sozialeinrichtung Schlange stehen müssen. Der Therapeut fragte ihn, ob er aus sich herauskommen wolle, und der Typ bejahte. Alle standen auf, Ellen etwas zu spät. Der »Unglaubliche Hulk«, wie sie ihn später immer nannte, stellte sich direkt vor sie, schaute ihr tief in die Augen und schrie ihr dann plötzlich *»Ich bin wütend!«* ins Gesicht. Damals hatte sie befürchtet, ihr wäre das Trommelfell geplatzt. Dann bewegte er sich im Uhrzeigersinn in der Runde und schrie jeden einzelnen Therapieteilnehmer an, und jeder wappnete sich mental und ließ das Gebrüll über sich ergehen. Als sie an jenem Abend den Gruppenraum verließ, hielt Ellen an der erstbesten Telefonzelle an, die sie sah, und hinterließ eine Nachricht auf dem Anrufbeantworter ihres Therapeuten. »Gruppentherapie ist schlimmer als die Realität. Ich komme nicht mehr.« Das ergab eine tolle New Yorker Seelenklempner-Story, die Ellen mehrmals zum Besten gab.

Aber Rodney wollte davon nichts hören. »Ich dachte, Gruppentherapie wäre streng privat«, sagte er. »Was auch immer passiert ist, geht mich nichts an.« In der Zwischenzeit hatte sich Olivier auf Mutley gesetzt und versuchte, ihm die Knickohren über die Augen zu ziehen.

»Hattest du schon deine zweite Tasse Kaffee?«, fragte Ellen.

»Noch nicht.«

»Gehen wir wieder ins Haus.«

Ellen nahm Olivier bei der Hand, und so kehrten sie alle zurück an ihre Plätze am Esstisch. Die Kaffeetassen waren kaum nachgefüllt, als das Knarren der Dielen über ihnen verriet, dass Tommy aufgestanden war. Ellen deckte für ihn ein, und sie warteten, dass er die steile Treppe hinunterstieg.

»Verdammt, auf der Treppe kann man sich ja den Hals brechen«, klagte er, als er die Küche betrat. »Welcher Idiot hat bloß die Stufen so gezimmert?«

»Das dürfte mein Großvater gewesen sein«, sagte Rodney, stand auf und streckte Tommy die Hand entgegen. »Rodney de Beer.«

Sie schüttelten einander die Hand. »Nett, Sie kennenzulernen, Rodney. Ich wollte Ihrem Großvater nicht zu nahe treten. Er hatte bestimmt kleine Füße.« Tommy hatte ein einnehmendes Lächeln, das jede Beleidigung schnell vergessen ließ, aber Rodney schien ohnehin kein bisschen verstimmt zu sein.

»Das ist mein Mann, Tom Kenny«, stellte Ellen vor.

»Dachte ich mir.« Rodney setzte sich wieder.

»Kaffee und einen Donut?«, fragte Ellen und deutete auf den freien Platz. Der Stuhl knarrte, als Tommy sich daraufsetzte. Er schaute sich um. »Das ist es also«, meinte er und wandte sich dem Fenster zu. »Nettes Fleckchen.«

Der grüne Rasen erstreckte sich bis zu der Reihe dunkler Bäume, und am blauen Himmel hingen nur vereinzelte Wolken, wie Atem an Wintertagen, der weiße Wölkchen bildet.

»Mir war gar nicht bewusst, dass dieses Haus seit Generationen deiner Familie gehörte«, sagte Ellen.

»Wir haben es gebaut.«

»Rodney hat ein größeres Haus in der Nähe«, erklärte sie Tommy zum besseren Verständnis, trotzdem wurde ihr schlagartig bewusst, wie fragil menschliche Wurzeln waren. Sie konnten so leicht ausgerissen werden. Sie konnten verkümmern und verrotten und ihre Bedeutung verlieren. Ihre Wurzeln lagen in White River Junction, Vermont, aber sie bezweifelte, dass sie je wieder einen Fuß in diese Stadt setzen würde. Offensichtlich waren Wurzeln eine Illusion. Leute hatten keine Wurzeln, mochten sie es auch noch so beteuern. Diese Ehre und Besonderheit waren allein dem Pflanzenreich vorbehalten. Und die meisten davon wurden früher oder später kurz über dem Boden abgeschnitten, verzehrt oder verbrannt.

»Sie sind gerade richtig zum Feuerwehrfest gekommen. Das ist das größte Ereignis des Jahres in Eagle Beak.«

»Und wann geht's los?«

»Gegen elf, aber dann geht's bis Mitternacht.«

Tommy warf einen Blick auf seine Rolex. »Prima. Dann haben wir noch Zeit, um eine Matratze zu kaufen. Ellen, ich kaufe dir eine neue Matratze und ein Bettgestell mit Lattenrost. Wie konntest du nur so lange auf dem Ding da oben schlafen?« Er wandte sich an Rodney. »Gibt es hier in der Nähe eine Deponie, wo man eine Matratze entsorgen könnte?«

»Da ist eine in Lamone. Die wird zu sein, aber Sie können sie ruhig am Tor abladen. Nehmen Sie meinen Wagen. Dann müssen Sie sich nicht so quälen.«

»Da ist aber kein Kindersitz für Olivier.«

»Ich passe auf ihn auf. Dann habt ihr zwei Turteltauben Zeit, euch die Stadt anzusehen. Wir könnten uns ja später treffen, beim Fest.«

Ellens Herz hüpfte vor Freude. Eine Gelegenheit, wieder ohne Kind unterwegs zu sein; sie könnte wieder wie gewohnt gehen und sich ungestört mit einem Erwachsenen unterhalten. Hand in Hand könnten sie die von Ulmen gesäumten Straßen von Lamone entlangspazieren. »Was meinst du, Tommy?«

»Wir sollten uns auf den Weg machen, bevor unser guter Rodney es sich anders überlegt.« Rodney lächelte. Tommy hatte die besondere Gabe, anderen, selbst den größten

Angsthasen der Welt, das Gefühl zu vermitteln, sie hätten das Sagen. Die Leute mochten ihn – Männer, Frauen und Kinder. Selbst Verbrecher mochten ihn. Am Ende einer Verhandlung schüttelten sie ihm die Hand, ganz gleich, wie der Urteilsspruch lautete, und sagten: »Danke, Mann.«

»Dann wollen wir dieses sperrige Ding mal die Treppe hinunterschaffen«, sagte Tommy. Während Ellen die Laken abzog, musste sie wieder an Viola denken, die sich zum Sterben in dieses Bett gelegt hatte. Vielleicht litt sie schon unter psychischen Störungen, die zu ihren Viola-Träumen führten. Dennoch, sie hatte das Gefühl, dass ein Augenblick der Ehrerbietung angebracht war. Über der fleckigen, durchgelegenen Matratze schlug sie ein Kreuz. »Gehe hin in Frieden, Viola«, wisperte sie, als Tommy ihr gerade den Rücken zudrehte. Sie verspürte nicht das Verlangen, ihm alles zu erzählen, was sie über dieses Bett wusste, über das Drama, das sich dort abgespielt hatte, über das tragische Ende und den letzten Vorhang, der gefallen war. Für gewöhnlich erzählte sie ihrem Mann alles.

»Wir ziehen sie bis zur Treppe und stoßen sie dann nach unten«, sagte Tommy. Ellen kippte die Matratze und gab ihr genau im richtigen Moment den nötigen Schubs. Danach trugen sie den uralten Lattenrost mitsamt Rahmen Stufe für Stufe nach unten und hievten ihn auf die Ladefläche von Rodneys Pick-up. Rodney und Tommy tauschten die Autoschlüssel. Ellen setzte sich auf den Beifahrersitz, sie fuhren los und winkten Olivier lange zu.

»Macho«, sagte Tommy, als er den Ellbogen aus dem Fenster schob und die nicht asphaltierte Straße hinunterfuhr.

»Naturmädchen«, erwiderte Ellen. »Eine Frau, die mit den Wölfen heult.« Sie fügte nicht hinzu, dass es prima war, mit den Wölfen zu heulen, solange man selbst ein Wolf war oder von der Meute akzeptiert wurde. Hinkte man aber hinterher oder war ein Schwindler und befürchtete insgeheim, dass die anderen sich auf einen stürzten und zerfleischten, war die Anspannung unerträglich.

»Ich Tarzan, du Jane«, sagte Tommy und genoss es offenbar, den Moment in der Wildnis auszukosten. »Ich Adam, du Eva.«

Ellen überlegte angestrengt, ob es nicht ein Paar gab, bei dem die Frau das Sagen hatte und nicht ein bloßes Anhängsel war, aber ihr fiel nichts ein, bis sie schließlich rief: »Ich Sheena, du irgendein Bettgefährte.«

Tommy lachte. »Du Kleopatra, ich Mark Anton«, meinte er. »Dann habe ich zumindest einen Namen.« Am Ende ihrer Straße fragte er nicht erst nach der Richtung, sondern bog ab und fuhr schnell den Berg hinunter. Auf der Gegenfahrbahn, in Richtung Eagle Beak Hill, entdeckte Ellen Rayfields Pick-up. Sie beugte sich vor, um zu winken, aber Rayfield schaute nicht in ihre Richtung.

»Gott, sieh dir das an! Hast du gesehen, was der Kerl auf seinem Auto hatte?«, rief Tommy.

»Nein, was? Wo denn?«

»Vorne, auf der Haube.«

Ellen hatte schon einige dieser Statements gesehen, die hier im Norden anscheinend in Mode waren. Leute ließen sich Bekenntnisse wie etwa »Mountain Man« oder »Jesus liebt dich« auf einen speziellen Motorhaubenschutz drucken. Ellen hielt diese Kunststoffüberzüge für überdimensionale Sticker, hatte aber keine Idee, wo man so etwas kaufen konnte. Irgendwie war ihr nie aufgefallen, dass Rayfield auch so einen Spruch auf der Haube hatte. Was vermutlich an den ganzen zerquetschten Maikäfern lag, die darauf klebten. »Was stand da denn?«

»Da stand: Bereit zum Tuten und Blasen.«

»Und was heißt das?«

»Das bedeutet: Ich brauche einen Blowjob«, sagte

Tommy. »Was für ein Typ schreibt sich so etwas auf die Haube?«

»Vielleicht ein Typ, der das wirklich braucht«, schlussfolgerte Ellen. Wieder ergab sich für sie die Gelegenheit, Tommy Rayfields Geschichte zu erzählen, alle Kapitel und Strophen, auch die, in denen sie vorkam, aber sie verspürte nicht den Wunsch, auch nur ein einziges Wort zu sagen.

»Einen Blowjob kann jeder Typ gebrauchen«, meinte er.

»Aber nicht jeder lässt sich auf seinem Wagen verewigen«, sagte Ellen.

Tommy erwiderte darauf nichts, aber mit einem Mal schienen sich die atmosphärischen Moleküle in der Fahrerkabine verdichtet zu haben. Ellen spürte, wie die unausgesprochenen Worte in der Luft hingen.

»Was ist?«, fragte sie nach ein paar Sekunden. In ihrem Herzen wusste sie bereits, dass Tommy etwas verschwieg, und das hatte mit Sex zu tun.

»Kehrst du in deinem Alter noch einmal zur freien Liebe zurück?«, fragte er.

»In meinem *Alter*?«, wiederholte Ellen leicht brüskiert.

»Seien wir ehrlich, wir sind nicht mehr die Jüngsten, oder, Baby?«

»Vermutlich nicht.«

Aber konnte Sex immer noch für Schwierigkeiten in ihrer Ehe sorgen? Ellens Reproduktionssystem nahm immer weiter ab, und Tommy machte sich bereits Sorgen wegen seiner Vorsteherdrüse. Waren sie über diesen Punkt nicht längst hinaus? Warum keimte plötzlich Angst in ihr auf?

»Tommy, möchtest du mir vielleicht etwas sagen?« Sie glaubte, ein kurzes Zögern zu spüren, bevor er erwiderte: »Nein, warum?«

»Ich weiß nicht. Ich frage mich nur gerade, ob da was in der Luft hängt.«

»Nicht, dass ich wüsste.«

Also ließ Ellen es dabei bewenden.

29

Und, was hältst du von dem Haus?«, fragte Ellen, während sie Richtung Lamone fuhren.

»Es ist rustikal.«

»Komm schon, Tommy. Bau mich auf. Sag ein bisschen mehr.«

»Es sieht aus, als wohnte jemand dort.«

»Findest du es gemütlich?«

»Ja, würde ich sagen.«

»Könntest du dir vorstellen, es als *unser* Sommerhaus zu sehen?«

»Nein, ich will kein Sommerhaus, Ellen. Lieber mache ich eine nette Reise oder verbringe meinen Urlaub am Strand.«

»Und was hast du dieses Jahr geplant?« Es kam ihr eigenartig vor, nichts von seinen Plänen zu wissen. Tommy nahm sich im Sommer immer eine Woche frei, für gewöhnlich die erste Augustwoche. Letztes Jahr waren sie nach Portugal geflogen.

»Weiß ich noch nicht so genau. Ich schätze, es hängt davon ab, ob du mitkommst oder nicht.«

»Lädst du mich ein?«

»Ell-en«, sagte er ungeduldig.

»Also wie jetzt? Bin ich eingeladen?«

»Natürlich.«

»Und wie wäre es dann, wenn du hierherkommst?«

»Nein, danke. Wer will schon eine Woche in der Pampa verbringen, wo man nichts zu tun hat?«

»Nun, das war deutlich genug.«

»In diesem Punkt bin ich mir sehr sicher, Süße.«

»Okay.« Sie konnte es ihm nicht verübeln, obwohl ihr seine Sicht der Dinge nicht gefiel. »Wo willst du dann hin?«

»Ich überlege, ob ich nicht auf die Bahamas fliege, um dort in Ruhe Yoga zu machen.«

»Du willst *Yoga* machen?«

»Ja, ich habe mit einem Yogakurs begonnen. Finde ich toll. Das will ich mir zur Gewohnheit machen.«

»Meine Güte, Tommy, woher nimmst du bloß die Zeit für das alles? Ich meine, das Fitnessgerät, dann Yoga?«

»Der Yogakurs fängt morgens um halb sieben an. Ich gehe vor der Arbeit hin.«

»Wirklich?«

»Und wenn ich nach Hause komme, trainiere ich auf dem neuen *Nordic-Track*-Gerät.«

»Großartig, Tommy. Mensch, ich hätte nicht gedacht, dass dich mal die Fitnessbegeisterung packen würde.«

»Ich auch nicht. Aber als du gegangen bist, musste ich mir schließlich eine Beschäftigung suchen.«

»Aber ich bin doch gar nicht gegangen.«

»Doch, bist du.«

»Ich habe dich nicht verlassen.«

»Das weiß ich, Ellen«, sagte er, ergriff ihre Hand, hob sie an seine Lippen und küsste ihre Finger. »Du brauchtest etwas Zeit und Freiraum für dich und hast sie dir genommen. Daran gibt es nichts auszusetzen.«

»Freiraum? Hast du jetzt auch Psychologiezeitschriften gelesen?«

Er ging nicht auf ihre Frage ein. »Wie ist es dir denn so ergangen, Süße?« Seine Stimme klang wieder ernst.

»Weiß ich auch nicht so recht. Es war anders, als ich es mir vorgestellt habe.« Sie fühlte sich elend.

»Warum bläst du dann nicht alles ab und kommst nach Hause?«

Ellen dachte einen Moment nach. »Nein, ich will das noch diesen Sommer durchziehen. Mal sehen, was sich noch so ergibt.«

»Und, hat sich schon irgendetwas ergeben? Du bist immerhin schon einen Monat hier.«

»Nun«, begann sie, »mein Garten gedeiht, und ich habe Olivier … und Mutley. Und ich habe zwei Freunde – Rodney und diesen Rayfield. Und ich fahre regelmäßig zum Akupunkteur, der mir für fünfundzwanzig Dollar pro Sitzung hilft, mein Herz zu öffnen.«

»Das ist ein Deal. In der Stadt müsstest du das Fünffache hinblättern«, sagte Tommy in scherzhaftem Ton. »Und wie, wenn ich fragen darf, macht er das?«

»Mit Tee. Ich weiß nicht, was da genau drin ist, aber er bewirkt definitiv etwas.« Jetzt war es an der Zeit, ihm von ihren Viola-Träumen und ihrem spontanen Liebesgeständnis zu erzählen. Allerdings wusste sie nicht, wo sie beginnen sollte. Doch bevor sie es überhaupt versuchen konnte, sagte Tommy: »Weißt du noch, das Drachenpulver?« Ellen kicherte. Fünf Jahre war es her, dass sie einen chinesischen Arzt konsultiert hatte, der in einem Laden in Chinatown eine Praxis eröffnet hatte. Ellen hatte sich antriebsarm und ausgelaugt gefühlt, und er hatte ihr eine tägliche Dosis Drachenpulver verschrieben. »Woraus ist das?«, hatte Ellen den Jungen gefragt – vermutlich ein Mitglied einer chinesischen Geheimgesellschaft –, der als Dolmetscher arbeitete. »Aus Drachen«, erwiderte der Doktor. Ellen nahm das Mittel trotzdem und spie binnen einer Woche Feuer, aber als sie loslief, um mehr davon zu holen, war die Praxisfront zugenagelt, und die Nachbarn schüttelten bloß die Köpfe und gaben keine Antwort, als sie fragte, wohin Dr. Wong gegangen sei.

»Ich frage mich immer noch, was in dem Zeug war.«

»Ich wusste nicht, dass dein Herz erst noch geöffnet werden muss.«

»Ich auch nicht. Aber es ist wahr. Irgendetwas stimmt nicht mit mir.«

»Vielleicht ist das der Wandel des Lebens«, überlegte Tommy.

»Vielleicht.« Sie dachte einen Augenblick darüber nach und fügte dann hinzu: »Ich bin in einem Schnellzug mit unbekanntem Ziel.«

»Die letzte Station kennen wir alle.«

»Den Tod?«

»Die Endstation in der U-Bahn«, sagte Tommy, und dann lachten sie beide nervös und schauten aus dem Fenster auf den Fluss, der über die Steine in Richtung Lamone sprudelte. Ein Fischer in Anglerstiefeln stand in der Mitte des Flusses, seine leichte Angelrute driftete stromaufwärts. »Je näher man kommt, desto mehr möchte man vom Leben«, sagte Tommy nach einer Pause. »Desto bewusster möchte man leben.«

»Armer Cocho«, seufzte Ellen, als wäre dieser Themenwechsel die logische Schlussfolgerung. »Arme Karen, armer Olivier.«

»Und arme Ellen«, sagte Tommy und klopfte ihr liebevoll auf die Schulter. Als sie sich erst kurze Zeit kannten und Ellen das Gefühl hatte, nur dann lebendig zu sein, wenn sie in allen Töpfen zugleich rührte, hatte Tommy sie oft getröstet, sie an sich gedrückt und immer wieder »arme Ellen« an ihrem Ohr geflüstert. Sie hatten sogar einen Namen dafür erfunden: Ellens Mitleidsstunde. »Komm zu mir und lass dich bedauern«, hatte Tommy gesagt, und sie hatte sich in seine Umarmung gefügt, seinen Worten gelauscht und ihren Tränen freien Lauf gelassen. Das war nun fast zwei Jahrzehnte her. Wann hatte das Bedauern aufgehört?

»Warum war ich so unglücklich, als ich jung war?«, sinnierte sie.

»Weil du keine Wertschätzung erfahren hast.«

»Was hast du denn in mir gesehen?« Sie sprach mit Tommy über ihre Vergangenheit und hatte dabei das seltsame Gefühl, von einer anderen Person zu sprechen. Alles schien so weit entfernt zu sein, dass sie Tommy nichts übelnehmen könnte, egal, was er sagte.

»Ich habe mich in dich verliebt. Liebe auf den ersten Blick.«

»Und wieso?«

»Ich weiß es nicht. Als ich dich in dieser Eisdiele weinen sah, da wusste ich einfach, dass ich dich haben wollte.«

»Warum?«

»Weil du etwas Einzigartiges bist, Ellen.« Für gewöhnlich brach Ellen in solchen Augenblicken in Tränen der Rührung aus. An diesem Tag jedoch holte sie nur tief Luft und hielt Tommys Hand. Die Straße führte direkt an einem Möbelgeschäft vorbei, das passend zum 4. Juli mit Sonderangeboten warb. Tommy fuhr in eine Parklücke.

Matratzen und Bettgestelle nahmen beinahe die Hälfte des Ausstellungsraums im Möbelgeschäft ein. Ellen und Tommy legten sich der Länge nach auf verschiedene Modelle. Zunächst fanden sie es komisch, zusammen auf einem Ausstellungsbett zu liegen. In New York riefen sie einfach nur bei einem Versandhaus an, entschieden sich für eine Marke und eine Preisklasse, und schon am nächsten Morgen wurde ihnen die Matratze samt Lattenrost und Rahmen in Plastikfolie eingeschweißt vor die Tür gebracht. In Lamone aber rollten sie von einer Seite auf die andere, setzten sich auf die Bettkanten und beantworteten die

Fragen der anderen Kunden, die etwa lauteten: »Und, wie liegt's sich so?« Die Markenartikel waren teuer, und Ellen bekam ein schlechtes Gewissen, dass Tommy so viel Geld für ein Einzugsgeschenk ausgeben sollte. »Das wird noch ein teures Wochenende für dich«, meinte sie.

»Lass das mal meine Sorge sein«, erwiderte er, als er das Daunenkissen richtete und sich dann auf die Seite drehte, um Ellen ansehen zu können. »Auf dieser hier liegt es sich prima. Die nehmen wir.« Aber als Tommy den Verkäufer fand, erfuhr er, dass die Ausstellungsware nicht verkäuflich war. Die Matratzen mussten erst bestellt werden und kamen in zehn Tagen. Allerdings hatten sie einige Modelle auf Lager, und Tommy kaufte schließlich eine teure Matratze, ohne sie gesehen zu haben. Zwei Teenager mit aufwändig gestylten Frisuren hievten die Artikel auf die Ladefläche. Nun hatten sie zwei komplette Sets auf dem Pick-up.

Als sie bei der Deponie ankamen, standen sie vor einem verschlossenen Tor. »Was machen wir jetzt?«, fragte Ellen und starrte auf einen keine zweihundert Meter entfernten Müllberg aus rostigen Kühlschränken, anderen Haushaltsgeräten und unvergänglichen Abfällen.

»Wir legen das Zeug hier vor das Tor, wie Rodney es gesagt hat, und fahren wieder.«

»Und wenn man uns erwischt?«

»Wer sollte uns erwischen?«

»Nun mach schon, und dann hauen wir ab.« Doch sie waren kaum auf die Ladefläche geklettert, als ausgerechnet ein Polizeiwagen vorbeifuhr, den Pick-up am Deponietor entdeckte, kehrtmachte und in den holprigen Weg zur Deponie einbog.

»Mist, jetzt sind wir dran«, sagte Ellen.

»Lass mich reden«, erwiderte Tommy.

Der Wagen hielt an, und ein junger Polizist stieg aus.

»Guten Morgen, Officer«, grüßte Tommy gut aufgelegt.

»Was machen Sie denn da? Die Deponie ist geschlossen.«

»Das sehen wir, aber wir müssen diese alte Matratze und das Gestell loswerden; und um die Wahrheit zu sagen, Officer, wir dachten, wir könnten das Zeug zu dem Müllberg dahinten schleppen.«

Ellen, die auch etwas sagen wollte, fügte hinzu: »Wir wollten ja nichts *wegnehmen*.«

»Das ist unbefugtes Betreten städtischen Besitzes. Sind Sie über den Sommer hier?« Wahrscheinlich hasste er die privilegierten Städter, die sich während der Sommermonate auf dem Land aufhielten, schon sein ganzes Leben.

»Wir zahlen hier unsere Steuern«, betonte Tommy. »Haben hier Grund und Boden.«

»Sind Sie nur übers Wochenende hier?«

»Meine Frau wohnt hier im Sommer, aber ich bin nur für ein paar Tage gekommen. Könnten Sie uns eine Chance geben?«

Der Polizist lehnte sich an die Motorhaube seines Dienstfahrzeugs. »Okay, dann machen Sie mal.« Bestimmt hatte er die Absicht, die Prozedur zu verfolgen wie ein Sheriff im Film, der in den Südstaaten seine Kettensträflinge beaufsichtigt, das Gewehr im Anschlag, eine dunkle Sonnenbrille vor den Augen.

»Danke«, sagte Tommy und sagte zu Ellen gewandt: »Fangen wir mit dem Lattenrost an.« Sie hoben ihn von der Ladefläche, hievten ihn über das Tor und kletterten dann selbst hinüber. Keiner von beiden sagte ein Wort, bis sie sich dem Müllberg näherten. »Ich dachte, wir wollten das Zeug am Tor lassen«, flüsterte Ellen, in der Hoffnung, außer Hörweite zu sein. Schweißperlen liefen ihr übers Gesicht; ihre Hände schmerzten.

»Ich musste improvisieren. Außerdem, sieh es mal positiv. Du wirst endlich dieses lausige alte Zeug los.« Bei drei warfen sie den Lattenrost auf den Abfallhaufen und gingen zurück, um Matratze und Rahmen zu holen.

»Und wo wohnen Sie?«, fragte der Polizist, als Ellen und Tommy wieder auf die Ladefläche kletterten.

»Eagle Beak«, antwortete Ellen.

»Ich meinte, wo wohnen Sie sonst?«

»Manhattan«, schaltete sich Tommy ein. »New York City.«

»Ach ja? Und was arbeiten Sie?«

»Er ist Rechtsanwalt.«

»Staatsanwalt«, sagte Tommy schnell und warf Ellen einen strengen Blick zu.

»Dann haben Sie ja alle Hände voll zu tun«, meinte der Polizist, während Tommy und Ellen die Matratze über die Kante der Ladefläche gleiten ließen und dann wieder vom Pick-up sprangen, um das alte Ding zum Tor zu tragen. Da die Matratze keine Griffe an den Seiten hatte, glitt Ellen das Ende mehrmals aus den Händen.

»Staatsanwalt?«, wisperte sie verdutzt.

»Du hättest sagen sollen, dass ich Busfahrer bin, verdammt.«

»Tut das was zur Sache?«

»Und ob, verlass dich drauf.«

Als sie zurückkamen, rauchte der Polizist in aller Ruhe eine Zigarette. »Ist das Ihr Pick-up?«

»Nein, hat mir mein Nachbar geliehen«, erwiderte Ellen.

»TÜV ist abgelaufen.«

»Werde ich ihm sagen. Er ist sehr verantwortungsbewusst. Ich bin mir sicher, dass er es einfach vergessen hat.«

»Ich muss Ihnen einen Strafzettel geben.«

»Na gut, dann schreiben Sie mich auf«, fuhr Ellen ihn an. Tommy stieg auf der Fahrerseite ein und öffnete das Handschuhfach, um nach dem Kfz-Schein zu suchen.

»Der Mann, dem dieses Auto gehört, ist ein älterer Mitbürger. Vielleicht ist er ein bisschen vergesslich, wissen Sie?« Ellen ärgerte sich über den arroganten Polizisten und machte auch keinen Hehl daraus. »Er hat nur ein kleines Einkommen. Er kann sich keinen Strafzettel leisten.« Sie wusste allerdings nicht, ob das stimmte.

»Fahrzeugzulassung und Versicherungsnachweis, bitte.«

Tommy reichte die Papiere durchs Fenster, wo Ellen sie in Empfang nahm und mit wütender Geste dem Polizisten gab. »Hier«, sagte sie. »Hoffe, Sie erreichen Ihr Soll.«

»Ellen, komm ins Auto«, sagte Tommy. »Lass den Officer seinen Job machen.«

»Welchen Job? Die Polizei, Ihr Freund und Helfer?«

»Steig ein, Ellen.«

»Ach, Mist«, fluchte sie, folgte aber der Aufforderung. »Den Strafzettel zahle ich.«

»Jetzt beruhig dich«, sagte Tommy.

»Warum muss der sich so aufführen?«

»Du kannst dich nicht mit der Stadtverwaltung anlegen, Ellen. Vergiss es.«

Als der Polizist Tommy den Strafzettel und Rodneys Papiere gab, blickte Ellen starr geradeaus und kochte innerlich vor Wut. Die Matratze, die sie beim Möbelgeschäft haben wollte, war nicht zu bekommen. Die Deponie hatte geschlossen, und jetzt hatte Rodney auch noch einen Eintrag im örtlichen Strafregister. Tommy verschwieg seinen Beruf als Verteidiger und ließ einem Kleinstadtbullen, der seine Macht ausspielen musste, seinen Willen. Und zu allem Überfluss wollte ihr Mann seinen Urlaub auf den Bahamas verbringen, um ungestört Yoga machen zu können, anstatt seinen Urlaub mit seiner Frau zu verbringen.

»Ich habe eine Idee. Wir lassen den Pick-up in einer Werkstatt durchsehen.«

»Versuch das mal am Wochenende vom 4. Juli«, erwiderte Ellen.

»Okay. Lassen wir das. Wir fahren einfach zum Feuerwehrfest und mischen uns unter die Landeier.«

»Dich bringt wohl nichts aus der Ruhe, was?«

»Doch, natürlich, und das weißt du.«

»Musstet du dich unbedingt bei diesem aufgeblasenen Wichtigtuer von einem Bullen einschleimen?«

»Der sitzt doch am längeren Hebel. Vergiss es einfach. Die Sache ist es nicht wert, länger darüber nachzudenken.«

»Aber ich bin sauer«, sagte sie. Sie hatte die Stimme erhoben und schrie beinahe. Plötzlich sah sie Tommy ungläubig an. »Mein Gott, jetzt bin ich schon so wie dieser Hulk in der Gruppentherapie!« Sie konnte es nicht fassen. Wenn sie nicht achtgab, kehrte Tommy nach New York zurück und erzählte, dass sein Wochenende schlimmer als die Realität gewesen war. »Tommy, tut mir leid. Ich weiß nicht, was mit mir los ist.«

»Du solltest es mit Yoga versuchen.«

»Ja. Vielleicht begleite ich dich zu deinem Yogarefugium, wenn Karen und Cocho rechtzeitig zurück sind.«

Nach kurzem Zögern reagierte Tommy mit einem halbherzigen »Ja«.

Themenwechsel, ermahnte Ellen sich selbst. Wie es aussah, führten an diesem Tag alle Gesprächsstraßen in Sackgassen. Unglaublich, dass sie sich vor kaum zwei Stunden geliebt hatten. Die Nähe, die dadurch entstanden war, war rasch wieder verpufft, was in Ellen ein Gefühl der Einsamkeit auslöste, das nicht schlimmer hätte sein können, wenn Tommy gar nicht zu Besuch gekommen wäre.

Er tastete nach ihrer Hand. »Fahren wir zurück und bauen dein Bett zusammen.«

»Gute Idee.«

Aber wie sich herausstellte, konnte man den breiten

Bettrahmen nicht über die steile Treppe nach oben tragen. Sosehr sie ihn auch drehten und wendeten, er passte einfach nicht durch die Tür und durch den Treppenaufgang.

»Ich sehe zwei Möglichkeiten«, sagte Tommy. »Reiß die Tür heraus, oder schlaf im Wohnzimmer.«

»Es muss doch einen Weg geben«, seufzte Ellen und stemmte sich mit der Schulter gegen das Gestell, bis es sich im Türrahmen verkeilt hatte. »Ich werde keine Niederlage akzeptieren.« Sie legte sich auf den Rücken und drückte mit den Füßen dagegen, aber auch das brachte nichts.

»Vielleicht können wir es außen hochheben und durch ein Fenster schieben. Ich sehe mir das mal an.« Kurz darauf kam er zurück. »Hast du einen Zollstock?«

»Im Werkzeugkasten im Schuppen. Durch die Küche«, wies sie ihn an. Tommy war schon wieder fort.

Das hat definitiv große Symbolkraft, dachte Ellen, als sie den verkeilten Rahmen betrachtete. Ihr potenzieller Komfort im Leben steckte nun in dem Durchgang fest, hinter dem die Treppe zum Himmel führte. Aber was hatte diese Symbolik zu bedeuten?

Tommy kam zurück. »Ziehen wir das Ding wieder in den Wohnraum«, meinte er. Sie befreiten den Lattenrost und manövrierten ihn durchs Haus. Tommy machte sich daran, ihn auszumessen. Dann ging er nach oben, um die Maße des Fensterrahmens zu nehmen.

»Sieht gut aus«, rief er von oben. »Ich muss bloß das Fenster herausnehmen.«

»Ist das viel Arbeit?«

»So mal eben geht das nicht.« Er kam wieder die Treppe herunter. »Aber zuerst gehen wir zum Feuerwehrfest und holen uns etwas zu essen. Ich hab richtig Hunger.«

»Okay, und wir müssen unbedingt Olivier mitnehmen.«

»Los geht's.«

Fast einen halben Kilometer von dem Feld entfernt, auf dem die Festlichkeiten stattfanden, entdeckten sie schließlich einen Parkplatz, gegenüber von Baldys Laden. Ellen blieb kurz stehen, streichelte Nutzlos und winkte Baldy zu. Hand in Hand begaben sie und Tommy sich in den Qualm, der von den Grills mit rotem Fleisch aufstieg. »Muss ein Zeitsprung sein«, flüsterte Tommy, als sie an einem Stand vorbeikamen, an dem ein Mann aus dem Ort mit Dartpfeilen auf Ballons warf. Auf einem Tisch lag eine Liste, auf der man sich für den Wettlauf auf drei Beinen eintragen konnte. Natürlich wurden sie von den Ständen angezogen, an denen es etwas zu essen gab, und fanden sich bald wieder in einem Wunderland mit frittierten Teigwaren, Zuckerwatte, karamellisierten Äpfeln und Hot Dogs, die unter Zwiebelbergen begraben waren.

»Schon irgendetwas gesehen, das halbwegs gesund wäre?«, fragte Ellen.

»Da muss es irgendwo Kartoffelsalat geben. Und gebratene Maiskolben. Ich persönlich wäre enttäuscht, wenn es hier keine Kräuterlimonade gibt.« Sie schlenderten weiter über den breiten Mittelweg, wo sich die meisten Besucher tummelten. Viele trugen Baseballkappen mit zwei Bierdosen daran, aus denen Trinkhalme, vermutlich aus Aquarienschläuchen gefertigt, zum Mund führten. »Ich frage mich, wo man diese Kappen bekommt. Die habe ich noch nie in der Stadt gesehen.«

»In der Stadt wirst du ja auch angemacht, wenn du mit einer Bierdose herumläufst. Ich wundere mich, dass die Leute einfach so damit über den Festplatz schlendern können.«

»Was ist bloß los mit Amerika?«, fragte sie.

»Wir sind mittendrin, hier beim Feuerwehrfest. Komm, essen wir was.«

Er trat an einen Stand und bestellte zwei Maiskolben

und zwei Mountain-Dew-Limos. Als die Frau ihnen das Essen über die Theke reichte, waren die Maiskolben schön farblich aufeinander abgestimmt. Sie setzten sich an einen der Picknicktische, um es sich schmecken zu lassen, aber noch ehe sie den ersten Bissen machen konnten, schlenderte niemand anders auf sie zu als Rayfield Geebo, natürlich mit heimischer Huttracht. Ellen fiel auf, dass Rayfield sich keine Bierdosen, sondern zwei Dosen mit koffeinfreier Cola light an die Kappe gesteckt hatte. Sogar sein Bierbauch schien geschrumpft zu sein. Offensichtlich hielt er sich an Dr. Yis Programm.

»He, Rayfield«, begrüßte sie ihn.

»He, Ellen.«

»Darf ich dir meinen Mann vorstellen? Tom Kenny. Tommy, das ist Rayfield Geebo.«

Tommy stand auf, und die beiden schüttelten einander die Hände.

»Rayfield ist ein Freund von mir«, erklärte Ellen.

»Eher ihr Sklave. Ich muss immer auf den Kleinen aufpassen, Wäsche waschen, den Rasen mähen und sie mal hierhin, mal dorthin fahren. Ich hatte keine Minute Ruhe, seit sie hier aufgekreuzt ist.«

»Ja, sie weiß, wie man die Peitsche schwingt«, pflichtete Tommy ihm bei und setzte sich wieder.

»Was halst sie Ihnen denn alles so auf?«

»Sagen wir so: Am Haus wartet noch eine große Aufgabe auf mich.«

Rayfield johlte vor Lachen. »Sagen Sie Nein. Seien Sie der Boss, und sehen Sie zu, dass Sie nicht unter dem Pantoffel stehen, Tom.«

»He, immerhin habe nicht ich vorgeschlagen, ein neues Bett zu kaufen«, meldete sich Ellen zu Wort. »Ist ja nicht mein Fehler, wenn das Biest nicht die Treppe hinaufwill und du extra das Fenster ausbauen musst.«

»Sehen Sie, wie sie es mir dankt?«, sagte Tommy, der sich gleich mit Rayfield zu verbünden schien.

Ellen nahm einen kräftigen Schluck aus dem riesigen Pappbecher mit Limo. Dann ließ sie den Becher sinken und sah ihre Tischnachbarn an. Tommy hielt den Maiskolben in einer Hand und hatte ein gelbes Korn an der Backe kleben, Rayfield sah einfach nur verrückt aus mit seinem umfunktionierten Wikingerhelm. Was nahmen sich die beiden eigentlich heraus, sie als Nervensäge hinzustellen?

»Hat einer von euch Dusseln eigentlich je darüber nachgedacht, woher die Wendung *unter dem Pantoffel stehen* kommt?«, fragte sie selbstgefällig. »Findet ihr das nicht komisch, dass immer die Frauen schlecht dabei wegkommen, dabei sind es im Tierreich die Männchen, die den Weibchen zusetzen. Aber wenn eine Frau mal sagt, was sie denkt, oder – Gott bewahre – etwas einfordert, dann ist sie gleich ein Drache und sorgt dafür, dass der Mann unterm Pantoffel steht. Das ist nicht fair.«

Ellen schüttelte den Kopf angesichts der unüberwindbaren Kluft zwischen Männern und Frauen. Wenn *frau* sie brauchte, ärgerten die Männer sich und fühlten sich genervt. Wenn *frau* sie nicht brauchte, ärgerten sie sich ebenfalls und schimpften die Frau einen Spielverderber. Wenn *frau* sie bat, einen Handschlag zu tun, etwas Simples wie den Rasen mähen, hielten sie es einem später vor, aber wenn *frau* sich ein wenig unabhängig zeigte, zum Beispiel ein Haus kaufte und dort für ein paar Monate wohnte, warfen sie ihr vor, sich auf Nimmerwiedersehen verabschiedet zu haben. Das stank ihr.

»Wenn du mich fragst«, meinte Rayfield achselzuckend, »ist das nicht schlimmer, als einen Mann einen Dussel zu nennen.« Tommy lachte aus vollem Halse, und Rayfield lächelte triumphierend. Ellen wunderte sich, dass sie Tommy einen Dussel genannt hatte. Schimpfwörter kursierten eigentlich selten in ihrer Beziehung, und wenn mal eins fiel, dann gab es meistens einen guten Grund dafür.

»Hast du Rodney und Olivier irgendwo gesehen?«, fragte sie, um das Thema zu wechseln.

»Bis jetzt nicht.«

»Wir müssen sie finden. Komm mit, Tom.«

»He, ich esse hier gerade meinen Maiskolben.«

»Ja, lass den Mann doch den Kolben aufessen.« Rayfield nahm Platz und tat einen langen Zug aus dem Strohhalm, dessen Ende wie eine Traubenrebe vor seinem Mund schwebte. Ellen war sich sicher, ein böswilliges Glimmen in seinen Augen entdeckt zu haben. Das letzte Mal, als sie mit Rayfield allein gewesen war, hatte sie sich noch an seiner Schulter ausgeheult. Er hatte den Arm um sie gelegt und Ellen dann in ihrem Auto zurückgefahren, damit sie für eine Weile die Augen zumachen konnte. »Und wie gefällt dir dein neuer Hund?«, fragte Rayfield.

»Ich habe doch gar keinen Hund.«

»Was? Das hast du ihm noch nicht gesagt?«

»Was gibt's da groß zu sagen? Wenn ich wieder in die Stadt fahre, ist Mutley längst weg. Wieder bei dir.«

»Ich will ihn aber nicht mehr.«

»Okay«, sagte Ellen. »Ist ja prima.«

»Prima?«, hakte Tommy nach.

»Keine Sorge«, schnaubte sie, ehe sie mit lieblicher Stimme fortfuhr: »Fertig mit deinem Maiskolben, Tommy?«

»Ja.«

»Dann lass uns Olivier suchen, okay?«

»Klar.« Tommy befreite seine langen Beine aus der Enge des Picknicktischs und stand auf. »Schön, dass wir uns kennengelernt haben, Rayfield.«

»Dito.« Auch Rayfield stand auf, und die beiden verabschiedeten sich mit Handschlag. Rayfield schob sich gemächlich weiter an den Ständen vorbei und sah aus wie ein Wasserbüffel, dessen Hörner nach Jahrzehnten der Luftverschmutzung mutiert waren.

»Netter Kerl«, meinte Tommy.

»Wenn du wüsstest…« Ellen wusste, dass sie nur die Peyronie'sche Krankheit zu erwähnen brauchte, und binnen Sekunden würde sich Tommys Bild von Rayfield vom »netten Kerl« zum tragischen Opfer eines harten Schicksals wandeln. Aber sie sagte kein Wort. Es war eigenartig, Tommy Dinge zu verschweigen, wo sie ihm doch für gewöhnlich alles erzählte.

»Was hat es mit dem Hund auf sich?«, fragte Tommy, sobald Rayfield außer Hörweite war.

»Vergiss den Hund. Rayfield will mir nur ein bisschen auf die Nerven gehen. Wenn ich wieder fahre, bringe ich Mutley einfach zu ihm zurück und setze ihn bei ihm ab. Kein Problem.«

Plötzlich lächelte Tommy. »He, Süße, erinnerst du dich noch an Merlin?«

»Wie könnte ich ihn je vergessen?«

Merlin war Tommys schwarzer Kater, den Tommy einige Monate bevor er Ellen in New York begegnete, in einer Gasse aufgelesen hatte. Er war schon alt und extrem störrisch, und als Ellen ihn das erste Mal sah, ahnte sie, dass seine Tage gezählt waren. Tommy hatte den alten Kater schnell ins Herz geschlossen und sah sich selbst als eine Art Betreiber eines Katzenhospizes.

Als sie ungefähr zwei Monate zusammen waren, war Ellen zu den Outer Banks in North Carolina gefahren. Als sie zehn Tage später zurückkehrte, war sie gleich zu Tommys Apartment geeilt, um mit ihm zu schlafen. Merlin lag lang ausgestreckt auf der Fensterbank, offensichtlich unmittelbar an der Schwelle des Todes. Tommy hatte sich für den Tag sogar krankgemeldet, weil er sicher war, dass Merlin die letzte Stunde seines neunten Katzenlebens bevorstand, und da wollte er bei ihm sein. Ellen streichelte den Kater und versuchte sogar, heilende Hände aufzulegen, aber es half alles nichts, und nach einer Weile ließ sich das verzweifelte Verlangen nach sexueller Vereinigung nicht länger aufschieben, und sie und Tommy sanken auf sein Futonbett.

Nach einer halben Stunde leidenschaftlicher Liebe sprang Merlin von der Fensterbank, kam ans Bett und stimmte ein schreckliches Wehklagen an. Ellen und Tommy hielten in ihrem Liebesspiel inne und starrten den klagenden Kater an. Es war gruselig.

»Sollen wir besser aufhören?«, fragte Ellen.

Merlin brach zusammen.

Tommy blieb einen Augenblick liegen, ehe er sagte: »Nein. Das ist der Tod. Das hier ist Leben.« Sie sanken einander wieder in die Arme, und später, als sie aufstanden, hielt Tommy Merlins schlaffen Körper in den Armen und weinte, während Ellen nach unten rannte, um in dem koreanischen Supermarkt eine Schachtel zu kaufen. Sie legten Merlin hinein und verließen das Haus, um eine geeignete Ruhestätte zu suchen. Ellen schlug den Hudson River vor, da es in ganz Manhattan keine Stelle gab, wo man ein Loch hätte graben und eine tote Katze hineinlegen können. Aber ehe sie es bis zur Straßenecke schafften, trafen sie eine weitläufige Bekannte von Ellen, eine Frau, bei der sie Flamenco lernte.

»Was habt ihr in der Schachtel?«, war ihre erste Frage.

»Meinen toten Kater«, antwortete Tommy rundheraus.

»Wir suchen eine Stelle, wo wir ihn bestatten können«, erklärte Ellen, und dann lachten sie alle drei kurz voller Unbehagen auf.

»Na dann, viel Erfolg«, meinte die Flamencotänzerin und eilte weiter.

Letzten Endes warfen sie die Schachtel in einen Müllcontainer hinter einem beliebten italienischen Restaurant. Ellen hielt respektvoll den Deckel auf, während Tommy sich hineinhängte, um Merlin zur letzten Ruhe zu betten. »Mach's gut«, flüsterte er. Danach waren sie in gedrückter Stimmung die Thompson Street in nördlicher Richtung zum Washington Square Park geschlendert.

»Schon eigenartig, dass sich eine zugelaufene Katze so unauslöschlich in dein Gedächtnis brennen kann«, sagte Tommy.

»Ich höre manchmal immer noch seine letzten Klagelaute«, sagte Ellen und griff nach Tommys Hand. In all den Jahren nach Merlins Tod hatte sich Ellen nicht entscheiden können, ob das, was sie getan hatten, nun richtig oder falsch gewesen war. Zu ihrer Verteidigung musste sie sagen, dass es ihnen extrem schwerfiel, sich gedanklich von Merlin zu lösen und sich wieder aufeinander zu konzentrieren. Es war nicht einfach, sich bewusst für das Leben zu entscheiden, auf der anderen Seite fehlte ihr das Mitgefühl.

Unweigerlich verglich sie den Vorfall mit Violas letzten Augenblicken auf Erden. Sie glaubte, dass Rodney zu streng mit Rayfield ins Gericht gegangen war. Wusste Rodney denn nicht, dass es schwer war, ein Schiff durch Wellenbrecher zu navigieren, und geradezu unmöglich, die richtige Entscheidung zu treffen, wenn die psychischen Wellen hochschlugen? Meistens konnte man sich diesen Momenten erst im Nachhinein nähern, wenn überhaupt.

»Da sind sie ja«, sagte Tommy und zeigte auf eine Schaukel, auf der Olivier, von Rodney angestoßen, sachte hin und her schwang. »Huiii«, machte Rodney bei jedem Schub. Olivier strahlte vor Freude. Seine schwarzen Locken wurden ihm aus dem Gesicht geweht und fielen ihm dann wieder in die Augen.

Ellen winkte, aber keiner von beiden nahm sie wahr. »Sehen die zwei nicht niedlich aus?«, fragte sie. »Geppetto und Pinocchio.« Als sie an die Holzfigur dachte, die lebendig wird, fiel ihr ein, dass sie Tommy noch gar nichts von Rodneys großer Leidenschaft für Kettensägenskulpturen erzählt hatte. »Ich möchte eine Dokumentation über Rodney machen«, sagte sie und erschrak über sich selbst.

»Wirklich? Warum?«

»Weil er einen besonderen Geist ausstrahlt«, erwiderte Ellen, war mit dieser Erklärung aber selbst nicht zufrieden und fügte gleich hinzu: »Er ist ein Original in einer Welt voller Kopien.«

Tommy betrachtete Rodney einen Augenblick. »Das glaube ich dir aufs Wort. Du kennst ihn bestimmt besser als ich.«

»Glaubst du, ich kann das?«

»Habe ich dir nicht immer schon gesagt, dass du dich von Reginald lossagen sollst, um dein eigenes Ding zu machen?«

Das stimmte. Wann immer Ellen wieder wegen Reginald Eubanks mit den Nerven am Ende war, sagte Tommy: »Lass dieses Arschloch doch fallen, Ellen. Mach endlich deine eigene Dokumentation.«

Ja, ja, ja doch, dachte sie dann immer. Aber jetzt, wie aus dem Nichts, erschien ihr das möglich. Sie brauchte lediglich eine gute Filmkamera, ein Aufnahmegerät und den Willen, die Sache anzupacken.

»Natürlich müsste sich Rodney darauf einlassen.«

»Heißt das, du hast ihn noch gar nicht gefragt?«

»Nein, sag also bloß nichts. Und sag auch nichts wegen des Strafzettels. Darum kümmere ich mich.« In der Zwischenzeit hatte sich Rodney aus seiner leicht gebückten Haltung gelöst und winkte ihnen zu. In seinem Overall sah er wie George MacDonalds alter Mann der Erde aus. »Sieh dir das Gesicht an«, flüsterte Ellen Tommy zu, während sie zu ihm gingen.

»Und, hattet ihr Glück?«, fragte Rodney.

»Ja. Aber leider bekommen wir das neue Bettgestell nicht durch die Tür am Treppenaufgang.«

»Mensch, das gibt's doch nicht. So ein Pech.«

»Ich nehme das Fenster raus. Dann ziehen wir es rein.«

»Gute Idee.«

»Wie war's mit Olivier?«

»Er ist ein toller Begleiter.«

»Kannst du dich wieder von ihm trennen?«

»Du hast ihn wieder. Aber soll ich dir was sagen? Als ich mich um den Kleinen gekümmert hab, musste ich an Leland denken und wie er sich gefühlt haben muss, als er mich bei sich aufnahm.«

»Und wie war das?«, fragte Ellen, während Tommy den Kleinen aus der Schaukel hob und ein paar Mal spielerisch in die Luft warf.

»Wichtig«, antwortete Rodney einsilbig.

30

Die Rahmen-im-Fenster-Episode erwies sich im Leben des verheirateten Paars Ellen und Tommy Kenny als persönliches Desaster. Zuerst zerbrach die Fensterscheibe, dann zerbröselte der Rahmen. Schließlich löste sich auch noch die Verschalung, die offenbar nur durch den Druck der Glasscheibe gehalten hatte, von dem verrotteten Holz dahinter und fiel zu Boden. Moskitos schwirrten ins Haus, und Tommy, der eigentlich in der Lage gewesen wäre, das Fenster zu reparieren, aber kein Werkzeug zur Hand hatte, schickte Ellen gleich sechsmal zum Eisenwarenladen in Lamone. Als er endlich so weit war, Rahmen, Lattenrost und Matratze durch die Fensteröffnung zu hieven, hatte Ellen ihre Kreditkarte mit vierhundert Dollar überzogen, und Tommy fluchte wie ein Matrose auf Landgang in Sizilien. Und als schließlich alles vorüber war und er sich gerade waschen wollte, nahm das Wasser, das nun vermutlich nur noch vom Bodensatz des Brunnens kam, eine unangenehm bräunliche Färbung an, da Ellen zuvor ausgiebig ihren Garten gewässert hatte. Tommy weigerte sich, in dieses trübe Badewasser zu steigen.

»Ich will hinterher nicht irgendwelche Parasiten mit mir rumschleppen«, sagte er, als er in der Wanne kniete und sich mit einem Lappen vom gröbsten Schmutz befreite. Sie versprühten Insektenvernichtungsmittel im Haus und gingen zum Abendessen zum Pizza Pie Restaurant, in dem lauter Raucher saßen. Olivier, der keinen Mittagsschlaf gehabt hatte, war nörgelig, weshalb sie nach dem Essen gleich wieder nach Hause und ihn ins Bett stecken mussten. Dann, gerade als es danach aussah, dass sie es sich bei einem Glas edlem Rotwein auf der Veranda vor dem Haus gemütlich machen könnten, ging das Feuerwerk los, und Olivier fuhr schreiend aus dem Schlaf hoch.

Tommy nahm einen Schluck Wein und schenkte sich nach, während Ellen die Treppe hinauflief, um ihren verwirrten Neffen zu trösten. Aber der kleine Olivier ließ sich nicht beruhigen, sodass Ellen ihn schließlich ins Auto packte und in der Hoffnung losfuhr, das monotone Motorengeräusch würde ihn wieder schläfrig machen. Tommy blieb allein auf der Veranda zurück und trank sich zum ersten Mal seit Beginn seines Fitnesswahns einen an. Und ich verleite ihn auch noch dazu, dachte Ellen hilflos. Eine Träne löste sich aus ihrem Auge und tropfte aufs Lenkrad.

Sie fuhr den Berg hinunter, während sich Olivier auf der Rückbank in seinen Schreianfall hineinsteigerte. Tommy wollte vermutlich weg von hier, zurück nach New York, wo er seinen lädierten Daumen, auf den er sich mit dem Hammer geschlagen hatte, in aller Ruhe pflegen könnte. Und wenn sie ehrlich zu sich war, setzte seine Gegenwart sie mehr unter Druck, als sie sich eingestehen wollte: Dauernd fühlte sie sich für seine momentane Verfassung verantwortlich, machte sich ständig Gedanken, ob ihm gerade langweilig war und was er von ihr und ihrer gegenwärtigen misslichen Lage hielt. Ach, verflucht, dachte sie und stellte den Sender mit Oldies so laut, dass Oliviers Gebrüll in den Klängen unterging. Im Rückspiegel sah sie farbenprächtige Explosionen am Horizont. Lichtbänder regneten in roten, weißen und blauen Farben vom Nachthimmel herab. Der schöne Anblick währte nur kurz, ehe die Funken ganz erloschen. Ellen trat aufs Gaspedal und malte sich aus, dass ihr Mann allmählich in seinem Rausch einschlummerte. Am meisten bedauerte sie jedoch den Umstand, dass er zweifellos die ganze Flasche leeren würde, sodass für sie kein Tropfen Wein mehr übrig wäre, wenn sie nach Hause zurückkehrte. Und die Läden in Lamone hatten längst geschlossen.

Eine Stunde später lenkte sie den Wagen wieder auf die Auffahrt. Stumm lag das Haus da, dunkler als die mondhelle Nacht, als hätte jemand von innen düstere schwarze Vorhänge vor die Fenster gezogen. Ellen blieb noch einige Zeit im Auto sitzen und lauschte dem Quaken der Frösche. Sie fühlte sich rastlos und war nervös. Nach so vielen Ehejahren spürte sie intuitiv, wenn eine Schlechtwetterfront aufzog, und Tommy und sie hielten definitiv auf ein Unwetter zu. Irgendetwas stimmte nicht mehr.

Am nächsten Morgen, als Tommy seine Kaffeetasse auf dem Nachttischchen abstellte und sagte: »Ellen, ich muss dir etwas sagen«, wusste sie, dass der Wind in ihrer Beziehung auffrischte und es an der Zeit war, sich in ihr Schneckenhaus zurückzuziehen.

»Was denn?« Ihr Mund war so trocken, dass die Zunge ihr beinahe am Gaumen kleben blieb.

»Ich habe jemanden kennengelernt, den ich mag.«

Ellen lag noch lang ausgestreckt im Bett, verschränkte die Hände auf ihrem Bauch und kreuzte die Beine an den Knöcheln. »Und?«, fragte sie und war froh, dass sie überhaupt eine Silbe herausbekam.

»Und ich möchte sie näher kennenlernen.«

Insgeheim hatte Ellen sich in all den Jahren schon oft auf diesen Moment vorbereitet. In ihrer Vorstellung legte sie manchmal eine kühle Überlegenheit an den Tag, dann wiederum trommelte sie mit beiden Fäusten auf ihn ein. Jetzt aber, da der Ernstfall eingetreten war, fiel sie förmlich in sich zusammen wie eine Papiertüte, die einen Moment lang im Luftzug schwebt und im nächsten Augenblick unter die Räder eines vorbeifahrenden Lastwagens gerät. »Oh«, entfuhr es ihr. Und als habe sich soeben die Tür zu einer verschlossenen Kammer ihrer Intuition geöffnet, sah sie die Wahrheit vor sich aufblitzen und sagte: »Deine Yoga-Lehrerin, nicht wahr?«

»Woher weißt du das?« Tommy war wirklich entnervt.

»Wenn du dich auf einen Kurs einlässt, der um halb sieben morgens beginnt, dann steckt mehr dahinter als nur Yoga.« Sie fühlte sich gefangen wie in einem schalldichten Glasgehäuse. »Ich will nichts über sie hören. Nicht ein Detail.« Aber Ellens Vorstellungskraft hatte längst ein mögliches Abbild heraufbeschworen: einen Meg-Ryan-Klon, perfekt mit dem wuscheligen Haarschopf. Am Strand auf den Bahamas.

»Es ist ja noch nichts passiert«, meinte Tommy. »Ich wollte es dir nur schon einmal sagen.«

»Wozu? Um meinen Segen zu erhalten? Meine Erlaubnis?« Ihr Tonfall gewann an Schärfe.

»Nein, ich bitte dich nicht um Erlaubnis. Du bist ohnehin nicht in der Position, mir etwas zu erlauben oder nicht.«

»Was soll das jetzt schon wieder heißen?«

»Ich brauche dir keine Rechenschaft abzulegen.« Er trank einen Schluck Kaffee und stellte die Tasse wieder auf das Tischchen. »Genauso wenig wie du mir.«

Ellen zog sich Violas Quilt über den Kopf. Das neue Bett war so groß und die Matratze so fest, dass sie Tommy nicht einmal berührte. In dem alten Bett wären sie beide zur Mitte gerutscht. Ihr war es lieber, bei Krisengesprächen Hautkontakt zu haben.

Ich hasse dieses Bett, dachte sie. Sie hatte keine Laken, die dazu passten, und es nahm beinahe das ganze Zimmer ein. Außerdem roch es neu. Wenn sie die Wahl hätte zwischen Violas Bett und diesem, in dem ihr Mann ihr gerade verkündet hatte, möglicherweise mit einem Meg-Ryan-Verschnitt im Yogaanzug anzubandeln, dann hätte sie bestimmt die Sprungfedern und die Senke in der Mitte in Kauf genommen. Sie fühlte sich wie eine kleine Insel, ganz allein inmitten der tiefblauen See, und nun hielt sie den Atem an und zog die Knie bis zur Brust. Als Tommy ihr eine Hand auf die Hüfte legte, stöhnte Ellen. Selbst in ihren Ohren klang es wie das Brummen einer Bärenmutter, die vorzeitig in ihrem Winterschlaf gestört worden war. Er tätschelte sie erneut, und sie brummte lauter. Schlagartig wurde ihr bewusst, dass er sie bemitleidete, und sie sprang auf: nicht wie ein verschlafener Bär, sondern wie eine in die Enge getriebene Wildkatze, sodass die Bettdecke hochwirbelte und zu Boden fiel. Mit verzerrtem Gesicht, auf den Knien kauernd, krümmte sie die Hände zu Krallen, als wollte sie jeden Moment damit nach Tommy schlagen, und fauchte ihm ins Gesicht. Mühelos malte sie sich aus, wie ihr Schnurrhaare bis über beide Wangenknochen wuchsen.

»Wag es ja nicht, mich nach all den Jahren zu bemitleiden, du Mistkerl«, fauchte sie und furchte die Luft zwischen ihnen mit ihren Katzenkrallen.

Ein Anflug von Wachsamkeit hob das Braun seiner schönen Augen noch hervor. »Du bist sauer, wie ich sehe«, meinte er.

Ihre Antwort war ein Fauchen, und ihre Pfote fuhr dicht an seinem Gesicht vorbei.

»Ich liebe dich noch immer«, sagte Tommy und fixierte sie wie ein Hypnotiseur.

Ellen sank auf die Fersen zurück und ließ die Arme sinken.

»Komm her«, sagte er.

Sie kroch zu ihm und fühlte die Wärme seines Körpers. Tommy zog sie eng an sich; ihre Wange schmiegte sich an seine Brust, und die Haare dort kitzelten ihre Nase. Tränen strömten ihr über die Wangen.

31

»Was sollte ich denn sagen?«, fragte Ellen mit einem Kopfschütteln, wie um ihre Verwirrung zu vertreiben. »Nein? Das darfst du nicht?« Sie saß mit Rodney am Esstisch, den halb aufgegessenen Donut in der Hand. Die Beerenfüllung tropfte wie dickes Blut auf ihren Teller. Rasch wischte sie die Flecken mit dem Finger fort und hielt ihn Olivier hin, der ihn ablecken sollte. »Um die Wahrheit zu sagen: Ich bin überrascht, dass das nicht schon viel früher passiert ist.«

»Warum saust du dann nicht zurück nach Hause und behältst ihn wie ein Raubvogel im Blick?«

»Und dann? Soll ich ihm in den Yogakurs nachlaufen und der Lehrerin einen Boxhieb verpassen, wenn er gerade nicht hinsieht?« Sie schüttelte den Kopf. Nun war es mittlerweile achtundvierzig Stunden her, dass Tommy seine romantische Bombe hatte platzen lassen, und Ellen hatte schon so oft ungläubig den Kopf geschüttelt, dass ihr der Nacken wehtat.

Rodney teilte seinen Boston Cream Donut in der Mitte durch. »Vielleicht steckt ja auch gar nichts dahinter«, sagte er. »Ist die Katze aus dem Haus, tanzen die Mäuse auf dem Tisch«

»Ja.« Ellen seufzte. Sie wollte mehr dazu sagen, protestieren, aber die passenden Worte waren ihr auf unerklärliche Weise im Halse stecken geblieben. Sie konnte sie weder herausbringen noch hinunterschlucken. »Ich fühle mich regelrecht bedroht. Siebzehn Ehejahre haben keine Chance gegen einen Flirt mit einer Yogafrau.« Ellen konnte sich lebhaft die neueste Stellung ausmalen, die Tommy mit ihr im Bett ausprobieren würde. Wahrscheinlich konnte sie sich in eine Brezel falten, wogegen die Missionarsstellung verblasste.

»Nein, das stimmt nicht«, erwiderte Rodney. Ellen konnte sich nicht einmal erinnern, wovon er sprach. Und Olivier, der jetzt mit seiner Plastiktasse auf das Tablett seines Hochstühlchens hämmerte, war auch wenig hilfreich.

»Was stimmt nicht?«

»Dass du verlieren würdest.«

»Ach, ich weiß«, sagte sie lustlos, »aber ich kriege das Bild in meinem Kopf nicht aus dem Kopf, Tommy und diese Tussi.«

»Es ist ja nicht so, dass er hinter einem Playboy-Häschen her wäre, Ellen.«

»Wäre aber besser. Dann könnte ich es unter Midlife-Crisis verbuchen. Er käme mir wie ein hilfloser Dummkopf vor, und ich könnte das Ganze ignorieren.« In den späten Sechzigern hatte ihr eigener Vater völlig überraschend eine solche Phase durchgemacht und plötzlich Perlenketten wie die Hippies getragen. Ihre erstaunte Mutter hatte nie, nicht ein einziges Mal, vorgeschlagen, er solle sie doch ablegen. Ellen hatte die Gene ihrer Mutter, und wenn Tommys Verhalten ein wenig zu sehr ausuferte, könnte sie einen Schritt zurückmachen und es vielleicht sogar genießen. Aber Yogalehrerinnen waren reale, ernstzunehmende Leute, die sich einer spirituellen Berufung verschrieben hatten, keine Sexbomben mit Stöckelschuhen, die mit einem Hasenschwänzchen am Po zur Arbeit gingen.

»Das geht vorbei«, versprach Rodney.

»Ja.« Ellen nahm einen Schluck von dem Öffne-dein-Herz-Tee. Es war mutig von ihr, ihren Ängsten ins Gesicht zu springen.

Rodney erhob sich und brachte seinen Teller zur Spüle, wo er ihn abspülte und in den Abtropfständer stellte. »Ich muss unten in der Stadt noch ein paar Besorgungen machen. Soll ich den Kleinen mitnehmen? Dann hättest du ein bisschen Zeit für dich.«

Ellen wurde munter. »Das wäre großartig. Und das würde dir nichts ausmachen?«, fragte sie ihn, hielt ihm aber schon die Autoschlüssel hin.

»Wir werden unseren Spaß haben, was, kleiner Mann? Komm, wir fahren in die Stadt.« Olivier streckte die Ärmchen aus, und Rodney hob ihn aus dem Hochstühlchen. Ellen blieb sitzen, bis die beiden auf der unbefestigten Zufahrt nicht mehr zu sehen waren.

Nach dem katzenartigen Fauchanfall hatte Ellen eine halbe Stunde schluchzend in Tommys Armen gelegen, sich aber geweigert, irgendetwas zu diskutieren. Tommys mögliche Affäre wurde nicht wieder erwähnt. Sie hing wie Smog zwischen ihnen, und als Tommy von einem früheren Rückflug nach New York sprach, um, wie er sagte, die Arbeit nachzuholen – nicht, um am kommenden Morgen frisch für den Yogakurs zu sein –, protestierte Ellen nicht.

Am Flughafen hatte er sie lange geküsst und dann gesagt: »Ich sehne das Ende des Sommers herbei. Ich möchte, dass du nach Hause kommst.« Sie hingegen fragte sich immer wieder, ob sie je wieder den Weg dorthin zurückfinden würde. Ob Tommy bei ihrer Rückkehr überhaupt noch auf sie wartete. Sie hatte das Gefühl, irgendwo im Leben falsch abgebogen zu sein, und nun hatte sie sich verirrt. War zu einem Auslaufmodell geworden. Mit Olivier auf der Hüfte hatte sie kehrtgemacht und war dann nach Eagle Beak gefahren, um Mutley zu füttern. Erst als sie seinen Napf gefüllt und sich wieder aufgerichtet hatte, nahm sie den Garten richtig wahr. Und da machte sie sich bewusst, dass Tommy nicht einmal einen Blick darauf geworfen hatte.

Warum sollte er auch? Er machte sich nichts aus Gärten, und Ellen war gut beraten, sich damit abzufinden. Tommy konnte es sich leisten, die besten Bioprodukte in der Stadt zu kaufen, warum sollte sie sich dann aufregen, dass er ihr armselig aussehendes Gemüse mit Gleichgültigkeit strafte? Sie selbst hielt kaum noch an ihren eigenen Biogemüsefantasien fest. Am nächsten Morgen, als sie an den Gemüsebeeten vorbeigeschlendert war, waren ihr die Tomatenstauden und die Paprikaschoten im großen Weltgefüge plötzlich vollkommen unbedeutend vorgekommen. Sie hatte ein paar Samen in den Boden gesteckt, und sie waren gewachsen. Sobald sie sich voll entwickelt hatten, würde Ellen sie verspeisen. Was war schon dabei?

In gewisser Weise hatte sie dazu beigetragen, dass Tommys Faszination für die Yogalehrerin gewachsen war. Sie hatte das Fleckchen, an dem ihre Ehe gedieh, vernachlässigt, und jetzt hatte sich ein Unkraut dort festgesetzt. Es ließ sich nicht ausreißen, und Ellen wusste nicht, ob es sich weiter ausbreiten und sämtliche alten Pflanzen überwuchern würde.

Natürlich war Ellen sich darüber im Klaren, dass ihr Geist genauso beschaffen war wie der fruchtbare Boden ihres Gartens. Setzte sich dort ein Gedanke fest, dann gedieh er auch. Eifersucht, Angst, das Gefühl, dass diese Yogalehrerin eine Bedrohung für sie darstellte – all diese Gedanken konnten sich fortpflanzen wie üppige Gewächse im Regenwald. Sie konnten plötzlich die Kontrolle über ihr Leben übernehmen und sich zwischen Ellen und jede verrinnende Minute quetschen. Es fiel ihr nicht schwer, sich auszumalen, dass Tommy und die Yogalehrerin einen Kinderwagen schoben. Sie sah die beiden auf einem sonnigen Strandabschnitt einer tropischen Insel. Sie stellte sich vor, wie sie zusammen im Kamasutra blätterten und dann tantrischen Sex praktizierten.

Das Problem war nicht, länger als nötig bei diesen Gedanken zu verweilen, das Problem war, sie auszublenden. *Es ist unerlässlich, den Kopf abzuschalten,* dachte sie, als sie an ihrem Öffne-dein-Herz-Tee nippte. Sie musste ihr Augenmerk auf andere Dinge lenken, denn es war ihre ständige Wachsamkeit und nichts anderes, welche die Hirngespinste ihrer Einbildungskraft so übermäßig anwachsen ließ.

Vor zwei Tagen noch hatte sie in Tommys Beisein angekündigt, sie wolle eine Dokumentation über Rodney drehen. Das war ihr so über die Lippen gekommen, aber das Ganze hatte wie eine ausgereifte Idee geklungen. Vielleicht sollte sie Rodney die fünfzehn Minuten Berühmtheit gönnen und ihre eigene genießen. Sie ging ins Esszimmer, um einen gelben Schreibblock und einen Bleistift zu holen. Es war an der Zeit, eine Liste zu machen. Ellen wusste sogar schon, wie der Film beginnen sollte: eine Nahaufnahme von dem Blatt einer Kettensäge, die ihre Zähne mit ohrenbetäubendem Lärm in dunkles, gemasertes Holz bohrte. Die Zuschauer sollten für einen Moment glauben, es handele sich um einen Beitrag über die Holzindustrie des Nordwestens, um eine Art Umweltbericht. Dann sollte die Kamera zurückfahren und Rodney zeigen, der eine Figur formte – vielleicht eine seiner Jesusfiguren. Und dann die Stimme aus dem Off: die Story, wie er zur Kettensäge griff, um zu verhindern, dass er seine Mutter tötete. Rasch kritzelte sie ein paar Notizen aufs Papier. Das Blatt war schnell voll, und sie musste auf dem nächsten weiterschreiben. Jetzt war sie wie der Schöpfer, der Asche zu einem Haufen schob und dieser Asche Leben einhauchte. Vielleicht würde sie mit Rodney nach Boston fahren – und ihn vor der Reling der USS Constitution filmen, um den Augenblick aufleben zu lassen, als er Violas Urne in die trüben Wasser des Bostoner Hafenbeckens warf. Ellen listete sämtliche Punkte auf, auf die sie besonderes Gewicht legen wollte: Rodney hatte Eiskunstläufer werden wollen, hatte sich dann aber entschieden, sich um Leland zu kümmern. Den Frust, den er als Sohn verspürte, hatte er in seltsame Kunstobjekte kanalisiert, die er mit seiner Kettensäge schuf. Er hatte keine Kinder haben wollen, da er fürchtete, die eigenen Gene weiterzugeben. Könnte sie einem Mann wie ihm überhaupt gerecht werden? Sie wippte leicht in der Verandaschaukel vor und zurück und blickte wie abwesend über den grünen Rasen. Der spanische Flieder war verblüht und hinterließ braune Skelette.

Sie musste an Cocho denken. Sehnsüchtig wartete sie auf eine Nachricht von Karen, denn sie wollte unbedingt wissen, ob Cocho sich noch einmal in diese Welt zurückgekämpft hatte oder schon in die nächste glitt. Es brach ihr schier das Herz, dass Karen und Cocho so viele Tage und Wochen in Oliviers jungem Leben verpassten. Jeden Tag veränderte er sich, lernte etwas dazu. Jetzt konnte er schon *Vogel, Haus, Auto, Wasser* und *Decke* sagen. Rodney war so etwas wie sein Ersatzgroßvater geworden, und Mutley war sein Hund. Sein Haar wurde immer länger, und seine Haut war sonnengebräunt. In nur wenigen Wochen schien Olivier alles Babyhafte abgelegt und ein echtes Kleinkind geworden zu sein. Ihr Blick schweifte nach Süden. »Atme weiter, Cocho«, flüterte sie. »Atme.« Allerdings bezweifelte sie im Stillen, dass Cocho noch eine Chance hatte. Sie hatte so viele Ängste, die sie unterdrücken musste. Sie brauchte Scheuklappen, um all die Sorgen aus ihrem Blickfeld herauszuhalten.

Das Telefon läutete. »Ellen? Rayfield hier.«

»Rayfield«, sagte sie.

»Ich stecke in einem Dilemma«, fing er an. Ellen horchte auf.

»Was ist passiert?«

»Es geht um Wide Load.«

»Was hat sie vor?«

»Sie heiratet nächsten Freitag.«

»So bald schon!« Ellen spielte auf Zeit. »Ich wusste nicht, dass ihr zwei schon geschieden seid.«

»Die Scheidungsurkunde ist am Mittwoch rechtskräftig.«

»Ach, du meine Güte, sie kann es wohl gar nicht abwarten, was?«

»Die alte Wide Load weiß immer genau, was sie macht«, meinte Rayfield.

»Und was ist jetzt dein Dilemma?« Ellen klemmte sich den Hörer zwischen Kinn und Schulter, weil sie die Hände frei haben wollte, um sich an der Küchenanrichte ein Käse-

Sandwich zu machen. Sie fühlte sich weit entfernt von Rayfield und seinen Problemen.

»Ich weiß nicht genau, ob ich die Zeremonie stören soll oder nicht.«

»Warum willst du das tun?«

»Was habe ich schon zu verlieren? Sie hält mich doch sowieso für ein Arschloch. Außerdem hast du gesagt, ich soll um sie kämpfen.«

Ellen drehte die Sprechmuschel so, dass Rayfield ihre Kaugeräusche nicht hören konnte. Sie empfand es stets als unangenehm, an ihre Ratschläge erinnert zu werden. »Was versprichst du dir davon?«

»Vielleicht kann ich sie davor bewahren, einen großen Fehler zu machen.«

Ellen verlagerte das Käsestück in ihrem Mund in die linke Backentasche. »Ich kann nicht glauben, dass du deinen Hintern bewegst und in eine Hochzeitszeremonie platzt, solange nichts für dich dabei herausspringt, Rayfield.«

»Du musst es ja wissen«, sagte er und klang verletzt.

Ellen spürte ein Gefühl von Reue in sich aufsteigen. Warum ging sie gleich in die Offensive, obwohl er sich hilfesuchend an sie wandte? Etwas Schlimmeres konnte man jemandem, der in Not steckte, wohl kaum tun. »Hast du einen VHS?«, fragte sie.

»Ja, warum?«

»Ich komme heute Nachmittag mit einem Video bei dir vorbei.«

»Wozu?«

»Keine Sorge. Hat mit dem Thema zu tun. Bis nachher.«

Von einer neuen Inspiration getrieben, sprang sie in Rodneys Pick-up und fuhr in die Stadt. In einer Videothek füllte sie das Mitgliedsformular aus und lieh sich den Film *Die Reifeprüfung* aus. Darin gab es eine Szene, in der ein ganz gewöhnlicher Kerl, einer wie Rayfield, in letzter Minute versuchte, das romantische Schicksal seiner Geliebten zu seinen Gunsten zu beeinflussen. Ellen bezweifelte nicht, dass Rayfield sich ihm anschließen würde. Sie kaufte noch etwas Popcorn, um für die richtige Kinoatmosphäre zu sorgen, brachte den Wagen für Rodney zur Inspektion und fuhr wieder nach Hause.

Als sie die Küche betrat, waren Rodney und Olivier gerade beim Mittagessen. Rodney hatte eine Dosensuppe aufgewärmt und fütterte den Kleinen mit der bewährten Methode »Halle auf, hier kommt das Flugzeug«. Olivier manschte mit seinen Händchen in Sandwiches herum.

»Rodney«, sagte Ellen, als sie die Tür schloss, »ich möchte einen Film über dich drehen. Was sagst du dazu?« Ihr innerer Zeitfaden schien auszufransen. Eigentlich hatte sie sich vorgenommen, ihm noch Honig ums Maul zu schmieren.

»Warum sollte irgendjemand einen Film über mich sehen wollen?«

»Weil du interessant bist. Komm schon, Rodney, was sagst du?«

»Muss ich erst drüber nachdenken.«

Bislang war es ihr nicht in den Sinn gekommen, dass Rodney ihr einen Strich durch die Rechnung machen könnte, und sie verspürte das Verlangen, ihren Vorsatz durchzuboxen, hielt sich aber zurück. Rodney brauchte eben Zeit, um eine Entscheidung zu treffen, und die musste sie ihm zugestehen.

Ellen schaute sich im Esszimmer um. Dort saß Olivier. Sein Mund war so mit Marmelade verschmiert, dass er wie ein Clown aussah, der für die Zirkusaufführung geschminkt wurde. Rodney starrte mit schwer zu deutender Miene aus dem Fenster. Draußen im Garten schlummerte Mutley. Ihr Garten gedieh, verlangte aber nach Wasser und Unkrautkontrolle. Und ihr Haus, sofern sie es behalten wollte, brauchte besonders viel Pflege. Rayfield streunte durch Porkerville und erwartete von ihr, ihn durch das dornige Gelände von Schwertransporters bevorstehender Hochzeitsfeier zu führen. Ihre Ehe geriet ins Taumeln, weil Tommy Yoga praktizierte und es in seiner Fantasie mit der Lehrerin trieb. Und um noch einen draufzusetzen, lag Cocho im Koma, und Karen war in Peru und musste sich mehrmals am Tag versichern, ob er noch lebte.

Ihr Leben war aus den Fugen geraten. Könnte sie die ganze Verantwortung ablegen wie einen alten Mantel, sie würde es tun. Die Last der Verantwortung rief Hitzewallungen in ihr hervor, und sie wischte sich den Schweiß von der Stirn. In New York aß sie oft in einem Chinarestaurant, dessen Wände mit gerahmten Kōans dekoriert waren. Wann immer sie dorthin ging, setzte sie sich an einen Tisch unter dem Sinnspruch, der besagte: »Die Freude, nichts zu besitzen, verleiht dem ganzen Körper ein Gefühl der Leichtigkeit«; die Übersetzung stand in kleiner Schrift unter jedem Bild, und eben diesen Spruch fand Ellen besonders erhebend. Sie war stolz auf sich, wenn es um das innere Losgelöstsein ging. Sie besaß nicht einen Gegenstand, den sie besonders vermissen würde, wenn er plötzlich nicht mehr da wäre, abgesehen vielleicht von ihrem Hochzeitsring, der neu nur neununddreißig Dollar gekostet hatte. Doch nun schienen neue Dinge an ihr zu haften – große Dinge, und viele davon waren lebendig. Vielleicht hatte Rodney ja die richtige Idee gehabt: Schnitz dir Skulpturen, wenn du Gesellschaft brauchst.

»Würdest du dich selbst als Eremiten bezeichnen?«, fragte Ellen unvermutet.

»Ich? Gott, nein«, erwiderte er. »Ich sehe jeden Tag Leute.«

»Aber du warst die meiste Zeit deines Lebens allein.«

Rodney faltete die Hände auf dem Tisch, als säße er in der Kirchenbank. »Fühlst du dich heute einsam?«

Ellen musste lachen. Tatsache war, sie fühlte sich vollkommen ausgefüllt und erdrückt. »Würde ich nicht sagen«, meinte sie.

»Denn selbst wenn dein Mann abhaut, wird es dir gut gehen. Letzten Endes.« Rodney sprach leise. Ellen sah ihm in die Augen, die die Farbe des Himmels hatten, den man hinter ihm durchs Fenster sehen konnte. Rodneys Augen hatten die Kraft, sein Gegenüber zu beruhigen. Ellen fragte sich, wie es kam, dass er wie der Fels in der Brandung wirkte.

Kurz darauf verabschiedete sich Rodney, und Ellen verstaute Olivier in dem Kindersitz für die kurze Fahrt nach Porkerville. Ausgerüstet mit dem inspirierenden Video und dem Popcorn, brach sie zu einer heiligen Mission auf: Rayfield davon zu überzeugen, auf die romantische Karte zu setzen. Wenn Dustin Hoffmann im Film in die Kirche stürmt, um seine Geliebte im weißen Brautkleid auf die Straße zu zerren, wenn er die Türgriffe der Kirchentür von außen mit einem Kruzifix blockiert und seine Liebste in einen vorbeifahrenden Bus scheucht, wird er für jede Frau zum Helden. Rayfield könnte es dem Filmhelden gleichtun, vorausgesetzt, sein Streich wäre gut durchchoreografiert. Und was an Spontanität fehlte, ließe sich gewiss mit dem richtigen Stil ausgleichen.

Natürlich wusste Ellen, dass hinter ihrer Bereitwilligkeit, seine Dramaturgin zu werden, nur ihr eigenes Verlangen steckte, etwas Ähnliches zu vollbringen – oder besser noch, Tommy dazu zu ermuntern. Vor ihrem geistigen Auge sah sie sich als durchtrainierte Akrobatin, die in das Yogastudio platzte, die friedliche Stille durchbrach und die Kursteilnehmer, die in starrer Pose auf ihren Matten lagen, zwang, die Augen aufzureißen und staunend zu verfolgen, wie sie den Handstandüberschlag beherrschte. Daraufhin würde sie unmittelbar vor der Lehrerin landen und »Weg mit dir!« rufen. Vielleicht würde Tommy aber auch plötzlich vor ihrer Tür stehen, mit siebzehn blutroten Rosen in der Hand, eine für jedes Jahr ihrer Ehe, und zwei Tickets nach Tahiti schwenken.

Rayfield war nicht im Vorgarten, daher befreite Ellen Olivier aus dem Sitz und ging mit dem Kleinen Hand in Hand zur Tür von Rayfields Wohnwagen.

Ellen hielt die Videokassette hoch, als Rayfield die Tür öffnete. »Du brauchst Inspiration. Schauen wir uns das mal an.«

Rayfield schob die Kassette ins Gerät, nahm das Popcorn und machte es sich in dem orangefarbenen Sessel bequem. Olivier kletterte müde auf das kleine Sofa und fiel in tiefen Schlaf, das Köpfchen auf Ellens Schoß gebettet.

Als im Film endlich die bekannte Hochzeitsszene kam, lehnte Rayfield sich vor und schaute hingerissen zu. »Heilige Scheiße«, sagte er, als Dustin Hoffman furchtlos das Kruzifix schwang. In der Zwischenzeit hob der noch ganz verschlafene Olivier das Köpfchen und rieb sich die Augen. Sowie er jedoch wieder klar sehen konnte, griff er wie ein ausgehungertes Waisenkind nach der Popcorntüte – und erinnerte Ellen daran, dass sie in letzter Zeit nicht allzu sehr auf die Qualität seiner Nahrung geachtet hatte.

Ellen wartete noch, bis der Abspann über den Bildschirm flimmerte, dann fragte sie: »Und? Hat dich das inspiriert?«

Rayfield saß eine Weile ungewöhnlich still in seinem Sessel.

Plötzlich wurde Ellen bei dem ganzen verrückten Thema ungeduldig. Ihre eigene Ehe war in Aufruhr, und es stand ihr nicht zu, sich in Rayfields Angelegenheiten zu mischen. Abrupt erhob sie sich.

»Schau, Rayfield, hör nicht weiter auf mich. Platz nicht

einfach so in Debbies Hochzeit, nur weil das in der *Reifeprüfung* klappt. Das ist nur ein Film. Ein Mythos.« Rayfield lehnte sich in seinem Sessel zurück und betrachtete sie neugierig.

»Du bist wirklich durchgeknallt, Ellen«, meinte er dann.

»Ich bekenne mich schuldig!«, trällerte sie und bekam dann einen solchen Lachanfall, dass ihr das Popcorn aus dem Mund sprang. »Verrückt! Es ist so einfach!«, rief sie. Sie rang nach Luft und wischte sich die Lachtränen von den Wangen.

»Wenn ich versuchen würde, Wide Load aus der Kirche zu zerren, würde ich mir einen Leistenbruch holen«, sagte Rayfield und fing nun auch an zu lachen. So war es immer. Lachen war eben ansteckend. »Sie würde mich auf die Dielen schicken«, fügte er hinzu.

»Oh, Rayfield, was willst du jetzt machen?«

»Oh, Ellen, was willst du jetzt machen?«, ahmte er sie nach.

Plötzlich wurden sie beide ganz still. Ihre Blicke trafen sich, und als die Fröhlichkeit abebbte, nahm die Angst überhand.

32

Viel später erst, als sie längst nach Hause zurückgekehrt war, den Garten gewässert und das Unkraut gejätet hatte, wurde ihr bewusst, dass sie Rayfield gar nichts von Tommys Bekenntnis erzählt hatte, an einer anderen Frau interessiert zu sein. Demnach hatte sich seine Gegenfrage – »Was willst du jetzt machen?« – gar nicht auf irgendeine ihrer Bemerkungen bezogen. Er hatte vielmehr intuitiv geahnt, dass auch sie mitten in einer Ehekrise steckte. Aber woher wusste er das? War sie wie ein offenes Buch? Oder besaß Rayfield die Fähigkeit, zwischen den Zeilen zu lesen?

Sie lehnte sich mit dem Rücken an den Stamm eines Ahorns. Mutley legte seinen Kopf auf ihren Oberschenkel und sah ihr tief in die Augen. Sie streichelte ihm über die lange Schnauze. Olivier stand wie ein Reisarbeiter in gebückter Haltung im Gras und spielte zufrieden.

Plötzlich hatte Ellen das Gefühl, Druck auf den Ohren zu spüren, als hätten sich die Luftdruckverhältnisse verändert. Die Nachmittagssonne auf ihrer Haut, das weiche Fell von Mutley, das leise, zufriedene Geplapper von Olivier – alles erschien ihr so kostbar. Es war wie im LSD-Rausch, wenn man jedes noch so kleine Detail in all seiner pulsierenden Schönheit wahrnahm.

In ihrer Hippiephase hatte Ellen einmal eine Freundin überredet, mitten in der Nacht mit ihr aufs Land zu fahren und sie dort abzusetzen. Im Rausch bewusstseinserweiternder Pilze wollte sie im Dunklen wandeln und auf die Geräusche der Natur lauschen. Walden Pond schien der passende Ort für ein derartiges Vorhaben zu sein, und als Ellen dort aus dem VW-Bus ihrer Freundin stieg, fühlte sie sich wie eine spirituelle Anthropologin. Sie sah noch, wie die Rücklichter des Autos verschwanden, und ging dann auf Zehenspitzen hinunter zum Wasser. Jeder Baum war ihr Bruder, jeder Felsen ihre Schwester, und sie erlebte eine unbeschreibliche Freude, als sie sich ihrer Kleidung entledigte und ins Wasser sprang. Die Frösche quakten nur für sie. Sie glaubte zu spüren, dass Moos auf ihr wuchs, und als gegen Morgengrauen die Wirkung des Rauschmittels allmählich nachließ, war sie davon überzeugt, inmitten der Büsche und Sträucher unsichtbar zu sein.

Diesem Moment, unter ihrem Ahorn, wohnte etwas von jenem Zauber inne.

Ich muss mir einen Leitspruch erstellen, erkannte sie, *eine Philosophie. Jetzt, solange ich in diesem Zustand bin.* Aber wenn sie sich bewegte, um im Haus nach Stift und Papier zu suchen, würde sie Mutley stören, der äußerst zufrieden aussah.

Ellen mochte nicht richtig nachdenken, solange sie keinen Stift in der Hand hielt, da ihr wichtige Gedanken entfielen, wenn sie sie nicht gleich zu Papier brachte. An diesem Tag aber würde sie improvisieren müssen, wollte sie mit dem Leitspruch ihres persönlichen Lebens anfangen wollte. Sie war sich sicher, dass ihr Leben wieder in die richtige Bahn gelenkt würde, wenn sie sich eine solche Philosophie zurechtlegte, eine Philosophie, die nicht nur die Werte ihrer Vergangenheit widerspiegelte, sondern die sie auch dazu brachte, in der Zukunft mehr zu sein, als sie bereits war. Dadurch würde sie ihr essenzielles Selbst reinigen und es sich ermöglichen, alle unproduktiven und nutzlosen Aktivitäten aus ihrem Leben zu verbannen. Ein Leitspruch war wie ein Zauberspruch, ein Talisman oder ein Medizinbeutel.

Als sie sich aber daranmachte, ihre Gedanken nach vorne zu richten, schob sich ein Vorhang vor ihr Blickfeld, einer dieser dicken Samtvorhänge der Broadwaybühnen. In Ellens Jugend hatten selbst die Kinos der Nachbarschaft einen solchen Vorhang – eigentlich sogar zwei: einen schweren äußeren und einen lichtdurchlässigen inneren. Sie teilten sich und wurden zu beiden Seiten aufgezogen, wobei der Saum anmutig über den Boden flatterte wie der Rock eines Partykleids. Zuzuschauen, wie sich die Vorhänge teilten, war von großer Symbolkraft, denn es bedeutete, dass das reale Leben zurückgedrängt wurde und einer alternativen Welt Platz machte.

Sollte ihre Zukunft allerdings ein Film sein, so hatte Ellen keine Ahnung von dem Genre. Sie hatte ihr Ticket blind gekauft. Sie spürte, wie die ultravioletten Strahlen der Sonne durch die Hautschicht drangen, die schlaffer als früher von ihren Wangen und der Kinnpartie herabhing. Die Wärme schien ihren Geist zu öffnen, und mit einem Mal machte sie sich bewusst, dass sie sich während der weiblichen Stadien eins und zwei – der ersten und zweiten Film-Features ihres Lebens – im Geiste das Ziel gesteckt hatte, das Bild der Ataraxie aufrechtzuerhalten, um mit dem Selbst im perfekten Gleichgewicht zu sein. Offensichtlich war der Seelenzustand der Ataraxie die Nussschalenversion ihres unterbewussten Leitspruchs gewesen. Aber da sie ihm keine feste Form verliehen hatte, da es sich eher um philosophische Gedanken als um einen strategischen Schlachtplan gehandelt hatte, war sie oft vom Weg abgekommen und hatte ihn viele Tage, Monate und schließlich viele Jahre lang vergessen. Leitsprüche, ähnlich wie Poster, die den Heimlich-Handgriff darstellten, musste man gut sichtbar aufhängen, damit sie jeden Tag als praktische Erinnerungsstütze dienten.

»Tut mir leid, Mutley«, sagte sie, als sie das Bein unter seinem Kopf wegzog und eilig zum Auto lief, um den Stenografieblock zu holen. Als sie wieder zu ihrem Platz zurückkehrte, lag der Hund unverändert da, sodass sie ihre alte Position mühelos wieder einnehmen konnte.

Sie schlug den Schreibblock auf, schrieb »Leitspruch« als Überschrift oben auf eine leere Seite, ließ den Stift über dem linken Rand schweben und schaute, nach Inspiration suchend, auf das Gemüsebeet. Eine leere Seite war noch nie ein Problem für Ellen gewesen. Die Worte wollten sich von selbst formen und für sie auf das Papier springen. Sie konnte ihnen genauso wenig ausweichen wie die *Titanic* dem Eisberg.

Aber genau wie der Eisberg lag auch vieles von ihrem Selbst, nach dem sie Ausschau hielt, unter Wasser. In den

Gewässern ihres Unterbewusstseins konnte sie ihr Selbst spüren, aber sie war sich nie genau sicher, wo es war oder wie es aussehen mochte, wenn sie endlich darauf stieße. Ihr Spruch, das wusste sie, musste etwas mit Liebe zu tun haben, obwohl das vielleicht auch nur die vorübergehende Nebenwirkung von Dr. Yis Tee war. Gutes zu tun, zahlte sich letzten Endes aus, aber Ellen war nicht davon überzeugt, dass diese Einstellung aus ihr selbst herauskam. Es mochte das Erbe ihrer katholischen Erziehung sein – etwas, das Nonnen in schwarzer Tracht ihr eingebläut hatten, ehe sie überhaupt wusste, dass die meisten Leute, die in ihrem Leben etwas erreichten, extrem selbstbezogen waren.

Sie schaute auf den Block auf ihrem Schoß. Und dann, als schriebe dort eine unsichtbare Hand, stellte sich eine Erinnerung ein. Ellen kam es so vor, als schaute sie sich ein zwanzig Jahre altes Video an. Sie saß am Küchentisch in ihrem Appartement in der Thompson Street in der Stadt. Auf der Uhr, die sie in ihrem Geist sah, war es 13 Uhr 05. In fünfundfünfzig Minuten hatte sie einen Termin bei ihrer Psychotherapeutin. Vor ihr auf dem Tisch lag ein Schreibblock, und sie war gerade im Begriff aufzuschreiben, auf welche Art und Weise sie sich selbst hasste. Mit dieser bizarr anmutenden Aufgabe hatte sie eine Woche zuvor begonnen, als sie sich unter Schluchzern beklagte, wie schlecht es doch um ihr Leben bestellt sei. In diesem Zusammenhang hatte sie einen Satz formuliert, den sie heute noch bedauerte: »Ich müsste mich eigentlich nach einem Job umsehen«, hatte sie ihrer Therapeutin gestanden, »aber stattdessen fertige ich eine Liste an, auf welche Weise ich mich hasse! Und die Liste ist schon fünf Seiten lang.« Da sie sich etwas zu lange auf die Dramatik des Augenblicks eingelassen hatte, hatte sie ein bisschen übertrieben. Tatsächlich nahm sie später unter dem Einfluss eines

Thai-Räucherstäbchens die mühsame Aufgabe auf sich, ihre schlimmsten Eigenschaften aufzulisten, hörte aber nach den ersten fünf Wörtern auf, da sie ihr kaum neue Erkenntnisse bescherten: finanziell ruinös, faul, orientierungslos, promiskuitiv, überempfindlich.

»Bringen Sie Ihre Liste doch nächste Woche mit.«

»Was?«, hatte Ellen verblüfft gefragt.

»Ihre Liste.«

»Okay«, hatte sie wie abwesend gesagt, während Marcia, ihre Seelenklempnerin, mit den Fingern kleine Kreise auf Ellens Knien zog. Ellen, eine Tiefseetaucherin, die die unterbewusste Welt ihrer Psyche auslotete, hatte Marcia immer für ihre Boje an der Wasseroberfläche gehalten. Zweimal die Woche hatte sie einen Termin bei ihr. Ellen hatte sich auf sie verlassen.

Da sie sich bei ihrer Schwindelei nicht ertappen lassen wollte, hatte Ellen hart an der Liste mit Dingen gearbeitet, die sie an sich selbst hasste. Ihre Tendenz, die einfache Wahrheit auszuschmücken, um sie unterhaltsamer zu gestalten, war ein Charakterzug, dem sie entgegenwirken wollte. Sie nannte ihre kleinen Lügen Phantomtatsachen, kreative Verstärkungen oder Permutationen des Originals. Ellen verfügte über ein großes Vokabular an Euphemismen, aber tief in ihrem Herzen wusste sie, dass es sich bloß um Lügen handelte. Sie traute ihrer lebhaften Vorstellungskraft nicht. »Ich bin eine Lügnerin«, fügte sie der Liste hinzu und näherte sich dadurch dem unteren Ende der ersten Seite um eine Zeile. Ich vergeude Zeit. Ich bin missgünstig gegenüber Menschen, die es leichter haben. Ich schöpfe nicht mein volles Potenzial aus. Ich hege Groll. Ich trinke zu viel. Ich bin kleinkariert.

Weiter und weiter schrieb sie und schleuderte sich jede Beleidigung, die ihr einfiel, ins Gesicht. Sie versuchte, sich sogar an die Zehn Gebote zu erinnern, um diejenigen zu dokumentieren, die sie routinemäßig brach. Da es sich um eine geistige Übung handelte, weinte sie nicht. Aber als sie die Mitte der dritten Seite erreichte, schleuderte sie ihren Stift durch das kleine Appartement und machte nicht weiter.

Eine halbe Stunde später hatte sie Marcia die Wahrheit erzählt. »Da bin ich also, sitze an meinem Küchentisch und versuche, auf fünf Seiten Dinge festzuhalten, die ich an mir selbst hasse. Fünfunddreißig Zeilen pro Seite, wissen Sie, das macht also einhundertfünfundsiebzig einzeln aufgelistete Sachen. Bei einhundert hab ich alles hingeschmissen.«

»Gratuliere«, meinte Marcia. »Haben Sie die Liste mitgebracht?«

»Nein, die habe ich in den Mülleimer geworfen.« Wieder eine Phantomtatsache. Die Liste lag natürlich noch auf dem Tisch, genau an der Stelle, wo Ellen den Block hatte liegen lassen, um noch rechtzeitig zu ihrem Termin zu kommen. Von der Therapie ging Ellen direkt zu ihrem Kellnerjob und war erst gegen Mitternacht wieder zu Hause. Wie immer war sie auch diesmal leicht beschwipst und hatte den Schreibblock vollkommen vergessen. Sie fegte ihn aus Versehen vom Tisch, denn der Jack Daniel's, den sie in der Bar konsumiert hatte, kehrte vorübergehend den Schwadroneur in ihr heraus.

Aber aus irgendeinem Grund hob sie die Liste wieder auf. Sie machte das Licht aus und zündete eine Kerze an. Vor sich auf den Tisch stellte sie den Kassettenrekorder und schlüpfte in ihr schönstes Nachthemd, das sie nur zu ganz speziellen Anlässen trug: ein hellgrünes Negligé mit Spaghettiträgern, die sich am Rücken kreuzten. Sie drückte die Aufnahmetaste und las ihre Liste laut vor. Danach verbrannte sie die Seiten und ließ den Rekorder laufen, bis das Knistern der Flammen aufgehört hatte und nur noch die hupenden Autos und der Lärm der Straße zu hören waren. Das Band beschriftete sie mit »*Adios*, Selbsthass« und versteckte es zwischen ihren persönlichen Dingen. Später hat sie nie wieder reingehört.

Die Erinnerung stimmte sie traurig. Es gab keine Möglichkeit, persönliches Leid zu messen, und verglichen mit den hungernden Menschen in Afrika und den Kindern aus den krisengeschüttelten Ländern Osteuropas, die mit ansehen mussten, wie ihre Eltern ermordet wurden, war ihr Leid gering. Aber in diesem Moment sehnte sich ihr Herz nach ihrem jüngeren Selbst, trotz aller Schmerzen, die sie hatte erdulden müssen. Die Intensität ihres Leidens, ob nun nötig oder nicht, hatte Ellen früher, als sie noch unter dreißig war, oft in die Knie gezwungen.

Als sie jünger war, definierte sie sich immer über das, was sie *nicht* war: Ich bin nicht diszipliniert, nicht zuversichtlich, nicht reich und so weiter. Irgendwie hatte die Liste, an die sie sich jetzt erinnerte, die »Nicht-Phase« initiiert. Es kam ihr so vor, als wäre ihre Weigerung, sich selbst zu verachten – symbolisiert durch die Verbrennung –, schiefgegangen, woraufhin sie plötzlich zum Negativ ihres früheren Ichs geworden war.

Jetzt, wie ihr mit einem Mal aufging, verwandelte sie sich wieder in das positive Bild, wie ein Foto, das beim Entwickeln in ein Chemikalienbad getaucht wird. Sie dachte Sätze wie »Ich bin« anstatt »Ich bin nicht«. Ihr Block lag auf ihrem Schoß, eine weiße Fläche in einem Meer aus Grün. Ohne nachzudenken, schrieb sie: »Gutes tun und Liebe sein«.

Ihre Hand sackte nach unten. Schockiert starrte Ellen auf das, was sie geschrieben hatte. Die Einfachheit des Leitspruchs ließ keinen Raum für Fehldeutungen, aber woher kam diese Eingebung? Sie hatte mit etwas gerechnet, das mehr mit ihr selbst zu tun gehabt hätte, etwas in der Art von: »Ich möchte meine Dokumentation über Rodney auf den Festspielen von Cannes sehen.« Oder: »Ich möchte die Schnecken unter den Steinen meiner Psyche entfernen.« Rasch schloss sie ihr Notizbuch.

In den Sechzigern hatte sie stolz einen *»Make Love, Not War«*-Sticker an ihrer mit Fransen versehenen Lederweste getragen. Vielleicht hatte sie sich, alles in allem betrachtet, gar nicht so sehr verändert, auch wenn sie eine gewisse Ablehnung gegenüber der *Make Love*-Aussage verspürte, die nicht zu den Worten gehörte, die sie in ihr Notizbuch geschrieben hatte.

Sie schlug es wieder auf und fand die richtige Stelle. Sollte das wirklich ihr Leitspruch für die Lebensphase sein, die sie jetzt erreichte? *Tun und sein, sein und tun,* dachte sie: die zwei großen Verben in wohl jeder Sprache. Essenz und Handlung. Bestimmt könnte sie nach der »Tu Gutes«-Hälfte ihres Leitspruchs handeln. Dafür brauchte sie bloß den rechten Pfad in jedem Augenblick zu wählen. Jede Handlung musste mit einem Idealbild selbstloser Güte verglichen werden. Sie schaute auf Mutley. Sie hatte ihn vor dem Tierheim bewahrt. Das war eine gute Tat. Und sie hatte sich Oliviers angenommen, ohne auch nur eine Sekunde darüber nachzudenken. Das war in jenem Moment das einzig Richtige gewesen. Sie baute Biogemüse an, bestellte ihr Fleckchen Erde, jätete mit bloßen Händen Unkraut und schleppte mit der freudigen Hingabe eines Zen-Mönches Wasser über die Rasenfläche. Sie half Rayfield, mit seiner Penisverkrümmung klarzukommen, sprach leise Gebete für Cocho und bereitete sich darauf vor, ein breiteres Publikum mit der anrührenden Güte eines Rodney de Beer bekannt zu machen. In gewisser Weise hatte sie das Gefühl, dass sie auch Viola etwas Gutes tat. Sie animierte die Leute zum Reden und brachte sie dazu, den Sumpf der ungesagten Worte auszutrocknen, der schon gärte und stank. Im Augenblick war sie die leibhaftige Botschafterin der Güte, selbst für ihre objektiven Standards.

Aber Liebe leben? Das war etwas ganz anderes. Was sollte das bedeuten? Ellen wusste nicht einmal, wie sie darüber nachdenken sollte. Vielleicht war es so, als wäre man ein Radiosender. Man pulsierte ganz für sich und war für diejenigen da, die den Sender suchten. Aber was übertrug man? Was war die Liebe überhaupt?

Ein alter Freund von ihr, an den sie hin und wieder denken musste, hatte die Liebe einmal als Zustand definiert, in dem man total hungrig und total gesättigt zugleich sei. Aber das bezog sich auf die körperliche Liebe. Es ging um Lust und Leidenschaft, hauptsächlich um den Liebesakt selbst. Ihre Liebe zu Olivier, Mutley oder Rodney dagegen kam aus ihrem Innern und löste in ihr ein Empfinden aus, das sie nicht ignorieren konnte. Dieses Gefühl war zu übermächtig, um es für sich zu behalten, weshalb die Worte »Ich liebe dich« einem Betteln um Gnade gleichkamen. Aber die Liebe *zu sein* war etwas ganz anderes. Dieser Zustand bedurfte keines Empfängers und keiner Aufrechnung von Geben und Nehmen. Es war schlichtweg ein Paradoxon: Um in diesem Zustand verharren zu können, brauchte man absolute Konzentration, aber den Fokus beizubehalten, war etwas, was man *tat*. Und *sein* war nicht gleich *tun*. Vielleicht wäre es möglich, einfach zu *sein*, wenn man es nur lange genug versuchte.

Seitdem Tommy die Bombe hatte platzen lassen, hatte Ellen sich geweigert, an ihn zu denken. Wenn sie einmal ihre Gedanken in seine Richtung lenkte, sah sie Tommy in der Lotusposition, mit der Yogalehrerin auf dem Schoß – und der selige Ausdruck auf dem Gesicht der Yogatante, da war Ellen sich sicher, hatte mehr mit dem G-Punkt zu tun als mit einem der sieben Chakren. Aber Ellen wollte nicht, dass die Yogalehrerin Raum in ihrer heiligen Privatsphäre einnahm, obwohl sie ahnte, dass Tommy sie genau dorthin vordringen lassen würde. Viele ihrer verheirateten Freunde hatten Affären, aber sobald sie ihre Liebschaften in die Schutzzone des eigenen Heims trugen, war es aus. Sie musste sich damit abfinden.

Bedeutete Liebe *sein* denn, dass sie Tommy laufen lassen sollte? Sollte sie ihn ein für alle Mal von ihren psychischen Handschellen befreien? Und wenn sie ihr Leben weiterlebte, was bliebe ihr dann von den siebzehn gemeinsamen Ehejahren? Im Grunde nichts. Es gab keine Möglichkeit, die Zeit festzuhalten, und sobald sie abgelaufen war, blieb Leere zurück. Eine blanke Schiefertafel, auf der nie wieder etwas geschrieben werden konnte.

Es kam ihr eigenartig vor, ruhig und gelassen über ein Leben ohne Tommy nachzudenken. Was würde sie machen, wenn er sie verließe? Würde sie mit ihm um das Apartment streiten? Sich der Friedensbewegung anschließen? Das »Tu Gutes«-Banner in alle Winkel der Welt tragen? Nonne werden?

Sie warf einen Blick auf ihr Haus.

Sollte sie hier leben?

»Nein«, sagte Ellen mit lauter Stimme. »Alle sollen wissen, dass ich nicht hierbleiben werde, um die Viola-Tradition fortzusetzen. Das verkünde ich hiermit vor allen Kräften des Universums.« Mutley hob träge den Kopf, und auch Olivier drehte sich neugierig zu ihr um. »Ich werde es nicht tun«, fügte sie kämpferisch hinzu. »Ich weigere mich. Amen.« Sie stand auf und drohte dem Himmel mit erhobener Faust. Sie hätte sich sogar auf einen Kriegstanz eingelassen, aber in diesem Augenblick klingelte das Telefon, und sie lief eilig zum Haus.

»Haus des Lachens«, sagte sie in die Sprechmuschel.

»Ellen?« Es war Tommys Stimme.

»Hi, Tommy.«

»Lange nichts mehr von dir gehört.«

»Nur ein paar Tage nicht.« Es klang nach Rechtfertigung. Ellen wusste, dass sie sich von ihm zurückgezogen hatte, als müsste sie schon für den Augenblick proben, in dem er sie sitzen ließ und mit der Yogalehrerin durchbrannte. »Außerdem hättest *du* ja anrufen können«, fügte sie hinzu. Sie klang kühl, aber um die Atmosphäre nicht frostig werden zu lassen, sagte sie: »Wo steckst du? Auf der Arbeit?«

»Ja.« Eine kurze, unangenehme Pause trat ein.

»Und, wie geht's so?«, fragte sie, nur um die Pause zu füllen.

»Gar nicht so übel. Und dir?«

»Bestens.«

»Klingt aber nicht so.«

»Nein?«

»Nein. Du klingst angesäuert. Was ist los?«

Ellen trat ans Fenster, um nach Olivier zu schauen. »Nichts«, sagte sie. »Was macht der Yogakurs?«

»Ach, darum geht's.«

»Natürlich geht es darum«, fuhr sie ihn schroff an. »Warum hast du mir überhaupt davon erzählt? Du hättest machen können, was du willst, und ich hätte nie etwas davon erfahren.«

»Ellen, seit unserer Hochzeit hast du gesagt, du möchtest, dass ich dir sage, wenn ich über einen Seitensprung nachdenke. Wie oft habe ich mir das schon anhören müssen? Wie oft sagst du mir: ›Ehrlich währt am längsten‹? Und dauernd hast du mir lang und breit erzählt, Täuschung und Heimlichtuerei seien schlimmer als Untreue …«

»Ja, gut!«, fauchte sie. »Genug! *Basta!* Ich hab's mir eben anders überlegt. Jetzt, da ich tatsächlich in der Situation bin, merke ich, dass ich damit nicht klarkomme. Ich gebe dir die Erlaubnis, mich anzulügen. Von jetzt an belügst du mich in allem, was du tust, okay, Tom? Weil die Wahrheit wehtut.«

»Soll ich jetzt Mitleid mit dir haben?« Seiner Stimme wohnte ein Unterton inne, den sie hasste. »Soll ich dir was sagen? Ich empfinde kein Mitleid. Jeder Kerl, den ich kenne, betrügt seine Frau. Ich habe es nie getan. Und jetzt, nach all den Jahren, ziehe ich es in Betracht, und dann kommst du und machst so ein Aufhebens und …«

Ellen hörte kaum noch hin. Er hatte gesagt, er ziehe es in Betracht, und nicht, er tue es schon. Von Anfang an hatte er gesagt, er würde über einen Seitensprung *nachdenken,* und sie war es, die voreilige Schlüsse zog und dann darunter litt. Wenn sie sich einfach ruhig verhielt, würde das ganze Zwischenspiel vielleicht verpuffen. Außerdem wusste sie tief im Innern, dass er auch mit dem Rest recht hatte, auch wenn sie sich das nicht eingestehen wollte. Für wen hielt sie sich eigentlich, wenn sie das Banner der Wahrheit vor sich hertrug und es beim ersten Gefecht gleich in den Dreck warf?

»Tommy, schau doch …«

»Ich bin noch nicht fertig!«, rief er. »All die Jahre läuft es gleich ab. Du redest Dinge daher, die letzten Endes nichts bedeuten, weil du genau das Gegenteil von dem sagst, was alle anderen außer dir über dich wissen.«

»He!«, warf Ellen ein, da sie sich nicht anders zu helfen wusste. Es war ihre Art, einen Karateschlag auszuführen, nur dass sie ihren Mann dadurch weder einschüchtern noch aus dem Konzept bringen konnte.

»Du glaubst, die ganze Welt dreht sich nur um dich. Ich sag dir mal was, Ellen: Das tut sie eben nicht. Es gibt so etwas wie Konsequenzen. Schon mal davon gehört? Ursache und Wirkung? Du hast für dich beschlossen, dieses verdammte Haus zu kaufen, und du hast nicht mal mit mir darüber gesprochen. Haust einfach ab, auf deiner Suche nach was auch immer, und ich soll hier sitzen und Däumchen drehen? So läuft es nicht.«

Ellen hatte das Gefühl, von einem mentalen Tornado erfasst worden zu sein und nun über ihrem Leben durch die Luft zu wirbeln. Tommys Stimme, die in Wirklichkeit nicht leiser geworden war, schien schwächer zu werden. Dass sie überhaupt noch den Hörer an ihr Ohr presste, mochte daran liegen, dass sie etwas brauchte, woran sie sich festhalten konnte. »Ich lasse mir das nicht länger bieten«, hörte sie Tommy sagen.

Ellen hielt den Atem an. Tommy hörte auf zu reden. Sie wähnte sich in einer Vakuumblase, in der sowohl Bewegungen als auch Geräusche unmöglich waren. *Ich sterbe*, dachte sie mit einem Mal. »Bist du endlich fertig?«, murmelte sie schließlich, womit sie dem Ganzen die Krone aufsetzte.

»Ja, ich bin fertig«, sagte er. »Verflixt, hast du sonst nichts dazu zu sagen?«

»Doch, ich überlege noch, ob ich sagen soll: Red doch nicht so'n Scheiß.«

»Wir sprechen später weiter«, sagte Tommy gereizt. »Bye.«

»Bye, Tom«, erwiderte sie, als er das Gespräch beendete. Ellen setzte sich. Draußen war Olivier auf wackligen Beinen zu Mutley gelaufen. Die beiden hatte sie beinahe vergessen. Schnell stand sie wieder auf, durchquerte die Küche und holte ein Orangeneis am Stil aus dem Gefrierfach. Sie brach es in zwei Hälften, packte sie aus und brachte Olivier eine Hälfte. Er bedankte sich auf Englisch, als er das Eis entgegennahm.

Ihr Notizblock lag noch unter dem Baum, und nun schlug sie die Seite auf, auf die sie geschrieben hatte »Tu Gutes und sei Liebe«. Da hatte sie eben erst ihren Leitspruch formuliert, und schon beim ersten Test kamen ihr keine anderen Worte in den Sinn als »Red doch nicht so'n Scheiß«. Kein guter Anfang. Sie klappte den Block zu und drückte ihn an ihre Brust. Sie sog kräftig an dem Orangeneis und fuhr mit der Zunge über die Kanten, um die Tropfen aufzufangen, die auf ihren Schreibblock zu fallen drohten und stattdessen den Pappeinband befleckten.

33

Als das Telefon am Freitagmorgen um halb acht läutete, am Tag von Schwertransporters Hochzeitsfeier, ahnte Ellen, dass Rayfield anrief, und erwog kurz, nicht abzunehmen. Rodney, der seine Kaffeetasse zur Hälfte geleert hatte, beäugte sie neugierig über den Rand seiner Drogeriebrille.

»Willst du gar nicht rangehen?«, fragte er, als das vierte Läuten im Esszimmer nachhallte.

»Doch, gleich.« Mit einem widerwilligen Seufzer nahm sie den Hörer ab. »Hallo?«

»Hi, Ellen. Heute ist der Tag der Tage«, ließ sich Rayfield vernehmen.

»Und was willst du jetzt machen?« Ganz gleich, für was Rayfield sich entschied, Ellen würde sich persönlich verantwortlich fühlen, und das gefiel ihr gar nicht.

»Ich überlege noch.«

»Rayfield, hör zu, tu nichts, was dir später leidtut.« Rodney widmete seine Aufmerksamkeit wieder der Morgenzeitung, als er den Namen Rayfield hörte.

»Das ist ja das Problem«, meinte Rayfield. »Egal, was ich mache, ich werde es hinterher bedauern, also kann ich genauso gut alles riskieren.«

»Und das heißt …?«

»Ich möchte, dass du mit mir zur Kirche fährst.«

»Was?«, kreischte Ellen.

»Ich sammle meine Jetons ein«, sagte Rayfield. »Du stehst tief in meiner Schuld, und jetzt treibe ich die Schulden ein. Du fährst.«

»Rayfield, einen Moment. Ich stehe überhaupt nicht tief in deiner Schuld.« Sicher, vor Wochen hatte er ihr einen Rasenmäher geliehen und sogar den Rasen geschnitten, aber was hatte er in letzter Zeit für sie getan?

»Du hast mich da hineingezogen.«

»Habe ich nicht!«, protestierte sie. »Du hast bei mir angerufen und mir mitgeteilt, dass du erwägst, in Wide Loads Hochzeit zu platzen. Daraufhin habe ich nur …« Sie zögerte. Was hatte sie getan? »… einen alten Film gezeigt«, brachte sie den Satz zu Ende. Das war die Wahrheit, aus der sie ihre Verantwortung mit einem chirurgischen Eingriff entfernt hatte.

»Bin in etwa einer Stunde bei dir. Mach dich auf Action gefasst«, sagte er und legte auf.

Ellen starrte auf das Telefon. »Rayfield kommt vorbei, Rodney. Wenn du ihm nicht begegnen willst, solltest du bald fahren«, stellte sie knapp fest. Dann legte sie den Hörer auf die Gabel. »Mist.« Sie sah es schon vor sich: Sie saß hinterm Steuer, während Rayfield eine aufgebrachte Debbie auf die Rückbank drängte, und machte sich der Mittäterschaft bei einer Entführung schuldig. »Mist«, wiederholte sie. Eigentlich sollte sie sich Rayfield gegenüber durchsetzen und sich weigern, bei diesem Irrsinn mitzumachen, aber ein Teil von ihr wollte bei dieser Show, was auch immer geschehen mochte, einen Platz in der ersten Reihe haben. Sie wandte sich Rodney zu. »Rayfield hat vor, in Debbies Hochzeit zu platzen, und will mich in die Sache hineinziehen.« Insgeheim hoffte sie, Rodney würde noch einmal anbieten, auf Olivier aufzupassen. Sie konnte schließlich nicht zulassen, dass ihr kleiner Neffe in ein romantisches Spektakel verwickelt wurde.

»Wen heiratet sie? George Robideaux?«

»Keine Ahnung. Wer ist George Robideaux?«

»Ihre Sandkastenliebe. Wir dachten alle, die beiden würden heiraten und glücklich bis ans Ende ihrer Tage leben. Als sie dann mit Rayfield zusammen war, hätte George beinahe die Flinte ins Korn geworfen.«

»Du liebe Güte, das ist hier ja schlimmer als *Peyton Place*«, sagte Ellen und schenkte sich Tee nach. »Glaubst du, George hat all die Jahre auf sie gewartet?«

Rodney warf ihr einen verschlagenen Blick zu. »Wer sagt, dass er gewartet hat?«

»Du meinst, sie hatte was mit ihm, während sie mit Rayfield verheiratet war?«

»Sagen wir so: Sie hatte genug Zeit, sich anderweitig umzuschauen.« Das war die spitzeste Bemerkung, die sie je aus Rodneys Mund gehört hatte.

»Wusste Rayfield davon?«

»Ich vermute, er ist geübt darin wegzuschauen, wenn es sein muss.«

Als Tommy und sie gerade erst zusammen waren, hatte Ellen einmal ihre Nachbarin – eine elegante Dame aus Virginia, die seit über fünfzig Jahren glücklich verheiratet war – ein Stockwerk unter ihnen gebeten, ihr zu verraten, was das Geheimnis ihrer langjährigen Ehe sei. »Schauen Sie weg, wenn es sein muss«, hatte sie ihr geraten. Zu jener Zeit hatte Ellen sich betrogen gefühlt. Wenn das das Geheimnis einer langen Ehe sein sollte, fand sie das wirklich niederschmetternd. Das ältere Paar hatte elf Jahre im zweiten Stock des Gebäudes in der Tenth Street gelebt, bevor beide im Abstand von nur einem Monat verstarben.

»Gott, warum ist denn alles so kompliziert?«, schimpfte Ellen. »Soll ich ihn also zum Mond schicken?«

»Warum hältst du dich nicht an deinen eigenen Rat?«

Ellen empfand Rodneys Gegenwart an diesem Tag als störend und ließ sich ihre Stimmung auch anmerken. »Und was für ein Rat soll das sein?«, fragte sie etwas zu scharf.

»Mach nichts, was dir später leidtut.«

»Verdammt, Rodney, ich hasse es, wenn mich meine eigenen Sprüche verfolgen.«

Rodney kaute seinen Donut und antwortete nicht. Er wirkte so vollkommen ausgeglichen, so absolut in sich ruhend und selbstsicher, dass Ellen das unwiderstehliche Verlangen verspürte, ihn aus der Fassung zu bringen. »Rodney, warum begrabt ihr beide nicht einfach das Kriegsbeil, du und Rayfield?«

Rodney straffte die Schultern. Seine Kaubewegungen erstarrten. In seinem Mundwinkel hing ein Stückchen Donut. Das Entsetzen in seinen blauen Augen brachte Ellen zur Besinnung, und schlagartig erinnerte sie sich, dass sie Rayfield versprochen hatte, sie würde nie das Geheimnis verraten, das er ihr anvertraut hatte, schon gar nicht Rodney. Schnell versuchte sie zu retten, was noch zu retten war. »Ich weiß ja nicht, was zwischen euch gewesen ist, aber irgendetwas stimmt doch nicht«, sagte sie hastig. »Worum geht's denn eigentlich? Du hast dich doch wohl nicht an Debbie rangemacht?«

Rodney sah aus, als hätte er soeben einen Schlag in die Magengrube erhalten.

»Oh, Gott, das wird doch hoffentlich nicht der Grund sein?« Sie ahnte, dass sie zu dick auftrug, aber sie konnte sich nicht zusammenreißen und plapperte weiter: »Es geht mich ja nichts an. Tut mir leid, dass ich dich darauf angesprochen habe. Vergessen wir die ganze Sache einfach, okay?« Rodneys eisiges Schweigen blendete Oliviers Geplapper im Hintergrund aus. Sein Kiefer arbeitete wieder, er kaute seinen Donut weiter und schluckte. Sowie sein Adamsapfel wieder in seine normale Position gerutscht war, brach Rodney das Schweigen.

»Er hat dir also erzählt, was passiert ist, nicht wahr?«

Ellen war schlecht. »Ja«, wisperte sie. »Ich habe ihn so lange gedrängt, bis er es mir erzählt hat.« Aus einem inneren Bedürfnis heraus stand sie auf und eilte um den Tisch herum zu Rodneys Platz. Neben seinem Stuhl ging sie in die Hocke, ergriff seine Hand und sagte: »Rodney, bitte streich mich deswegen nicht aus deinem Leben, wie du es mit Rayfield gemacht hast. Ich flehe dich an, bitte, lass es einfach dabei bewenden.«

»Was hast du davon, wenn du deine Nase in anderer Leute Angelegenheiten steckst?«

»Schwierigkeiten«, antwortete Ellen. »Probleme und Kummer.«

Rodneys Hand fühlte sich kühl in ihrer an, als flösse kein Blut durch seine Adern. »Ich glaube, ich habe das Gefühl … dass dort draußen eine Antwort ist, eine endgültige Erklärung, und je mehr ich weiß – über alles und jeden –, desto größer ist die Chance, diese Antwort zu finden. Ich vermute, ich bin deshalb Rechercheurin geworden, obwohl ich eigentlich immer Background-Sängerin werden wollte.« Das klang glaubhaft, obwohl sie diesen Gedanken noch nie so formuliert hatte. Im Leben konnte sie sich Millionen Geschichten in der Stadt anhören und immer noch nach mehr lechzen; wenn sie ihre Nachforschungen anstellte, trieb sie sich selbst stets an, noch schnell ein weiteres Buch oder einen älteren Zeitungsartikel auf Mikrofilm anzuschauen. »Um das einmal klarzustellen: Rayfield sagt, dass das, was mit Viola passiert ist, zu den bedeutendsten Ereignissen in seinem Leben zählt. Er versteht, warum du sauer auf ihn bist, aber er kann daran nichts ändern.«

»Er könnte ja aufhören, jedem Dahergelaufenen davon zu erzählen«, brummte Rodney sichtlich verstimmt.

Ellen ließ abrupt seine Hand los und stand auf. Ihre Kniegelenke knackten vernehmlich. »Du bist nicht fair, Rodney«, meinte sie. »All die Jahre lebt er schon damit, genau wie du, und er hat es nie jemandem erzählt außer Debbie, bis ich es aus ihm herausgekitzelt hab.« Rodney schwieg. »Rodney, ich weiß, dass du sauer auf mich bist, weil ich nachgebohrt habe, und dazu hast du auch allen Grund. Und ich weiß, dass du mich abscheulich findest. Aber bevor du völlig sauer gehst, möchte ich dir noch eins sagen: Ich finde, du bist ein großartiger Mensch.« Sie kehrte wieder auf ihren Platz zurück und überließ es dem Schicksal, was aus dieser Freundschaft würde. Olivier hatte einen Riesenspaß mit einem klebrigen Brötchen und bekam rein gar nichts mit von der Spannung, die in der Luft lag.

»Du willst also mit Rayfield losfahren?«, fragte Rodney schließlich. Die Frage klang abgehackt.

»Weißt du, Rodney, ich habe es längst aufgegeben vorauszusagen, was ich als Nächstes tun werde. Ich habe nicht mehr das Kommando. Irgendwie bin ich zu einem Zuschauer in meinem eigenen Leben geworden.«

»Hm.« Eine halbe Minute saßen sie schweigend da. Durch das Küchenfenster konnte Ellen einem Specht zusehen, der mit dem Schnabel immer wieder gegen einen Baumstamm hämmerte. »Es muss komisch sein, wenn man ein Specht ist«, bemerkte sie. Rodney folgte ihrem Blick. »Die ganze Zeit hämmert man auf die Rinde, und letzten Endes kriegt man einen Käfer. Ist die Natur nicht großartig?«, fragte Ellen und wandte sich wieder Rodney zu, der offensichtlich etwas sagen wollte. »Was ist?«, hakte sie nach.

»Ach, eigentlich nichts. Ich habe nur gerade darüber

nachgedacht, dass du dich als Zuschauer in deinem eigenen Leben bezeichnet hast. Genauso komme ich mir vor, wenn ich mit Holz arbeite.«

Ellen horchte auf. »Wirklich? Weißt du, für mich wäre es nur dann von Bedeutung, wenn letztlich auch etwas dabei herauskommt.«

»Du hast deinen Garten. Und dieses Haus.«

»Ja, aber ich weiß nicht, was ich hier eigentlich zu suchen habe.«

Rodney nahm einen langen Schluck aus seiner Kaffeetasse. »Wisst ihr, was bei euch ach so gescheiten Leuten nicht stimmt?«

»Was denn?«

»Ihr meint immer, alles ergäbe einen Sinn.«

»Du glaubst das also nicht?«

»Nein.«

»Viele Wissenschaftler wären da jetzt aber anderer Meinung, Rodney. Man nennt das Chaostheorie. Sie nehmen an, dass Ordnung in allen Dingen steckt, auch im Chaos.«

»Glaub mir, die werden es sogar finden, wenn es gar nicht da ist.«

»Aber es muss doch einen größeren Rahmen für alles geben, Rodney. Es kann doch gar nicht anders sein.«

Er schluckte das letzte Stückchen von seinem Donut herunter. »Brauchst du noch etwas aus der Stadt?«

»Nein, danke.«

»Okay, dann bis morgen. Gleiche Zeit, gleicher Ort.«

»Gleiche Zeit, gleicher Ort«, wiederholte Ellen. Das war ihre tägliche Abschiedszeremonie. Rodney verließ immer zur gleichen Zeit das Haus, aber an diesem Morgen hatte Ellen den Eindruck, dass er es besonders eilig hatte, Rayfield nicht über den Weg zu laufen. Sie hob Olivier aus dem Hochstühlchen. »Fertig zum Gießen?«, fragte sie und drückte ihm einen Kuss in sein krauses Haar. »Komm, wir ziehen uns Schuhe an.« Kurz darauf waren sie draußen beim Wasserhahn und füllten die Gießkannen und Eimer, während Mutley träge zuschaute. Olivier verteilte Skin-So-Soft auf Mutleys Kopf, und der Hund ließ die Prozedur mit einer Engelsgeduld über sich ergehen. *Ein Hund und sein Junge,* dachte Ellen, als sie zusah, wie die Köpfe der beiden in dem hohen Gras am Ende des Hofs auf und ab wippten. Mutley war viel schwerer als Olivier und hielt sich bestimmt für denjenigen, der das Sagen hatte. Die Art und Weise, wie der Hund den Kleinen ganz nebenbei zum Garten lenkte, brachte Ellen zu der Vermutung, dass der Herdentrieb, der in dem Tier schlummerte, wieder zum Vorschein kam.

Beim dritten Gang zum Wasserhahn fuhr Rayfield auf den Hof. Er sprang aus dem Wagen und präsentierte sich in einem sportlichen, marineblauen Jackett, einem weißen Hemd mit Krawatte und Khakihose mit Bügelfalte. Er hatte sich sogar rasiert und das Haar im Nacken zusammengebunden.

»Rayfield, bist *du* das?«, fragte Ellen und rieb sich ungläubig die Augen. »Mensch, du hast dich ja richtig herausgeputzt.«

»Konnte dieses Jackett zehn Jahre lang nicht zuknöpfen«, meinte er, aber nun saßen die Messingknöpfe und hatten sogar noch Spiel. Rayfields Bierbauch war tatsächlich geschrumpft, wodurch seine Schultern breiter wirkten. Ellen schirmte die Augen mit einer Hand gegen die Sonne ab, um ihn besser betrachten zu können. Erst da fiel ihr auf, dass Rayfield für diesen Anlass sogar ein Paar schwarze Herrenschuhe poliert hatte.

»Sieht aus, als wolltest du zu einer Hochzeit«, merkte sie trocken an.

»Wenn ich dich verbessern darf, *wir* gehen zu einer Hochzeit«, erwiderte er verschmitzt.

»Rayfield, ich habe jetzt keine Zeit für so etwas. Ich will mich um meine eigenen Angelegenheiten kümmern. Außerdem habe ich Olivier hier und muss auch an ihn denken.«

»Drückeberger, Drückeberger«, skandierte Rayfield. »Schau, Ellen, ich habe mir alles genau überlegt. Du brauchst kein Lampenfieber zu haben. Du hast nur eine kleine Rolle.«

Ellen stellte den Wassereimer ab. »Und wie sieht die aus?«

»Du fährst das Fluchtauto.«

»Wusste ich es doch«, seufzte sie. Sie blickte auf die Uhr. Zwanzig nach acht. »Um wie viel Uhr ist die Trauung?«

»Um zehn, aber wir fahren mindestens eine Stunde. Außerdem möchte ich noch gucken, wer alles kommt.«

»Die Sache nimmt Konturen an«, sagte Ellen. »Will sie George Robideaux heiraten?« Im selben Augenblick, als ihr der Name über die Lippen kam, tat es ihr leid. Aber Rayfield bemerkte es gar nicht.

»Nein, einen Typen namens Jake Gokey.«

»Muss ich mich umziehen?«

»Um Gottes willen, Ellen, du bist doch gar nicht eingeladen. Hör auf, Zeit zu schinden.«

»Okay, okay, ich wechsle nur schnell Oliviers Windeln, und dann können wir los.« Während sie den kleinen Po ihres Neffen sauber machte und puderte, wunderte sich Ellen, dass sie mit Rayfield losfahren würde. Die Dinge änderten sich so rasant schnell, dass sie kaum noch wusste, wo sie sich festhalten sollte. Es war ein Fehler gewesen, sich in die Angelegenheiten anderer Leute einzumischen. Sie hatte ihre Lektion zwar gelernt, aber schon wieder vergessen, noch bevor sie ihren Garten gegossen hatte. Alles kam ihr surreal vor. Vielleicht hatte Rodney recht: Es gibt keine Ordnung, keine größere Wahrheit, kein weitumspannendes Muster positiver Einstellung, in das man sich einfügte. Sie kämmte sich das Haar und schenkte ihrem Spiegelbild im Badezimmer ein warmes Lächeln. Unten wartete Rayfield in seinem Sonntagsanzug. Durch das Badezimmerfenster beobachtete sie, wie er einen Strauß Wildblumen vom Fahrersitz seines Pick-ups auf die Rückbank ihres Honda legte. Im großen Spiel um Glück und Liebe hatte er sein Blatt bekommen und war bereit, die erste Karte auszuspielen. Aber würde er letzten Endes als Gewinner oder Verlierer dastehen?

Auf der Fahrt nach Skerrie war Rayfield schweigsam, während Ellen nervös zu den Songs im Radio summte. Sie fragte sich, ob seine Gedanken auf irgendeine Art zu ihr übertragen wurden, denn es schien keine andere Erklärung dafür zu geben, warum sie Debbie mit einem Mal als Vorzeigefrau sah und sich Rayfields triumphale Rückkehr nach Porkerville ausmalte, Schwertransporter im Schlepptau.

»Debbie wird nicht gerade begeistert sein, dich zu sehen«, stellte sie fest.

»Mach dir darüber keine Sorgen«, antwortete Rayfield, schwieg dann wieder beharrlich und machte nur den Mund auf, wenn es um die Richtung ging. Die Straße zur Kapelle der Liebe schlängelte sich vorbei an Wäldern und Feldern, grüne Vegetation beherrschte die Szenerie auf beiden Seiten. Gelegentlich spross das Gras sogar trotzig durch Risse in den Gehwegen. Aber schon in wenigen Monaten würde eine dichte Schneedecke die grünen Pflanzen auslöschen und die kurvenreiche Straße in eine gefährliche Eisfalle verwandeln. Das üppige Wachstum des Sommers würde unterliegen und lebendig begraben werden, und Schnee und Eis würden für eine Weile das Zepter schwingen. Dann würde die Frühlingssonne zurückkehren und die Schneeberge an den Straßenrändern in reißende Sturzbäche verwandeln. Jede Lektion der Natur warnte einen, starr am Hier und Jetzt festzuhalten, dachte sie, aber nie gab sie einem den Rat, wie man loslassen sollte. Stattdessen raubte sie einem die Illusion, die Kontrolle zu haben, und hinterließ eine Spur von betäubten und manchmal erbärmlichen Überlebenden. Es war alles so überwältigend. Sie warf einen Blick auf Rayfield, der in seinen glänzenden Schuhen und dem Yale-Blazer steckte und im Begriff war, sich in ein Schlachtgetümmel zu stürzen.

Ellen schaute auf ihre Armbanduhr. Es war kurz nach halb zehn. Genauer gesagt: noch achtundzwanzig Minuten bis zu ihrem Auftritt. Sie bog linker Hand in eine Straße ab, die auf den Parkplatz einer kleinen, weiß getünchten Kapelle führte. Nur ein Auto stand dort, ein verbeulter Chevy Impala. Ellen stellte sich daneben und machte den Motor aus. Auf dem Rücksitz schlummerte Olivier und hatte das Köpfchen an die Stütze seines Kindersitzes geschmiegt.

»Rayfield, ich will dich jetzt wirklich nicht demoralisieren, aber ich frage mich, warum du Debbie unbedingt wiederhaben möchtest.«

»Verdammt, Ellen, hör auf. Ich bin schon nervös genug, da brauche ich dein Philosophieren nicht.«

»Ich philosophiere doch gar nicht. Ich habe meine Gründe für meine Frage. Ich versuche herauszufinden, warum ein Mann eine Frau so sehr will.«

»Chemie. Dafür gibt es wohl kein anderes Wort.«

Ob bei ihr und Tommy die Chemie noch stimmte?, überlegte sie sofort. Am Anfang hatte sie ganz gewiss gestimmt, aber das war vor fünfundzwanzig Jahren gewesen, als die Beziehung noch von Leidenschaft beherrscht wurde. Jetzt mussten sie schon stark auf die schwach glühenden Kohlen pusten, damit ein Funken übersprang, und kein Fächeln der Welt reichte aus, um ihr Feuer länger als eine Woche am Leben zu erhalten. Die Chemie nahm mit der Zeit ab. Aber vielleicht ja nicht bei allen, wenn Rayfield überhaupt als Beispiel diente.

Ein Auto fuhr auf den Parkplatz; ein Paar stieg aus und ging in die Kapelle.

»Kennst du die?«

»Noch nie gesehen.« Kurz darauf trafen noch zwei Wagen ein. Rayfield rutschte auf seinem Sitz nach unten, damit Debbies Bruder und Schwägerin ihn nicht erkannten. Um zehn vor zehn erschien Debbie in einer gemieteten Limousine, die gar nicht in die Szenerie passen wollte.

»Sie ist da«, sagte Ellen, als sich Debbie von der Rückbank hochrappelte. Sie trug ein cremefarbenes Brokatkleid mit einem gestärkten, schulterlangen Schleier und einen perlenbesetzten Brautkranz. Das Haar hatte sie vorne hochgesteckt und hinten am Rücken zu langen Locken verlängern lassen. Die Füße zierten flache, goldene Schuhe.

Rayfield tauchte gerade so weit auf, dass er über das Armaturenbrett schauen konnte. »Verdammt, das ist dasselbe Kleid, das sie auch schon bei unserer Hochzeit getragen hat«, stellte er fest.

»Wirklich?« Ellen war schockiert. Das war ein Sakrileg, selbst im Zeitalter der Wiederverwertung.

Debbie raffte die Röcke, um die kleinen Betonstufen zu meistern, die in die Kirche führten. Rayfield setzte sich wieder richtig hin, da Debbie ihm jetzt den Rücken zukehrte. »Da kommen Erinnerungen hoch«, sagte er.

»Habt ihr zwei Flitterwochen gemacht?«

»Wir sind zu den Niagarafällen gefahren.«

»Und wie war es dort?« Ellen kannte die Niagarafälle nur aus einem Hitchcockfilm.

»Woher soll ich das wissen? Wir haben das Zimmer nicht verlassen. Wir waren in einem dieser Flitterwochenmotels mit einem vibrierenden Bett und einem Whirlpool, das wie ein Herz geformt war. Richtig edel. Wide Load hat es gefallen.«

»Wem würde das nicht gefallen?«, fragte Ellen. Debbie war inzwischen in dem diffusen Licht im Innern der Kapelle verschwunden. Es war fast zehn Uhr. Ihr Auto mit eingerechnet, standen nur sechs Autos auf dem Parkplatz, aber kurz vor zehn kam unmittelbar neben ihnen ein neuer, glänzender Pick-up mit quietschenden Bremsen zum Stehen. Zwei Männer, beide im Smoking, stiegen aus.

»Welcher von beiden ist der Bräutigam?«

»Da fragst du mich was. Das sind ja Zwillinge!«

Ellen schaute genauer hin. Die beiden Männer ähnelten einander tatsächlich wie ein Ei dem anderen. Als sie im Laufschritt den kurzen Weg zur Kirche überbrückten, waren sogar ihre Bewegungen synchron.

»Abgefahren«, sagte sie und stellte sich vor, wie es wohl für Debbie wäre, sollte es den Zwillingen je in den Sinn kommen, mitten in der Nacht die Plätze im Ehebett zu tauschen. »Was willst du jetzt machen?«, fragte sie.

»Was das System für einen solchen Fall vorsieht. Sobald der Geistliche seinen Spruch sagt: *Wenn jemand unter den Anwesenden ist, der einen Grund kennt, warum diese Ehe nicht geschlossen werden sollte,* werde ich aufstehen und sagen, was ich zu sagen habe.«

»Nervös?«

»Und wie! Hör auf zu fragen.«

In diesem Augenblick schwebten die ersten Orgeltöne des Hochzeitsmarsches durch die Hitze zum Auto. Ellen war sich sicher, dass das gesamte Gebäude unter den Schritten der Braut erzitterte. Rayfield drehte sich zu Olivier um, der gerade erst die Augen aufgemacht hatte, und sagte: »Wünsch mir Glück, kleiner Mann.« Olivier und er klatschen einander die Hände ab, so wie Rayfield es dem Kleinen beigebracht hatte, und Rayfield stieg aus dem

Auto. »Fahr vor den Eingang und warte da mit laufendem Motor«, sagte er noch durch das offene Beifahrerfenster, während er sein Jackett richtete und seinen Pferdeschwanz glatt strich. »Wird schon schiefgehen.«

Voller Bewunderung sah Ellen zu, wie er in seiner Liebesmission auf die Kirchentür zuhielt. Rayfield, ein alternder Amor, war im Begriff, seinen Pfeil auf Debbies Herz abzuschießen, und das zwei Tage nach der offiziellen Scheidung. Blieb nur die Frage, ob sie ausgerechnet zu diesem Zeitpunkt empfänglich für derartige Liebesbekundungen war. Oder würde sie sich den Kerzenleuchter vom Altar schnappen, wie eine Keule über dem Haupt schwingen und Rayfield aus der Kirche jagen?

Langsam fuhr Ellen vor die Tür. Sie spähte in das düstere Innere, aber eine Pendeltür im Foyer versperrte ihr die Sicht. »Verflixt, das darf ich mir nicht entgehen lassen«, murmelte sie, halb zu Olivier gewandt. »Ich bin gleich wieder da, Süßer. Du wartest schön hier.« Sie schlich sich aus dem Auto, ging zum Eingang und drückte die Schwingtür vorsichtig auf, bis sie Rayfield genau im Blick hatte. Er saß still in der hintersten Kirchenbank, während der Geistliche mit monotoner Stimme die Litanei des Hochzeitszeremoniells abspulte.

Augenblicke später vernahm Ellen genau die Worte, auf die Rayfield gewartet hatte. »… der möge jetzt sprechen oder für immer schweigen«, sagte der Geistliche, und Rayfield sprang auf. »Einspruch!«, rief er laut, als wäre dies eine Episode aus *Perry Mason*. Die ganze Hochzeitsgesellschaft fuhr erschrocken herum. Ellen drückte ihm die Daumen und hielt gespannt den Atem an. »Ich bin eigentlich hier, um mit Debbie zu sprechen«, sagte Rayfield. »Die anderen können ruhig zuhören.«

Ellen drückte die Tür ein wenig weiter auf, weil sie auch die Braut sehen wollte, die erschrocken vor dem Altar herumgewirbelt war. »Rayfield, mach, dass du verschwindest!«, rief sie aufgebracht.

»Debbie«, begann Rayfield mit ruhiger, klarer Stimme, »bitte tu es nicht. Heirate nicht wieder. Mach nicht denselben Fehler ein zweites Mal.«

Lieber Himmel, dachte Ellen, das war nicht gerade die Einleitung, zu der sie ihm geraten hätte. Rayfield brauchte offenbar einen Intensivkurs in Rhetorik.

»Keiner kennt dich besser als ich«, fuhr er fort, »und ich kann dir auf den Kopf zusagen, dass du nicht klar denken kannst. Gleich nach der Scheidung wieder zu heiraten ist wie vom Regen in die Traufe zu kommen. Damit will ich nichts gegen Jake Gokey sagen. Tatsache ist, dass ich ihn höflich bitte, dir etwas Zeit zu geben, damit du wieder zur Besinnung kommst. Wenn er dich wirklich liebt, sollte er dir das ermöglichen.« Rayfield holte hörbar Luft. »Ich liebe dich von ganzem Herzen und bekenne es hier vor allen Leuten.« Er machte eine ausladende Geste, um die kleine Gruppe zu umfassen. »Ich bitte dich, dir die Zeit zu nehmen. Ich kenne dich schon lange, Wide Load, und jetzt bin ich hier, um dir zu sagen, dass es sonst schiefgehen wird.«

Tränen brannten Ellen in den Augen, als sie Rayfield da so allein stehen sah. Wie viel Würde er in diesem Moment verkörperte! Wie viel Mut! Welche romantische Kühnheit! Ellen und alle übrigen Hochzeitsgäste sahen Debbie an, als wären sie Zuschauer bei einem Tennis-Match.

»Der Einzige, bei dem was schief ist, bist doch wohl du, Rayfield«, sagte sie. Ellen zuckte zusammen. *Ein Tiefschlag,* dachte sie. Unerlaubt, gemein und obendrein unnötig! Aber Rayfield ließ es so stehen. »Ich führe mein eigenes Leben«, fuhr Debbie fort. »Wag es ja nicht, dich mir in den Weg zu stellen.«

»Dem werde ich eine verpassen!«, warf der Bräutigam

wütend ein und entfernte sich einen Schritt vom Altar. Debbie griff nach seiner Hand, um ihn aufzuhalten.

»Schwertransporter, sieh doch nur, was du tust«, beharrte Rayfield.

Debbie wandte sich von ihrem Ex ab. »Was sollen wir jetzt machen?«, fragte sie den Geistlichen, der wie ein in die Jahre gekommener Elvis-Imitator aussah. »Er kann uns doch nicht aufhalten, oder?«

Es kam wieder Leben in den Geistlichen. »Sir«, sagte er laut und vernehmlich, »Ihr Einwand wird in die Bücher eingehen.«

»Komm nicht heulend angelaufen, wenn die Sache schiefgeht«, sagte Rayfield zu Debbies Brokatrücken. »Wenn du das hier durchziehst, dann war's das mit uns.«

Plötzlich setzte sich der Trauzeuge, der Klon des Bräutigams, in Bewegung und stürmte durch das Kirchenschiff. Ellen verließ hastig ihr Versteck und schaffte es gerade bis ins Auto, als Rayfield auch schon aus der Kirche raste und die Beifahrertür aufriss. »Los!«, schrie er. Der Trauzeuge und der Bräutigam waren ihm unmittelbar auf den Fersen.

Ellen drückte aufs Gaspedal, der Honda setzte über den unbefestigten Parkplatz, und Rayfields Verfolger blieben undeutlich in einer Staubwolke zurück, wie mythische Gestalten, die den Zorn des überzivilisierten, Smoking tragenden Mannes verkörperten. Sie hielt auf die asphaltierte Straße zu und nahm die erste Kurve, während Rayfield auf dem Beifahrersitz in sich zusammensackte … ein besiegter Mann.

»Wie ich sehe, hatte Debbie nichts für deine Worte übrig«, sagte Ellen schließlich.

»Nein.«

»Ich bin froh, dass du noch rechtzeitig fliehen konntest«, sagte sie. Selbst bei seiner erschlankten Erscheinung schien Rayfield nicht dafür geschaffen zu sein, es mit einem in Rage geratenen Zwillingspaar aufzunehmen.

»Was du gerade getan hast, war ganz schön mutig«, versuchte sie ihn aufzubauen.

»Dumm wäre bestimmt der treffendere Ausdruck.«

»Willst du darüber reden?«

»Nein, verdammt.«

Ellen konzentrierte sich auf die Straße und nahm den Fuß vom Gas. Sie hatte keine Ahnung, wo sie sich befanden, und der dichte Wald zu beiden Seiten der Straße bot keine Möglichkeit zum Wenden. »Weißt du, Rayfield, es ist schwer, im Leben den gewohnten Weg zu verlassen.«

»Was willst du mir jetzt schon wieder sagen?«

»Diese Straße. Sie ist wie eine Metapher des Lebens. Man kann nichts als geradeaus fahren.« Sie deutete vage auf den Wald. »Sobald du die Straße verlässt, bist du verloren.«

Rayfield starrte sie mit hängendem Unterkiefer an. »Verdammt, Ellen, muss das sein?«, sagte er schließlich, wandte sich halb von ihr ab und schaute mürrisch aus dem Fenster.

In diesem Augenblick nahm Ellen eine Kurve und sah ein Schild, das nach Lamone wies. Rayfield sprach während der ganzen Fahrt nach Hause kein Wort mehr. Die Blumen, die er gepflückt hatte, verwelkten auf der Rückbank. Sie wollte sich Rayfields romantischer Blessur annehmen und sie säubern, ehe er in seinen Wohnwagen stieg und die Tür hinter sich zuknallte, um allein seine Wunden zu lecken. Jede unterdrückte Emotion, dachte sie, barg eine potenzielle Infektion. Und wenn erst einmal der romantische Wundbrand einsetzte, würde Rayfield vielleicht seine Peyronie-Behandlung abbrechen und wieder zu seiner Bier-und-Zigaretten-Diät zurückkehren. Schlimmer noch: Er könnte zynisch und verbittert werden und sich jeglicher romantischen Stimmung verschließen. Dabei wusste sie, dass sie nicht aus reiner Nächstenliebe handelte. Sie wollte Gewissheit haben, dass es den Willen gab, auch noch in dem Moment weiterzugehen, wenn eine langjährige Ehe den Todesstoß erhielt.

Irgendwie gelang es ihr, sich mit weiteren Kommentaren zurückzuhalten und Rayfield in Ruhe zu lasen. Wie abwesend schälte er sich aus dem Jackett und warf es auf die Rückbank. Die Krawatte folgte. Dann knöpfte er sein frisch gebügeltes Hemd an Kragen und Handgelenken auf. Sie schaute kurz auf den Fußraum des Beifahrersitzes, um nachzusehen, ob er sich auch der Schuhe entledigt hatte, aber er hatte sie noch an.

»Ich ruf dich an«, sagte sie, als er schweigend aus dem Wagen stieg.

»Lass mir ein paar Tage Zeit.« Er griff durch das offene Fenster auf Oliviers Seite und tätschelte dem Kleinen den Kopf. »Verlieb dich nie, kleiner Mann«, sagte er, dann schleppte er sich mit hängenden Schultern zu seinem Wohnwagen.

34

Als Olivier an diesem Abend eingeschlafen war, verspürte Ellen das Verlangen, den erbsengrünen Schonbezug von dem Ohrensessel im Wohnraum zu reißen, um nachzusehen, ob die ursprünglichen Polster ästhetischer aussahen. Sie begann mit der Rückenlehne und zog die langen Reißnägel einen nach dem anderen heraus. Jedes Mal, wenn sich einer löste, klang es wie ein Pistolenschuss in der Ferne. Sowie eine Ecke des Bezugs die Spannung verlor und zurückgezogen werden konnte, ahnte Ellen, dass sie auf der richtigen Spur war, denn unter dem Erbsengrün kam ein nettes, rot-weißes Muster zum Vorschein, das eine geheimnisvolle Vegetation darstellte. Beim Anblick des feinen Designs frohlockte Ellen und zerrte mit neuem Elan an dem Schonbezug. Bald hatte sie die ganze Rückenlehne des Sessels befreit und betrachtete zufrieden ihr Werk.

»Schon viel besser«, sagte sie laut und begann, den geächteten erbsengrünen Stoff zusammenzuknüllen. Doch gerade, als sie ihn auf einen Haufen werfen wollte, spürte sie eine Verhärtung am Saum. Sie brachte den Bezug näher ans Licht und erkannte, dass Viola dort etwas Rundes eingenäht hatte. Schnell rannte sie die Kamikazetreppe hinauf, holte ihr Maniküreset und trennte die Nähte mit der kleinen Schere auf.

Zum Vorschein kamen neun Goldmünzen, von denen jede einen Nennwert von zwei Dollar und fünfzig Cent aufwies. Ellen nahm eine Lupe zur Hand, um den Indianerhäuptling besser sehen zu können, der in vollem Federnschmuck auf den Münzen prangte. Die Goldmünzen sahen alle gleich aus, waren aber in unterschiedlichen Jahren geprägt worden, und zwar zwischen 1897 und 1928. Sofort verspürte sie den Drang, Tommy anzurufen, aber nach einem Blick auf die Uhr machte sie sich bewusst, dass es schon beinahe elf Uhr abends war, und sie wollte ihn nicht wecken. Sie wollte nicht, dass das Telefon klingelte und klingelte und keiner den Hörer abnahm. Außerdem wäre es ihr ein Graus, plötzlich die melodiös flötende Stimme der Yogalehrerin zu hören. Also verwarf sie die Idee, ihren Mann anzurufen, legte die Münzen auf den Esstisch und betrachtete jede einzelne wie ein eingefleischter Geizhals. Sie vermutete, dass die Münzen mehr wert waren als der Nennwert, aber was mochten sie beim Verkauf noch bringen? Ellen beschloss, am Morgen als Erstes in die Bücherei zu fahren, um in einem Münzkatalog nachzuschauen.

Sie kehrte zum Sessel zurück und trennte den Rest des Saums auf. Natürlich rechnete sie nicht mit weiteren Goldfunden, aber die Hoffnung gab sie nicht auf. Schließlich entdeckte sie vorne unter dem Bezug einen Schatz einer ganz anderen Kategorie: drei handgeschriebene Briefe an Viola de Beer. Ellen besah sich den Poststempel, der auf allen drei Briefen gleich war: Syracuse, New York, und alle waren auf den Juli des Jahres 1932 datiert. Der Absender war verblasst und hob sich nur noch vage von der Farbe des Umschlags ab; Ellen musste ihn unter eine Lampe halten, um überhaupt etwas lesen zu können. Ihr Herzschlag beschleunigte sich, als sie oben in der linken Ecke den Namen Rodney L. Murphy las. Offensichtlich hatte Viola ihrem unehelichen Sohn den Namen des Vaters gegeben, und hier war der Beweis. Ellen war sowohl von dem Interesse der Rechercheurin als auch von ihrer Neugier beseelt, den Inhalt dieser Briefe kennenzulernen, eine machtvolle Kombination. Für gewöhnlich hätte sie keinen Moment gezögert, weiterzuschnüffeln, aber da es hier um Rodney ging und sie sich, was private Dinge anbelangte, ohnehin schon auf dünnem Eis befand, zog sie gerade noch rechtzeitig die Notbremse. Gab es hier so etwas wie falsch und richtig? Konnte sie sich aufgrund des Wohnrechts oder in diesem Fall aufgrund des rechtskräftigen Kaufvertrags die Freiheit herausnehmen, Violas private Post zu öffnen? Aber was wäre, wenn etwas in den Briefen stand, das Rodney wehtäte? Womöglich konnte sie ihn vor einem Trauma bewahren, wenn sie die Briefe las, bevor sie sie ihm aushändigte.

Normalerweise sprach sie über so etwas mit Tommy. Sie schaute wieder auf die Uhr, aber tief im Innern wusste sie, dass es nicht die vorgerückte Zeit war, die sie davon abhielt, die Nummer zu wählen. Sie und Tommy hatten sich vorübergehend entfremdet, was in ihrer Ehe immer mal wieder vorgekommen war. Für gewöhnlich lief diese Situation auf eine Auseinandersetzung hinaus, die wie ein reinigendes Gewitter wirkte und die Partner wieder auf den Weg der trauten Zweisamkeit brachte. Aber wenn sie für sich wohnten, dann teilte jeder seine Schläge aus und erlebte nie die Erleichterung der richtigen Konfrontation. Ellen vermisste ihren Mann, aber alle Sehnsucht der Welt konnte nicht über die Kluft hinwegtäuschen, die sich zwischen ihnen aufgetan hatte und mit jedem Tag breiter wurde. Wie durch ein stilles Abkommen hatten sie beide aufgehört, den anderen anzurufen, und obwohl sie nicht für Tommy sprechen konnte, war sie der Ansicht, dass der Spruch »Aus den Augen, aus dem Sinn« letzten Endes stärker sein würde als »Die Liebe wächst mit der Entfernung«. Alles war so verworren und so verwirrend, dass ihr nicht viel anderes übrig blieb, als ins Bett zu gehen und die Decke bis über beide Schultern zu ziehen. Nach anfänglichem Wälzen von einer Seite auf die andere fiel sie in einen leichten Schlaf, dem das frühe Zwitschern der Vögel ein Ende bereitete.

Als Rodney zum Frühstück erschien, war Ellen bereits bei der zweiten Tasse Tee angekommen.

»Du siehst aus wie die Katze, die den Kanarienvogel verspeist hat«, merkte Rodney an, als er die Küche betrat.

»Nicht schuldig! Endlich habe ich mal an nichts Schuld!«, rief Ellen und freute sich, dass ihre Worte der Wahrheit entsprachen. »Aber rate mal, was ich entdeckt habe!«

»Was denn?«

Sie erzählte ihm die ganze Geschichte und deutete mit einer weit ausladenden Geste auf die drei Briefe. Die Goldmünzen hatte sie weggelegt. Sie waren nur schnöder Mammon, und Ellen fühlte sich nicht dazu verpflichtet, sie mit jemandem zu teilen.

»Ich werd verrückt«, sagte Rodney, als er sich die Brille aufsetzte.

»Die stammen von deinem Vater, nicht wahr?«

»Weiß ich nicht. Meine Mutter hat ihn nie mit auch nur einem Wort erwähnt.«

»Aber sie müssen von ihm sein.« Ellen nahm den ersten Brief und gab ihn Rodney. Er legte den Kopf zurück, um die Schrift besser erkennen zu können. »Der Absender lautet auf den Namen Rodney L. Murphy. Sie muss dich nach deinem Vater genannt haben, Rodney.«

»Das Datum ist sechs Monate vor meiner Geburt.«

»Viola wird gewusst haben, dass sie schwanger war, und hat ihm geschrieben.«

»Hast du sie schon gelesen?« Rodney ließ den Brief auf den Tisch fallen und holte sich seinen morgendlichen Kaffee.

»Nein, ich bin eine geläuterte Topfguckerin.«

»Vielleicht sollten wir sie nicht lesen«, sagte Rodney, als er wieder Platz nahm, den Schokoladeneclair in der Hand. »Das sind private Dinge meiner Mutter.«

Als ihre Eltern gestorben waren, hatten Ellen und Karen sämtliche irdischen Sachen durchgeschaut und nicht ein überraschendes Stück gefunden. Wären ihre Eltern Spione der Kommunisten gewesen, getarnt als einfache Leute, wären sie zu hundert Prozent überzeugend gewesen.

»Stirbst du nicht vor Neugier? Mensch, Rodney, das könnte die Story deines Lebens sein. Die meisten Leute würden eine solche Gelegenheit beim Schopfe packen. Eine Freundin von mir ist in einem Taxi zur Welt gekommen, entbunden vom Fahrer, und *noch heute* bittet sie ihre Mutter, ihr die ganze Geschichte haarklein zu erzählen.«

»Das ist etwas anderes, als Briefe zu öffnen, die versteckt wurden.«

»Vielleicht hat sie sie versteckt, weil sie kostbar waren.«

»Oder Beweismaterial«, fügte er zynisch hinzu, »für den Fall, dass sie beschließen sollte, ihn zu erpressen. Das wäre ganz nach dem Geschmack meiner Mutter gewesen.«

»Vielleicht lebt er ja sogar noch. Ich könnte dir möglicherweise sogar helfen, ihn zu finden.«

»Ich bin mir sicher, dass er weiß, wo er mich die ganzen Jahre über hätte finden können.«

Ellen hatte bereits Bekanntschaft mit Rodneys gewaltigem Starrsinn gemacht und kam daher zu dem Schluss, dass es zwecklos war, auf seine Kooperation zu hoffen. Er würde die Briefe nicht aufreißen und Ellen über die Schulter mitlesen lassen. »Okay«, sagte sie schließlich, »ich glaube, sie gehören rein rechtlich dir, aber wenn du sie nicht haben willst, dann lass sie hier.«

»Würdest du sie dann lesen?«

»Ja.«

Eine Weile starrte er nachdenklich auf seinen Eclair, während Ellen Olivier einen glasierten Donut und einige trockene Müsliflocken gab. Tu Gutes und sei Liebe, rief sie sich in Erinnerung, um nicht der Versuchung zu erliegen, Rodney zu manipulieren.

»Ich denke, ich lasse sie bei dir«, beschloss er schließlich. »Wenn sie irgendetwas Hässliches über mich sagt, behalt's für dich.«

»Du warst doch noch nicht einmal geboren. Wieso sollte sie dann etwas Schlechtes über dich sagen?«

»Ich war ja schon in ihrem Bauch.«

Einige Frauen hassten tatsächlich ihre Babys im Mutterleib, ein schrecklicher Gedanke für Ellen. Gewiss, Wellen der Feindseligkeit und Wut verschmutzten das Wasser der Fruchtblase. Das hätte sich genauso gut auf Rodney auswirken können, aber abgesehen von der leichten Fahne an manchen Morgen und einer Handvoll schnippischer Kommentare war er einer der freundlichsten und sanftmütigsten Menschen, denen sie je begegnet war. Ellen nahm die drei Briefe und legte sie in die Schublade von Violas alter Porzellanvitrine. Dort, in der Ecke, stand auch die Pappschachtel, in die sie die Goldmünzen gelegt hatte. Wie sie sich erst jetzt bewusst machte, war es die pure Gier, die sie davon abgehalten hatten, die Münzen Rodney gegenüber zu erwähnen. Von Rechts wegen gehörte schließlich alles in dem Haus ihr. Vielleicht sollte sie diese Goldmünzen versetzen und damit ihre jüngst angehäuften Kreditkartenschulden teilweise, wenn nicht gar ganz, tilgen. Außerdem, wer etwas findet, darf es auch behalten.

Sie warf einen Blick auf Rodney.

Des einen Freud, des anderen Leid.

»Da war noch etwas«, platzte es aus ihr heraus. »Das Beste habe ich mir für zuletzt aufgehoben.« In ihrer Aufregung warf sie die kleine Schachtel mit den Münzen gleichsam auf den Tisch. »Schau da mal rein! Die hab ich ebenfalls im Sesselschonbezug gefunden.«

Rodney nahm den Deckel der Schachtel ab. »Ich werde verrückt«, sagte er. »Goldmünzen!«

»Wusstest du, dass deine Mutter sie hatte?«

»Ich habe sie nie gesehen. Ich frage mich, wie lange sie die verwahrt hat.«

»Nun, die jüngste wurde geprägt, bevor du geboren wurdest.«

Rodney nahm eine Goldmünze aus der Schachtel und betrachtete sie aus nächster Nähe. »Wenn ich daran denke, wie oft wir nichts zu beißen hatten und in der Kälte hockten, und wenn ich mir dann vorstelle, dass sie die ganze Zeit diese Münzen besaß, die wir zu Geld hätten machen können … dann könnte ich wahnsinnig werden.«

»Wer weiß, warum sie sie aufbewahrt hat?«, meinte Ellen, als sie spürte, wie das kleine Zwischenspiel mit den Münzen aus dem Ruder zu laufen drohte. Rodney war aufgebracht, womit Ellen nicht gerechnet hatte.

»Du hast ja keine Vorstellung davon, wie es war«, sagte er. In seinen Augen standen Tränen, aber an der Art und Weise, wie er die Lippen zusammenpresste, erkannte Ellen, dass das Thema für Rodney nun offiziell beendet war.

»Rodney, ich möchte dir die Münzen im Namen von Viola geben. Mach damit, was du für richtig hältst. Ich bin mir sicher, sie wollte, dass du sie bekommst.«

»Ich will sie nicht. Das ist zwar sehr nett von dir, aber ich habe dieses Haus als Junge mit nur ein paar Klamotten zum Wechseln und zwei Paar Schuhen verlassen. Als sie starb, habe ich auch nichts mitgenommen. Und jetzt will ich ebenfalls nichts haben – weder ihre verdammten Briefe noch ihre Goldmünzen.« Er stand abrupt auf. Olivier hob seine Ärmchen und hoffte, Rodney würde ihn aus seinem Hochstühlchen befreien, aber Rodney trat vom Tisch zurück, zu sehr in seinen Gedanken gefangen, um die Signale des Kleinen wahrzunehmen. Olivier begann zu schreien und schlug mit seinen kleinen Fäusten auf das Tischchen. Ellen sprang auf, hob ihren Neffen aus dem Stuhl und stellte ihn auf den Boden. Auf Oliviers Brust klebten Stücke der Donutglasur wie bei einer Faschingsdekoration.

»Oh, Rodney, ich wollte dich nicht aufregen.«

»Hast du nicht. Das kommt automatisch, wenn ich an die Vergangenheit denke.«

»Aber es tut mir leid. Ich wünschte, ich hätte die Briefe und die Münzen nie gefunden.«

»Sprich in meiner Gegenwart nie wieder davon«, sagte er scharf. Dann nahm er Olivier mit nach draußen. Ellen beobachtete von der Tür aus, wie sie Hand in Hand den

Hof überquerten, und spürte Tränen in den Augen. Warum hortete eine Frau Gold, während ihr Sohn Hunger litt? Warum hatte Viola neun Goldmünzen in den Saum eines Schonbezugs eingenäht und nie einer Menschenseele davon verraten?

Es lag auf der Hand, dass sie geisteskrank war. Viola de Beer war verrückter als vermutet, und ihr Opfer war der arme Rodney. Sie hatte ihn im Leben gequält, und jetzt, da er wusste, dass sie einen kleinen Goldschatz gehütet hatte, versetzte sie Rodney noch einen Schlag aus dem Grab. Manchmal erschien Ellen alles so unbarmherzig, als wäre das Leben ein Schneidbrenner mit einem nie enden wollenden Vorrat an Gas. Vor langer Zeit hatte ihr Hippiefreund Nelson einen Ausdruck geprägt für die Leute, die das tägliche Getriebe überlebten: »Sie *schlurfen* durchs Leben.« Dort, im Hof, war Rodney und schlurfte davon.

In gedrückter Stimmung brühte sich Ellen eine frische Kanne Öffne-dein-Herz-Tee auf. Lange schaute sie auf die kleinen Zweige und Beeren, die wie verrückt in dem aufwallenden Wasser tanzten. Das Problem bei dem Vorsatz, sein Herz zu öffnen, bestand darin, dass man dabei unweigerlich Schmerz empfand. Würde das Herz sich bloß der Freude öffnen, dann wäre es die Sache wert, aber wenn Ellen bedachte, dass sie keine solche Abmachung treffen konnte, blieb alles völlig offen. Sie hatte dieses ganze Teebrimborium nur gemacht, um über die drückende Niedergeschlagenheit hinwegzukommen. Hatte ihre Stimmung sich nun aufgehellt? Oder war sie eher noch tiefer in die Schwermut hinabgesunken, da sie begonnen hatte, mit sich selbst und mit anderen zu fühlen?

Betrachtete man den Prozess nüchtern, so lag der positive Effekt darin, dass sie jetzt ihr Spiegelbild angrinste, was womöglich ein beliebter Zeitvertreib von Leuten war, die im ganzen Land in geschlossenen Anstalten einsaßen.

Und was machte sie? Sie verscheuchte Pferdebremsen von Mutleys Rücken und respektierte Rodneys Privatsphäre, indem sie nicht sofort Violas versteckte Briefe durchlas. Aber alles in allem brachte ihr das nicht allzu viel auf der Habenseite ein.

Sie drückte die Tür auf, die Teetasse in der Hand, und setzte sich auf die bröckelnde Treppe vor der Veranda.

35

Mitten in der Nacht klingelte das Telefon und durchschnitt Ellens Träume wie ein Fleischermesser. Sie flog gleichsam die steile Treppe nach unten und rannte mit traumwandlerischer Sicherheit durch das dunkle Wohnzimmer. Beim fünften Läuten bekam sie den Hörer zu fassen.

»Ellen?«

»Karen! Ich habe mir schon solche Sorgen gemacht!«

In der nachfolgenden Stille wagte Ellen kaum zu atmen. »Karen?«, wisperte sie schließlich.

»Cocho ist tot«, sagte ihre Schwester.

»O nein! Wo bist du jetzt? Bist du allein? Es tut mir so leid.« Insgeheim hatte Ellen befürchtet, dass es so weit kommen würde. Demnach war ihr »Atme-weiter-Mantra« doch kein magisches Heilmittel gewesen. »Wann ist es passiert?«

»Vor wenigen Minuten.«

»Warst du bei ihm?«

»Ja, aber er war nicht mehr da.«

Ellen entfuhr ein unwillkürlicher Schrei.

»Ich meine, sein Geist hatte sich schon so weit fortbewegt, während er im Koma lag. Zuletzt sah er nicht mehr wie er selbst aus. Und als sein Geist sich noch einen Schritt weiter von ihm entfernte, starb er.«

»Er hat nie das Bewusstsein wiedererlangt?«

»Nie.«

»Karen, komm nach Hause. Komm zurück.« Tränen brannten in ihren Augen. Das Esszimmer verschwamm, als blinzelte sie durch einen heftigen Regenschauer hindurch. »Komm nach Hause.«

»Ich werde noch Cochos Eltern begleiten. Und Cocho. Seine Eltern wollen ihn im Dorf bestatten. Dann komme ich nach Hause.«

»Karen, ich liebe dich. Olivier liebt dich. Ich weiß, dass das jetzt im Augenblick keine Hilfe ist, aber …« Sie wusste nicht, wie sie fortfahren sollte.

»Ich weiß, Ellen. Danke.«

»Kann ich irgendetwas für dich tun?«

»Nein. Niemand kann jetzt etwas tun.«

»Komm nach Hause.«

»Ich vermisse ihn so sehr.«

»Komm wieder nach Hause.«

»Sobald ich es kann.«

Selbstsüchtig wünschte Ellen, Karen würde in Tränen ausbrechen und das Gespräch mit Schluchzern füllen, damit es keiner weiteren Worte bedurfte. Sie suchte die passenden Worte, rang nach tröstenden Sätzen und fand sie nicht.

»Weißt du denn schon, wann du kommen wirst?«

»Vielleicht in drei oder vier Tagen. Cocho wird am Dienstag beerdigt. Dann brauche ich einen Tag, um nach Lima zu fahren.«

»Ich hole dich mit Olivier am Flughafen ab. Soll ich irgendjemanden anrufen? Regine-Marie vielleicht?«

»Würdest du das tun?«

»Ich werde gleich morgen früh zu ihr fahren und es ihr persönlich sagen.«

»Danke. Ich kann heute Nacht mit niemandem sonst sprechen. Ich muss jetzt auflegen. Bei Cocho bleiben.«

»Du hast die Kraft und den Mut, das durchzustehen«, munterte Ellen sie auf.

»Ich hoffe es. Gib dem Kleinen einen Kuss von mir. Und von Cocho.«

»Das mache ich, bestimmt«, rief Ellen und fasste sich an den Hals. Die Kehle war ihr wie zugeschnürt.

Karen legte auf. Ellen hielt den Hörer in der Hand, unfähig, ihn zurück auf die Gabel zu legen. Cochos Leben war vorüber. Cocho war von ihnen gegangen. Er würde nie zurückkehren, nie mehr seinen Jungen sehen, nie mehr an Sommertagen auf der Place Jacques-Cartier auf seiner Panflöte spielen. Ihr war schwindelig, und sie sank kraftlos zu Boden. Die breiten Kiefernbohlen fühlten sich an wie die glatte Felswand einer hohen Klippe, auf der Ellen sich in diesem Augenblick wähnte und nirgendwo Halt fand.

Cocho war nicht mehr da. Die große Liebe ihrer Schwester fort. Oliviers Vater fort. Seine Seele habe sich weiter und weiter von seinem Körper entfernt, hatte Karen gesagt, und sich schließlich ganz von den menschlichen Gefilden gelöst. Selbst Karen, die sicher seine Hand umfasst hatte, hatte ihn nicht mehr halten können.

In ihrer Hippiezeit hatte Ellen sich einen metaphysischen Text für ihre eigene Beerdigung herausgesucht und sich vergewissert, dass all ihre Freunde wussten, wie sie sich ihre Grabrede vorstellte, falls sie an einer Überdosis starb, ermordet wurde oder bei einem Autounfall ums Leben kam. Jetzt konnte sie sich nicht einmal mehr an den Namen des indischen Swami erinnern, dessen Worte sie so gemocht hatte, nur noch an die erste Zeile, die lautete: »Ich fliege heim.« Cocho flog nun ebenfalls heim und war auf dem Weg in das große Nichts. Sein Körper unterlag bereits dem Zerfallsprozess und wurde wieder zu einem Häuflein Asche. Ein Zustand, dachte Ellen, von dem ein jeder von uns in jeder Sekunde nur einen Hauch entfernt ist. Karen, nunmehr ohne ihren Geliebten, saß irgendwo in Lima neben seiner Leiche. Ellen weinte und weinte. Als sie sich schließlich wieder etwas gefasst hatte, rief sie Tommy an. Er ging beim dritten Läuten an den Apparat und klang sehr verschlafen.

»Tommy, Cocho hat es nicht geschafft. Er ist vor etwa einer Stunde gestorben.«

»Oh, nein.«

Ellen stellte sich vor, wie er in ihrer gemeinsamen Küche stand. Im Sommer schlief er immer nackt. So würde er auch jetzt im Türrahmen lehnen, den Hörer am rechten Ohr.

»Karen hörte sich an, als würde sie schlafwandeln.«

»Soll ich nach Peru fliegen und sie holen?«

»Ich weiß nicht, ob du sie finden würdest. Sie will in die Stadt, in der Cochos Familie lebt – hoch oben in den Bergen.« Ellen fiel das Atmen schwer. »Oh, Tommy, das ist alles so furchtbar.«

»Ich weiß«, flüsterte er. »Es tut mir so leid. Kann ich sie erreichen?«

»Ich habe die Nummer von der Klinik«, sagte sie und ließ den Blick über ihre Notizen schweifen, die sie an die Wand geheftet hatte, »aber ich bin nie durchgekommen.« Tommy schrieb sich die Nummer trotzdem auf.

»Komm doch mit Olivier nach New York«, meinte er. »Bring ruhig auch Mutley mit, wenn es nicht anders geht.«

Ellen schwieg, doch sie war gerührt.

»Vielleicht können wir Olivier noch in der Tagesbetreuung unterbringen«, sagte Tommy. Im Erdgeschoss ihres Gebäudes befand sich ein privater Hort. Ellen zwang sich zu einem halbherzigen Kichern und sagte dann: »Ich würde gern kommen, aber ich glaube, ich bleibe besser hier, falls Karen noch einmal anruft oder plötzlich doch zurückkommt. Sie wird Olivier brauchen.«

»Dich wird sie auch brauchen.«

»Glaubst du?«

»Ich weiß es.«

»Und was ist mit dir, Tommy?«, lag es ihr auf der Zunge. »Brauchst du mich auch?« Aber sie weigerte sich, in einem solchen Augenblick an sich selbst zu denken.

»Will sie eine Gedenkfeier für ihn veranstalten?«, fragte Tommy.

»Darüber haben wir nicht gesprochen, aber ich glaube schon.«

»Dann komme ich selbstverständlich auch.«

»Hast du viel zu tun?« Die Frage klang beinahe wehmütig.

»Ja, sehr viel. Wichtiger Mandant.«

»Hast du dir noch Gedanken über den Urlaub gemacht?«

»Hatte noch keine Zeit dafür.«

Ellen war sich nicht sicher, ob sie hören wollte, was Tommy sich überlegen würde. Schweigen breitete sich zwischen ihnen aus.

»Nun, ich glaube, ich lasse dich dann mal weiterschlafen«, sagte Ellen schließlich und verkniff sich die Bemerkung: »Nur noch vier Stunden bis zum Yoga«, die ihr auf der Zunge brannte. »Ich musste unbedingt deine Stimme hören.«

»Oh, Süße, ich wäre sauer gewesen, wenn du mich nicht sofort angerufen hättest. Ich wünschte, ich wäre jetzt bei dir.«

»Danke, dass du das sagst, Tommy.«

»Ich liebe dich.«

»Ebenso, Baby«, sagte sie.

Ellen war so mitgenommen, dass sie sich kaum zutraute, die steile Treppe nach oben zu gehen, um nach Olivier zu schauen, der friedlich in seinem Reisebettchen schlief. Ganz bewusst hielt sie sich bei jedem Schritt an der Wand fest, damit sie nicht rücklings die Treppe herunterfiel.

Dann saß sie auf der Bettkante, fühlte die feste, neue Matratze unter sich und lauschte Oliviers Atemzügen. Im blassen Schein des Mondes sah seine Haut bronzefarben aus, und sein lockiges schwarzes Haar breitete sich fächerartig auf dem weißen Kissen aus. Ellen beugte sich über das Bettchen, hob ihn heraus und gab ihm die Küsse seiner Eltern, wie sie es versprochen hatte. Dann legte sie sich mit Olivier im Arm aufs Bett und zog sich Violas alte Decke über die Schultern. In der Dunkelheit zählte sie die Atemzüge ihres Neffen, bis die erste matte Andeutung der Morgendämmerung durch das nach Osten gerichtete Fenster kroch. Bald darauf schlug Olivier die Augen auf.

»*Bonjour*, Olivier«, sagte sie ganz dicht an seinem Gesicht.

Der Kleine gluckste und setzte sich auf. »Nass«, sagte er und zupfte an seinem Schlafanzugoberteil. Ellen fühlte den feuchten Stoff.

Ihre Tränen.

Sie zog dem Jungen das Oberteil aus und musste an sich halten, um nicht zu schluchzen, als sie die schmale Kinderbrust sah, die sie an Cocho erinnerte. Sie zog ihren Neffen an, fütterte Mutley, goss die Pflanzen im Garten, packte das Auto für einen Tagesausflug und fuhr los – noch bevor Rodney zur gewohnten Stunde auf den Hof bog. Sie legte ihm eine traurige Notiz auf den Tisch und ließ die Tür auf.

Auf der Fahrt nach Trout River sang Ellen ihrem Neffen Nonsenslieder vor. An der Grenze nach Kanada erinnerte sich zu Ellens Überraschung die Zollbeamtin an sie. »Immer noch Babysitten?«, fragte sie fröhlich auf Englisch.

»Nur noch ein paar Tage«, antwortete Ellen.

Die Beamtin winkte sie durch. Bis zu diesem Moment hatte sich Ellen noch gar nicht bewusst gemacht, dass ihr Leben mit Olivier bald ein jähes Ende finden würde. Ungefähr seit Beginn ihres Aufenthalts in Eagle Beak war er ihr Gefährte und Sonnenschein gewesen. Zwar lenkte er sie von der tiefen inneren Einkehr ab, die sie hatte anstreben wollen, aber er öffnete auch ihr Herz und füllte es mit Liebe – genau wie Dr. Yis Tee. Sie würde ihn vermissen. Ohne ihn wäre es nicht mehr dasselbe.

Sie erreichte Montreal mit einem unguten Gefühl. Das Kopfsteinpflaster der Altstadt erschütterte den Honda und erzeugte ein furchtbares Vibrieren in ihrem Kopf. Überall sah sie Balkonkästen mit hübschen, bunten Blumen und schlanke junge Frauen mit Einkaufsnetzen, aus denen dünne Baguettestangen hervorlugten, aber kein schöner Anblick konnte ihren müden Geist erfreuen. Aus einer Laune heraus beschloss sie, über die Place Jacques-Cartier zu flanieren, ehe sie zu dem Café ging, in dem Karens beste Freundin arbeitete.

Auf dem Platz schlenderte sie an den Karikaturisten vorbei, von denen die meisten noch ziemlich verkatert wirkten, während sie ihre zuckersüßen Beleidigungen auf überdimensionale Zeichenblöcke brachten. Die Cafés waren voller Touristen mit Baseballkappen, und ein Farbiger spielte Sonny Rollins' Melodien auf einem glänzenden Saxophon. In seinem Instrumentenkoffer lagen schon viele Dollarmünzen. Vor einer Mauer waren Decken ausgebreitet. Dort konnte man sich in der prallen Sonne farbenfrohe Bänder in die Haare flechten oder seine Hände und Füße mit Henna bemalen lassen. Ein Jongleur mit einer roten Pappnase wirbelte Kegel durch die Luft. Ellen wähnte sich auf einem Renaissance-Festival, aber sie wusste, dass es so nicht war. Dies war das tägliche Treiben auf den Plätzen der Großstadt, wenn das Wetter mitspielte. Schließlich packten die Karikaturisten und die Hennakünstler ihre Sachen zusammen und gingen nach Hause in ihre hübschen, alten Gebäude, wo sie sich bis in die frühen Morgenstunden um den Verstand vögeln würden. Vielleicht bauten sie noch Cannabis auf ihren kleinen Balkonen an und hielten sieben Uhr morgens für mitten in der Nacht.

Ellen setzte sich auf eine Bank und nahm Olivier auf den Schoß. Manchmal war Cocho mit drei seiner peruanischen Freunde hierhergekommen, um Musik zu machen. Ellen hatte ihnen schon zugehört. Sie stellten ihre Rucksäcke ab und breiteten ihre CDs, die sie für achtzehn kanadische Dollar verkauften, auf gewebten Decken aus, und kurz darauf belebten die Klänge der fernen Anden die Place Jacques-Cartier. Für gewöhnlich bildete sich eine Menschentraube um die Musiker, und kleinere Kinder fingen oft an zu tanzen. Cocho, mit seiner schmalen Brust, schien kaum genug Luft zu haben, um die Panflöte zu spielen, aber er war das Rückgrat der Band. Frauen jeder Altersklasse schauten ihn an und bemerkten oft nicht, dass sie zu den Melodien sanft die Hüften wiegten.

Würde die Band weiterhin bestehen und einen neuen Flötenspieler finden, der Cochos Instrument Leben einhauchte? Würde Ellen im nächsten Sommer wieder auf dem Platz stehen und feststellen, dass die neu zusammengestellte Gruppe wieder ihre CDs verkaufte, Cocho aber nicht mehr auf den Gruppenfotos zu sehen war? Oder würden die Spieler sich nach Cochos Tod in alle Himmelsrichtungen verstreuen, wie der Wind, der ihren Instrumenten diese flüchtigen Töne entlockte?

»Dein Papa hat hier immer Panflöte gespielt«, wisperte sie an Oliviers Ohr. »Wenn er spielte, vergaßen alle Leute, die zuhörten, ihre täglichen Sorgen und Nöte. Es war wunderbar. Ich wünschte, du hättest das erleben können.«

Olivier kam ihr so klein und verletzlich in ihren Armen vor. Jetzt hatte er keinen Vater mehr, der ihn beschützte und durch die Kindheit begleitete. Für Ellen war das unbegreiflich und unfair. Sie stand auf und ging über das Kopfsteinpflaster, versuchte, ihre Tränen zurückzuhalten, und fand sich alsbald vor dem Café L'Alibi wieder. Die Petunien und Stiefmütterchen in den Schalen beim Eingang und den Balkonkästen entlang der Einfassung der Terrasse verwandelten das Café in ein wahres Blütenmeer, sodass Ellen beim Eintreten das Gefühl hatte, sich in einem impressionistischen Gemälde zu befinden.

Regine-Marie hatte soeben Kaffee in großen Tassen an einem Tisch in einer Nische links von der Tür serviert. Ellen sah, wie sie einer großen, blonden Frau die Hand auf die Schulter legte, die eine Brille im Stil der Fünfziger trug. Ellen blieb zunächst an der Tür stehen und überbrückte die letzten friedvollen Sekunden, ehe sie der Inhaberin des Cafés die schreckliche Nachricht überbringen wollte.

Als Regine-Marie die Nische verließ und wieder auf die Theke zuhielt, auf der schon mehrere Tassen mit dampfendem Kaffee oder Tee warteten, warf sie kurz einen Blick in Richtung Tür, der eingeübte Blick einer Cafébesitzerin. Ellen stand in einem Dreieck aus Sonnenlicht, Olivier auf dem Arm. Sie sah, wie sich ein Lächeln auf Regine-Maries Gesicht andeutete, das ihr auf den Lippen gefror. Eine Frage lag in ihren Augen.

Ellen schüttelte den Kopf.

Regine-Maries Hand fuhr an ihren Hals. Olivier stieß ein Jauchzen aus, wand sich zappelnd aus Ellens Arm, lief zu Regine-Marie und schlang die Ärmchen um ihre Knie wie ein Surfer, der sich in einem unerwarteten Sturm an sein Segel klammert. Sie hob ihn hoch, drückte und herzte ihn, kam dann auf Ellen zu und umarmte sie mit der freien Hand.

»Wann?«, sagte sie.

»Gestern Nacht.«

»Oh, Gott.« Sie führte Ellen zu einem freien Tisch und setzte sich. »Oh, Gott.« Sie stützte den Kopf auf die Hände und schluchzte.

»Ich hätte es dir nicht bei der Arbeit sagen sollen, aber ich weiß nicht, wo du wohnst…«

»Natürlich musstest du kommen. Lass mich nur für einen Moment weinen.«

»Ja.«

Olivier, der auf Regine-Maries Schoß saß, war wie gebannt von der weinenden Frau. Er paschte mit den Händchen auf den Tisch und griff nach dem Zuckerstreuer. »Arme Karen«, klagte Regine-Marie. »Sie hat ihn so geliebt.«

»Sie war bis zum Schluss an seiner Seite. Sie begleitet seine Eltern zur Beerdigung. Dann kommt sie nach Hause.«

»Gut. Sie wird die Heimat brauchen.«

Eine Kellnerin in einem Batiksarong sah, wie erschüttert Regine-Marie im Augenblick war, und servierte den wartenden Gästen die Getränke, Toasts und Croissants, die auf der Theke standen. *Karen hat hier ein schönes Leben,* dachte Ellen, während sie sich umschaute. Sie und Regine-Marie stifteten zehn Prozent ihres Nettoeinkommens gemeinnützigen Organisationen, die dem Welthunger den Kampf angesagt hatten, und das Café war wie eine Miniaturausgabe der Vereinten Nationen, zum Glück ohne die Spannungen und Tagesordnungspunkte. Bestimmt gab es hier jemanden, der Spanisch mit Olivier sprechen könnte, ihm von den Lamas erzählte und den heranwachsenden Jungen mit Alpakapullovern und Ponchos in den Erdfarben von Peru versorgte. Karen, Regine-Marie und die peruanischen Männer, die auf der Place Jacques-Cartier musizierten, würden die Erinnerung an Cocho lebendig halten. Sie würden von ihm sprechen, und Olivier würde spüren, dass der Geist seines Vaters ihn auf seinen Lebenswegen begleitete. In ein paar Jahren würde Ellen ihm erzählen, wie er bei ihr in Eagle Beak gelebt hatte, als seine Mutter ans Krankenlager seines Vaters geeilt war. Dann würde sie ihm auch von Rayfield, Rodney und Mutley erzählen. Und eines Tages hätte Olivier vielleicht selbst einen Sohn, den er dann Cocho nennen würde.

Ellen legte ihre Hand auf Regine-Maries Kopf und streichelte ihr übers Haar. Olivier beobachtete sie und begann, Regine-Maries Gesicht mit seinen Patschehändchen abzutasten. Die Frau kicherte durch die Tränen und tupfte sich mit einer Papierserviette die zerlaufene Wimperntusche von den Augen. »Gehen wir einen Moment spazieren«, sagte sie. Sie rief der Bedienung etwas auf Französisch zu und winkte zum Abschied.

Sie gingen ein wenig die Straße hinunter, Olivier in der Mitte, und nahmen ihn beide bei der Hand. Schon bald begann er, an den Händen vor und zurück zu pendeln und versuchte sich im Turnen. »Wusstest du, dass ich Karen mit Cocho bekannt gemacht habe?«, fragte Regine-Marie.

»Wirklich?«

»Ja. Ich lernte ihn vor vier Jahren bei einem Jazzfestival kennen, auf dem ich spielte. Ich wusste gleich, dass er der Mann für Karen sein würde.«

»Wie hast du geahnt, dass sie sich zu ihm hingezogen fühlen würde?«

»Es war sein verträumtes Wesen. Karen fühlt sich immer gehemmt durch ihre praktische Veranlagung.«

»Tatsächlich?« Das war Ellen noch gar nicht an ihrer Schwester aufgefallen.

»Cocho löste sie aus ihren Schranken und brachte sie zum Fliegen. Und sie gab ihm Halt.«

»Aber woher wusstest du, dass sie miteinander auskommen würden?«

»Das war einfach so ein Gefühl.«

»Sie waren ein schönes Paar.«

»Und sie haben ein schönes Kind.«

»Gott sei Dank hat sie Olivier.«

Sie erreichten das Ende des Viertels und bogen rechter Hand zum Fluss ab. Olivier war ganz aufgeregt, als er die großen Schiffe sah. Daher gingen sie weiter und suchten sich am Ufer eine Bank. Der Kleine eilte zu dem Zaun, der die Fußgänger von den Molen fernhielt, und spähte durch den Maschendraht wie ein jugendlicher Straftäter in einem Film über das Leben im Jugendknast.

»Hattest du mit Cochos Tod gerechnet?«, wollte Ellen wissen.

»Mit jeder Woche mehr. Vielleicht war es auch ein Segen. Wenn jemand so lange im Koma liegt, wird er höchstwahrscheinlich nicht mehr ganz gesund.« Regine-Marie fing an zu weinen. »Oder hätte er es doch schaffen können?«

»Ich weiß es nicht. Wahrscheinlich nicht.«

»Ich werde ihn sehr vermissen.«

»Kanntest du ihn gut?«, fragte Ellen wehmütig.

»Ja. Er war einer meiner engsten Freunde.«

»Oh, Regine-Marie, es tut mir so leid«, sagte Ellen und hatte das Gefühl, am Deckel von Pandoras Büchse zu zerren. »Ich wusste nicht, wie nah ihr euch wart. Mir fällt gerade auf, wie wenig ich eigentlich über die Menschen weiß, die Karen liebt.« *Abgesehen von Olivier*, dachte sie. »Erzähl mir von Cocho«, bat sie.

»Was möchtest du wissen?«

»Alles, was dir so einfällt.«

Regine-Marie griff in ihre große Leinentasche und suchte nach ihrer Sonnenbrille und den Zigaretten. Sie zündete sich eine an und blies den Rauch lange aus, bevor sie sprach.

»Er wollte Arzt werden, als er ein kleiner Junge war«, begann sie. »Er kommt aus einer großen Familie mit sieben Kindern, und eines Tages wurde sein älterer Bruder von einer giftigen Schlange gebissen. Die ganze Familie dachte, er würde sterben. Im nächsten Dorf lebte ein Arzt, ein Amerikaner, der kam und dem Jungen mit Antibiotika das Leben rettete. Für den kleinen Cocho war dieser Mann wie Gott. Von da an träumte er, er wäre so wie er – Cocho sah sich mit einer magischen, schwarzen Tasche, wie er Schlangenbisse behandelte und Englisch sprach. Als der Arzt das Haus verließ, begleitete Cocho ihn zu seinem Auto, und der Arzt schüttelte ihm die Hand. In diesem Augenblick, so erzählte Cocho immer, habe er das Gefühl gehabt, durch einen geheimen Ritus in die Kunst des Heilens eingeführt worden zu sein. Er konnte immer noch die große Hand des Arztes spüren. Zum ersten Mal überhaupt hatte ein Erwachsener ihm die Hand geschüttelt, und als er zu dem großen Mann aufschaute, waren die Augen des Arztes so blau wie der Himmel. Cocho hatte das Gefühl, sanft aus der Kindheit herausgehoben zu werden und einen Blick in seine eigene Zukunft werfen zu dürfen, und da wusste er, dass er eines Tages anderen Menschen helfen würde. Er würde sie berühren und sie an einen anderen Ort entführen. Dorthin, wo der Himmel blau ist.«

»Und das hat er mit seiner Musik erreicht«, sagte Ellen erstaunt.

Regine-Marie nickte. Einen Augenblick lang schaute sie auf den Fluss, vielleicht auch auf den Verkehr auf der in der Ferne liegenden Brücke. »Jeden Morgen, wenn er die Augen aufschlug, legte er seine Hände auf die Brust und stellte sich vor, dass sein Atem und seine Finger miteinander sprachen. Dann stand er auf und spielte Flöte.«

Ellen verspürte ein leichtes Schwindelgefühl. Woher kannte Regine-Marie so intime Details aus Cochos Leben? Sie warf einen zögerlichen Seitenblick auf Karens Freundin, die sich unter der Sonnenbrille eine Träne fortwischte. Ellen schloss die Augen für einen Moment und erinnerte sich an Cochos Flötenmelodien am frühen Morgen, denen sie immer gelauscht hatte, wenn sie bei ihrer Schwester zu Besuch war. Cocho stand immer früh auf, und mehrmals hatte seine Musik sie sanft geweckt. Einmal hatte sie sich im Halbschlaf auf den sanften Hügeln Griechenlands gewähnt, bei einem Hirten und seiner Herde. Ein anderes Mal glaubte sie, wieder in Paul's Mall zu sein und zu servieren, während Charles Lloyd auf der Bühne spielte.

»Ich frage mich, ob Karen seine oder ihre Hände am Morgen in der Klinik auf seine Brust gelegt hat«, sagte Ellen.

»Das hat sie bestimmt getan«, erwiderte Regine-Marie.

Ellen hätte gerne noch mehr Geschichten über Cocho gehört, doch sie fühlte sich ein wenig überfordert mit dem intimen Einblick, den Regine-Marie ihr gegeben hatte. »Weißt du, was ich eigenartig finde?«, fragte sie. »Dass die Menschen etwas so Flüchtiges wie Luft, etwas ohne Gewicht oder Farbe oder Substanz für sich nutzen können, und das Ergebnis ist Musik.«

»Alles besteht aus Musik, Ellen«, antwortete Regine-Marie.

36

Den Nachmittag verbrachte Ellen damit, Karens Apartment gründlich zu putzen. In wenigen Tagen würde ihre Schwester zurückkommen, und Ellen wollte, dass sämtliche Staubkörner und der nicht identifizierbare Schmutz der Großstadt verbannt wären. Die Zimmerpflanzen stellte sie in die Badewanne, um die Blätter abzuspülen, die Bettlaken steckte sie in die Waschmaschine und saugte sogar Staub hinter den Couchkissen. Olivier war derweil damit beschäftigt, Spielzeug in hohem Bogen von der alten Truhe neben seinem Bett zu werfen. Als er schließlich müde auf ihren Schoß krabbelte und einschlief, legte Ellen ihn in sein Kinderbettchen und rieb jedes Fenster mit Seiten der *Montreal Gazette* ab, die sie zuvor in weißem Essig getränkt hatte. Danach zupfte sie in den Balkonkästen die verblühten Köpfchen der Petunien und Stiefmütterchen ab, verabreichte allen Pflanzen frische Düngestäbchen und einen gut bemessenen Schluck Flüssigdünger.

Im Herzen wusste sie natürlich, dass kein Saubermachen in der Welt Karens tiefen Kummer auch nur ein klein wenig lindern würde, aber Ellen hoffte, ihre Schwester möge vielleicht unterbewusst wahrnehmen, dass Ordnung immer noch im Bereich des Möglichen war. Als die Sonne in die Zimmer flutete, die alten Dielenböden wärmte und in den Prismen der Fenster Regenbögen entstehen ließ, schien das Apartment der friedvollste Ort im ganzen Universum zu sein. Ellen wurde schläfrig, legte sich in eine bequeme Hängematte und schloss die Augen.

Hypnagogische Bilder aus purpurfarbenen und grünen Kreisen tauchten hinter ihren Lidern auf und entführten sie aus dieser Welt an einen Ort, den sie Alphaville nannte. Sie eilte weiter, dem Schlaf entgegen. Das Gefühl, in der Hängematte zu schweben, vielleicht auch die leichte Biegung ihrer Wirbelsäule entließen sie auf einem neuralen Pfad in eine ruhige Bucht an der Küste eines namenlosen Sees. Die dem Schlaf eigene Logik ließ die Möglichkeit zu, dass es sich um Peak Pond handelte, einen See mit rustikalen Feriencamps und einem kleinen öffentlichen Strand. Ellen wähnte sich in einem Kanu, sah sich dann selbst als Kanu, das leise über das Wasser des Sees glitt. Am Ufer standen hohe Fichten mit glatten Stämmen, die nur hoch oben, wo das Sonnenlicht hinkam, ihr spärliches Grün entfalteten. Ellen glaubte, Tiere zwischen den Bäumen zu sehen – Rehe und Kaninchen, Biber und Füchse, getarnt in den Farben der Natur. So paddelte sie weiter, umrundete einen Ufervorsprung und erreichte eine offene Wasserfläche mit freiem Blick auf einen riesigen Felsen, der den Klippen in der Bucht von Acapulco ähnelte. Dort, ganz oben, stand ein Mann gefährlich nah am Abgrund: ein Klippenspringer, der hoch über den Wellen über den Sprung meditierte.

»Cocho?«, fragte Ellen im Traum. Schnell paddelte sie in seine Richtung, doch Cocho, ein Schlafwandler, streckte sein rechtes Bein vor. »Warte!«, flüstete Ellen. »Warte!« Schließlich sprang er vor ihren Augen von der Klippe und stürzte sich ins Wasser. »Warte!«, rief sie, während sie zusah, wie sein Körper durch die Luft segelte und dann in die Turmspringerhaltung überging, um Sekunden später die dunkle Wasseroberfläche wie ein Geschoss aus dem Himmel zu durchbrechen. Unmittelbar darauf erreichte Ellen in ihrem kleinen Boot die Stelle, an der der Springer im See verschwunden war, aber die Wellenkreise hatten sich bereits verzogen, und übrig blieb die gräuliche See vor Acapulco. Sie spähte hinab in die Schatten und sah kein

Anzeichen von Cocho. »Nein, nein!«, schrie sie. Ihr Herz pochte heftig und ungleichmäßig.

Noch beim Aufwachen schlug Ellen so heftig mit Armen und Beinen um sich, dass sie aus der Hängematte flog und sich auf dem Boden wiederfand. Mühsam rappelte sie sich auf, blieb auf allen vieren hocken und fühlte sich wie ein Boxer, der so lange am Boden bleibt, bis ihn die letzte Zahl beim Anzählen zwingt, wieder aufzustehen und weiterzukämpfen.

Obwohl sie glaubte, laut geschrien zu haben, schlummerte Olivier noch friedlich in seinem Bett. Ellen war froh. Leise stand sie auf, schlich auf Zehenspitzen zum Kühlschrank und öffnete eine kalte Bierflasche. Ihre Hände zitterten, als sie das Bier in ein Glas goss und damit zum Küchentisch ging. Der Traum hatte sie wirklich in Angst und Schrecken versetzt. Aber warum nur? Cocho war doch einfach nur mit der Präzision von Superman in eine andere Welt abgetaucht. Warum hatte sie seinen kühnen und perfekten Sprung nicht bewundert und sich stattdessen gewünscht, sie könne ihn in der Luft aufhalten? Schließlich flog er doch nach Hause.

Er flog nach Hause.

Atemlos klammerte sich Ellen an die Armlehne, als säße sie auf einem Schleudersitz. Gab es denn einen Ort, den man Zuhause nannte? Vögel bauten Nester, Bienen Stöcke, Bären suchten sich Höhlen, und Lachse schwammen gegen die Strömung, um wieder in die Gewässer zu gelangen, aus denen sie kamen. War es denkbar, dass der Schutz, den man sich suchte, eine Vorahnung eines großen, kosmischen Zuhauses jenseits aller Grenzen war? Oder handelte es sich bei der Idee eines Zuhauses jenseits der Pforten des Todes nur um eine Möglichkeit, damit der verängstigte menschliche Geist mit der Furcht vor dem Tod zurechtkam? Gemäß dem alten Sprichwort »Das Zuhause ist dort, wo das Herz ist«?

In dem Jazzclub, in dem sie gearbeitet hatte, hatte die große Esther Phillips eine Version von »Home Is Where the Heart Is« gesungen und Ellen damit einen Schauer über den Rücken gejagt. Aber vielleicht war das Zuhause ja da, wo man selbst war, Augenblick für Augenblick, aber man musste erst auf die andere Seite wechseln, um zu begreifen, was das bedeutete. Später, als sie mit Olivier in der heimeligen Atmosphäre des Café L'Alibi saß und ein frühes Abendessen einnahm, grübelte Ellen weiter darüber nach. Die Angestellten bedachten den Kleinen, der seinen Vater verloren hatte, den Verlust aber nicht verstehen konnte, mit mitfühlenden Blicken und brachten ihr Beileid zum Ausdruck. Ellen, die in einer kleinen Nische mit dem Rücken zur Wand saß, fühlte sich in jeder Hinsicht genährt: durch den gesunden Joghurt und das frische Obst, durch die sich wiederholenden Reggae-Rhythmen und die melodiöse französische Sprache um sie herum. Regine-Marie arbeitete nicht, kam aber ins Café. Ihre Augen waren geschwollen, und zwischen ihren Brauen zeichneten sich plötzlich Linien ab, die Ellen noch nie bei ihr gesehen hatte. Olivier auf dem Schoß, trank sie einen doppelten Espresso in kleinen Schlucken.

»Was macht der Garten?«, fragte Regine-Marie unvermutet.

»Dem geht's gut«, antwortete Ellen. Niemand hatte sie je nach ihrem Garten gefragt, und plötzlich rührte sie die Frage auf eigenartige Weise. »Manchmal hat man das Gefühl, die Pflanzen wachsen an einem Tag mehrere Zentimeter.« Sie wollte mehr erzählen, ins Detail gehen, aber sie wollte Regine-Marie nicht mit diesen Geschichten langweilen.

»Du müsstest deinen eigenen Tante-Ellen-Salat kreieren, nur aus Zutaten aus deinem Garten. Während des Sommers könnten wir ihn auf unsere Speisekarte setzen.«

Ellen lachte. »Das wäre zu viel des Ruhmes.« Doch auf der Rückfahrt nach Eagle Beak, während die Landschaft mit ihren psychedelischen grünen Farbspektren an ihr vorbeizog, wurde Ellen philosophisch. Sie hatte sich ein kleines Fleckchen Land gesichert, das wild wuchernde Unkraut zurückgedrängt, die besten biologisch gezüchteten Samen erworben und Gemüsesorten angebaut, die eine gesunde Ernährung versprachen. Sie hatte Wasserkannen geschleppt und Unkraut gejätet. Für jeden Schössling, jeden Trieb und jedes Blatt war sie so etwas wie der Personal Trainer oder der Bodyguard gewesen.

Aber widmete sie sich ihrer Psyche in gleicher Weise? Wenn ihr Leben mit sechsundvierzig Jahren ihr Garten war, betrieb sie dann auch mentales Unkrautjäten? Und wenn sie sich in eine neuartige, reifere hybride weibliche Form verwandelte, wer und was war sie dann in diesem ganzen Prozess des Werdens? Entfernte sie sich von New York? Entfremdete sie sich von Tommy?

Als sie daran dachte, Tommy oder New York zu verlassen, veränderte sich das Bild. Es stand für Versagen, nicht für erfreuliches Wachstum. Die Vorstellung, dass unter der Oberfläche eine große Unzufriedenheit Wurzeln geschlagen hatte und weiter wucherte, stimmte sie traurig. Wie dem auch sei: Man konnte nur tieftraurig sein, dass Cocho nicht mehr lebte und bald beerdigt würde. Über das Sterben wusste Ellen bloß eins mit Sicherheit, oder genauer gesagt über die Lebensphase, die dem Tod unmittelbar vorausging: Wenn die Zeit ablief oder ein Mensch bei einem Unfall aus dem Leben gerissen wurde, wenn sich das Leben wie eine Schlinge um den Hals des Sterbenden legte und die Zukunft mit einem Mal so einengend wirkte wie der Sarg, tat sich plötzlich ein Raum auf, in dem erstaunliche Dinge geschahen.

Ihr eigener Vater, ein Mann, der über das Mystische geringschätzig hinwegging, wäre im Alter von elf Jahren beinahe gestorben, als er an einem heißen Sommertag beim Schwimmen im White River mit dem Fuß an einer versteckten Baumwurzel hängen blieb. Während der wenigen Minuten, in denen er mit den Fingern an den schlammigen Wurzeln zerrte, habe er, so schilderte er, jede Sekunde seines Lebens im Detail vor seinem geistigen Auge ablaufen sehen. Noch Jahre später, sagte er, habe er Ereignisse aus der Vergangenheit kommentiert, und seine Mutter habe jedes Mal aufgebracht gesagt: »Das kannst du doch gar nicht wissen! Da warst du doch erst zwei Jahre alt!« Aber er erinnerte sich eben doch, und als er sich an jenem Sommertag endlich ans Flussufer gezogen hatte, nach Luft rang und nicht wusste, ob er in Sicherheit war oder ertrunken, da wusste er, dass die Zeit so dehnbar war wie ein Gummiband.

Im Wissen um den nahenden Tod fanden die Leute den Willen und den Weg, direkt aus dem Herzen zu sprechen, und sagten zum Beispiel »Ich liebe dich« zu Menschen, mit denen sie das ganze Leben im Streit gelegen hatten. Worte, die nie gesagt wurden oder nie gesagt werden konnten, sprudelten plötzlich aus ihnen hervor. Dieser emotionale Raum war vielleicht immer da, konnte aber aus irgendeinem Grund nicht geöffnet werden.

Der Punkt war: Wenn sowohl Zeit als auch Raum so einfach verschwinden konnten, dann war der Versuch, am Leben festzuhalten, nichts als die Verschwendung wertvoller Energie. Dennoch, Ellen kam sich wie eine Pilotin vor, die ohne Sicht und ohne Funkkontakt in den Wolken flog. Es blieb ihr nichts anderes übrig, als weiterzufliegen und zu hoffen, dass es zu keinem Zusammenstoß kam. Es war eigenartig, so ganz allein zu sein, nicht mal ein Pünktchen auf dem Radarschirm. Leben und Tod waren unbegreiflich, daher sollte sie vielleicht damit aufhören, nach einer sinnvollen Erklärung zu suchen.

»Lass es einfach«, sagte sie im Flüsterton zu sich selbst. Sie war nach Montreal gefahren und hatte Regine-Marie die traurige Nachricht über Cocho persönlich überbracht. Sie hatte Karens Apartment blitzblank geschrubbt, und nun fuhr sie zurück nach Eagle Beak, wo sie den Hund füttern und ein bisschen Musik hören würde, vielleicht Motown.

Und dann fiel ihr ein, dass sie inmitten all der Turbulenzen noch nicht die Briefe gelesen hatte, die sie aus Violas erbsengrünem Ohrensessel befreit hatte. Rodneys Reaktion hatte sie verwirrt, aber jetzt kündigte sich eine neue Einstellung an. Die Briefe waren bloß Dokumente, und sie war nur eine Geschichtszeugin. Nichts in den Briefen konnte an dem Status quo rütteln, und wenn doch, dann hatte der Status quo offensichtlich eine Anpassung nötig.

Sie machte das Radio an, da sie Olivier nicht stören wollte, der binnen Minuten in seinem Kindersitz eingeschlafen war. Sie stellte einen französischsprachigen Sender ein, bei dem ein Moderator mit sehr ernster Stimme sprach. Es handelte sich um eine Talkshow, und Ellen konzentrierte sich darauf, hier und da ein Wort aufzuschnappen, das sie kannte und das ihr einen Hinweis auf das Thema der Sendung geben könnte.

Ich muss noch Französisch lernen, dachte sie, als sie ein paar Phrasen erkannte, wie etwa *bien sur* und *vous êtes*. Mehrere Sprachen zu beherrschen war in der modernen Welt offenbar eine evolutionäre Notwendigkeit – und das, obwohl die Hälfte der Sprachen auf der Welt angeblich während des ersten Jahrhunderts des neuen Millenniums verschwinden würden. *Sobald ich mich eingelebt habe, melde ich mich für einen Französischkurs an*, nahm sie sich vor. Sie wollte einfach nicht irgendwo außen vor sein, schon gar nicht, wenn es darum ging zu verstehen.

37

Olivier atmete ruhig weiter, als Ellen ihn aus dem Kindersitz hob und ins Haus trug. Oben im Schlafzimmer lag er wie ein erschöpfter Engel mit ausdrucksloser Miene in seinem Reisebettchen. Leise schlich Ellen aus dem Zimmer, obwohl sie wie ein wildes Pferd die Treppe nach unten hätte galoppieren können, ohne dass ihr Neffe aufgewacht wäre. Sie setzte Wasser für ihren Öffne-dein-Herz-Tee auf und ließ sich auf die Verandaschaukel fallen. Es war dunkel; die Frösche gaben in den Feuchtbiotopen ihr Konzert und stimmten eine Art Klagelied an. Die Adirondack-Seen starben durch sauren Regen, und die Angewohnheit, alle Biber zu töten, hatte die Größe und die Ausdehnung der Sümpfe für immer verändert, die einst der Lebensraum dieser Nager gewesen waren. Ellen fragte sich, ob die Säugetiere und Amphibien ihren Untergang besangen.

Kurz darauf pfiff der Teekessel. Als sie in die Küche ging, warf Ellen einen Blick auf Violas Briefe, die noch auf dem Küchentisch lagen und darauf warteten, gelesen zu werden. Sie kehrte mit ihrem Tee zurück, setzte sich und ordnete die Briefe in chronologischer Reihenfolge. Doch plötzlich verspürte sie Furcht. Sie wollte auf keinen Fall den Zorn der toten Viola de Beer heraufbeschwören. »Viola«, sagte sie, »wenn es einen Grund gibt, warum ich diese Briefe nicht lesen soll, dann gib mir ein Zeichen.« Nervös hielt sie den Atem an und schaute sich in der Küche um, aber kein Dielenbrett knarrte, und kein Fensterrollo schnappte nach oben. »Zum Ersten, zum Zweiten …« Sie lauschte angestrengt in die Stille. »Und zum Dritten.«

Vorsichtig griff sie nach dem ersten Brief, drehte ihn um und betrachtete die Rückseite des Umschlags, der in all den Jahren im Versteck verschlossen geblieben war, vermutlich durch den Druck, den Violas Beine vorne auf den Sessel ausgeübt hatten. Oder Viola hatte die Briefe nie geöffnet. Das wiederum würde ihren Inhalt in einem anderen Licht erscheinen lassen. Sie holte die Lupe aus der Schublade der Tretnähmaschine und untersuchte die Umschläge aller drei Briefe, aber sie konnte nicht erkennen, ob sie schon einmal geöffnet worden waren. Das könnte wohl nur ein forensisches Labor in der Stadt. Sie tippte den Umschlag leicht an, sodass der Brief weiter nach unten sackte, und schnitt dann das Ende ab. Vielleicht würde sie den Umschlag später untersuchen lassen.

Die Zeilen waren auf leichtem Papier geschrieben worden, das dem Papier des Umschlags ähnelte. Vorsichtig faltete sie den handgeschriebenen Brief auseinander. Der Verfasser war offensichtlich versiert in der Palmer-Methode. Ellen entsann sich dunkel, dass ihre Mutter ihr einmal gezeigt hatte, wie man ein liniertes Blatt Papier hinter das durchscheinende Briefpapier legte, damit die Handschrift schön gleichmäßig und gerade blieb. Vermutlich hatte auch Rodney Murphy eine solche Technik benutzt. Seine Zeilen waren, abgesehen von den schnörkeligen Schleifen und nach unten gezogenen Zipfeln, so einheitlich wie irgend möglich. Ellen beugte sich über den Brief und begann zu lesen.

8. Juli 1932

Liebe Viola,
ich hoffe, Du holst diesen Brief aus dem Briefkasten, ehe Dein Vater ihn sieht, denn ich weiß, dass er sehr wütend auf mich wäre, wenn er erführe oder auch nur vermutete,

dass ich Dir schreibe. Er hat mir unmissverständlich zu verstehen gegeben, dass ich mich nicht mehr blicken lassen soll. Er ging sogar so weit, mir zu befehlen, mich nicht nur von Dir, sondern von ganz Eagle Beak fernzuhalten. Ich brauche wohl nicht zu sagen, dass ich das nicht kann. Ich muss dorthin, wo der Hopfen wächst. Ich bin mir sicher, Dein Vater wird das im Laufe der Zeit akzeptieren. Er ist ein heißblütiger Mann, aber letzten Endes wird er sich vernünftig zeigen. Gleichwohl ist mir bewusst, wie riskant es ist, Dir zu schreiben, und meine große Sorge ist, dass er es an Dir auslassen wird, wenn er diesen Brief sieht. Lass es mich bitte sofort wissen, wenn und wann Du diese Zeilen bekommst. Ich lege eine Briefmarke mit dazu für Deine Antwort.

Dieser erste Abschnitt nahm bereits drei Viertel der Seite ein. Offensichtlich war Rodney senior entweder bei der Hopfenernte beschäftigt oder am Hopfenhandel beteiligt gewesen. Baldy hatte einmal erwähnt, Eagle Beak sei einst bekannt gewesen für den Hopfenanbau, aber die Felder waren alle verschwunden, und nun gab es nur hier und da noch größere Weideflächen. Das ganze Plateau am Fuße des Berges war überwuchert von undurchdringlichem Buschwerk.

Deine Neuigkeit hat mich völlig aus dem Gleichgewicht geworfen. Ich habe nicht die Bildung, um mit Worten auszudrücken, wie sehr ich mir wünsche, die Dinge wären anders und wir könnten heiraten und glücklich bis ans Ende unserer Tage leben mit einer Schar kleiner Rodneys und Violas. Wenn alle Mädchen so aussehen wie Du, wäre ich ein glücklicher Mann.
Aber die einzige Möglichkeit, die ich sehe, wäre, dass wir durchbrennen, vielleicht nach Westen, unsere Namen ändern und ganz klein anfangen. Ich habe genug Geld

gespart, um uns fürs Erste über Wasser zu halten, aber in Deinem Zustand wäre reisen wahrscheinlich nicht so gut. Und ehrlich gesagt, weiß ich nicht, ob ich das Marion und Eva antun könnte. Ich liebe meine Frau nicht, aber ich liebe mein kleines Mädchen, und es würde mir zusetzen, wenn ich ihr das kleine Herz bräche. Manchmal überlege ich, ob wir sie nicht mitnehmen sollen, aber dann würde Marion uns einen Detektiv auf den Hals hetzen, und ich würde wahrscheinlich im Gefängnis landen.

Viola, ich befinde mich in einer Zwickmühle. Was soll ich machen? Was soll ich Deiner Meinung nach tun? Wann immer ich an unsere heimlichen Stunden denke, muss ich grinsen, aber das passt nicht zu meinem gebrochenen Herzen. Bitte schreibe mir sofort zurück. Ich bin weit von Dir entfernt, und die Wahrheit ist, dass sich das gar nicht gut anfühlt.

Alles Liebe,

Rodney

Ellen verspürte eine Mischung aus Zynismus und mädchenhafter Freude. Einerseits klang es so, als liege Rodney L. Murphy sehr viel an Viola, aber andererseits war eines ganz klar: In der Not stand er ihr nicht zur Seite. In den Jahren zwischen 1932 und 1995, dachte Ellen, hatten Männer und Frauen Schluss gemacht mit dieser Leisetreterei. Heutzutage klagten die Frauen das Unterhaltsgeld für die Kinder ein, und faule Väter ignorierten einfach die Vorladungen und die Bedürfnisse ihrer Nachkommen. Männer hatten das Gefühl, dass Frauen, die schwanger wurden, nur versuchten, sie in die Falle zu locken, und nahmen daher für sich in Anspruch, sich einfach zu verdrücken. Frauen dagegen hatten inzwischen das Stigma der unverheirateten Mutter abgeschüttelt und bewiesen, dass Familien auch ohne die Väter gediehen.

Nach Ellens Dafürhalten haftete dem Brief von Rodney sen. ein »Ich muss Dich leider im Stich lassen« an, aber wenn sie selbst den Brief in ihrer Jugend bekommen hätte, dann hätte sie den Mann womöglich mehr bemitleidet als sich selbst. Armer, armer Rodney, hätte sie vielleicht gedacht, er will mich, aber er weiß nicht, wie. Ob Viola ähnlich gedacht hatte? Hatte sie den Mann aus der Verantwortung genommen und war später wütend darüber geworden?

Der zweite Brief war elf Tage später geschrieben worden und bestand nur aus zwei Sätzen.

Liebe Viola,

Du musst mir mitteilen, ob Du meinen letzten Brief erhalten hast. Bitte, ich verliere sonst allmählich den Verstand.
Liebe Grüße,
Rodney

Für Ellen stand fest, dass es nicht der Vater gewesen war, sondern Viola selbst, die Rodneys Brief vor fünfundsechzig Jahren aus dem Briefkasten geholt hatte. Andernfalls hätte sie sie nicht zu verstecken brauchen. Erzürnte Väter fuchtelten den Töchtern mit solchen Liebesbeweisen vor der Nase herum und zerrissen die Briefe dann. Klar war auch, dass Viola es vorgezogen hatte, nicht zu antworten, obwohl Rodney sen. eine Briefmarke beigelegt hatte. Ellen ging zu dem Sessel, umgeben von den Zierdeckchen, die Viola eigenhändig gehäkelt hatte. »Warum hast du ihm nicht geantwortet, Viola?«, fragte sie in die Stille hinein. Über die Möglichkeiten konnte man leicht spekulieren, die Wahrheit würde man aber wohl nie erfahren. Das war nun einmal das Geheimnis aller schriftlichen Dokumente.

Sie gaben genauso viel preis, wie sie zurückhielten, und ganz automatisch bediente sich der Leser seiner Vorstellungskraft und füllte die Lücken aus. Für Ellen war es ein eigenartiges Gefühl, in Violas Haus zu wohnen und mit ihrem Sohn befreundet zu sein, der inzwischen zu den älteren Bürgern des Ortes zählte. Viola war nicht mit Rodney sen. durchgebrannt, hatte ihrem Sohn gegenüber nie den Vater erwähnt und den Brief des Geliebten zumindest elf Tage lang nicht beantwortet.

Ellen stand auf und ging zu Violas Stuhl. Die Sitzfläche war stark abgenutzt. Hatte Viola Jahrzehnt um Jahrzehnt darauf gesessen und das unterschwellige Kribbeln ihrer jugendlichen Leidenschaft auf diesen Stuhl übertragen? Und was hatte Ellen bloß geritten, den Schonbezug vom Sessel zu reißen? Sie schaute sich um. Im Wohnzimmer standen noch vier weitere gotterbärmliche Sitzgelegenheiten, aber an keiner hatte sie sich zu schaffen gemacht.

Sie hielt den dritten Brief in der Hand. Die Vermutung lag nahe, dass es sich dabei um den letzten handelte, den Viola von ihrem Liebhaber erhalten hatte. Der Poststempel datierte einen Monat später als der des vorherigen Briefs – in einer Schwangerschaft schon eine beträchtliche Zeit. Vorsichtig schlitzte sie den Umschlag an der Seite auf und faltete das dünne Briefpapier fast ehrfürchtig auf.

Liebste Viola,
der Weg der wahren Liebe ist nie einfach. Manchmal kann man nicht bis hinter die Wegbiegungen schauen, aber die wahre Liebe macht alles lohnenswert.
Ich dachte, Du und ich wären zusammen auf diesem Weg, aber allmählich kommen mir Zweifel. Du hast meine beiden Briefe immer noch nicht beantwortet, und ich weiß, dass Du weißt, dass ich vergangenes Wochenende in Eagle Beak war, aber aus irgendeinem Grund bist du mir aus

dem Weg gegangen. Warum, Viola? Warum ignorierst Du den Mann, der Dich so sehr liebt? Dein Verhalten ist sehr schwer zu verstehen.
Ich habe immer und immer wieder darüber nachgedacht und komme zu folgendem Schluss. Ich möchte, dass Du mit mir kommst. Du, ich, und das Baby werden eine Familie sein, wo uns niemand kennt. Irgendwie werden wir das schaffen.
Als ich letzte Woche in Eagle Beak war, bin ich in die Höhle gegangen, in der wir so viele wundervolle Stunden verbracht haben. Ich habe eine kleine Tasche aus Sackleinen unter den flachen Stein gelegt, den wir als Tisch benutzen. Da habe ich meine Goldmünzen hinterlegt. Ich möchte, dass Du in die Höhle gehst und Dir das Geld holst. Verkauf sie und bezahl damit die Fahrkarte nach Syracuse. Wenn Du ankommst, gehst Du zum Stanhope Hotel und wartest dort auf mich. Ich werde jeden Abend gegen sechs Uhr nachsehen, ob Du eingetroffen bist, doch nach einem Monat, nach dem 25. September, werde ich nicht mehr nach Dir suchen, weil ich dann weiß, dass Du mir den Rücken zugekehrt hast.
Ich bitte Dich, Viola – und einem Mann wie mir fällt es nicht leicht zu bitten –, ich flehe Dich an, mir nicht den Rücken zuzukehren. Ich liebe Dich, auch wenn Du beizeiten niederträchtig bist, und ich möchte, dass Du von Deinem Vater fortkommst. Ich möchte mit Dir nach Kalifornien gehen und neu anfangen.
Von nun an werde ich Dir nicht mehr schreiben.
Ich warte auf Dich.

Unterschrieben hatte er mit *R.* Ellen musste den Brief rasch zur Seite legen, denn plötzlich weinte sie und wollte nicht, dass die Worte, die Rodney sen. geschrieben hatte, von ihrem emotionalen Tränenfluss verwischt würden.

Sie konnte sich lebhaft vorstellen, wie der arme Kerl einen Monat lang jeden Tag ein »Nein« an der Rezeption des Stanhope Hotels zu hören bekommen hatte. Ellen spürte eine Enge in der Brust, als habe ihr Herz sich zunächst zusammengekrampft und dann wieder geöffnet, um einer weiteren Person Zutritt zu gewähren. Hier hockte sie nun und schluchzte wegen eines bedauernswerten unbekannten Tölpels, der vor mehr als sechzig Jahren an gebrochenem Herz gelitten hatte. Warum hatte Viola ihn zurückgewiesen? Wieso war sie in Eagle Beak geblieben, wenn sie doch nach Kalifornien hätte gehen können, um dort womöglich in Big Sur oder San Juan Capistrano zu leben? Rodney junior hätte ein normales Leben führen können, als Teil einer traditionellen Familie, anstatt als örtlicher Bastard gebrandmarkt zu sein. Sie eilte zu dem Vitrinenschrank, holte die Schachtel mit den Goldmünzen hervor und drückte sie an ihr Herz.

Es war alles so traurig.

Wir sind doch alle hilflose Schafe, dachte sie unter Tränen und musste dann wieder an ihre Schwester und Cocho und den armen kleinen Olivier denken, der seinen Vater nie kennenlernen würde. Hilflose Schafe, die zur Schlachtbank geführt wurden.

38

Während der nächsten vierundzwanzig Stunden hatte Ellen das Gefühl, bei einer Kneipenschlägerei eine Bierflasche auf den Kopf bekommen zu haben. Olivier bekam Durchfall, was ihn besonders nörgelig und natürlich geruchsintensiv werden ließ, und Rodney tauchte nicht mehr wie üblich morgens zum Frühstück auf. Ellens Gedanken flogen wie ein Tischtennisball zwischen Karen und Cocho und Rodney und Viola hin und her. Gebrochene Herzen und angeknackste Leben schienen um sie herumzuwirbeln, und obwohl sie bloß Zuschauerin war, fühlte sie sich in die Geschehnisse verwickelt. Viola war tot, Cocho war tot, und Rodney sen. wäre vermutlich weit über achtzig, falls er überhaupt noch lebte. Dennoch spürte Ellen die Gegenwart dieser Personen, als wären sie alle zusammen in ihr Gästezimmer unterm Dach eingezogen.

Und genau in dem Moment, als sie sich vollkommen verwirrt fühlte, bog niemand anders in die Zufahrt zum Haus ein als Rayfield Geebo aus Porkerville. Sein »Tuten und Blasen«-Logo auf der Motorhaube ärgerte sie plötzlich, genau wie sein röhrender Auspufftopf und das laute Türenschlagen, als er aus dem Pick-up stieg. Ellen stand an der Fliegengittertür, die Arme in die Seiten gestemmt, und weigerte sich, dem Verlangen zu erliegen, ihn aus keinem ersichtlichen Grund zu beleidigen.

»He!«, rief Rayfield. An diesem Tag trug er ein T-Shirt, auf dem stand »Arbeiter der Welt… bindet euch los«.

»Selber he«, antwortete sie artig. »Wie geht's?«

»Verdammt gut«, sagte er. »Bin gekommen, um dir das zu erzählen.«

»Prima, ich könnte ein paar nette Neuigkeiten gut gebrauchen.« Sie hielt ihm die Tür auf. Von Cocho wollte sie ihm nicht erzählen – zumindest nicht sofort. Er ging vor ihr ins Haus und ließ sich schwer auf einen Stuhl fallen. »Rate mal, wer heute Morgen mit einem Ständer aufgewacht ist?«

»Da bin ich ja mal gespannt«, antwortete Ellen. »Das warst doch wohl nicht du, oder?«

»Und ob ich das war«, sagte Rayfield strahlend.

»Ich bin sprachlos.«

»Ellen, du kapierst es nicht! Seit ich diese Krankheit habe, hat das höllisch wehgetan, aber heute muss ich wohl einen im Schlaf bekommen haben, ohne deswegen vor Schmerzen aufzuwachen. Das ist ein gottverdammtes Wunder!«

Ellen spielte mit. »Hurra!«, rief sie und freute sich mit ihm.

Plötzlich sprang Rayfield auf. »Das habe ich dir zu verdanken«, sagte er, und ehe sie ihm ausweichen konnte, stürmte er auf sie zu, nahm sie in den Arm und küsste sie auf den Mund. Sie war zu erschrocken, um zu protestieren, und hing wie eine Puppe mit leicht durchgebogenem Rücken über seinem Arm, den er ihr um die Taille geschlungen hatte.

»Sag jetzt nichts«, murmelte sie. Rayfields Gesicht war weniger als einen Zoll von ihrem entfernt, und Ellen konnte die zotteligen Haare seines Barts an ihrem Kinn spüren. Sie wusste, dass es Zeit war, sich aus seiner Umarmung zu winden und einen Scherz über diese offene Zurschaustellung der Dankbarkeit zu machen, aber sie war wie erstarrt. Dieser männliche Blick, der Frauen zu Objekten machte und seit Jahrhunderten zu Bürgern zweiter Klasse degradierte, hatte seine geheimnisvolle Macht. Sie fühlte, wie sie sich in seinem Blick verlor, als wäre sie eine der jungen Frauen in langen weißen Kleidern, die durch ein Lavendelfeld tollten, das immer dann in der Werbung eingeblendet wird, wenn für Intimspray geworben wird. Diesen Augenblick reiner Weiblichkeit hätte sie gewiss noch länger genießen können, aber genau im passenden Moment schwirrte eine Mücke durch die Luft und setzte sich ausgerechnet zwischen Rayfields Augen auf seine Stirn. Ellen schlug zu. Die Mücke blieb dort kleben, ein Wirrwarr aus Beinen und Flügeln; das frische Blut sah aus wie ein Rorschachbild oder das Kastenzeichen eines Transvestiten aus Kalkutta.

»Du weißt, wie man die Stimmung des Augenblicks zerstört«, meinte Rayfield und ließ sie los.

»Da war keine *Stimmung* zwischen uns, Rayfield«, widersprach Ellen. »Außerdem hast du da einen dicken Fleck auf der Stirn.« Sie ging in die Küche, riss ein Stück Papier von der Küchenrolle auf der Anrichte ab und reichte es ihm. »Schau, Rayfield, es ist ja nicht so, dass ich dir die Laune verderben will. Dich sticht heute der Hafer, weil du eine tolle Erektion hattest.« Sie sagte das so nüchtern wie eine Krankenschwester, die einem verlegenen Patienten versichert, dass es absolut keinen Grund gibt, sich für das Benutzen der Bettpfanne zu schämen.

»Wahrscheinlich hast du recht«, stimmte er zu.

Seltsamerweise fühlte sich Ellen mit einem Mal beleidigt. Es war zwar nur Rayfield, aber sie hielt nach wie vor daran fest, dass sexuelle Anziehung etwas mit ihr zu tun hatte und nicht nur mit frei fließenden, hormonell geladenen Teilchen. »Wie dem auch sei«, meinte sie, »glaubst du, die Akupunktur hat dir letzten Endes geholfen?«

»Muss ja, es sei denn …«

»Es sei denn?«

»Aber das ist dämlich.«

»Keine Sorge, Rayfield, bei dir rechne ich mit Dämlichkeiten.« Für diese Bemerkung hätte sich Ellen fast die Hand vor den Mund geschlagen, aber Rayfield nahm offenbar keinen Anstoß daran und plauderte weiter.

»Irgendwie läuft es mir kalt den Rücken herunter, wenn ich daran denke, dass es genau dann passierte, nachdem ich endlich die Beziehung mit Schwertransporter beendet hatte.«

»*Du* hast die Beziehung beendet?«

»Na gut, sie hat den ersten Schritt gemacht, aber nachdem sie mir den Laufpass gegeben hatte, wurde mir endlich klar, dass ich sie aus meinem Herzen lassen musste. Und genau das habe ich getan.«

»Wann soll das passiert sein?«

»Als wir beide uns das letzte Mal gesehen haben.«

So viel war in den letzten Tagen geschehen. So viel.

»Also, was hältst du davon?«

Ellen war mit den Gedanken woanders. »Wovon?«

»Von meiner Theorie?«

»Welche Theorie?«

»Verdammt noch mal, Ellen, hör doch zu.« Rayfield war wirklich erbost. »Meine Theorie, dass mein Schwanz sich nur deshalb eingerollt hat, weil ich weiterhin an Wide Load hing.«

»Also ich bin da die Letzte, die in diesem Punkt Zweifel hätte.«

»Und eben das jagt mir diesen Schauer über den Rücken«, widerholte er.

»Aber was ist daran so gruselig?«, fragte sie mit plötzlich aufflammendem Interesse.

»Mir ist, als hätte sie mich verhext.«

Ellen erinnerte sich an den Moment, als sie Debbie zum ersten Mal am See gesehen hatte. Ihr erster Gedanke war, dass diese Frau wie eine zur Rachsucht neigende Göttin aus fernen Zeiten aussah. »Nun, falls ihr das gelungen ist, so hast du den Bann gebrochen«, tröstete sie ihn. »Außerdem gibt es wahrscheinlich eine wissenschaftliche Erklärung. Dein Stresspegel wird gesunken sein, als du dir endlich eingestanden hast, dass Debbie weg ist. Du weißt doch, dass Peyronie stressbedingt auftritt.«

Rayfield sah nachdenklich aus. »Das werde ich wohl nie erfahren«, sagte er. Dann, als erinnerte er sich plötzlich daran, was gutes Benehmen ist, fragte er: »Und was gibt's bei dir Neues?«

Ellen blieb reglos stehen.

»Was ist los?«, hakte Rayfield nach.

Ellen setzte sich. »Mein Schwager Cocho ist gestorben. Oliviers Vater.«

Rayfield warf einen verstohlenen Blick auf den Kleinen, der fröhlich auf dem Küchenboden mit Töpfen und Pfannen spielte. »Armer kleiner Kerl«, meinte Rayfield, sank dann auf einen Stuhl, legte den Kopf auf den Tisch und begann zu weinen. Seine Schultern zuckten so heftig, dass Ellen schon befürchtete, Rayfield würde abrutschen und zu Boden stürzen. Sie war so schockiert, dass sie beinahe den Arm um ihn gelegt hätte, doch dann dachte sie an seine neu erwachte Virilität und wollte keine verrückte Kettenreaktion in Gang setzen, die sie beide auf einer emotionalen Woge fortgetragen hätte. Also blieb sie einfach sitzen und wartete.

Rayfield hob den Kopf. »Das ist das verdammt Traurigste, das ich je gehört habe«, sagte er, während ihm die Tränen noch über die Wangen liefen und im Dickicht seines sprießenden Barts verschwanden. Er wischte die Tränen fort, die eine kleine Schmutzspur auf seiner Backe hinterließen. Manchmal regte es auch ihren Tränenfluss an, wenn sie andere Leute weinen sah, aber Rayfields Gefühlsausbruch hatte keinerlei Auswirkung auf ihre Tränendrüsen … sonderbar, gemessen an den Ereignissen der letzten Tage.

Auch Olivier war auf seine kindliche Art erschrocken, kam auf wackeligen Beinchen angelaufen und legte sein Patschehändchen auf Rayfields Knie. Rayfield hob ihn hoch und setzte ihn auf seinen Schoß, wodurch er wieder etwas zur Ruhe kam. »Komm, mähen wir den Rasen, kleiner Mann«, sagte er mit tiefer Stimme. »Das Gras wächst der Tante Ellen noch über den Kopf.« Er stand auf und ging mit Olivier aus dem Haus. Ellen sah, wie er einen Benzinkanister aus seinem Auto holte, den Mäher betankte und sich darauf setzte. Er startete den Motor, und kurz darauf fuhr er zusammen mit Olivier in schön geordneten Bahnen über die Rasenfläche vor dem Haus. Ellens Geist war vollkommen leer. Die Bewegungen des Rasenmähers, der sich mal ihrem Blickfeld entzog, um dann wieder aufzutauchen, übten eine eigenartige Faszination auf sie aus.

Es war seltsam, wenn ein erwachsener Mann weinte. Ellen konnte an einer Hand abzählen, wann Tommy zusammengebrochen war und geheult hatte, und nachher hatte er sich immer entschuldigt, als hätte er ihr damit geschadet. Sie sagte ihm dann immer, dass seine Tränen nicht befremdlich seien, sondern ihre Liebe zu ihm noch steigerte, was er ihr nie glauben wollte. Im Genpool der Geschlechter stellte Rayfield offenbar eine Anomalie dar, aber womöglich war sein unvermuteter Tränenstrom ein einmaliges Ereignis. Ihr Respekt diesem Mann gegenüber nahm dadurch nicht zu, wurde aber auch nicht geringer.

Sie erhob sich und wusch das Geschirr. Der gelb-orange Farbton des Wassers erschien ihr inzwischen absolut hinnehmbar, und sie machte sich auch längst keine Gedanken über Amöben und Pantoffeltierchen. Jenseits der welligen Scheibe des Küchenfensters sahen das Blau und Grün von Himmel und Erde aus, als wären sie von einem Spachtel aufgetragen. Ihre spezielle Teemischung auf dem Herd erfüllte den Raum mit einem herben Duft, der im Augenblick genau zu ihrer allgemeinen Verfassung passte, und sie merkte, dass sie zu summen begonnen hatte. Als ihr klar wurde, dass es sich um eine von Cochos Melodien handelte, verspürte sie eine Woge großen Glücks und summte ein wenig lauter, als sei ihr daran gelegen, seine Musik über die Grenzen dieses Hauses hinaus zu verbreiten, bis zum Eagle Beak Mountain und entlang des Salmon River.

In jener Nacht aber hatte sie einen verwirrenden Traum, in dem immer wieder Bildfetzen des schluchzenden Rayfield auftauchten. Gleichzeitig rannte Viola über die Weiden, und Tommy fuhr in den Alpen Ski, trug aber nur eine äußerst knappe Badehose. Im Schlaf warf sie sich von einer Seite auf die andere, fuhr dann schließlich kerzengerade hoch und spürte, dass ihr der Schweiß auf der Stirn stand. Die Bettdecke war auf den Boden gerutscht, und das Froschkonzert kam ihr lauter denn je vor, als würde es durch Lautsprecher verstärkt. Ellen kroch aus dem Bett, schlich die Treppe hinunter und setzte Wasser für ihren Öffne-dein-Herz-Tee auf, nur um etwas zu tun zu haben.

Das Telefon läutete, ehe das Wasser kochte. Ellen, die zufällig neben dem Apparat stand, nahm den Hörer noch während des ersten Klingeltons ab. »Karen?«, fragte sie.

»Ellen? Sitzt du auf dem Telefon?«

»Könnte man sagen. Wie geht es dir?«

»Ich weiß nicht. Ich möchte nach Hause.«

»Gut.«

»In ein paar Stunden könnte ich einen Flieger nach New York nehmen, aber auf den Anschlussflug nach Montreal müsste ich dann zehn Stunden warten. Es sei denn, ich fliege nach Newark, aber das ist zeitlich knapp. Oder ich fliege nach Boston und hätte dann eine Verbindung nach Montreal, aber der Flieger geht erst morgen spät am Nachmittag. Ich möchte jetzt nur noch nach Hause.« Sie weinte wie ein übermüdetes Kind. »Ich weiß nicht, was ich machen soll.«

»Nimm den Flieger nach New York. Ich hole dich ab.«

»Aber das ist so weit für dich.«

»Nichts ist zu weit. Sag mir, wann du ankommst, und steig in den Flieger.«

»Wirklich?«

»Ja, wirklich.«

»Okay.« Karen jammerte fast, als sie die Flugnummer und die Ankunftszeit wiederholte.

»Ist Cocho schon beigesetzt worden?«, fragte Ellen und wünschte, sie könnte sich noch vorsichtiger danach erkundigen.

»Ja. In seinem Heimatdorf.«

»Oh, Karen … Es tut mir so leid. Du musst am Boden zerstört sein.«

»Bin ich auch.«

»Nimm den Flug nach New York.«

»Danke.«

»Wir sehen uns am Flughafen.«

Ellen legte den Hörer auf. Sie würde nach New York fahren.

39

Ellen packte ihren Honda mit der Routine eines Umzugsspezialisten. Im letzten Moment, und eigentlich aus keinem logischen Grund, setzte sie noch Mutley ins Auto, ehe sie ein letztes Mal ins Haus flitzte, um die Näpfe und zwei Tagesrationen Hundefutter zu holen. Es war verrückt, Mutley mitzunehmen, aber als sie sah, wie er träge unter dem Ahorn einnickte, kam ihr der Gedanke, dass die grellen Lichter der Großstadt seiner Hundebatterie neuen Saft geben könnten. Für Rodney hinterließ sie eine kurze Notiz, obwohl sie keine Ahnung hatte, ob er überhaupt zur gewohnten Zeit zum Frühstück kommen würde. Irgendwie war ihre Beziehung verkorkst, seitdem sie die Briefe gefunden hatte, und vermutlich war sie daran schuld, doch im Augenblick konnte sie sowieso nichts daran ändern.

Wegen des leichten Nieselregens musste Ellen die Scheibenwischer auf Intervallschaltung stellen, was sie über die Symbolik des Blickfelds sinnieren ließ, das in immer gleichen Abständen wieder klar wurde. *Im Leben sind die Momente der Klarsicht nur kurz bemessen, und dann geraten wir wieder in den Nebel,* dachte sie, aber trotzdem war sie davon überzeugt, das Richtige zu tun: dreihundertfünfzig Meilen Fahrt auf sich zu nehmen, um ihre Schwester abzuholen. Für Karen am Flughafen zu sein, war ihr persönliches Leuchtfeuer im Nebel, auch wenn sie in den Schatten jenseits des Lichtkegels kaum etwas erkennen konnte.

Sie hatte nicht damit gerechnet, schon so bald wieder durch die Straßen von New York zu spazieren, und daher löste die plötzliche Rückkehr eine leise Unruhe in ihr aus. Der Schlüsselbund mit den vier Apartmentschlüsseln fühlte sich in ihrer Jeanstasche sperrig an, weshalb sie ihn herausnahm und aufs Armaturenbrett legte. Sie hatte Tommy nicht angerufen, wollte das aber nachholen, sobald sie in der Tenth Street ankäme. Er wäre noch auf der Arbeit. Im Apartment wollte sie sich erstmal ein wenig ausruhen und ihn dann informieren – oder warnen –, dass sie, Olivier und Mutley zu Hause auf ihn warteten. Karens Flieger sollte um zwei Uhr morgens landen, und Ellen war auf alles eingestellt; sie würde ihre Schwester sogar umgehend nach Montreal bringen. Karen fühlte sich in ihrem Zuhause am wohlsten, aber Ellen befürchtete, dass das Apartment in Montreal mit zu viel Kummer behaftet war und ihr nur wenig Trost spenden würde. Im Schrank hing noch Cochos Kleidung, und auf dem Anrufbeantworter waren Anrufe für ihn. Würden all diese Dinge Karen das Herz brechen oder sich eher heilsam auswirken? Ellen wusste es nicht.

Sie fuhr in südlicher Richtung durch den Bundesstaat und kam durch die Städte, die sie noch von ihrer ersten Tour durch das North Country kannte: Saranac Lake, Lake Placid, Keene. Auf einem Rastplatz, an dem die müden Reisenden von dem frischen Bergquellwasser kosten konnten, hielt sie an. Natürlich war der Duft der Kiefern und des feuchten Erdbodens überlagert von dem Bratengeruch am mobilen Hotdog-Stand, der dort parkte. Mutley pinkelte an die Büsche und schlabberte träge Wasser aus einer Pfütze, kletterte dann wieder auf die Rückbank und machte es sich bequem. Ellen kaufte Olivier einen Orangensaft und ein Hörnchen, ehe sie einstieg und wieder auf den Northway fuhr. Fünfeinhalb Stunden später, gegen halb drei am Nachmittag, stellte Ellen ihren Honda zunächst neben dem Hydranten vor ihrem Apartmentblock in der Tenth Street ab. Sie ließ Olivier mit Mutley im Auto und lud schnell die Sachen aus, darunter auch den Kindersitz des Kleinen. Als sie alles in den fünften Stock hinaufgeschleppt hatte, stieg sie wieder ein, nahm ihren Neffen beim Fahren auf den Schoß – ein fahrlässiges Verhalten – und kurvte auf der Suche nach einem freien Parkplatz um den Block herum.

Endlich fand sie einen auf der Avenue B zwischen Ninth und Tenth Street. Somit lag der Auslauf für Hunde am Tompkins Square Park direkt auf dem Weg zu ihrem Apartment. Warum sollte sie nicht eben dort haltmachen? Wenn Mutley sah, wie die Stadthunde ausgelassen in dem kleinen Areal herumtollten, würde er sich vielleicht seiner ruhmreichen Abstammung entsinnen. Aber zunächst ließ sie ihn schlafend auf der Rückbank und eilte noch schnell in einen koreanischen Markt, um Halsband und Leine zu kaufen, Dinge, die der gute Mutley noch gar nicht besaß. Dann zerrte sie ihn am Hals aus dem Auto und zog ihn in Richtung Park. Noch nie hatte Ellen sich so gefühlt wie in diesem Augenblick: eine Frau mit einem Kleinkind und einem Hund, die nachmittags in den Park ihres Wohnviertels ging, um sich ein wenig zu entspannen. Alles schien so normal zu sein.

Ellen drückte das Törchen zu dem Hundeauslauf auf, suchte sich auf einer Bank einen Platz und nahm Mutley die Leine ab. »Geh und spiel mit den anderen Hunden«, sagte sie zu ihm. Der Hund setzte sich auf die Hinterläufe, Phase eins in seinem langsamen Hinübergleiten ins Schlummerland. Angesäuert schob Ellen ihre nach oben gebogenen Zehen unter Mutley. Der Hund zauderte, erhob sich dann aber. Und plötzlich, wie aus heiterem Himmel, richteten sich seine Ohren auf und drehten sich wie Radarschirme; er drehte den Kopf und, welch Wunder, rannte los!

Ellen sprang auf, da sie sehen wollte, wie Mutleys Muskeln unter dem neuen, glatten Fell zuckten. Und als er davonsprang und dabei den Boden kaum mit seinen vier Pfoten berührte, vergaß Ellen beinahe zu atmen. Das Sonnenlicht fing sich in seinem Fell und betonte dessen Schattierungen. Aus den Augenwinkeln sah sie etwas Rosafarbenes aufblitzen, eine fluoreszierende Scheibe, die wie eine fliegende Untertasse durch die Luft segelte. Mutley riss die Schnauze auf und fing die Scheibe im Flug.

Eine Frisbee-Scheibe! Sofort dachte sie an Rayfields zweite Annonce im *Free Trader*: »Kann Frisbees fangen«, hatte dort gestanden. Wie kam es bloß, dass sie Rayfield nie darüber ausgequetscht hatte? Da hatte Mutley, der Frisbee-Liebhaber, also über Wochen schmachtend unter dem Ahorn gelegen und darauf gewartet, dass ihm jemand eine Frisbee-Scheibe hinwarf, der er hinterherrennen könnte, um sie im Flug zu fangen.

»He, welcher verdammte Hund hat mir mein Frisbee geklaut?«, schrie ein Jugendlicher mit kurz geschorenem Haar, der kein Hemd trug und dessen weite Hose eher einem langen Rock vom Ende des neunzehnten Jahrhunderts ähnelte.

Da Ellen nicht sogleich antwortete, schnauzte der Junge weiter: »Ich will meine verdammte Scheibe wiederhaben, und zwar *jetzt*.«

»Das ist mein Hund«, rief Ellen und winkte dem Jungen zu. Mutley kam zu ihr zurück und präsentierte seine Beute schwanzwedelnd und mit aufgeregten Trippelschritten. Der Junge schlurfte in ihre Richtung. »Setz dich doch einen Augenblick«, bot Ellen an, als er ihre Bank erreichte. Einladend klopfte sie neben sich auf das Holz.

»Kommen Sie«, murrte er, »ich will nur mein verdammtes Frisbee. Hab keinen Bock, mich jetzt zu unterhalten.«

»Und wenn ich dir zehn Dollar biete?«, fragte Ellen.

»Wieso?« Argwöhnisch betrachtete er Mutley, der die Scheibe soeben auf Ellens Schoß abgelegt hatte. Sie sprang auf und warf sie ihm erneut.

»He!«, protestierte der Junge, als Mutley lossprintete.

»Mein Hund leidet unter Depressionen, musst du wissen. Das ist das erste Mal in zwei Monaten, dass er überhaupt an irgendetwas Interesse zeigt.«

»Das ist doch wirklich abgefahren«, höhnte der Junge. »Warum soll er denn deprimiert sein? Wegen der Aktienkurse? Verdammt, ich wusste nicht, dass Hunde Depressionen haben.«

»Haben sie aber.«

»Mein Hund nicht.«

»Welcher ist denn deiner?«

Der Junge rief laut: »Fidel!«, und eine eigenartige Mischung aus Dobermann und Pinscher raste durch den Auslauf auf die Bank zu. Er sprang wie verrückt herum, sehr zur Freude von Olivier, der viele aufgeregte Hundeküsschen auf die Backe bekam.

»Oh, der ist aber wirklich fröhlich«, meinte Ellen. »Voller Lebensfreude«, fügte sie hinzu. Ein Anflug von Argwohn huschte über das Gesicht des Jungen. »Also, was sagst du? Zehn schnell verdiente Dollar?« Sie griff nach ihrem Portmonnaie.

»Zwanzig.«

»Zwanzig? Du raubst mich ja bei helllichtem Tag aus. Fünfzehn.«

»Zwanzig. Nehmen Sie's oder lassen Sie's.«

»Mist.« Aus Prinzip wollte sie ablehnen, aber Mutley kehrte mit glänzenden Augen zurück und fixierte sie mit einem Blick begeisterter Vorfreude. »Okay, aber du sollst wissen, dass du eine nette Person schröpfst, die das nicht verdient hat.«

»Kann ich mit leben«, meinte er und streckte die Hand aus. Schnell schob er die Scheine in die Hosentasche, nahm Fidel auf den Arm und verließ den Hundeauslauf mit schlurfenden Schritten. *Kauft sich vielleicht ein bisschen Crack*, dachte Ellen, doch dann schämte sie sich. Das war doch nur ein Stadtjunge, der eine Gelegenheit beim Schopfe ergriffen hatte. Schließlich war sie in New York.

Sie warf die Scheibe, und Mutley stürmte wieder los. Das war wirklich ein Wunder. Sobald sie wieder in Eagle Beak wäre, wo sich ihr Grundstück auf einer Fläche von über fünf Hektar ausdehnte, würde sie den Hund jeden Tag fordern, damit seine Säfte wieder richtig flössen und seine Narkolepsie ein für alle Mal ausheilte.

Mutleys Interesse ebbte auch nach einer halben Stunde nicht ab, aber Olivier wurde ungeduldig. Ellen wollte ihn nicht auf dem Boden spielen lassen, wo all die Keime und Bakterien von »Scheißhausen« herumschwirrten, wie die Bewohner des Viertels den Hundeauslauf im Park liebevoll nannten. Die Hundebesitzer machten zwar meistens sofort sauber, wenn das Tier sein Geschäft verrichtet hatte, aber trotzdem breiteten sich unter der Hundebevölkerung Viren aus wie zu Zeiten der Pest. Am letzten Tag ihres Zusammenseins wollte sie ihren geliebten Neffen nicht all dem Dreck aussetzen. Ihr letzter gemeinsamer Tag! Sie presste den Kleinen ans Herz und unterdrückte den besitzergreifenden Zug in ihrem Wesen. Ihr lieber Neffe, der ihr bald nicht mehr gehörte!

»Komm, Mutley«, sagte sie, stand auf und steckte das teure Frisbee in ihre Tasche. Der Hund bedachte sie mit einem traurigen Blick. Schnell legte sie ihm die neue Leine an und verließ den Hundeauslauf. Als sie das Törchen sicherte, warf sie einen Blick auf die Verhaltensregeln auf einer Tafel: Kein Zutritt ohne Hund, keine herrenlose Hunde, keine Spielzeuge, kein dies, kein das. Plötzlich fühlte sich Ellen eingeengt und gehemmt. Gewiss, in einer Millionenstadt musste es Regeln geben, aber diese ganzen Vorschriften kamen ihr wie ein Angriff auf ihre persönliche Würde vor. Außerdem stank es, denn der Abfalleimer, in den die Hundeliebhaber die Tüten mit dem Hundekot warfen, befand sich ausgerechnet links vom Törchen.

Ellen eilte weiter über die gepflasterten Wege des Tompkins Square Park. Es war friedlich dort, wenn man einmal von den Männern absah, die auf den Bänken lagen und ihre weltlichen Güter an Einkaufswagen gebunden oder unter die Köpfe geschoben hatten. Ein Mann, dessen Kleidung verschmiert war, hatte sich einen Schuh ausgezogen und benutzte ihn als Kissen. Dieser Park hatte eine lange, ruhmreiche Geschichte als Anlaufstelle für die Besitzlosen und Enteigneten. Genau an diesem Ort hatte sich einst die Zeltstadt Tent City befunden, jene unglückliche Landnahme der Obdachlosen, die an die Zeit der alten Grenzstädte im Wilden Westen erinnerte. Später wurde Tent City dann von der New Yorker Polizei aufgelöst. Aber am Tag der Arbeit strömten nach wie vor jedes Jahr Transvestiten, die wie Models aus der *Vogue* aussahen, in den Park zum traditionellen Wigstock-Festival. Penner steckten sich ein kleines Terrain ab, dösten und bettelten im Freien und schimpften bisweilen fürchterlich auf unsichtbare Gegner, die Ellen und Tommy immer als »die Luftleute« bezeichneten.

Es mutete eigenartig an, New York von außen zu sehen. Aus langer Erfahrung wusste Ellen, dass die City früher oder später jeden mit ihrem Zauber gefangennahm und die Leute glauben machte, sich im Zentrum des Universums zu befinden, in dem man selbst ein bedeutender Baustein war. An diesem Tag sah die Stadt dreckig aus, als hätten Auspuffgase die Luft zum Stehen gebracht. In den Rinnsteinen schillerten ölige Pfützen, und alte Zeitungen und braune Tüten waren gegen die schmiedeeisernen Zäune geweht worden und hingen nun dort wie amoklaufende tibetische Gebetsfahnen.

Bitte mach, dass meine Liebe zu dieser Stadt nicht abflaut, betete Ellen inbrünstig, als sie die Tenth Street überquerte. New York war ein eifersüchtiger Liebhaber. Wenn man seine eigene Hingabe infrage stellte, hatte die Stadt eine Art, einen wie einen Melonenkern auszuspucken. Ellen wollte auf keinen Fall, dass ihr so etwas widerfuhr, und brachte die kleine Stimme in ihrem Innern zum Schweigen, die da wisperte: »Montreal.«

Ihr Wohnblock wirkte kühl und dunkel, und die Terrazzo-Fliesen an den Wänden mit ihren komplexen italienischen Mustern schienen Ellen heranzuwinken. Sie schloss die zweite Tür zum Treppenhaus auf, und gemeinsam nahmen sie den langsamen Aufstieg zum fünften Stock in Angriff. Olivier eroberte jede Stufe so bedächtig, als sei das Treppensteigen ein phänomenales Ereignis in seinem Leben, während Mutley es tatsächlich schaffte, alle vier Pfoten so zu koordinieren, dass er vorankam. Ellen war natürlich heilfroh über das Verhalten des Hundes, denn wenn er sich nun geweigert hätte, die Stufen hinaufzusteigen, wäre sie ratlos gewesen. Am vierten Treppenabsatz wandte Olivier sich ihr zu, reckte die kleinen Arme empor und sagte: »Hoch, hoch.« Ellen trug ihn die letzten Stufen.

Endlich erreichten sie die Tür zu Apartment 5A. Ellen steckte den Schlüssel zunächst in das Sicherheitsschloss und entsicherte den Riegel, bevor sie den Schlüssel in dem alten Türschloss drehte, das damals, als das Haus vor so vielen Jahrzehnten gebaut worden war, dem Sicherheitsstandard entsprochen hatte. Wie immer im Sommer musste Ellen auch jetzt energisch gegen die Tür drücken, da die hohe Luftfeuchtigkeit das Holz leicht aufquellen ließ. Dann trat sie wieder ein in das Leben, vor dem sie nach ihrer Entlassung weggelaufen war – nachdem sie sich einen Landsitz zugelegt und der Stimme in ihrem Kopf nachgegeben hatte, die ihr immer wieder zugeflüstert hatte: »Hau einfach ab.«

Ellen war froh, dass Tommy arbeiten war, da sie sich ständig über seine Junggesellenangewohnheiten aufregte. Er hängte seine Hemden einfach über Stuhllehnen, ließ das schmutzige Geschirr im Spülbecken stehen und weigerte sich stets, das Futonbett zu machen. Ein zerwühltes Bett schien ihn nicht zu stören. Wenn sie mit Reginald auf Geschäftsreisen gewesen und wieder nach Hause gekommen war, war sie oft mit Tommy aneinandergeraten, ehe sie sich überhaupt begrüßt hatten. Ellen hatte widerwillig das Geschirr gespült, die überall in der Wohnung verstreute Wäsche eingesammelt und das Badezimmer geputzt – bis ihr Zorn sich irgendwann verflüchtigte. An diesem Tag verspürte sie allerdings keine Lust, wieder in die Rolle der Haushälterin zu schlüpfen. Sollte Tommy doch in einem Schweinekoben wohnen, wenn es ihm Spaß machte.

Der *Nordic-Track*-Ski-Trainer stand mitten im Wohnzimmer und nahm tatsächlich den ganzen Raum ein. Tommy hatte sämtliche Möbel an die Wände geschoben, sodass die bequemen Stühle und der antike Tisch nun einen Halbkreis um das fremdartige Objekt aus der Fitnesswelt bildeten. Natürlich handelte es sich streng genommen nicht mehr um ihr gemeinsames Wohnzimmer, obwohl der Stapel Zeitungen neben dem Sofa vertraut aussah, genau wie die Kaffeetassen, die auf jeder nur erdenklichen horizontalen Ebene abgestellt waren. Ellen ließ ihre schwere Tasche sinken und Olivier zu Boden gleiten, dann löste sie die Leine von Mutleys Halsband, holte das restliche Gepäck herein und schloss die Tür.

Sie erlag dem perversen Bedürfnis, sich gleich dem Schlimmsten zu stellen, ging zum Schlafzimmer und spähte durch den Türspalt. Auf dem Boden lag eine Yogamatte, daneben beschwerte ein Ziegelstein ein aufgeschlagenes Buch, in dem komplizierte Yogaposen abgebildet waren. Von Neugierde getrieben, trat Ellen näher und warf einen Blick auf die Seiten. Das Bild zeigte einen turbantragenden Swami in kurzer Hose, der sämtliche Gliedmaßen seltsam verdreht hatte, dazu in die Kamera schielte und die Zunge weit herausstreckte. Ellen musste lachen und stellte sich vor, wie Tommy sich abmühte, diese komplizierte Pose nachzumachen. Wenn das die Yogalehrerin anmachte, dann musste sie ziemlich durchgeknallt sein.

Danach ging sie in die Küche, fand sie erwartungsgemäß vernachlässigt vor und öffnete den Kühlschrank, um nachzuschauen, was man den hungrigen Reisenden anbieten könnte. Zu ihrer Überraschung lagerten Obst und Gemüse in den Fächern. Im Gefrierfach waren die herkömmlichen Eiscremepackungen aus dem Supermarkt den teureren Eissorten auf Sojabasis gewichen. Daneben türmten sich vegetarische Burger in vier Geschmacksrichtungen auf. Offenbar hatte Tommy sich ohne ihre Hilfe in einen Gesundheitsfanatiker verwandelt, wogegen nichts einzuwenden war. Im Badezimmer hatte er eine Gewichtstabelle an die Wand geheftet und nach und nach sämtliche Zahlen, die über neunzig Kilo hinausgingen, mit schwarzen Kreuzen durchgestrichen. Ellens Blick fiel auf die neue digitale Waage, die ihr altes grünes Modell verdrängt hatte. Ellen war schon im Begriff, auf die Waage zu steigen, fühlte sich aber im selben Moment merkwürdig verletzbar, gleichsam ausgeschlossen aus ihrer eigenen Wohnung. Hätte sie nun auch noch ein paar Kilo zugenommen, würde sie wahrscheinlich verrückt werden. Daher trat sie von der Waage zurück und erklärte ihren Erkundungsgang durch die Wohnung für beendet.

»Brauchst du Wasser, Mutley?«, fragte sie und füllte seine Trinkschale. »Du musst doch Durst haben nach der Anstrengung.« Der Hund schlabberte das Wasser, trottete dann ins Schlafzimmer, kletterte wie selbstverständlich auf die Futonmatratze und legte sich für ein Nickerchen hin. Olivier, dem schon beim mühsamen Aufstieg im Treppenhaus die Lider schwer geworden waren, tat es Mutley gleich und glitt ebenfalls ins Reich der Träume. Ellen schaute auf ihre Uhr. Kurz nach halb vier. Eine gute Uhrzeit, um Tommy anzurufen, obwohl Ellen eine kaum zu leugnende Befangenheit verspürte, als sie auf die Stimme seiner Sekretärin wartete.

»Thomas Kennys Büro«, sagte Edna routiniert und beflissen.

»Hi, Edna, hier ist Ellen.«

»Ellen! Lange nichts von Ihnen gehört.«

»Stimmt, ich war oben in der Wildnis.«

»Habe ich gehört. Wie *lebt* es sich denn so in der Provinz?«

»Anders«, antwortete Ellen. Sie war kurz davor, der Frau das Leben auf dem Land näher zu erläutern, aber sie wusste, dass Edna ein längeres Gespräch nicht angenehm war, auch wenn ihr Ton freundlich klang und Ellen immer goldene Ohrringe und Lederhandtaschen ausgesucht hatte, die Tommy Edna am jährlichen Sekretärinnentag überreichen konnte. »Ist Tom da?«

Edna zögerte. »Er ist in Washington wegen einer eidesstattlichen Aussage. Mit Übernachtung. Wussten Sie davon nichts?«

»Oh, doch, ich hatte es nur vergessen«, log Ellen. »Vielleicht sollte ich doch hin und wieder einen Blick auf den Kalender werfen.«

»Er kommt morgen um sechs mit der Bahn zurück. Soll ich ihm etwas ausrichten?«

»Nein, ich rufe ihn dort an«, sagte Ellen, obwohl sie keinen blassen Schimmer hatte, wo Tommy sich in der Hauptstadt aufhalten würde. Sie legte auf. Also würde sie Tommy gar nicht zu Gesicht bekommen – es sei denn, Karen beabsichtigte, ein paar Tage in New York zu bleiben, um etwas auszuspannen. Ellen hielt es für klug, ebenfalls Siesta zu halten, und schlich ins Schlafzimmer und streckte sich auf der freien Hälfte des Futonbetts aus. Ihr fiel auf, dass Tommy eine Karteikarte an die Nachttischlampe gelehnt hatte, auf der das geheimnisvolle Wort »Nonisaft« geschrieben stand.

Aha, dachte Ellen. Das war selbst für sie neu, denn für gewöhnlich war sie für das Reich der exotischen Fruchtsäfte zuständig. Nun mutmaßte sie mit bereits schläfrigem Geist, Noni könne auch Gemüse sein. Nach der langen Fahrt, dem Frisbee-Werfen und dem Aufstieg in den fünften Stock verlangte ihr Körper nach Schlaf. Von draußen drangen die Geräusche eines Basketball-Spiels im Park, Sirenengeheul und das Lärmen des Eiswagens an der Ecke zu ihr herauf. Der Lärm der Stadt drängte sich einem auf, als könnte er den atmosphärischen Druck beeinflussen. Mit einem Mal wurde sich Ellen ihres Herzschlags bewusst. Sie legte die linke Hand auf die Brust und spürte die sanfte Vibration, die ihren Leib erschütterte. »Ich liebe dich, Herz«, flüsterte sie und merkte gar nicht, dass sie Cochos morgendlichen Ritus imitierte. Viel später jedoch, nachdem sie Mutley ausgeführt hatte und mit Olivier in einem vegetarischen Restaurant gewesen war, erinnerte sie sich an den Moment und erkannte den Ursprung ihrer beinahe unbewussten Handlung. Cocho hatte seine Lungen geliebt und mit ihnen Musik geschaffen, mit der er seine Zuhörer in eine andere Welt entführte. Sie liebte ihr Herz und konnte es benutzen, um … was hervorzubringen? *Liebe,* dachte sie. *Liebe, Liebe, Liebe.*

Immer wenn Tommy ein Zahn gezogen werden musste, nahm er vorsorglich Pentothal aus der Reihe der Barbiturate und geriet dann chemisch gesehen in eine Zone der freien Liebe, in der er vor gutem Willen nur so sprudelte. »Liebling«, hatte er einmal gesagt, »ich möchte allen Zahnärzten in diesem Haus Blumen schicken.« Ein andermal hatte er mit Tränen in den Augen geflüstert: »Die Beatles hatten recht, weißt du. All you need is love.« Und im großen Finale der Bewusstseinsveränderung hatte er einmal sogar unvergleichliche Schönheit in einer kitschigen Kaufhausversion von »Love Is Blue« entdeckt, die nach seiner Weisheitszahnoperation aus den Lautsprechern des Aufwachraums dudelte. Ellen war in lautes Lachen ausgebrochen, als er seine Hoffnung zum Ausdruck brachte, diese seichte Instrumentierung würde bei den Grammy Awards abräumen. Daraufhin war Tommy ganz geknickt gewesen, doch das Blumenkind-Image passte einfach nicht zu ihm. Aber passte es zu ihr? In den Sechzigern hatte sie sich zu den Hippies gezählt, aber wie sah das nun in den Neunzigern aus? Irgendwann würde sie auch diese Frage beantworten können.

Gegen Mitternacht fuhr Ellen in die Kurzparkzone am

JFK International Airport. Es gefiel ihr gar nicht, Mutley allein im Auto zurücklassen zu müssen, aber sie ahnte, dass er sich ohnehin bald auf der Rückbank ausstrecken würde. Außerdem, wer würde schon ein Auto knacken, in dem ein gefürchteter Deutscher Schäferhund lag? Sie ließ jedes Fenster einen Spaltbreit offen und trug Olivier in den Terminal.

»Mama kommt!«, flüsterte sie wieder und wieder. Hätte man sie nach ihren Wünschen gefragt, dann hätte sie gesagt, sie hoffe, der Kleine werde seiner Mutter freudestrahlend um den Hals fallen, da sie fürchtete, Olivier könne zögerlich zurückweichen. Womöglich erkannte er seine Mama nach all den Wochen nicht wieder oder unterstellte ihr, sie würde ihn bald wieder im Stich lassen.

Selbst zu dieser späten Stunde pulsierte der Flughafen. Leute lasen Zeitungen in allen Sprachen der Welt, aßen Junkfood oder schliefen zusammengesackt auf irgendwelchen Plastikstühlen, das Kinn auf der Brust. Ellen sehnte sich in die Zeit vor dem Flugterrorismus zurück, als man seine Lieben noch direkt am Flugsteig abholen konnte. Geduldig setzte sie sich neben einen elegant gekleideten Mann, der seine Finger wie verrückt über die Tasten seines Laptops huschen ließ. Ellen beugte sich ein wenig zurück, um den Bildschirm sehen zu können, aber aus diesem Winkel konnte sie nichts erkennen.

»Rohstoffmärkte«, merkte der Mann trocken an und schaute kurz auf.

»Oh«, erwiderte sie nur und rückte ein wenig von ihm ab, um das Eindringen in seine Sphäre wettzumachen.

»*Où est maman?*«, fragte Olivier. »*En ce moment … là-bas!*« Sie deutete nach oben, wippte ihn auf ihren Knien, und der Kleine lehnte sich mit dem Kopf bei ihr an. Er war ein bisschen verschwitzt, sah aber niedlich aus in seiner Latzhose und dem T-Shirt. Ellen schlang die Arme um ihn und genoss die letzten Augenblicke ihres Daseins als Ersatzmutter. Sie hasste ein trauriges Ende, und ihrer Meinung nach stand ihr eins bevor.

Dreißig Minuten später waren Ellen und Olivier bei dem monotonen Klacken der Tastatur und den blechernen Lautsprecherdurchsagen eingeschlummert. Im Halbschlaf spürte Ellen, dass ihr jemand auf die Schulter tippte, riss die Augen auf – und da stand Karen. Im fluoreszierenden Licht der Neonlampen sah ihre Haut wächsern aus, als hätten die Wochen in Peru eine dünne Alabasterschicht auf ihrer Haut hinterlassen, die ihr ein schönes, aber auch unwirkliches Aussehen verlieh. Ihr dunkelblondes Haar hatte sie zu einem Pferdeschwanz zusammengebunden, und abgesehen von dem Kummer tief in ihren leicht umschatteten Augen umgab Karen eine Heiterkeit, die Ellen nicht erwartet hatte.

Karen lächelte und schwieg.

Ellen stand auf. Ihre Bewegungen weckten Olivier, der seine Äuglein nur halb öffnete und einen trägen Blick auf seine Mutter warf, um dann, wie unter einem Adrenalinstoß, hellwach in Karens Arme zu fliegen und zu rufen: »Maman! Maman!« Erleichtert übergab Ellen ihrer Schwester das Kind. Selbst der Typ mit der Rohstoffbörse ließ kurz von den Tasten seines Laptops ab und verfolgte das freudige Wiedersehen mit einem breiten Grinsen. Karen küsste ihren kleinen Jungen und warf ihn in die Luft. Dann drückte sie ihn fest an sich und wuschelte ihm durch die schwarzen Löckchen. Sekunden später nahm sie Ellen in den Arm. »Willkommen daheim«, sagte diese, da ihr keine anderen Worte einfielen, denn Karen war ja genau genommen gar nicht zu Hause. Dies war nicht ihre Stadt, nicht ihr Land.

»Ich habe euch so sehr vermisst«, sagte Karen.

»Und wir dich.«

»Ich möchte nicht weinen«, meinte Karen gerührt.

»Nein«, pflichtete ihre Schwester ihr bei, »das hat Zeit.« Karen nickte, doch man merkte ihr an, dass sie sich sehr beherrschen musste, um nicht in Tränen auszubrechen. »Hast du viel Gepäck?«

»Nur das hier.« Ellen war der Rucksack auf dem Boden noch gar nicht aufgefallen.

»Komm, verduften wir aus dieser gruseligen Bude.« Das war eine Phrase aus den Sechzigern, erfunden von Ellens Freundin Rebecca, die einmal ziemlich angesäuert die Dinnerparty ihres Freunds verlassen hatte, die im hippen Stadthaus seiner Eltern stattfand. Karen kicherte. Über die Jahre hinweg war sie mit Ellen schon aus so mancher gruseligen Bude verduftet. Während eines kurzen Abstechers zur Toilette – Karen war gerade in der Kabine –, fragte eine Spätreisende Ellen, wie alt denn ihr Enkel sei.

»En … kel«, stammelte Ellen und suchte Halt am Waschbeckenrand. »Anderthalb«, brachte sie dann flüssiger heraus, nachdem sie den ersten Schreck überwunden hatte.

»Ein niedlicher Kleiner«, sagte die Dame im Hinausgehen.

Natürlich war Ellen bewusst, dass sie alt genug war, um als Großmutter durchzugehen, aber noch nie hatte jemand sie so bezeichnet. *Als Nächstes,* dachte sie mit Schrecken, *wird dich die Kassiererin an der Supermarktkasse fragen, ob du die Rabattkarte für Rentner bei dir hast.* Ihr Leben klang langsam aus, und fremde Damen zählten sie bereits unbekümmert zur Kategorie »jenseits der Blütezeit«.

Na gut, dachte sie, wie es Millionen Frauen vor ihr gedacht hatten, *jetzt weißt du Bescheid.* Sie war am Scheideweg angekommen und musste nun wohl oder übel Stellung beziehen: Hormontherapie, Schönheitsoperation, Sonnenhüte mit Nackenschutz, Fitnessübungen und eine strenge Diät, um sich den Anschein des Jungseins zu geben. Oder sollte sie allen Unkenrufen zum Trotz wieder zum Joint greifen? Was würde besser zu ihr passen? Der Jungbrunnen war ein Mythos, aber Selbstaufgabe war mit einem Stigma behaftet.

»Man hat mich eben für eine Großmutter gehalten«, sagte Ellen, als Karen aus der Kabine kam.

»Ein ehrenwerter Titel«, sagte Karen leicht abwesend und wusch sich die Hände.

»Ich fühle mich regelrecht beleidigt.«

Karen lachte. »Oh, Ellen, du gibst wohl nie auf, was?«

»Nein, solange es geht, weht meine Flagge frei im Wind«, antwortete Ellen, obwohl längst nichts mehr an ihr an einen Hippie erinnerte. *Aber ich führe ein freakiges Leben,* rief sie sich in Erinnerung, als sie zum Auto gingen. Hätte sie sich schon in den Sechzigern als Biobäuerin bei ihrem Haus auf dem Land betätigt, hätte sie als äußerst angesagt gegolten.

»Karen, darf ich dir Mutley vorstellen«, sagte Ellen, als sie die Tür des Honda öffnete. Der Hund blinzelte träge, machte aber keine Anstalten, den Kopf zu heben.

»Oliviers bester Gefährte«, meinte Karen, während sie ihren Sohn im Kindersitz anschnallte und anschließend Mutley hinter den Ohren kraulte.

Ellen steckte den Schlüssel ins Zündschloss. »New York, Eagle Beak oder Montreal?«, fragte sie. »Was immer dein Herz dir sagt.«

»Ich darf wählen?«

»Klar.«

»Okay, lass mich kurz nachdenken.« Karen schloss die Augen. Wären die Rollen vertauscht gewesen, hätte Ellen wahrscheinlich die Augen zusammengekniffen und so angestrengt nachgedacht, bis ihre Stirn und ihre Wangenknochen sich an der Nasenwurzel getroffen hätten. Aber Karen war zierlich in jeder Hinsicht, während Ellen sich wie eine Brunhild aus der Heldensage vorkam. »Tommy ist heute Nacht nicht da«, sagte Ellen, um ihrer Schwester alle Optionen offenzuhalten.

»Oh, schade«, sagte Karen und klang tatsächlich enttäuscht. Sie verfiel wieder in ihre Trance, und Ellen wartete. »New York«, sagte sie schließlich. »Morgen dann nach Eagle Beak, und Montreal in den kommenden Tagen.«

Ellen startete den Motor, wurde an der Parkplatzausfahrt um acht Dollar erleichtert, für die sich der Mann an der Schranke nicht einmal bedankte, und hielt auf die Tenth Street zu. Sie setzte Karen und den Kleinen vor dem Wohnblock ab und suchte wie gewohnt im Viertel nach einer Parkmöglichkeit. Zu dieser Stunde kam ihr die Nachbarschaft vertraut und dennoch fremd vor. Die kleinen Marienstatuen an manchen Häusern, die aus ihren Nischen heraus wachsam die Straße im Blick behielten, sahen irgendwie seltsam und manchmal bedrohlich aus. Ellen war froh, Mutley an ihrer Seite zu wissen, obwohl er eigentlich nur bellte und nicht biss. Womöglich bellte er nicht einmal.

Schließlich zwängte sie sich in eine Parklücke in der Twelth Street und war erleichtert, dass sie überhaupt einen Platz gefunden hatte, auch wenn der Wagen schon in fünf Stunden umgeparkt werden musste. Dann ging sie ganz bewusst die Avenue A hinunter, wie die Broschüren zur Vorbeugung vor kriminellen Übergriffen vorschlugen. Mutley schnupperte an jeder Straßenlaterne und schnappte sich ein aufgeweichtes Pommesstäbchen, bevor Ellen ihn fortziehen konnte. Er pinkelte noch zweimal und stieg dann die vielen Stufen hinauf.

Die Tür zum Apartment war nur angelehnt. Karen saß in Ellens antikem Bentwood-Schaukelstuhl, Olivier auf dem Schoß. Die friedliche Schönheit dieses Anblicks betäubte Ellen, und sie sah, wie Karen sich die Locken ihres kleinen Jungen um die Finger wand und die Haare zu schmalen Ringellöckchen formte. Olivier war eingeschlafen, die Wange eng an Karens Brust geschmiegt. Es war ein sehr intimer Augenblick zwischen Mutter und Kind, und Ellen wünschte, sie müsste diese friedvolle Ruhe nicht stören. Dann schaute Karen auf. »Er kommt mir so viel größer vor.«

»Er wächst praktisch über Nacht.«

»Er spricht auch ein bisschen Englisch.«

»Ja.«

Karen wiegte ihn sanft auf ihrem Schoß und schien mit ihren Gedanken woanders zu sein.

»Tommy hat mit dem Ski-Trainer dort angefangen«, sagte Ellen fast entschuldigend.

»Ja, habe ich gesehen. Was willst du mit dem großen Ding machen, wenn du zurückkommst?«

»Wer weiß? Vielleicht schiebe ich alles ins Schlafzimmer, neben die Yogamatte.«

»Auch noch Yoga? Was ist denn in Tommy gefahren?«

Es war genau der richtige Augenblick, um ihrer Schwester von der Yogalehrerin zu erzählen, doch stattdessen machte Ellen eine wegwerfende Handbewegung. »Keine Ahnung, hoffen wir nur, dass er nicht noch mit Trampolinspringen anfängt.« Sie setzte sich. »Bist du nicht müde?«

»Völlig ausgelaugt.«

»Ich muss nachher wieder runter und das Auto umparken. Leg du dich doch mit dem Kleinen ins Schlafzimmer.«

Karen stand auf. »Wir haben morgen jede Menge Zeit zum Erzählen«, sagte sie, als könnte sie Ellens Gedanken lesen.

»Ja, ruh dich aus.«

Karen verschwand im Schlafzimmer und schloss die Tür hinter sich. Ellen spürte, dass es ratsam wäre, am nächsten Tag ihrer Schwester zuzuhören. Ihr eigenes Bedürfnis, von ihren letzten Wochen zu erzählen, würde sie vorerst zurückstellen müssen. Bislang war nicht einmal Cochos Name gefallen. Und Ellen hatte noch mit keinem Wort erwähnt, dass sie und Tommy kaum noch miteinander sprachen und sich in verschiedene Richtungen entwickelten, gefangen in einer Ehe mit ungewissem Ausgang.

Im Bad trat sie ans Fenster und blickte hinab auf die Straße. Autos und Taxis jagten über die Avenue A, und die Fenster des Delikatessengeschäfts, das die ganze Nacht geöffnet hatte, waren voller trendiger Kunden. Ellen nahm auf dem breiten Fensterbrett Platz, lehnte sich zurück und verschränkte die Beine zum Lotussitz. In den vergangenen Jahren hatte sie zahllose Stunden in dieser Stellung verbracht, hatte sich an diesem Fenster einsam, gelangweilt, zufrieden, rastlos, friedvoll und am Boden zerstört gefühlt. Der Platz hatte etwas Beruhigendes, Meditatives. Zwischen Fensterbank und der tiefen Badewanne unter dem schmalen Fenster hatte sie stets einen Rückzugsort gefunden, wenn der Druck oder die Freuden der City sie überwältigten.

Aber es hatte wohl nicht gereicht, wie sie sich bewusst machte. Unheil war aufgezogen, und inzwischen lebte sie dreihundertundfünfzig Meilen entfernt und kam sich in ihrem eigenen Apartment wie eine Hochstaplerin vor. Und wenn dies auch *ihre* Wohnung war, warum standen hier dann Fitnessgeräte herum? Und wo war Tommy? Da sie gerade an ihn dachte – wer war Tommy eigentlich? Er war zu einem Fremden mutiert, der *Nonisaft* auf eine Karteikarte kritzelte, sich auf einer Yogamatte verrenkte und dabei schielte und die Zunge herausstreckte wie ein sabbernder Hund.

Es war wohl eine Art von Selbsttäuschung, wenn sie glaubte, alles würde sich bald schon wieder in Wohlgefallen auflösen. Der Sommer ginge unvermeidlich zu Ende, und sie würde sich in die offenen Arme ihres Mannes werfen. Als sie New York verlassen hatte, wusste sie eins ganz gewiss: Sie brauchte unbedingt eine Auszeit. Sie fühlte sich niedergeschlagen und vielleicht sogar depressiv, vorausgesetzt, Tränen, Seufzer und aufflammende mentale Trostlosigkeit waren Indikatoren für Depressionen. Der Hauskauf in Eagle Beak war ein gewaltiger Schritt gewesen, aber sie hatte ohne eine Spur von Unentschlossenheit gehandelt. Während der Sommermonate dort draußen zu wohnen, war ihr vorgekommen wie ein Geschenk, aber nun fühlte es sich an, als hätte sie ein Loch in das Gewebe ihres Lebens gerissen und zwängte sich nun hindurch, um in eine neue, aber nicht notwendigerweise bessere Welt zu gelangen. Ob es ein Zurück gab?

40

Die berüchtigte hohe Luftfeuchtigkeit von New York legte sich wie ein böser Fluch über die Stadt, und selbst um Viertel vor acht, als Ellen das Haus verließ, um das Auto woanders zu parken, schoben sich die Leute wie träge Schlafwandler über die Gehwege. Viel gesprochen wurde nicht, und die Müllsäcke, die abholbereit am Straßenrand standen, verströmten bereits einen unangenehmen Geruch. Ellen kaufte sich einen Kaffee zum Mitnehmen am Laden an der Ecke und schloss dann ihr Auto auf. Nichtsahnend startete sie den Motor und bemerkte erst beim Zurücksetzen, dass die Scheibe hinten rechts zertrümmert worden war. Purer Vandalismus. Unzählige Glassplitter glitzerten wie Schweißperlen auf dem dunklen Bezug der Rückbank.

»Mist«, fluchte Ellen. »Tolles Timing.« Noch nie war ihr Auto aufgebrochen worden, vermutlich deshalb nicht, weil sie und Tommy immer darauf geachtet hatten, nichts Auffälliges im Wagen zu lassen. Das Autoradio legten sie ins Handschuhfach, sodass ein gähnendes Loch im Armaturenbrett klaffte. Kaffeebecher und Flaschen ließen sie extra auf dem Boden liegen, damit man von außen den Eindruck hatte, dass sich niemand so recht um das Auto kümmerte. In die Waschanlage fuhren sie so gut wie nie, weshalb mitunter »Wasch mich« in die Schmutzschicht auf der Heckscheibe geschrieben stand. Was sollte sie jetzt machen? Wenn sie das Auto umparkte, würden womöglich Drogendealer auf der Rückbank ihre Geschäfte abwickeln und Crack oder irgendeine andere neue Designer-Droge an den Mann bringen. Oder ein Penner nahm die Rückbank als Schlafgelegenheit für eine Nacht und übergab sich womöglich noch im Vollrausch. Ein kritischer Blick hinauf zum Himmel, der zwischen den Wohnblocks zu erahnen war, verriet ihr, dass es regnen würde. Wie sollte sie die lange Fahrt nach Montreal mit kaputter Scheibe durchstehen?

Ellen legte den Gang ein, fuhr los und bog an der Ecke der Avenue B in Richtung Chinatown ab. Sie erinnerte sich, dass sie schon oft an einer Autowerkstatt in der Canal Street vorbeigefahren war, die auch für neue Autoscheiben warb. Die Inhaberin war eine kleine Chinesin. Die Angestellten waren ebenfalls allesamt Frauen, die die Hebebühnen bedienten und sich in burgunderroten Overalls an die Arbeit machten. Wenn Ellen mal wieder vor dem Holland Tunnel im Stau feststeckte, hatte sie den Frauen oft fasziniert zugesehen. Die Werkstatt vibrierte vor effizienter Geschäftigkeit wie ein menschlicher Ameisenhügel. Mit den Ohrenschützern sahen die geschickten Frauen wie kleine Großstadtmäuse aus.

An diesem Tag winkte eine junge Frau, die sich platinblonde Strähnchen in ihr pechschwarzes Haar hatte machen lassen und Plateauschuhe trug, Ellen zu einer der fünf Hebebühnen. Ellen hatte längst für sich beschlossen, dass sie nicht um den Preis feilschen würde. Mit etwas Glück wäre sie wieder in der Tenth Street, ehe Karen und Olivier aufwachten.

»Ich brauche eine neue Scheibe hinten rechts«, sagte sie und zeigte nach hinten.

»Okay. Sie verlassen Auto. Dreiviertelstunde. Neunundneunzig Dollar. Wir machen Auto sauber. Gratis.«

»Einverstanden«, sagte Ellen, als sie ausstieg.

Um die Zeit totzuschlagen, schlenderte sie über die Canal Street und mischte sich ganz wie von selbst unter die Fußgängermassen auf den New Yorker Gehwegen. So liebte sie ihre Stadt. Jedes Gebäude hatte sein eigenes Geheimnis, jede Ecke eröffnete den Blick auf etwas Neues. Selbst jetzt schaute sie nach oben und entdeckte ein kleines Schild in einem Schaufenster im zweiten Stock: Kaufhaus. Eingang im Koffergeschäft. Neugierig betrat sie das ebenerdige Geschäft, stieg eine schäbige Holztreppe nach oben, öffnete eine unauffällige Tür und betrat einen Raum, der sich in mehr Richtungen zu erstrecken schien, als es architektonisch möglich war. Ellen wandelte durch ein Wunderland, in dem es alles gab, von Töpferwaren bis Flaschen mit sibirischem Ginseng, von Hackmessern bis asiatischen Siebdrucken, von exotischem Geschenkpapier bis geschnitzten oder vergoldeten Buddhas. Als sie an den ausgestellten Morgenmänteln aus Satin vorbeikam, blieb sie staunend stehen. Der Stoff schillerte in allen Regenbogenfarben. Am Revers waren chinesische Zeichen eingestickt, die für den Unkundigen auf einem kleinen Kärtchen, das am Revers befestigt war, übersetzt waren. Die Symbole standen für Harmonie, Frieden, Freude, Wohlstand und viele andere

Grundfesten des seelischen Gleichgewichts. Den Rücken der Roben zierten wunderschöne Stickereien – Drachen, Hausboote, terrassenförmig angelegte Gärten, Krieger. Ellens Blick fiel auf einen schwarzen Kinderbademantel, auf dem ein schillernder Tiger prangte. Sie nahm ihn vom Kleiderbügel. Dann entdeckte sie einen eisblau gehaltenen Morgenmantel mit einer ländlichen Idylle, in der Reiher auf einem Bein standen. Da sie glaubte, er würde zu Karen passen, nahm sie auch diesen mit.

Als sie sich schließlich dem Kassenbereich näherte, hatte sie Morgenmäntel für Olivier, Karen, Tommy, Rayfield, Rodney und für sich selbst ausgesucht. Sie waren keineswegs preiswert, aber aus irgendeinem Grund war Ellen das egal. Schon hatte sie die Kreditkarte gezückt, die durch die Kasse gezogen und für zahlungsfähig befunden wurde. Im nächsten Moment war die Karte wieder sicher in ihrem Portemonnaie verstaut. Die Morgenmäntel überm Arm, stieg sie die hölzerne Treppe hinunter und nahm an der Ecke ein Taxi für den kurzen Rückweg zur Autowerkstatt. Noch während der Fahrt beschloss sie, Tommys Mantel an der Badezimmertür aufzuhängen, versehen mit einem Zettel, auf den sie in ihrer besten Handschrift schreiben wollte: »Mögen all deine Meditationen Früchte tragen.«

Ellen erkannte ihren Honda kaum wieder, was nicht nur an dem reparierten Fenster lag, sondern auch an dem ausnahmslos strahlenden und glänzenden Lack. Selbst die Radkappen und Reifenprofile waren sauber; auch der Müll war taktvoll aus dem Innenraum entfernt. Die junge Chinesin lächelte. »Wow«, entfuhr es Ellen, als sie bezahlte. »Mein Auto hat noch nie so toll ausgesehen.« Aber da war die junge Frau schon zur Straße gegangen, um Ellen ein Zeichen zu geben, wann sie sich in den fließenden Verkehr einordnen konnte. Das Fahren auf New Yorks Straßen war ihr in Fleisch und Blut übergegangen, und so wechselte sie mutig von einer Spur auf die andere und fuhr noch bei Gelb über die Ampeln.

Damals, kurz nachdem sie nach New York gezogen war, war sie mit ihren Freunden Rusty, der am Steuer saß, Valerie und Margie in einem Lincoln Continental unterwegs gewesen. Mitten in der Rushhour auf der Third Avenue in Richtung Downtown war der Wagen plötzlich stehen geblieben, was eine Kakophonie von Hupen und quietschenden Bremsen zur Folge hatte. »Dampfblasenbildung«, verkündete Rusty ruhig, als er die Motorhaube aufmachte und dann plötzlich um die Ecke verschwand.

»Wo will der hin?«, hatten sie sich ratlos gefragt und sich einsam und verlassen gefühlt, wie auf einem kleinen Eiland inmitten der tosenden See. Natürlich waren sie alle *high*, was das Gefühl von Verletzbarkeit noch steigerte. Zehn Minuten später kehrte Rusty zurück und brachte eine Pizza XXL in einer Warmhaltebox mit. Kurz darauf erfüllte das Aroma von schwarzen Oliven und Zwiebeln das Auto, und sie fielen mit Heißhunger über die Pizza her und waren einfach nur froh, zu essen und zusammen zu sein. Als der letzte Bissen verschlungen war, hatte der Lincoln sich erholt und ließ sich wieder starten.

Ein anderes Leben, damals.

Wie viele Leben hatte ein Mensch?, fragte sich Ellen, als sie an einer Kreuzung abbog. Abgesehen von Erinnerungen, war von der früheren Ellen nicht viel übrig geblieben. Die Vorstellung, in aller Seelenruhe eine Pizza mitten auf der Straße zu verdrücken und dadurch den Feierabendverkehr zu behindern, rief Ängste vor wutentbrannten Verkehrsteilnehmern hervor. Von ihrem alten Freund Rusty hatte sie schon Ewigkeiten nichts mehr gehört, aber sie erinnerte sich gern an ihn.

Als sie sich einem mentalen Scan unterzog, fiel ihr auf, dass bei den meisten ihrer geliebten Erinnerungen die privaten dionysischen Momente vorherrschten. Der rote Faden, der alle Augenblicke miteinander verknüpfte, wie kostbare Perlen an einer kosmischen Kette, war die Bereitschaft, einfach abzuschalten und Party zu machen, ganz gleich, was passierte. Kaiser Nero hatte einen schlechten Ruf in der Geschichte, da er beim Brand von Rom angeblich noch die Laute gespielt hatte, aber wenn Leute ohne Einfluss, Leute wie sie, drohendem Unheil oder Konflikten oder selbst dem Status quo einfach ins Gesicht lachten, war das eine tolle Sache.

Zurück in der Tenth Street, umkreiste Ellen das Viertel wie ein Geier und zwängte sich schließlich verbotenerweise halb vor eine Ausfahrt, die aber seit Jahren nicht mehr benutzt wurde. Das dazugehörige Gebäude stand seit nunmehr fünf Jahren leer, und nur eine äußerst böswillige Politesse würde ihr für dieses kleine Vergehen einen Strafzettel verpassen. Ellen schloss das Auto ab und trug ihre Einkäufe ins Haus.

Als sie die Wohnung betrat, vernahm sie Karens heftige Schluchzer aus dem geschlossenen Schlafzimmer. Ihre Schwester, im Kummer ebenso anmutig wie in allen anderen Belangen, schrie ihren Schmerz nicht laut heraus und verzichtete auf theatralischen Gesten. Ihre Trauer war eher wie ein dumpfes Grollen in der Ferne oder wie Erschütterungen, die weiter unten auf der Richterskala angesiedelt waren.

Ellen stellte ihre Sachen ab und trat auf die Tür zu, unentschlossen, ob sie nun klopfen sollte oder nicht. Schließlich klopfte sie leise und öffnete die Tür. Karen hockte auf dem Futonbett, lehnte mit dem Rücken an der Wand und weinte in ein Kissen, das sie sich ans Gesicht drückte. Olivier und Mutley, die am Fußende des Betts kauerten, schauten ihr zu, als würden sie ein Kinderprogramm im Fernsehen verfolgen.

Ellen eilte ins Zimmer und nahm ihre Schwester in den Arm. »Ich war in der Stadt«, sagte sie, da sie Karen versichern wollte, dass sie ihre Schwester in ihrer Trauer nicht hatte allein lassen wollen. »Bin eben erst rein.« Karens Brust hob und senkte sich, und ihre Schultern zitterten, als würden unsichtbare Kräfte an ihrem Körper reißen.

»Am Morgen ist es am schlimmsten«, schluchzte sie.

Am Morgen, sinnierte Ellen, wenn Cocho aufwachte, seinen Lungen seine Liebe gestand und dann auf der Flöte spielte, wie bei einem Morgengebet.

»Ich wache morgens auf und denke, alles war nur ein böser Traum, aber dann trifft mich die Wahrheit mit voller Wucht. Alles ist real, so furchtbar real.« Sie vergrub ihr Gesicht im Kissen und dämpfte ihr Schluchzen. »Ich möchte Olivier das ersparen, aber …« Diesmal schlang sie die Arme um Ellens Hals und drückte ihr Gesicht an Ellens Bluse.

»Du kannst es nicht mehr ändern.«

»Wie soll ich weiterleben?«, fragte Karen. Es klang wie eine echte Frage, keine rhetorische Frage, und Ellen war versucht zu antworten: »Indem du einen Tag nach dem anderen angehst.« Aber noch im selben Moment erkannte sie, dass diese Worte einfach zu trivial waren. Karen brauchte jetzt echten Trost, echte Lebensweisheiten, keine abgedroschene Phrasen. »Wie soll ich weiterleben?«, wiederholte Karen.

»Du kannst nicht dasselbe Leben leben«, flüsterte Ellen an Karens Ohr. »Dein altes Leben ist vorüber, aber …« Wie sollte sie den Satz zu Ende bringen? Sie hatte keinen Trost. »Aber nach einer Weile wirst du ein neues Leben führen. Es wird erst hart und furchtbar für dich sein, aber irgendwann wird es gehen. Glaub mir.« Ellen schaute auf und sah Tommys Yogamatte und das aufgeschlagene Lehrbuch auf dem Boden. Auch er hatte ein neues Leben begonnen. Und sie ebenfalls. Auch Karen, nur dass ihr altes Leben ihr gewaltsam entrissen worden war, während in Ellens und Tommys Fall ihr gemeinsames Leben ihnen allzu leichtfertig durch die Finger geronnen war. Ellen schämte sich, dass sie in diesem Moment an sich dachte, und widmete ihre ganze Aufmerksamkeit wieder Karen, die sich inzwischen von ihr gelöst hatte und sich die Tränen trocknete. »Das Unwetter wird vorüberziehen, denke ich«, sagte Karen. Dann sagte sie etwas auf Französisch zu Olivier. Ellen hörte das Wort *douche* heraus und vermutete, dass die beiden nun ins Bad gehen würden, um sich zu waschen, was sie auch taten. Ellen machte schnell noch Tommys Bett und setzte sich dann an den Küchentisch, da sie ihrem Mann noch eine Notiz hinterlassen wollte. Rodney sen. geisterte plötzlich durch ihre Gedanken, als sie den Stift zur Hand nahm.

Lieber Tommy,
schade, dass wir uns bei dieser Stippvisite verpasst haben.

Ellen hielt inne. Die Notiz hätte für irgendjemanden bestimmt sein können, irgendeinen Bekannten oder Nachbarn. Sie zerriss den Zettel und zerknüllte ihn.

Hi, Tom!
Schön, mal wieder im alten Viertel zu sein, aber schade, dass ich Dich nicht gesehen habe.

Wieder geriet sie ins Grübeln. Dieser Satz klang zwar etwas beschwingter, wirkte aber irgendwie aufgesetzt und nicht wie eine von Herzen kommende Nachricht an ihren Mann, mit dem sie seit siebzehn Jahren verheiratet war. Auch diesen Zettel zerknüllte sie, warf ihn in den Papierkorb und legte den Stift zur Seite. Vielleicht, so überlegte sie, sollte sie es einmal mit Karens »Lass-mich-nachdenken-Methode« versuchen, die sie am Flughafen recht erfolgreich angewendet hatte. Ellen schloss die Augen. Einer plötzlichen Eingebung folgend, schrieb sie »Kilroy war hier« auf das nächste Blatt und heftete es mit einem Magnet, der die Form einer Chilischote hatte, außen an den Kühlschrank.

Erst nachdem sie gefrühstückt, das Auto gepackt und die George-Washington-Brücke hinter sich gelassen hatten, kehrte Ellen in ihren Gedanken zu der sonderbaren Notiz für Tommy zurück. Die Stadt lag wie in einer feuchten Dunstglocke hinter ihnen. »Kilroy war hier« war eine Momentaufnahme der Popkultur, die zu Zeiten ihrer Eltern modern gewesen war. Um die Wahrheit zu sagen, Ellen kannte nicht einmal die ganze Geschichte dieses Spruchs – nur dass jemand namens Kilroy früher diesen Satz an die Wände geschrieben hatte. War er der Prototyp eines Künstlers? Ein Graffitisprayer? Ein Mörder, der der Polizei seine Präsenz beweisen wollte? Oder würde Tommy jetzt glauben, seine Frau habe in der Einsamkeit des North Country vollständig den Verstand verloren? Ellen hatte einmal gelesen, dass Menschen, die einsam und allein in den arktischen Breiten lebten, oft das Verlangen verspürten, wie die Wölfe zu heulen. War dieses »Kilroy war hier« etwa ihr erstes offizielles Wolfsgeheul?

Kopfschüttelnd rief sie sich in Erinnerung, dass sie weder völlig einsam lebte noch in der Arktis festsaß. Tatsächlich war sie im Begriff, die Brücke in Richtung Palisades Parkway zu verlassen; die Autos kamen aus allen Richtungen, fuhren unter ihr und über ihr auf den Zubringern und den kleeblattförmigen Autobahnauffahrten, die auf der anderen Seite nach Jersey führten.

Karen drehte sich noch einmal um, um einen letzten Blick auf die Skyline von New York zu werfen. »Ich hätte Tommy gern gesehen«, sagte sie.

»Habe ich auch gerade gedacht«, meinte Ellen. Plötzlich machte sie sich bewusst, dass sie in dem ganzen Trubel völlig vergessen hatte, ihrem Mann die neue chinesische Robe dazulassen. Der schöne Morgenmantel lag noch bei all den anderen in der Tasche, die sie beim Verlassen der Wohnung mitgenommen hatte.

»Ist zwischen euch alles in Ordnung?«

»Warum fragst du?«

»Nun, ich erinnere mich noch, dass Tommy nicht mehr mit dir gesprochen hat, als du im Mai bei uns in Montreal warst und auf dem Weg dorthin das Haus gekauft hattest.«

»Doch, inzwischen haben wir wieder miteinander gesprochen.«

»Das will ich doch hoffen. Immerhin sind seitdem zwei Monate vergangen.«

Beide schwiegen für einige Sekunden.

»Ich glaube, wir denken beide in Ruhe über uns nach.«

»Oh.«

Ellen warf einen Seitenblick auf ihre Schwester, die sie durch die dunklen Gläser ihrer Sonnenbrille genau musterte.

»Streng genommen ist alles okay.«

»Aber?«

»Aber wir haben uns irgendwie entfremdet. Wir hatten keinen richtigen Streit oder so etwas. Es ist nur so, dass ...«

»Ist er sauer, weil du gegangen bist?«

»Ich bin doch nicht *von ihm* weggegangen. Ich habe mir lediglich eine Auszeit genommen. Aber dann habe ich Schiffbruch erlitten und weiß nicht mehr, wie ich zurückkommen soll.« Sie dachte nach. »Das ist wohl normal in langen Beziehungen. Dumm gelaufen eben.«

»Ich weiß«, sagte Karen.

Für einen Augenblick hatte Ellen die traurige Sache mit Cocho vergessen und bekam ein schlechtes Gewissen.

Wenn irgendjemandem klar war, was »dumm gelaufen« bedeutete, dann war dieser Jemand Karen.

»Ich glaube nicht, dass ich mir ernsthaft Gedanken machen muss. Du bist die Erste, die erfährt, wenn es hart auf hart kommt. Jetzt zu einem ganz anderen Thema …«

Endlich hatte Ellen Gelegenheit, von den ganzen Schicksalen aus Eagle Beak zu berichten. Nachdem sie Karen von Rodney senior und Rodney junior, den Verwicklungen mit Viola und von der Misere mit Rayfields Krankheit und seiner plötzlich wiedererstarkten Virilität erzählt hatte, lagen schon neunzig Meilen hinter ihnen. Ellen sprach seltsam atemlos, als hätte sie lange Zeit auf den richtigen Zuhörer gewartet. Karen hakte des Öfteren nach und erkundigte sich nach Einzelheiten, was Ellen bewies, dass ihre Schwester tatsächlich aufmerksam lauschte.

»Hört sich ja ganz so an, als wärst du tief in die Intrigen von Eagle Beak eingetaucht«, sagte sie. »Du kommst dort an, und alles brodelt unter der Oberfläche, offenbar schon über Jahre. Und ehe die Leute wissen, was los ist, kochen die ganzen Geheimnisse über.«

»So klingt das für dich? Dann habe ich dir alles falsch erzählt. Ich bin keine Schlüsselfigur in den Angelegenheiten dort. Ich bin nur ein Statist. Ich schaue mir das alles von außen an.«

»Du verstehst nicht, wie ich das meine, Ellen, und das macht deinen Charme aus. Du bist wie ein wandelnder Katalysator. Wenn du vorbeikommst, dann …«

»Dann sagen die Leute dumm gelaufen?«, warf Ellen ein.

»Dumm gelaufen, ja«, wiederholte Karen.

Am Rastplatz New Baltimore bogen sie ab, um Mutley die Möglichkeit zum Pinkeln zu geben. Am anderen Ende des Parkplatzes warf Ellen ein paar Mal die Frisbee-Scheibe, während Karen und Olivier in dem Rasthof zur

Toilette gingen. Ihr ganzes Leben lang hatten Leute gesagt, sie sei eine Unruhestifterin, und meistens sagten sie es im Zorn.

»Wenn nichts kaputt ist, reparier es nicht!«, schimpfte Tommy oft, wenn er ihr wieder einmal vorwarf, ihre Beziehung zu sehr zu analysieren.

»Das nennt man *Instandhaltung*!«, entgegnete sie dann. »Warum wartest du immer so lange, bis die Krise da ist?«

»Musst du immer für Unruhe sorgen?«, hielt Tommy ihr vor.

Und Reginald Eubanks hatte sie eine Unruhestifterin geschimpft, als sie ihn fragte, warum der Name des Koproduzenten im Abspann der letzten Dokumentation so viel kleiner gesetzt war. »Hören Sie auf damit! Das geht Sie nichts an.«

»Sie sind der allmächtige Boss«, hatte sie schnippisch bemerkt, als sie wütend sein Büro verließ.

Karen hatte sie als menschlichen Katalysator bezeichnet. Aber weswegen? Im Grunde änderte sich nichts wirklich. Auch wenn sich die Oberfläche für kurze Zeit veränderte, so legte sich der Staub doch bald wieder auf die alten Konturen. Leoparden suchten sich keine neuen Stellen, alte Hunde lernten keine neuen Tricks, und all die Veränderungen, die sie oder sonst jemand herbeigeführt hatten, entpuppten sich auf lange Sicht als viel Lärm um nichts.

Ellen seufzte, als Mutley mit dem Frisbee zwischen den Zähnen zu ihr zurücksprintete und ihr die Scheibe vor die Füße legte. »Ein letztes Mal, Mutley«, sagte sie und ließ das Frisbee wieder durch die Luft in Richtung Kiefern segeln. Was würde aus Mutley, wenn alles wieder seinen normalen Gang nahm? Wahrscheinlich würde er auf Rayfields Hof liegen, und alles wäre beim Alten, abgesehen von einer pinkfarbenen Frisbee-Scheibe und dem nachwachsenden Fell.

Manchmal wünschte Ellen, sie wäre in Asien und nicht in Amerika geboren. In Asien fielen nur die wenigsten auf den Mythos vom Happy End herein. Die Leute dort glaubten nicht, dass Fortschritt alles war. Selbst die Schrift schien dazu zu passen: Statt des phonetischen Systems des Westens, das die logische linke Gehirnhälfte in Anspruch nahm, hatten die Asiaten Ideogramme, die vor allem die rechte Gehirnhälfte anregten, in der die Kunst und die Musik wahrgenommen wurden. Menschen des Abendlandes setzten willkürliche Laute wie Glieder einer Kette zusammen, um eine Bedeutung zu erhalten, während Asiaten sich Vorstellungen in Form eines Bildes vergegenwärtigen.

Sie drehte sich um und sah, wie Karen und Olivier die Parkfläche überquerten. Olivier gab das Schritttempo vor, und Karen trottete neben ihm her. Sie trug eine Latzhose, ein ärmelloses T-Shirt und eine Baseballkappe. In diesem Aufzug sah sie aus wie eine ledige, blutjunge Mutter aus den Städten des Mittleren Westens, so viel unbefangener als Ellen, so viel frischer.

Karen hatte schon immer so gewirkt. Selbst als Kind war sie leichtfüßig gewesen, sorgenfrei und äußerst selbstbewusst. Ellen, dreizehn Jahre älter, hatte ihre kleine Schwester mit der Leidenschaft eines heranwachsenden Mädchens geliebt, das die ersten mütterlichen Hormone verspürte. Wenn Fremde zusahen, wie Ellen sich ihre kleine Schwester auf die Hüfte setzte, fragten sie oft, ob sie Mutter und Tochter seien, und tatsächlich war Ellen genauso eifrig dabei wie ihre Mutter, wenn die kleine Karen sich zum ersten Mal auf den Bauch drehte, das erste Zähnchen bekam, die ersten Worte plapperte und laufen lernte.

Als Ellen später zum College ging, hatte Karen hysterisch geschluchzt und sich an das Bein ihrer großen Schwester geklammert. Ihre Mutter erzählte, Karen habe das Foto, auf dem Ellen beim Abschlussball der Highschool zu sehen war und das immer auf dem Klavier stand, sehnsüchtig abgeküsst. Und über eine geraume Zeit war Ellen jedes Wochenende nach Hause gekommen, nicht weil sie ihre Eltern sehen wollte, die ihr nicht mehr viel bedeuteten, sondern weil sie bei ihrer kleinen Schwester sein wollte. Damals musste es genauso ausgesehen haben, wenn sie mit der kleinen Karen über einen Parkplatz geschlendert war – Hand in Hand, ein Herz und eine Seele. Oft hatte sie ihre Eltern angesehen und sich gefragt, wie diese beiden ältlichen Leute nur so ein zauberhaftes Kind hatten hervorbringen können. Und mehr als einmal hatte sie ihre Eltern gebeten, ihr Karen mit nach Boston zu geben, ein Vorschlag, über den Joyce und Norman nur gelacht hatten.

»Du willst sie großziehen?«, fragte ihre Mutter. »In einer Hippiekommune? Nur über meine Leiche.«

»Du lebst in einer Traumwelt«, hatte ihr Vater gewettert. »Du weißt doch gar nicht, was Verantwortung ist. Ein Kind zu erziehen, fordert dich rund um die Uhr. Außerdem gehört sie dir nicht.«

»Dir gehört sie auch nicht«, hatte sie hitzig erwidert und »Kinder sind die Söhne und Töchter im Sehnen des Lebens nach sich selbst« hinzugefügt, in der Hoffnung, richtig aus Kahlil Gibrans *Der Prophet* zitiert zu haben, einem Buch, das damals in Somerville angesagt war.

»Jaja, aber all das ›Sehnen des Lebens nach sich selbst‹ bringt dir noch lange nicht den Speck in die Pfanne«, hatte Norman entgegnet.

»Ihr solltet ohnehin aufhören, sie mit Schweinefleisch zu füttern!«

An jedem Sonntagabend war Ellen verstimmt abgereist. Während ihres Grundstudiums an der Tufts University übersprang sie einige Wochenenden, wenn sie die Tage lieber mit ihren wechselnden Freunden verbringen wollte.

Natürlich rief sie an und war bei jedem bedeutenden Ereignis im Leben ihrer Schwester dabei: bei Geburtstagsfeiern, Kindergartenfesten und sogar bei einer Talentshow, bei der Karen ein Glühwürmchen spielte. Mit Freude hängte sie Karens gemalte Bilder an ihren Kühlschrank und brachte ihr Kleidungsstücke mit.

Ihr ganzes Leben lang hatte sie sich jede Woche mit ihrer kleinen Schwester ausgetauscht, bis Karen dem Peace Corps beigetreten und für sechs Jahre in den grünen Anhöhen von Honduras verschwunden war. Und selbst dann hatten Tommy und sie Karen viermal in Mittelamerika besucht. Daher konnte man mit Fug und Recht behaupten, dass sie so etwas wie eine Konstante im Leben ihrer Schwester war, und umgekehrt galt natürlich das Gleiche. Jede verfolgte den Lebensentwurf der anderen mit großem Interesse.

»Alles klar bei euch beiden?«, fragte Ellen, als Karen und Olivier näher kamen.

»Ja.«

Sie stiegen wieder in den Honda und fädelten sich bald in den nach Norden fließenden Verkehr ein. Olivier und Mutley schlummerten auf der Rückbank ein, und Karen starrte in gedrückter Stimmung aus dem Beifahrerfenster. Manchmal sah Ellen, wie ihre Schwester sich die Wangen abtupfte, um die Tränen wegzuwischen.

»Möchtest du darüber sprechen?«

Karen schüttelte den Kopf. »Es kommt einfach über mich«, sagte sie. Fünf Meilen später fügte sie hinzu: »Es ist endgültig. Ich sage mir immer wieder, Cochos Leben ist vorbei, aber im Herzen kann ich es nicht glauben.«

»Sein Leben war zu kurz. Viel zu kurz.«

»Weißt du, ich habe kein Wort verstanden, als sie ihn beerdigten. Sie sprachen Quechua.«

»Ich glaube, im Unterbewusstsein hast du jedes Wort

verstanden«, sagte Ellen, aber dann entsann sie sich der Beerdigung ihrer Mutter, später der des Vaters. Es waren katholische Messen, wie es die Eltern gewünscht hatten, und während der Messe warf der Priester mit der Phrase »Gemeinschaft der Heiligen« um sich wie verbales Konfetti. Ellen hatte acht Jahre auf einer katholischen Schule überstanden, ganz zu schweigen von der Kindergartenzeit und der wöchentlichen religiösen Unterweisung während der Highschool, und kein einziges Mal hatte sie eine Erklärung gehört, was es mit der Gemeinschaft der Heiligen auf sich hatte. Sie saß bei der Beerdigung da und dachte über die Phrase nach, fühlte sich beschwindelt und erzürnt, anstatt Trost zu verspüren. Die Worte waren wie eine Straßensperre, die sie von dem natürlichen Pfad der Trauer abhielt.

»Vielleicht auch nicht«, fühlte sie sich veranlasst zu sagen.

»Was ›Vielleicht auch nicht‹?«

»Vielleicht hast du die Worte überhaupt nicht verstanden. Ich möchte deine Gefühle nicht einfach so abtun und mit einer leeren Bemerkung überspielen.« Sie berührte Karen an der Schulter. Karen löste den Sicherheitsgurt, sank mit dem Kopf auf Ellens Schoß und schluchzte sich das Herz aus dem Leib. Ellen fuhr von der Straße ab und hielt an. »Arme Karen«, sagte sie und strich ihr über den Kopf. »Arme Karen.«

Traktoren mit Anhängern ratterten unmittelbar an ihrem Auto vorbei, während Ellen immer und immer wieder dieselben Worte sprach.

41

An diesem Tag war es furchtbar heiß, und nach viereinhalb Stunden Fahrt leuchtete die Temperaturanzeige am Armaturenbrett des Honda auf. Ellen kannte das Problem schon und wusste, dass die schnellste Hilfe darin bestand, die Heizung voll aufzudrehen, um die Hitze aus dem Motorraum abzuleiten. Karen kletterte auf die Rückbank, da sie es vorne nicht mehr aushielt. Mutley seufzte, als sie ihn zur Seite drängte, suchte sich dann aber eine andere Schlafposition und legte seine lange Schnauze auf Karens Bein. Die Fenster waren zwar heruntergekurbelt, aber trotzdem bildeten sich bei den Insassen die ersten Schweißperlen auf dem Nasenrücken. Als sie schließlich Saranac Lake erreichten, war Ellen übel. Glücklicherweise gab es an dem See einen öffentlichen Strand. Ellen steuerte den Parkplatz an, stieß die Fahrertür auf, rettete sich schwer atmend auf den Gehweg und schaffte es gerade noch, sich nicht zu übergeben. Karen schälte Olivier aus der klammen Kleidung und schickte ihn nur mit einer sauberen Windel bekleidet ins kühle Wasser, während Ellen über die Straße zu einem Sportbekleidungsgeschäft lief und für Karen und sich Badeanzüge kaufte. Bald planschten sie inmitten der Wellen, die ein vorüberfahrendes Boot aufwarf. Selbst Mutley war mit von der Partie. Allerdings ging er nicht ganz ins Wasser, sondern blieb wie angegossen stehen und ließ sich das kühle Nass um die Pfoten spielen. Als Ellen ihn so dastehen sah, erinnerte sie sich an einen Satz von Reginalds Abreißkalender: Hunde haben nur an den Pfoten Schweißdrüsen.

Keiner wollte so recht aufbrechen, daher kaufte Ellen

vegetarische Burger, und gemeinsam machten sie ein Picknick, mit frischen Melonenscheiben und prickelnder Apfelschorle. Bis nach Hause war es nun nur noch eine Stunde, wenn Ellen Eagle Beak als ihr Zuhause betrachtete, und Ellen freute sich auf das Haus. Sie war zwar nur über Nacht fort gewesen, aber ihr kam der Abstecher viel länger vor. Die Zeit in der Stadt war gleichsam verdichtet. Sie war in drei Restaurants, einem Flughafen und einem chinesischen Kaufhaus gewesen. Dreimal hatte sie Mutley ausgeführt und ihr Auto in die Werkstatt gebracht. Hier im North Country gab es keine hektische Betriebsamkeit, aber der Müßiggang war nur geborgt und ihrer Kreditkarte geschuldet, deren Überziehungszinsen bei neunzehn Komma sieben Prozent lagen, eine Summe, die sie in den nächsten Jahren würde abbezahlen müssen. Auch ihr Timing war furchtbar, denn sie hatte ein Alter erreicht, in dem Frauen nicht so schnell wieder einen neuen Job fanden. Die jüngere Generation drängte auf den Markt, aber wie sollte Ellen ohne einen wohlüberlegten Plan in Rente gehen? Sie wurde ja immer gefeuert, ehe sie sich ein Anrecht auf Altersvorsorge erwarb. Gewiss, Tommy hatte an die Zukunftsplanung gedacht, aber was sollte bloß aus ihr werden, wenn sie und Tommy demnächst getrennte Wege gingen?

»Karen«, fragte sie plötzlich, »legst du Geld für die Altersvorsorge zurück?«

Karen lachte laut. »Wie kommst du denn jetzt darauf?«

»Musste nur gerade darüber nachdenken.«

»Ich mache die Standardvorsorge. Ich lege zehn Prozent meines Einkommens zurück und zahle meine Beiträge für die steuerbegünstigte Altersvorsorge. Regine-Marie und ich versuchen, ein kleines Apartmentsgebäude zu kaufen.«

Ellen war schockiert. »Das nennst du Standardvorsorge? Oh, Gott.« Sie hatte den Anschluss verpasst.

»Oh … und dann habe ich noch einen College-Fonds für Olivier«, fügte Karen hinzu.

»Wow.« Ellen entfuhr ein Seufzer. »Hört sich ganz danach an, als würde der Cafébetrieb boomen.«

»Es läuft, ja. Aber ich habe panische Angst, eines Tages am Existenzminimum zu leben.«

»Du und panische Angst?«

Karen schwang ihre Beine von dem Holzsteg, der ins Wasser führte. »Cocho nannte mich den Familienvorstand. Er sah keinen Grund, für die Zukunft zu planen. Für ihn war das Leben zu wenig vorhersehbar.«

Damit sollte er wohl recht behalten, dachte Ellen bekümmert.

»Er lebte mehr für den Augenblick«, sagte Karen wehmütig.

»Erschien dir sein Verhalten unverantwortlich?« Ellen musste an sich selbst denken.

»Ja und nein.«

Ellen wartete auf eine Erklärung, aber als Karen schwieg, hakte sie nach. »Ja und nein?«

»Ja in meinem Wertesystem, aber nein, wenn ich die Dinge mit seinen Augen sah.« Sie wandte sich Ellen zu und sah ihr direkt in die Augen. »Manchmal wünschte ich, ich wäre jemand anders, jemand wie Cocho oder du.«

»Wie ich?«, erwiderte Ellen. »Das solltest du dir besser nicht wünschen.«

»Du bist ein echter Freigeist.« Karens Augen füllten sich mit Tränen. Sie nahm die Sonnenbrille aus dem Haar, um ihre Tränen zu verbergen. »Verduften wir aus dieser gruseligen Bude«, sagte sie dann.

Während sie weiter in Richtung Norden fuhren und die letzten fünfundvierzig Meilen hinter sich brachten, fühlte Ellen sich überhaupt nicht frei, sondern getrieben; ein Gedanke, den sie nicht weiterverfolgte, weil Karen erschöpft wirkte. Sie fiel in einen leichten Schlaf und wachte erst wieder auf, als Ellen die Route 30 verließ und in die holprige Zufahrtsstraße nach Eagle Beak einbog. Schließlich richtete Karen sich auf und ließ den Blick von links nach rechts schweifen. »Gott, du wohnst wirklich in der Pampa.«

»Genau.«

Die unbefestigte Straße vor ihnen sah aus wie der Weg, auf dem Hänsel und Gretel in den Wald gelaufen waren. Als die Straße hinter einer Biegung verschwand, schienen die Bäume sie gleichsam zu verschlucken.

»Was für eine verrückte Wendung des Schicksals, dass du dir hier draußen ein Haus kaufst.«

»Ja.«

Als Ellen kurz nach dem Hauskauf in Montreal angekommen war, hatte sie Karen die ganze Story erzählt, abgesehen von einem wichtigen Detail. »Möchtest du den wahren Grund wissen, warum ich dieses Haus gekauft habe?«, fragte sie daher jetzt.

»Ich erinnere mich, dass du sagtest, du habest mit Freuden einer deiner spontanen Eingebungen nachgegeben, die bei dir in letzter Zeit so rar gesät seien und …«

»Mensch, du bist ja wie Tommy. Du erinnerst dich an jedes einzelne Wort.« Inzwischen war Ellen ein wenig die Lust vergangen, Karen alles zu erzählen, aber da sie ihre Schwester nicht außen vor lassen wollte, sprach sie weiter. »Der wahre Grund«, sagte sie, »ist, dass dieses Haus seit Jahren in meinen Träumen auftaucht. Und als ich es dann in Wirklichkeit gesehen habe, da musste ich es einfach haben, auch wenn es sich nur um eine Bretterbude handelte.« Mit einem Mal war Ellen ganz aufgeregt.

»Wirklich?«, fragte Karen.

Der Wald zu beiden Seiten der Straße war dicht, sodass es nun viel dunkler und kühler war als noch vor wenigen

Augenblicken. »Ja«, antwortete Ellen und nahm eine enge Kurve. Karen sah ihre ältere Schwester erwartungsvoll an. »Es ist …« Ellen wollte diesen entscheidenden Augenblick mit einem perfekten Satz zusammenfassen, aber sie fühlte sich gehemmt durch ihren eigenen Anspruch an Klarheit. »Es ist noch nicht vorüber«, murmelte sie vor sich hin.

»Weißt du noch, wie ich dich früher als Kind immer und immer wieder fragte, ob wir nicht bloß Figuren im Traum eines Riesen seien?«, fragte Karen.

»Daran habe ich ja schon Jahre nicht mehr gedacht. Du warst wie besessen von der Vorstellung.«

»Damals habe ich mich oft mit anderen Kindern darüber unterhalten. Im Kindergarten und in der Grundschule. Bei allem, was ich tat, fragte ich mich, ob wirklich *ich* es war, die handelte.«

Ellen gluckste. »Ach, wie sorgenfrei war doch die Kindheit.«

»Weißt du was?«, fragte Karen leise. »Kürzlich hatte ich wieder solche Gedanken. Ich saß an Cochos Bett und wurde das Gefühl nicht los, dass ich so eine Art Phantasmagorie war – dass ich plötzlich verschwinden würde, sobald ich abgelenkt würde und mich für einige Sekunden nicht mehr richtig konzentrierte.«

Ellen wollte sich zurückhalten. In kritischen Momenten wie diesem preschte sie oft mit dem Eifer einer Missionarin vor, deren Aufgabe es war, Trost zu spenden, doch oft erreichte sie damit nur das genaue Gegenteil. Rayfield hatte sie wohl nicht umsonst Florence the Ripper genannt. »Ich frage mich, warum du dieses Gefühl hattest«, sagte sie möglichst neutral, obwohl sie ihrer Schwester eigentlich sagen wollte, dass sie sich am Sterbebett gewiss innerlich von Cocho gelöst hatte. »Das ist vollkommen normal, wenn man Stress hat«, hätte sie am liebsten gesagt und wäre dann vermutlich auf eine ganze Reihe von Strategien zur Stressbewältigung zu sprechen gekommen, angefangen bei Barbituraten bis hin zu Zen-Meditation.

»Ich glaube, dass man einfach hinterfragt, was real ist, wenn man bei jemandem ist, der zwischen Leben und Tod schwebt«, meinte Karen.

»Hattest du manchmal den Eindruck, den Verstand zu verlieren?«, fragte Ellen. Vor Kurzem noch war sie ganz erschrocken gewesen, als Rodney an Rayfields Geisteszustand zweifelte.

»Daran habe ich nicht gedacht.«

Dieses ganze Gespräch wirkte düster, genauso düster wie Violas Haus, als Ellen zum ersten Mal dort übernachtet und nicht gewusst hatte, wo die Lichtschalter waren. Mit ausgestreckten Armen tastete sie sich durch den dunklen Raum und versuchte, Gegenstände zu identifizieren, um sich orientieren zu können. Beinahe wäre sie die Kamikazetreppe hinuntergestürzt und hätte sich das Genick gebrochen.

»Nun«, meinte sie zögerlich, »die Buddhisten behaupten, dieses Leben sei nur die Gelegenheit, um sich darauf vorzubereiten, für alle Ewigkeit woanders zu existieren.«

Nach kurzem Schweigen sagte Karen: »Wirklich? Nun, ich glaube, darauf habe ich einen Blick werfen können.«

»Und war das tröstlich?«

»Nein, es war irgendwie neutral.«

Ellen war erschrocken. Hatte ihre Schwester einen kurzen Blick in das Große Nichts geworfen? Sie umfasste das Lenkrad ein wenig fester, nahm wieder eine Kurve und brach in lautes Lachen aus, als das handgeschriebene Ortsschild WILLKOMMEN IN PORKERVILLE am rechten Straßenrand auftauchte.

»Warum lachst du?«

»Wir sind in Porkerville.« Ellen kicherte. »Der Name bringt mich noch um.«

Kurz darauf kamen sie an den orangefarbenen Reifen vorbei, die Rayfields Einfahrt markierten. Mutley brachte sich in eine sitzende Position und steckte seine Schnauze aus dem Fenster, als witterte er einen vertrauten Geruch. Vielleicht schwirrten immer noch kaum wahrnehmbare Duftspuren von Debbie in der Luft, vielleicht hatte Rayfield sich aber auch wieder einmal tagelang nicht gewaschen, sodass Mutley sein altes Herrchen hundert Meter gegen den Wind roch. Reginald Eubanks Hundekalender behauptete, die Hundenase sei mit sechs Millionen Riechrezeptoren ausgestattet. Für Hunde sei es nichts Besonderes, etwas über den Geruchssinn wahrzunehmen, das schon längst aus ihrem Blickfeld verschwunden ist. Ob Mutley sein früheres Leben als Hundekind von Rayfield und Wide Load Geebo vermisste? Das würde Ellen wohl nie erfahren, doch sie verspürte tief im Innern ein schmerzhaftes Sehnen, Rayfield wiederzusehen, drückte aufs Gaspedal und legte das letzte Stückchen zu ihrem Haus zurück.

Am späten Nachmittag, als Ellen endlich den Motor abstellte, herrschte eine ungewöhnliche Stille, als wäre die ganze Landschaft unter einer Käseglocke gefangen. »Da wären wir«, sagte sie und machte die Fondtür auf, um Mutley herauszulassen.

»Stille am Traumhaus«, meinte Karen. »Was für eine herrliche Atmosphäre.« Sie stellte einen Fuß auf die Motorhaube, streckte das Bein durch und beugte sich wie eine Balletttänzerin darüber. Dann löste sie Oliviers Gurt und setzte den Kleinen auf dem Gras ab. Sogleich watschelte er in Richtung seines Spielzeugtreckers, den er vor Tagen bei einem Erdhaufen unweit des Hauses abgestellt hatte.

Mit einem Mal hatte Ellen das Gefühl, sich für das heruntergekommene Haus entschuldigen zu müssen. Andere Leute dachten bei Landhäusern vielleicht an Eingangshallen aus Marmor, Kristallkronleuchter und Gemälde von Rubens, Rembrandt oder Tizian an den Wänden, aber ihr Unterbewusstsein hatte sie zu diesem heruntergekommenen Cottage geführt, bei dessen Kauf sie sich obendrein in Schulden gestürzt hatte. Dieses halb verfallene Haus stand sinnbildlich für ihren eigenen inneren, baufälligen Zustand, und nun kam sie sich dumm vor. Dem Honda entwich zischend eine pilzförmige Dampfwolke.

»Ellen, was ist los? Du siehst aus, als wäre dir schlecht«, stellte ihre Schwester besorgt fest.

»Mir ist auch schlecht. Ich betrachte das Haus gerade mit deinen Augen und mache mir bewusst, dass ich krank im Kopf sein muss.«

Karen lachte.

»Sieh dir diese Ruine doch bloß an!«, rief Ellen.

Beide wandten sie sich dem Haus zu. Das neue Dach, das Rodney für sie ausgebessert hatte, war sicherlich das Beste am Haus, zusammen mit den Spitzenvorhängen, die durch die leicht welligen Fensterscheiben zu erahnen waren.

»Du müsstest nur mal streichen, und schon hättest du das schönste Cottage im ganzen Tal«, schlug Karen vor.

»Meinst du? Denn plötzlich überkommt mich Schrecken.«

»Bevor wir hineingehen, möchte ich erst den Garten sehen«, sagte Karen. *»Olivier, mon petit chou-chou, où est le jardin?«* Olivier rappelte sich auf und marschierte quer über die Rasenfläche. Karen ging ihm nach, und Ellen trottete hinterdrein, sehr viel langsamer, als wäre der Rasen mit Klebstoff beschichtet. Ihr war, als müsste sie sich bei jedem Schritt von dem Kleber lösen, der ihre Füße nicht freigeben wollte.

Sie hatte dieses Haus in der Hoffnung gekauft, darin den Zugang zu einem parallelen, persönlichen Universum zu finden. Jetzt hatte sie das Gefühl, sämtliche Grashalme der Wiese würden sich um ihre Knöchel schlingen, und egal, wie sehr sie sich abmühte, sie vermochte ihre Schwester und ihren Neffen nicht einzuholen. Die beiden würden den Garten ohne sie betreten, und sie würde kurz vor den Pforten zum Paradies stecken bleiben. Entmutigt gab sie auf und setzte sich ins Gras.

»Tomaten, Gurken und Bohnen!«, jauchzte Karen. »Rauke, Mais und Brokkoli! Paprika, Salat und gelber Kürbis! Das ist ein toller Garten! Das ist ein Füllhorn.« Ellen sah, wie ihre Schwester eine Tomate pflückte und herzhaft hineinbiss. »Oh, mein Gott! Das ist die beste Tomate, die ich je gegessen habe«, lobte sie und bot Olivier etwas davon an. »Komm, wir machen uns einen großen Salat. Bring mir schnell eine Schale, Ellen. Ich möchte ernten.«

»Bin gleich zurück«, rief Ellen, erhob sich und ging ohne weitere Theatralik ins Haus. Drinnen sah es nett aus, aber es roch muffig, als hätten sich an nur einem Tag die alten Gerüche wieder eingestellt. Auf dem Küchentisch lehnte eine Notiz an der Zuckerdose.

Liebe Ellen,
ruf mich bitte sofort an, wenn Du zurückkommst.
SEHR WICHTIG!!
Rodney

Ellen war gleich fröhlicher gestimmt, denn sie hatte schon befürchtet, sich von einem der wenigen Freunde im North Country entfremdet zu haben. Außerdem wusste sie zu diesem Zeitpunkt mehr über Rodneys familiäre Vergangenheit als er selbst. In gewisser Weise empfand sie das als Bürde, und sie hoffte, er würde sie davon befreien. Allerdings war es nicht ihre Absicht, ihn gleich damit zu überfallen. Sie beschloss, ihn anzurufen, sobald sie Karen die Salatschale gebracht hätte.

Als sie in den Garten kam, quollen die Arme ihrer Schwester schier über vom Reichtum der Natur. »Ich bekomme eine Menge Biogemüse zu sehen«, stellte sie eher nüchtern fest, »aber deins ist außergewöhnlich gut.«

»Wirklich?«

»Ja, ehrlich. Du musst einen fruchtbaren Boden hier haben.«

Während der sechs Jahre beim Peace Corps hatte Karen Agrartechnik studiert. Die Anzahl der Flüchtlinge schoss in die Höhe, als die Monate vergingen, denn im Sog der Gewalt vertrieb der Krieg jeden aus den umkämpften Landstrichen. Karen hatte nicht nur die Methoden, sondern auch die langfristigen Konsequenzen der Grundwasserentnahme und der Bewässerungstechniken erforscht. Als Gemeinschaft hatten die Flüchtlinge über ihren Bedarf an Nahrung und Trinkwasser nachgedacht und sich letzten Endes Gedanken gemacht über den Grundwasserpegel, die drohende Versalzung der Felder und die Schadstoffe aus den notdürftigen Latrinen. Als Ellen und Tommy zu Besuch gekommen waren, hatten sie gestaunt, dass die sonst so musisch und sprachlich veranlagte Karen plötzlich ein wissenschaftliches Interesse an den Tag legte.

»Das geschieht eben, wenn man über das Überleben nachdenkt«, hatte Karen seinerzeit gewitzelt. »Das Problem ist doch, dass der ganze Planet in der Krise steckt, doch nur die machtlosen Leute sind davon betroffen. Und die sind zu verzweifelt, um in Ruhe über eine Lösung nachzudenken.«

Ellen war klar gewesen, dass Karen recht hatte, aber den Planeten zu retten, überstieg ihre Kräfte. Dennoch, jedes Mal, wenn sie aus Honduras in die Millionenmetropole zurückkehrte, wo der tägliche Pro-Kopf-Wasserverbrauch bei etwa neunhundert Litern lag, erschreckte sie das Ausmaß der Gleichgültigkeit, die die Menschen an den Tag legten. Mehrere Tage lange kontrollierte sie, ob die Wasserhähne im Bad und in der Küche tropften, nahm nur noch ein Vollbad pro Woche und betätigte die Toilettenspülung nur, wenn es unbedingt erforderlich war. Doch letzten Endes gerieten auch sie und ihr geschärftes Bewusstsein wieder in den schwarzen Sog des Vergessens, sodass die Versorgung mit frischem Trinkwasser eine Selbstverständlichkeit blieb.

Jetzt, fünf Jahre später, pries Karen den biologischen Anbau ihrer älteren Schwester, und Ellen stand kurz davor, genau das Wasseraufbereitungssystem zu kaufen, das das Rote Kreuz in Krisengebieten empfahl und das Karen bereits in Honduras eingesetzt hatte, damit das gelbliche Wasser in ihrem Brunnen wieder trinkbar wurde. Es war wie ein Wunder. Sie reichte Karen die Salatschale und trat zurück, um bei der Ernte zuzuschauen. Sie selbst hatte gewiss schon zwei Dutzend Tomaten und anderes Gemüse verzehrt, aber als sie sah, dass ihre Schwester, die sich mit Biogemüse auskannte, von dem Gemüsegarten begeistert war, empfand sie den Augenblick als noch realer.

Obgleich sie sich nicht mehr sicher war, was noch real war und was nicht.

»Ich muss noch Rodney anrufen«, meinte sie. »Er hat mir eine seltsame Notiz dagelassen.« Ellen hatte Rodney schon zweiundsiebzig Stunden nicht mehr gesehen, aber wenn sie bedachte, was in dieser Zeit alles geschehen war – Cochos Tod, Fahrten nach Montreal und New York, die Lektüre von Rodney seniors Liebesbriefen an Viola –, kam ihr die Zeitspanne ungewöhnlich lang vor. Ellen kicherte, als sie die Fliegengittertür aufmachte, ahnte sie doch, dass sie zum Ausgangspunkt zurückgekehrt war: Erst hatte sie sich über die Frage aufgeregt, ob die Zeit richtig ging, jetzt war sie froh darüber.

Beim dritten Läuten nahm Rodney ab.

»He, Rodney, ich bin's, Ellen.«

»Kannst du rüberkommen? Jetzt?«

Ellen malte sich schon aus, Rodney könne das Opfer eines Unglücks geworden sein, das alte, alleinstehende Menschen befällt. »Geht es dir gut?«

»Mir geht's prima, dem Himmel sei Dank. Komm einfach vorbei. Ich bin in meiner Scheune.«

Ellen wollte und konnte nicht ablehnen, aber andererseits wollte sie auch Karen nicht allein lassen, die ja noch nicht einmal einen Blick ins Haus hatte werfen können.

»Meine Schwester ist hier und …«

»Bestens. Soll mitkommen!«, schnarrte er und legte auf. Ellen stand vor einem Rätsel. Vielleicht schlug Rodney den Befehlston, der zu einem Viersternegeneral gepasst hätte, nur an, wenn er bei der Arbeit war. Aber eine solche verbale Schroffheit hatte sie von Rodney de Beer nie gehört, geschweige denn ihm zugetraut. Sie brauchte drei Sekunden, ehe sie in der Lage war, den Hörer aufzulegen. Dann griff sie nach ihren Autoschlüsseln und eilte zur Tür hinaus.

Karen kam gerade um die Hausecke. »Willst du noch weg?«, fragte sie.

»Ja, zu Rodney. Komm, wir fahren alle hin.«

»Wirklich? Wir sind doch eben erst angekommen. Ich habe noch nicht mal das Haus von innen gesehen.«

»Ich weiß, aber Rodney hat mir sozusagen befohlen, auf der Stelle zu ihm zu kommen. Da ist definitiv etwas im Busch.«

»Ich glaube, ich warte lieber hier.«

»Nein, komm mit. Sieh es als eine verrückte Abwechslung an, die in deinem Traum vorkommt.«

»Und wo soll ich das Gemüse lassen?«

»Nehmen wir es einfach mit. Komm mit, Olivier, wir fahren wieder mit dem Auto.« Sie setzte ihn in seinen Kindersitz, und schon fuhren sie los. Obwohl Ellen ihrer Schwester längst alles über Rodney erzählt hatte, war sie mit Absicht nicht auf die Anhöhen zu sprechen gekommen, die übersät waren mit Rodneys Skulpturen. Niemand sollte im Voraus auf diesen Anblick hingewiesen werden. Sie spürte, dass sie aufgeregt war, während sie Rodneys lange Auffahrt hinauffuhren, ahnte sie doch, dass Karen mehr als erstaunt sein würde, wenn sie erst die Lichtung oben erreichten.

»Stopp!«, rief Karen, genau wie Ellen einst, als sie und Rodney aus dem Waldstück gekommen waren. »Oh, mein Gott!«

Ellen hielt an, ließ den Motor aber laufen.

»Wo sind wir? Ist das ein heiliger Ort?«, fragte Karen.

»Das ist die Kathedrale von St. Rodney de Beer.«

»Können wir aussteigen und uns umschauen?« Karen war genauso verzaubert wie Ellen, als sie vor Wochen stundenlang über diese Anhöhen gewandelt war.

»Klar, aber lass uns erst nachsehen, was Rodney so treibt. Er benimmt sich ziemlich seltsam.«

»Mutley?«, fragte Olivier und zeigte aus dem Fenster auf eine Statue, die einen heulenden Wolf darstellte. Ellen trat aufs Gas und fuhr weiter den Hügel hinauf.

Als sie das letzte Mal hier gewesen war, hatte Ellen Rodneys Scheune nicht betreten. Sie glaubte, es wäre eine Verletzung seiner Privatsphäre oder, besser gesagt, eine Verletzung zu viel, denn sein Haus hatte sie ja schon betreten, um ein wenig herumzuschnüffeln. Später hatte sie in einem Schaukelstuhl geschlummert, dessen hölzerne Armlehnen Kerben aufwiesen, in die genau Rodneys Finger passten.

Sie fuhr zur Scheune und parkte den Wagen. Alle stiegen aus. Kurz darauf erschien Rodney in dem hohen, zweiflügeligen Scheunentor. Sein Overall war von einer dichten Schicht Sägemehl überzogen. Auch sein Haar und die Augenbrauen sahen aus, als wären sie voll Schnee. Ein Hemdzipfel hatte sich aus seinem Arbeitsoverall gestohlen, und die lange Haarlocke, die er sich für gewöhnlich über den kahlen Scheitel kämmte, hing ihm auf die Schulter. Er sah irgendwie überdreht aus, eine Mischung aus Erschöpfung und nervöser Energie, die Ellen nur zu genau kannte. Sie kannte dieses Gefühl, Tommy ebenfalls, und Reginald Eubanks schien ständig in dieser Weise unter Strom zu stehen.

»Rodney, geht es dir gut?«

»Kommt herein.«

»Rodney, das ist meine Schwester Karen«, sagte Ellen und erinnerte ihn somit dezent an die Grundlagen guten Benehmens.

»Dachte ich mir«, sagte er nicht unfreundlich. Dann besann er sich, kam auf Karen zu und schüttelte ihr die Hand. »Normalerweise habe ich bessere Manieren, aber Sie erwischen mich bei meinem Schaffensrausch.«

Ellen und Karen lachten. Rodney sah wirklich so aus, als sei er in einem Rausch, aber es kam ihnen merkwürdig vor, dass ein Mann seines Alters sich derart in etwas hineinsteigerte. Schon wandte er sich von den Frauen ab und verschwand wieder in der Scheune, als würde er von unsichtbaren Kräften zurückgezogen. Karen hob Olivier auf die Hüfte, und sie betraten zu dritt unmittelbar hinter Rodney die Scheune. »Als ich neulich Abend nach all der Aufregung mit den Briefen von meinem Vater nach Hause gekommen bin, war ich total aufgewühlt«, teilte Rodney ihnen über die Schulter mit. »Ich hab versucht zu schlafen, mich im Bett aber nur von einer Seite auf die andere gewälzt. Mitten in der Nacht hab ich es nicht mehr ausgehalten, bin aufgestanden, in die Scheune gegangen und hab mit einer neuen Statue begonnen. Hinten im Holzschuppen lag noch etwas Kirschholz. Ich hatte schon lange keinen Schaffensrausch mehr, und ehe ich wusste, wie mir geschah, war wieder Morgen, und ich war immer noch zugange. Seit Tagen arbeite ich nun an der Statue.« Er hielt inne. »Sie ist dort drin«, sagte er und deutete auf eine Tür ganz hinten in der Scheune.

Ellen verspürte ein Kribbeln am ganzen Leib. »Mensch, Rodney, ich habe das Gefühl, Rosemarys Baby zu sehen.« Kaum hatte sie das gesagt, da ging ihr auf, dass er Polanskis Film womöglich gar nicht kannte, aber er kommentierte ihre Worte ohnehin nicht.

»Ich hatte das Gefühl«, fuhr er bereits fort, »als würde etwas ganz tief in mir hochkommen, das mit mir und meinem Vater zu tun hat, aber… Ellen, das bin gar nicht ich. Es ist… na, seht selbst.« Er öffnete die Tür zu einer Kammer, an deren Wänden polierte alte, handbetriebene Werkzeuge hingen. Die Skulptur, lebensgroß, blickte mit dem Gesicht zur anderen Seite.

Gemeinsam gingen sie um die Figur herum, Ellen vorneweg. Ihr Blick fiel gleich auf die Stelle, die bereits mit Sandpapier abgerieben und poliert worden war. »Das ist ja Olivier!«, flüsterte sie ehrfürchtig, aber unmittelbar hinter sich hörte sie, wie ihre Schwester nach Luft schnappte und einen klagenden Laut ausstieß. Im nächsten Moment vernahm sie ein Rascheln hinter sich, und obwohl es ihr schwerfiel, den Blick von Oliviers hölzernem Abbild zu wenden – von den wilden Löckchen und dem schönen, fragenden Antlitz –, drehte sie sich um und sah gerade noch, wie Karen in sich zusammensackte.

»Karen!«, rief sie und kniete im selben Moment neben ihr, um sie zu stützen. Karen schaute vom Boden ungläubig zu der Figur auf. Noch nie hatte Ellen bei jemandem einen so schmerzerfüllten Gesichtsausdruck gesehen.

Rodney ging in die Hocke und nahm Olivier. »Ist das Ihr Mann, meine Liebe?«, fragte er.

»Es ist Cocho.«

»Dachte ich mir«, sagte er, dann verlor er das Gleichgewicht und landete mit dem Hosenboden im Sägemehl. »Ist er tot?«, fragte Rodney, und Karen kippte vornüber, schlang die Arme um seine Taille und weinte an seiner Brust.

Ellen drehte sich verblüfft zu der Skulptur um und bemerkte, dass sie nicht richtig hingesehen hatte, da ihr Blick auf dem kleinen Olivier gehaftet hatte. Aber dort – eine Hand hielt die kleinen Finger des Jungen, die andere eine Panflöte, die Rodney wahrscheinlich noch nie gesehen hatte – stand Cocho. In Lebensgröße.

»Wie kann das sein?«, rief Ellen erschrocken.

»Ich weiß es nicht. Ich kenne den Mann nicht einmal«, sagte Rodney. Nervös wischte er sich über die Stirn.

»Aber du … wie …?«

»Ich weiß es nicht.« Rodneys Augenausdruck war sowohl erschöpft als auch feurig. Olivier stand auf und starrte ungläubig auf sein hölzernes Konterfei. Inzwischen hielt Rodney die schluchzende Karen in den Armen, wie eine vertauschte Muttergottesdarstellung.

Ellen wandte sich wieder der Skulptur zu. Bei genauerem Hinsehen ging ihr auf, dass die Ähnlichkeit mit Cocho sich schon beim ersten Blick aufdrängte, obwohl die Konturen noch nicht fein ausgearbeitet waren. Seine Gestalt und die Proportionen, die Größe, das Haar und die Haltung, alles war so korrekt nachempfunden, dass Ellen gar nicht aufgefallen war, dass seine Gesichtszüge noch nicht ganz ausgestaltet waren. »Oh, mein Gott«, flüsterte sie. In Florenz hatte sie unvollendete Skulpturengruppen von

Michelangelo gesehen, bei denen einzelne Figuren nicht gewillt zu sein schienen, aus dem Schutz, den der Stein ihnen bot, herauszutreten. Sie nahmen sich gleichsam zurück, als wollten sie unerkannt bleiben. Cocho aber schien voller Ungeduld darauf zu drängen, gesehen zu werden, als wollte er sämtliche überflüssigen Holzsplitter abschütteln, um ganz in Erscheinung zu treten.

»Rodney, ich kann das nicht glauben. Das ist wunderbar. Es ist ...« Ihr fehlten die Worte.

»Es ist doch noch gar nicht fertig.«

»Aber wie hast du ...?« Ellen konnte den Satz nicht zu Ende führen.

»Ich bin ausgelaugt, aber ich traue mich nicht, aufzuhören«, unterbrach er sie. »Karen, Sie müssen mir helfen, reißen Sie sich also zusammen.« Er sprach in einem Ton, der weder schroff noch zu rührselig klang, und die Worte wirkten auf Karen wie ein unerklärlicher Zauber. Sie hörte tatsächlich auf zu weinen und setzte sich aufrecht hin.

»Was soll ich machen?«

»Beschreiben Sie mir seine Gesichtszüge.«

Karen stand auf, reichte Rodney eine Hand und half ihm auf die Beine. »Ich habe ein Bild von ihm in meinem Portemonnaie«, sagte sie.

»Ich werde einfach weitererzählen und sehen, was dabei herauskommt.« Wie in Trance bewegten sie sich auf die Figuren zu. Ellen nahm die Unterhaltung wie Hintergrundgeräusche wahr, als sprächen Leute mit gedrosselter Lautstärke im Radio. »Er hatte ein eher langes Gesicht, habe ich recht?«, hörte sie Rodneys Stimme. »Und ein ziemlich spitzes Kinn?« Er nahm seinen Meißel zur Hand.

»Rodney«, sagte Ellen wieder, »wie hast du das gemacht?« Sie wollte eine einfache Erklärung hören, aber er achtete gar nicht auf sie. Sie drehte sich um, weil sie ihn und Karen beobachten wollte. Es war offensichtlich, dass sie beide gleichsam in einem anderen Bewusstseinszustand schwebten, während sie von außen zuschaute. Ellen hob Olivier vom Boden hoch.

»Es war spitzer, wenn er lächelte«, sagte Karen.

Ellen erlebte einen so privaten, ausgesprochen persönlichen Moment, dass sie sich wie eine Statistin vorkam, die von der Casting-Agentur zu einem falschen Drehort geschickt worden war. »Ich bringe Olivier nach Hause«, sagte sie. »Lasst euch Zeit bei der Arbeit.« Es kam ihr als das einzig Richtige vor.

»Okay«, sagte Karen, die vollkommen von der Skulptur vereinnahmt war. Sie vergaß sogar, ihrem Kleinen einen Kuss zu geben, und rief Ellen nur »Danke« nach, als Ellen schon halb zur Tür hinaus war.

Ellen kam sich einsam vor und fühlte sich ein klein wenig verärgert, als sie mit Olivier auf dem Arm Rodneys Scheune verließ. Was dort geschehen war, grenzte an ein Wunder – ein Phänomen, das weder von Wissenschaftlern noch von Theologen erklärt werden könnte. Aber bei diesem Wunder ging es nicht um sie. Sehnsuchtsvoll schaute sie zurück zu der Scheune. Doch dann, tief in ihrem Herzen, spürte sie, dass sie innerlich losließ, und eine Woge der Erleichterung, der Dankbarkeit und des Erstaunens durchlief sie. Sie fühlte sich ein wenig schwindelig und suchte am Autodach Halt. Ihr war unerklärlich heiß, als wäre jede ihrer Zellen eine Sonne, die vor heilender Energie platzte. Ihre Augen schienen sich weiter zu öffnen und mehr denn je zu sehen. *Spontane Selbstverbrennung*, dachte sie und schaute an sich hinab, um nachzusehen, ob sie noch in ihrer Haut steckte. Ihre Finger, mit denen sie sich am Dach des Honda festhielt, sahen aus wie bleiche Baumwurzeln, die plötzlich dem Licht ausgesetzt waren.

Ellen drehte sich, um das Panorama von Rodneys Anhöhe in sich aufzunehmen. Die ersten abendlichen Schatten schoben sich über die Wiese, und die Frösche machten sich lauter bemerkbar. Etwas verbreitete einen angenehmen Duft, und die warme Luft legte sich wie ein handgewebter Schal um ihre Schultern. »He, Olivier, möchtest du fahren?«, fragte sie und öffnete mit einem tiefen Atemzug die Autotür. Er kletterte auf ihren Schoß, und sie drehte den Schlüssel im Zündschloss. Die Lichter in den Fenstern von Rodneys Scheune sahen freundlich aus, als Ellen und Olivier losfuhren, der Kleine am Steuer.

42

Gegen neun waren Ellen und Olivier erschöpft und gingen zu Bett. Ellen ließ eine Taschenlampe im Esszimmer brennen und hinterlegte eine Notiz für Karen, damit ihre Schwester sich im dunklen Treppenaufgang zurechtfand. Sie streckte sich auf dem neuen Luxusbett aus und dachte über Rodneys Holzskulptur nach. So unvermittelt Cochos Konturen gegenüberzustehen, hatte ihr schier den Atem geraubt. Selbst jetzt noch schien sich alles in ihrem Kopf zu drehen. Sie war ganz aus dem Häuschen, wusste aber nicht, was sie davon halten sollte, und wollte unbedingt in Erfahrung bringen, was Karen zu diesem Vorfall zu sagen hatte. Mit niemandem sonst könnte sie darüber sprechen.

Aber als der Morgen kam, war Karen immer noch nicht im Haus, und Ellen wusste nicht, ob sie in ihrer Neugier sofort zu Rodney fahren oder die Spannung aushalten sollte. Sie war sich sicher, dass die feineren Züge in Cochos Antlitz genau wie der Körper schon bald aus dem Holz herausragen würden. Und fortan, wann immer sie sich von der eisernen Vorhersehbarkeit des Lebens eingeengt fühlte, könnte sie sich jederzeit diesen seltsamsten aller Augenblicke in Erinnerung zaubern: um sich zu beweisen, dass sie sehr wohl in einem magischen Reich lebte. Sie summte vor sich hin, als sie Oliviers Po puderte. Vom Dalai Lama erzählte man sich, er habe schon in Oliviers Alter eine fremde Sprache verstanden und die Mitglieder der buddhistischen Gefolgschaft erkannt, die auf der Suche nach ihm waren.

Während sie darauf wartete, dass ihr Öffne-dein-Herz-Tee lange genug gezogen hatte, überlegte Ellen, wo die Figur aus Holz einmal stehen würde. Gewiss würde Rodney diese Skulptur nicht einfach seiner Hinterhofgalerie hinzufügen. Oder doch? Ihre Gedanken schweiften ab und kreisten bald um ihre geplante Dokumentation. Was für eine Wendung des Schicksals es doch wäre, wenn sie es damit bis nach Cannes, Sundance oder Toronto schaffte. Rodney wäre ein gemachter Mann, und die Menschen würden von überallher kommen und ihn bitten, ihre Lieben in Statuen aus Kirschholz zu verewigen. Würde ihm das gefallen? Als sie noch für Reginald recherchiert hatte, war Ellen einst einem berühmten, charismatischen Menschen begegnet. Dieser Mann hatte wirklich heilende Hände, aber das wusste er erst, als er schon über vierzig war. Die Tätigkeit als Heiler hatte er nach einer religiösen Erfahrung in Lourdes aufgenommen und seitdem Hunderten von Menschen geholfen, aber er hielt sich ganz entschieden von der Öffentlichkeit fern. Gewiss ahnte er, dass die kranken Massen ihn gleichsam aussaugen würden.

»Komm, wir gießen den Garten«, schlug sie Olivier vor, der gleich zur Tür stürmte. Ellen holte Mutleys Frisbee aus der Tasche, und der Hund erhob sich, sobald er das heiß geliebte Objekt sah. Er spitzte die Ohren und streckte erwartungsvoll eine Vorderpfote vor. Ellen warf die Scheibe, und dem Hund gelang es tatsächlich, das Frisbee noch im

Flug zu schnappen. »Bravo!«, jubelte Ellen. »Bravo!« Kurz darauf kehrte Mutley zurück, und so begann ihr Tag: Wasser, Unkraut, Frisbee-Weitwurf. Immer der gleiche Ablauf. Die Sonne brannte vom Himmel, und schon bald zog sie in Erwägung, zur Abkühlung in den See zu springen.

Nach dem Schock über Cochos Tod hatte Ellen ihre Ehe in einen hinteren Winkel ihres Bewusstseins verbannt. Aber ihre Fahrt nach New York und der Aufenthalt in dem Apartment, in dem sie sich wie eine Besucherin gefühlt hatte, waren auch nicht gerade hilfreich gewesen. Ein Gefühl von Übelkeit überkam sie, doch sie verdrängte es. *Soll diese Woge des Unwohlseins doch auf eine andere Küste treffen*, dachte sie. Es war eigenartig, dass sie und Tommy aufgehört hatten, miteinander zu kommunizieren, abgesehen von den ganz wichtigen Dingen. Dies war bestimmt die merkwürdigste Phase, die sie bislang in ihrer Partnerschaft durchlebt hatten. Aber für den Augenblick, für den heutigen Tag, wähnte Ellen sich nach Rodneys Tat im Wunderland, und daher weigerte sie sich, trüben Gedanken nachzuhängen.

Da Karen offenbar anderweitig beschäftigt war, beschloss Ellen, Rayfield anzurufen. Er nahm beim ersten Klingeln ab. »Hör zu, du taube Nuss«, bellte er, anstatt Hallo zu sagen, »ich habe dir schon gesagt, dass ich die verfluchte Zeitung nicht will. Wenn du mich noch einmal anrufst, dann komme ich zu dir und ramme dir deine ganze verdammte Druckerpresse in den Arsch, klar?«

»Morgen, Rayfield«, begrüßte sie ihn süßlich.

»Oh, he Ellen«, sagte er. »Wie geht's denn so?«

»Hast du Lust, mit mir und Olivier schwimmen zu gehen?«

»Wo denn? Im Peak Pond?«

»Ja, es sei denn, du kennst eine bessere Badestelle.«

»Ich kenne eine Million bessere Stellen, aber dann sollten die Leute, denen die Stellen gehören, besser nicht zu Hause sein, solange man dort ist.«

»Fahren wir zu einer dieser Stellen«, sagte Ellen durchtrieben.

»Treffen wir uns am Postamt.«

In einer Stimmung jugendlichen Aufbegehrens suchte Ellen ihre Strandutensilien zusammen. Natürlich kannte Rayfield, der sein ganzes Leben hier in der Gegend verbracht hatte, die besten Badestellen. Und zwar noch aus der Zeit, bevor der See an Privatleute verkauft worden war, die nichts Besseres zu tun gehabt hatten, als Schilder aufzustellen, auf denen »Zutritt verboten« prangte.

Früher, in den Sechzigern, waren sie und andere Hippies in einem VW Bulli losgefahren, weil sie die Nacht in New Hampshire im Haus ihrer Mitbewohnerin Valerie verbringen wollten, deren Eltern übers Wochenende zu einem Highschool-Treffen gefahren waren. Sie hielten sich genau an die Wegbeschreibung und kamen, wie erwartet, an einem weißen Farmhaus an. Valerie war zwar nirgends zu sehen, aber da die Tür nicht verschlossen war, gingen sie ins Haus und machten es sich bequem. Sie plünderten sowohl die Vorräte im Kühlschrank als auch die Hausbar und waren im Begriff, sich für die Nacht einzurichten, als Ellen zufällig auf den Telefonapparat schaute und sah, dass die Nummer, die dort stand, nicht mit der Nummer übereinstimmte, die Valerie ihnen gegeben hatte. Das führte zu einer Suche nach Unterlagen, um herauszufinden, wem das Haus tatsächlich gehörte. Und als sie auf Rechnungen stießen, die an den Besitzer adressiert waren, wussten sie, dass sie sich in der Zufahrt geirrt hatten. Hastig verließen sie das Haus, wuschen nicht einmal das Geschirr ab und räumten auch nicht die halb gerauchten Joints aus den Aschenbechern. Als sie der Landstraße weiter folgten, stießen sie schließlich auf Valerie, die einsam und verlassen auf der Veranda eines anderen weißen Farmhauses schmollte.

»Wo soll's denn hingehen?«, fragte sie Rayfield, als er auf dem Beifahrersitz Platz nahm.

»Weiter zum Peak Pond!« Mit steifem Arm zeigte er geradeaus, wie ein Soldat der alten U.S.-Kavallerie, und dirigierte sie vorbei an Baldys Laden auf eine Straße, die zu Ellens Erstaunen auf anderem Weg zum See führte.

»Schon was von deiner Schwester gehört?«, fragte er.

»Ja. Sie ist hier. Ich muss dir noch was erzählen, aber ich warte noch, bis wir ...«

»Komm schon, spuck's aus.«

»Ich erzähle es dir, wenn wir am Wasser sind, Rayfield. Ich muss dir das vormachen.«

»Wenn die Story gut ist, brauchst du keine Mätzchen zu machen.«

»Lass mir doch meinen Spaß.«

»Okay, okay.« Er drehte sich nach hinten um. »Bereit für eine Schwimmstunde, kleiner Mann?« Olivier hob die kleine Hand, um Rayfields Hand abzuklatschen. »Heute paddeln wir wie die Hunde, morgen erobern wir die ganze Welt«, stimmte er fröhlich an.

»Warum habt ihr eigentlich keine Kinder, du und Debbie?«

»Oh ... Wide Load hatte sich die Leitungen abdichten lassen, lange bevor ich sie kannte. Sie meinte, sie hätte was Besseres zu tun, als Hintern abzuwischen.«

»Was denn? Gabelarmbänder machen?« Sie bereute die Worte und den Tonfall im selben Moment.

»He, mach jetzt nicht die Gabelarmbänder schlecht. Sie hat viele davon verkauft.«

»Ich weiß. Ich habe ja selbst eins. Ich weiß auch nicht, warum ich das gerade gesagt habe. Ist mir so herausgerutscht.«

»Gemein wie eine Schlange kannst du sein«, sagte Rayfield, aber er klang nicht wirklich verärgert.

Ellen schluckte das und sagte dann: »Fühlst du dich immer noch selig und frei von all den selbstzerstörerischen Banden zu Debbie?«

Rayfield sah sie an. »Mensch, Ellen, kannst du nicht normal sprechen?«

Sie kicherte.

»Da vorn links«, sagte er.

Sie bog in einen schmalen Feldweg ein, auf dem lange Grasbüschel zwischen den Fahrspuren wuchsen. Nach etwa einer halben Meile wurde der Weg ein wenig breiter, und Sekunden später tauchte ein schönes, rustikales Landhaus am See vor ihnen auf. »Wer wohnt denn hier?«, fragte Ellen ein wenig erschrocken, da Rayfield offenbar unweit des Hauses schwimmen gehen wollte.

»Gehört den besser verdienenden Ärzten. Stell den Wagen dort bei den Bäumen ab.«

»Und wenn der Arzt nun hier ist?«

»*Sie* kommt nie hierher«, erwiderte er, wobei er das weibliche Pronomen mit diebischer Freude betonte. »Fünf Jahre gehört ihr die Hütte schon, aber sie war erst einmal für eine Woche hier. Brauchte wahrscheinlich ein Haus, das sie von der Steuer abschreiben konnte.«

»Wenn du meinst«, sagte sie, doch ihre Befürchtungen wuchsen. Was, wenn sie im Knast landete? Es wäre ganz schön erniedrigend, wenn sie Tommy im Büro anrufen müsste, um ihn zu bitten, ihr aus der Patsche zu helfen oder – schlimmer noch – vor Gericht als ihr Anwalt zu fungieren. Aber da sie kein Spielverderber war, holte sie Olivier aus dem Auto, nahm auch das Spielzeug mit – eine aufblasbare Schildkröte, die fünfmal größer als der Knirps war – und folgte Rayfield zum Holzsteg.

»Und wer hält das Ganze hier in Schuss?«, wollte sie

wissen. Der Rasen war gemäht, und an der Veranda blühten Blumen.

»So'n Typ, den ich kenne.«

»Hat er dir erlaubt, dass wir hier baden?«

»Hör zu, Ellen, ich bin von hier, okay? Ich gehe da schwimmen, wo ich immer schon war. Außerdem, schau dich doch um. Siehst du hier jemanden? Wer soll uns anzeigen?«

»Du hast bestimmt recht«, meinte sie halbherzig.

»Und ob ich recht habe«, sagte er, schälte sich aus dem T-Shirt und donnerte in Richtung Steg. Am Ende setzte er zum Sprung an, formte sich zu einer menschlichen Kanonenkugel und verschwand, Gischtfontänen aufspritzend, im See. Offensichtlich war Rayfield nicht daran gelegen, so unauffällig wie möglich zu bleiben.

Ellen zog ganz ungeniert ihre kurze Hose und die Bluse aus und ging langsam mit Olivier ins Wasser. Er quiekte vor Vergnügen, als sie ihn auf den Rücken der Schildkröte setzte und ihn in Kreisen durchs Wasser zog. Es war wirklich ein herrlicher Sommertag, und überall planschten Kinder an den Ufern des Sees, während die Jugendlichen auf Wasserskiern vorbeisausten. Kanus, Tretboote und Motorboote zogen kreuzweise ihre Bahnen auf der schillernden Wasserfläche, und Libellen, die wie Miniaturhubschrauber aussahen, flitzten mal hierhin, mal dorthin. Rayfield paddelte wie eine nasse Ratte ans Ufer, bis er nur noch einen Fuß Wasser unter seinem Bauch hatte.

»Ist toll hier, oder?«

»Klar.«

»Schwimm ruhig raus. Olivier und ich bleiben hier und spielen mit der Schildkröte.«

»Prima.« Ellen watete ins Wasser, machte einen Hechtsprung und schwamm mit kräftigen Zügen hinaus. Während ihrer Schulzeit konnte man sie kaum aus dem Wasser bekommen. Ihre Mutter hatte sie einen Fisch genannt. Es hieß sogar, sie könne es in der Gruppe der unter Zwölfjährigen zu den Schwimmmeisterschaften in Vermont schaffen, aber als sich dann ihre kleinen Brüste formten, hörte Ellen abrupt mit dem Schwimmen auf und weigerte sich, ihren aufblühenden Körper in der Öffentlichkeit zu präsentieren. Zu Hause entwickelte sie die seltsame Angewohnheit, sich ein Kissen vor die Brust zu halten, wenn sie sich zu ihren Eltern ins Wohnzimmer setzte, um sich mit ihnen Alfred-Hitchcock-Filme oder die *Ed Sullivan Show* im Fernsehen anzusehen. *Was für ein Jammer*, dachte sie heute. Sie hätte eine Schwimmerin mit schön geformten Muskeln und wenig Körperfett werden können.

Ellen drehte sich auf den Rücken und blickte hinauf zu den vorüberziehenden Wolken. Sie winkte Olivier und Rayfield zu, der sich auf die Schildkröte gelegt hatte und nun den Kleinen auf seinen Bauch setzte. Sanft schaukelten sie auf den leichten Wellen. *Er ist ein prima Kerl*, dachte Ellen, als sie kehrtmachte und wie in den alten Tagen mit perfektem Schmetterlingsschlag auf das Ufer zuhielt. Dann zog sie sich am Steg hoch, legte sich auf den Rücken und genoss die Wärme der Holzplanken.

»Dann erzähl mir mal die tolle Story«, sagte Rayfield, sowie sie sich für ihr Sonnenbad ausgestreckt hatte. Aber plötzlich wollte Ellen die Geschichte für sich behalten. Da sie das Ganze jedoch so groß angekündigt hatte, sagte sie: »In der Nacht, in der Cocho starb, begann Rodney mit der Arbeit an einer neuen Skulptur. Er wusste nicht, dass Cocho gestorben war, und er hatte auch nie ein Foto von ihm gesehen. Tag und Nacht arbeitete er wie ein Besessener daran. Und jetzt rate mal, wen die Skulptur zeigt. Cocho.« Sie hielt inne. »Und Olivier«, fügte sie hinzu.

»Jetzt verscheißerst du mich«, rief Rayfield mit großen Augen. »Du meinst, die Figur sieht aus wie er?«

»Genau. Rodney hat sogar die *zompanas* hinzugefügt, die Art Flöte, auf der Cocho spielte. Sie fertigen sie in seinem Dorf in Peru. In Südamerika«, betonte sie, weil sie nicht wollte, dass er das Land Peru wieder mit Peru bei New York verwechselte.

»Verdammt«, sagte er.

»Meine Schwester ist gerade bei ihm. Sie arbeiten Cochos Gesichtszüge aus. Weißt du, was passierte, als sie die Skulptur sah? Sie fiel glatt in Ohnmacht.«

»Kann ich nachvollziehen«, sagte er. Er brauchte einen Moment, um darüber nachzudenken. »Da da da da, da da da da«, intonierte er das Thema aus *Twilight Zone*. »Verdammt«, wiederholte er, »da kommt man ins Grübeln, oder?«

»Ja.« Beide schwiegen sie eine Weile.

»Was passiert mit Leuten, wenn sie sterben?«, fragte Rayfield schließlich.

»Ich kann mir das nicht vorstellen.«

»Glaubst du denn, dass der Mann deiner Schwester sozusagen Besitz von Rodney ergriffen hat?«

Ellen setzte sich aufrecht hin und versuchte, einen klaren Gedanken zu verfolgen. »Nun, Cocho machte keine Skulpturen. Wenn sein Geist von Rodney Besitz ergriffen hat, müsste Rodney dann nicht plötzlich Flöte spielen oder zumindest Spanisch sprechen oder so was in der Art?«

»Wenn ich's doch wüsste, verflucht.« Er legte sich wieder auf die Schildkröte, die ruhig im Wasser dümpelte.

»Edgar Cayce sagte mal, dass er, wenn er sich in Trance befand, das kollektive Wissen aller Lebewesen, lebend oder tot, anzapfen konnte«, sinnierte Ellen kurz darauf.

»Wer?«

»Edgar Cayce. Den gab es wirklich. Er schlief ein und stellte dann Diagnosen kranker Menschen. Meistens konnte er ihnen sagen, was sie machen mussten, um wieder gesund zu werden.«

»Er redete im Schlaf?«

»Ja. Aber der Punkt ist, wenn er schlief, hatte er Zugang zum gesamten Weltwissen. Vielleicht sind sich ja Rodneys Geist und Cochos Geist irgendwo dort draußen im Jenseits begegnet.«

»Vielleicht«, sagte Rayfield ungewöhnlich nachdenklich.

»Es gibt so vieles, das wir nicht wissen und auch nie erfahren werden«, sagte sie. »Deshalb macht mich die Wissenschaft so wütend. Ich glaube, Wissenschaft ist das größte Märchen der letzten dreihundert Jahre.«

»O, nein, fang jetzt nicht wieder an, mich zu *ellen*. Okay? Denn ich muss dir sagen, dass ich dir meistens schon beim vierten Wort nicht mehr folgen kann.«

Ellen verspürte ein Schwindelgefühl. Sie war bereits Objekt als auch Subjekt vieler Sätze gewesen, aber ein Verb war sie noch nie geworden. »Wie meinst du das, ich würde dich *ellen*?«

»Na, du fängst dann immer mit deinem ganzen Bücherkram an. Ich beobachte dich jetzt seit fast zwei Monaten, aber eins ist mir erst jetzt klar geworden: Du bist wie dieser Edgar-Soundso-Typ, von dem du gerade erzählt hast. Der Unterschied ist nur, dass du in Trance bist, wenn du hellwach bist, und dann sprudelt der ganze Mist, den du mal irgendwo gelesen hast, nur so aus dir heraus, als hättest du dir das alles selbst ausgedacht.«

Ellens Hochstimmung erhielt Risse.

»Ja, so ist es«, bestätigte Rayfield sich selbst und schien mit sich zufrieden zu sein.

»He, jetzt fühle ich mich vollkommen beschissen«, sagte sie.

»Warum das denn?«

»Weil du einen Teil von mir schlechtmachst, den ich

sehr ernst nehme, von dem ich glaube, dass er wertvoll ist, und für den ich hart gearbeitet …«

»Hör auf, mich zu *ellen*«, wiederholte er. »Ich treibe im See auf einer Schildkröte. Zerstör jetzt nicht alles.«

Hm, dachte Ellen, aber sie legte sich wieder auf den Rücken. Die breiten Planken des Stegs waren heiß, was sich gut anfühlte. Langsam begann sie zu kichern und brach Bruchteile von Sekunden später in lautes Lachen aus. Schließlich rollte sie sich auf die Seite, kaum noch in der Lage, sich richtig hinzusetzen, und rang nach Luft. Ihr Zwerchfell tat weh, und daher verschränkte sie die Arme vor der Brust. Rayfield und Olivier schauten ihr einen Moment entgeistert zu, fielen dann aber in das Lachen mit ein. Nachdem sie sich wieder beruhigt hatte, die Lachtränen getrocknet waren und dem unkontrollierten Lachen nur noch gelegentliches Glucksen folgte, fühlte Ellen sich so gut wie zu den Zeiten, als sie außergewöhnlich wilden Sex gehabt hatte. Und das wiederum rief ihr in Erinnerung, dass sie noch gar nicht auf Rayfields Sorgen Bezug genommen hatte.

»Und wie läuft es in der Abteilung *Steifer*?«, fragte sie. »Gab es noch weitere Morgenüberraschungen?«

»Ich liege so bei fifty-fifty, was für mich nicht schlecht ist.«

»Ein positiver Trend«, kommentierte sie.

»Ich gebe keine offiziellen Prognosen ab.«

»Gescheit.«

»Ich meine, he, ich habe lange genug wie ein alter Mann gelebt, um mich daran zu gewöhnen. Warum sollte ich jetzt nervös werden?«

»Große Hoffnungen, geringe Erwartungen«, trug Ellen mit ihrer weisen Frauenstimme bei.

»Ich hoffe nicht, und ich erwarte auch nichts.«

Ellen schoss durch den Kopf, dass sie dem Entrollen von

Rayfields Penis womöglich mehr Bedeutung beigemessen hatte als Rayfield selbst. In ihren Augen war die wiedererstarkte Funktionstüchtigkeit des männlichen Glieds für Männer in einem bestimmten Alter wie ein roter Teppich zur Tür eines besseren Lebens. Doch schon von Anfang an, bei ihrer ersten Begegnung, als er mit seiner Story herausgeplatzt war, war Rayfield erstaunlich unbefangen mit seinem Problem umgegangen.

»Bist du wieder auf dem Markt und denkst über eine Freundin nach?«, fragte sie.

»Wieso? Möchtest du dich bewerben?« Er zog zweimal anzüglich die Augenbrauen hoch wie eine lüsterne Comic-Figur.

Bei ihrem allmorgendlichen Kaffeeklatsch hatte Rodney ihr von einer Frau aus Boston erzählt, die ein Zweithaus am See besaß. Eines Sommers sei sie mit ihren beiden Söhnen gekommen, während ihr Mann – ein gerissener Geschäftsmann in Sachen Sportartikel – daheimblieb, um noch mehr Geld zu scheffeln, als sie je würden ausgeben können. Nach einem starken Unwetter fiel der Strom im Landhaus aus, und die Frau rief einen örtlichen Elektriker. Rodney meinte, es habe in dem Augenblick zwischen den beiden gefunkt, als der Elektriker das Haus betrat, und ehe man bis zehn zählen konnte, war er bei ihr eingezogen, und sie reichte die Scheidung ein. Ihr großkotziger Mann ging vor Gericht und bekam nicht nur das Haus am See zugesprochen, sondern auch das Sorgerecht für die beiden Kinder, was der Frau fast das Herz brach. Aber sie zog in die kleine Hütte des Elektrikers im Wald und nahm einen Job als Postbotin an. Ellen hatte die Frau selbst schon gesehen, wenn sie mit ihrem Toyota von einem Briefkasten zum nächsten fuhr. Immer war sie mit voller Konzentration bei der Arbeit und stopfte die Post in die Schlitze der Kästen wie eine Vogelmutter, die ihre Jungen füttert.

Was wäre nun, wenn eine Laune des Schicksals sie aus Tommys Armen löste und geradewegs in Rayfields Arme spielte? Ellen erbleichte bei der Vorstellung.

»Nimm's mir nicht übel, Rayfield, aber ich bin die Falsche für den Job.«

»Wieso?«

»Weil ich verheiratet bin«, erklärte sie einfach.

»Ach ja, richtig«, sagte er, als hätte er Tommy vollkommen vergessen. »Jetzt mal im Ernst«, fügte er hinzu, »ich nehme eine Auszeit von Frauen. Ich muss mich erst ausruhen, ehe ich wieder in den Ring steige.«

So viele Leute sehen ihre Beziehungen und Ehen als Kampf, dachte Ellen. Selbst die Sprache, oder zumindest das damit verbundene Konzept im westlichen Denken, verknüpfte Liebe mit Aggression. In der Liebe und im Krieg ist alles erlaubt. Erobere das Herz des anderen. Gib deine Abwehrhaltung auf. Kämpf um deinen Mann. Wahrscheinlich gab es noch Dutzende andere Metaphern dieser Art.

»Rayfield, warum bleiben Paare deiner Meinung nach zusammen? Ich meine, es ist so anstrengend, aber wir halten an der Beziehung fest. Warum löst die Institution Ehe sich nicht ein für alle Mal auf?«

»Da fragst du wohl den Falschen.«

»Warum?«

»Weil meine Ehe sich gerade aufgelöst hat, Ellen.«

»Oh, Gott, natürlich. Tut mir leid. Ich wollte nur …«

»Nur wieder ein bisschen *ellen*«, merkte er trocken an und fragte dann: »Hast du nie genug davon?«

»Doch, schon … Was soll ich denn machen?«

»Du könntest einfach mal den Mund halten. Nichts für ungut.«

»Schon gut«, sagte sie und glitt von dem Steg ins Wasser. »Eine Frage noch«, kam es aus dem Wasser. »Was hältst du von Männern, die eine außereheliche Beziehung haben?« Natürlich dachte sie wieder an Tommy.

Rayfield dachte einen Augenblick nach. »Ich glaube, es ist egal, wo man sich Appetit holt, aber gegessen wird zu Hause.«

Wieder einmal, dachte Ellen, hing alles von der komplexen Definition ab, was »zu Hause« bedeutete.

43

Als sie zwei Stunden später auf der Zufahrt hielt, ließ Ellen Olivier kurz im Auto sitzen und lief ins Haus, um nachzusehen, ob Karen inzwischen eingetroffen war. Auf Zehenspitzen schlich sie die Treppe hoch und spähte in beide Schlafzimmer, aber weil niemand da war, ging sie wieder nach draußen. »Komm, fahren wir zu Mama und Onkel Rodney«, sagte sie. Sie fühlte sich erstaunlich sauber, als hätte der saure Regen in den Wassern des Peak Pond ihr jegliche Befürchtung genommen, sie könne womöglich in einen Bereich eindringen, der nicht für sie gedacht war. Die aufblasbare Schildkröte, die neben Olivier auf der Rückbank thronte, versperrte ihr in angenehmer Weise die Sicht im Rückspiegel. Und als sie in Rodneys Zufahrt einbog, sah sie das vertraute Gefährt der von der Liebe getroffenen Postbotin in der Ferne und bekreuzigte sich mit der rechten Hand.

Rodney und Karen, die nebeneinander in gleichfarbigen Schaukelstühlen auf der Veranda saßen, aßen Salat aus Schalen, die sie sich auf den Schoß gestellt hatten. »He!«, rief Ellen.

»He!«, erhielt sie von beiden als Antwort.

Ellen trat an die Veranda. Sowohl Karen als auch Rodney hatten dunkle Schatten unter den Augen. Rodneys Haar sah fettig aus, während Karens Gesicht rot, rau und rissig wirkte. Dennoch strahlten sie eine zufriedene Ruhe aus.

»Also, habt ihr es nun geschafft, oder was?«, fragte Ellen.

»Sie ist fertig«, erwiderte Rodney.

Ellen war perplex. In diesem Tonfall hätte er genauso gut verkünden können, dass ein Haufen Wäsche soeben den Schleudergang hinter sich hatte.

»Wir haben vor etwa einer halben Stunde aufgehört«, sagte Karen und berührte Rodneys Hand.

»Kann ich mal einen Blick draufwerfen?« Ellen war schon im Begriff, in Richtung Scheune zu streben.

»Ellen, warte. Rodney möchte die Skulptur erst noch polieren.«

Ein dünnes Stimmchen in ihr wollte protestieren, doch stattdessen lächelte sie. »Rodney ist hier der Boss«, meinte sie und setzte sich auf die Stufen. Olivier war bei seiner Mutter auf den Schoß geklettert und tauchte die Finger in die Reste des Salatdressings.

»War seit Jahren nicht mehr so kaputt«, sagte Rodney und spießte ein knackiges Stück grüne Paprika mit der Gabel auf. »Werde gleich mal duschen und mich dann ins Bett verkriechen.«

Karen erhob sich und gab ihm einen Kuss auf die Wange. »Melde dich, sobald du wach bist«, sagte sie.

»Okay. Na, bis später dann.« Er trottete ins Haus und machte die Tür leise hinter sich zu.

Karen blickte ihm nach. Einen Moment später stiegen sie ins Auto. Während der kurzen Fahrt hielt Karen ihren Kleinen auf dem Schoß. »Die ganze Nacht habe ich Rodney bei der Arbeit beobachtet. Ich weiß, dass es ein Wunder ist, und ich konnte den Beweis mit eigenen Händen berühren. Aber mein Verstand verlangt immer noch nach einer logischen Erklärung. Er will, dass sich Zweifel in mir regen. Und ich frage mich die ganze Zeit, warum das so ist.«

»Keine Ahnung, aber mir geht es genauso«, bestätigte Ellen.

»Es kommt mir so vor, als hätte ich Angst, etwas zu verlieren, wenn ich mich einfach darauf einlasse und glaube.«

Ellen wusste genau, was ihre Schwester meinte. Sie hatte das Haus gekauft, sah Viola in ihren Träumen, fand die Briefe und baute sich (gegen viele Widrigkeiten) eine Beziehung zu Rodney auf, der mit der Skulptur gleichsam einen kosmischen Knock-out-Schlag gelandet hatte. Bei jedem Schritt auf ihrem Weg waren ihr Zweifel gekommen, und trotzdem hatte sie die kosmische Zielgerade überschritten. Ebenso Karen, die erst später ins Rennen eingestiegen war.

»Glauben ist nicht einfach.«

»Du stehst vor einem Wunder, und du weißt nicht… weißt einfach nicht…«

»Du weißt nicht, dass es dein gesamtes persönliches Universum einreißt? Und du keine Ahnung mehr hast, wo dir der Kopf steht?«, fügte Ellen hinzu, und beide lachten nervös. Ellen bog in ihre Hauseinfahrt ein, machte den Motor aus und streckte die Hand nach dem Türgriff aus.

»Warte«, sagte Karen, »ich möchte dir noch etwas sagen. Für mich warst du immer ein Wundertäter. Aber dieses Wunder? Das hat mein Leben gerettet. Danke.«

»Ich habe doch gar nichts dazu beigetragen«, stammelte Ellen.

»Doch, hast du.«

Sie konnten sich nur einander zuwenden und sich drücken, als könne die Wärme der Umarmung die Erfahrung irgendwie in ihr Gedächtnis einschließen. Ellen hatte einige Leute mit dieser Intensität an sich gedrückt, Leute, von denen sie wusste, dass sie sie in diesem Leben nicht wiedersehen würde, wie zum Beispiel ihren Freund Harold kurz vor dessen Tod. Sie wollte nicht loslassen und ließ erst von Karen ab, als sich der seltsame elektrische Strom, der sie beide durchflutete, allmählich abschwächte.

Sie stiegen aus. Endlich hatte Karen Gelegenheit, das Haus zu inspizieren, und das tat sie mit großem Interesse und Begeisterung. Sie bewunderte die Handarbeit von Violas Zierdeckchen und meinte, sie könne sich sehr gut vorstellen, in der Küche lauter Gläser mit Vollkornschrot und getrockneten Früchten zu finden. Sie warf sich auf die Verandaschaukel, befand sie für perfekt und amüsierte sich köstlich über die steile Kamikazetreppe.

»Kannst du dir vorstellen, mal für ein Wochenende herzukommen? Wenn du eine Auszeit von der Stadt brauchst?«, fragte Ellen zurückhaltend.

»Absolut. Ich möchte einen Schlüssel haben.«

Ellen hatte bereits einen nachmachen lassen und kramte ihn aus einer Schublade hervor. »*Mi casa es su casa*«, sagte sie und überreichte ihrer Schwester den Türschlüssel.

Karen schaffte es, etwas über eine Stunde wach zu bleiben, ehe sie sich in Ellens neues Bett legte und augenblicklich in einen tiefen Schlaf fiel. Ellen hatte ihr Zimmer gern geopfert. Immerhin stand Oliviers Reisebettchen schon dort, und das Bett war hervorragend. Den Komfort brauchte Karen in ihrem erschöpften Zustand auch. In der Kammer nebenan auf dem alten Eisengestell zu liegen, wäre dagegen wie eine Nacht im Graben, aber Ellen freute sich trotzdem darauf.

In jener Nacht war es stockdunkel und seltsam still, als ob die Frösche streikten oder sich vor einem Feind versteckten. Als Ellen sich auf dem quietschenden Bett ausstreckte, ging sie im Geiste noch einmal das Gespräch durch, das sie mit Karen vorm Zubettgehen geführt hatte.

»Rodney hat mir die Skulptur geschenkt«, hatte ihre Schwester gesagt.

»Das dachte ich mir. Sie gehört quasi dir – dir und Olivier.«

»Das ist sehr großzügig von ihm.« Karen schwieg einen Moment lang und schüttelte aber das Kopfkissen länger als nötig auf. »Ich werde sie feierlich enthüllen. Es soll eine Art Gedächtnisgottesdienst für Cocho geben samt Enthüllung der Skulptur.«

In jenem Augenblick beschloss Ellen, vor der feierlichen Enthüllung keinen Blick auf die Skulptur zu werfen. Sie wollte sich in Geduld fassen und gemeinsam mit Cochos Freunden deren Präsentation erleben. Es wäre ihr eine Ehre, die Reaktionen darauf mit den anderen zu teilen.

»Ich möchte, dass du die ganze Geschichte zu der Skulptur erzählst«, hatte Karen gesagt, als Ellen ihr die Decke um die Schultern legte.

»In allen Einzelheiten? Rodney lebt sehr zurückgezogen und ...«

»Fragen wir ihn einfach«, murmelte Karen, kurz bevor sie einschlief.

Ellen ging nach draußen und blickte hinauf zu den Sternen. Sie konnte sich nicht vorstellen, die Geschichte zu erzählen, ohne die Briefe von Rodney senior zu erwähnen. Aber wahrscheinlich sähe Rodney junior es nicht so gern, wenn dieser Teil seines Privatlebens vor den Leuten von Alt-Montreal ausgebreitet würde. Wenn er allerdings zustimmte, würde sie Karens Bitte mit großem Eifer nachkommen.

Ellen lauschte im dunklen Zimmer in die Stille hinein und überlegte, wo sie bei ihrer Rede beginnen sollte. Sie wollte von der Skulptur erzählen, ohne dabei zu sehr in die Privatsphäre des Künstlers einzudringen. Aber wo sollte sie beginnen? Mit dem Tag, an dem sie das Haus gekauft hatte? Mit dem Traum, in dem ihr Viola erschienen war, die hastig über das Feld lief und auf die schützende Höhle zuhielt? Mit den Briefen, die in den Schonbezug eingenäht waren? Mit der Nacht, in der Cocho starb?

Auf ihr lastete eine große Verantwortung, die sie gern übernahm, aber es wäre gelogen, wenn sie sagte, sie fühlte sich nicht befangen. Sie zog sich die Bettdecke bis unters Kinn und klammerte sich daran wie ein Kind, das Angst im dunklen Zimmer hat. Aus dem anderen Raum hörte sie leise Schlafgeräusche. Mit einem Mal machte sie sich bewusst, dass sie wahrscheinlich in Rodneys altem Zimmer schlief. Vielleicht hatte auch er sich die Decke unters Kinn gezogen – vielleicht ebendiesen Patchwork-Quilt – und darauf gewartet, dass der Schlaf ihn zu einem neuen Tag brachte. Wahrscheinlich hatte er seine Mutter nebenan schnarchen hören und war vermutlich erleichtert gewesen, dass sie, wenn auch nur kurz, einmal nicht Amok lief.

Was für ein Leben Rodney doch geführt hatte! Das Schicksal hatte ihn in einen Wirbelwind aus Geisteskrankheit, Zorn und Hass geschleudert. Irgendwie hatte er überlebt und seinem Traum nachgehangen, Eiskunstläufer zu werden. Genau in diesem Bett war er vermutlich eingeschlafen und hatte sich ausgemalt, wie er in einem paillettenbesetzten Anzug über das Eis schnellte und einen dreifachen Lutz in den Eishallen überall in Nordamerika vollführte. Dann hatte er Leland kennengelernt, einen Eremiten und Bewunderer des Schönen, der ihn unter seine Fittiche nahm. Rodney war seinem Retter gegenüber loyal geblieben und an dessen Seite gewesen, als Leland langsam starb. Rodney hatte alles gegeben, während die örtlichen Immobilienmakler ihn ungerechterweise als Tunichtgut und Faulpelz verunglimpften. Er hatte begonnen, mit der Kettensäge zu arbeiten, um nicht zum Muttermörder zu werden. Wie ein Besessener hatte er sich in die Arbeit gestürzt und war seinem Schaffenstrieb gefolgt, bis zu jenem Moment, als sein Einfühlungsvermögen und handwerkliches Geschick es ihm ermöglichten – oder ihn dazu zwangen –, die bekannten Grenzen zwischen dieser Welt und der nächsten zu überschreiten.

Diese Skulptur war ein verrücktes Wunder.

Aber Wunder, dachte Ellen, waren wie Feuerwerke. Sie blendeten, wenn sie gezündet wurden, waren aber auch, genau wie Schießpulver vorm Explodieren, gefährlich, wenn sie nicht hochgingen. Vielleicht war ja jeder Moment im Leben so: Mit der richtigen Zündung explodierte er in ein Wunder oder eine Tragödie. Und ganz gleich, in welche Richtung es lief, die Betroffenen stellten immer die gleichen Fragen: Warum ich? Womit habe ich das verdient? Was soll ich jetzt machen?

Wie ein Meteor, der die atmosphärische Hülle durchbrach und in die psychische See stürzte, hatte auch Rodneys Wunder Wellen geschlagen, die groß genug waren, viele kleine Flöße zu verschlingen, ihr eigenes inbegriffen. Und obwohl sie fröhlich war und erfüllt von Staunen und Verwunderung, empfand sie den Gedanken als unerträglich, dass für dieses Wunder erst Cocho hatte sterben müssen. Jahrelang hatte Ellen die Überzeugung vertreten, dass es ein kollektives Unterbewusstsein gab. Dazu ein Selbst und eine Ordnung der Synchronizität unterhalb des Chaos an der Oberfläche. Wenn man dem Beweis aber Auge in Auge gegenüberstand, verhielt es sich ironischerweise so, dass man nicht mehr, sondern weniger bereit war zu glauben. Denn das Glauben an sich, wie Karen schon angemerkt hatte, war wie der Passierschein ins Niemandsland. Hinter dem Rücken nannten die Leute einen dann einen Anhänger der Erweckungsbewegung, und man selbst lebte in der Angst vor dem Moment, in dem die Seifenblase platzen könnte.

Es war beängstigend.

Ellen fiel in einen Dämmerschlaf. *Wenn ich aufwache, lieber Gott,* betete sie, *dann lass mich ein neuer Mensch sein. Was ich auch immer hinter mir lassen muss, ich löse mich davon.* »Danke, ihr alten Denkhaltungen, dass ihr mir in der Vergangenheit so treu gedient habt, aber nun bitte ich euch, mich freizulassen«, wisperte sie. Und schließlich glitt sie in eine traumlose Nacht. Irgendwie schlief sie durch und wachte auch nicht auf, als Karen und Olivier früh am Morgen nebenan Krach machten und die knarrende Stiege hinuntergingen. Als Ellen dann später ins Esszimmer kam, telefonierte Karen gerade, sprach Französisch und klang dabei effizient und sexy. Mit den Fingern bedeckte sie die Sprechmuschel und flüsterte: »Ich gebe einigen Bekannten ein paar Anweisungen … Spediteure für Kunstgegenstände.«

Ellen nickte, drückte Olivier einen Kuss auf den Kopf und trottete in die Küche, um sich ihren speziellen Tee zu brühen. Es war halb neun – praktisch Tagesmitte für Ellen, die im zurückliegenden Monat immer vor der Dämmerung aufgestanden war. Ein Blick auf den Küchentisch verriet ihr, dass Rodney offenbar nicht vorbeigekommen war, da keine Donuts zu sehen waren. Olivier verdrückte Obststückchen in Joghurt und eine Scheibe Vollkornbrot, das Karen in weiser Voraussicht nach dem Schwimmausflug am Saranac Lake gekauft hatte.

Während der Beaufsichtigung ihres kleinen Neffen hatte Ellen die Zügel locker gelassen und nicht mehr auf gesundes Essen geachtet. Karen würde vermutlich bleich vor Schreck, wenn sie je erführe, wie viele Kalorien Ellen dem Kleinen in Form von Donuts und Schokoladengebäck verabreicht hatte. Sie war selbst erschrocken, als sie sich diese Sünden in Erinnerung rief.

Karen legte auf. »Alles klar. Sie kommen morgen Nachmittag. Das gibt Rodney die Zeit, die er noch braucht, um die Skulptur zu polieren. Und die Gedenkveranstaltung für Cocho soll kommenden Freitag bei Sonnenuntergang stattfinden.« Ihre Stimme zitterte leicht, und ihre Augen füllten sich mit Tränen.

»Bist du sicher, dass du das schon schaffst? Möchtest du nicht lieber noch ein paar Wochen hierbleiben und dich ausruhen?«

»Würde ich ja gern, aber …«

»Regine-Marie würde das auch befürworten«, sagte Ellen. »Ich weiß, dass sie nichts dagegen hätte.«

»Ich bin schon sechs Wochen fort. Fast sieben. Sie hat genug getan. Und du brauchst auch Zeit für dich.«

»Nein«, entgegnete Ellen schnell. In Wirklichkeit hatte sie ein wenig Angst vor dem Rückfall in die Normalität der Isolation. »Ich würde mich sehr freuen, wenn du noch länger bleiben könntest.«

»Ich muss in mein Leben zurückfinden.«

Ellen goss sich Tee ein und sagte nichts. Sie war inzwischen länger von ihrem normalen Leben entfernt als Karen von ihrem, aber sie verspürte kein zwingendes Bedürfnis, wieder nach New York zurückzukehren. Immer öfter glaubte sie, sich nicht wieder zurechtzufinden oder – schlimmer noch – dass es überhaupt kein früheres Leben mehr gab, in das sie zurückkehren könnte. Dann erinnerte sie sich an ihr Gebet vorm Einschlafen. Wie sollte sie dieser neue Mensch werden, wenn sie an dem alten Dasein festhielt? »Was ich tun kann, um dir zu helfen, tue ich«, sagte sie dann.

»Ich brauche jetzt Beschäftigung«, erwiderte Karen.

Ellen setzte sich an den Küchentisch. »Das ist sicher eine gute Idee.« Aus eigener Erfahrung wusste sie, dass Arbeit gegen Verzweiflung half. »Fährst du heute Morgen noch zu Rodney rüber?«

»Erst wenn er sich meldet. Der arme Kerl ist völlig geschafft.«

»In seinem Geist würde ich gerne mal Mäuschen spielen«, meinte Ellen und nippte an ihrem Tee.

»Ich habe ihn gefragt, wie er mit diesen unheimlichen Dingen umgeht, und er hat genuschelt, er mache bloß seinen Job.«

Ellen sinnierte über diese Worte nach. »Zumindest weiß er, was sein Job ist.«

»Vielleicht machen wir alle nur unseren Job.«

»Glaubst du? Denn wenn das Leben ein Job ist, hab ich ganz schön versagt«, sagte Ellen.

»Du denkst zu viel nach.« Karen lachte. »Komm, lass uns irgendwas tun.« Sie schaute sich um. »Wir holen uns Spachtel und kratzen die alte Farbe am Haus ab. Es könnte eine Schönheitsbehandlung gebrauchen. Und dann streichen wir es neu an.«

Sollte darin ihre Aufgabe bestehen?, fragte sich Ellen, während sie mit offenen Fenstern und voll aufgedrehter Heizung den Berg hinunterfuhren, damit der Motor nicht zu heiß wurde, bevor sie es bis zum Baumarkt in der Main Street von Lamone schafften.

44

Mit immer gleichen Bewegungen kratzte Ellen an der Nordfassade ihres kleinen Cottage herum. Schmutzige Farbsplitter, vielleicht sogar auf Bleibasis, fielen ins Gras – manchmal sah es so aus, als hüpften sie voller Freude hinab. Das Geräusch des Spachtels auf den hundert Jahre alten Schindeln wurde zu einem friedenstiftenden Schaben, das so beruhigend wirkte wie der Gesang der Nachtigallen in Taipeh. Obwohl ihr schon die Schultern wehtaten und ihr Nacken sich anfühlte, als hätte jemand dort ein Stück Stahl zwischen die Wirbel getrieben, kratzte sie munter weiter. Als sich die ersten Blasen an den Händen zeigten, zog sie Lederhandschuhe an. Ellen kam innerlich zur Ruhe, gut drei Meter über dem Boden auf der Sprosse einer wackeligen Holzleiter.

»Du bist ja wahnsinnig!«, sagte Karen lachend, als Ellen sich am ersten Tag weigerte, eine Mittagspause einzulegen.

»Ich befinde mich tief in Meditation«, antwortete sie.

Einmal hatte Ellen für ein angesagtes Psychologiemagazin einen Artikel geschrieben, in dem es um eine Kaninchenfarm ging, die von Behinderten betrieben wurde. Den ganzen Tag kämmten die Behinderten Angorakaninchen, sammelten das weiche Haar in durchsichtigen Plastikbeuteln und verkauften es in großen Mengen an einen Fabrikanten, der teure Pullover für die Reichen und Modebewussten herstellte. Der Berater hatte Ellen erklärt, die immer gleichen Handgriffe des Auskämmens wirkten sich beruhigend auf die Frauen und Männer aus. Seiner Ansicht nach sei die Arbeit nicht nur für die Entwicklung der Auge-Hand-Koordination wichtig, sondern auch für die Konzentrationsfähigkeit. Zudem würden die Behinderten bei dem stetig anwachsenden Haufen aus Angorahaar das Gefühl bekommen, etwas erreicht zu haben. Zu jener Zeit hatte Ellen vermutet, das angenehme Befinden komme allein vom Knuddeln der kleinen Kaninchen, aber jetzt, als sie auf die Ansammlung von Farbsplittern am Boden schielte, war sie sich nicht mehr sicher, welcher Bereich ihrer selbst auferlegten Plackerei ihr eigentlich die Antriebskraft verlieh. Vielleicht war es die Größe des Haufens aus Farbstücken. Leute verfielen in Verhaltensmuster und erlagen dem Zwang, diese Muster zu wiederholen, ganz gleich, was für psychische Belastungen und körperliche Schmerzen sich dabei einstellten. Dennoch kratzte sie weiter Farbe ab.

Am ersten Tag machte sich Karen mit ähnlicher Verve an die Arbeit, aber am nächsten Tag kamen gegen Mittag die Spediteure für Kunstgegenstände aus Montreal an, zwei abgehärmte Schauspieler mit ausgeprägten Wangenknochen und Waschbrettbäuchen. Und fort waren sie, um bei Rodney die Skulptur einzuladen. Vier Stunden später kamen sie zurück. Wie geplant, wollten Karen und Rodney ihnen in Rodneys Wagen nach Montreal nachfahren. Die Gedenkveranstaltung für Cocho war für den folgenden Tag geplant, gegen Sonnenuntergang, und für Karen gab es noch viel vorzubereiten. Sie hatte Ellen gesagt, sie wolle eine Nacht allein mit Rodney und der Skulptur in ihrem Apartment verbringen. Ellen hatte nur genickt und ihr versprochen, am nächsten Tag mit Olivier nachzukommen. Mit dem Jungen auf dem Arm stand sie auf der Veranda und sah, wie die kleine Karawane über die staubige, unbefestigte Zufahrt verschwand. Um Rodney machte sie sich sogar ein wenig Sorgen, denn er war nur an das Leben auf dem Land gewöhnt und musste sich nun in das Gewirr der Großstadt stürzen. Aber Karen würde sich gewiss um ihn kümmern. Ellens verstärkte emotionale Bindung an Rodney nahm inzwischen unterschiedliche bizarre Ausformungen an, aber letzten Endes überwog die Angst, die ganze Aufregung und die harte Arbeit würden ihn noch umbringen. Sie wollte nicht, dass er umkippte, nur weil sie im North Country aufgetaucht war. Sie wollte ihn nicht verlieren, ehe sie eine Möglichkeit gefunden hatte, ihm zu zeigen, wie viel ihr an ihm lag.

Diese Sorge um einen anderen Menschen führte sie gedanklich zu ihrem Mann, von dem sie – so machte sie sich bewusst – zu diesem Zeitpunkt getrennt lebte. Sie ging ins

Haus, um ihn anzurufen. Bestimmt würde Tommy gern zu Cochos Gedenkveranstaltung kommen, denn schließlich gehörte er dazu. Ein Blick auf die Uhr verriet ihr, dass es fast sieben war, ein guter Zeitpunkt also, ihn zu Hause zu erwischen. Es war die Uhrzeit, sich einen Drink zu genehmigen, aber da Tommy ja seinen Alkoholkonsum reduziert hatte, blieb die Frage, was an die Stelle eines guten Cocktails getreten war. Vielleicht ein kaltes Glas Nonisaft.

Er nahm nach dem zweiten Läuten ab.

»Hi, Tommy, ich bin's, Ellen.«

»Auch bekannt unter dem Namen Kilroy?« Ellen spürte, dass diese Frage keineswegs von einem Lächeln begleitet wurde. »Nett, dass du eine Notiz hinterlässt.«

»Auf die Schnelle ist mir nichts Besseres eingefallen«, versuchte sie sich zu verteidigen.

»Verflucht, Ellen, ich dachte, du würdest dir mehr Mühe geben, wenn ich erstens gar nicht wusste, dass du kommen würdest und du zweitens gar nicht mehr mit mir sprichst.«

Ellen spürte, wie ihr die Hitze ins Gesicht stieg. »He! Jetzt unterhalte ich mich gerade mal fünf Sekunden mit dir am Telefon, und du erstattest gleich Strafanzeige gegen mich in zwei Fällen.«

»Ich erstatte hier keine Strafanzeige, ich sage nur, dass es nett gewesen wäre, eine richtige Nachricht vorzufinden und nicht so eine Ulknotiz, insbesondere in unserer angespannten Lage. Du lässt mich ja völlig außen vor. Was ist überhaupt passiert? Wie geht's Karen? Wo ist sie jetzt? Ich habe viermal auf ihren Anrufbeantworter gesprochen.«

Ellen spürte, wie sich ihr Herz verhärtete. Das geschah immer, wenn sie sich Angriffen ausgesetzt sah, auch wenn sie es verdient hatte. »Nun, eigentlich rufe ich dich an, um dich auf den neuesten Stand zu bringen. Ich möchte aber betonen, dass man mein Telefon auch anrufen kann.«

»Ich habe es schon mindestens zehnmal probiert. Nie bist du da.«

Ellen überhörte das. »Ich habe Karen am JFK-Flughafen abgeholt, und deshalb war ich auch in *deinem* Apartment. Morgen Abend soll eine Gedenkveranstaltung für Cocho stattfinden, bei Sonnenuntergang in Karens Wohnung in Montreal.« Sie schoss die Sätze wie Kugeln auf Tommy ab.

»Schon morgen?«, sagte er. »Hättest du mir nicht eher Bescheid sagen können? Dann hätte ich wenigstens noch eine Chance gehabt, einen Gerichtstermin zu verschieben. Wahrscheinlich hätte ich dann kommen können.«

»Damit ich das jetzt richtig verstehe: Du kannst nicht zu Cochos Gedenkveranstaltung kommen, weil du im Gericht sein musst?«

»Ich kann *morgen* nicht kommen, weil ich ein paar Stunden eher Bescheid wissen muss, um einen wichtigen Gerichtstermin zu verschieben, der schon seit zwei Monaten feststeht.«

»Das ist ja prima, Tommy. Ich hoffe, du gewinnst.«

»Das ist jetzt richtig unfair von dir. Du rufst mich nicht an und erzählst mir nichts, und wenn ich dann dazu was sage, spielst du das Opfer. Du bist doch wirklich unmöglich, Ellen.«

»Mit Verlaub, ich bin sauer und enttäuscht. Von dir.« Ein Teil von ihr verspürte Befriedigung, als hätte sie gerade einen Punktsieg errungen.

»Jetzt sage ich dir mal was«, sagte er mit auffallend leiser Stimme. »Das Gefühl beruht auf Gegenseitigkeit. Ich muss jetzt los. Tschüs, Ellen.«

Sie hatte kaum Zeit, sich zu verabschieden, da wurde die Leitung auch schon unterbrochen.

Immer wenn Tommy bei einem Streit leise wurde, war Ellen wie wachgerüttelt. Leise gesprochene Worte wirkten länger nach als Geschrei. Er hatte ihr mitgeteilt, dass er enttäuscht von *ihr* war. Sie hatte ihn außen vor gelassen, nur kurz das Apartment benutzt, zum Abschied nicht mehr als drei Wörter hinterlassen und war nicht zu Hause gewesen, um seine Anrufe entgegenzunehmen. Mit einem Mal kam ein Gefühl von Reue in ihr auf, und daher wählte sie schnell seine Nummer. Niemand ging ran, und auch der Anrufbeantworter schaltete sich nicht ein. Musste es denn bei jeder Interaktion mit Tommy drunter und drüber gehen?

Sie wählte erneut, aber diesmal kam das Besetztzeichen. *Vielleicht versucht er ja gerade, mich zu erreichen*, dachte sie und legte schnell wieder auf. Aber ihr Telefon klingelte nicht. Sie sank schwer auf einen Stuhl. Der Dalai Lama riet den Menschen, einen Fehler wiedergutzumachen, sobald man ihn erkannte. Ellen hatte gleich mehrere gemacht. Sie hatte Tommy tatsächlich im Ungewissen gelassen. Warum nur? Weil sie Angst hatte, er könnte sich schon zu weit von ihr entfernt haben oder sie sich von ihm, und mit dieser Möglichkeit wollte sie auf keinen Fall konfrontiert werden. Wieder wählte sie seine Nummer. Immer noch besetzt.

Vielleicht kaut er ja nun alles mit der Yogalehrerin durch, dachte sie, doch sie wollte nicht weiter darüber nachdenken. Da saß sie nun mit ihrer Angst, die sich ganz langsam in ihr Herz fraß. Wenn man vor solchen Gefühlen nicht davonlaufen konnte und auch niemand da war, auf den man eindreschen konnte, was sollte man dann machen? *Kampf- und Fluchtinstinkt sind doch alles nur Gerede*, dachte Ellen, und was man da in den wissenschaftlichen Kursen so wortgewandt beigebracht bekam, stellte sich letzten Endes als Bärendienst heraus, der einem das Leben nur noch schwerer machte. Niemand erwähnte je die Kehrseite dieser Optionen: Wenn man fortlief, nahmen die Angst und das Gefühl, für immer ein Schwächling zu bleiben, mit der Zeit zu. Stellte man sich dem Kampf und verlor, war die

Gefahr groß, blutüberströmt, ohne Schneidezähne und mit Prellungen am Kinn zu enden. Wenn man einfach erstarrte, in der Hoffnung, die Gefahr möge an einem vorbeiziehen, war man vermutlich auf jahrelange Albträume abonniert, und wenn man einfach aufgab, wurde man untergepflügt, lebendig begraben und erstickte an der eigenen Machtlosigkeit.

»Da muss es doch noch mehr geben«, sagte Ellen zu Olivier. »Es muss doch mehr Optionen geben. Das kann es nicht gewesen sein. Das kann einfach nicht sein.« Wie konnten siebzehn Jahre eines recht harmonischen Verhältnisses plötzlich vor den Augen des Paars in die Luft fliegen? Ihre Ehe brannte um sie herum, und Ellen war in den Flammen gefangen.

Das Telefon läutete. Ellen riss beinahe das Gerät von der Wand. »Hallo? Hallo?«, wiederholte sie, als wäre der Apparat nicht in Ordnung.

»Ellen«, sagte Tommy, »wie es aussieht, tust du alles erdenklich Mögliche, um unsere Ehe zu sabotieren, und ehe du es ganz geschafft hast, möchte ich dir eine Frage stellen. Glaubst du wirklich, dass es dort draußen etwas Besseres für dich gibt als unser gemeinsames Leben? Und einen besseren Partner für dich, als ich es bin?«

Ellen spürte, wie ihr der Schweiß auf die Stirn trat. »Tommy«, sagte sie leise, »es ist schwierig für mich, wenn nicht sogar unmöglich, mir ein besseres Leben oder einen besseren Partner vorzustellen. Aber wenn alles den Bach runtergeht, dann muss ich mich wohl darauf einlassen. Und das solltest du dann auch tun.«

»Okay«, meinte er im Geschäftston des Anwalts, »ich wollte das nur klarstellen.« Er legte auf.

Ellen hatte plötzlich das Gefühl, lachen zu müssen. Dieser Rückzug in die hilflose Fröhlichkeit kam in letzter Zeit viel zu oft vor. Es wäre beunruhigend, wenn es nicht so verdammt lustig wäre. »Geht das schon wieder los«, sagte sie zu Olivier, als ein Lachanfall sie aus ihrer Gefühlswelt löste und sie mit sich forttrug. »Dann muss ich mich wohl darauf einlassen!«, quietschte sie, während sich ihre Augen mit Tränen füllten. »Dann muss ich mich wohl darauf einlassen!« Sie hob Olivier hoch und vollführte mit ihm eine Art Veitstanz in der Küche. Der Kleine kicherte und legte seine kleine braune Hand auf Ellens Wange.

»Freude?«, fragte er.

»Ja, ja, ich freue mich!«, sagte Ellen, hatte aber keine Ahnung, ob das tatsächlich auf ihren aktuellen Gemütszustand zutraf. »Gehen wir nach draußen und kratzen weiter am Haus.«

45

Ellen hatte Karen versprochen, gegen drei Uhr nachmittags in Montreal zu sein, um ihr noch bei den Vorbereitungen für die Gedenkveranstaltung und die Enthüllung von Rodneys Wunderstatue zu helfen. Am Morgen erntete sie Gemüse aus ihrem Garten, das sie für das Essen mitbringen wollte, später verbrachte sie zwei Stunden im Schaukelstuhl auf der Veranda mit einem Notizbuch in der Hand, weil sie noch eine Rede für Rodney ausarbeiten wollte. Das kam ihr merkwürdig vor. Reden dieser Art galten eigentlich den Verstorbenen, nicht den Lebenden, aber in diesem Fall waren die Übergänge fließend, und daher plagte Ellen sich weiter ab, zerriss aber letzten Endes jedes Blatt wieder. Als sie auch um elf Uhr noch kein Konzept niedergeschrieben hatte, ging sie schließlich nach oben und stieg mit Olivier in die Badewanne. Sein Lieblingswasserspielzeug war ein U-Boot aus Plastik, und als sie es zu seiner Freude auf Tauchfahrt schickte, fiel ihr mit einem Mal ein, dass sie das Spielzeug nach diesem Badespaß mit all den anderen Dingen einpacken müsste, denn an diesem Tag würde Olivier nach Hause zurückkehren.

Kein U-Boot mehr im Badezuber.

Keine Töpfe und Pfannen, die auf dem Küchenboden klapperten und schepperten.

Kein kleiner Junge mehr, der in dem Erdhaufen mit seinem Trecker spielte.

Das war alles einfach zu traurig. Sie stieg aus der Wanne, trocknete sich und den Kleinen ab und zog sich an. Olivier zog sie ein weißes T-Shirt und eine Latzhose an, sodass er wie ein kleiner Marlon Brando aussah. »Sag *Stella!*«, forderte sie ihn auf, wobei sie sich Mühe gab, wie Brando in der Rolle des Stanley Kowalski zu klingen. Olivier machte mit, und so spielten sie *Endstation Sehnsucht*, bis es Zeit war, ins Auto zu steigen und loszufahren.

Aber als sie den Zündschlüssel herumdrehte und schon auf das übliche Aufheulen ihres Honda beim Start wartete, tat sich nichts. Dem matten, klickenden Geräusch folgte tiefe Stille. »Wag es ja nicht, du Scheißding!«, schrie sie, trat wie verrückt das Gaspedal durch und drehte immer wieder den Zündschlüssel, weil sie auf den kleinen Zündfunken hoffte, der dem Motor Leben einhauchen würde. Als auch das alles nichts half, nahm sie den Fuß vom Bremspedal, kuppelte aus, öffnete die Tür, stieg aus, stemmte sich mit aller Kraft gegen den Rahmen und schob den Wagen vorwärts, bis er einen kleinen Huckel nahm und langsam über den Hof in Richtung Garten rollte. Wenn sie dem Honda jetzt keine Starthilfe geben konnte, ehe er die erste Reihe Tomaten traf, war sie verloren.

Da sie noch aus den Sechzigern über eine große Erfahrung beim Starten widerspenstiger Autos verfügte, wartete

Ellen auf den passenden Moment und ließ die Kupplung kommen. Der Honda stotterte ein wenig, kam aber über ein Blubbern nicht hinaus. »Mist!«, schrie Ellen. »Gottverdammter Mist!« Olivier fing an zu weinen.

»Ich schreie doch nicht *dich* an, Süßer«, beruhigte sie ihn mit der süßlichen Stimme einer Mutter, die unter einer multiplen Persönlichkeitsstörung litt. »Tante Ellen ärgert sich bloß über ihr verdammtes Auto.« Niedergeschlagen zog sie die Handbremse, damit der Honda nicht ihren Garten umpflügte, befreite Olivier aus dem Kindersitz und rannte ins Haus.

In Lamone war kein Autoverleih aufgelistet und nur eine 0800-Nummer für Busfahrplaninformationen. Schnell wählte sie die Nummer und erfuhr, dass der einzige Bus, der eine Verbindung nach Montreal bot, nach Osten über Plattsburgh fuhr, wo sie umsteigen müsste. In viereinhalb Stunden wäre sie in der Stadt. Aber sie hatte den Bus ohnehin schon verpasst.

Ellen zupfte unschlüssig am Kragen ihrer Bluse herum und rief die beiden örtlichen Taxiunternehmen an, aber keiner hatte im Augenblick Zeit, sie nach Kanada zu bringen. »Hören Sie, kennen Sie jemanden, der mich fahren würde? Ich zahle Ihnen zweihundert Dollar.«

»Ich wüsste da jemanden«, sagte der Mann in der Taxizentrale. »Geben Sie mir mal Ihre Nummer.« Sie gab die Zahlen durch und ging dann nervös in der Küche auf und ab. *Das ist doch eine Katastrophe,* dachte sie. *Jetzt hocke ich hier in einer Stadt mit nur einem Gaul, in der es weder eine Autovermietung noch ein anständiges Taxiunternehmen gibt!* In New York brauchte sie nur mit dem Finger zu schnippen, und alles, was man sich nur vorstellen konnte, wurde einem bis zur Haustür gebracht. Hier aber konnte sie mit den Fingern schnippen, bis sie abfielen, und nichts würde passieren.

Plötzlich dachte sie an Rayfield und wählte schnell seine Nummer.

»Du rufst an?«, sagte er nach dem fünften Klingelzeichen.

»Rayfield, Gott sei Dank, dass du da bist!«, schrie sie in den Hörer. »Ich bin aufgeschmissen, Rayfield. Ich bin schon hysterisch. Kannst du mir dein Auto leihen, jetzt? Kannst du es mir bringen?«

»Mein Auto?«

»Ja, ja. Meins hat den Geist aufgegeben, und jetzt sitze ich hier mit Olivier fest. Wir müssen aber nach Montreal zu Cochos Gedenkveranstaltung, die in ...«, sie schaute auf ihre Uhr und sah, dass es fast vier war, »in drei Stunden beginnt. Ich wollte früher da sein, weil ich Karen noch helfen muss. Aber mein verdammtes Auto springt nicht an.«

»Wo ist es denn jetzt?«

»Ist doch egal! Wen interessiert das? Es steht im Garten!« Sie schrie förmlich. »Bitte, Rayfield, hilf mir aus der Patsche.«

»Bin schon unterwegs«, sagte er.

»Oh, danke, Rayfield, danke!«, rief sie erleichtert. Gerettet von Rayfield! Sie lief wieder nach draußen und holte Oliviers Kindersitz aus dem Wagen. Zwanzig Minuten später, als Rayfield mit dröhnendem Auspuff in ihre Zufahrt einbog, hatte Ellen schon den Sitz, Oliviers Koffer samt Spielzeug, das Gemüse und ihre Tasche mit Wechselkleidung ordentlich am Rand gestapelt.

»Hab auf der Fahrt hierher drüber nachgedacht«, sagte er, als er die Tür öffnete. »Ich fahre dich hin. Mein Pick-up ist nicht wirklich seetüchtig, weißt du. Allein würdest du es nicht bis nach Montreal schaffen. Verdammt, du würdest nicht mal bis Lamone kommen.«

»Okay, okay«, sagte Ellen, »ist mir auch recht. Ich bezahle das, Rayfield. Du hast was gut bei mir. Ich bezahle das.« Sie wusste, dass sie in ihrer Aufregung zu plappern anfing, aber er hörte sowieso nicht richtig hin. Er machte sich daran, Oliviers Kindersitz in der Fahrerkabine anzugurten, während Ellen das Gepäck auf die Ladefläche lud. Das Gemüse legte sie allerdings vorne in den Fußraum, da sie nicht wollte, dass ihre schönen Bioprodukte die giftigen Abgase aus Rayfields defektem Auspuffrohr abbekamen. Dann rannte sie ins Haus, um Karen anzurufen.

Der Anrufbeantworter sprang an. »Karen! Mein Auto streikt, aber ich hab eine Lösung gefunden. Wir sind unterwegs. Fahren jetzt gleich los. Es ist halb fünf. Mach dir keine Sorgen. Wir kommen noch rechtzeitig.« Sie legte auf, eilte wieder hinaus und warf die Tür hinter sich zu. Olivier saß bereits sicher in seinem Sitz, aber Ellen musste an der Fahrerseite einsteigen, sich auf den freien Platz in der Mitte der Bank quetschen und dabei die Beine nach rechts nehmen, damit Rayfield schalten konnte. Dabei streifte seine behaarte Hand jedes Mal Ellens Oberschenkel, nur wenige Zoll von ihrem Schoß entfernt. Doch das schien Rayfield nicht wahrzunehmen, obwohl ihre Körper in der Enge der Fahrerkabine so dicht aneinandergepresst wurden wie in einer überfüllten U-Bahn. Sie versuchte, etwas weiter von ihm abzurücken, aber Oliviers Sitz klemmte sie förmlich ein. Schließlich fügte sie sich einfach in ihre schiefe Sitzposition, und als ihr die krumme Haltung unerträglich wurde, verlagerte sie ihre Beine so, dass der Gangknüppel zwischen ihren Schenkeln war. Blieb zu hoffen, dass Rayfield ihre prekäre Lage beim Herunterschalten nicht ausnutzen würde. An der Grenze besaß er die Geistesgegenwart, den Motor abzustellen, und rollte genau passend zu dem Zollbeamten, nur für den Fall, dass ein Hinterwäldler mit einem kaputten Auspuff auf den stillen Landstraßen von Quebec nicht willkommen war.

»*Bonjour*, hallo«, grüßte der Zollbeamte, den Ellen nach ihren Fahrten über die Grenze inzwischen kannte.

»*Bonjour*«, erwiderte sie, wobei sie sich halb über Rayfield beugte, um sich französisch und weltoffen zu geben.

»*Où allez vous?*«

»*Nous allons à Montreal*«, sagte Rayfield. »*Nous prenons le neveu de mon ami chez sa mere.*«

»*Elle vive à Montreal?*«

»*Oui.*«

»*Est elle canadienne?*«

Rayfield wandte sich Ellen zu, die ihm mit offen stehendem Mund zuhörte. »Hat Karen die kanadische Staatsangehörigkeit?«, fragte er.

»Sie ist eingewandert«, sagte Ellen auf Englisch zu dem Grenzbeamten. »Sie lebt schon seit fünf Jahren in Montreal.«

»*Et vous n'avez pas quelque chose à declarer?*«

»*Non, rien*«, antwortete Rayfield.

»*Bon, passez-vous et bienvenue au Quebec.*«

»*Merci.*« Rayfield wartete, bis der Beamte in dem Grenzhäuschen verschwunden war, ehe er den lauten Pick-up startete und losfuhr.

»Rayfield«, meinte Ellen staunend, »du sprichst ja Französisch!«

»Nur wenn ich muss.«

»Ich bin beeindruckt!«

»Verflucht, Ellen, woher kommt wohl der Name Geebo? Etwa aus dem Serbokroatischen?«

»Aus dem Französisch-Kanadischen?«, stellte sie die rhetorische Gegenfrage.

»Meine Großeltern haben nie Englisch gesprochen. Als ich klein war, hab ich nur Französisch gesprochen.«

Ellen schwieg einen Moment. »Es ist ja so viel wert, wenn man zweisprachig aufwächst.« Sie überlegte. »Warum hast du dann nie mit Olivier Französisch gesprochen?«

»Wir sind hier in Amerika«, meinte er, obwohl sie gerade durch Kanada fuhren.

»Oh.« Ellen beließ es dabei. Es war ohnehin schwierig, sich bei dem dröhnenden Auspuff zu unterhalten. Schließlich rief sie übertrieben laut: »Weißt du überhaupt, wie wir fahren müssen?«

»Nach Alt-Montreal? *Bien sur. Mais oui. Naturellement*«, antwortete er verschmitzt.

Und weiter ging es. Kinder in den kleinen Dörfern entlang des Flusses hielten im Spielen inne und zeigten auf den röhrenden Pick-up. Gegen sechs Uhr erreichten sie die Mercier-Brücke, auf der der Feierabendverkehr in vollem Gang war. Rayfield wechselte mit der Präzision und der Anmut eines New Yorker Taxifahrers zwischen den Spuren hin und her, und schon bald dirigierte Ellen ihn zu einer Parklücke, die einen halben Block entfernt war vom Obst- und Gemüseladen der Ngs.

Sie quälte sich hinter Rayfield aus der Fahrertür und ging ein paar Schritte um das Auto herum, damit ihr Kreislauf wieder in Schwung kam. Inzwischen hatte Rayfield den Kleinen aus dem Sitz gehoben und holte das Gepäck heraus, das ins Haus geschleppt werden musste. Am Eingang von Karens Wohnblock wandte Ellen sich Rayfield zu: »Ich weiß gar nicht, wie ich dir danken soll. Diesmal hast du mir das Leben gerettet.«

Seine Miene wirkte leer, als habe er gar nicht richtig erfasst, dass dies bereits die Verabschiedung sein sollte. Und erst als Ellen das Unverständnis in seinem Blick sah, wurde ihr bewusst, dass sie sich wirklich hatte verabschieden wollen – sie hatte ihn für die Fahrt benutzt und verwehrte ihm jetzt den Zutritt. »Himmel, Rayfield, wolltest du mit raufkommen?«, fragte sie entschuldigend.

»Nun, ich dachte … ich …« Er wirkte ziemlich nervös. »Ich dachte, ich könnte vielleicht auch an der Gedenkveranstaltung teilnehmen«, meinte er. »Als Ollies Freund und dein Freund. Aber wenn das nur im privaten Kreis ist, dann verstehe ich das und …«

»Natürlich bist du willkommen«, sagte sie gleich. »Mir war nur nicht bewusst, dass du mitkommen wolltest.« Sie schämte sich, dass sie Rayfield wie Luft behandelt hatte. War er nicht schluchzend zusammengebrochen, als er von Cochos Tod erfuhr? War er nicht der Einzige gewesen, dem Ellen die Geschichte von Rodneys Wunderskulptur erzählt hatte? Hatte er sie nicht soeben nach Montreal gebracht, auf seinem verlässlichen, oder eher abgehalfterten, Hengst? »Bitte, Rayfield, du musst an der Veranstaltung teilnehmen«, sagte sie. »Komm, beeilen wir uns.«

Sie wandte sich ab und war gerade im Begriff, das Gebäude zu betreten, als ein alter Kleintransporter in zweiter Reihe parkte. »He«, rief ein Mann mit coolem Bandana um den Kopf vom Beifahrersitz, »geht ihr rauf zu Karen und Cochos Wohnung?«

»Ja«, sagte Ellen und verspürte im selben Augenblick eine schmerzhafte Traurigkeit. Es war ja nicht mehr Cochos Wohnung.

»Könntet ihr ein paar Stühle mitnehmen?« Er sprang aus dem Auto und begann, einen Stapel Klappstühle auszuladen.

»Ich mach das«, meinte Rayfield, hängte Oliviers Tasche über Ellens Schulter und reichte ihr auch ihr Kleid.

»Vierter Stock«, sagte Ellen und sicherte die Eingangstür mit einem Haken. Olivier erklomm bereits die Stufen. Da sie keine freie Hand mehr hatte, konnte Ellen nur dicht hinter ihm bleiben, falls der Kleine das Gleichgewicht verlor, aber auf dem zweiten Treppenabsatz stellte sie ihr Gepäck ab und nahm Olivier auf den Arm. Unten trugen

Rayfield und der Typ mit dem Bandana die ersten Stühle hoch.

Die Wohnungstür stand weit offen. Ein vergrößertes Foto von Cocho klebte nun daran, als wäre er persönlich da, um alle Gäste zu begrüßen. Auf dem Foto sah man Cocho auf dem breiten Fensterbrett des Apartments. Den Hintergrund bildeten die Dächer der Stadt, der Schiffsverkehr auf dem Fluss und die endlosen Weiten des kanadischen Himmels. Ellen erschrak, als ihr aufging, dass *sie* dieses Foto im Jahr zuvor geschossen hatte, als sie und Tommy zu Oliviers erstem Geburtstag nach Montreal gekommen waren. Zu der Zeit hatte sie den Eindruck gehabt, dass Cocho, der auf dem Fensterbrett die Beine angezogen hatte, gerade durchs offene Fenster geflogen sei und dort hockte – wie eine neue Spezies Stadtvogel. Jetzt aber sah es so aus, als würde er in die blauen Weiten des Jenseits abheben. *Was für ein eindrucksvolles Bild,* dachte Ellen, wenn man den Kontext des Tages bedachte. Sie setzte Olivier ab, der gleich in die Wohnung lief und *»Maman, Maman!«* rief.

Ellen betrat die Wohnung. Cochos sehnsüchtige Melodien erfüllten den Raum. Das Auge erfreuten exotische Blumengebinde, in denen die leuchtenden Blüten der Paradiesvogelblumen wirklich an Paradiesvögel erinnerten, die ihren Flug unterbrochen hatten, um die intensiven Farben des Blumenmeers zu bewundern. Rodneys Skulptur war noch von einem Leinentuch verhüllt, das nur erahnen ließ, was sich darunter befand. Es war wie in einer Kirche – vielleicht wie während der Karwoche in der katholischen Kapelle ihrer Jugendzeit, als aus irgendeinem Grund, den Ellen längst vergessen hatte, sämtliche Statuen unter geheimnisvollen purpurfarbenen Tüchern verborgen waren. Einmal, vor Jahrzehnten, hatte sie das Acoma Pueblo in New Mexiko besucht, ein Dorf der amerikanischen Ureinwohner, das oben auf einem gut einhundert

Meter hohen Fels stand und seit tausend Jahren bewohnt war. Der Führer hatte den abgelegenen Ort als »friedvoll und still« beschrieben, und in diesem Moment stieg die Phrase wieder in ihrer Erinnerung hoch wie ein versiegeltes Fass, das auf offener See an die Oberfläche treibt. Die heitere Ruhe schien wie ein warmer Strom aus Licht durch ihr Bewusstsein zu fluten, und Ellen spürte, wie sie tiefer und freier atmete.

»Ellen! Oh, mein Gott, Gott sei Dank, dass du da bist. Ich wäre fast ausgeflippt!«, sagte Karen und lief in die Arme ihrer Schwester. Karen trug ein eng anliegendes, ärmelloses weißes Kleid mit U-Boot-Ausschnitt und einem Saum, der gut fünf Zoll über ihren Knien endete. An beiden Handgelenken trug sie Silberarmbänder und an den Füßen ein Paar zierliche rosafarbene Ballerinas. Sie bot einen schillernden und irgendwie leuchtenden Anblick und erinnerte an eine Mondgöttin oder eine römische Vestalin, auf immerdar rein und unbefleckt.

Weiter hinten im Wohnraum waren Rodney und Regine-Marie gerade mit Scheren, Papier und einem tragbaren Laminiergerät beschäftigt, während zwei andere Frauen, die Ellen aus dem Café kannte, in der Küche etwas zu essen vorbereiteten. Ellen wollte ihrer Schwester sagen, dass die Wohnung wie ein heiliger Ort wirkte, aber inzwischen hatte die emsige Betriebsamkeit vor der Feier sie gepackt. »Die Stühle kommen auch jeden Moment«, sagte sie statt eines Grußes, »und ich habe Gemüse aus meinem Garten mitgebracht. Das Gepäck ist noch unten im zweiten Stock. Ich hole es schnell. Tut mir leid, dass wir so spät sind. Oh, übrigens hat Rayfield mich gebracht. Er kommt jeden Augenblick.«

Mit einem Mal machte Ellen sich bewusst, dass es Rodney vielleicht gar nicht lieb war, wenn sein Intimfeind bei der Enthüllung seiner Skulptur anwesend war.

Sie warf einen Blick auf Rodney und sah, dass er sich vollkommen auf seine Arbeit konzentrierte. Sie beschlich das Gefühl, dass er bewusst jeglichen Augenkontakt mied, und sie nahm sich vor, ihm alles zu erklären und sich zu entschuldigen, sobald es in dem ganzen Trubel möglich war. In diesem Augenblick betrat Rayfield die Wohnung. Es mochte an der deutlich zutage tretenden Kraft liegen, mit der er die vielen Klappstühle meisterte, vielleicht auch an der ganzen Atmosphäre stiller Wertschätzung im Apartment oder sogar an der Tatsache, dass Ellen nun wusste, wie gut Rayfield Französisch sprach, aber irgendwie erschien ihr Rayfield verwegener als sonst. Ein *echter Mann*, wie ihre Mutter jetzt bestimmt gesagt hätte.

»Mir ist es lieber, meine Männer sind gefühlvoll«, hatte Ellen in den Sechzigern zurückgeschossen. »Attila und andere Heldenfiguren als Ikone der Männlichkeit sind inzwischen längst aus der weiblichen Psyche vertrieben worden, Mama. Und das ist auch gut so! Sollen sie sich zum Teufel scheren!«

»Ich mag Männer, die männlich sind«, hatte ihre Mutter gleichmütig wiederholt.

»Oh, Mann«, schnaubte Ellen verächtlich, »lieber Grips als Muskeln!«

Jetzt aber, fünfundzwanzig Jahre später, fiel ihr auf, dass sie die deutlich hervortretenden Muskeln an Rayfields Armen, die ihr vorher nie aufgefallen waren, ziemlich attraktiv fand. Und es hatte was, wenn man in der Lage war, gut vierzig Kilo schwere Klappstühle in den vierten Stock zu schleppen, ohne mit der Wimper zu zucken.

»Hier kommt der Stuhl auf zwei Beinen«, rief Rayfield, als wolle er sich der Gruppe vorstellen. »Stühle sind da, es kann losgehen.« Karen kam auf ihn zu, und Ellen sah, dass Rayfield sich aufrichtete, um die attraktive Gastgeberin besser würdigen zu können. Es bestand kein Zweifel, dass

Karen eine echte Schönheit war. In ihren besten Jahren war Ellen allenfalls hübsch gewesen. Sie hatte nur eine Kostprobe der Bewunderung erfahren, die Karen beim anderen Geschlecht auslöste, und selbst damit hatte sie sich durch die wilden Sechziger gebumst. Hätte sie Karens Aussehen gehabt, wäre sie in den Orbit geflogen und vielleicht noch vor der Apollo-Crew auf dem Mond gelandet.

Aber wieso verglich sie sich überhaupt mit Karen? Mit Schrecken führte sie es auf das aufflammende Interesse zurück, das sie für den Bruchteil einer Sekunde in Rayfields vor Staunen geweiteten Augen entdeckt hatte, ehe Karen sagte: »Hi, Sie müssen Rayfield sein. Ich schätze, meine Schwester und ich werden Sie heute ganz schön in Anspruch nehmen.«

»Wo soll ich sie hinstellen?«, fragte Rayfield.

»Dort am besten«, sagte Karen und zeigte auf die verhüllte Skulptur. »Könnten Sie die Stühle in einem leichten Bogen aufstellen, sodass vorne noch ein Gang bleibt?«

»Ein leichter Bogen, wird gemacht«, erwiderte Rayfield heiter. Der Typ mit dem Bandana, der nur halb so viele Stühle trug, war inzwischen auch oben angekommen, und so machten die Männer sich ans Werk. Ellen ging die Stufen hinab, um das restliche Gepäck und das Gemüse zu holen. In einer halben Stunde sollte die Gedenkveranstaltung schon beginnen.

»Kann ich noch schnell unter die Dusche springen?«, fragte Ellen. Sie fühlte sich unwohl, als hätten sich die Auspuffgase aus Rayfields Pick-up auf ihre Haut gelegt.

»Klar. Ich denke, wir sind hier so weit fertig.«

Ellen schaute sich um. Teller mit gesundem Essen waren auf der Küchenanrichte arrangiert, die Stühle wurden wie besprochen aufgestellt, und Rodney und Regine-Marie fertigten für jeden Trauergast laminierte Karten an, auf der Ellens Foto von Cocho in Miniaturversion prangte – genau die passende Größe, um die Karte als Andenken ins Portemonnaie zu stecken oder mit einem kleinen Magnet an den Kühlschrank zu kleben. Cochos sanft modulierende Flötenmelodien schwebten durch die Räume, und der Fluss, den man vom Fenster aus sah, glitzerte wie ein silberner Streif in der Nachmittagssonne.

»Es ist so schön hier.« Ellen seufzte.

»Tommy hat all die Blumen geschickt«, sagte Karen.

Ellen blickte sich um. Von jedem Tisch und jedem Fenstersims ragten üppige Blumengebinde in die Höhe. Neben der riesigen Menge Paradiesvogelblumen gab es jede Menge Sonnenblumen, mit deren Kernen man gewiss einige Gläser füllen könnte. Tommy musste an die fünfhundert Dollar investiert haben. Ellen wurde nachdenklich.

»Ich habe gestern Abend lange mit ihm telefoniert«, sagte Karen mit neutraler Stimme, sah ihrer Schwester jedoch tief in die Augen.

»Ja?«, erwiderte Ellen verunsichert. »Wie ging's ihm so?«

»Er hörte sich todunglücklich an«, meinte Karen.

Ellen, die das Gefühl hatte, einen heftigen Schlag auf den Solarplexus erhalten zu haben, flüchtete ins Bad und sprang in die Dusche, wo ihre Tränen als zusätzliche Wassertropfen in den kosmischen Abflussstrudel gerieten.

46

Fünfzehn Minuten später stieg Ellen aus der Duschkabine. Sie hatte sich zusammengerissen, denn was auch immer zwischen ihr und Tommy geschehen mochte oder schon geschehen war, es war nichts im Vergleich zu den Dingen, die Karen seit Wochen durchgemacht hatte und die sie auch noch in den folgenden Jahren beschäftigen würden, vielleicht sogar ihr ganzes Leben. Die ersten Trauergäste waren bereits eingetroffen und scharten sich um die Anrichte, auf der die Snacks standen. Die dort stehenden Leute hätte man gut auf ein Poster bannen können, das die ethnische Vielfalt in Montreal feierte. Inzwischen erklang die Musik ein wenig lauter, als würde Cocho der Veranstaltung noch aus dem Jenseits Leben einhauchen. Ellen sah, dass Rayfield auf der Couch saß, Olivier auf den Schoß genommen hatte und ihm ein Bilderbuch vorlas, während Rodney auf der anderen Seite des Apartments einer Frau zuhörte, die vom Alter her seine Tochter hätte sein können und einen großen »Jews for Jesus«-Sticker auf ihrem leichten Sommerkleid trug.

Plötzlich fiel Ellen auf, dass noch keiner der Gäste, die die Stufen zu diesem kleinen Paradies erklommen hatten, etwas von Rodneys Skulptur wusste. Karen hatte beschlossen, es vorerst geheim zu halten, bis die ganze Geschichte erzählt würde. Cochos und Karens Freunde waren einfach gekommen, um ihr Mitgefühl zum Ausdruck zu bringen und ihre Hilfe anzubieten. Vielleicht hatte manchen Gast beim Betreten des Apartments ein leises Unbehagen beschlichen, weil er nicht recht wusste, wie er der trauernden Witwe begegnen sollte, aber alle würden die Veranstaltung mit einem Gefühl der Inspiration und Ruhe wieder verlassen, da war Ellen sich sicher. In ein paar Stunden würden sie wie in einem leichten Taumel auf die Straßen von Alt-Montreal strömen, als hätte man sie in den verrückten Traum eines anderen Menschen katapultiert. Die Skulptur stand, verhüllt und geheimnisvoll, im Zentrum der von Rayfield bogenförmig angeordneten Stühle. Wenn man die Augen ein wenig zusammenkniff, sah die Stuhlformation von Ellens Standort aus wie ein Kanu aus und die Skulptur in der Mitte mit dem weißen Tuch wie der

Mast. Wohin würden alle Passagiere fahren? Zielort: unbekannt. Und die Identität des Kapitäns? Noch völlig offen.

Ellen schlenderte zu der Anrichte, auf der ihr schönes Biogemüse in hübschen, farblich voneinander getrennten Reihen wartete. Sie nahm sich ein Stück Tomate und steckte es sich in den Mund, was sie ein wenig beim Sprechen behinderte, als sie den ersten Freunden von Cocho und Karen vorgestellt wurde. Ellen schüttelte Hände und lächelte schief, wie ein Streifenhörnchen mit vollen Backen. Ihr fiel auf, dass Karen ein Taschentuch in der Faust zusammengeknüllt hatte und sich immer wieder die Tränen aus den Augenwinkeln tupfen musste. Ellen beobachtete ihre Schwester und fragte sich, ob Karen noch unter dem Druck der Gastgeberin stand oder schon über das Stadium hinaus war, da sie nun mit den Beileidsbekundungen der Gäste umgehen musste. Vielleicht gäbe es Karen neue Kraft, wenn ihr Geheimnis mit den passenden Worten eingeführt würde. Wenn Karen sich einmal ein Ziel gesteckt hatte, arbeitete sie unermüdlich darauf hin. Und hatte sie ihr Ziel erreicht, steckte sie sich ein neues. An diesem Tag wollte sie Cocho ehren und mit seinen und ihren Freunden die stille Magie von Rodneys Skulptur, sich über die Welt des Zweifelns erheben, darüber triumphieren und im Reich des Glaubens leben – womöglich auf lange Sicht.

Als C.G. Jung einmal gefragt wurde, ob er an Gott glaube, hatte er geantwortet: »Ich brauche nicht zu glauben. Ich weiß es.« Von dieser selbstgefälligen Antwort war Ellen entzückt und erschüttert zugleich gewesen. An welchem Punkt prägte sich enthusiastischer Glaube derart in die Zellstruktur ein, dass er sich wie sicheres Wissen anfühlte? Verlor oder gewann man etwas in diesem Prozess? Es war schwer, das Unheil übersehen zu wollen, das religiöser Glaube anrichtete, aber mit Wissen verhielt es sich vermutlich anders. Ihre Aufmerksamkeit schwenkte wieder auf die Skulptur.

Wenn man sie als Beweis akzeptierte, gab es dann noch Anlass zu zweifeln? Und doch weigerte sie sich nach wie vor, sich zu ergeben. Irgendwie war ein »Ich weiß nicht« dem »Ich weiß« vorzuziehen. Es wirkte ehrlicher. Es schien auch leichter zu sein, da daran weniger persönlicher Einsatz geknüpft war.

Das Apartment hatte sich inzwischen gefüllt, und die ersten Gäste nahmen auf den Klappstühlen Platz. Die Leute sprachen leise miteinander, lächelten warm, wenn sie Karens Blick einfingen, und berührten einander, vielleicht mehr als sonst. Mit einem Mal realisierte Ellen, dass man in Kürze von ihr erwartete, ihre Ansprache zu halten; die Rede über Rodney, die sie vorbereitet hatte. Sie ging zu der Formation aus Stühlen und setzte sich in die erste Reihe, in der Hoffnung, vor ihrem Auftritt einen klaren Kopf zu bekommen. Sie hatte kaum Platz genommen, da kam Olivier auf wackeligen Beinchen zu ihr. Er streckte die Arme aus wie ein Sonnenanbeter, und Ellen nahm ihn auf den Schoß. Rayfield setzte sich neben sie. Ellen sah, dass das Kinderbuch, das er noch in der Hand hielt, auf Französisch war.

»Ist das Buch gut?«, fragte sie mit einem Lächeln.

»Es handelt von einer einsamen Gurke, die sich in einem Erbsenbeet verläuft.«

»Mit Happy End?«

»Weiß ich noch nicht. Der Kleine hat auf der Hälfte das Interesse verloren.« Sie sah, dass er den Finger in die Mitte des Buches gesteckt hatte, um die Seite nicht zu verschlagen.

»Lies doch weiter vor. Ich würde gerne hören, wie du französisch vorliest.«

»Echt?« Rayfield blickte skeptisch drein.

»Ja, echt.«

»Du würdest doch gar nichts verstehen, oder?«

»Ich schaue mir die Bildchen an«, sagte Ellen ein klein wenig pikiert. »Außerdem weiß ich, was das für ein Gefühl ist, wenn man eine große, fette Gurke in einem Erbsenbeet ist.« Rayfield schlug das Buch wieder auf, und Ellen schob Olivier auf ihr anderes Knie, damit der Kleine besser sehen konnte. Auf dem Bild war eine grüne Gurke mit weißen ovalen Augen und strichartig angedeuteten Augenbrauen zu sehen, die alle kleinen Erbsen in dem Beet wie ein Tyrannosaurus auf einer Ameisenfarm überragte. Die Gurke, die in ihrem Overall wie ein Farmer aussah, schien jeden Augenblick in Tränen auszubrechen.

»Ellen?«, sagte Rayfield, ehe er mit dem Vorlesen begann, »manchmal sind Außenseiter Leute, die andere überragen.« Er sah sie direkt an, und zu ihrem Erstaunen glitzerten Tränen in seinen Augen.

Mein Gott, dachte Ellen, als er sich sofort dem Buch zuwandte und zu lesen begann, *damit meint er mich.* Selbst wenn es nur ein Gefühl des Augenblicks war, hervorgerufen durch die spürbaren Emotionen um sie herum, war dies verblüffend. Leute hatten sie schon als Nervensäge und Unruhestifter beschimpft; man hatte sie wegen Aufmüpfigkeit gefeuert und ihr zornentbrannt den Rücken zugekehrt. Aber niemand hatte auch nur je die Andeutung gemacht, sie überrage andere. Das war wie ein Schock für sie, zumal die Worte von Rayfield Geebo stammten, der die Dinge immer so beschrieb, wie er sie gerade sah. Sie verspürte einen Anflug von Demut. Es war ein reines Gefühl, in das sich Ehrfurcht und Bedeutungslosigkeit zugleich mischten und in dem Ellen sich frei fühlte.

Überall um sie herum stiegen die weichen Laute des Französischen wie Rauchsignale auf, und die Stuhlreihen füllten sich eine nach der anderen. Kurze Zeit später senkte sich andächtige Stille herab. Auch die Musik verflüchtigte sich. Karen stellte sich vor die Gäste. Hinter ihr war die untergehende Sonne ein flammendes, orangefarbenes Rund, und aus einem bestimmten Winkel sah Karen wie ein abgewandelter menschlicher Blitzableiter aus, dafür geschaffen, die letzten Reste der Solarenergie in den Raum zu leiten.

»Ich möchte mit einem Moment der Stille beginnen«, sagte Karen. Sie schloss die Augen, die Arme seitlich am Körper, die Handflächen leicht nach außen gedreht. Sie nahm eine Haltung ein, die Ellen vertraut vorkam. Sofort musste sie an die Marienstatuen in Eagle Beak denken, die in der Aushöhlung halb in den Boden versenkter Badewannen standen. Diese Marien waren natürlich nicht so knapp bekleidet, aber schließlich hatte Maria ja auch in der Wüste gelebt, wo Sonnenschutz ein absolutes Muss ist. Die Stille im Raum schien zu pulsieren, und Ellen spürte, wie sie von Wärme umhüllt wurde. Sie fühlte sich ein wenig schwindelig und tastete nach Rayfields Hand, da sie befürchtete, das Gleichgewicht zu verlieren und geradewegs Karen vor die Füße zu kippen. Im Vergleich zu ihrer fühlte sich Rayfields Hand kühl an, und er drückte gerade so fest zu, dass Ellen Halt bekam. Mit der freien Hand hielt sie Olivier fest. Deutlich spürte sie die Atemzüge an seinem kleinen Körper, das leichte Ausdehnen des Brustkorbs unter ihren Fingern. Und als sie kurz die Augen aufmachte und Oliviers Profil betrachtete, sah sie, dass der Kleine neugierig zwischen seiner Mutter und seiner Tante hin und her schaute, dann von Rayfield zu Rodney, schließlich zu den Ngs, Regine-Marie und den anderen. Er gab keinen Mucks von sich. In dem Schweigen konnte Ellen leises Schluchzen hören.

Leise, ganz leise, hob wieder Cochos Flötenmusik an, und als Ellen die Augen nochmals öffnete, hatte Karen ihre Haltung ein wenig verändert, als müsse sie sich anders hinstellen, um frei sprechen zu können. In ihrem weißen

Kleid sah sie so zart und verletzbar aus. Als Ellen jung war, hatte sich das Bild von Jackie Kennedy, schwarz verschleiert und geheimnisvoll, als Archetypus der jungen Witwe etabliert. Schwarze Töne schienen damals die einzige Möglichkeit zu sein, einen solch monumentalen Kummer und Verlust zum Ausdruck zu bringen. Karen war das genaue Gegenbild. Ihr unverhülltes Gesicht wies keine Tränen mehr auf, das Haar hatte sie zu einem Pferdeschwanz zurückgebunden, und nie hatte sie offener gewirkt. Kummer hatte viele Gesichter, das wusste Ellen, und mit einem Mal überkam sie Angst. Ohne es zu wollen, vergrub sie ihr Gesicht an Rayfields Schulter und versuchte, das Schluchzen zu unterdrücken, das ihrer Ansicht nach ihre Schwester in der Stunde der Not schwächen und nicht stärken würde. Als er den Arm um sie legte, sank sie noch tiefer an seine Brust. Karen hob an zu sprechen.

»Als Cocho starb, saß ich an seinem Bett in einem kleinen Krankenhaus in Peru. Ich war sechs Wochen dort und blickte jeden Tag auf sein schönes Gesicht. Ich machte die Erfahrung, dass man, wenn man eine lange Zeit bei einem sterbenden Menschen verbringt, sehr viel empfänglicher für die kaum wahrnehmbaren Dinge wird, die einem sonst an dem anderen nicht auffallen. Eine leichte Veränderung der Hautfarbe, ein flüchtiger Blick der Furcht oder der Friedlichkeit, eine Veränderung im Atemrhythmus – all dies wird in solchen Momenten bedeutsam und wichtig. Diese kleinen Dinge vereinnahmen einen. Daher bin ich mir sicher, dass ich auf die Sekunde genau sagen kann, wann der Lebensfunke in Cocho erlosch. Das Leben war dort, und er war dort, und dann wich das Leben und mit ihm Cocho, zumindest aus dem Körper, den ich so sehr liebte.

Ich wusste, dass ich nicht sterben und mit ihm gehen konnte«, fuhr sie fort. »Obwohl ich es mir auf gewisse

Weise gewünscht habe. Ich konnte es nicht ertragen, so früh schon von ihm getrennt zu werden. Unser kleiner Junge ist nicht einmal zwei Jahre alt. Cochos Eltern und ich brachten seinen Leichnam in das Dorf, in dem er geboren wurde, und ich sah, wie meine große Liebe in den Boden gesenkt und mit Erde bedeckt wurde. Da glaubte ich, nicht mehr weiterzukönnen. Aber irgendwie gelangte ich zurück nach Lima und rief meine Schwester Ellen an. Sie riet mir, mich in den ersten Flieger nach New York zu setzen. Dort holte sie mich ab. Ich war in einem schwarzen Loch, drei Tage befand ich mich in einem tiefen, einsamen schwarzen Loch. Meine Schwester war meine Rettungsleine und gab mir Kraft.«

Die versammelten Gäste lauschten wie gebannt ihren Worten. Ellen spürte deutlich, wie die gespannte Aufmerksamkeit in der Luft pulsierte. Das lag an der Macht, die in den beschriebenen Ereignissen lag. Immer wenn sie anderen beim Erzählen zuhörte oder selbst etwas erzählte, begann ihr Inneres sich zu regen und gegen die Rippen zu pochen, als wären es unpersönliche Geheimnisse, die darauf brannten, befreit zu werden. Geschichten veränderten Menschen. Sie veränderten das Leben und hatten die Kraft, andere zu heilen.

Karen holte hörbar Luft. »Die drei Tage sind wichtig«, sagte sie, »denn an einem ganz anderen Ort, weit entfernt von Peru und New York, geschah etwas sehr Eigenartiges.« Selbst Ellen lehnte sich auf ihrem Stuhl vor, um zuzuhören und war daher beinahe erschrocken, als Karen fortfuhr: »Diesen Teil wird euch meine Schwester erzählen.«

Als Ellen sich erhob, fühlte sie sich in jeder Hinsicht unvorbereitet. Ihre Augen waren so voller Tränen, dass sie die versammelten Gäste wahrnahm wie ineinanderlaufende Kleckse aus Wasserfarben. Sie näherte sich Karen und ergriff die Hand ihrer Schwester. Wahrscheinlich hatte sie

Karens Hand zuletzt gehalten, als Karen noch ein Kind war und sich nach Ellens Fingern streckte. Ellen drückte Karens Hand, vielleicht zu fest.

»Vor drei Monaten, aus einer verrückten Laune heraus, kaufte ich ein heruntergekommenes Cottage. Die Besitzerin, Viola de Beer, war vor sieben Jahren verstorben und hatte das kleine Haus ihrem Sohn Rodney hinterlassen. Rodney und ich, wir hatten einen etwas holprigen Start.« Sie warf einen raschen Blick auf Rodney, dessen Gesicht ganz rot vor Aufregung war. Und plötzlich erzählte sie die Episode mit dem undichten Dach und ihrem Aufenthalt in der Regentonne, und obwohl sich ihre Augen weiter mit Tränen füllten, hörte sie, dass manch einer laut lachte. Auch Karen kicherte, und da wurde Ellen bewusst, dass sie ihrer Schwester diese Story noch nie erzählt hatte. Das herzliche Lachen um sie herum brachte Ellen erneut gefährlich nah an einen ihrer berüchtigten Lachanfälle, aber sie konnte sich gerade noch beherrschen. »Mit der Zeit erfuhr ich mehr und mehr aus Rodneys Leben. Ich kitzelte die Details sozusagen aus ihm heraus, und« – ihre Stimme brach, aber Ellen fuhr trotzdem fort –, »und ich begann, ihn in mein Herz zu schließen.«

Das Kichern hörte abrupt auf, und Ellen musste schlucken, um überhaupt weitersprechen zu können. Hilflos schaute sie sich im Raum um, und für einen kurzen Augenblick glaubte sie, in ihrem verschwommenen Blickfeld Tommy ganz hinten im vollen Raum zu erkennen. Ihr Herz setzte beinahe einen Schlag aus, ehe Ellen klar wurde, dass dort nicht Tommy stand. Er war nicht gekommen.

»Wie dem auch sei, ich hoffe, dass ich nicht zu viel über sein Leben sage, wenn ich betone, dass er es sehr schwer gehabt hat. Seinen Vater hat er nie kennengelernt. Aber an dem Tag vor Cochos Tod beschloss ich, den Schonbezug eines alten Sessels in Violas Wohnzimmer abzureißen. Ich fand drei Briefe, die dort jahrzehntelang versteckt waren, Briefe, die Rodneys Vater an Rodneys Mutter geschrieben hatte. Und an dem Abend vor Cochos Tod, als ich noch gar nicht wissen konnte, dass Cocho von uns gegangen war, erzählte ich Rodney von den Briefen. Er war ganz aufgeregt und wütend auf mich, weil ich mich in sein Leben drängte und ihm von seinem ihm unbekannten Vater erzählte. Er stürmte aus dem Haus und fuhr nach Hause.«

Sie wischte sich die Tränen fort und sah Rodney an. Sein Kinn bebte, und sein altes Gesicht hatte rote Flecken. »Du bist an der Reihe, Rodney«, sagte sie.

Er wirkte erschrocken, aber er stand auf und trat vor die Gäste. Karen und Ellen nahmen ihn in die Mitte und umschlossen seine Hände. Dort standen sie nun wie Papierpuppen, die man aus einer alten braunen Tüte geschnitten hatte. »In jener Nacht konnte ich nicht schlafen«, begann er zögerlich. »Ich ging hinunter in meine Scheune und fing an zu arbeiten.« Er hielt inne. »Ich schätze, das war's schon«, fügte er hinzu und dachte einen Augenblick nach.

»Das war's?«, fragte Ellen, und einige Leute lachten.

»Gott, ich weiß einfach nicht, was mit mir geschah«, erklärte er. »Ich glaubte, es ginge um meinen Vater, aber so war's nicht. Die Wahrheit ist, ich weiß es einfach nicht.«

Olivier war von Rayfields Schoß geklettert und ging zu seiner Mutter. Karen nahm ihn auf den Arm. »Niemand weiß, wie es geschehen ist«, ergriff Karen wieder das Wort, »aber zumindest wissen wir, *was* geschehen ist. Denkt daran, dass Rodney Cocho nie kennengelernt hat und auch nicht wusste, dass er starb. Und Rodney konnte auch nichts über das Verhältnis Vater und Sohn wissen.« Sie stellte sich neben die verhüllte Skulptur und durchtrennte das Seil, das den Stoff gehalten hatte. Das Tuch rutschte nach unten, und dort stand es: Rodneys Werk.

Allgemeine Laute des Erstaunens waren die erste Reaktion in der Wohnung. Danach herrschte ehrfürchtige Stille. Olivier sagte plötzlich: »Papa?«, und daraufhin brach ein wahrer Tumult los: Die Leute sprangen von ihren Sitzen. Jemand drehte die Musik wieder auf. Rodney wurde augenblicklich in einen Stuhl gedrückt und wie ein Bräutigam auf einer jüdischen Hochzeit johlend durch das Apartment getragen. Und von allen Leuten, die jubelten und Rodney höher und höher hievten, jauchzte Rayfield, der ein Stuhlbein festhielt, am lautesten. Und dann veränderte sich das Gesamtbild wie ein Kaleidoskop. Die Gäste bildeten erst einen und dann zwei Kreise um die Skulptur, und begannen zu tanzen. Die beiden Reigen bewegten sich gegeneinander, alle skandierten »Cocho! Cocho!«, und aus der geschnitzten Physiognomie der Holzfigur lächelte Cocho auf die Anwesenden herab. Erneut wechselte das Kaleidoskop, als jeder sich seinem unmittelbaren Nachbarn zuwandte und ihn an sich drückte. Ellen umarmte Großmutter Ng und sah über die schmalen Schultern der Vietnamesin, wie Karen und Regine-Marie einander in den Armen lagen. Rayfield und Rodney legten sich wie zwei Bären die Pranken auf die Schultern. Danach holten einige Gäste Votivkerzen hervor. Karen bat jeden Gast, sich eine Erinnerung an Cocho ins Gedächtnis zu rufen – eine schöne und gute Erinnerung –, und die Kerze anzuzünden und hochzuhalten, sobald das Bild sich einstellte. Als das ganze Apartment im warmen Licht der Kerzen und den roten Strahlen der untergehenden Sonne leuchtete, sagte Karen: »Wir werden dich nie vergessen, Cocho. Wir sind bei dir, wie du bei uns bist, jetzt und immerdar.« Einige Gäste sagten: »Amen«, und dann stellten die Leute die Kerzen in einen Lichtkreis um die Skulptur herum auf, die das Licht zu absorbieren schien und förmlich von innen heraus zu leuchten begann.

47

Adrenalin, dachte Ellen, als sie gegen vier Uhr morgens mit weit geöffneten Augen erschöpft auf der Couch lag, ist doch etwas Gemeines. Es wird wie Raketentreibstoff in den Nebennieren freigesetzt und verleiht dem Körper genügend Schwung, um das Unmögliche zu schaffen, aber dann verpufft es plötzlich und lässt einen völlig ausgezehrt zurück. Demnach war es definitiv kein Adrenalinstoß, der wie eine Atombombe über den Gästen der Gedächtnisveranstaltung explodiert war. Okay, das allgemeine Energielevel war in dem Augenblick nach oben geschossen, in dem die Skulptur enthüllt wurde, und die Hölle – oder besser der *Himmel* – war losgebrochen, aber der ganze Tumult war nicht etwa abgeebbt, sondern hatte sich metaphorisch zu einem Kubus ausgewachsen, der jede andere Gedenkveranstaltung oder auch jede andere wilde Party bloß zweidimensional erscheinen ließ. Anstatt in unbedeutendes Partygeplapper zu verfallen oder in düsteren und sentimentalen Erinnerungen zu schwelgen, fragten Fremde einander, ob sie an Gott glaubten, ob die Seele existiere – und wenn ja, ob die Seele im Jenseits individuell erhalten blieb – und ob körperlose Geister auf Erden weilten, um ihre Lieben zu beschützen. Die Leute umschlossen staunend Rodneys Hände und standen verzückt vor seiner herrlichen Skulptur. Karen schwebte gleichsam von einem zum anderen, lächelte manchmal selig, und manchmal weinte sie auch, als ob ihr Körper darauf bedacht war, ihren Kummer auf sanfte Weise auszuspülen. Einmal sah Ellen, wie Rayfield und Rodney in einer Ecke standen, und schlich sich möglichst unauffällig in Hörweite, um die beiden schamlos zu belauschen.

»Ich glaube, ich hatte eine Heidenangst«, hörte sie Rayfield sagen, »ich wollte einfach nur so schnell wie möglich türmen, und deshalb bin ich raus. Du hattest recht, aber das wollte ich nicht sehen.«

»Wahrscheinlich hätte ich genauso gehandelt«, sagte Rodney, und Ellen verdrückte sich wieder, ziemlich überrascht, dass die beiden sich einander annäherten, indem sie sich in den anderen hineinversetzten. Später sah Ellen, dass eine der molligeren Frauen Rayfield einen gefalteten Zettel zusteckte, den er sorgsam in der Brusttasche seines T-Shirts verschwinden ließ. Und als Karens antike Standuhr Mitternacht verkündete, nahm Rayfield Rodney in seinem Pick-up mit nach Hause. Rodney ließ Ellen sein Auto da, die am folgenden Tag nach dem Aufräumen losfahren wollte.

Der letzte Gast verabschiedete sich erst gegen halb drei in der Frühe. Genau dann fand Karen vor ihrer Wohnungstür einen Pappkarton, auf dem ein handgeschriebener Schriftzug leuchtete. LASST ETWAS FÜR OLIVIER ZURÜCK, stand dort. EIN PERSÖNLICHES ERINNERUNGSSTÜCK DIESER VERSAMMLUNG AUS EUREN TASCHEN. Sie hatte die Schachtel auf den Küchentisch gestellt. »Die mache ich morgen auf«, verkündete sie, als sie sich zu Ellen auf die Couch setzte. Gemeinsam beobachteten sie, wie das Mondlicht langsam die Skulptur streifte.

»Glaubst du, dass du dich irgendwann daran gewöhnen wirst?«, fragte Ellen wie verzaubert.

»Gott, ich hoffe nicht«, sagte Karen. Dann fügte sie hinzu: »Besonders hervorstechende Erlebnisse verlieren allerdings oft an Wirkung. Davor habe ich Angst.«

Ellen nahm Karens Hand. »Wenn das geschieht, dann steigern sie deine seelische Erhebung.« Und das konnte jedem widerfahren, diese Erbauung. *Jedem, in jedem Augenblick,* dachte sie.

Im dämmrigen Licht wandte sie sich wieder den Konturen von Cochos Kirschholzgesicht zu und spürte, dass sie die Anker gelichtet hatte und von ihrem früheren Selbst fortgesegelt war. Ihr Gepäck hatte sie am kosmischen Dock zurückgelassen, und nun fühlte sie sich leicht, befreit und unbeschwert. In den Sechzigern hatte ihre Heldin Janis Joplin über Freiheit gesungen. Freiheit sei »nur ein anderes Wort dafür, dass man nichts mehr zu verlieren hat«, hatte Janis gesungen. Ellen hatte den Song *Me and Bobby McGee* gemocht, aber immer an Janis' Definition von Freiheit gezweifelt. Jetzt, Jahrzehnte später, kam sie ins Grübeln. Hatte sie bereits alles verloren? Ein schrecklicher Gedanke. Während der Gedenkveranstaltung hatte sie verschwommen eine Gestalt gesehen, die wie Tommy aussah. Ihr Herz hatte einen Sprung gemacht, um im nächsten Augenblick vor Enttäuschung eine Bruchlandung hinzulegen. Hatte sie ihren Mann wirklich schon verloren? Und wenn ja, wie lange würde es dann dauern, bis die Halluzinationen, in denen sie ihn zu sehen glaubte, nachließen?

Sie stand auf, magisch angezogen von der Skulptur, und schob einen Stuhl daneben, auf den sie klettern konnte, um mit Cocho auf gleicher Augenhöhe zu sein. Zum ersten Mal fiel ihr auf, dass die Pupillen seiner Augen wirklich kleine Löcher waren, die sorgsam in das Holz eingelassen waren, vielleicht mit einem der kleinen Bohrer, die Rodney bei seinen antiken, handbetriebenen Werkzeugen hängen hatte. Sie brachte ihr Gesicht noch näher an Cochos Konturen und spähte in diese Augen, obwohl ihr bewusst war, dass es dort nichts zu sehen gab.

Wenn Tommy inzwischen fort war, dann hatte er sich vielleicht schon seit Langem innerlich von ihr losgesagt. Sie berührte die Statue ihres Schwagers, den sie nun nach seinem Tod besser zu kennen glaubte als noch zu Lebzeiten. Sie legte ihre Hand auf seine Brust und meinte für einen Augenblick, das Pochen eines schlagenden Herzens zu spüren. »Ich liebe dich, Cocho«, flüsterte sie. »Jetzt und für alle Zeit.«

Dann kletterte sie wieder von dem Stuhl, kehrte zurück zu der Couch und vergrub ihr Gesicht in dem prallen Kissen. »Ich liebe dich, Karen. Ich liebe dich, Olivier. Ich liebe dich, Ellen. Ich liebe dich, Rodney. Ich liebe dich, Rayfield. Ich liebe dich, Tommy«, wisperte sie. »Ich liebe dich, Tommy, selbst wenn du fort bist. Selbst wenn ich weg bin«, sagte sie wieder in das Kissen, das sie eng an sich gezogen hatte, als wäre es ihr Geliebter. Oder ihr Ehemann.

48

Ellen wurde sanft von kleinen Kinderhänden geweckt. Olivier rieb leicht über ihr Gesicht, als ob er die Zellen auf ihrer Stirn, den Wangen, der Nase und dem Kinn zu neuem Leben erwecken wollte. »Hallo, mein Liebling«, sagte sie, als sie die Augen öffnete. Aus ihrer Perspektive von der Couch aus gab es zwei Oliviers – einer stand vor ihr, der andere einige Schritte entfernt, die Hand seines Vaters haltend. Aus der Küche waren leise Geräusche zu hören; schon bald erfüllte das Aroma der Central-American-Kaffeebohnen das Apartment. Wie zufällig kam ihr ein Gedanke: Auf dem weltweiten Konsumgütermarkt kam Kaffee direkt nach Erdöl. War es nicht seltsam, dass Fässer mit Rohöl und Leinensäcke mit Kaffeebohnen in Rekordzahlen kreuz und quer über die Meere des Planeten Erde verschifft wurden, nur weil die Leute etwas haben wollen, das nicht in ihren eigenen Gärten wächst? Sie reckte sich und stand auf. Dann ging sie zur Küchenanrichte, um sich eine Tasse Kaffee abzuholen. Karen sah sie nur einmal an und brach in Lachen aus.

»Mensch, das tut dem alternden Ego gut«, sagte Ellen.

»Schon einen Blick in den Spiegel geworfen?«

Ellen kam der Aufforderung nach und merkte erst da, dass ihr Gesicht mit selbstklebenden Briefmarken übersät war. »Wow«, rief sie laut, dass Karen es hören konnte, »der Junge hat für sein Alter eine beachtliche Feinmotorik.« Ihr Neffe liebte es, in ihrem Portemonnaie zu stöbern, und hatte in den letzten Wochen unzählige Male den Inhalt auf dem Küchenboden verteilt. Sie zupfte die Briefmarken ab, zerknüllte sie und warf sie in den Abfallbehälter. Bald war ihr Gesicht wieder frei, was Ellen die Gelegenheit gab, sich wieder einmal genauer im Spiegel zu betrachten. Dort sah sie eine Frau in einem gewissen Alter. Sie hatte Krähenfüße, die sich bis zu den Schläfen zogen, zwei tiefe vertikale Furchen zwischen den Brauen, einige graue Strähnen im braunen Haarschopf und allgemein leicht nach unten sackende Gesichtszüge.

Als die geburtenstarken Jahrgänge die Menopause erreichten, setzte im öffentlichen Bewusstsein allmählich ein Wandel ein, und man hielt es für denkbar, die reiferen Frauen seien möglicherweise in eine interessante neue Phase eingetreten. »Wir werden nicht älter, sondern weiser«, hieß es in den Kleinanzeigen in der *Village Voice*, in der pro Woche nicht weniger als drei Gruppen reiferer Frauen angekündet wurden. Ellen hatte das ausgeblendet, aber jetzt, als sie sich selbst im Spiegel sah, wenige Tage vor ihrem siebenundvierigsten Geburtstag, glaubte sie, dass vielleicht doch etwas dran war. Die Jugend hatte definitiv die Gesichtslandschaft verlassen, aber ihre Hügel und

Täler umgab ein Hauch von Stabilität. Und das musste ja auch einen Wert besitzen.

Sie schlenderte zurück zum Küchentisch, wo Karen gerade den Inhalt von Oliviers Pappkarton inspizierte. »Sieh dir das an!«, meinte sie. »Das ist ja eine Schatztruhe.« Ellen setzte sich. Glänzende Vierteldollarmünzen, Hängeohrringe und eine St.-Christophorus-Medaille waren vermischt mit Glasmurmeln, Filzstiften und sogar mit dem coolen Bandana, das sich der Mann aus dem Kleintransporter um den Kopf gebunden hatte. Ellen erkannte Rayfields Reversnadel, auf der in Großbuchstaben stand »Klingt für mich nach Bockmist«. Und sie war sich ziemlich sicher, dass Rodney ein kleines Holzstückchen hineingeworfen hatte.

»Olivier wird ein ausgefallenes Leben führen«, meinte Ellen. Sie warf wieder einen Blick in die Schachtel, deren Inhalt er gewiss wie einen sonderbaren persönlichen Schatz hüten würde. Es war wie eine Zeitkapsel in umgekehrter Form: Anstatt eines ganzen Zeitalters zu gedenken, vielleicht mit sorgsam ausgewählten Objekten, widmete sich diese Schachtel einem kurzen Ausschnitt, und die Objekte waren nach dem Zufallsprinzip ausgesucht. Auch das Wunder von Rodneys Skulptur war zufällig. Vielleicht gab es überall auf der Welt Menschen, die plötzlich ganz zufällig erstaunliche Geschenke von unbekannten Spendern erhielten. Ein Gedanke, der sie fröhlich stimmte.

Ellen und Karen machten den ganzen Morgen sauber, und als die Glocken der Notre-Dame-Kathedrale die Mittagsstunde ankündigten, strahlte das Apartment wieder, die Klappstühle waren im Treppenhaus aufgestapelt, und die Schwestern hatten geduscht und sich umgezogen, um noch durch die sonnigen Straßen von Alt-Montreal zu flanieren. Offenbar bestand zwischen ihnen das stillschweigende Abkommen, nicht mehr über den Abend zu sprechen, für den Augenblick genügte es nämlich, in dem herrlichen Nachleuchten dieser Erfahrung zu schwelgen. Daher bedurfte es keiner Worte. Das Licht auf dem Fluss war angenehm gleißend, und selbst die ungeduldigen Hupen der Autos hatten ihren eigenen Charme, wie eine städtische Filmmusik, die auf der Tonleiter der Zwölftonmusik aufbaute. Schließlich schlenderten sie zum Café L'Alibi. Blumenkästen quollen schier über, und vor den alten Backsteinmauern erinnerten die scharlachroten und rosafarbenen Blüten an Miniaturfeuerwerke.

»Schätze, hier werde ich wieder in den Sattel steigen«, meinte Karen.

»Und was für ein komfortabler Sattel«, antwortete Ellen.

Karen verharrte auf der ersten Stufe. »Weißt du, diesen Ort habe ich vermisst.«

»Es ist großartig hier. Eine temporäre Ruhebank für die Lebensüberdrüssigen.« Mit einem Mal fiel Ellen ein, dass sie Karen noch nie ernsthaft zu ihrem Arbeitsleben befragt hatte. Sie ging einfach davon aus, dass ihre Schwester zufrieden mit ihrer Tätigkeit war. Während Ellen ausgenutzt, schlecht behandelt und letzten Endes von einem Egomanen nach dem anderen gefeuert wurde, tummelte Karen sich unter Freunden, legte CDs ein und spießte Kiwischeiben für dekorative und ernährungsrelevante Zwecke auf. »Wirst du deinen Job nie leid?«, fragte sie.

»So weit, so gut. Aber Dinge ändern sich.«

»Das stimmt«, meinte Ellen.

»Alles Mögliche kann passieren.«

»Und das oft genug«, erwiderte Ellen. Sie hatte das Gefühl, exakt im Epizentrum eines bedeutenden Augenblicks zu stehen.

»He«, meinte Karen, »magst du tropische Vögel?«

»Mmm.« Ellen lächelte.

»Nimm meinen Flügel«, sagte Karen, und Ellen schob ihre Finger unter den Ellbogen ihrer Schwester. In den Sechzigern, kurz bevor sie Vegetarierin auf Lebenszeit wurde, hatte Ellen einen Freund gehabt, einen Stückeschreiber, in den sie verknallt war und der ihr immer seinen Arm bot mit den Worten: »Magst du Hähnchen? Nimm meinen Flügel.« Dann hatte sie die Finger von Fleisch gelassen und konnte seine Frage daher nicht mehr guten Gewissens mit Ja beantworten. Eigenartigerweise hatte sie das bedrückt. Daraufhin hatte der unerschrockene Stückeschreiber sich manch eine Variante einfallen lassen: Magst du Flugzeugflügel? Engelsflügel? Die tropischen Vögel hatten sie am meisten zufriedengestellt, vielleicht war der Freund aber auch schon vergessen gewesen, bevor sich irgendeine Unzufriedenheit über die Ersatzfrage einstellen konnte.

Im Café dachte Ellen über den sexy Stückeschreiber nach und beobachtete, wie Karen wieder in ihr früheres Leben eintauchte. Wie eine Raumkapsel, die in die Erdatmosphäre eintritt, war Karen exakt im richtigen Winkel gekommen, um nicht in Flammen aufzugehen. Anmutig und stark wie sie war, bereitete ihr das keine Probleme. Für Ellen jedoch gehörte es zum Leben, kopfüber irgendwo einzuschlagen, das war wohl ihr Schicksal. Schon als Kind war jeder Sprung in den White River ein Bauchklatscher gewesen.

Aber vielleicht lag all das jetzt hinter ihr. Ellen fuhr in Rodneys Auto in westlicher Richtung über die Mercier-Brücke in die untergehende Sonne. Sie fühlte sich von Grund auf anders, als hätte jeder Schritt, den sie in diesem Sommer gemacht hatte, angefangen bei dem Kreditkartenkauf von Violas Haus bis hin zu ihrer Teilnahme an der dionysischen Ekstase nach der Enthüllung von Rodneys Skulptur, sie durch die Schallgrenze oder die Zeitgrenze oder vielleicht auch durch ihr eigenes, ganz persönliches Great Barrier Reef katapultiert. Mit einem Mal erschien ihr alles schöner. An einer Ampel in Chateaugay fiel ihr auf, dass die Blätter an den Eichen größer waren und das Sonnenlicht besser aufzunehmen schienen. Die rosafarbenen, von tiefem Blau durchzogenen Streifen am Horizont waren beinahe unerträglich perfekt. Und als sie die Anhöhe von Eagle Beak erreichte, hielt sie an und stieg aus Rodneys Auto. Der Himmel hatte inzwischen sein Farbspiel verloren und wurde zu einer schwarzen Scheibe mit kleinen sternförmigen Löchern, durch die das silberne Licht des großen Jenseits schien. Am Horizont sah sie einen Lichtschimmer, einen Halbkreis aus mattem Licht, der sich über den Rand der Erde erhob. Und ihr wurde deutlich, dass man an einer klaren Nacht wie dieser bis nach Montreal schauen konnte. Vielleicht lagen Karen und Olivier eng aneinandergekuschelt auf der Couch und lasen weiter über Gurken und Erbsen, während Cocho im Hintergrund über sie wachte. Vielleicht standen sie aber auch am Fenster und blickten hinauf in den Nachthimmel. Und irgendwo hinter ihr bewegten sich Rodney und Rayfield durch die Stationen ihres Lebens. Vielleicht hatten auch die beiden kurz haltgemacht und staunend die Sternenstraße betrachtet. Und Tommy. Obwohl die Sterne in New York kaum zu sehen waren, verspürte er womöglich ein Verlangen, auf das Dach des Gebäudes zu steigen und einen Blick zu werfen auf die Erbsensuppe hoch über seinem Kopf.

Ellen kletterte über die Seitenwand auf die Ladefläche von Rodneys Pick-up, und als ihr das noch nicht hoch genug war, stieg sie auf das Dach der Fahrerkabine, legte sich auf den Rücken, ließ die Beine an der Seite herabbaumeln und starrte mit weit aufgerissenen Augen in die Nacht. Es herrschte absolute Stille in Eagle Beak, als hätte sich der ganze Lärm in die Leere des endlosen Himmels verflüchtigt. Und so erging es auch ihrem Geist. Und ihren Sorgen und Befürchtungen, ihren Plänen, Hoffnungen und Ängsten. Als sie da auf dem Dach von Rodneys Pick-up lag, war Ellen einfach nur sie selbst.

49

Am nächsten Morgen streckte sich Ellen auf der Verandaschaukel aus und sah zu, wie der Regen vom schwarzen Himmel fiel. Er klatschte gegen die Holzeinfassung der Veranda und hinterließ an den Außenkanten einen hässlichen, dunkelbraunen Kranz. Der Matsch setzte einen speziellen Geruch frei: Ellen nannte ihn *Eau de Schweißsocken,* als Erinnerung daran, dass unter der sichtbaren Oberfläche noch eine ganz andere Welt existierte. Unter dem satten, grünen Sommerteppich machten sich irgendwelche Wesen, manche mikroskopisch klein, andere größer, zu schaffen – einreißen, bewegen, bauen … einreißen, bewegen, bauen. Ellen atmete die feuchte Luft tief ein und stellte fest, dass der vorherrschende Geruch Ähnlichkeit besaß mit einem gewissen Aphrodisiakum von früher. Auch das roch irgendwie nach Schweißsocken, aber wenn man das kleine gelbe Fläschchen entkorkte und unmittelbar vor dem Orgasmus die Düfte einatmete, wurden die körperlichen Freuden noch verstärkt, und man geriet in einen Zustand der Ekstase, in dem man alles Mögliche von sich gab oder tat. Jahre später hatte sie erfahren, dass es sich bei diesem Aphrodisiakum um ein verstecktes Amylnitrat handelte, das gewisse Risiken wie Herzinfarkt barg.

Bei der Erinnerung musste sie lächeln. Tod beim Orgasmus war vielleicht nicht das Schlechteste.

Ellen hatte damit gerechnet, sich richtig einsam zu fühlen, da ihr täglicher männlicher Begleiter Olivier nun nicht mehr da war. Aber sie war nicht einsam. Tagelang kratzte sie weiter die alte Farbschicht vom Haus, dann kaufte sie zwanzig Gallonen Farbe und begann mit der hypnotisierenden Arbeit, die alten Holzlatten ihres Traumhauses mit frischem, sauberem Weiß zu überziehen. Rodney, der während seiner kosmischen Umwege in die tranceartigen Sphären mit seiner Arbeit ins Hintertreffen geraten war, musste noch eine andere Skulptur fertigstellen, die einen Grizzlybären zeigte, der sich über einen Bienenstock hermachte. Nun war Rodney einige Tage fort, um sein Werk zu einem Kunden in Buffalo zu bringen. Und Rayfield hatte auf seiner Fahrt nach Montreal kurz bei Ellen haltgemacht und erzählt, er sei auf dem Weg, Monique einen Besuch abzustatten, die er auf Cochos Gedenkveranstaltung kennengelernt hatte. Er sei bereit und gewillt, sagte er ihr, seiner wiedergewonnenen Erektion einen Testlauf zu gönnen, wenn Monique geneigt war zu kooperieren.

»Hast du Kondome dabei?«, fragte Ellen.

»Ja, Mama«, erhielt sie als Antwort. Er fügte noch hinzu, seine Mission bestehe darin, Monique wieder bei den Anonymen Fettsüchtigen abzumelden, bevor sie noch mehr an Hintern und Oberschenkeln verlor.

»Du bist mir einer, Rayfield«, sagte Ellen und klopfte ihm auf den Rücken. »Dann viel Glück!«, rief sie ihm nach, als er losfuhr. Ihr fiel auf, dass er den Auspufftopf repariert hatte; der Pick-up schnurrte auffallend leise über die Straße. Ellen meldete sich nicht bei Tommy und er sich nicht bei ihr. Schön abwarten, riet sie sich selbst, wenn sie das Verlangen überkam, die Zügel in der Beziehung wieder an sich zu reißen. Ein interessantes Experiment. Würde die Ehe einfach weiterfahren wie eine alte Postkutsche, wenn niemand sie lenkte, oder würde sie immer langsamer werden und schließlich zum Stillstand kommen? Sie wusste nicht, wie viel Schwung sich in siebzehn Jahren aufgebaut hatte. Oft stellte sie sich vor, wie Tommy seinen Tag inmitten des hektischen Getriebes des Big Apple damit verbrachte, unschuldige Leute und Berufsverbrecher zu verteidigen. *Er hat etwas Edles an sich,* dachte sie voller Stolz. Sie hoffte, er war glücklich. Sie hoffte, dass er von Zeit zu Zeit mit zärtlichen Gefühlen an sie dachte, aber wer vermochte zu sagen, ob er das tatsächlich tat?

Ihr siebenundvierzigster Geburtstag rückte näher, und bald waren es nur noch drei Tage bis dahin. Nach einem Blick auf den Kalender beschloss sie spontan, eine kleine Geburtstagsfeier zu organisieren. Karen und Olivier, Rayfield und Rodney waren schnell eingeladen, und Ellen plante ein vegetarisches Fest, zu dem Mutter Erde freundlicherweise die Früchte des Gartens lieferte. Dem kleinen Haus verpasste sie so etwas wie ein Peeling: Sie schrubbte die Böden, fegte und fuhr mit dem Mopp über alle Bodenleisten. Im oberen Stockwerk, unter einem Stapel Wäsche, der bereits aus Violas Weidenkorb quoll, entdeckte sie eine große weiße Plastiktüte. Darin befanden sich die Roben aus Seide und Satin, die sie bei ihrem Abstecher in das chinesische Kaufhaus gekauft hatte.

Die hatte ich ja völlig vergessen, dachte sie verblüfft, als sie die Kleidungsstücke auf dem Bett ausbreitete. Drachen, Kraniche im Flug und Lotusblumen schwebten plötzlich in einem Meer aus hellen, leuchtenden Farben. Dann kam ihr die Idee: Ihre Geburtstagsfeier sollte einen asiatischen Touch bekommen. Sie würden sich die schicken Morgenmäntel überziehen, und Ellen würde je ein Gericht aus China, Japan, Korea, Thailand, Indonesien und Indien zubereiten. Alles war perfekt, und sogleich machte sie sich daran, das Bügelbrett aufzustellen und jede Robe vorsichtig zu bügeln. Dann hängte sie sie auf Kleiderhaken in den einzigen Schrank. Später zog sie noch den Vorhang vor den Wandschrank, damit weder Karen noch Olivier, die schon einen Tag früher anreisten, die Überraschung vorzeitig entdecken konnte. Dann sprang sie in den Honda, der inzwischen in der Werkstatt gewesen war und einen neuen Kühler hatte, und fuhr zur Bibliothek, wo sie geduldig wartete, bis sie an den Computerterminal konnte. Rasch zog sie sich einige exotische Rezepte aus dem Internet. Sie fuhr sogar heimlich nach Montreal, da sie spezielle Zutaten wie Kokosmilch, Pflaumenwein, Erdnusssauce, Algen und Bambussprossen brauchte. Auf ihrem Weg durch die Gänge des asiatischen Supermarkts legte sie noch Ginsengwurzeln in den Einkaufskorb und entschied sich für eine reiche Auswahl an Durianfrüchten. Diese Früchte, die sie aus ihren Recherchen kannte, stanken so sehr, wenn man sie öffnete, dass man sie aus den meisten Hotels in Singapur verbannt hatte. Und unter all diesen momentanen Eindrücken spürte Ellen, dass sich ihre alten, längst vergessen geglaubten Hippiefantasien wieder einstellten: die große, weite Welt zu bereisen. Sie war sich sicher gewesen, dass das Reisen die verborgenen Pläne und Absichten der Menschheit aufdecken würde, und sie betrachtete sich selbst als eine Sucherin nach diesem Wissen. Mit Schrecken machte sie sich bewusst, dass sie seit Jahren keine große Reise mehr unternommen hatte. Bestimmt war ihr Reisepass inzwischen abgelaufen, und seit Kurzem hatte sie ihre fixe Idee aufgegeben, die Geheimnisse des Universums enthüllen zu wollen. Aber sowie sie ihre Kreditkarte zückte, um den Einkaufskorb mit importierten Waren zu bezahlen, glaubte sie für den Bruchteil einer Sekunde, eine Bordkarte in Händen zu halten, und ein kleines Lächeln umspielte ihre Mundwinkel. Ägypten, dachte sie. Der Nil, Hieroglyphen, die Pyramiden, die Sphinx. Was machten schon ein paar mehr Schulden auf der Kreditkarte, wenn es da noch eine große, weite Welt zu entdecken gab? Summend verließ sie den Supermarkt und stimmte eine Melodie an, die in ihrer Vorstellungswelt ein Nomadenhirte auf einem Saiteninstrument spielen könnte.

An ihrem Geburtstag hatte Ellen so viele Töpfe und Pfannen auf dem Herd, dass sie sich aufs Äußerste konzentrieren musste, damit der Basmatireis, die selbst gemachten Frühlingsrollen und die scharfe Sesamsauce nicht anbrannten. Karen, die sich zwischendurch immer wieder an das Rezept oder an Ellen wandte, füllte Birnenscheiben in süßsaurem Nektar in einzelne Schalen, und danach grübelten die Schwestern über einem Schaubild, auf dem die alte Kunst des Origami dargestellt war. Nur, wie sollte aus einer einfachen Serviette ein schwimmender Schwan werden? Rodney und Rayfield trafen im Abstand von fünf Minuten ein. Offenbar hatten sie sich abgesprochen, denn Rodney brachte eine Geburtstagstorte mit, Rayfield das Eis.

»Riecht hier ja wie in 'nem japanischen Bordell«, meinte Rayfield trocken.

»Du musst es ja wissen«, schmunzelte Ellen.

»He, ich habe auch meine Geheimnisse.« Er straffte die Schultern und setzte eine selbstsichere, an James Bond erinnernde Miene auf. »Mein Name ist Geebo. Rayfield Geebo«, sagte er. »Auch bekannt als Null Null Nichts.«

»Dann habe ich eine neue Mission für Sie, Agent Null Null Nichts. Stellen Sie das für mich auf den Tisch.«

Rayfield nahm den Auftrag an. Zehn Minuten später rief Ellen die Gäste zur Ordnung. »Zeit, in eure Geburtstagsanzüge zu schlüpfen!«, sagte sie mit einem Anflug von Traurigkeit, als sie sich an Tommy und den Strand von Truro erinnerte, aber das war alles Jahre her.

»Juhu!«, jauchzte Rayfield.

»Wartet hier«, rief sie, ehe Rayfield sich auf der Stelle seiner Hose entledigte. Sie lief die Kamikazetreppe hinauf, zog sich aus und schlüpfte in die Robe, auf der riesige

Hummeln wie Tiger durch die Lüfte schwebten. Die restlichen Morgenmäntel nahm sie mit nach unten.

»Ach, du meine Güte«, meinte Rodney, als sie ihm die ihm zugedachte Robe reichte.

»Etwas Atmosphäre, meine Lieben!«, sagte Ellen. Sie verspürte einen warmen Triumph, als Karen ihre Auswahl bewunderte und die Treppe hinaufstieg, um sich oben umzuziehen. Rayfield schälte sich einfach aus seinem T-Shirt und zog sich ungeniert mitten im Wohnzimmer die Jeans aus, während Rodney in die Küche ging, um seinen Overall auszuziehen. Als sich dann alle am Tisch einfanden, hätte man sie für chinesische Höflinge aus der Ming-Dynastie halten können. Ellen schaute von einem zum anderen und verspürte eine tiefe Zufriedenheit. Es war nicht der Beschluss, sondern der Wille, hier zu sein, wie der Hindugelehrte Ram Dass es seit Langem geraten hatte. Sorgen hatte sie genug, aber dieser besondere Augenblick hatte die Kraft, sämtliche Sorgen von ihr fernzuhalten. Rayfield gab die Anekdote zum Besten, die ganze Stadt meine, Ellen stehe unter einem Zeugenschutzprogramm, was Ellen höchst amüsant fand.

»Warum hättest du sonst dieses Haus gekauft?«, fragte Rodney.

Ellen gab keine Antwort darauf. Sie dachte an die Ortsansässigen, etwa an Baldy und an die von der Liebe überwältigte Postbotin. Vielleicht nahmen diese Leute ja wirklich an, dass sie gegen einen einflussreichen New Yorker Mafiapaten ausgesagt oder einen Wirtschaftskriminellen enttarnt hatte.

Sie lehnte sich in ihrem Stuhl zurück und schwelgte ein wenig in einer kleinen Fantasie: Da war sie nun, im Zeugenstand, nervös, aber darauf erpicht, die bösen Buben hinter Schloss und Riegel zu bringen, und zwar sobald wie möglich. Sie ließ den Blick über den vollen Gerichtssaal schweifen, obwohl sie nicht recht wusste, ob sich dort oben nun die Gerichtsreporter über die Balustrade beugten, oder ob in diesen Saal nur die Gerichtszeichner zugelassen waren. Die Menschen im Saal hingen ihr an den Lippen, denn sie, und nur sie, hatte den Mut aufgebracht, als Zeugin aufzutreten, obwohl sie wusste, dass sie mit ihrer Aussage womöglich ihr eigenes Todesurteil gesprochen hatte. In ihrem Tagtraum holte sie tief Luft und bereitete sich auf ihre Aussage vor. Sie schaute zum Pflichtverteidiger.

Und da war Tommy. *Das ist ein Typ, in den ich mich verlieben könnte,* dachte sie. Er öffnete den Mund und sagte: »Ist das eine Party im privaten Rahmen, oder kann hier jeder dazustoßen?« Ellen war derart verblüfft und begriff erst nach einigen Augenblicken, dass diese Frage des Verteidigers gar nicht ihrer eigenen Fantasie entsprungen war. Denn dort, draußen vor der Fliegengittertür, stand der echte Tommy. Ellen blinzelte und rieb sich die Augen wie in einem Cartoon. Aber Tommy stand immer noch dort, in der einen Hand seinen alten Werkzeugkasten, in der anderen den Armani-Kleidersack. »Ich dachte, ich fahre aufs Land und arbeite während des Urlaubs ein bisschen am Haus«, sagte er, und alle Gäste am Tisch starrten sprachlos zur Tür, als wäre es verboten, der Gastgeberin mit einer Reaktion zuvorzukommen.

Plötzlich löste Ellen sich aus ihrer Apathie. »Tommy! Ich habe gerade an dich gedacht«, sagte sie und sprang auf. Sie drückte die Tür auf und schlang die Arme um ihren Mann. Es fühlte sich so gut an, wieder in seinen Armen zu liegen, den leichten Bartschatten zu fühlen, an dem sie sich so oft gekratzt hatte, und Tommys Arme an ihrer Taille zu spüren.

Am Tisch erwachten auch die Gäste wieder aus ihrer Starre. Rayfield holte noch rasch einen Stuhl und quetschte ihn neben Ellens. Karen deckte für Tommy ein, während Rodney den Barkeeper mimte und Tommys Miniaturtasse mit warmem Sake füllte und jedem nachschenkte. Tommy ging gleich auf Karen zu und nahm sie in den Arm. Sie schmiegte sich an ihn, und zum ersten Mal an diesem Tag sah Ellen, wie sich die Augen ihrer Schwester mit Tränen füllten. Tommy zog sie enger an sich, und für einen kurzen Moment – vielleicht weil Karen so schlank und jung war – malte Ellen sich aus, wie die elfenhafte Yogalehrerin in Tommys Armen lag. Als sie aber sah, dass Karen Trost in Tommys Umarmung fand, indem er einfach nur das Kinn auf ihrem Kopf ruhen ließ und die Finger der rechten Hand auf ihrem Rücken spreizte, verflüchtigte sich das unerwünschte Bild wieder. Sie eilte die Stufen hinauf und riss die letzte Robe vom Kleiderhaken. Als sie die Küche wieder betrat, begrüßte Tommy zuerst Rodney und dann Rayfield mit Handschlag. Ellen hatte dicke Tränen vergossen, als sie Tommys Robe bügelte. Es hatte ihr leid getan, dass sie vergessen hatte, das Mitbringsel in New York zu lassen, und schließlich hatte sie bereut, die Robe überhaupt ausgesucht zu haben, weil sie befürchtete, sie würde oben im Wandschrank verstauben. Jetzt aber, als sie Tommy die Robe entgegenstreckte, hatte sie das Gefühl, das letzte Teil eines komplizierten Puzzles eingesetzt zu haben. Sie verspürte ein Kribbeln, als würden kleine Sterne die Dunkelheit in ihrem Innern ausleuchten.

»Ich habe dir so viel zu erzählen«, flüsterte sie an seinem Ohr.

»Ist schon so lange her«, erwiderte er und küsste sie einmal kurz auf die Lippen.

In den frühen Morgenstunden, nachdem die Geburtstagsparty vorüber war und die Gäste fort waren – Karen und Olivier verbrachten die Nacht in Rodneys Haus –, erklommen Ellen und Tommy gemeinsam die Kamikazetreppe und fielen auf die neue Matratze. Vielleicht lag es daran, dass ihr Stoffwechsel mit immer neuen Wellen von Zucker, Proteinen, Fetten, Alkohol und Geburtstagstorte überschwemmt worden war, aber Ellen fühlte sich angenehm schwindelig, als sie ihre Robe unter sich glatt strich und sich behaglich in die Kissen zurücklehnte. »Nun sag schon«, drängte sie, »hat Karen dir verraten, dass die Party stattfindet?«

»Dazu sage ich jetzt nichts«, erwiderte er. »Egal, es war schließlich nicht so, dass sie mich erst groß überreden musste.« Er verlagerte sein Gewicht und sah Ellen tief in die Augen. »Wie hast du dir das Ganze denn vorgestellt? Dass unsere Beziehung einfach im Sande verläuft? Dass wir gar nicht mehr miteinander reden? Gehen Sie direkt zum Scheidungsanwalt, gehen Sie nicht über Los?«

»Ich wusste es einfach nicht«, sagte Ellen glücklich. Selbst sie konnte die Freude in ihrer Stimme hören. »Ich weiß es immer noch nicht«, fügte sie hinzu und lächelte breit. Sie hatte das Gefühl, durch den weiten, indigoblauen Himmel zu schweben, vielleicht auf einem fliegenden Teppich, auf dem sie als Kind immer gern hatte reisen wollen. Der Teppich trieb ruhig dahin, flog überall und nirgends hin, und Ellen verspürte nicht einmal das Verlangen, den genauen Zielort zu kennen.

»Tommy«, sagte sie plötzlich, »bei Cochos Gedenkveranstaltung hatte ich für den Bruchteil einer Sekunde den Eindruck, dich an der Tür zu sehen. Warst du nun da oder nicht?«

Er zögerte. »Ja, ich war da. Aber als ich reinkam, sah ich, dass du Rayfields Hand hieltest und an seiner Schulter weintest. Und da hatte ich Bedenken, etwas Falsches zu sagen oder zu tun. Ich war überhaupt verunsichert, also bin ich schnell wieder gegangen, als du mit deiner Ansprache begannst. Anschließend bin ich ziellos durch die Stadt geirrt und habe einen Flieger zurück nach New York genommen.«

»Dacht ich mir doch, dass du da warst«, wiederholte Ellen. Falls Tommy nun Gewissheit brauchte oder eine Erklärung von ihr erwartete, dass da zwischen ihr und Rayfield nichts lief, würde sie ihn enttäuschen müssen. Sie fühlte sich zu frei, um sich Sorgen zu machen. Und dann änderte der fliegende Teppich in ihrem Geist die Richtung, und Ellen wusste tief in ihrem Innern, dass sie Tommy nie auf die Yogalehrerin ansprechen würde. Sie schaute in seine milden, braunen Augen. »Ich habe keine Ahnung, was geschehen wird«, sagte sie.

»Das Universum entfaltet sich gewiss wie vorgesehen«, erwiderte er und zitierte damit Ellens Lieblingsweisheit aus ihrer Hippiezeit. Sie nahm seine Hand. Und sowie sie spürte, dass seine kräftigen Finger sich mit ihren verbanden, wurde ihr klar, dass sie in diesem bedeutenden Augenblick nicht allein auf dem fliegenden Teppich saß, der in das Herz des Mysteriums flog. Sie wusste selbst nicht, wie oder wann sich etwas tat oder was geschah, aber Tommy war unmittelbar bei ihr.

Und ebenso Cocho und Karen, Olivier und Rayfield, Rodney und Viola. Sie hatte das Gefühl, ihr Herz würde vor lauter Liebe platzen, als wären alle roten und weißen Blutkörperchen voll davon. Sie schaute aus dem Schlafzimmerfenster in den Nachthimmel und fühlte sich leidenschaftlich verbunden mit dem Universum und allem Sein, mit den großen und den kleinen Dingen.

Sie beugte sich vor und legte beide Hände auf Tommys Brust. »Tommy«, wisperte sie, »ich möchte dir erzählen, was ich im Augenblick fühle. Ich habe das absurde Gefühl, ich könnte mich mit der Vorstellung anfreunden, mich zu dir zu bekennen.«

»Ellen«, gluckste er, »soll das heißen, du willst heiraten?«

50

Lange vor Einbruch der Dämmerung glitt Ellen aus dem Bett und schlüpfte in ihren Hausanzug. Sie stahl sich die Treppe hinunter und setzte leise das Wasser für ihren Öffne-dein-Herz-Tee auf. Die Küche war ein Schlachtfeld, da Ellen sich geweigert hatte, den Abwasch zu machen, es aber auch allen anderen verboten hatte. Nun waren Violas alte Teller verkrustet mit exotischen Essensresten aus Fernost, und der Herd sah mit den farbigen Klecksern eher nach moderner Kunst aus. Doch das Chaos wirkte beruhigend auf Ellen. Jeder Fleck schien zu rufen: »He, das war es wert, oder nicht?«

Sie nahm ihren Tee mit zur Schaukel auf der Veranda, um den Sonnenaufgang über dem Kamm des Eagle Beak Mountain zu beobachten, und zuckte leicht zusammen, als sie sich setzte. Tommy hatte ihr mit seinem neuen, durchtrainierten Körper einen ganz ordentlichen Workout zwischen den Laken geliefert. In den Sechzigern hätte sie vermutlich gesagt, er habe ihr ein Ticket ins Paradies besorgt, aber jetzt, als reife Frau von siebenundvierzig Jahren, neigte sie nicht mehr dazu, ihre Körperteile voneinander zu trennen. Sie war zwar bereit, Tommys Beitrag zu ihrem ausgeglichenen Zustand von Geist und Seele anzuerkennen, konnte es ihm aber nicht allein als sein Verdienst anrechnen.

Was zwischen ihnen geschehen war – vor, während und nach diesem sommerlichen Zwischenspiel –, war für Ellen eine große weiße Fläche. Im Grunde war ihr gar nicht bewusst gewesen, dass ihre Beziehung in einer tiefen Furche stecken geblieben war, bis sie sich (und vielleicht auch Tommy) in einem Akt der Verzweiflung (oder vielleicht der Inspiration) daraus befreit hatte, indem sie Violas heruntergekommenes Haus kaufte. Dieser Schritt hatte sie beide in verschiedene, voneinander getrennte Leben katapultiert. Groll und Spannungen hatten sich aufgestaut, obwohl Ellen sich das nicht recht zu erklären wusste. Vielleicht waren es auch nur die Wände der tiefen Furche, die in sich zusammenfielen. Sie und Tommy waren so sehr in einem panikartigen Zustand gefangen, bedingt durch den emotionalen Erd- oder vielmehr Liebesrutsch, dass sie sich gegenseitig die Schuld zugeschoben hatten anstatt der Kraft der Natur. Der nachrutschende Schutt löschte schließlich alles aus, nur nicht den letzten ausgefransten Faden, der sie miteinander verband. Dieser Faden hatte sich so dünn angefühlt, dass Ellen tatsächlich davon überzeugt war, der eine hätte sich nicht mal mehr an den anderen erinnert, wäre er ganz gerissen.

Doch er war nicht gerissen, zumindest noch nicht.

Sie hatten sich geliebt und waren Arm in Arm eingeschlafen, und sie war innerlich ruhig und glücklich aufgewacht. War das zu glauben?

Vor ihren Augen schlich sich allmählich ein goldener Schimmer, eine Andeutung von Licht, in die Dunkelheit des Himmels über dem Berg. Das erinnerte sie plötzlich an Violas Goldmünzen. Mit einem Mal verspürte sie das Verlangen, sie aus der Schublade zu holen und in der Hand zu halten, und kehrte zurück ins Haus. Was die Goldstücke für eine Geschichte hatten! Rodneys Vater hatte sie wer weiß wie lange aufbewahrt, dann wurden sie in einen hässlichen Schonbezug eingenäht, in dem sie mehr als sechzig Jahre steckten, bis sie schließlich von einer Fremden entdeckt wurden, von einer verrückten New Yorkerin, die einerseits in den alten Stuhl gehörte, dann aber wieder nicht.

Die Goldmünzen in der Hand, trat Ellen durch die Fliegengittertür in die Morgendämmerung hinaus und verspürte augenblicklich den Anflug von Wärme auf ihrer Haut, eine milde Gabe des fernen Feuerballs, der alles Leben ermöglichte. Sie öffnete die Hand und betrachtete die Miniaturnachgestaltung der goldenen Sonne auf den Münzen. Von ihrer Handfläche schaute sie zum Berggipfel, hinter dem die Sonnenscheibe aufstieg. Darunter, wie bei einem Fotonegativ, befand sich ein schwarzer Kranz: der Eingang zu Violas Höhle.

Plötzlich lief Ellen los. Sie spürte den Morgentau durch die dünnen Schuhe hindurch, Dornenzweige schlugen gegen ihre Waden und rissen ihre Haut auf. Sie fühlte sich gefestigt und sicher auf den Beinen, als hätte ihr ganzes Leben sie auf diesen verrückten Lauf in Richtung der Höhle vorbereitet. Sie würde den abgeflachten Felsen von Rodney sen. und Viola finden, die Stelle, die sie im Verlauf der heimlichen Stelldicheins als Tisch benutzt hatten. Sie würde die Goldmünzen wieder dort verstecken, wie Rodney sen. es einst getan hatte. Vielleicht wartete Violas Geist dort in der Höhle, in der Hoffnung, den Weg in die andere Welt zu finden, um endlich wieder mit ihrer einzig wahren Liebe vereint zu sein. Vielleicht hatte ihr Geist all die Jahre auf diese Goldmünzen gewartet, dass die Goldmünzen zurückkehrten, damit sie die Fahrt über den Styx ins Reich der Ewigkeit bezahlen konnte. Und selbst wenn das alles eine verrückte Fantasie war und ein zukünftiger Höhlenforscher auf die Goldmünzen stieß, wäre das auch in Ordnung. *Lass sie alle in den Himmel,* dachte Ellen, während sie auf die Höhle zuhielt.

Sie lief, als gelte es, eine Olympiade zu gewinnen, und

der Schweiß rann ihr in kleinen Rinnsalen von der Stirn und ließ die Münzen in ihren Händen feucht werden. »Ich komme, Viola«, flüsterte sie in das wilde Pochen ihres Herzens hinein. Bald erreichte sie den Höhleneingang. Mit einem unbändigen Blick über die Schulter verschwand Ellen in der Dunkelheit des Berges, wusste sie doch mit Sicherheit, dass sie sich auf dem richtigen Weg befand – auf dem Weg, der genau ins Herz des Mysteriums führte.

Dank

Ganz besonderen Dank schulde ich Joan Schweighardt und Daniela Rapp. Danke dafür, dass dieses wahr wurde. Für ihre Unterstützung und Hilfe danke ich Julie Carter, Jennifer Egan, Michele Meyers, Chris Newbill, Julie Reichert, Laura Robbins, Julie Shigekuni und Whitney Woodward. Für Inspiration, Halt im Leben und für die vergangenen sechsundzwanzig Jahre danke ich Robert Farris.

blanvalet

»Ein bewegender, anmutiger Roman, der auf einer wahren Geschichte beruht.« *Glamour*

Roman. 448 Seiten. Übersetzt von Elke Link
ISBN 978-3-442-37451-9

Lesen Sie mehr unter: **www.blanvalet.de**

blanvalet

Spannung und Romantik vom Feinsten!

Roman. 400 Seiten. Übersetzt von Margarethe van Pée
ISBN 978-3-442-36939-3

Lesen Sie mehr unter: **www.blanvalet.de**